近世仏書の文化史

西本願寺教団の出版メディア

万波寿子

法藏館

口絵１　龍谷大学大宮図書館の地下書庫

大量の書物が所蔵されている。連綿と受け継がれた寺院の
蔵書や、近世期の学林のものと見られる本も少なくない。

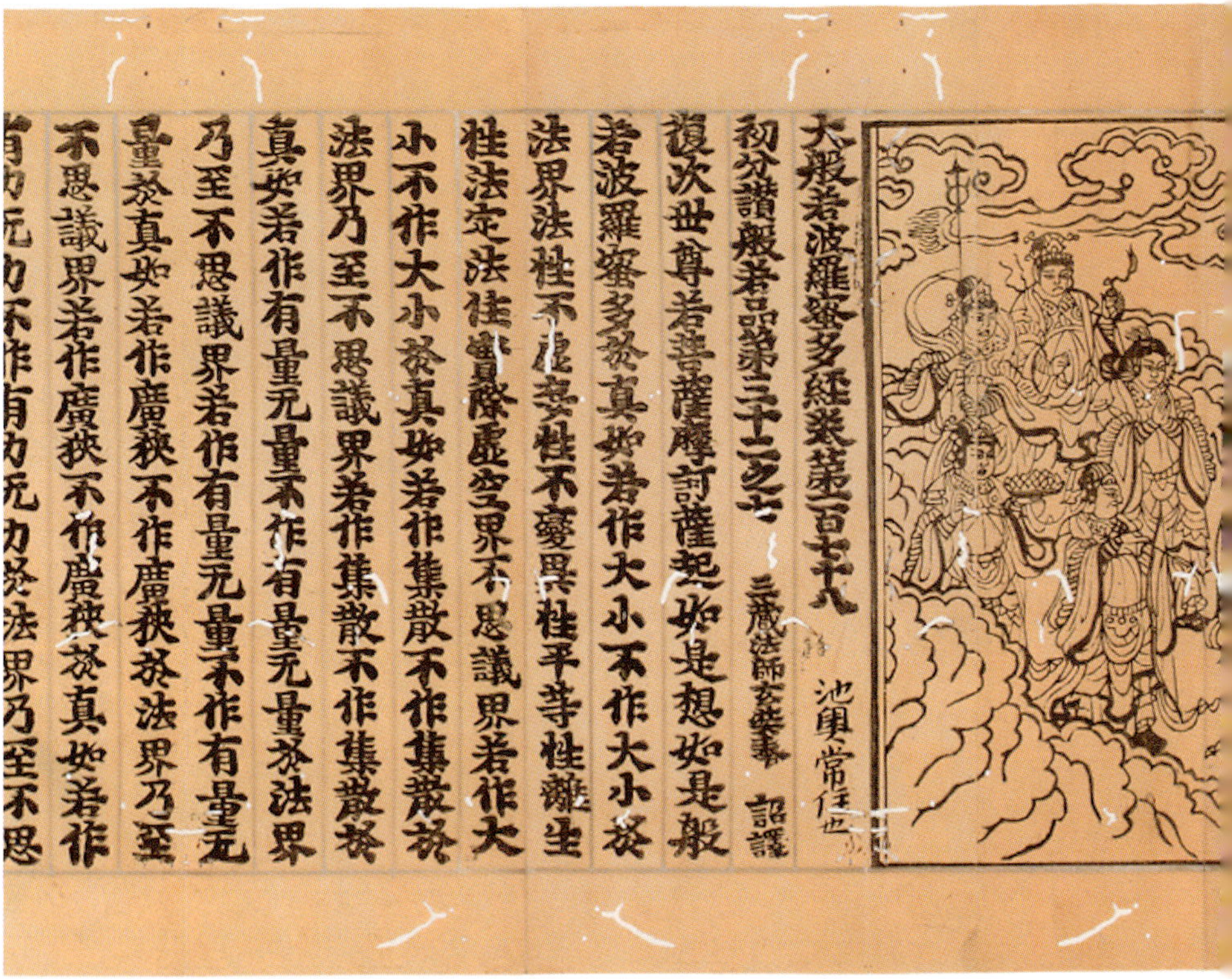

口絵 2　大般若経波羅密多経（第178巻）

龍谷大学大宮図書館所蔵（禿氏文庫、請求記号 024.3/50/1）
永徳 3 年（1383）に遠藤氏によって寄進されたもの。朝鮮版の経典に、日本で金銀箔散の表紙を掛け、本紙には良質の銀泥で界線を施して奉納している。

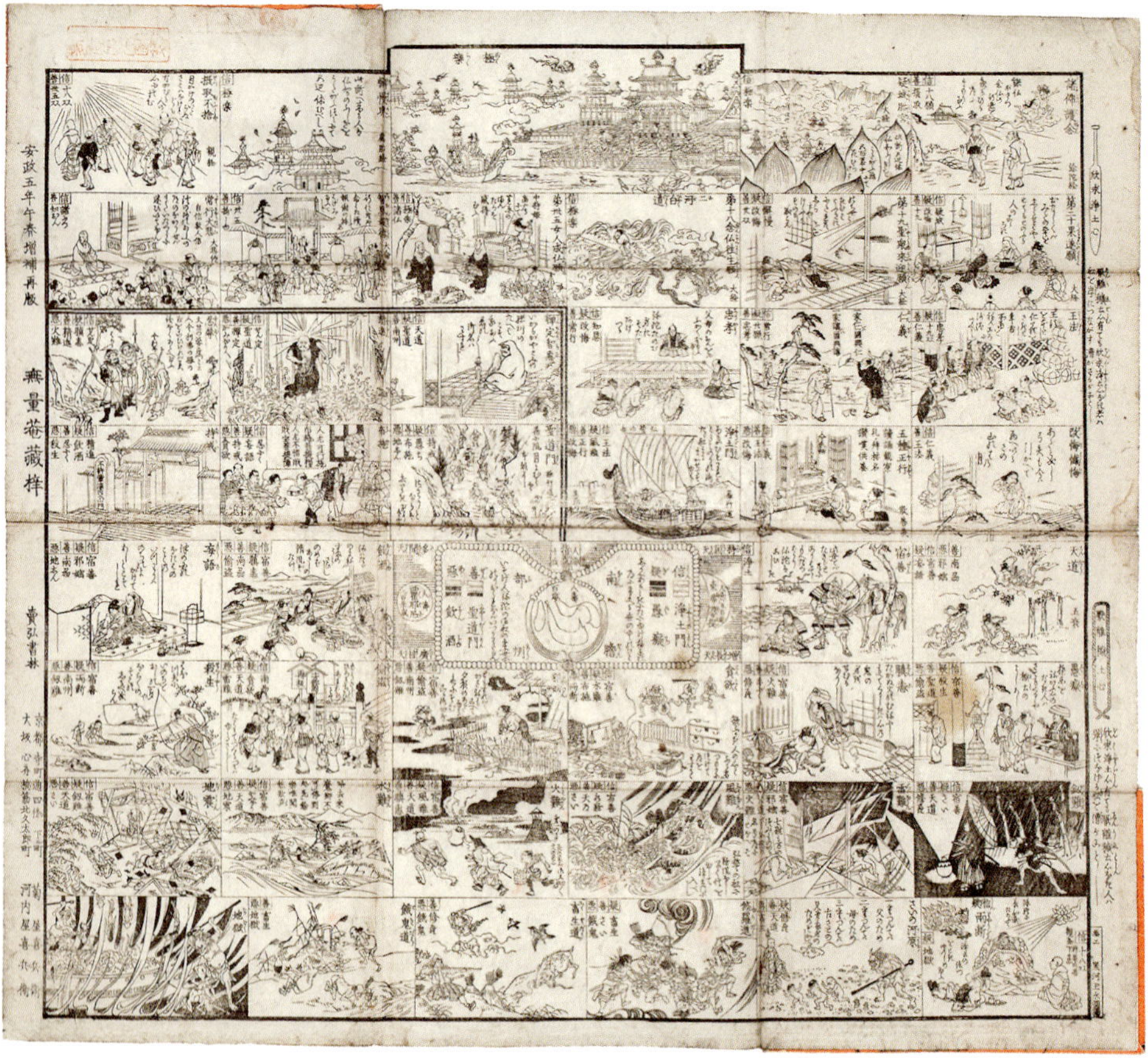

口絵３　善悪双六極楽道中図絵

龍谷大学大宮図書館所蔵（請求記号 796.7/1-w/1）
安政５年（1858）に刊行された浄土双六。振り出しは須弥山の南方、人間の住む南贍部州（南閻浮提）で、極楽を目指す。教訓的ではあるが、娯楽性もある。商品として作られたが故に豊かに発達した、近世的な町版仏書のひとつ。

近世仏書の文化史――西本願寺教団の出版メディア――　目次

第一部　新しい仏書

第二部　聖教の板株を巡って

第三部　出版制度と教団

史料の翻刻引用における凡例

史料の翻刻にあたっては、つとめて原本に忠実になるよう心がけ、助字の「而」や「者」もそのままとした。ただし、次の点では私意を加えている。

一、句読点を私に付し、古体・異体・略体などの文字は現在通行のものに改めた。変体仮名も現行のものに改めた。
二、判読不能だった文字は□で示し、破損などで文字が欠けているものは■で示した。
三、編者の加えた文字にはすべて（　）を施した。
四、文字の意味が通じがたいところ、もしくは原本がその通りであることを示す必要がある場合は（マヽ）と傍注した。また、（　）で文意を補った箇所がある。
五、論述の必要から、適宜傍線を付した箇所がある。

近世仏書の文化史

――西本願寺教団の出版メディア――

序章

第一節　これまでの書物研究

本書は、近世期に文化の主軸を成した出版文化の中でも、仏書（仏教関係書籍）の出版およびその主体である仏教教団の活動について論じている。より具体的には、近世期の仏書出版の特徴をよく示していると思われる浄土真宗本願寺派（本山は京都の西本願寺）を中心に、教団の出版利用を紹介・分析している。そして、仏書出版の研究が、書物研究において有効なモデルケースとなる可能性を示すことを目的とする。

もとより近世社会における出版という要素の重要性は、今日では疑う余地はない。ことに近世文学では必須の知識となっており、近年、研究蓄積はかなりのボリュームがでてきた。大和《おおわ》博幸《ひろゆき》「90年代の近世出版史研究」(1)に「従来の基礎研究の段階を超えて、文学の意味そのものを問う論考が増えてきている」とあるとおり、新しい段階を迎えようとしている。

それどころか、出版研究はもはや文学の範囲を越えた発展を見せている。日本史研究はもちろん、近年では仏教学、思想史学など多方面からの研究も進み、出版やそれによって広まった書物の研究は、人文学研究に共通のものとなっている。それに伴い、諸分野の文献を横断的に収録した目録(2)や、書誌学の用語辞典(3)も発行されるなど、異なる分野の研究者が共通の研究基盤を持てる環境も整ってきた。さまざまな分野の研究者が合同で発表を行い論集を発表するといった学術分野を横断する研究事例も見られ、書物研究（書籍研究、書物文化史、書物学などとも呼称される）に焦点を当てた雑誌も創刊された(4)。

手書きされた本を「写本」と呼び、印刷された本を「版本《はんぽん》」または「刊本《かんぽん》」というが、これまでは版本・刊本についての研究が多かった。しかし最近では写本も研究対象として、全ての書物を包括する書物文化研究とする動きも認知されつつある(5)。それらは書物研究とか、書籍文化史と呼ばれることが多い。

確かに、これまでさまざまな方向からの研究成果により、出版に関する法律や慣例、出版を前提とする著作や編集の実態、個々の本屋の活動については多くのことが明らかとなってきた。特に国文学からの研究でその傾向は強い。ただし、そこで研究対象となってきた書物は以前より個々の分野で評価されてきた著名な文芸書や学問書、およびその作者や出版元などが多く、内容が画一的な仏教の聖教類や、雑多な庶民の読み物などは研究者の視野からは漏れがちであった。しかし実際は、近世期の出版物のうち、各種の実用書や一枚摺《いちまいずり》など雑多なもの、内容のありふれた仏典や漢籍といったものが実数として最も多いのである。

この書物研究で特徴的なのは、書物全体を研究対象とするということである。内容が貴重なものだけが対象となるわけではない。実際に、庶民が親しんだ往来物《おうらいもの》や暦書《れきしょ》、軍書《ぐんしょ》など、これまでの諸研究では採り上げられてこなかったありふれた書物の研究や、地方の寺院や豪農の蔵書——必ずしも貴重とされる典籍が多いわけではない——の形成に関する研究などが活発であり、これらは当時を生きた人々の実状に迫るものである(6)。最近では、書物から離れ、印刷の原版である板木《はんぎ》そのものを対象とした研究(7)や、詳細な料紙《りょうし》の論考を集めたもの(8)に加え、写本の編集や書写態度、料紙や装訂をどう選択していったかといった、いわば写本の姿を研究の中心に据えた「写本学」が提唱されるなど(9)、一層の目配りがなされ、拡大の一途をたどっている。

書物研究として本を考察するとき、こうした書物を採り上げることは必要であろう。特定の本に的を絞った研究では、版本の背景にある経済や流通、職人、紙などの本の材料といった関連事項を含めた包括的な研究が見過ごされがちになるきらいもある。ありふれたものこそ、書物研究としてその実態を解明すべきではないだろうか。

本書が扱うのは主に仏書である。仏書は伝存する書物の中で、圧倒的多数を占める。そもそも、日本には現在まで多くの書物が残されているが、それらは放棄され忘れ去られたものが発見された「発掘品」ではない。誰かが守り、時に修理し、時に価値あるものとして売買されるなど、人々の間を巡りながら今日まで伝えられてきた「伝来品」である。こうした伝来品としての書物が多いのは、日本の特徴であろう。仏書はその中心である。

筆者は、仏書は先に述べた問題の解決の糸口になる可能性を秘めていると考えている。すなわち、仏書はいわゆる巻き物である巻子《かんす》や冊子、今日でいうポスターやチラシのような一枚摺など形態もさまざまで、内容も根本テキストである聖教《しょうぎょう》や、その注釈書などから庶民の娯楽読み物まで、極めて豊かなバリエーションを持っている。たとえば『往生要集』ひとつとっても、寺院に聖教として納められるものから、学僧の学問資料のもの、絵入で平仮名の庶民向け読み物まであり、伝存数も極めて多い。試みに、国文学研究資料館の「日本古典籍総合目録データベース」を検索すると、近世期以降の版本だけで九三点確認される。多種多様な注釈書などの関連書は種類だけで七四種となっている(ただし、写本や、名前のみで本の存在が確認されていないものも含む)。仏書の、連綿と出版されてきたその種類と数は、他の書物を圧倒するのである。そこには、出版文化の実情が込められていることはもちろん、近世期を通じての当時の人々のニーズが反映されている。書物研究として、仏書を研究することは、何より当時の人々の知的なあり様に迫ると予測される。

仏書の数はあまりに多い。しかし仏書を考察すれば、まず当時の京都出版界全体を見据えることができるだろう。そもそも、地域ごとの出版物の違いの解明は近世の出版文化史を叙述する上で非常に重要であるが、研究例は少ない。中でも特に、出版文化発祥の地であるにもかかわらず、京都の出版界について、現在までの研究は主に特定の本屋や作者に焦点を絞った考察やある分野に限定された論考など個別的なものにとどまっている。

ここで、たとえば、よく普及した経典である『浄土三部経』を見てみよう。近世期の『浄土三部経』は、折本装《おりほんそう》と呼ばれる、横に長く張り継いだ料紙を蛇腹に折りたたんだ型のものと、冊子型のものが見られ、大きさもさまざまである。内容はほとんど同じでも、用途に応じてその姿が違っているのである。仏書は平安時代末から版本が存在し、その後も連綿と作られ続けたが、近世期に爆発的に増える。大量に発行され、かつニーズに合わせて細かくアレンジされるため、その流通や生産のための素材選びや印刷方法などの制作方法まで、多様な姿を持つことも少なくなく、『浄土三部経』もその一例である。詳しくは本論で論じるが、こうしたアレンジには職人の技術を要することも少なくない。これに京都の出版界はうまく対応していた。極めてありふれた商品であった『浄土三部経』だからこそ、それを書物研究として考察することによって、京都の出版文化の独自性を指摘できる。

さらに、これら莫大な伝存数の『浄土三部経』は寺院ばかりでなく、いわゆる庶民も所持していた。それは、当時版本によって教化を進めた仏教教団の実情を示すと同時に、人々にとってたとえ読まないものでさえも、自らが必要とする本を商品として自由に購入できたことを表している。

仏書は近世初期の京都において、初期出版文化の発展を支えた。その後も、経典などを含めれば、おそらくその発行された冊数は他のジャンルに首位を譲ることなく近代を迎える。現在、個々の寺院や文庫、家々に伝来する仏書の数を見れば、まさに近世期当時にあっては洪水のように発行されたことを思わせる。かかる近世期の仏書の洪水は、仏教教団の歴史を語るのみならず、社会のニーズを反映して一種の文化史的様相を呈するはずである。

第二節　仏書研究の可能性

一　仏書研究の不在

1　圧倒的な量の問題

そもそも、日本は本（書物・書籍・典籍）が圧倒的に多く伝来している国である。いわゆる古典籍として珍重される類の本ばかりでなく、個々の家で作られた諸記録、貸本屋から借りて読み、日常の娯楽に用いたような黄表紙までもが豊富に残されている。天皇・公家から武家へ、武家から政府へと政権が移っても本は一貫して受け継がれ、廃棄されることはむしろ稀であった。現在も不変の価値を持つ文庫が日本中にあるし、一般の家庭でも屋根裏や倉庫の片隅に近代以前の書物を見ることがある。

口絵1のごとく、右のように今日まで大量に書物を抱える日本であるが、その中でも仏書が史上最も数多く作られ、現在最も残っている書物である。これは書物に関心のある人々の中では周知の事実であろう。しかし、これまで仏書が研究対象となることは決して多くなかった。

その原因は大きくふたつあると思う。まず第一には、あまりに伝存量が多いために調査段階で敬遠されてしまい、研究対象として見る視点が欠如してきたことである。寺院や各地の文庫などで進められる書誌調査の際、仏書は極めて多いため目録を作成することさえ忌避されがちである。多くの場合、詳しい目録を作る時間はないから、棒目録が作られるのみとなる。しかし、多くの研究者にとって、それではありふれたタイトルの羅列になったり、あるいは専門知識がなければ読むこともままならないような難解な文字ばかりの資料となる。結果、その棒目録は他の多くの報告書に添付されるだけで、研究価値を見出されぬまま二度と省みられることはない。仏書が資料として活用されるのは、内容や制作者が重要であるなど、何らかの特別な事情を持つ一握りの本のみに偏りがちになり、全体を見るような発想は生まれてこない。結果、多くの仏書は、今も数知れない書庫の中で最も大きな場所をとりながら死蔵されて現在に至っている。

だが、書物研究という、書物そのものを考察する分野であれば、たしかに新しい視点や研究手法が必要となるであろうが、仏書の量の多さ・豊富さは強みであり、多くの成果が上げられる可能性がある。第一、書物研究において最も量的に多い書物群に取り組まないのは不自然ではないだろうか。

実際は、内容がありふれていても、たとえば**口絵2**のように、朝鮮版の経典を日本において界線に銀泥を施して美しく装飾し、奉納した例などを見れば、そこには当時の人々の願いや文化、および現在に至るまでの長い歴史が込められている。こうした事実は、同じ内容の書物でもひとつひとつに意義があることを物語っている。本の姿を細かく考察することは、単に本文理解を助けるだけではなく、文字情報ではたどり着けない事実を知らせてくれるだろう。

近世期の出版学一般においても、仏書は重要視されてこなかった。奈良時代の「百万塔陀羅尼」にはじまる印刷文化およびその後の出版文化は、長く仏教文化の内にとどまった後、江戸時代初期に至り、商業出版の台頭に伴ってしだいに仏教から遠ざかっていったと考えられており、近世期の仏教教団の印刷・出版活動は、商業的な出版文化全体とはさほど関わりないものとされた。

しかし実際は異なるように思える。仏書は近世期に入ってさらに爆発的に増えており、かつ新しいタイプの仏書も盛んに発行された。商品として流通した版本のカタログとして、一六〇〇年代から一七〇〇年末ごろにかけて発行されたものを総じて「書籍《しょじゃく》目録《もくろく》」と呼ぶが、そこに挙げられた版本を集計すると、民間の本屋から出版された本一万三〇〇〇点、冊数にしておよそ六万冊のうち、五〇〇〇点近く、冊数では実に約三万四〇〇〇冊が仏書である。単純にいえば、江戸時代前半に出版された本のうち三点に一点、二冊に一冊が仏書となる。さらに、経典類を中心に、同じ内容の本を僧侶のみならず一般信徒も所持することが少なくないため、発行部数が莫大なものも多い。写本も非常に多く残されており、仏教伝来から現在まで、寺院はもちろん、旧家の蔵や屋根裏部屋、一般家庭の仏壇の下の引き出しなどに入れられ、大量に伝存している。近世を特徴づける出版文化の中、それ以後他のジャンルの増加が見られても、写本を含め、その数は首位を保ったまま近世後期に至っていると推測される。

果たして、これら今日まで伝存する大量の近世期仏書は、惰性で作られ、蓄積されただけだったのだろうか。まずは、こうした量的な多さを直視し、問題とするべきであろう。仏教に関わった人々（僧侶だけでなく一般の信徒も含む）が、その作り手としても享受者としても積極的・主体的に書物に関わってきたからこそ、仏書出版は江戸時代初期の出版文化を支え、それ以降であっても多くの仏書が発行され続け、中世までなかった多様性を獲得したと考える。

2　近世仏教の評価

圧倒的な量の問題と関連するが、仏書が研究対象となりにくい原因はもうひとつある。いわゆる「近世仏教堕落論」に代表されるように、これまでの日本歴史研究、宗教史研究では、近世期の仏教というものは、中世までの主体性を失って堕落し、没個性的になっていったという否定的なイメージで語られがちであった。こうしたイメージは、雑多で莫大な近世仏書を研究対象とする価値を見出しにくくさせている。

近世仏教堕落論とは、「江戸時代において、僧侶が俗人より淫蕩な生活を送って、戒律を守らない、というものである。それに加えて、仏教制度が江戸幕府との密接な関係のゆえに、その自由を失っていた、つまり、この時代における仏教は他の時代よりも堕落したものであるという近世仏教の語り方である。このような近世仏教像は国史学者の辻善之助《つじぜんのすけ》（一八七七～一九五五）の仏教史研究によって形成されたとされることが多いが、実は辻がその主張をする以前にも、そのイメージが既に「常識」であった」という近世仏教を否定的に見ることを前提にした歴史観である(10)。こうした近世仏教の「語り方」が常識である状況では、仏書に興味を持つことを防げている可能性がある。ただし、現在では右に引用したオリオン・クラウタウの著書や引野亮輔《ひきのきょうすけ》の『近世宗教世界における普遍と特殊―真宗信仰を素材として―』(11)など、近世仏教堕落論の整理・克服を目指した動きがあることを指摘しておきたい。

総じて仏書はいまだ研究上の大きな空白であり、版本だけに限っても、大量に伝存するが故に敬遠され、近世仏教自体も否定的に見られる風潮にあって、出版文化の中で積極的に論じられることがない。筆者の目標は、仏書を研究資料と位置づけるとき、どういったアプローチや視点が考えられるのかを探ることにある。本書はこの目標にたどり着くためのケーススタディなのだ。

二　仏書研究の可能性

1　書物研究から見た仏書

仏教伝来以来、全時代を通じて豊富に存在する仏書であるが、書物研究としてこれを見た場合はその伝存量はむしろ強みではないだろうか。当該研究分野ではその内容とは別に、書物の姿や制作者、流布の過程、消費・保存のされ方なども重視される。書物からは、その内容の器である本の姿にも、その作られた目的や背景、使用方法や保存のされ方など、現在に至るまでにその書物が経てきた痕跡を読み取るべきであろう。こうした考察を行う場合、全時代に豊富にある仏書は優れた研究素材であると予想される。

そもそも、仏教は単なる宗教というより総合的な文化体系であった。仏教は、「漢字文化圏において、それぞれの文化のある重要な一部として血肉化した」のだった。(12) 仏教の重要な情報蓄積・伝達手段であった仏書の姿を追うことは、文化史的研究になり得ると思う。

すでに、特定の仏教史研究、たとえば藤堂祐範《とうどうすけのり》の『浄土教版の研究』(大東出版社、一九三〇年。藤堂恭俊増訂『藤堂祐範著作集』中巻〈山喜房仏書林、一九七六年〉として再刊)や日蓮宗の出版に焦点をあてた冠《かんむり》賢一《けんいち》の『近世日蓮宗出版史研究』(平楽寺書店、一九八三年)など優れた先行研究がある。後者で、冠は、「仏書出版書は近世出版史上、重要な位置を占めるにもかかわらず、出版文化史・教団史に何等取上げられることなく看過されてきた」とし、日蓮宗の仏書出版を考察することで「極めて実態を捉えにくい思想の影響・受容を解明する一つの資料を提供するもの」(「序論」四頁)と述べ、貴重な成果を生むものと見通している。最近では、江戸時代に開版《かいはん》(開板とも。新しく印刷の原版を制作し、刊行すること)されよく普及した黄檗版大蔵経の研究が大きな発展を見せた。(13) また、日蓮宗の古活字版に着目した堀部正円《ほりべしょうえん》の一連の研究も注目されるなど、(14) 文化史的な成果も生みつつある。ただし、冠のような認識はいまだ書物の研究者の中でも定着していない。

2　西本願寺教団と仏書

上記のように、仏書を書物研究として考察することには大きな意義があると予想する。しかし、仏書は多様であるため、いくつかの大きな研究事例を元に方法論を模索することからはじめなければならない。僅少ながらそうした成果があることは右のとおりであるが、近世仏書の全体像を見るためには、書物研究に徹したより大きな事例が必須である。そこで本書では、近世期の仏書を大いに活用し、その影響も強く受けたと考えられる、浄土真宗本願寺派の西本願寺教団を主軸において仏書を考察している。

そもそも筆者の意識の根底には、これまでの書物研究が江戸時代は仏書の時代であるという事実を踏まえず行われてきたのは問題ではないかという疑問がある。これまでの研究では、仏教の出版文化への関わりはその黎明期のみと見なされてきた。先に挙げた浄土宗や日蓮宗といった特定の仏教史研究が仏書の出版史に注目したことはあっても、出版学、ひいては書物研究において仏教教団の活動が大きなテーマとなることはなかった。しかし実際には、仏書は他のどのジャンルの本よりも大量に刊行され、バリエーションも豊かである。このことは教団全体が発行者としても享受者としても、積極的に出版物を利用していたこと、あるいは利用せざるを得なかったことを示している。一例を示せば、**口絵3**の『善悪双六極楽道中図絵』は畳物《たたみもの》と呼ばれる、折りたたんで表紙を付けた仏書である。近世の人々の仏教への親しみが看取されるが、仏教が身近であるからこそ、このような庶民の遊びに供される本までが出されたと言える。これは、仏教から離れて自律的に利益を追求する出版業者の存在があってこそで、中世までは起こり得なかったことである。娯楽および信仰、さらに人々の善悪の区別や地獄極楽といった教養までもが一体となって仏教から摂取されていたことが同書からわかるのである。

ともすれば軽視されがちであった近世仏教は、実際には当時の人々の現実や死生観にたいする考え方にも重大な影響を及ぼしていたという指摘があるが(15)、本書で行った考察を踏まえれば、それは西本願寺教団が出版物を利用したからこそ可能であったと言える。

同教団は、近世期最大規模であり、門徒《もんと》（真宗の信徒のこと）は全国に存在した。今日もなお日本屈指の大教団である。需要のあるものが流通するのが出版界であり、流通するものが文化を創る側面の大きかった近世期、その出版物の発行や享受は、一教団内部の実情を示すのみならず、江戸時代という社会や文化と強く関連しているかも知れない。

なお、ここでいう教団とは、言うまでもないが、寺社・僧侶にかぎらず一般の信者である門徒すなわち末端の人々をもすべて含んでいる。「一文字不通」とよく言われるように、一般の門徒には文字にふれた経験のない人も多かった。にもかかわらず、彼らもまた西本願寺を取り巻く出版文化の享受者であり、時に本山による出版活動を積極的に促すことさえあった。

総じて、西本願寺教団の出版物利用の実態解明は、その影響力の大きさ、近世期全体をカバーしている点など、今後も発展する書物研究において大きな成果となる可能性が高いと考える。

三　研究方法

1　聖教出版史料の活用

本書は、西本願寺の書物利用の実態を示すことが直接の目的である。本書の研究方法としては、まず西本願寺が記録し、現在はその多くが龍谷大学大宮図書館および本願寺史料研究所に所蔵される出版に関する資料群を主たる材料として、西本願寺および本屋をめぐる諸事を詳らかにしている。同寺は京都の西側にあり、繁華であるがゆえに幾度も火災が起こった東側とは南北に流れる堀川によって隔てられているため、元和三年（一六一七）の出火以来大きな被害を蒙っていない。出版に関する資料もかなりの部分が現在まで伝わっている。

これらの史料はこれまでほとんど知られてこなかったが、現在まで主に同寺の宗門大学である龍谷大学大宮図書館などに保存されている。聖教類の蔵版、新規の開版および弘通《ぐづう》（本山が門末へ頒布すること）を記した記録が大半を占める。題簽に「聖教出版資料」と手書きされた近代の表紙が付けられ、綴じ直されているものが多いが、当時の姿のままのものもある。虫損が甚大なもの、仮綴じであったものが外れて散逸し、断片的にしか残っていないものなどもあり、すべてを閲覧したとは決して言えない。今後新たな史料の発見があると見込まれることを明記しておきたい。その一方で、民間の出版元の記録として主に各種「本屋仲間記録」を参照した。本屋仲間記録とは、当時の出版元らの同業者組合である本屋仲間が作成した記録である。こちらは、現存するものはすでに大部分が影印あるいは翻字されて刊行されている。

2　書誌学的な考察

記録類を参照する一方で、本の姿に特に留意した各種版本の刊記・装訂の考察といった書誌調査も行っている。本の姿とは、具体的には料紙の種類や書型、料紙を糊で貼り合わせた糊装《こそう》なのか、糸で綴じ合わせた線装《せんそう》なのかといった装訂方法などである。なんと言っても仏書は量的に最も多い書物群である。こうした情報からは、注目すべき特異な事項や、その時々の情勢の変化を読み取ることができ、非常に有意義であったと思う。

言及した刊本についてはもちろん、その周辺の書物に関してもできるかぎり実際の書物に触れ、刊記はもちろん、その装訂や保存状態にも注意している。書かれている内容は重要だが、書物が人工的に作られた〝もの〟として存在する以上、その外形にもそれを生み出した時代や文化、思想は反映されている。内容が同じであっても、判型の大小など、書物としてのあらわれ方に差異があれば、その流通過程も異なり、読み手にたいして果たす役割も別のものになっていく。書物の外形を観察し、製作、流通、用途、保管、再利用、廃棄の実態を調査することは、その書物の本質について、本文のみからではうかがえない多くのことがらを理解する手がかりとなり得る。その意味で本論は、調査手法においても、〝もの〟としての本の在り方の諸相に留意した次第である。

仏教が広く社会に浸透しているが故に、内容が同一の仏書でも、社会に果たす役割は大きく異なる。伝存する大量の仏書はいずれも当時の教団の実際を示す、重要な資料となる可能性を秘めている。これまで莫大な量が伝存しながら、ほとんど研究対象とされてこなかった仏書に、本の形態に着眼することで、研究資料としての新たな価値を示せると考えた。

3　先行研究

西本願寺の出版活動に関して、大きな先行研究としては、古くは禿氏《とくし》祐祥《ゆうしょう》と鷲尾《わしお》教導《きょうどう》による「真宗聖教刊行年表」(『真宗全書』第七四巻収載、一九七六年)や、中井《なかい》玄道《げんどう》の『教行信証』の開版状況の調査(『教行信証付録』仏教大学出版部、一九二〇年)、さらに真宗の版本を網羅しそれぞれに書誌を付した畢竟の大著佐々木《ささき》求巳《もとみ》の『真宗典籍刊行史稿』(伝久寺、一九七三年)がある。さらに御《ご》蔵版《ぞうはん》事業に関わるものとして、浅井《あさい》了宗《りょうしゅう》の一連の研究がある。(16)

また近年では、本願寺史料研編『増補改訂本願寺史』(本願寺出版社、二〇一〇年)にも本山の出版活動の概略が紹介されており、前掲の引野亨輔『近世宗教世界における普遍と特殊—真宗信仰を素材として—』中の第三章「真宗談義本の出版と近世的宗派意識」でも同じ主題を扱っている。この他、個別の書に関しては適宜引用した。

第三節　本書の構成

本書は、広く人文諸科学のものとなってきた書物研究のひとつとして、仏教教団の出版物利用を考察するものである。最も多く伝存するものの、これまで研究の俎上に上げられてこなかった仏書を主たる資料とすることで、活発な活動を行っていた近世仏教の実像を示すことを目指した。そこで、本書では、以下のような構成を取ることとした。

第一部　新しい仏書

〈第一章　出版資本と仏教〉

ここでは総じて、初期仏教教団における町版《まちはん》（民間から刊行された版本。坊刻本《ぼうこくぼん》とも称する）の意義について考察している。近世初期、仏書はよく売れる商品であった。出版文化の黎明期に権勢を誇った本屋（江戸時代の本屋は現在と異なり、本の販売だけでなく企画や製本など、一切の作業を行う）の大半が仏書を主力商品としていたことは夙に知られている。そもそもなぜ近世初期に仏書の需要が大きかったのか。さらに奈良時代の「百万塔陀羅尼」に始まる近世までの印刷文化はほとんどが仏教の内にあったが、なぜ僧侶らは印刷してまで本を求めたのか。ここでは近世期の出版文化を見据えて説明を試みた。

その上で、近世期に入って仏教が積極的に利用した町版が、それ以前の本とどう違うのかを検討した。まずは近世の教団形成について概説し、そこでいかに本が必要とされたかを示した。あわせて当時の出版制度の解説と特徴の指摘を行い、町版の普及とそれ以前の違いについて論じている。

また、仏書をはじめさまざまな本が大量に出現し、金銭で売買されるようになると、教団にとってそれ以前からあった書物にたいしての認識も変化したはずである。中世までに培われた書物の文化から、近世の出版文化への過渡期について、浄土真宗聖教唯一の古活字版『浄土文類聚鈔《じょうどもんるいじゅしょう》』を中心に考察した。

〈第二章　新しい仏書の展開〉

とかく量が多い近世期の町版仏書であるが、その最大の特徴は、本屋という、仏教関係者とは直接は無縁ないし一定の距離を置いていた人の資本で、商品として生産されたということである。商品であるが故に広範に流通し、商品であるが故に新しい種類の仏書も誕生した。これら商品として工夫された仏書が、それまで本とは無縁であった人々の信仰や娯楽、学びを支えたのである。

商品となった仏書は、より裾野を広くして、教団の情報流通を円滑にした。ただし、本が特定の人間関係ではなく、ただ金銭によって買えるため、門末が知識を主体的に獲得することも可能となった。それが教団上層部や教団外部とどう関係するのか検討した。

本屋は、需要に応えてどのような本でも開版する。時には門末の需要に応えて本山の意に染まない本が流行する場合もあった。その一例として、『御文』という、中世より本山が頒布してきた書物の、近世出版文化の影響を受けた部分を採り上げている。近世期、『御文』は「偽版のベストセラー」ともいうべき書物であった。近世の出版文化の中で、『御文』に関する本屋の勝手な行動やそれにたいする本山の反応に光をあて、単に上から下へという一方通行でない、いわば相互作用する情報回路のあり方を明らかにした。

また、近世仏書が他のジャンルの本とも無関係ではいられなかった一例として、和歌を多く採り入れた説教僧の著作を考察した。

第二部　聖教の板株を巡って

〈第一章　聖教叢書『真宗法要』開版〉

本章では、本の身分としては最高位にある聖教の現在でいう出版権にあたる板株《いたかぶ》を巡って、西本願寺が行った大規模な聖教の出版活動である「御蔵版」（蔵版とは、版権を所有すること）の嚆矢である『真宗法要』開版の実態解明とその意義づけを行った。

『真宗法要』開版は、幕府公認の組織である本屋仲間の出版法にたいして、大寺院が正面から異を唱えた事案である。西本願寺が『真宗法要』開版を望んだのは当時の真宗学界の内部事情によるが、幕府権力に守られている本屋仲間との対立が不可避であった。すなわち開版の際に、先に聖教類を開版し、すでに板株を所持している本屋の折り合いをどう付けるのかという問題である。さらに、できあがったものは当時の教団のあり方およびそれをとりまく社会の影響を強く受けているため、その分析も試みている。

当時の出版物はその書型からして身分社会を前提とした姿をしているため、新しく作られた本山発行の聖教にも、必然的にそういった江戸時代としての性質が強く染みつくことになるはずである。開版に至るまでに、西本願寺と本屋たちがどのように振る舞い、そしてどういった解決を見出すのか。そして、その結果開版されたものは、どういった性質を持つのかを考察した。

〈第二章　寺院間の聖教蔵版争い〉

西本願寺を初めとする真宗諸派は、『真宗法要』開版以降、多くの聖教を蔵版し、弘通することになる。西本願寺もさらに多くの聖教類を御蔵版とすることに成功したが、果たしてその動機は『真宗法要』開版の際と同様のものであったのか。主に西本願寺と、その末寺興正寺《こうしょうじ》との聖教出版争いを通じて、当時の真宗諸寺院が聖教の蔵版にどのような意義を認め、寺院の活動全般の中でどのように位置づけていたのかを探る。また、こうした寺院間の聖教蔵版争いの中で活躍した、近世の真宗学僧の中でも指折りの名僧慶証寺玄智《けいしょうじげんち》について、その晩年が不遇であった理由のひとつを明らかにした。本山たる西本願寺が実績ある玄智を冷遇した理由は長い間不明であったが、そこに重大な出版問題があったのである。

〈第三章　縮刷版の流行〉

『真宗法要』の開版に始まる西本願寺の御蔵版は、本山こそが聖教の管理者であるという意識を背景に、独立志向を持つ末寺との衝突や、東本願寺との競合を生むこととなった。さらに、江戸後期、西本願寺は大規模な宗教騒乱三業惑乱《さんごうわくらん》を経験し、教団の秩序は変容する。こうした事情を受けて、新しい御蔵版本が作られた。本章では、これらの開版経緯およびそれが生まれた背景を分析している。さらに、幕末から明治にかけて、本屋らが行った聖教版本に多く見られる銅版本について考察し、御蔵版本の享受者であった人々のニーズを明らかにした。

そこでは、「物の本」と呼ばれた、いわば文庫に保存されるべき書物から、個人が携帯し消費していく書物への変化が見られる。こうした考察によって明らかになるのは、近世的身分社会を反映した聖教弘通による統治が温存されたのか、あるいは変容したのかについてである。それは、同教団の規模を考えれば、幕末から明治期に移行する際、一教団にとどまらず社会全体の知のあり方を考える上でも重要となってこよう。

第三部　出版制度と教団

〈第一章　本山と本屋〉

近世初期より大量の書物を必要とし、それを一部の聖教類を除いて全面的に町版に依存していた西本願寺教団は、京都の出版界に少なからぬ影響を与えることになる。学問研鑽のための教科書や教化のための布教書のほか、教学研究の成果発表を行ったり、それについて反論をする時にも町版による出版という方法を採ることが多かった。こうした場合、本山はどれほどその出版に介入できるのであろうか。それは学界の公平性の問題であると同時に、本山の検閲権がどこまで及ぶのかという出版全体に関わる問題でもある。

また一方で、西本願寺内町の本屋に焦点を当てて、その関係性を考察している。西本願寺が開版事業にあたって本屋仲間の規矩に従い、本屋と協調するようになって後、その周辺の本屋がどの程度の忠誠心を持って、どのように本山と関わっていったかは、先の公平性を検討する上でも、専門性の高い本屋のあり方やその事業の展開を理解する上でも重要な問題である。具体的には、西本願寺が関係を結んでいた寺内町の本屋吉野屋《よしのや》為八《ためはち》や御用書林と呼ばれる永田《ながた》調兵衛《ちょうべえ》を採り上げ、彼らと本山の関係について考察している。

〈第二章　町版の多い勤行本〉

第二章では、真宗依用の経典や『浄土三部経』や『正信偈和讃《しょうしんげわさん》』（『正信偈　並《ならびに》　三帖和讃』）について、町版との関わりを考察した。これらは僧侶の教学用のものとは別で、日々の勤行における必需品であった。僧侶はもちろん門徒も使用するため大量の需要が恒常的にあったから、これらには特殊な出版状況があった。勤行本には中世より版本が存在したが、近世期に入ると大量の町版が作られ流布した。ただし、大きな需要があったものの、経典類などは装訂が特殊なものが多いため、生産性を高めるため特別な製本技術を避ける傾向がある本屋には手を出しにくい出版物でもあった。こうした装訂の難しい出版物について、その担い手を追求し、本屋との住み分けを考察した。その上で、『浄土三部経』が御蔵版となった経緯や、本山が『正信偈和讃』をルビ付きで開版した事例を採り上げ、これら勤行本の町版と本山版の関係について考察している。

〈第三章　公家鑑を巡る争い〉

西本願寺をめぐる近世期の出版活動は、宗学研究や日々の信仰の充実だけを目的としていたわけではなかった。一方では、江戸後期から明治初期にかけて、一見すると教学研鑽や信仰と直接は無縁の書物の開版を、本山たる西本願寺自身が手がけたこともあった。ここでは公家や寺社の名鑑である公家鑑を巡って、東西本願寺が熾烈な争いを繰り返したことを示し、その理由についても探っている。第二章の事例と合わせ、これらは出版界の慣習と実情について、従来とは異なる視点からの考察が必要であることを示している。

以上の点を踏まえて、終章「文化史研究の可能性」では、本書の総括として課題と展望を示した。

註

（1）大和博幸「90年代の近世出版史研究」（『出版研究』三一号、日本出版学会、二〇〇一年五月）。

（2）鈴木俊幸『近世書籍文化史研究文献目録』ぺりかん社、一九九七年初刊、二〇〇七年増補改訂版。

（3）井上宗雄他編『日本古典籍書誌学辞典』岩波書店、一九九九年。

（4）『書物学』勉誠社、二〇一四年三月創刊。

（5）藤實久美子「一九九〇年代以降の書籍文化史研究〈近世〉」（『出版研究』三一号、日本出版学会、二〇〇一年五月）。

（6）代表的なものとして、小林文雄「近世後期における『蔵書の家』の社会的機能について」（『歴史』七六号、東北史学会、一九九一年四月）。

（7）金子貴昭『近世出版の板木研究』法藏館、二〇一三年。
（8）藤本孝一『国宝『明月記』と藤原定家の世界』（倉本一宏監修『日記で読む日本史』一四巻、臨川書店、二〇一六年）第二章「明月記の写本学研究―貴族日記と有職故実書―」など。
（9）湯山賢一編『古文書料紙叢論』勉誠社、二〇一七年。
（10）クラウタウ・オリオン「近世仏教堕落論の近代的形成：記憶と忘却の明治仏教をめぐる一考察」（日本宗教学会『宗教研究』八一号〈三〉、二〇〇七年十二月）の抄録より抜粋。
（11）引野亨輔『近世宗教世界における普遍と特殊―真宗信仰を素材として―』法藏館、二〇〇七年。
（12）船山徹『仏典はどう漢訳されたのか』岩波書店、二〇一三年。
（13）たとえば高井恭子「華蔵寺所蔵『黄檗版一切経』をめぐって：黄檗版を支援した華蔵寺の事情」（『黄檗文華』一三三号、黄檗山萬福寺文華殿、二〇一四年七月）や松永知海「黄檗版『大般若経』の補版・改刻について」（『印度學佛教學研究』六四号〈二〉、日本印度学仏教学会、二〇一六年）など。
（14）直近の論文では「本国寺版をめぐる諸問題：『録内御書』を視点として」（『近世文藝』一〇四号、近世文学会、二〇一六年六月）など。
（15）大桑斉『日本仏教の近世』法藏館、二〇〇三年。
（16）浅井の論文としては、「本願寺に於ける聖教出版の問題」（『龍谷史壇』第四四号、龍谷大学史学会、一九五八年十二月）、「江戸時代初頭に於ける本願寺及び六条寺内の出版」（『龍谷大学論集』第三七一号、龍谷学会、一九六二年十二月）、「江戸時代仏書開版の研究―特に本願寺に於ける蔵版成立の事情―」（『龍谷大学仏教文化研究所紀要』第二集、龍谷大学仏教文化研究所、一九六三年六月）、「真宗聖教の開版と本願寺蔵版の成立過程」（『龍谷大学論集』第三七七号、龍谷学会、一九六四年九月）がある。

第一部

新しい仏書

はじめに

今日、日本に伝来する和本、あるいは輸入された漢籍や洋書など、あらゆる書物の中で、仏書、とりわけ版本の仏書が占める割合は突出して多い。量が多すぎることもあって、一見するとどれもありふれた聖典や経典ばかりで、個性のない書物群に見えるかも知れない。しかし実際は、同じ内容の仏書でも、異なる役割があり、異なる制作背景や来歴がある。たとえば本文はほぼ同じの『法華経』であっても、利用されることを前提としない奉納目的のものの、制作当時は利用されたが後代の人によって貴重な宝物として認識され、それにふさわしい姿に変えられたもの、高僧の学問研鑽に用いられ、びっしりと書き込まれたものもあれば、庶民の仏壇に具えられて、一度も読まれることはなくても一生の信仰を支えたものなど、まことに多様である。

なぜ、時代を越えて仏書は大量に作られ続けたのか。また、今日大量に残された仏書は時代による変化があるのか。ここでは、奈良時代より連綿と作られ続けてきた仏書の歴史を振り返り、近世仏書とそれ以前との違いについて探りたい。

まずは、記録上世界最古の印刷物である「百万塔陀羅尼」の時代から江戸時代に至るまでの版本仏書の変遷を追い、近世の出版文化から生み出された仏書がそれ以前のものと異なるものであること、また異なるが故に、江戸時代初期、それ以前の仏書（あるいは書物全般）に向けられた人々の意識に変化があったことを確認する。

第一章　出版資本と仏教

仏教は本や掛け軸、絵解きや音楽など、多くのメディアを持っている。特に本は、その伝来以来、奈良時代には国家事業としての写経が行われ、聖教やその注釈書、そこから派生した文学書などまで、大量に作られた。はじめは写本だったものの中から、印刷されるものが出てくる。奈良時代の百万塔陀羅尼から室町時代の五山版《ござんばん》まで、出版文化に先立つ印刷文化と言えるものは、暦の類を除けば全く仏教に内包され発達した。そして、近世初期の出版文化の勃興も仏書需要に支えられていた。

ここでは、まず印刷文化の発生から出版文化に近づいた五山版までを、特に出版資本に注目しつつ確認している。近代までの日本では、主な印刷方法が木版印刷であったことから、開版資金は莫大なものであったからである。その上で、為政者や文化人による印刷事業から民間の商業出版へと移行した近世期初期の出版文化にたいして、西本願寺教団がどう反応したのかを、浄土真宗唯一の古活字版聖教である『浄土文類聚鈔』を題材として論じた。

第一節　室町時代までの概観

一　行為の重視

1　メディアの使用に優れる仏教

仏教は日本に伝来した時点で、その教えを伝える多くの表現方法を持っていた。整備された経典、たとえば地獄絵のように一目で理解できる具体的な図や、仏像、音楽、各種の荘厳、諸々の儀礼・儀式も揃っていた。中でも本は主要なメディアであった。仏教伝来以来、まず重視されたのは教えの根幹となる経典の複写であった。平安時代にかけて、写経が国家事業として大規模に行われた。経典類は、輸入された時点ですでに漢訳され、整備されていた。経文は連綿体などではなく、一字一字が独立しており、基本的に一行一七文字に統一されて書写されていた（**図1**）。これにより、一部がゆうに一千巻を越える一切経であっても、必要な料紙の量を見積もることができ、書写によるミスも防げたのである。写経は普及し、やがて貴族たちもおのおの仏との結縁のために盛んに写経を行うようになっていった。

2　書物を求める寺院

写経が盛んに行われ、寺院に経典が具備される一方で、僧侶たちは新しい書物を日本へ招来することにも熱心であった。奈良時代より朝廷が行った遣隋使・遣唐使の派遣によって、彼らが大陸から持ち帰った書物の量は、同道した明経《みょうぎょう》家や明法《みょうぼう》家ら学士をはるかに凌駕する。これら僧侶の招来した書物についての研究は、すでに大庭脩《おおばおさむ》の

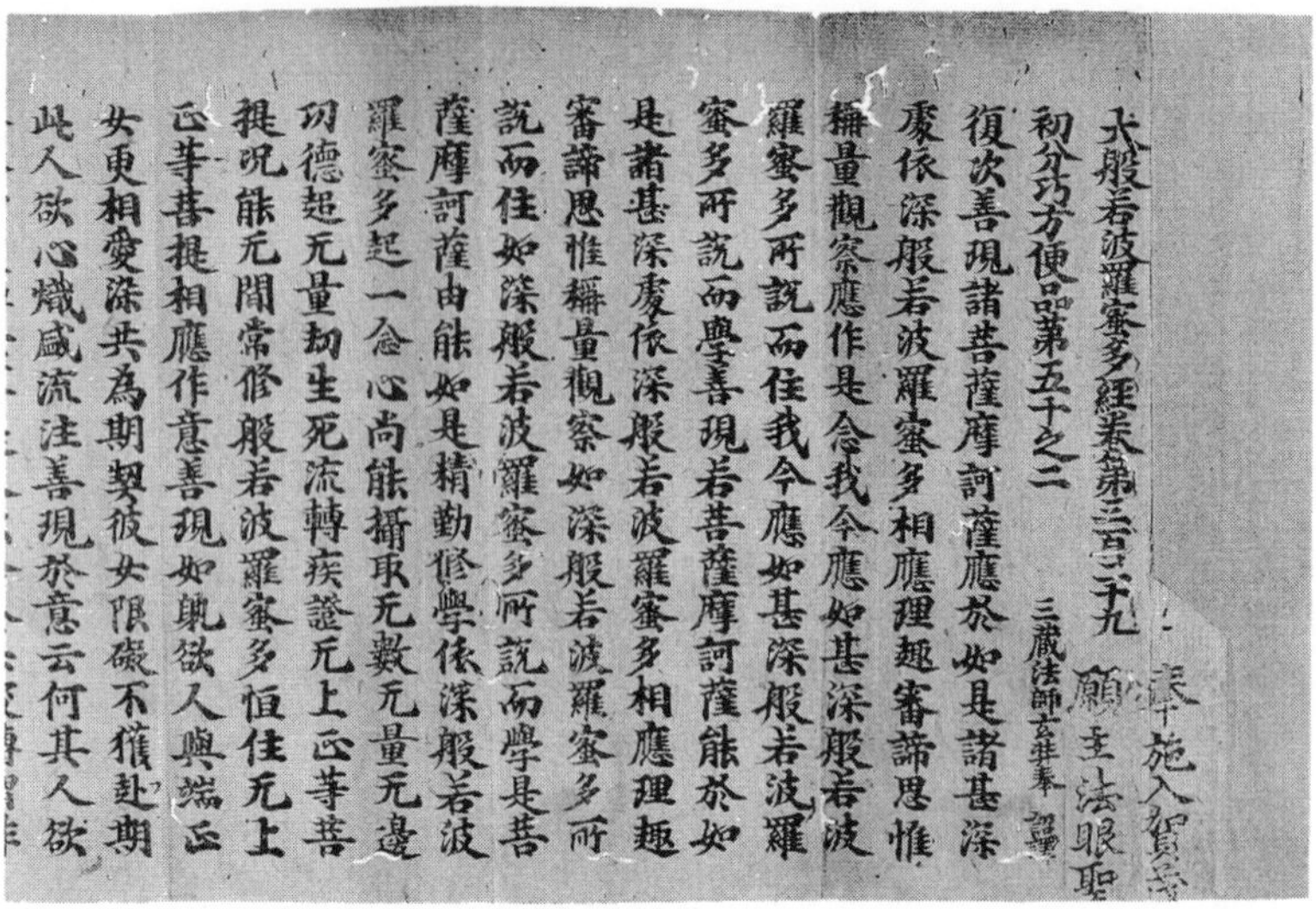
大般若波羅蜜多經卷第三百二十九
初分巧方便品第五十之二　三藏法師玄奘奉　詔譯
復次善現諸菩薩摩訶薩應於如是諸甚深
處依深般若波羅蜜多相應理趣審諦思惟
稱量觀察應作是念我今應如甚深般若波
羅蜜多所說而住我今應如甚深般若波羅
蜜多所說而學善現若菩薩摩訶薩能於如
是諸甚深處依深般若波羅蜜多相應理趣
審諦思惟稱量觀察如深般若波羅蜜多所
說而住如深般若波羅蜜多所說而學是菩
薩摩訶薩由能如是精勤修學依深般若波
羅蜜多起一念心尚能攝取无數无量无邊
功德超无量劫生死流轉疾證无上正等菩
提況能无間常修般若波羅蜜多恒住无上
正等菩提相應作意善現如耽欲人與端正
女更相愛染共為期契彼女限礙不獲赴期
此人欲心熾盛流注善現於意云何其人欲

図１　『大般若経』巻第三二九

鎌倉時代刊。１行17文字。印刷されているが、その文字は肉筆に近い。

『漢籍輸入の文化史』（研文出版、一九九七年）がある。

右の書に就けば、たとえば最澄は二三〇部四六〇巻、空海二一六部四六一巻、円仁は少数の外典《げてん》（仏典を内典《ないてん》と言うのに比して、仏典以外を外典と称する）を含む一三七部二〇一巻、円珍四四一部一〇〇〇巻を日本にもたらしている。空海などは最新の新訳経典を含め多くの書物を書写していたため帰国が一年遅れた。玄昉《げんぼう》に至っては、五〇〇〇余巻を日本にもたらしている。

遣唐使が廃止された後、唐・宋・元と中国の王朝が変わっても、引き続き僧侶は書物を求めた。商船に便乗して大陸へ渡ったのである。たとえば、東大寺の僧奝然《ちょうねん》は、藤原道長の援助を受けて永観元年（九八三）に商船で渡航し、太祖から初版の開宝蔵《かいほうぞう》大蔵経を与えられている。天台宗の僧成尋《じょうじん》は、延久四年（一〇七二）に渡航し、北宋の第六代皇帝神宗に謁見、日本から持ってきた天台真言の経書六〇〇余巻を奉り、新訳経などの下賜を得た。彼は自らが集めた版本・写本をこれに加えて、合計六百数十巻の書物を弟子に託して帰国させている。

3　行為の重視

各仏教寺院では、早くから印刷技術も導入されていた。ただし、初期の刷版は書物そのものを得るためではなく、仏教的な作善行為として使用された。記録上世界最古の印刷物として知られる「百万塔陀羅尼」（印刷物ではあるが、紙片に印刷されているので書物ではない）は、天平宝字八年（七六四）から六年の歳月をかけて、百万もの陀羅尼の印刷が行われた。これは陀羅尼の呪術的効用から摺写の回数を多くしたと考えられる。「「摺写された陀羅尼・モノ」ではなく、「陀羅尼を摺写した・行為」が重要なのである」(1)、つまり百万部必要だったのではなく、百万回印刷する行為こそが目的であった。

貴族の間でも写経は盛んであったが、経典を刷版する、いわゆる摺経《すりきょう》も流行した。その嚆矢は『御堂関白記』に見える、寛弘六年（一〇〇九）の道長の中宮御産祈のための千部の法華経を摺写した記録である。こうした摺経は摺経供養とも呼ばれ、やはり実用目的ではなく、仏とのつながりを期待して行われるもので、全くの宗教行為であった。百万塔陀羅尼であれ、貴族らの摺経であれ、仏との結縁こそが目的で、その結果でき上がった印刷物は使用したり秘蔵することはなく、多くは寺院に奉納されるなどし、その後失われたと推測される。平安時代まで盛んであった摺経供養で作られた経典は、現在一点も発見されていない。

実用に供されたものとしては、平安時代末期に興った、奈良の興福寺と春日大社による春日版がある。『成唯識《じょうゆいしき》論《ろん》』など基礎的な経典がまず開版された。春日版の出現以降、鎌倉時代からは、南都版や高野版、叡山版、浄土経版など、個々の大寺院や宗派でも刊本が作られるようになる。いわゆる「中世の寺院版」である。

これら寺院版の特徴は、一定の実用性を持っているものの、あくまで狭いコミュニティで使用されることが前提で、写本の代替の域を出ないことである。たとえば先の春日版『成唯識論』を見ると、冊子型よりも利用に不便な巻子装の形態を採っている。文字も極力肉筆に似せており、肉筆と見まがうほどである。先に挙げた図1の摺経も、できるだけ肉筆に似せて作られている。つまり、写本を複製することが第一義であって、それまでの写本の姿を変え、よりよいものを大量に作るという発想を持ち得ていないのである。写本同様、狭い人間関係や組織の中で共有されるのみで、商品として流通させるなど、宗派を越えて広範囲に頒布することは非常に少なかった。

多くの書物を欲する各寺院の開版事業があくまで写本の複製の域を出ないのには、開版資金を集める上での制約も大きい。一般に、書物を開版するには巨額の資金がかかる。江戸時代の書物観を具体的に紹介した橋口候之介の『続和本入門—江戸の本屋と本づくり』（平凡社、二〇〇七年）は、版本の「製作原価の基礎は板木代」とし、出版産業が発達した江戸時代でさえ、最も大きい書型の大本で一丁（二ページ分）の板木代金の平均を五匁から七匁と見積っている。現代感覚で一万八千円ほどか。だがこれは関係が固定化した本屋と職人でのことで、個人で依頼する場合はこれより高額の場合が多かったという。経済が発達した幕末でさえ、新書版サイズの仏書一冊につき、板木の彫刻料だけで二〇両かかっている。(2) この開版費用、より具体的には板木の製作代金の捻出こそ、版本制作において最初にして最大の難関となる。開版後の板木の保存や印刷は比較的容易で、いったん作成された板木は長期間保存でき、料紙さえ用意できればニーズに合わせてその都度小部ずつ印刷することができる。

開版資金を集める方法としては、先の道長の摺経のように、個人がすべての資金を出すこともあったが、多くの人々に向かって浄財を募り、資金を集める勧進《かんじん》がより一般的であった。勧進は造仏や寺院の補修や造営などの資金収集に広く用いられており、奈良時代に大仏造営で大勧進を務めた行基や、鎌倉初期の浄土僧である重源などが勧進僧として著名である。彼ら勧進僧が集めた資金によって、写本・版本を問わず多くの本が作られた。勧進は宗教行為であるため、作られた本は奉納されるなど実際は読まれない場合も多かったものの、一方では実用になったものもあった。仁安三年（一一六八）には、高野山において開版された高野山正智院の『往生要集古鈔』の奥刊記に、諸人の勧進があり、開版への助成となったことが記されている。(3) その奥刊記に「摺写之本」が少ないので勧進して開版した旨が記されている。これは実用のための開版の早い例であろう。

二　メディアとしての版本とその限界

1　五山版

鎌倉時代になると、中国から臨済宗が最新の知識として日本にもたらされた。厳しい修行によって悟りを得る宗風は、独自の文化を模索していた当時の武士層に受け入れられた。臨済僧は外交上も重視されたから、僧となり研鑽を積むことは武士にとって出世の道でもあった。室町幕府からも篤い帰依を受け、多くの臨済宗寺院が建立せられ、五山十刹が整えられた。この臨済宗五山を中心とした僧俗関係者が行っていた印刷事業が五山版である。『日本古典籍書誌学辞典』(4) によると、五山版は重刊を含む全開版数が四一〇回に及ぶという。

五山版は宋や元の発達した出版文化の影響を受けており、先述の中世の寺院版のひとつだが、それまでの写本の代替としての印刷物の域を脱した、メディア性を具えたものであった。学習用に便利でなおかつ作製も簡単な冊子型である袋綴装《ふくろとじそう》を用い、料紙も最も量産に向く楮紙《ちょし》を用いた姿が基本である。適宜挿絵も入れられており、字体も肉筆に近づけるのではなく、版本として見やすいよう整えられており、現代で言うフォントの意識がそこにはある。写本の代替という意識ではなく、むしろ版本として量産と実用に適する手法や素材を撰択しているのである。

外典が多く開版されている点も、日本において初めてのことである。五山版の時代も僧侶の商船への便乗による渡航は続けられたが、五山僧は外典も持ち帰っており、その量は全体の三割を占める。日本で行われた五山版も約三割が外典である。したがって、この書籍の割合は、僧侶がこの時代の文化的リーダーでありかつ教師であったことを考えれば、この時代のニーズに応えたものだったと思われる。十刹のひとつ臨済寺などは諸宗兼学の寺院で、他宗派からも多くの僧が集まっていたし、多数の貴重書を有する文庫として知られる足利学校の教師は僧侶が務めていた[5]。五山版の外典には辞書が多いが、それも首肯されよう。

2　開版の限界

中国からの最新の知識として尊崇され、新たな支配層である武士から支持されて繁栄を誇った五山であったが、それでも開版事業にあたっては盛んに勧進を行わなければならなかった。内田《うちだ》啓一《けいいち》『日本仏教版画史論考』（法藏館、二〇一一年）に就けば、五山の高僧龍湫《りゅうしゅう》周沢《しゅうたく》の多額の助縁と勧進によって開版された『禅林類聚』二十巻の開版資金は四〇〇貫と見積もられており、「助縁の筆頭である龍湫周沢の五貫二百文も」「言ってしまえば微々たるもの」であり、「南禅寺、臨川寺などの住持を歴任した龍湫周沢をもってしても開版の費用は、はるかに高額であり、（龍湫周沢自身も）その一端を担わなければならなかった事実は、（中略）禅宗と一般の人々との強い結縁と勧進があったことを想像させるし、また、勧進が当然であったのである（（　）内筆者）[6]」。外典を含め実用的な本が多い五山版であっても、開版資本を用意するには勧進が前提であったことが知られる。

これは、より多くの人が多くの本を望んでも、それにはおのずと限界ができることを意味している。確かに、輸入や書写で必要十分な本を揃えるのが難しいとき、印刷を用いれば大量の本の複製が可能になる。しかし、木の板に本文を彫りつけて印刷の原版を作成する木版印刷（整版印刷ともいう）に拠るかぎり、開版資本の問題はどうしても動かしがたい。寺院で行う場合は、勧進という宗教行為に頼らざるを得ない。だがそれを行ってさえ、開版できるのは一度に一種から数種のみである。宗教行為ゆえに、聖教は開版しやすくとも外典は勧進が成功しにくいことも予想されるから、おのずと開版される書物の種類にも制約ができるだろう。ここには、仏教の内に印刷文化が留まっていることの限界が見えている。五山版は実用のために書物を開版していたのだった。次の時代である近世期には仏教各宗は実証的な文献主義へと進む。客観的な学問には多くの外典類や他の宗派・宗教の本などが必要である。しかし、多種多様な書物が必要になった時、開版資本が、仏教信仰から少なくとも直接は切り離されないかぎり、仏教は自らの書物の需要を満たせないと推測できる。

第二節　近世期の仏教教団と出版制度

一　近世期仏教教団の書物需要

1　近世期仏教教団の出現

近世に入ると、仏教勢力は徳川政権の指導の下に再編成されることとなった。中世まで政治的な機能を持っていた仏教は、徳川封建時代に入ると政治の中心から退けられ、統治機構の周縁に位置づけられるようになった。本末制度と寺請制度の制定は、こうした仏教の位置づけを決定づけるものである。ただし、今日、これらの制度は幕府が創出し強制的に制度化したものではなく、「むしろ寺院側や民衆側の動向を権力者が追認したというのが実態に近いと考えられるようになってきた」(7)。では、仏教教団自らが目指すものへと変化したとすれば、新しい仏教教団はどのようなものであったか。

本末制度により、各宗各派ごとに寺格によって整理され、本山と末寺という、本末関係ができあがった。本山と末寺の関係は明確化され、末寺は本山に従うよう通達された。加えて寺檀制度により、民衆はいずれかの寺院の信徒となったため、基本的にはすべての人が、いずれかの教団組織に所属することとなったため、本山を頂点とし、その下に末寺、さらに下に信徒が置かれるピラミッド型の教団が作られた。

寺院法度により大寺院は中世まで保持していた強大な自治権の多くを失う一方で、学問が奨励されて、各宗各派においてそれぞれ独自の教学の確立が目指された。加えて、教化の拠点となる末寺の認可が相次いだことにより、増大した新寺の僧侶の教育も急務となった。

このような状況で、教団の頂点である各本山が教育と教学研究の中心となった。江戸前期、各宗の本山による檀《だん》林《りん》(仏教の僧徒の学問修行の場をいう)の設置が相次ぎ、巨大な仏教の学校が京都や関東などに次々に出現することになった。上下関係が錯綜することは、身分社会である江戸時代にあっては許されない。本山の権威を支える檀林こそが、教団の僧に教育を授けることができ、最も権威ある教学研究機関となった。

浄土真宗である西本願寺は、いわゆる庶民を主たる基盤に持つことから寺院法度の対象とはなっていなかったが、従来の教団内部の規律によって宗派内の規制を行っている。教育面でも、江戸時代初期より次第に宗学研鑽の機運が高まり、寛永十六年(一六三九)良如《りようによ》宗主のとき、教育機関として学寮が設置され、宗学の研鑽が各寺の住職の必須条件となった。なお、この学寮は一六〇〇年代後半ごろから学林と呼ばれるようになるので、本書でも学林と呼称することとする。

2 教団の整備と仏書需要

多くの檀林は、十六世紀後半から十七世紀前半につくられている。浄土宗では江戸時代初期に、関東の十八寺院を選定し関東十八檀林としている。一致派と勝劣派に大別される日蓮宗でも、元禄年間（一六八八〜一七〇四）までに、一致派では関東八檀林、関西六檀林と呼ばれる十四の檀林、勝劣派では上総宮谷《みやさく》など七檀林と、宗派ごとに次々に整備されていった。曹洞宗でも、文禄元年（一五九二）には江戸の吉祥寺に旃檀林《せんだんりん》が、浄土真宗では、西本願寺の学林に続き、一六〇〇年代半ばには東本願寺の学寮も創設されている。

全国から集った末寺の僧侶にたいして、檀林は教学を授け、住職となった時に自宗自派の儀式を斉一に執り行えるよう教育を行う。そうでなければ、本末制度を維持できない。檀林はピラミッド型の教団秩序を支える重要な制度のひとつであった。中世までの教育は、基本的には師に学んでその秘伝を受けることであったが、近世の檀林ではおおむね現在の大学に似た講義形式の授業が行われることが多かった。

中でも西本願寺学林は、早くからこうした傾向が強かった。東本願寺檀林では、その設置は寛文年間であったものの、本山で種々の勤行を勤め、教団内の教義の邪非是正を目指して教学研究を行う一握りの堂僧の養成機関という傾向が強かった。そのため、設立当初は末寺の子弟の教育および学僧による研究を行う機関という性格は弱かった(8)。しかし、西本願寺学林では、学林を創設した宗主良如や学林の長たる能化《のうけ》西吟《さいぎん》によって、承応元年（一六五二）には「制法十二条」を提示して所化《しょけ》（学林で学ぶ僧侶）生活の清規《しんぎ》を提示し、同時に学問増進と秩序維持のため位階と職制を設置した。これは、「中世後期の動乱期に培われた諸国坊主・門徒中の反権力的性格を一掃し、新秩序にふさわしい教団体制を教団教学を提示して、僧侶・門徒大衆を封建的教団体制のもとに掌握し直す必要(9)」を自覚していたからであり、設置当初より封建的身分社会に即した教育機関を目指していた。

一六〇〇年代、相次いで新設された檀林では膨大な書物を備蓄する必要に迫られた。また、檀林に集う僧侶たちもそれぞれに書物を用意する必要があった。公開性を特徴とする近世の仏教諸派の教育・研究にあっては、量産も

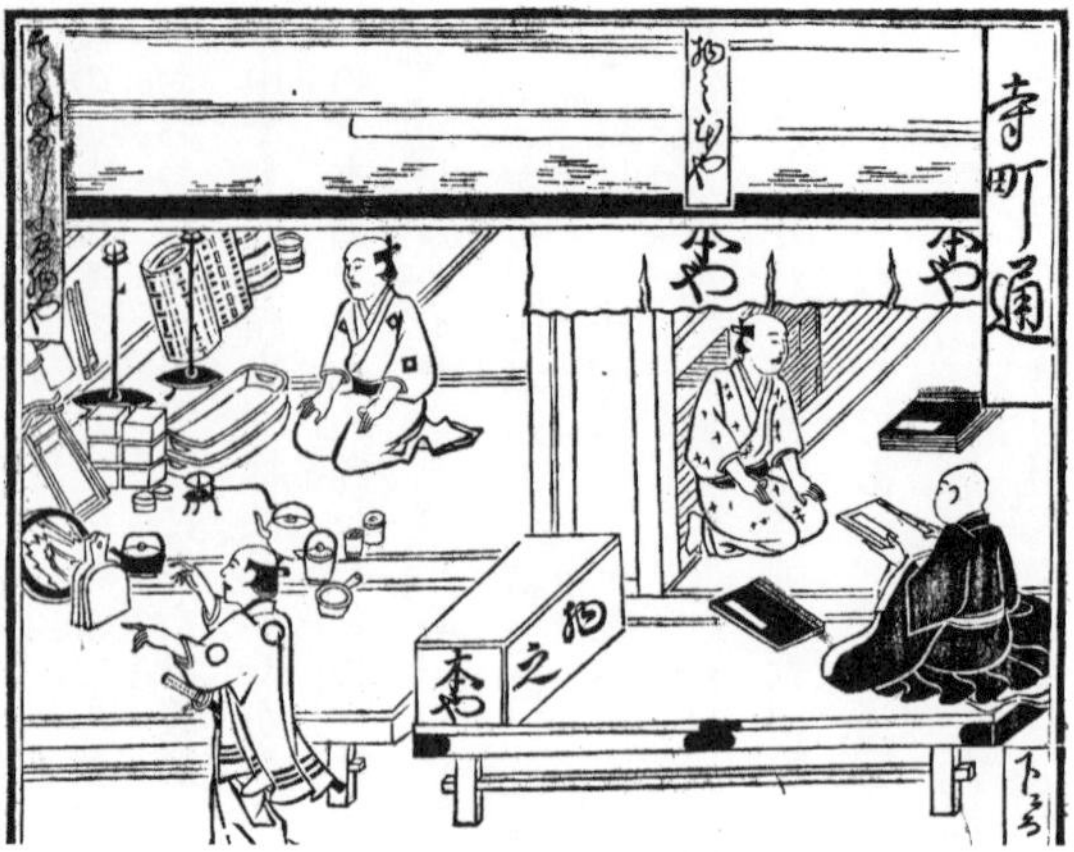

図2　『京雀』寺町通の項

客の僧にさまざまな本を見せる本屋。新しい本の伝播の姿がある。

できず、しかも個々の事情や写し間違いなどにより一点一点が異なる写本よりも、大量に複製できる版本が受け入れられることとなった。

上記に加えて、末寺のみならず寺檀制度により組織の低層に一般の信徒を抱えることになったため、こうした教団の下層を形成する信徒の人々も、信仰のために折本装の経典などを家に備える必要があった。檀林教育と信徒の信仰の両方に、均質な本が大量に必要になった。ここに今までにない規模の仏書版本の需要が出現したのである。

近世初期には、今日の人が手軽に読むような小説などは未発達であった。たとえば、日本で初めての娯楽小説である井原西鶴の『好色一代男』が刊行されたのは一六〇〇年代後半の天和二年（一六八二）である。このような状況の中で、出版界の成長を支えたのは近世の仏教教団であった。町版の目録、すなわち本屋の商品カタログである書籍《しょじゃく》目録《もくろく》を見れば、出版文化の勃興期である一六〇〇年代半ばの寛永年間から一七〇〇年代前半までは、仏書が実に全体の三〇から六〇%を占めている。特に元禄期までの仏書出版は盛んで、これは檀林の整備・発展時期と重なっている。新しく編成された仏教教団の出現は、近世前期における空前の書物需要を引き起こしたのである。

未曾有の需要を受けて、商品として本を開版し、不特定多数に向けて売る本屋（書林、書肆《しょし》などとも称する）が生まれ、社会に定着していった。本屋は、現在のそれとは異なり、本の企画、製本、販売を兼ねており、出版に関する一切の責任を持つ代わりに、利益も独占した。彼らは自らの利益のために自律的に開版事業を行う人々であった。そして、その時の資本は、基本的には自らが拠出したのだった。

当時の地誌を見れば、本屋の店頭に僧侶が客として訪れている様子が見てとれる（**図2**）。武士として生まれながら僧として生きることを選んだ鈴木正三《すずきしょうざん》の遺稿集『反故集《ほうぐしゅう》』に、「仏書《ぶっしょ》の類《たぐい》、殊外《ことのほか》うれ申候《もうしそうろう》」と、仏書の需要が極めて高かったことが記されている。さらに注目すべきは、「此故《このゆえ》に、次第に古《いにしえ》の法語等乞求《とうこいもとめ》尋出《たずねいだ》して開版《かいはん》致し候」[10]と続けていることから、仏書の出版がさらなる仏書需要を呼んだことが見てとれる。たしかに近世初期、次々に現れた本屋の中で、仏書出版を主軸にした本屋は多かった。この需要は本屋を商業として成立させる段階にまで押し上げたと言えよう。ここに、史上初めて、仏教勢力とは無関係に本を開版し、商品として流通させる人々が現れたのである。

二　板株に基づく出版制度の成立

1　古活字版

前述のように、仏教団の近世的な再編によって引き起こされた空前の書物需要を背景に、一六〇〇年代半ばまでには本屋が中心となった出版文化が誕生した。彼らは自律的に、自らの資本で開版事業を行ったのだった。ここでは、彼らが拠って立つべき出版制度、すなわち享保年間に一応の確立を見る出版法の成立とその特色について、仏書の出版に留意しつつ述べたい。

戦国時代の終焉期から、各仏教教団が形成されていく徳川政権の初期までの出版文化を見ると、まず古活字版《こかつじばん》と称される印刷物の登場がある。古活字版とは、それまで連綿と行われてきた木製の板に本文を彫りつけて原版とする木版印刷とは異なり、朝鮮で発達した金属活字印刷や宣教師がキリシタン版に用いた西洋活版印刷という、海外の活版印刷技術に影響を受けて作られたものをいう。安土桃山から江戸初期の約五十年間にわたり流行を見せた。古活字版は、新しい時代のリーダーたちが、それまで日本になかった技術を用いて行った印刷事業である。豊臣秀吉が朝鮮出兵で略奪した金属活字を朝廷に献上し、後陽成天皇が印刷した勅版『日本書紀』の「神代巻」一巻に代表されるように、長かった戦国時代が終わり、秩序が必要とされる時代の到来とともに、新しい時代の権力者ないし権威者の文化的なデモンストレーションとして盛んに行われたのだった。支配者・権威者にふさわしい本作りが目指されたため、多くの外典、つまり漢籍や日本の古典が、この時初めて刊行された。それ以前に連綿と行われてきた木版印刷では、圧倒的に内典が多かったことを考えれば画期的であった。

ただし、やはり古活字版の仏書も極めて多く作られている。家康が大檀越《だいだんおつ》（布施の中心者）となった『天海版《てんかいばん》大蔵経』など権力者の手によるものもあるが、寺院によるものが多い。慶長年間（一五九六～一六一五）に開版された古活字版一六八部のうち仏書は六一部、元和年間（一六一五～二四）では八四部中五〇部が仏書であった(11)。

仏書は経文など楷書の漢字表記が中心で、活版印刷に適している。さらに、寺院内では内部で使用するために少部数の本の需要が生まれやすい。古活字版は活版印刷ため、原版はいわゆる判子のような活字を一字一字拾って作成される。印刷後は活字はばらされて保存され、別の本の原版にも利用できるから、こうした小規模なニーズには応えやすかったと推測される。

だが、古活字版には欠点も多かった。用いられる活字は耐久性がなく、数十部の印刷にしか耐えられない。また、アルファベットなどと異なり、日本語は文字種が多種多様であり、ことに当時の文章は連綿体で書かれることも多かったため、活版には不向きであった。世上が落ち着き、為政者が新しい文化を誇示する必要がなくなった一六〇〇年代半ばの寛永期ごろ、本屋による出版文化が隆盛に向かう。そこでは大量印刷が可能で表現も自由な木版印刷が選択され、古活字版は終焉を迎えた。

ただし、仏教寺院内では古活字版の時代が幕を下ろした後も、その活字を用いて印刷が続けされた可能性がある。現在でも寺院には活字が大量に伝存しており、たとえば京都の円光寺には伏見版木活字と称される活字が五万二〇〇〇個以上、滋賀県の延暦寺には宗存版《しゅうぞんばん》木活字が約一七万四〇〇〇個残されている。これらを見るかぎり、活版印刷そのものは個々の寺院内では行われ続けていたように見える。江戸時代における活字の使用についての研究はいまだ十分になされておらず、今後の研究が俟たれる。

なお、活版は個別のニーズに応えて少部ずつ印刷するのには向いていたため、近世後期にはあえて木活字版での印刷を採用した例が見られる。これらは近世木活字版と称され、古活字版とは区別される。

2　本屋業の発展

前述のとおり、一六〇〇年代半ば、再び木版印刷が隆盛を迎えた。そのほとんどは、近世期に新しく本屋を創業した人々の手になるものであった。本屋とは、自らの資本で本を刊行し、そこから利益を得る商人たちであり、書肆、書林などとも称される。

彼ら本屋たちが開版に投じられる莫大な資本を一手に負担するということは、需要と供給のバランスを見誤れば、たちまち行き詰まることを意味する。リスクの大きな事業でありながら、この時期に本屋たちが大きく発展し、社会に定着していったのは、もちろん大量の本が必要とされる時代であったためである。それは、文治政治による教育の普及などもあったが、先に述べたように本末制度と檀家制度によって江戸時代に新しく整えられた仏教教団の仏書需要が大きかった。新設された檀林で使用される聖教類やその参考書、末寺がそれぞれの文庫に具えるべき基本図書類のみならず、信徒が家々に具える経典や読誦用の聖教類といった勤行用の本にまで及び、その需要が急激に高まったのである。

なお、西本願寺教団を含む真宗諸派教団において、日々の信仰に用いる本としては、正依の経典である『浄土三部経』、教えの要を消息に記した五帖の『御文』（『御文章《ごぶんしょう》』）、日々の読誦に用いる『正信偈和讃』（『正信念仏偈三帖和讃』）の三点である。これらを本書では他の仏書とは分けて「勤行本《ごんぎょうぼん》」と呼ぶこととする。勤行本は僧侶の学習用にも用いられる一方で一般門徒も所持しており、その総量は他の聖教類や仏書以外のあらゆるジャンルの本と比較しても圧倒的に多いと推測されるため、特別に呼称を設けて考察すべきと考える。

3 板株の重視

さて、急激に出版業が活況となれば問題も出てくる。最も本屋を悩ませたのは、先に出した本の人気を見て、他の本屋がそっくり重複した本を出版する重版《じゅうはん》（重板）と、一部が重複する類版《るいはん》（類板）であった。重版・類版が許されてしまうと、大量の資金を投じて開版した本の売れ行きが落ち、結局は重版した本屋ともども共倒れとなる。これらは何としてでも防がなければ出版業の安定はない。近世前期、本屋らはそれぞれに自衛策を講じ、奉行所もたびたび重版・類版を禁止する触れを出した。ただし、本屋らの自衛はあくまで私的なもので、たとえば京都の本を江戸で重版された場合、その取り締まりは極めて困難であった。

しかし正徳から享保年間に、同業者組合である本屋仲間が官許され公式団体となる。本屋仲間は三都（京都・大坂・江戸）それぞれに認められた。京都の官許が最も古く正徳六年（一七一六）で、京都の本屋たちは古典や儒書、仏書といった堅い内容の本を扱う者が中心を占め、本屋の漢語である「書林」を称することが多かったため、その仲間は「京都書林仲間」と言った。大坂は享保八年（一七二三）官許で、商都らしく本を商品として流通させることに長けており、自らを「本屋」と称し、その仲間は「大坂本屋仲間」と言った。江戸は享保六年官許で、江戸中期まで多くの本を上方から輸入していたことから問屋としての機能を持ち、「江戸書物問屋仲間」と称した。これら仲間の官許ち合わせ、享保七年には幕府から異説の流布や好色本の出版を禁止した出版条目が発布され、出版界の秩序は確立を見ることとなった。なお、後には名古屋と和歌山にも本屋仲間が結成されたが、三都のそれに比して規模は小さかった。

当時の出版権は印刷の原版である板木に付随しており、板株《いたかぶ》（「はんかぶ」、版株ともいう）と呼ばれる。最初に開版資金を負担した本屋を保護するため、板株は極めて強力な権利とされた。その権利は永久的に幕府によって保障され、重版・類版の一切を排除できた。本屋仲間は、この板株を保護するための団体と言ってもよい。本屋仲間官許以降、板株は固定され、重版・類版は原則として不可能となった。

総じて、板木およびそれに付随する板株こそが、近世期出版制度の根本であった。よって板株に基づく出版制度の下で活躍する本屋にとっては、たとえ尊崇される聖典であっても、仏書はあくまで商品となったのである。本屋にとっては板株こそ財産であり自らの家業の基盤であったから、仏書を出版することは己の信仰や出入のある寺院への義理立てなどとは別の問題であった。具体的には第三部で述べるが、ひとつの本屋が複数の宗派の本を刊行することは多かったし、利益のために営業上繋がりのある僧侶や寺院に不利な内容の本を刊行する場合さえあった。

4　物の本の板株

近世は身分の社会である。「本には身分がある」とは、近世文学者故宗政五十緒《むねまさいそお》の有名な言葉であるが、江戸時代に作られた本には、格（身分）という要素が抜きがたく込められている。今、宗政の『近世京都出版文化の研究』（同朋舎出版、一九八二年）に就くならば、最も格が高い本は物の本で、その下が草紙《そうし》と称せられる読み物、三番目が案内記や噺本などのほか、物の本を改板して小さくした小型の小草紙《こぞうし》、四番目、最も低いのが祇園の山鉾行列を描いたものや番付など、一枚の紙に印刷され、表紙付けなど何の装訂もされない一枚摺である。

身分社会では見た目で格をわからせる必要がある。物の本は大型の書型で、表紙も濃紺や黒などを用い、厳かであった。その下の格は、半紙本でB５判ほどの大きさ、小草紙は新書から文庫本サイズであった。一枚摺などは料紙一枚という、もはや本ですらない姿をしている。総じて、大型でしっかりしたつくりの物ほど格が高い。板株についても、物の本は明瞭で厳格である一方、格が下がるごとに板株は曖昧となる。小草紙類は短期間に大量の本を売り出して消費させるという一種投機的な出版であり、必ずしも長期間にわたって版権を主張する必要がないため板株を問題視することが少なかった。一枚摺などは一過性のものであるために、板株はほとんど存在しなかった。

西本願寺のみならず多くの大寺院や公家を擁する、歴史と伝統を持つ京都は、物の本が早くから大量に作られた都市であった。物の本の板株の多くを所持する京都本屋は漢語の「書林」、「書肆」などと称することが多く、その権威は三都の本屋の中で第一であった。京都本屋の築いた物の本の牙城を崩すことはできないため、江戸では草双紙《くさぞうし》に代表される投機性のある流行の激しい創作的出版物が発達したという見方もできるだろう。こうした、格に基づく本の住み分けがあり、それによって板株の扱いにも差異があるのが近世の出版文化の特徴と言えよう。むろん、仏書は物の本の代表であった。

5　文化財の誕生

出版制度が確立し、町版が普及すると、これまでに蓄積された写本、版本の多くは江戸前期までに修理・改装が施されるようになった。これらは長く続いた戦国時代を経てなお残った、それ以前の文化を伝える貴重な典籍であった。

読経のために音読に適した折本であった経典は、保存に適し古典籍としてよりふさわしい巻子装に改装された。学習用として実用に供されていたような冊子本も、裏打紙を施されるなどして綴じ直され、糸や紐、表紙を新しくして、箱なども用意して大切に保存された。

江戸時代前期の修理技術は極めて高度で、詳しく観察しても修理されたとわからないものさえ存在する。こうした精緻な修理を施す理由は、保存のためであった。保存される「大きな原因は、戦国時代の戦乱の世に壊滅された伝統文化の再建と、新しく出版事業が起こったことの二大要素」であった。町版の普及によって、中世から伝えられた古典籍はその「形態にまで変革が及んだ(12)」のである。

すなわち出版文化が定着し、ある程度十分な版本が手に入ることが認識されると、それまでの書物たちは「文化財」となった。いわば宝物であり、大切に書庫や宝物庫にしまわれた。何らかの本を用いる必要がある場合は、特別な蔵書家でもないかぎりまず町版を中心とした近世のものが利用されるようになった。このように、もはや特別な人間関係を必要とせず、金銭で本が入手できるという意識が定着することは、書物に関わる文化が大きく変化したことを意味する。多くの本を博捜することが可能となれば、書物に関して、知識を伝える媒体という側面が強調され、それまで普遍的にあった特権階級の所持品という意識を変化させた。文献主義が興り、基本的には「書かれていること」は等しく価値のある研究対象とされるようになっていった。

第三節　新しい仏書の出現

一　古活字版『浄土文類聚鈔』の分析

1　先行研究と諸本

さて、書物を巡って前述のような状況を呈した近世初期、西本願寺教団の書物事情はどうだったのか。その特徴を鮮やかに切り取れる例として、古活字版『浄土文類聚鈔』一帖がある。伝本は少ないものの、慶長七年（一六〇二）の刊記を持つこの本は、真宗史上、真宗真名《まな》聖教（漢文で書かれている聖教）開版の嚆矢とされ重要視されてきた。

当該本ついては、後述するように、宗旨研究上、これまでにいくつかの解釈がなされている。しかし、書誌学的にこれを考察したものは少ない。そこで、書誌上の特徴やその後の流布の仕方を手がかりとして、仏書の出版史において、当該本がどのような方向性を持つものであるのか分析を試みる。右に挙げた目的の他に、仏書を書誌学に見ることで、新たな見地が得られるということを示したい。

さて、『浄土文類聚鈔』は、浄土真宗の真名聖教のひとつである。開祖親鸞の主著『教行信証』が「本典」と称され、六巻の構成で浄土真宗の教相を明らかにしているのにたいし、本書は浄土真宗の教法を一巻に要約しており、「略伝」とも称されている。

後述するように古活字版の伝本はいくつかあるものの、龍谷大学が所蔵する、西本願寺宗主准如の証判（宗主の署名）を持つ一本が最も有名である。当該本は、一九三六年発行の『龍谷大学図書館善本目録』（龍谷大学図書館編、龍谷大学出版部）に写真付きで掲載されているのが初見であろう。川瀬一馬によって古活字版と判定され、『増補古活字版の研究』（日本古書籍商協会、一九六七年、中巻、七一八～七一九頁。図は下巻、二一八頁）に紹介されている。[13]

先行研究に就けば、当該本は、いわゆる西本願寺開基で、向学の宗主（以下同）准如（天正五年〈一五七七〉生～寛永七年〈一六三〇〉）の開版とされている。真宗学者の浅井了宗は、聖教伝授という中世的因習を打破するものであり、かつ町版の聖教印刷盛行を促したことで教学発展の基調を成したと高く評価している。ただし、発行部数の少なさ、門末の拝読用でないことから宗主の私版と推定している。[14]また、『増補改訂本願寺史』[15]は「准如宗主の私版ともいうべきもの」としながらも、「この開版は当時勃興してきた諸種の出版事業に呼応したものである」として、好学の宗主の業績に加えている。

概して、近世期に発達した教学研究の先駆けという意味で、真宗真名聖教開版の嚆矢と見なされてきた。ただし、最近では准如開版ではなく、教如（永禄元年〈一五五八〉生～慶長十九年〈一六一四〉。分立後のいわゆる東本願寺最初の宗主）を出版者とする説も提出されており、[16]さらにその反論もある。[17]

さて、では書誌学的に本書を見た場合、どういった結論が得られるのか。まず、伝本の確認から行う。現在、伝本は六帖確認できる。書誌学的に見て未完成である本が含まれること、また、基本的には粘葉《でっちょう》装（料紙を一枚一枚半折りにして重ね、重なった折り目の外側を糊で貼り合わせて冊子としたもの）の形態を採るものの、それ以外の装訂もあることや所蔵先の名称に基づき、それぞれを以下のように呼称する。

①大谷大学図書館所蔵本（宗甲五）　↓「大谷本」
②大谷大学図書館所蔵本（宗丙二〇〇）　↓「大谷未完成本」

③龍谷大学図書館所蔵本（021―257―1）　→「龍谷本」
④龍谷大学図書館所蔵本（021―166―1）　→「龍谷綴葉装本」
⑤龍谷大学図書館所蔵本（021―178―1）　→「龍谷未完成本」
⑥兵庫県宝塚市の毫摂寺《ごうしょうじ》（浄土真宗本願寺派）所蔵本　→「毫摂寺本」

このうち②の大谷未完成本は直接の閲覧ができなかったため、マイクロフィルムに拠った。さらに、⑥の毫摂寺本については、現在閲覧が不可能な状態であるため、写真でのみの閲覧であり、詳しい書誌が得られていない。したがって、毫摂寺本については補助的に用いるに留める。

各本の書誌は以下のとおりである。

大谷本　大谷大学図書館所蔵（宗甲五）

一帖。粘葉装、背を布で覆う。紺色無地の後補表紙。縦二五・四×横一八・二cm。料紙は厚手の斐紙《ひし》、雲母引き。古活字版、両面摺。半葉六行一七文字、匡廓《きょうかく》無し。書き込み無し。龍谷未装訂本あるいは毫摂寺本を正確に透き写したと思われる、後補の慶長七年刊の旨の刊記の写し有り。この刊記の料紙は本文の料紙とは異なる。虫損有り。

大谷未完成本　大谷大学図書館所蔵（宗丙二〇〇、マイクロフィルムのみの閲覧）

一帖。粘葉装。表紙無し。縦二六・五×約横一九・四cm（ただし、のどの部分が虫損で損なわれているため、正確な横の法量は不明）。マイクロフィルムでの閲覧のため、料紙の種類や加工されているかは不明だが厚手である。

天以外の三方が漉き放しになっており、化粧断ちされていないため、装訂が完成していない。古活字版、両面摺。半葉六行一七文字、匡郭無し。慶長七年刊の旨の刊記有り。書き込み無し。虫損甚大。

龍谷本　龍谷大学大宮図書館所蔵（021―257―1）

一帖。粘葉装、背を布で覆う。八藤丸紋空押《からおし》の朱色の後補表紙。縦二五・五×横一八・〇㎝。料紙は厚手の斐紙、雲母引き。古活字版、両面摺。半葉六行一七文字、匡郭無し。慶長七年刊の旨の刊記有り。書き込み無し。虫損有り。

龍谷綴葉装本　龍谷大学大宮図書館所蔵（021―166―1）

一帖。綴葉装《てつちようそう》、背を布で覆う。黒地に円形花模様の後補表紙。絹地の題簽に、「准如上人御開版浄土文類聚鈔」と書き添えられている。縦二五・二×横一七・〇㎝。料紙は厚手の斐紙、雲母引き。古活字版、両面摺。半葉六行一七文字、匡郭無し。慶長七年刊の旨の刊記有り。朱と墨で訓点や送り仮名の書き込みが施されている。虫損があるが、漉きばめによって補修されている。

龍谷未完成本　龍谷大学大宮図書館所蔵（021―178―1）

一帖。粘葉装、表紙はない（表紙と見える墨付きのない一紙は本文共紙で、表紙が掛けられた際に見返し紙として貼られるものである）。縦二六・五×横一九・〇㎝。料紙は厚手の斐紙、雲母引き。古活字版、両面摺。天以外の三方が漉き放しになっており、化粧断ちされていないため、装訂が完成していない。半葉六行一七文字、匡郭無し。慶長七年刊の旨の刊記あり。刊記の年記の下に准如の証判が押印されている。朱と墨で訓点や送り仮名の書き込みが施されている。虫損があるが、漉きばめによって補修されている。

毫摂寺本　兵庫県宝塚市毫摂寺所蔵（写真のみ）。

一帖。粘葉装、背を布で覆う。紺色無地の後補表紙。表紙に「此ノ文類聚鈔一冊ハ准如上人／ヨリ御相伝ノ本タルヘシ末年／号ノ下ニ　准如上人ノ御判／有之則ち御直筆と相見へ候也。／現住住空／改書付／置也」（住空は江戸中期の毫摂寺の住職）。法量不明。料紙は厚手の斐紙、雲母引き。古活字版、両面摺。半葉六行十七文字、匡廓無し。慶長七年刊の旨の刊記有り。刊記の年記の下に准如の花押有り。本文に書き込みは無いが、後遊紙《うしろゆうし》の裏に「右此壱帖文類聚鈔者／准如上人以御筆令書印／自被下置候蔵書也。依而終ニ馳筆畢／法眼闡幽」と墨書あり。虫損あり。

六部とも一帖、両面刷り。半葉六行一七字である。モノクロの画像である大谷未完成本からは確認できなかったが、他の五部はすべて雲母引きの施された厚様斐紙である。刷りの状態からは、その技術の拙さもあり、初刷りか後刷りかの区別は明確には付けづらい。いずれの本の料紙も表面にやや稚拙な技術で施された雲母引きがある。またこの雲母引きは、いずれも冒頭部は雲母が多く施され、末尾に近づくほど少なくなる。古活字版ではあるが、すべての帖で活字の組み替えは見られない。また、前述のとおりいずれも印刷・雲母引きの技術がやや粗略である。このように、六帖すべてに共通点が多いことから一度に印刷した可能性が高い。

次頁に、特筆すべき項目を**表**にして掲出した。

2　開版者

まず、開版者を考える上で重要と思われるのが、刊記に准如の証判を持つ龍谷未完成本である。この本において極めて特徴的なのは、装訂の行程が途中までで止まっており、未完成であることだ。すなわち、**図3**にあるように、

	装訂	丁数の記載	刊記	花押	訂正	大きさ	書き込み	備考
大谷本	粘葉装	無	無	無	有	25.4×18.2	無	刊記があるが、これは、後世に透写したもの。
大谷未完成本	粘葉装	無	有	無	無	26.5×19.4（ただし、破損甚大なため正確な大きさは不明）	無	破損甚大。料紙を化粧断ちしていない。
龍谷本	粘葉装	無	有	無	有	25.5×18.0	無	
龍谷糸綴本	綴葉装	有（墨書）	有	無	有	25.5×17.0	有	
龍谷未完成本	粘葉装	無	有	有（印）	有	26.5×19.0	有	一丁オの左端に「下」とあり。料紙を化粧断ちしていない。
毫摂寺本	粘葉装	無	有	有（自筆）	無	不明	有	

表　古活字本版『浄土文類聚鈔』伝本一覧

見開きで見たとき料紙の天の部分以外の三方の端の繊維が毛羽立っており、漉き放しの状態、つまり紙を漉いた時のままと判断できる。本来ならば、毛羽立っている三方を化粧断ちして切りそろえる。切りそろえるまでは本紙の大きさが確定せず、表紙が付けられない。龍谷未完成本と、同じく天以外の三方を化粧裁ちしていない大谷未完成本が現在まで表紙を欠いているのは、表紙が失われたからではない。化粧断ちがまだで、表紙掛けの行程に進めなかったためである。閲覧できなかった毫摂寺本を除く、完成された他の三帖が、いずれも縦二五cm強、横一七～八cmなのにたいして、龍谷未完成本が縦二六・五×横一九・〇cmと一cmほど大きいのは、化粧断ちをする前の、未完成の段階だからである。

この龍谷未完成本には准如の証判がある（**図4**）が、未完成の段階で証判を施したことになる(18)。装訂が未完成の本に証判を施したということは、誰かに下付する予定があったのかも知れない。下付するにふさわしい表紙を付けさせようとしたが、何らかの事情で中止になったと思われる。一般に、このような未完成の本を外部に出すとは考えにくい。未完成の本に准如の証判があるならば、それは准如開版とするのが妥当である。

淨土文類聚鈔　愚禿釋親鸞集
夫无㝵難思光耀滅苦證樂萬行圓備嘉號
消障除疑末代教行專應修此濁世目足必
可勤斯尒者受行寂勝於捨而捨穢忻淨奉
持如來教勅而報恩謝德爰片州愚禿歸印
度西蕃論説依華漢日域師釋敬信眞宗教

図3　「龍大未完成本」の冒頭

端を切りそろえていないため料紙の端が毛羽立ち、余白が大きく見える。

右斯文類聚鈔者為末代興
隆板木開之者也而已
慶長七壬寅年極月日

図4　「龍大未完成本」の刊記

准如の証判（花押）が見える。

3 私版

そして、龍谷綴葉装本を除いた五帖には、丁数の表記（丁付《ちょうづけ》。現在のページ数の表記に近い）がない。糊跡を丹念に見ても見当たらない。したがって、この五帖は印刷後、丁付がない状態で製本したと考えられる。丁数を明記しなければ、閉じ合わせる際に錯簡を招くため、安定して量産できない。当初から小規模な印刷として計画されていた可能性が高い。すなわち、一般への流布を前提として効率的かつ永続的に量産できるような町版ではなく、開版者が私的に少部数のみを、目の届く範囲で一度きり、あるいはほんの数回製作させたということであろう。装訂が中途で終わっている龍谷未完成本や大谷未完成本など、未完成の本が複数伝存するということからも、全く私的な、一過性の出版物であったのではないだろうか。

ただし、唯一、龍谷綴葉装本には丁数の記載がある。しかしこの丁付は墨書で、印刷されたものではない。しかもこの本は、他の五帖が古い真宗の聖教写本に多い、料紙を糊で貼る粘葉装であるのにたいして、糸綴じの綴葉装（列帖装《れっちょうそう》ともいう）である。粘葉装より簡易的な綴じ方である。

一般に、粘葉装と綴葉装では、書写または印刷の時の料紙の使われ方が全く異なるため（図5）、粘葉装用に印刷した料紙を綴葉装に仕立てるのは困難である。通常、綴葉装を構成する括《かつ》（括《くく》りともいう）は、料紙を数枚重ね、まとめて半折りにして作る。そしていくつかの括を列ねて、糸で綴じ合わせて一冊とする。したがって、一括に複数の料紙が綴じられているのが通常である。しかし、この本は一括一紙という、非常に手間のかかる綴じ方になっている。これは、粘葉装用に印刷された料紙を、後になって綴葉装に仕立てたためと判断できる。もし、粘葉装用に印刷された料紙を複数枚で綴じてしまうと、激しい錯簡が生じてしまう。つまり印刷当初にはこれも未完成で、准如より時代の下がる人物が装訂し直した可能性が指摘できる。その際に、錯簡を防ぐために丁数を墨書したので

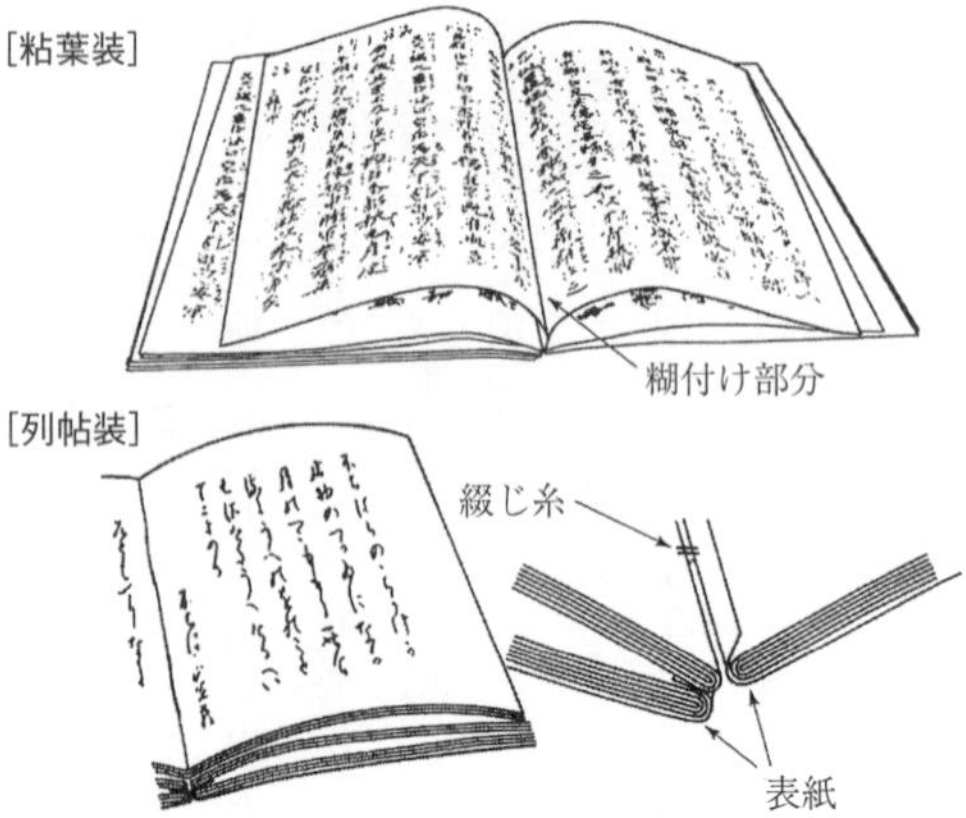

図5　粘葉装と綴葉装（列帖装）

粘葉装は、隣り合った料紙を1枚ずつ糊で貼り合わせるため、本文と料紙の順序が一致するが、綴葉装はそうはならない。

あろう。

本文については、六帖ともに版の組み替えなく印刷しているため、印刷後の修正箇所を除けばすべて同じである。本文の系統は、龍谷大学所蔵の室町時代の写本に近い(19)。そのうち、文意が通らない、あるいは通りにくいものは以下のとおり。「西番」（本来は「西蕃」）、「雑善堪忍群生」（「雑染堪忍群生」）、「主師」（「宗師」）、「採集」（「探集」）、「滅法」（「法滅」）、「无疑心故三信即一心」の「无疑心」が無い、「炎頭燃」（本来は「炙頭燃」）、「今庶」の「今」を欠く。また、「心身等起」（本来は「心身等赴」）、「論廻」（本来は「輪廻」）である。

六帖中、大谷未完成本と毫摂寺本以外の四帖に訂正が施されている。このうち二箇所は、四帖に共通した修正となっている。ひとつは、「真実誠満極成重用審験」と「重」と「用」の順序が逆になっているのを、本来の「用重」に訂正したものである。また。「心以如来因中行」のうち、「心」ではなく「是」とあるべき箇所について、やはり毫摂寺本と大谷未完成本を除く四帖は訂正を施している。これらは、擦り消しをした上から筆で文字を書くという方法で訂正されている。ただし、龍谷未完成本のみ訂正方法が異なり、「心」を擦り消した後に、直書きするのではなく「是」という活字を押したように見える。その他、龍谷綴葉装本のみが、「滅法」を胡粉《ごふん》で抹消している。

刊記については、同一のものが大谷本以外五帖に見られる。准如により下付されたと推定される毫摂寺本にも刊記があるので、本文を印刷したのと同時かそれほど時間を置かず刊記が入れられたと思われる。ただし、大谷本のみ何らかの事情で無刊記となっている。その後、本文が修正されたが、大谷未完成本と毫摂寺本には修正がないことから、その時にはすでに大谷未完成本は未完成のまま別置されていた可能性がある。毫摂寺本はすでに下付されていたか、あるいは下付する予定が決まっていたのだろう。

以上、装訂や本文の校訂の有無やその施し方から見るに、本文の訂正がされていない大谷未完成本と毫摂寺本のうち、毫摂寺本には准如の花押があるため、開版後、訂正の施される前に、毫摂寺に下付されたと推測される。大谷未完成本は、未完成の本を外部へは出さないはずだから、西本願寺内部で未完成のまま別置されていた可能性が高い。残る四帖は、「重用」や「心」の修正箇所が共通するため、一箇所に集められていた期間があった。現在まで未完成であった本を含むので、保管されていた場所は宗主の側、あるいは西本願寺内部であろう。前掲の『増補古活字版の研究』でも、当時未発見であった毫摂寺本を除く五帖は「皆もと写字台文庫から出たものであるといふ」と伝聞されている。写字台文庫は、現在龍谷大学に移管されている西本願寺宗主の文庫である。[20]

すなわち、当該本は准如の開版であり、印刷は一度きりの可能性が高い。六点の伝本のうち二点において製本が未完成のままであること、印刷や雲母の施し方がやや粗略であること、印刷された時点で丁付はなかったことから、極めて私的な刊行物であったと判断できる。

4　寺内版に類するもの

六帖のうち大谷本を除く五帖に見られる刊記には、自らを「真名聖教開版の嚆矢」とする文言がある。すなわち、大谷本を除く五帖には、いずれも巻末に以下のようにある。

右斯文類聚鈔者為末代興
隆板木開之者也而已

先行研究に指摘されているとおり、浄土真宗の未来の興隆を目指して開版したものというこの文言によって、近世後期初頭から始まる本山による聖教出版事業の魁けと見なすこともできるかも知れない（本山西本願寺による聖教出版事業については第二部で紹介する）。ただしこの文言には前例がある。文明五年（一四七三）に開版された蓮如の『三帖和讃』である。三帖の和讃のうち、『正像末和讃』の刊記は以下のとおりである。

右斯三帖和讃幷正信偈
四帖一部者為末代興際（マヽ）
板木開之者也而已
文明五年癸巳三月日（木版の蓮如花押）

同様の文言は他の版本にも見られる。慶長四年刊の准如開版の『御文』にも刊記に「末代興隆」とある。さらに、近世期、本山が発行する『正信偈和讃』には、右の文言を巻末に付すのが通例となっている。

また、当該本の刊行と同時期、似通った文言を刊記に持つ本が開版された例がある。近世初期に、西本願寺寺内で行われた出版、いわゆる寺内版のひとつである、西本願寺の家臣平井《ひらい》休与易林《きゅうよえきりん》の古活字版『無量寿経鈔』である。

慶長十九年（一六一四）三月の刊記を持つこの本の刊記は、「右望西楼七帖一部者、為末代興際（マヽ）、損落改文字、開版摺写之畢。旹慶長十九甲寅歳三月二十五日、願主権大僧都」とある。

この『無量寿経鈔』は西本願寺の寺内版に分類される。「六条寺内」または「七条寺内」と記された刊記を持つ刊本のことである。この「寺内」とは寺内町のことで、これらは京都六条通と七条通の間に位置する西本願寺を中心とした寺内町で出された刊本である。慶長二年(一五九七)刊行の『易林本節用集』が有名であろう。平井休与は寺内町に住み西本願寺に仕えており、本山のために同書を刊行したものと考えられる。このように、寺内町には、西本願寺家臣や門徒が多く住居していたため、近世初期彼らのうちから本山の需要に応えて出版を担う者が出た。これら寺内版は、本山やその関係者が資金を出して開版するという点で、中世以来の仏書の印刷事業の遺風が残されている本であったと言えよう。

したがって、「末代興隆」の文言そのものは、真宗の興隆を願うものであっても、歴代宗主の発行する本と、当時の西本願寺寺内で開版された本とに見られる常套的な文言であって、蓮如以来慣例的に用いられているだけとも取れる。少なくとも、出版資本は本山関係者によるものであり、その流布もごく限られている点では、中世の伝統を持つ寺内版の域を出ない。

5 写本的な本

准如の時代、すなわち江戸のごく初期の聖教のあり方については、寛文九年(一六六九)編『法流故実条々秘録』[21](准如、良如に仕えた西光寺祐俊の記録)に左の記載がある。

(前略)准如上人之御代、御遷化ニ至ル迄ハ、終ニ講釈ナド云号ヲ不云、先代ヨリ御当家ニ於テモ、他家ニ恥

ザル学匠有リト雖モ、講談ナド、云事ハ無之、（以下略）

一　御本書教行信証者、御本寺蒙御免、於御堂相伝事也、師範ハ巡讃ノ衆之中選其仁、当住上人被仰付候也、伝授ノ間作法等古来ノ旧式アリ、（中略）准如様御代慶長十三年ノ比歟、堺真宗寺祐珍・性応寺了尊（中略）西覚寺善性等八九人御免候、（中略）爾来今年明暦二年ニ至迄、比事断絶ス、可悲可悲。

一　惣ジテ御本寺蒙御免拝読申聖教ハ御伝鈔上下、文類聚鈔一巻、末灯鈔本末二巻、愚禿鈔一巻、今ハ二巻、口伝鈔上中下三巻。（以下略）

『浄土文類聚鈔』他、多くの聖教がいまだ伝授の対象であった。これら「真宗におけるいわゆる聖教の伝授は、主としてその訓読を伝授するもので、（中略）勿論一定の儀式があって、必ずしも聖教の研鑽という程のものではない」[22]。また、「本山には聖教伝授の故実があって、『教行信証』・『浄土文類聚鈔』その他の書写読誦には宗主の免許を必要とした」[23]。すなわち、少なくとも准如の学んだ真宗聖教の学問は開かれたものではなかった。従来、准如は従来より好学の宗主として評価されてきた。慶長九年（一六〇四）の准如譲状には「就中行学共無油断可被相嗜」とある。だが、このころの教学は天台教学の模倣であり、准如の学問もむしろ通仏教的であって、独自性は認められない。

一方で、准如は当時の文化人らしく、多くの教養人と交流があった。山科言経《やましなときつね》とも親交が深く、「伏見版の当事者であった三要元佶や相国寺西笑承兌らとも交渉があった」[24]。当時の文化人の間で流行していた新しい印刷方法でごく少部数作り、手元に置くか、あるいは一部に花押を入れて下付したという行為は、印刷という方法を採ってはいても、旧来の世界の内にあると言えよう。文化的な事業としての意義は多分にあるとしても、この書は広範囲の流布を全く意図しておらず、近世期の西本願寺教団の変革・発展を先取りするような革新的なものとは言いがたい。刊記にある文言も、寺内版に似通った記載があることを見れば、中世以来行ってきた寺院による出版習慣の範囲を出ていない。

以上、当該本の特徴を見ていくと、新しい教団のあり方を構築していく中では、発想としても事業規模としても、中世以来寺院が行ってきた開版事業の限界を呈していると言える。こうした少部数を私的に作り、顔の見える相手に授けるような、狭いコミュニティでの印刷事業は、これまで連綿と続けられてきた中世の寺院版に連なるものである。同書の姿を詳細に見ると、同一内容の本が大量に作られ、需要層に流通する「出版」という概念など全く発想の外のように見える。このままでは多種多様な本を大量に必要とする次の時代に対応できかねるであろう。

二　町版への積極的な転換

1　古活字版『浄土文類聚鈔』の忘却

宗主が『浄土文類聚鈔』を開版したという記述は、近代に至るまで、管見のかぎり近世期の西本願寺関係史料に見出せない。たとえば、近世期西本願寺が誇る碩学の僧玄智（一七三四〜九四年）の「『通紀』（『大谷本願寺通紀』十五巻。宗主の命で編纂された真宗の歴史書）初め、先年（一九二六年）本願寺から出た『准如上人芳蹟考』等にもこれ（准如宗主が『浄土文類聚鈔』を開版したこと）に言及するところがない[25]」。

なお、玄智は、当時の商業出版についても熟知していた高僧で、西本願寺の蔵版（板木を所有すること）にするべく、『浄土文類聚鈔』の板株の購入も行っている（ただし、天明の大火により板木を本山に献納する前に焼失した）。玄智は本山に蔵版の計画を説明し、本屋（丁子屋九郎右衛門）から板株を購入しているが、その交渉中准如が古活字版で同書を開版したことが言及されることはなかった。近世期の商業出版が盛んになって後は忘れ去られ、西本願寺が所持する典籍としても把握されていなかった可能性が高い。前述のとおり、古活字版が発見され紹介されて、真名聖教開版の嚆矢として評価されるのは近代に入ってからのことである。

教団関係者が行っていた寺内版についても、発行されたのは短期間であった。宗主が発行したものを除けば先の慶長二年刊『無量寿経鈔』を始まりとして、私版と覚しき寛文七年（一六六七）刊『口伝鈔《くでんしょう》』を最後に途絶える（禿氏祐祥編「聖教刊行年表」『続真宗全書』二六巻、一九一六年）。浅井の研究によると、江戸時代前半の寺院による出版の動きは鈍く、承応三年（一六五四）龍谷山（西本願寺）御蔵版の『破安心相違覚書』や寛保三年（一七四三）に一身田雑華堂《いっしんでん》蔵版『口伝鈔』などが見られる程度である。このうち『破安心相違覚書』の御蔵には当時の西本願寺学林の宗義論争である承応《じょうおう》の鬩牆《げきしょう》という特殊な事情が考えられる。また『口伝鈔』は私版と見なされている(26)。すなわち、西本願寺檀林が設置され、教学の確立および統一された教育が急務となる新しい時代に、『御文』などの勤行本を除いて、西本願寺は自らの資本で本を賄うことをむしろ放棄しているのである。

ただし、すべての寺院が西本願寺と同じだったわけではない。古活字版に寺院が出したものが多いのは先に述べた。今日、寺院が発行した内典の研究は進んでいるとは言いがたいものの、たとえば日蓮宗は古活字版として本国寺版、要法寺《ようぼうじ》版、本能寺版や下総《しもうさ》檀林版などがそれぞれ発行したことが知られている。中でも、宗祖日蓮の遺文を編纂した古活字版『録内御書《ろくないごしょ》』の発行によって日蓮遺文集が定着し、これに漏れた遺文はほとんど用いられなかった。堀部円正「本国寺版をめぐる諸問題―『録内御書』を視点として―」（『近世文藝』一〇四号、日本近世文学会、二〇一六年七月）によれば、本国寺一箇寺だけで、古活字版『録内御書』（三系統あるうちの一系統）を含む十二点と木版一点が本国寺版という。一箇寺のみで、これだけの本を刊行し、かつ後世に影響を与えている日蓮宗に比して、真宗の古活字版は振るわなかったと言わざるを得ない。各宗各派によって、古活字版や自費出版の依存度に相違があることを示しており、今後の研究が俟たれる。

2　木版本『浄土文類聚鈔』

では、近世期、斉一な教学を目指した西本願寺教団はどういった本を利用したのか。西本願寺の檀林設置は早く、寛永十六年（一六三九）になる。また、東本願寺檀林は寛文五年（一六六五）である。学林が設置される以前は、教学を次世代に伝える手段は伝授に拠っていた。師が少人数の弟子に聖教に関する秘密の知識を伝授するという閉鎖的なものであったため、書籍はその都度必要なものだけを書写すれば足りた。だが、本山の権威で設置された学林に全国の末寺の僧侶が集うようになると、ひとりの教師の講義を大勢が聴いて学びとるスタイルへと大きく変革することとなった。学生それぞれに多くの書籍が必要な上、学舎である学林にも教育・研究のためにさまざまな参考書が常備されねばならない。加えて、研究成果を公開するための出版も必要となる。このような需要に応えるには、中世の寺院版では不可能であった。

右のような状況に応えたのが、自己資本で本を生産する本屋であった。江戸時代が始まって四〇〜五〇年たった寛永年間には、文化の中心地である京都や商都大坂には多くの本屋が軒を連ね、市場が形成された。多種多様な町版という新しい手段を得て、学林ではさまざまな本を比較検討することが可能となった。聖教に書かれていることを至上の真理とし正しい解釈を獲得することが目指されたが、それは多くの本を参照できる、町版の普及なくしては実現しなかった。

『浄土文類聚鈔』も、早い時期に町版の木版本で出版されている。同書は、近世初期に始まる教団の教学発展のためには必須の教科書であったので、その需要は高かった。左に、近世期の東西本願寺檀林で行われた講義で教科書として採り上げられた真宗聖教のうち、回数が多かったものを四つ挙げる[27]（日々の読誦で用いられていた『正信念仏偈』や和讃類を除く）。講義の記録は江戸前期のものは残っておらず、これは江戸中期以降の記録であるが、傾向を見ることはできるだろう。

なお、東本願寺の檀林である学寮は、設置当初は本山に出仕して勤行や教学研究を行う堂僧の養成機関という性格が強かった。しかし、末寺の僧侶たちが研究に無関心であったわけではない。たとえば貞享三年（一六八六）には、駿府の明泉寺道海が『浄土文類聚鈔私記』を刊行しているのは、中央の堂僧らの学問的成果に刺激を受けたからであった[28]。

『入出二門偈《にゅうしゅつにもんげ》』……西本願寺三〇回、東本願寺一七回（計四七回）
『浄土文類聚鈔』…西本願寺二二回、東本願寺一九回（計四一回）
『愚禿鈔《ぐとくしょう》』…………西本願寺一五回、東本願寺五回（計二〇回）
『尊号真像銘文《そんごうしんぞうめいもん》』…西本願寺〇回、東本願寺四回（計四回）

『浄土文類聚鈔』は、親鸞の著した偈頌『入出二門偈』に次いで、第二位に位置する。善譲の『教行信証敬信記』（嘉永五年〈一八五二〉述）に、「（前略）文類聚鈔迄ハ御免許アリテ、古ヘヨリ講釈モアリ註解モ行ハルレドモ、此御本書（『教行信証』）ニ局リ、宗旨ノ御掟トシテ、六要鈔ノ外ハ註解モ無ク、勿論講釈等ハ御制禁ナリ」[29]とあるように、宗祖の主著たる『教行信証』に注釈が行われず、その略伝と呼ばれる同書の講義が盛んになったことに由来

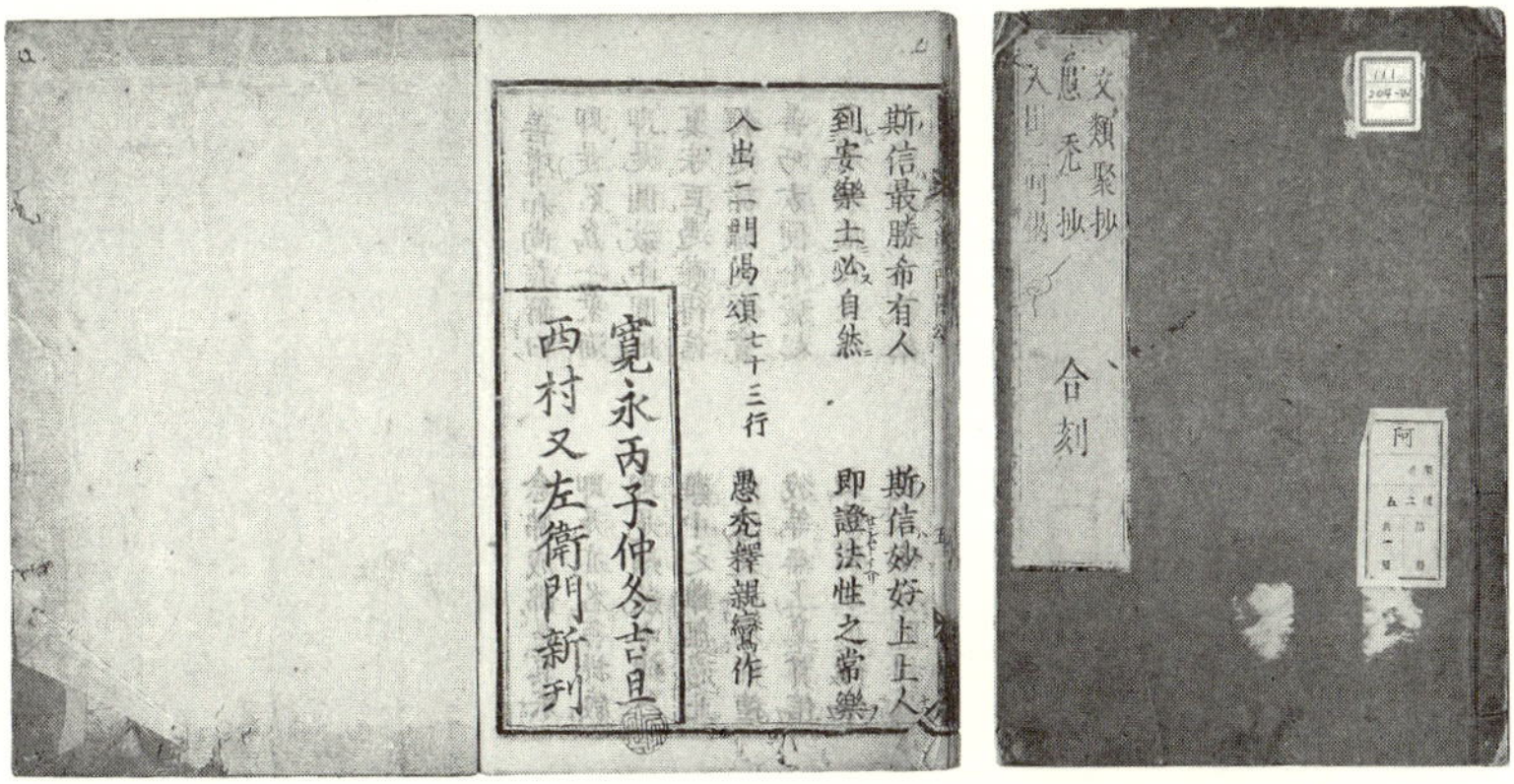

図6　町版『浄土文類聚鈔・愚禿鈔・入出二門偈』とその刊記

何度も印刷され、文字がかすれたり匡郭（外枠の線）が切れたりしている。

すると思われる。

木版印刷による町版『浄土文類聚鈔』は、寛永十三年、西村又左右衛門より刊行された。大本、袋綴装一冊である。同年には『教行信証』（寛永版）が本屋中野市右衛門によって刊行されてもいる。西本願寺の学林落成の三年前のことである。その後も西村又左衛門や丁子屋九郎右衛門、秋田屋平左衛門らによる真宗聖教出版が相次いだ。なお、町版『浄土文類聚鈔』は開版当時は単独であったが、後には最も講義回数の多い『入出二門偈』と、三位の『愚禿鈔』と合綴されて販売された（**図6**）。すなわち、この町版の木版本は檀林での教育に即応していたと言える。これらの聖教をはじめ、江戸中期までには、仏教教団とは直接は無縁の本屋が自らの資本で開版する新しい仏書、すなわち町版が充実し、教団で大いに利用された。

近世期に最も流布し、教学の発展——ひいてはそれが権威となり教団の維持につながる——を支えたのは、金銭と引き替えに誰でも手にすることが可能であった木板（整版）の町版であった。古活字版『浄土文類聚鈔』は、その書誌的な特徴や流布状況を確認するに、右のような教学発展のために出版されたのではなかったと言えよう。

3　町版を選択

古活字版『浄土文類聚鈔』というただ一種の聖教のみが、当時流行した古活字版という方法でもって私版として行われ、それ以降省みられなかったことおよび寺内版の終焉は、近世初期の西本願寺教団の自費開版からの撤退を意味している。出版文化の隆盛、近世の木版出版制度による町版の繁栄を積極的に利用することこそが、同教団の選択であった。

古活字版『浄土文類聚鈔』は、寺院が連綿と行ってきた印刷事業の中で、中世から近世への過渡期のうち、中世の最後尾に位置づけられる。この小規模で私的な印刷事業を忘れ去り、西本願寺教団は、木版印刷による板株を根本として生み出される商品の仏書を選択し、近世出版文化の大海へと身を投じたのである。近世文学の研究者宗政五十緒が、「江戸時代の文学の享受が、それ以前にくらべて画期的に相違するのは、そこに出版という作品伝播の新しい通路が出現したことである」(30)と述べているが、西本願寺教団は近世初期、まさにその新しい通路を獲得したのだった。

町版『浄土文類聚鈔』は極めて広く普及したようで、伝本も非常に多い。町版であるからこそ、檀林は全国から集まる所化（学生）に斉一な教育を施すことができたのである。中世までの寺院は、莫大な資本を費やして板木を作り、わずかな種類の書籍を刊行してきたが、町版を利用すれば、少ない対価で豊富な種類の本を入手できることになった。これは、それまでの仏教の書物事情を考えれば、極めて大きな変化だった。

以上を見てくると、仏教の宗教行為として行われた印刷は、初期においては利用目的のものはわずかであったが、五山版をもって大きく変革した。五山版は外典をも開版し、当時の需要に沿った本を開版している。しかしながら、幕府の篤い庇護を受け、最高の学力を有していた五山僧でさえも、開版資金は勧進によるしかなかった。常に多くの書物を求めてきた仏教教団だが、本屋という自律的に自らの資本で開版し、流通させる者たちが主役である近世の出版文化を待って、初めて多種多様な本を入手できるようになったのだった。

西本願寺派教団は、ことに近世初期に積極的な町版への転換が見られる。自らの資本による私的な印刷物である古活字版『浄土文類聚鈔』は、聖教を宗主が刊行した事例であったにもかかわらず、時代に即応した町版を前に、後世に影響を与えることなく忘却されてしまった。

註

(1) 内田啓一『日本仏教版画史論考』(法藏館、二〇一一年)「第三章 勧進と結縁、仏教版画」二七四頁。
(2) 龍谷大学大宮図書館所蔵『六要鈔上木一件』によると、幕末、西本願寺が小型の聖教『六要鈔』三冊を開版した際、一冊あたりの原版作製費は二〇両であった。詳しくは第二部第三章を参照されたい。
(3) 大屋徳城『大屋徳城著作選集』九(国書刊行会、一九八八年)所収「聖語蔵の古経について」。
(4) 井上宗雄他編『日本古典籍書誌学辞典』岩波書店、一九九九年。
(5) 僧侶が内典・外典ともに多く所持していたことは、大庭脩『漢籍輸入の文化史』(研文出版、一九九七年)に詳しい。
(6) 前掲書(1)三三二頁。
(7) 末木文美士編『民衆仏教の定着』(『新アジア仏教史』一三巻 日本Ⅲ、佼成出版社、二〇一〇年)九六頁、第二章曽根原理「近世国家と仏教」。
(8) 東本願寺の檀林教学の歴史については、武田統一『真宗教学史』(平楽寺書店、一九四四年)に詳しい。
(9) 龍谷大学三百五十年史編集委員会編『龍谷大学三百五十年史』通史編上巻(龍谷大学、二〇〇〇年)四八頁。

（10）高木市之助他監修『古典文学大系』八三（岩波書店、一九六四年）「仮名法語集」収載『反故集』。
（11）藤田真証「西吟教学の研究―近世初期の教学の課題―」（博士論文、二〇一一年）。
（12）藤本孝一『日本の美術』№五〇五（二〇〇八年六月）「文書・写本の作り方」九八頁。
（13）ほかに、『本願寺史』第二巻（本願寺史料研究所編、一九六八年）第四章「教学の展開」などにも紹介されている。
（14）浅井了宗「本願寺派に於ける聖教出版の問題」（『龍谷史壇』第四四号、一九五八年）および「真宗聖教の開版と本願寺蔵板の成立過程」（『龍谷大学論集』第三七七号所収、一九六四年）。
（15）本願寺史料研究所編『増補改訂本願寺史』第二巻（本願寺出版社、二〇一五年）二八五・三八七頁。
（16）東西に分かれた本願寺のうち、いわゆる西本願寺の開基が准如であるのにたいして、大谷霊廟、いわゆる東本願寺の開基が教如である。大桑斉は著書『教如』（法藏館、二〇一三年）の中で、『浄土文類聚鈔』を教如が重要視したこと、その発行が東本願寺建立直前の慶長七年十二月であることなどを根拠として教如を開版者としている。
（17）金龍静は、先の大桑説への反論として、論文「教如史料論」（同朋大学仏教文化研究所編『教如と東西本願寺』法藏館、二〇一三年）において、教如が特別に『浄土文類聚鈔』を重視したわけではないことや、准如の花押が慶長年間当時のものと見なし得ること、教如を開版者とする刊記を持つ伝本が見つかっていないことなどを挙げている。
（18）なお、龍谷未完成本は、一丁目表の化粧断ちされて切り離される部分に「下」の文字が見える。書かれている位置や意味から、本文の注釈等とは考えにくい。本来なら切り捨てられる部分に書かれていることから、あるいは完成させるための指示書きの可能性もある。
（19）教学伝導研究センター『浄土真宗聖典全書』（二）「宗祖篇上」、本願寺出版社、二〇一一年。滋賀県光延寺蔵延慶二年書写本に当該本や龍谷大学所蔵の室町期写本他、真宗大谷派蔵室町時代初期書写本を対校本としており、当該本と龍谷大学所蔵の室町期写本が最も近い。他、筆者は新潟県光源寺蔵写本や滋賀県福田寺蔵本と対校したが、結果は同様であった。

（20）川瀬一馬『古活字版の研究』中巻（日本古書書籍商協会、一九六七年）七一八頁。
（21）『法流故実条々秘録』千葉乗隆編『真宗史料集成』第九巻（同朋舎、一九七六年）収載。
（22）宮崎圓遵『真宗史の研究』（下）（永田文昌堂、一九八九年）二五五頁。
（23）本願寺史料研究所編『増補改訂本願寺史』（本願寺出版社、二〇一五年）三八七頁。
（24）前掲書（15）三八七頁。
（25）前掲書（22）二五四頁（（　）内筆者）。
（26）浅井了宗「真宗聖教の開版と本願寺蔵板の成立過程」（『龍谷大学論集』第三七七号、龍谷学会、一九六四年）。
（27）「本願寺派講學畧年表」「大谷派學寮講義年鑑」（妻木直良編『真宗全書』七五、総目録巻、一九七七年）などから集計した。
（28）前掲書（8）六四～六五頁。
（29）『教行信証敬信記』妻木直良編『真宗全書』（三〇・三一巻、国書刊行会、一九七五年）収載。
（30）宗政五十緒『近世京都出版文化の研究』（同朋舎出版、一九八二年）二五頁。

第二章　新しい仏書の展開

前章で述べたように、近世に入り仏教教団の書物事情は革命といってよいほど変化した。本山を頂点、檀信徒を下層部とするピラミッド型の仏教教団にとって、本山による僧侶の教育や檀信徒の教化、僧侶の教学研鑽、檀信徒の日々の信仰といったあらゆる面で、自らの資金で開版しなくてよく、種類も充実した町版が不可欠のものとなった。こうした需要は本屋という商売を発展・定着させる大きな力となった。

教団の都合とは無関係に、ニーズ次第で本が開版され流通する。仏書が商品として市場に大量投入される初めての時代となった。これにより、仏書に前代には見られない変化が起こる。ここでは、変化した仏書の紹介をしつつ、それが教団、あるいは他の分野にどのような影響を与えたのかを考察した。

第一節　享受者の拡大

一　通俗化する仏書

1　仏書の一般化

高野版のように、中世から行われていた寺院やその関係者による印刷が、近世に入っても続けられることもあった。とはいえ、やはり近世期の仏書においては、寺院と切り離された、需要しだいで開版され流通する商品、すなわち町版の存在感が圧倒的となった。江戸前期、寛永年間ごろ（一六二四〜四四）には出版界はいよいよ隆盛期を迎え、都市にはただ金銭を支払うだけで手に入る多種多様な仏書があふれた。

仏書が商品となった結果、中世まで見られなかった大衆化・通俗化が見られる。これは近世仏書の大きな特徴である。通俗的な仏書が次々と開版され、僧侶のみならず一般の人々の読み物としても人気を博し、近世期を通じて大量に流通した。たとえば、平安時代中期に源信が著した『往生要集』は、仏教聖典には当然のこととして漢文で書かれていたが、江戸時代前期には絵入の平仮名本が流通するようになる。絵入平仮名本が流行した要因は、人々の地獄の風景を覗き見したいという好奇心に他ならない。いかなる聖典、高僧の著作であっても、ニーズしだいでアレンジされより受け入れられる姿に変えられて大量に流通する時代となった。

あるいは、他のジャンルの版本の影響を受けることもある。江戸後期、豪華で精緻な挿絵が入った『釈迦御一代記図会《しゃかごいちだいきずえ》』（天保十二年刊）や、『延命地蔵経和訓図会』（安政元年刊）なども中世までなかったタイプの仏書である。これは、近世中後期、京都の地誌の白眉『都名所図会』（安永九年刊）を嚆矢とし、『江戸名所図会』や『摂津名所図会』など、各国の名所を居ながらにして楽しめるような、鑑賞に耐えうる大判の挿絵とともに紹介する、いわゆる「図会もの」の流行を受け、仏書でも同じ趣向の本が作られたのである。『釈迦御一代記図絵』の挿絵は葛飾北斎が、『延命地蔵経和訓図会』は松川半山《まつかわはんざん》が描いている。北斎はもちろん、松川半山も僧侶などではなく、大坂の浮世絵師で、他にも多くの絵本や地誌の挿絵を手がけ、明治に入ると『浪花新聞』の挿絵も描いている商業的な画家であった。

もはや仏書は限られた高僧やその周辺の知識人たちだけの持ち物ではなくなった。本屋によって開版された通俗的な仏書が好評を博し、一大ジャンルを成したのが近世であった。町版の仏書は普及し、その享受者は極めて広いものとなった。

2 勧化本

本屋から見れば、仏書は風紀取り締まりや蘭学などを規制した寛政の改革のような幕府の出版統制にも強く、かつ仏教教団を構成するすべての人、時にはそれ以外の人が購買者となる可能性を持つ商品であった。先述のとおり、本屋は本屋仲間という官許を受けた組織のメンバーであり、その活動は幕府によって保障されている。本山など教団上層部から見れば、少なくとも直接はコントロールできない存在であった。よって、彼らが積極的に魅力的な商品である仏書のニーズを発掘し、教団とは直接は無関係にそれに応える本を開版・流通させることは、今までにない知識の通路を出現させた。

こうした変化を代表する仏書は「勧化本《かんげぼん》」であろう。勧化本は、通俗化という近世独自の変化を遂げた仏書で、近世期に盛んに行われた教化・布教のための説教より生まれた書物群である。これまで日本文学では、「通俗仏書」という呼称が用いられてきた。また、仏教学では同種の本を「談義本《だんぎぼん》」と呼んでいた。しかし談義本は、日本文学では近世後期の滑稽な語り口で教訓性の高い読み物を指す。このような状況から、学問分野の垣根を越えて新しく呼び名を統一し、研究の俎上に上げるべく、故後小路《うしろしょうじ》薫が提唱した用語である(1)。ただし、仏教学で言う談義本は、真宗で言えば本願寺中興の祖蓮如のころ、すなわち室町時代からの説教の台本や直接の資料を指すが、勧化本は近世期を中心に展開したものを指すので、時代区分は異なる。

後小路は勧化本に関して、「江戸時代に仏教の教化を目的として著述され、書写・刊行された書籍は膨大な数にのぼ」り、「その体裁も大本・半紙本・袖珍本、漢字・片仮名・平仮名と様々である。またその内容も、経典や聖教を解説するもの・説話を集めるもの・寺院や仏像の縁起譚・高僧の伝記など多岐にわたっており、その全体の歴史的な展開を把握することは容易ではない」（同前書）という。実際、勧化本は説教の材料だけでなく、布教技術の指導書や説教から派生した娯楽的な読み物までをも含んでいる。装訂、表記、出版・書写の事情などのバリエーションも豊かであり、近世期を通じて実にさまざまなニーズによって作られ続けたことがうかがえる。

図1　『三国七高僧伝図会』

七高僧の一人、唐の善導の巻の挿絵。本書は真宗で尊ばれる源空ら七高僧に加え、真宗寺院で七高僧と共に絵像を掲げる習慣のあった聖徳太子も紹介している。

たとえば**図1**に挙げた『三国七高僧伝図会』（万延元年刊六冊）は、本文は漢字平仮名混じり文、豪華な挿絵をふんだんに用いている。これらは仮名書きでルビがあることから、明らかに僧侶用ではなく、一般読者を意識した読み物となっていることがわかる。背景には、信仰だけでなく、娯楽や教養を仏教から主体的に得ようとする民衆の姿があると考えられる。当時の人々が持つ共通の理解や願望を反映しているのである。

そもそも勧化本は、説教という実地での布教・教化活動が背景にある書物群である。説教は、聴聞すること自体は無料で、内容がよいと感じれば喜捨をするのが普通であった。直《なお》林不退《ばやしふたい》の『節談椿原流の説教者―野世溪真了和上芳躅―』（永田文昌堂、二〇〇七年）に詳しいが、寺院は数十年に一度の堂宇の改修など、その維持だけでも多額の金銭がかかる。集まる喜捨の多寡は寺院の維持や経営に直結する。加えて説教は布教・教化の絶好の機会でもあった。よって、説教僧（勧化僧とも）は技を磨き、より人々に受け入れられる話柄を求めることになる。僧侶が自身の説教の手控えとして写本を作ることも多かった。こうした本のうち、説教僧または聴衆に好評であるものは書写が繰り返され、また開版される。利用価値の高い本、人気のある本が残され、版本で、時には写本でも流布するようになるのである。それが各所でまた説教に採り入れられて発展し、それがさらに出版された。

勧化本の研究は、まずその呼称の提唱者である後小路による目録「増訂近世勧化本刊行略年表一三〇〇点[2]」があり、和田恭幸などによる勧化本の概観[3]も備わっており、今後の研究が期待される。

3　勧化唱導と勧化本

先述のとおり、勧化本は説教を背景に持つ書物であるので、まず仏教の説教（勧化、法座、説法などともいう）について触れておきたい。説教の歴史は古く、聖徳太子の勝鬘経講《しょうまんきょうこう》までさかのぼるという[4]。近世期、仏教の教化・布教方法として最も盛んであった。口頭による仏教の教えの伝達方法で、近代まで寺や辻でごく普通に行われていた。その通俗性故に、近代に入って仏教教団の内部から批判が起こり、またテレビやラジオなど新しいメディアに押されて衰退したが、江戸時代を通じて非常に人気があり、落語の祖ともいわれるほどその技術は洗練されていた。近年再び注目を浴びているところである。

「お坊さんのお説教と申しますと、娯楽とは縁遠いように思われます。しかし、江戸時代には、「信仰」・「学び」・「娯楽」の三者は同じ所に同居したのであります。そういたしますと、面白い話が満載されていて当然ということになりましょう。そして是はもう、一般の庶民文芸に影響を与えない方が不自然というものであります(5)」と和田が述べるように、江戸時代は僧侶の布教は堅苦しいものではなく、むしろ娯楽や学びを得、それを大勢の人々と共有する場であった。

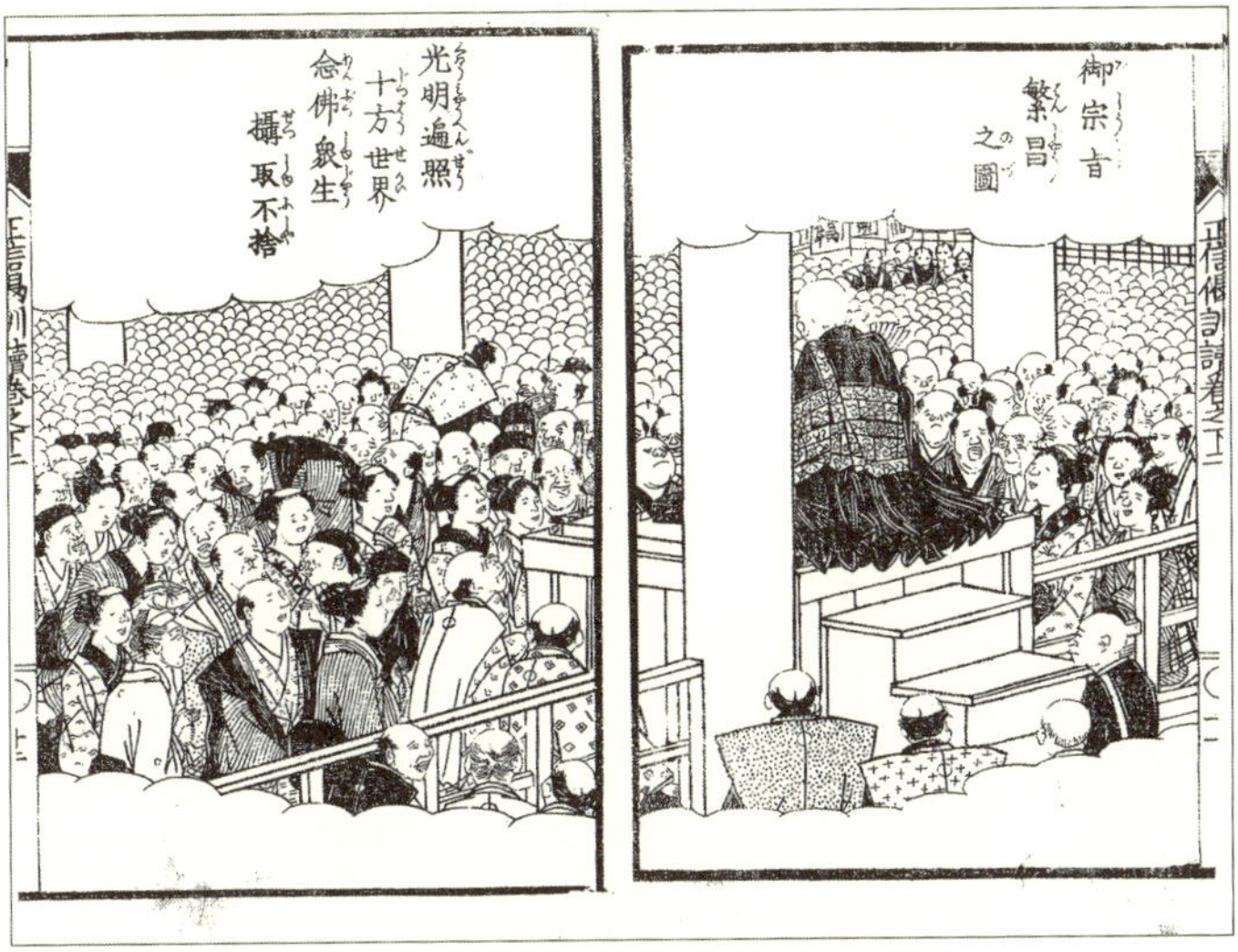

図2　『正信偈訓読図会』挿絵（説教の図）

図2は暁鐘成《あかつきのかねなり》編、松川半山画『正信偈訓読図会』三巻三冊（安政三年〈一八五六〉刊）の口絵であるが、当時の説教の盛況であったことがうかがえる。説教は基本的に誰にでも聴く機会があり無料であった。その僧侶の説教に感動した時だけ、好きなだけの額を喜捨する。浄財の多寡は説教の出来にかかっているため、自然、誰にたいしても心に届くものになるよう工夫が凝らされる。心を解きほぐしたり揺さぶったりするために、笑いや感動の話柄を計算して配置し、聴衆の興味を引く喩え話を多用することとなる。

いわゆる一文字不通の門徒も多かった浄土真宗では、文字を介さない説教は何よりも有効な布教手段であった。江戸時代に至ってその方法論も錬成され、関山和夫《せきやまかずお》によれば、説教僧たちは「これを『はじめシンミリ（讃題《さんだい》・法説《ほうせつ》）、なかオカシク（譬喩《ひゆ》・因縁《いんねん》）、おわりトウトク（結勧《けっかん》）』とも伝承される五段論法という説教の型も完成された」。「厳粛な切り出しと尊厳な結び、その間へ日ごろ関心の深い多くの逸話、話材を自由に挿入する。これはまことに洗練された話法の構成(6)」である。讃題で恭しく始まるが、譬喩因縁は笑いや感動があり、心が揺さぶられる。気持ちが解きほぐされ聴衆の心が一体となったころに、結勧で仏教の教えを再確認し、尊い教えを授かって終わるのである。

法座での説教の助けとして僧たちがおのおの作っていた写本に、あるいはその説教そのものに、本屋たちが商品価値を見出した。力量ある説教僧の手控えや、聴衆に人気の話柄をまとめた本を出版すれば、時に説教僧らの資料・台本として、時に聴衆らの読み物として、失敗なく利益を上げられる。

一度開版されてしまえば、人気を原動力として、地域・身分にかかわらず広範囲に伝播する。そして、流通先で利用され、新しい説教を生むことになるのである。その説教は聴衆の好みや反応に基づいて話題を取捨選択したり、その時々の時流や世相に適うものへと洗練されたりした上で、再び新しい勧化本となる。これを繰り返せば、豊かな教養や一定の共通理解が形成されることになる。江戸後期には、僧侶の持つ説教の台本から派生して、一般人の読み物を想定した本も盛んに発行された。のみならず、説教の魅力的で豊かな語り口とそれを伝える勧化本は、平曲や浄瑠璃、読本など、多くの芸能や文学とも影響を与え合うものであった。

二　共有される知識

1　『正信念仏和讃』の理解

ニーズ次第で本を出版する本屋の活動により、教団の上層部から下層部まで、時には教団外の人々までを覆う、知識の通路が出現することになった。近世の人々はそれ以前とは比べものにならないくらいの知識を、説教や勧化本、あるいは種々の文芸といった複数の通路で享受できるようになった。

一例として、勤行本の一部に入っている『正信偈』（『正信念仏偈』、以下同）を挙げる。『正信偈』とは、親鸞の『教行信証』の行巻末に付された偈頌《げじゅ》のこと。この『正信偈』と、阿弥陀・釈迦・七高僧（親鸞が選んだ浄土教の高僧七人）の教えを述べた三帖の『和讃』と合わせたものを『正信偈和讃』（『正信念仏偈並三帖和讃』）といい、蓮如の時代から朝暮に読誦するようになった。したがって、近世では僧俗共に必携の勤行本であった。

『正信偈』の本文の一例を示すと、真宗の法を伝えた七高僧の一人、曇鸞《どんらん》を讃える部分は以下のように始まる。

本師曇鸞梁天子　常向鸞処菩薩礼
三蔵流支授浄教　焚焼仙経帰楽邦

詩句の形式を取って教理や仏を賛嘆する偈頌であるため、一般の門徒にとっては日々の生活で口慣れ耳慣れていても、曇鸞についてほとんど理解できなかったことは想像に難くない。

だが本文の読誦から意味を摑めずとも、『正信偈』を讃題とした説教を聴くことはできた。『正信偈』関連の勧化本は非常に多い。『正信偈』に関する初期の勧化本のひとつ、承応三年（一六五四）刊『正信念仏偈科鈔』には、以下のようにある。

本師曇鸞ノ梁ノ天子ハ　常向ニ鸞処一菩薩ト礼ス
三蔵流支授ニシカハ浄教一ヲ　焚ニ焼ノ仙経一帰ニ楽邦一ニ

○曇鸞ト者、勅号ニハ玄閑菩薩ヲ云。此師ヲ閑ニ作レリ者レ文アリ。故ニ仕コヲリテ卯手菩薩ト記。迦戈浄土論云、沙門曇鸞法師ハ者幷州汝水ノ人也、已上。如来滅後千四百二十五年ニ生レ玉ヘリ。
○梁ノ天子ト者、粛王也。本師曇鸞大師ヲバ、梁ノ天子粛王ハ、ヲハセシカタニツネニムキ　鸞菩薩トゾ礼シケル。
○常向鸞処菩薩礼○迦戈浄土論云、梁ノ国ノ天子粛王ハ恒ニ向レ北ニ礼ニ曇鸞菩薩ト已上。（以下略）

注釈の部分は所々が漢文で、全体的には漢字と片仮名で書かれており、僧侶向きである。ルビはほとんどなく、学術的な注釈書としての意味合いが強い。曇鸞について逐語的に理解することができるから、僧侶らはこれを資料として説教の助けとするのである。この他にも『正信偈』に関する勧化本はことに多く、近世期の教学の発展が『正信偈』や和讃に関するものから始まっていること(7)とも相まって、慶安三年（一六五〇）の跋を持つ空誓《くうぜい》の『正信偈私鈔』をはじめとして、多数の勧化本あるいは勧化本として利用できる本が作られ、現在では一見難解と思えるこの偈頌は、近世期の僧俗に一定の共通の理解と教養を提供した。

近世の人々はこうした多くの『正信偈』説教のみならず、浄瑠璃でも「どんらんき」など親鸞伝をはじめとして高僧ものが人気の演目であったから、ここからも高僧についての知識を得ることができた。こうした浄瑠璃からは、しばしば正本《しょうほん》（浄瑠璃の台本を読み物にしたもの）が刊行されたため、浄瑠璃を観て楽しむだけでなく、個人で正本を読むこともできた。

そもそも江戸前期の浄瑠璃やその正本では、ことに浄土真宗宗祖の親鸞のものが多かった。東本願寺は、誤った祖師伝の流布の危険性を訴えてこれを禁止しようとしばしば動いたほどである。しかし、その人気の前に全面禁止

は難しかったようで、今、親鸞の伝記の享受史について解説した塩谷菊美の『語られた親鸞』(8)に拠れば、

「正法五年（一六四八）に、東本願寺は「しんらんき」を上演した太夫に（人形の操り道具を提出した上で追放処分を受けるという）誓紙を入れさせていました。「平太郎」と改題して演じたところを再度禁じると、次は法然伝風に「念仏讃談記大原問答」と改め、注意を与えると数日後には「聖光上人《しょうこう》」と改題したので、またまた禁止という、いたちごっこの状態でした。

絵草紙屋は絵草紙屋で、二人の太夫の太夫の正本を『しんらんき　平太郎』『ほうねんおはり《ママ》もんどう　しんらんき』と題して刊行し、（中略）東本願寺はやむなく金を支払って板木を買い取りました。

右のような状況を見れば、浄瑠璃や正本からも親鸞の伝記はもちろん、七高僧についての知識を楽しみながら得ることができたと言えよう。

やがて、江戸後期になると先に挙げた『科鈔』よりももっと一般読者向きの勧化本が出てくる。先の**図2**で掲げた、江戸後期の絵入の庶民向けの勧化本『正信偈訓読図絵』は、その中でも特に好評を博した本だった。七高僧の一人曇鸞についての解説の部分を示すと、

是《これ》より以下《いか》は、中夏《ちうか》の高祖《かうそ》とある第三祖《だいさんそ》曇鸞大師《とんらんだいし》の一段《いちだん》なり。曇鸞《どんらん》は、支那雁門《もろこしがんもん》の人《ひと》なり。出家《しゆつけ》して内外《ないげ》の経《きやう》典《でん》を学《まな》ふ事、人《ひと》を教導《けうだう》なすには寿命《じゆみやう》短《みじか》くしては成《なし》がたしとて、陶隠居《たういんきよ》といへる仙術《せんじゆつ》養生《ようじやう》を学《まな》ふ人《ひと》に従《したが》ひ、仙《せん》経《きやう》十巻《じつくはん》を得《え》て之《これ》を学《まな》ぶ。汾州玄中寺《ふんしうげんちうじ》に住持《ぢうぢ》し、一時《あるとき》天竺《てんちく》より来《きた》りし、流支《るし》三蔵《さんざう》といへる高僧《かうそう》に謁《えつ》し、仏法《ぶつはふ》の

中《なか》にも不《ふ》老《らう》不死《し》の教《をしへ》ありやと尋給《たつね玉》ふに、流《る》支《し》三蔵《さう》、浄土《しやうど》の観無量寿経《くはんむりやうしゆきやう》をとりいたし、これをさづく。曇鸞、無量寿経《むりやうしゆきやう》とあるを見て、無量寿《むりやうしゆ》にゐる教《をしへ》あらは、何《なん》のために仙経《せんきやう》をまなふべき哉《や》とて、終《つひ》に聖道《しやうたう》自力《しりき》の心を倶《とも》になかく其仙経《そのせんきやう》をやきすて、ふかく浄土他力《しやうとたりき》の法門《はふもん》に帰《ふく》し、往生 論《はうしやうろん》を注《ちう》して専《もつはら》弥陀《みた》の本願《ほんくはん》をひろむ。念仏門《ねんふつもん》の高僧第三《かうそうたひ》祖《そ》とす。魏《き》の興和《かうは》四年六十七歳にして寂《しやく》す。

此《こゝ》に、本師《ほんし》といふは、本宗《しう》の祖師《をんし》といふこと也。梁天子《りやうてんし》とは、梁《りやう》の武帝《ふてい》といふ天子《てんし》のことなり。震旦梁《しんたんりやう》の武帝《ふてい》は、姓《せい》は蕭《しよう》、諱《いみな》は衍《ゑん》、字《あさな》は 叔達《しゆくたつ》。仏法《ふつはう》を信《しん》して殺生 戒《せつしやうかい》を持《たも》ち、衣服《いふく》にも生類《しやうるい》の画《ゑ》および玄繡《けんしう》を禁《きん》す。麪餅《むきのたんこ》をせいして、用《もつ》て牛羊《うしひつし》の 牲《いけにへ》に代《かへ》て備《そな》ふ。(9)（以下略）

平仮名漢字交じり文に総ルビながら、一見してこれは真面目な読み物である。作者暁鐘成は僧侶ではなく読本作者で、よく整理され平明だが格調高い文章の運びは読本作者の面目躍如であろう。しかも、挿絵画家の松川半山の精緻な挿絵は、写真のようなリアルな効果を生み、実際に自分がその場面を見てきたかのような気分にさせる。あくまで真面目であるが、楽しみながら読むことができる本である。

また、仏や高僧のものだけでなく、「妙好人」と呼ばれ近世後期から注目を集めた篤信の門徒たちの逸話を随所にちりばめており、高僧だけでなく彼らの逸話にも逐一挿絵を添えている。**図3**は、生前妙好人であった遊女明月の墓を掘り起こしてみたところ、その口から美しい蓮の花が伸びていたことを示した見開きの挿絵だが、劇的な場面を報道している写真のごとき挿絵である。当時の人々の、妙好人への関心の高さを反映したものと思われる。勧化本は、時代時代のニーズを着実につかんで発展している。平明な解説ながら、西本願寺学林の能化（学林の長）法霖《ほうりん》の『浄土文類聚鈔蹄涔記《たいしんき》』からの引用などもあり、同時代の人々の関心がこうした高僧の本格的な学術書に及んでいたことを示している。

『正信偈』説教の人気は近代まで続き、多くの勧化本が出されたことはすでに述べたが、同書はその中でも特に好評を博し、明治までサイズを小さくしたり、銅版本（銅の板に彫りつけて原版を作成する印刷方法で作られた本。狭い版面でも精密な線で細かな文字・挿絵が表現可能であったので、多く小型の本に用いられた）で繰り返し発行された。

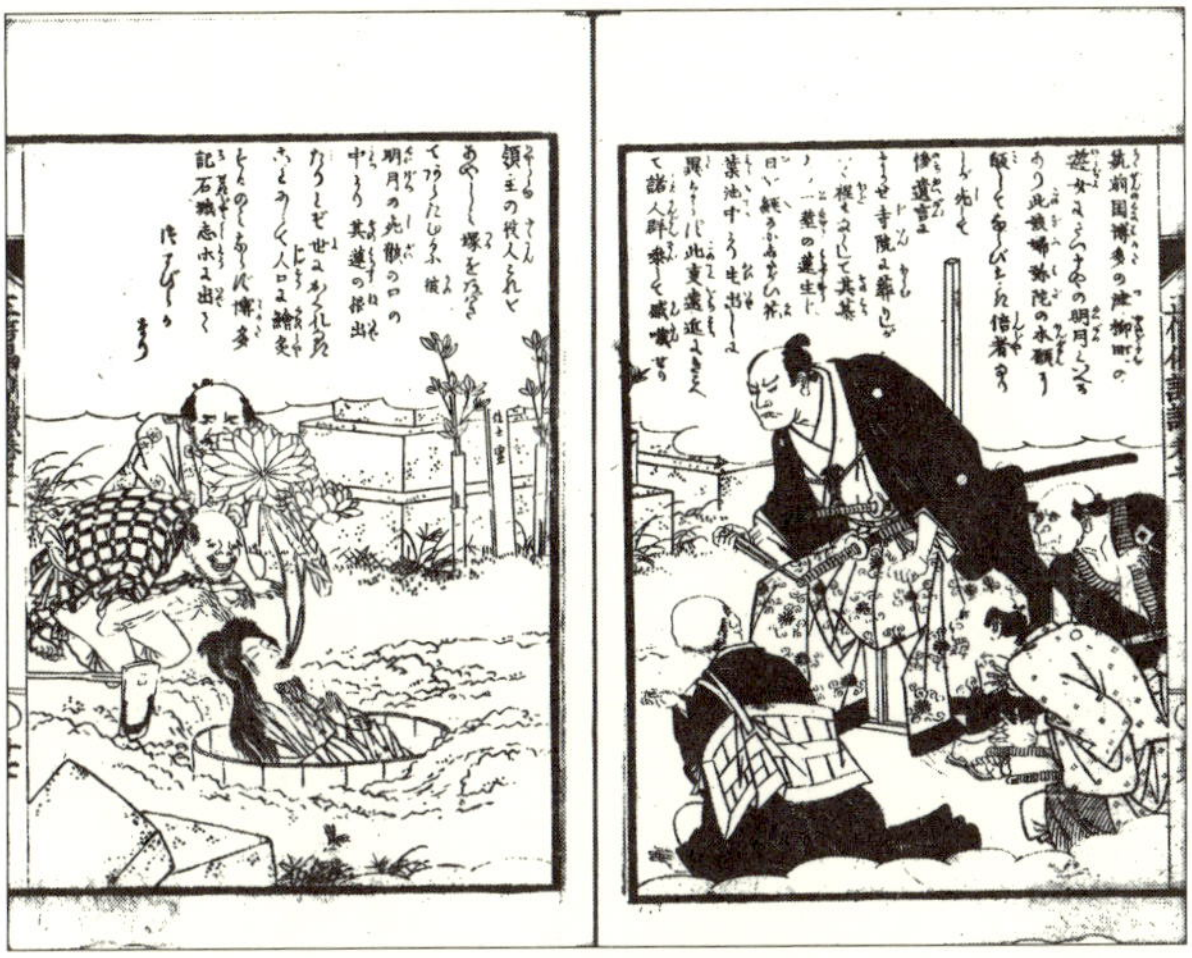

図3『正信偈訓読図会』

劇的な場面。人物の表情まで細かく描かれている。

「文字よりも音声や絵画に親近感を持つ在家の門徒は、諸作を峻別せず同列に尊び、かつ楽しみ、ジャンルの別を気にするよりもメディアミックスに向か[10]」う傾向がある。ニーズ次第で刊行される町版によって、寺院での厳かな宗教行事から日常に聴く説教や浄瑠璃、個人的な娯楽としての読書までが一体であり、複数のメディアから知識を受け取れるのが近世期であった。

2 『興御書』の流布

情報の通路ができ、教団全体に知識が行き渡るようになると、思わぬ事態が起こることもあった。次に紹介するのは、出版されたことによって偽書が真作の聖教とされた例である。

浄土宗系の書物『興御《おこりのご》書《しよ》』一巻は、元は巻子や冊子ではなく、一枚の紙に書かれた文書であった。浄土宗開祖源空（法然）が著し、善信坊親鸞へ与えたとされる消息の体裁を採っている。京都黒谷金戒光明寺に所蔵されており、江戸時代には掛け軸の体裁であった四〇〇字あまりの本文に、宛名書きの後にある追書を加えても約七〇〇文字ほどで、原稿用紙二枚にも満たない短い消息である。現在は偽書とされているが、江戸時代は主に真宗によって法然の著作として扱われていた。僧らが門徒に絵を見せながら解説する絵解きの親鸞伝に引用されることが多く、門末にもよく知られた文書であった。

内容は、「専修念仏の近世が問題となつていた際に苦境に立つた善信房（親鸞）を慰める為に起草せられ[11]」たもので、法然と親鸞の師弟関係が深かったとの印象を与える。天明年間までは、毎年六月に行われた金戒光明寺での諸宝物の虫払で、他の寺宝と共に公開されていた。浄土宗の信徒だけでなく、真宗側からも多くの参拝客を集めたことだろう。こうして公開されるうち、ただ展示されていただけだったものが、やがて本文を写し取られ、町版となって流布するようになった。

3　偽書の聖教化

いったん町版で開版されてしまうと、不特定多数の人の目に留まるようになる。まだ世に知られていない聖教ということで、本文の紹介だけでなく、さまざまな注釈が行われた。その過程で、『興御書』の意味が変化していくこととなる。

まず、万治三年（一六六〇）に『興御書』注釈書として、『大原問答起御書』が伊勢真宗高田派の慧雲《えうん》によって出版された。「大原問答起御書」という書名にある「大原問答」とは、文治二年（一一八八）、京都大原の勝林院で法然が諸学の学僧らと問答し、信服させた宗論である。この書名からして、慧雲は大原問答の発端、興りとして

『興御書』があると考えていた。

しかし、こうした解釈は変化することになる。本来は「興の字は元来は（中略）大原問答の興起を意味するものであったが、世人は一般に宗旨建立の興起と解」するようになった。もともと「浄土宗と真宗との間には宗門の伝持に就て古来論議が繰り返され」ており、その際に「この『興御書』に拠りて真宗の立場を弁護することもあった」(12)ことにその理由がある。すなわち、西本願寺の門前慶証寺の僧侶で近世屈指の碩学玄智が江戸中後期に著した『三巻本浄土真宗教典志』一巻には、

> 親書現に新黒谷金戒光明寺に在り。書中叙する所を考ふるに、元久二年乙丑閏四月、真影を吾祖に賜ふ時、与し所の書也。文辞簡潔、具に玄奥を尽くし、真宗法義、此に由りて興り盛る。故に称して興御書と曰ふ。又、印可御書とも曰ふ(13)。（原漢文）　（傍線筆者）

『興御書』を「印可御書」として、親鸞の「真宗法義」を法然が認可した証拠と考えた。安永年間には、それまで一般には「一向宗」、「念仏宗」などと呼称されていた真宗が「浄土真宗」を公称としようと画策し、浄土宗との間で宗名《しゅうみょう》論争が起こっていたから(14)、同時期には特に重視されていたと思われる。

右のような状況下で、興御書に関して、僧侶用の説教資料から一般門徒の読み物としての本まで、さまざまな勧化本が刊行されるに至る。以下、**図4〜6**は、一七〇〇年代後半に出された『興御書』関連書である。まず**図4**の天明元年（一七八一）刊『興御書述賛《じゅっさん》』は、『興御書』に関する注釈などを盛り込んだ詳細な学問書で、作者は先に紹介した西本願寺の学匠玄智。**図5**、**図6**はそれぞれ天明五年刊（一七八五）『興御書嚥滞録《えんたいろく》』、安永九年（一七

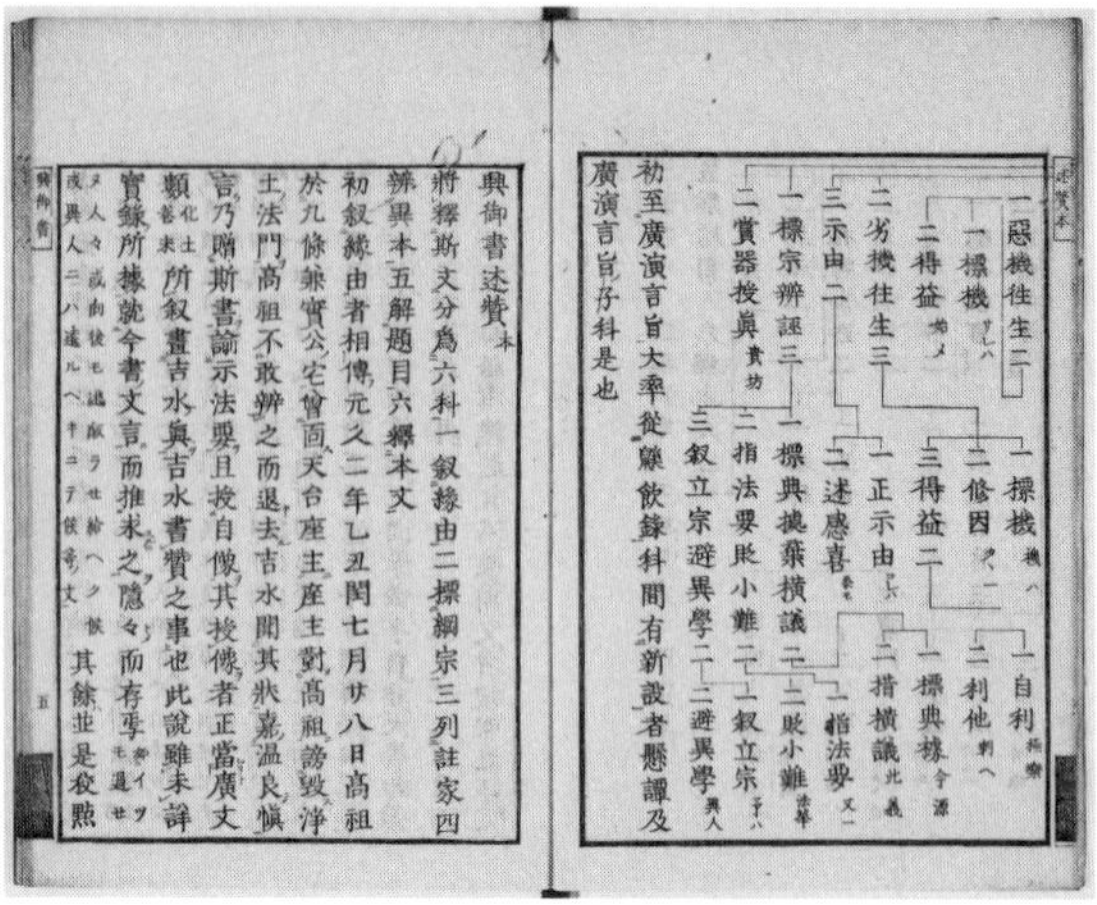

初至廣演言旨大率從纂飲錄科間有新設者懸譚及
廣演言旨存科是也

興御書述賛 本
將釋斯文分為六科一叙縁由二標綱宗三列註家四
辨異本五解題目六釋本文
初叙縁由者相傳元久二年乙丑閏七月廿八日高祖
於九條兼實公宅曾面天台座主座主對高祖謗毀淨
土法門高祖不敢辨之而退去吉水聞其狀嘉温良愼
言乃賜斯書諭示法要且授自像其授像者正當廣丈
類化土所叙畫吉水與吉水書贊之事也此說雖未詳
實錄所據就今書文言而推求之隱々而存乎

図4　玄智著『興御書述賛』

整えられた学術書の体裁を持っている。

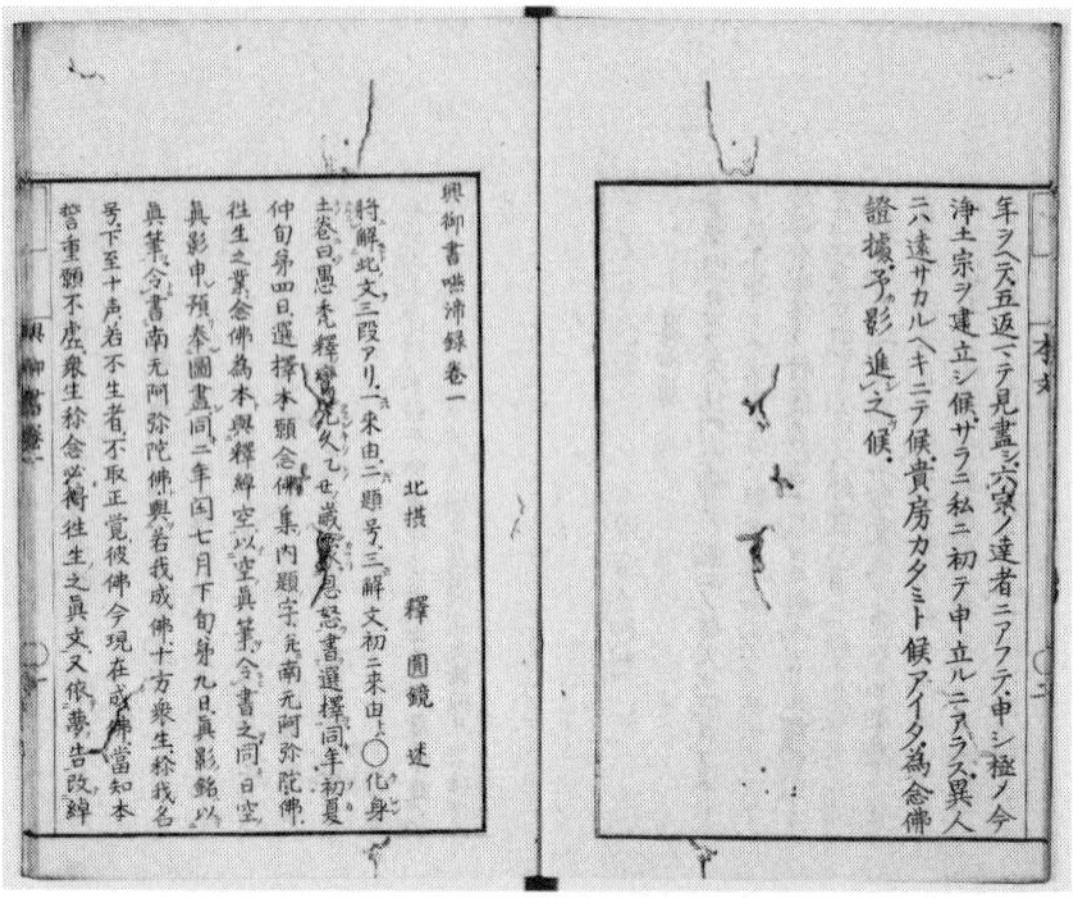

年ヲヘテ五返マテ見盡シ六宗ノ達者ニアフテ申シ極ノ今
浄土宗ヲ建立シ候サラニ私ニ初テ申立ルニアラス異人
ニ八達サカルヘキニテ候貴房カタミト候アイタ為念佛
證據予影進之候

興御書嘫渧録巻一
北摂　釋　圓鏡　述
將解此文三段アリ一來由二題号三解文初ニ來由ト○化身
土巻曰愚禿釋鸞元久乙丑歳蒙恩恕書選擇同年初夏
中旬第四日選擇本願念佛集内題字并南无阿弥陀佛
往生之業念佛為本與釋綽空字以空真筆令書之同日空
之真影申預奉圖畫同二年閏七月下旬第九日真影銘以
真筆令書南无阿弥陀佛與若我成佛十方衆生称我名
号下至十声若不生者不取正覺彼佛今現在成佛當知本
誓重願不虚衆生称念必得往生之真文又依夢告改綽

図5　円鏡著『興御書嘫渧録』

僧侶の説教に便利なように作られている。

八〇）刊『興御書絵鈔』で、両書の作者は円鏡という僧侶である。円鏡は来歴不明で、一説には東本願寺末寺の僧というが、著名な学僧ではないと推測される。ただ、『報恩巣枝《ほうおんそうし》録《ろく》』（安永七年初刊）という、説教の心得を記した小型で実用的な手引き書をも手がけていることから、当時から説教の巧者として定評のあった人物であった。

図4の学僧玄智の『興御書述賛』は、学問書らしく漢文で書かれており、『北本涅槃経』などが見えるごとく、

多くの書物を博捜している。**図5**の『興御書嚥渧録』は、片仮名漢字混じり文で僧侶向けの勧化本とわかる。教養のあるはずの僧侶向きの本にルビが振られているのは、説教に用いる、つまり音読する際に便利だからである。**図6**の『興御書絵抄』は、本文は平仮名漢字混じり文で漢字にはルビがあり、挿絵もあるため庶民の読み物である。諸本はいずれも汚れたり落書きがあったりとよく読まれたことが知られ、貸本屋の墨印が押されているものもある。貸本屋は本を背負って広範囲を歩いて本を貸し出す業者であるから、多くの人々の間で読まれたのだろう。

図6　円鏡著『興御書絵鈔』

多くの人々に読まれ、本が汚れている。右下の鬼の顔は塗りつぶされている。

すなわち真宗においては、玄智のごとき中央の高僧の学問書から、説教の巧者円鏡の手がけた僧侶向けの勧化本、さらには門徒らの娯楽に供される読み物に至るまで、真宗教団のあらゆる層に向けた本が刊行された。

反対に、浄土宗側は『興御書』の真偽を疑っていたようで、注釈書等の例は極めて少ない。元禄七年（一六九四）の序を持つ浄土宗の僧巌的《がんてき》（松誉《しょうよ》）の『興御書直解』が唯一のものであろう。ただし、巌的については説教僧の側面が強かったことが指摘されており[15]、同書は注釈書ではあるが、注釈書の形をとった勧化本でもある。よって、巌的は勧化僧の立場から、必ずしも学問的な注釈を主眼とするのではなく、より広く募財を得るために、真宗にも関わる浄土宗の寺宝を紹介した可能性がある。この一例を例外として、浄土宗側がほとんど注釈書を出さず静観する中、真宗側ではさまざまな注釈書が作られ、説教・出版によるネットワークでもって、あらゆる層に、少なくとも一定程度理解され共有された。

明和四年（一七六七）に刊行された聖教集『蔵外真宗法要』にも収録された『興御書』は、さらにまた西本願寺末寺の興正寺（明治期に独立し現在は真宗興正寺派本山）によって寛政年間に刊行された聖教集『真宗法彙《ほうい》』にも収録された。その後も大谷派の檀林で最高位の講師を務めた深励《じんれい》の講録『興御書講義』（写本、明治期に出版）など、続々と真宗側から注釈書が出された。

『歎異抄』研究で著名な天保期の真宗大谷派の学僧了祥《りょうしょう》の説に拠れば、『興御書』には浄土宗鎮西派の白旗流《しらはたりゅう》である光明寺に所蔵されているにもかかわらず、名越流《なごえりゅう》の学説が入っているという。江戸時代以前に名越流を学んだ僧侶らが光明寺に寓したことがあるため、おそらくその時に作られたものなのであろう[16]。真宗の参拝客をも呼び込むために、偽作されたものであった。なおかつ、もともとは真宗の興りを示したものとも考えられていなかった。しかし、右のごとく浄土真宗において真作の聖教と認識されて近代に至る。

了祥のごとき冷静な意見も一方にはあったのだろうが、法然と親鸞の師弟関係が密であったことを示し、浄土宗寺院の什物である同文書は、出版されることで広く知られるようになり、やがて真宗の人々に強いアイデンティティを与える解釈がなされるようになったのである。こうした解釈はさらに真宗の支持を集め、ニーズが高まったことにより、その流れに沿ったさまざまな注釈書や勧化本が町版で出回るようになった。『興御書』が知られるようになって以降、親鸞伝である『御伝鈔』等の注釈にもしばしば登場するようになっていたから、同書とその解釈は教団全体の共通理解となっていった。こうした近世の出版文化によって形成された教団全体の認識によって、同書は真宗聖教の仲間入りを果たすこととなったのである。

第二節『御文』の近世出版文化

一「偽版のベストセラー」

1　中世から近世まで

近世期、町版の発達や説教などの布教活動により、教団の上層部にない地方の末寺や在家も、本山の意向とは無関係に情報を主体的に取捨選択し、時にはその影響が本山に及ぶこととなった。

こうした特徴を示す例として、ここでは『御文《おふみ》』とその勧化本を採り上げる。『御文』とは、『正信偈和讃』や『浄土三部経』と並ぶ、真宗の僧俗が用いる勤行本のひとつで、中世より本願寺が門末に弘通《ぐづう》（仏教の教えを広めることだが、真宗では本山から門末へ仏書を授けることを指す）するものであった。浄土真宗中興の祖と称される本願寺八世蓮如が門下の道俗に与えた消息の中から、特に教義に関するものを五帖にまとめた消息集である。教化の要として僧侶のみならず門徒にもよく用いられた。「御文章《ごぶんしょう》」「勧章」「宝章」「勧文」なども称される。現在では浄土真宗本願寺派（西）では「御文章」、真宗大谷派（東）では「御文」の名称で用いられているが、江戸中期ごろまでは本願寺派においても「御文」と称したので、本書でもこの語を用いるものとする。なお、『御文』はその発行数が莫大であるだけでなく、制作・流布においても享受においても非常にユニークな存在であるため、本稿はその特性の一端を示すのみになることを、あらかじめ断っておく。

さて、一般に『御文』は、消息であるがゆえに親しみやすく、真宗の門徒の安心《あんじん》（信仰心）の亀鑑として用いられた。中世より現在まで、連綿と拝読・拝聴され続けてきた極めて稀な書物であり、高いメディア性を持つと言えよう。なお、『御文』弘通の研究に関しては、稲葉昌丸《いなばまさまる》の『蓮如上人遺文』（法藏館、一九八三年）および『諸版対校五帖御文定本』（私家版、一九三三年初版、法藏館、一九九五年再版）が今もなお基礎的な研究書となっている。

『御文』は中世より教団で用いられており、その起源は蓮如の息で九世宗主実如（一四五八〜一五二五）により教化の中心に位置づけられ[17]、数ある蓮如の消息の中から教義上特に重要なものを門末に授与するようになる。当初は写本のみであったが、次の十世宗主証如（一五一六〜五四）の時に木版本が作られ、以後は歴代の宗主によって開版・弘通されるようになった（並行して、写本でも弘通された）。各帖の巻末にはそれぞれの宗主の名や花押があり、これを「証判《しょうはん》」、「御判《ごはん》」と称する。

また、『御文』には蓮如の消息八〇通を収録した五帖一部の他に、単帖本がある。主に八〇通の中から任意に選んで一冊にまとめたものである。単帖本の『御文』は、五帖本の中の第五帖を中心にして、それに何通か加えた「御加え本」と、第五帖を中心としない「お取り交ぜ本」がある。一般に、五帖一部は寺院が所持するが、単帖本は門徒が仏壇に納めて用いる傾向がある。

『御文』は片仮名漢字交じり文であり、片仮名という最も判読しやすい文字を極めて大ぶりに記している。また、漢字は総ルビである。これは、音読に最適化された表現であろう。これならば、研鑽を積んだ学僧でなくとも、最も簡単な文字種である片仮名さえ読めればよい。加えて、消息すなわち手紙であるので、仏典のような難解な文体ではなく、人々により親しみやすく理解しやすいものであった。

図7は、龍谷大学大宮図書館に所蔵される、証如による肉筆の証判のある写本の『御文』である。注目すべきは、**図7**下段にあるように、袋綴装であるこの大型の本の、袋の折り山の下方の部分、料紙の裏側に糊が施されていることである。この部分に残された手垢で黒光りする汚れは、名もない人々が何度も何度もつかんで頁をめくった証

である。だが、このように扱えば、どうしてもこの部分が破損してくる。そこでこれを防ごうと、糊付けして耐久性を高めてあると推測される。極めて珍しい加工と思われる。これほど繰り返し読もうという意志が込められた書物を、筆者は見たことがない。実如、証如の時代は、中興の祖である蓮如が築き上げた大教団を維持し、一向宗として戦国時代を耐えていたころである。この時期に、こうした教化・布教のメディアがあったことは偶然ではなかろう。

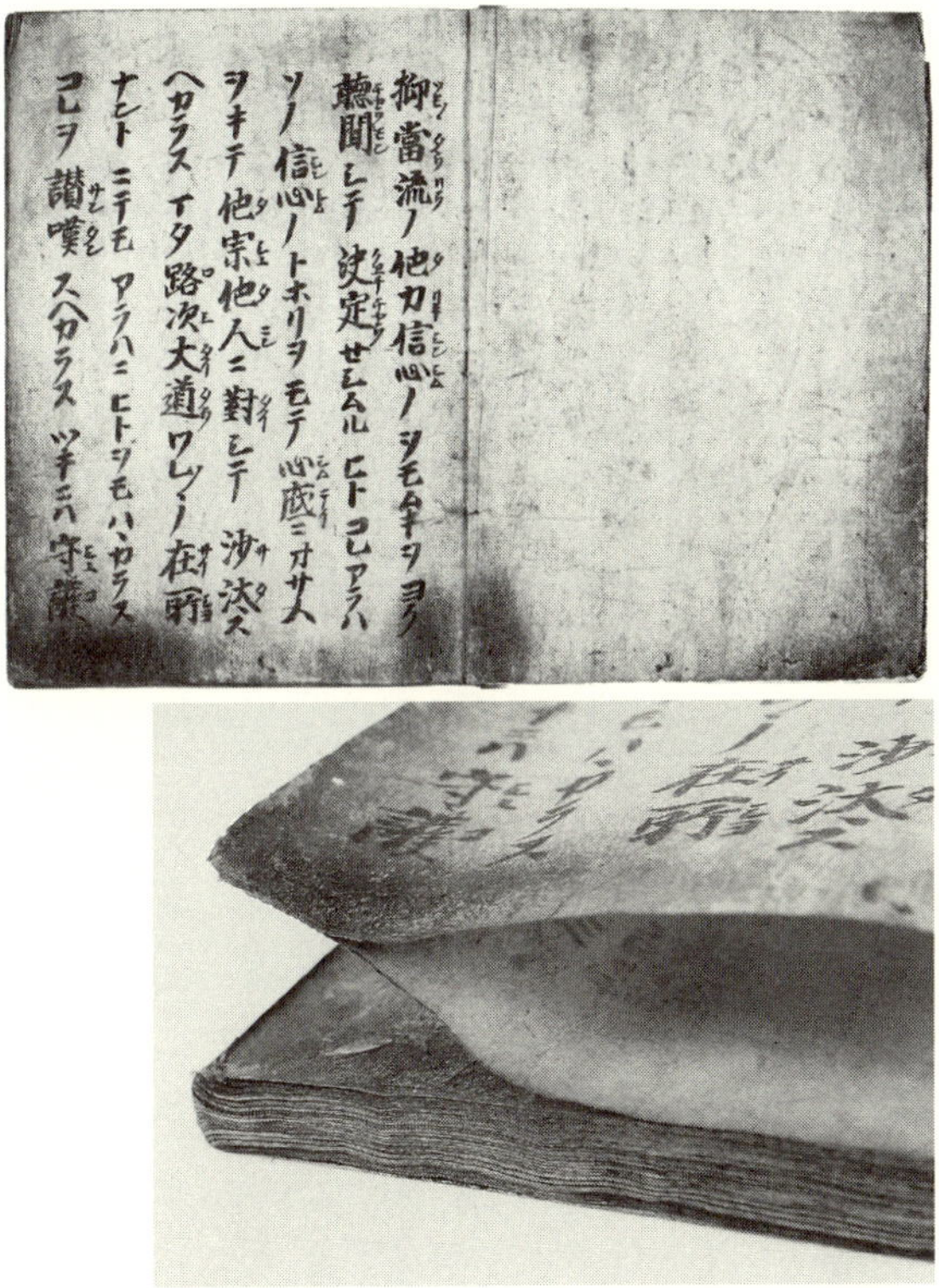

図7　証如証判『御文章』冒頭と糊で補強された部分

この『御文』は証如の証判を持つ写本である。そして、まさにこのような加工が見られる時代に『御文』は開版された。その姿は、ごく初期の印刷物の例に漏れず、既存の写本にできるだけ似せて作られている。すなわち、大型で、厚手の料紙を用いた分厚い袋綴装である。また、大型で分厚いために、綴じる穴の数が江戸時代の版本によく見られる綴じ穴が四つの四つ目綴《とじ》ではなく、五つ目綴である。以後この形が基本となり、近世・近代を経て現在まで連綿と続けられた。

ただし、近世後期の西本願寺宗主の二十世広如が開版した『御文』には小型のものがある。広如は従来どおりの大型本も弘通する一方、自らが書いた『御文』の原稿をもとに、文政十年（一八二七）に中本《ちゅうほん》（現在の新書版ほどの大きさの本）を開版した。これは通常は五帖ある『御文』を一冊にした本であり、歴代の中で初めての小型本である。小型にするために、薄様《うすよう》の和紙を使っている点も珍しい。薄様とは、雁皮《がんぴ》と呼ばれる繊維の緻密な植物を原料として、これをごく薄く漉いたもので、通常は写本に用いられる。版本としては、高雅な趣を期待した和歌集など一部に例外的に見られる他、幕末から明治の真宗聖教類にこの料紙を用いたものがある。薄様は薄くても強靭なため、印刷に耐えることができたのだろう。極めて薄いため一冊あたりのページ数を大幅に増やせるから、大型で五帖ある御文をポータブルな新書版サイズ一冊にできたのである。詳しくは第二部で述べるが、近世後期から明治ごろにかけて、真宗関係書籍の小型化が見られる。これもその一例であろう。

2　『御文』の板株

『御文』弘通は歴代宗主の行うところであった。近世期の西本願寺歴代宗主の例について特徴的な点を見ていくと、まず十二世准如の時には、版本『御文』に宗主の奥書を墨書して下付したという。これは、『御文』に宗主の権威性を付与しようとしたものであろう。十四世寂如の時には、寛文八年（一六六八）と貞享元年（一六八四）九月の二回にわたって開版されているが、貞享元年以後奥書の文言が統一された。続く十五世住如の『御文』は先代の寂如開版の板木を使用しており、奥付のみ多少改めたものである(18)。また、十七世文如も同様で、先代の法如の板木を使用している。

このように見ていくと、近世出版文化の特徴である板株については、本山たる西本願寺が所持していたと一応見なせるだろう。左に掲げるのは、『興復記一件《こうふくき》』(19)の中の、天保六年(一八三五)、東本願寺の小型御文章の開版を停止するよう、西本願寺が奉行所に求めた口上書の写しである。

口上覚

当本山御蔵板聖教之内、五帖壱部大本幷小本御文章二品、御門流之御門末江偏々御弘通有之候而、町版株者曾而無御座、書林仲ケ間ニ而売買取扱之儀ハ古来より無御座候処、此般寺町仏光寺下ル町近江屋佐七郎と申もの小本御文章彫立、密ニ売買致候ニ付、裏方より御訴訟有之、御吟味中之由。右者大本小本ニ不拘、御差支之儀ハ一体之事ニ候得共、殊更裏方ニ是迄小本弘通之儀ハ無之、御当方根本元株之御事ニ而、重板類板等書林仲ケ間掟之次第も御座候へ者、□御裁許之上、右板木幷仕込本等御取上ケ之上、当方江御渡相成候様被成度、則文化十三年子年別紙御口上書之通公儀江被仰立、書林行事江御達ニ相成候儀も有之、小本御当方御蔵板ニ限り候儀ニ付、此段宜御頼被仰入候。以上。

本願寺御門跡御使

未十二月十五日　　原　左内

傍線部に「町版株者曾而無御座」とあって、『御文』には町版の株が成立していなかったという。確かに本屋仲間記録などを見ても、『御文』の町版は見出せない。この記録が江戸後期のものであり、また東本願寺との競合においては、西本願寺はとかく強固に主張する傾向がある。したがってただちにこの文言を事実と受け止めるのは危険であるものの、板木を本山たる西本願寺が所有しているため、民間の本屋にとって『御文』出版には手を出しにくかったと一応は考えられる。

なお、『浄土三部経』や『正信偈和讃』に比して町版が見当たらない理由として、推測ではあるが、次の二つのことが考えられる。それは、音読の際の節（リズム）が必要かどうかであることと、『御文』が中世の本願寺九世実如（一四五八〜一五二五）以来、宗主より下付されるべき真宗聖教の中心に位置したこととである。

『浄土三部経』は浄土宗、浄土真宗、時宗の依用する経典であるが、各宗各派ごとに読み方が異なる。一方の『正信偈和讃』は、真宗の日々の勤行で読誦され、年に一度の報恩講では一同で唱和するが、やはり宗派によって節が異なる。つまり、両者は音読にあたっては各宗各派で留意すべき読み方がある。しかし、『御文』の拝読には一定の拝読方法はあっても、『浄土三部経』や『正信偈和讃』ほどの厳密な節付けはなかった。西本願寺の碩学で、本山の聖教拝読法について監督する立場にあった玄智の安永二年（一七七三）『唱読指南』には、『御文』を拝読する際には、「惣ジテ言音明爽ニシテ訛《なまり》ナキヤウ濫《まぎら》シキコトノ善分《よくわか》ル、ヤウニヨムヲ要トス」[20]とあり、意味がわかるよう読むことを第一とし、厳密な節を付ける必要がなかったから、他の勤行本に比して町版が成立しにくかったはずである。

加えて、本願寺六世巧如《ぎょうにょ》（一三七六〜一四四〇）のころに形成された本寺権の問題がある。本寺権は本山だけに許された特権を言うが、その中でも門末にたいする聖教の下付権は重要であった。下付される聖教は当初は多くの種類があったが、実如宗主のころに『御文』が中心となり、その伝統は江戸時代にも東西を問わず本願寺教団に受け継がれていた[21]。したがって、下付されるべき聖教としての『御文』には宗教的権威性が色濃く付与されている。それ故、町版で代用することができなかったのかも知れない。権威性を重視する意識は幕末期に一部で後退が見られるが[22]、少なくとも本屋仲間が官許となり、重版・類版が不可能となる江戸中期ごろまでは許容されなかったと考えられる。

3　本山による『御文』弘通

『御文』は本山から末寺へ下付される免物《めんもつ》のひとつであった。免物は木仏や名号、宗祖の御影などの他、厨子や喚鐘、憧鐘などから袈裟に至るまで多岐にわたる。申請者は願書を本山に提出し、本山の取次が取次札を作成して宗主の許可を得ることから始まるが、手続きは非常に煩雑であった。しかも、本末制度のために申請は自らの上位にある上寺《うわでら》（中山）を通す手続きが必要で、本山への冥加金とは別に上寺への納金も不可欠であった。ピラミッド構造である教団において下層の寺は上寺が多い分、負担がより重くなる(23)。しかし教化の要として『御文』は寺院には必須の聖教であった。つまり、『正信偈和讃』と同じく西本願寺宗主から授与される形が重視される『御文』であったが、その入手となると複雑な手続きを経ねばならず、かつ高額の礼銀が必要となるのが現実であった。

結果として、『御文』の弘通はさまざまな問題が起こりがちであり、時に本山はそれらと妥協せざるを得なかった。左に挙げるのは江戸前期の延宝二年（一六七四）から享保七年（一七二二）までの、『御文』製作と弘通に関して、それに携わる人々が守るべき規則を記した『御文章之定』(24)（龍谷大学大宮図書館所蔵、請求記号 022-173-1）の、宝永六年（一七〇九）の項の一部である。

一　帰参申替、御判斗取替ハ、壱匁三歩。表紙改候ヘハ、尤弐匁三歩也①。但、帰参之御文、取次衆幷役人衆見合之上ニ而、可申上候事。
一　表紙仕直シ代、壱匁宛。但、表紙付有。

一　古キ卅九丁ヲ、五十五丁ニ直シ出シ、申間敷事。
一　御文章御判、取次衆幷判木所江験ニ出不申衆ニハ、賃摺仕間敷事。
一　②御文章御礼、上納相滞リ候衆江者、縦令誰為、一門互ニかしかり仕間敷、御判ハ不及申、摺おろしニ而茂かし申間敷、名代ニ出シ遣シ申事茂仕間敷事。
一　③御末寺之御文章ハ、御判無之而茂不苦事。
一　④御判無之御文章、他人へハ不及申、誰為親類一門中出シ申間敷事。

　まず、傍線部①で、東本願寺を本山とする大谷派から西本願寺の本願寺派に「帰参」、つまり転派した寺の『御文』について、「御判斗取替ハ、壱匁三歩」と、西本願寺の宗主の御判に一匁三歩で取り替えるとしている。そして、その際は東本願寺方で発行された『御文』の宗主の証判だけを取り替えて、そのまま使用しても良いとしているのである。これは転派する際の負担を軽減するための処置と思われる。同じ宝永六年の定の他の箇所で、五帖一部に関して最もスタンダードな紺色の表紙を付けた場合は一三〇匁としているから、一〇〇分の一の負担で済むのである。転派した寺院のために相当の配慮をしており、転派を強く推奨するあまり、『御文』本来の下付形式を踏まないやり方も許容していたことがうかがえる。ただ、実際に宗主の名前をすげ替えた『御文』は未見である。

　また、傍線部②の一部、「御判ハ不及申、摺おろしニ而」と、『御文』に宗主の御判があるものと、単に印刷しただけのものと二通りあったこともわかる。もちろん、宗主の御判がある方が高額となるが、御判のないものも認めていたのである。傍線部③より、末寺が所持する『御文』に「御判無之而茂不苦事」と、ここでも御判のない『御文』を許容している。とは言え、やはり教義の要として『御文』は宗主の署名を必要としていたから、④ではそういった『御文』を他見させないよう注意している。

②ではさらに、上納が滞った者に誰であっても金を貸し付けることを禁止している。免物の冥加金は分納や本山に借金して支払われることも多く[25]、実態として相当な金銭トラブルがあったと思われる。

総じて、実際の『御文』では、転派した寺院への配慮、手続きの煩雑さや冥加金・取次料の負担の重さを背景にした金銭の貸し借りや賄賂の横行など問題が多く、表向きと実際とで相当の乖離があったと思われる。それは、無数の『御文』が連綿と弘通されたことを物語るものである。

4 「偽版のベストセラー」

町版が存在せず、本山からの入手には高額の金銭と煩雑な手続きが必要となれば、偽版が横行することになる。その量はおそらく近世第一であったと推測される。本山の取り締まり件数も、勤行本の中で『御文』に関するものが突出して多いことが知られている[26]。

一例として、安政二年（一八五五）に西本願寺による偽版『御文』の調査が行われた際の記録『御文章偽版調査記録』[27]を掲げる。

一　小本五帖壱部　弐品　但、一ヶ年ニ三万程ツ、売買候由
　代銀五匁五分
一　平仮名中本御加御文章　一品

一　正信偈御和讃御文章入　三品
一　御加大本御文章　一品
　　代銀五匁五分
一　五帖壱部大本　江州ニ有之候由
　　代金弐百疋

小本の『五帖御文』は、「一ヶ年ニ三万程ツヽ売買」されたといい、この記録をもって宗政五十緒は「偽版のベストセラー」と称している[28]。確かに、偽版の中でこれほどの規模で流通した本の報告は、今のところ他に無いものと思う。

その他の『御文』偽版の摘発は、宝永二年（一七〇五）に京都で発覚した偽版を最古の例として、文化五年（一八〇八）と文化八年（一八一一）には大坂で摘発されている。加えて、天保六年（一八三五）にも京都の偽版について取調べが行われた。弘化五年（一八四九）にも大坂で発覚している。右の資料にも「正信偈御和讃御文章入　三品」と挙げられているが、江戸後期には町版の『正信偈和讃』の巻末尾に『御文章』を付けている本が見られるなど[29]、見逃された私版や偽版も相当数あったと想像される。

このように、『御文』版本には、本山からの下付であっても御判の入っているものと入っていないもの二通りの免物と、内容は同じであるが宗教的な権威のない民間の偽版があった。それぞれ大規模に流布したと推測される両者が隣り合わせで存在していたのが近世期であった。さまざまな『御文』の洪水は、その偽版を単なる「ベストセラー」と呼ぶことに留まらない、建前を掲げつつも、その裏では実態に即して多くの例外を許容する、近世の宗教の実際、あるいは社会・文化そのものであるように思われる。

5 『帖外御文』の出版史

五帖にまとめられ、本山から門末へ下付される『御文』の他に、五帖から漏れた『帖外御文』がある。これは、蓮如の消息のうち五帖一部の『御文』に収録されているもの以外を指す。五帖御文編纂時に除かれたものの他、その後発見された消息すべてを「帖外御文」と呼ぶ。これらは、必ずしも真宗の教義を述べたものではないため、西本願寺がこれを下付物として刊行することはなかった。しかし、近世期には町版としては行われていた。その初版は未見ながら、後刷本の料紙から判断するに、少なくとも一六〇〇年代のうちに開版されていたと思われる。後出の、近世期門末によく普及した『御文』の勧化本『御文章来意鈔』に付された序文にも「帖外御文」の文言が見られ、江戸中後期には門末によく知られていたことがうかがわれる。町版の『帖外御文』は四つ目綴じの大本で、一般に流通する版本の規格としては最上位のものであるが、本山の免物のような正方形に近い分厚い五つ目綴じの大型本とは全く異なる、ごく一般的な町版の体裁を採っている。

この町版『帖外御文』の刊記には、入木《いれき》（入れ木。板木作製後の修正方法で、板木の一部を削り取って小片を埋め込み補うこと）で京都の植村藤右衛門と大坂の植村藤三郎の相版《あいはん》（相合版《あいあんばん》ともいう。共同出版のこと）のものや、やはり入木で京都の書林銭屋三郎兵衛の名が見られるものがあり、開版した本屋は不明ながら、その板木は幾人かの持ち主を経て、天明年間に京都の河南《かわなみ》喜兵衛の手に渡った。ところが、後述するがこの板木は天明八年（一七八八）に起こった京都の大火で焼失してしまった。ただし、板木が失われても板株は残っており、これを焼株《やけかぶ》という。『帖外御文章名古屋ニテ開版差留記録』(30)に拠れば、西本願寺は寛政二年（一七九〇）、右の『帖外御文』の焼株を入手し、蔵版した。必ずしも教義に関係しない本の板株を入手したその動機は、直接は他本山による聖教蔵版の阻止であった。河南喜兵衛が株を売ろうとした際、「御隣寺より買取之容子相聞候ニ付」購入に動いたようである。河南は真宗佛光寺派本山佛光寺近くの堀川仏光寺に店を構えているから、「御隣寺」はあるいは佛光寺かも知れない。

さて、西本願寺は蔵版はしたものの、やはり必要性が薄かったのであろう、本山としては一度も弘通しなかった。同記録に拠れば、焼株を本山に献上した本屋は、『帖外御文』の板株は「右株之外、紛敷板行一切仲間中ニ茂無御座候」と、献上したものの他には株がないことを断っている。したがって、この寛政二年以降、『帖外御文』を町版で行うことはできなくなった。少なくとも版本での流布はこれ以降はないはずであった。

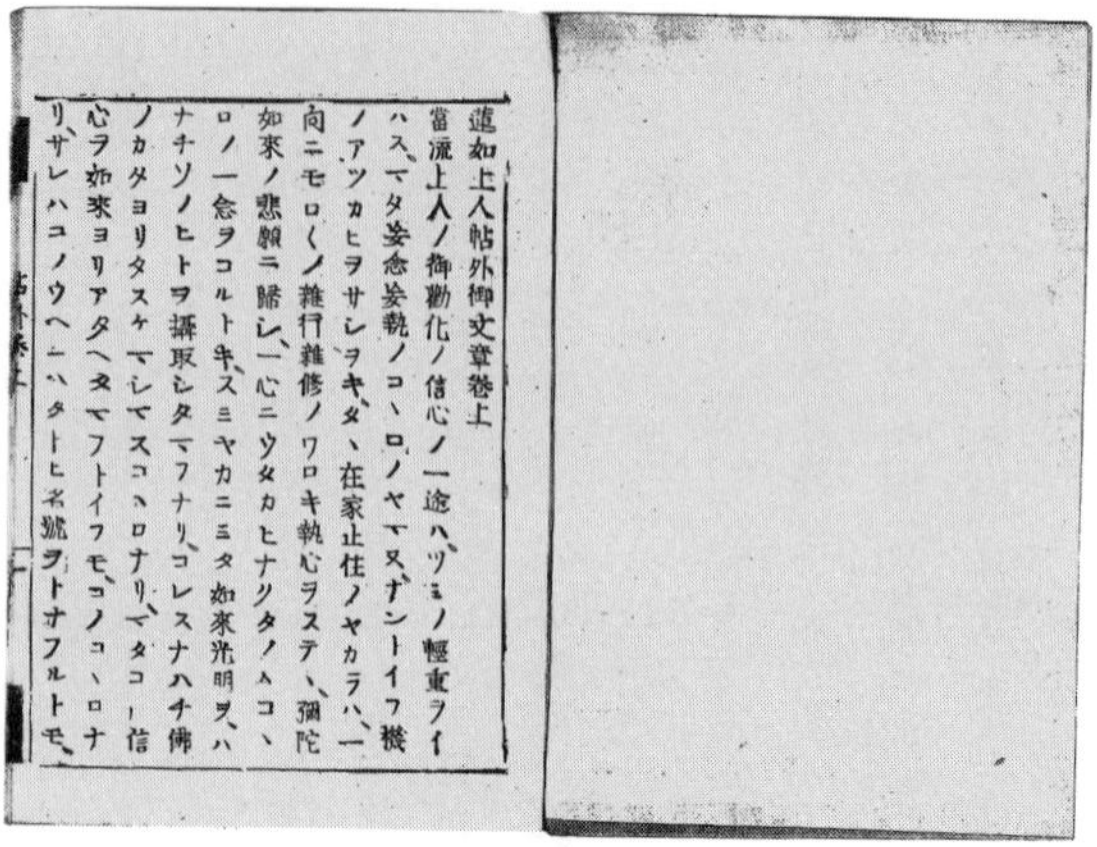
蓮如上人帖外御文章巻上
當流上人ノ御勧化ノ信心ノ一途ハ、ツミノ輕重ヲイハス、マタ妄念妄執ノコヽロノヤマスナントイフ機ノアツカヒヲサシヲキテ、在家止住ノヤカラハ、一向ニモロ〳〵ノ雑行雑修ノワロキ執心ヲステ、彌陀如來ノ悲願ニ歸シ、一心ニウタカヒナクタノムコヽロノ一念ヲコルトキ、スミヤカニミタ如來光明ヲハナチソノヒトヲ攝取シタマフナリ、コレスナハチ佛ノカタヨリタスケマシマスコヽロナリ、マタコレ信心ヲ如來ヨリアタヘタマフトイフモ、コノコヽロナリ、サレハコノウヘニハタトヒ名號ヲトナフルトモ、

図8　木活字版『帖外御文』

匡郭（外枠）の角はずれ、活字がつぶれて文字の太さが一定でなくなっている。相当数印刷されたことが知られる。

しかし、実際にはその後も私版や偽版が後を絶たなかった。たとえば、文化四年から五年（一八〇八～〇九）、名古屋で東本願寺末寺が『帖外御文』を開版したものを、西本願寺が自らの蔵版を示して出版を停止させた例がある。(31)さらに、佐々木求巳『真宗典籍刊行史稿』(32)に就けば、天保五年（一八三四）、大坂天満の浄教寺が開版した例がある。しかもこれは後に町版となって、最終的には西本願寺寺内町の本屋永田長左衛門の蔵版となって流布した。加えて、幕末ごろの版と見られる、東本願寺の篤信の門徒で日本有数の素封家であった鹿島家の私家版がある。いずれもその開版は私的な出版の性格が強く、その後町版となって広く流布している。

さらに、江戸後期の刊行と見なせる木活字版もある（**図8**）。古活字版の箇所でも触れたが、近世の出版文化の主流を占めた大量印刷や原版の長期保存が可能な木版に比べ、木活字版は耐久性がない。したがって、一般流通させる意図のない小規模な出版とも考えられる。しかし、木活字版は活版であるため板木が作られないことから、板株が成立しない。西本願寺が板株を所持しているため新規の開版が難しい状況にあって、板株が発生しない木活字版を敢えて選択した可能性もある。だとすれば、むしろ果敢な刊行と言える。

写本も残されている。その中で、龍谷大学に所蔵される上下巻二冊に整えられた大本《おおほん》（現在のB４判ほどの大きさ）『帖外御文』下巻の表見返しには、以下のようにある。

帖外御文章五巻之町版雖有之、奉是拝写謂者、第一、附冥加而暮シテ、不書見。第二、愚而、殊貧也。依之、値雖金百疋不自由故、如此也。

干時弘化四丁未年四月廿八日　　義誠五十三歳

町版を購入する余裕がないので、書写したという。つまり、西本願寺の蔵版をよそに、弘化四年の時点で町版があったのだろう。本山の免物という権威もなく、町版や私版で流布していた『帖外御文』は少なからず必要とされていたのだった。

義誠という人物は詳らかでないが、同本の他の箇所より奈良の吉野にある真宗寺院正光寺にて書写したというから、その辺りの人であろう。この本の表紙は、版本のものを流用して作られており、製本も手作りであったことが知られる。義誠の、自身が愚かで貧しいので町版を買う代金を用立てられなかったという記述には、それを恥じているというよりも、そのような中でも自力で同本を入手できた喜びと誇りが読み取れる。

二　学問書、勧化本

1　『御文』注釈書の不在

近世中期までに、西本願寺の学林は自宗の聖教に関する研究を飛躍的に発達させた。だが、意外なことに最も親しまれた教義書である『御文』がその研究対象とされることはなかった。東西本願寺の檀林で講義に掛けられることもなく、多少の例外を除いて学匠による注釈書も近世後期まで見られない。教団にとって『御文』はあまりに血肉化しており、研究の俎上に載せるという発想が生まれなかったものか。あるいは『御文』の版権を東西の本願寺が所有しているために、町版からは関係書籍が出版できなかったのかも知れない。

学僧らが研究対象と見なさない一方で、門末にとっては『御文』は強い影響力を持っていた。三浦真証《しんしょう》の研究[33]に拠れば、寛文四年（一六六四）、地方で起こった異義事件において、これを解決するために能化知空《ちくう》が乗り出した。そこで知空は、『御文』五帖のうち二帖目の第十通を引用し、「コノ旨ヲモテ、当流ノ安心ヲ治定スヘシ」（知空著『鷺森含毫《さぎのもりがんこう》』）と諭している。江戸の前期、真宗学匠の注釈書等がほとんどない『御文』であったが、『御文』でもって異義を諭されるほどに彼ら地方の真宗僧侶や門徒には親しまれた聖教であった。中央の上層部と一般の末寺・門徒には「その依用に温度差」があった。

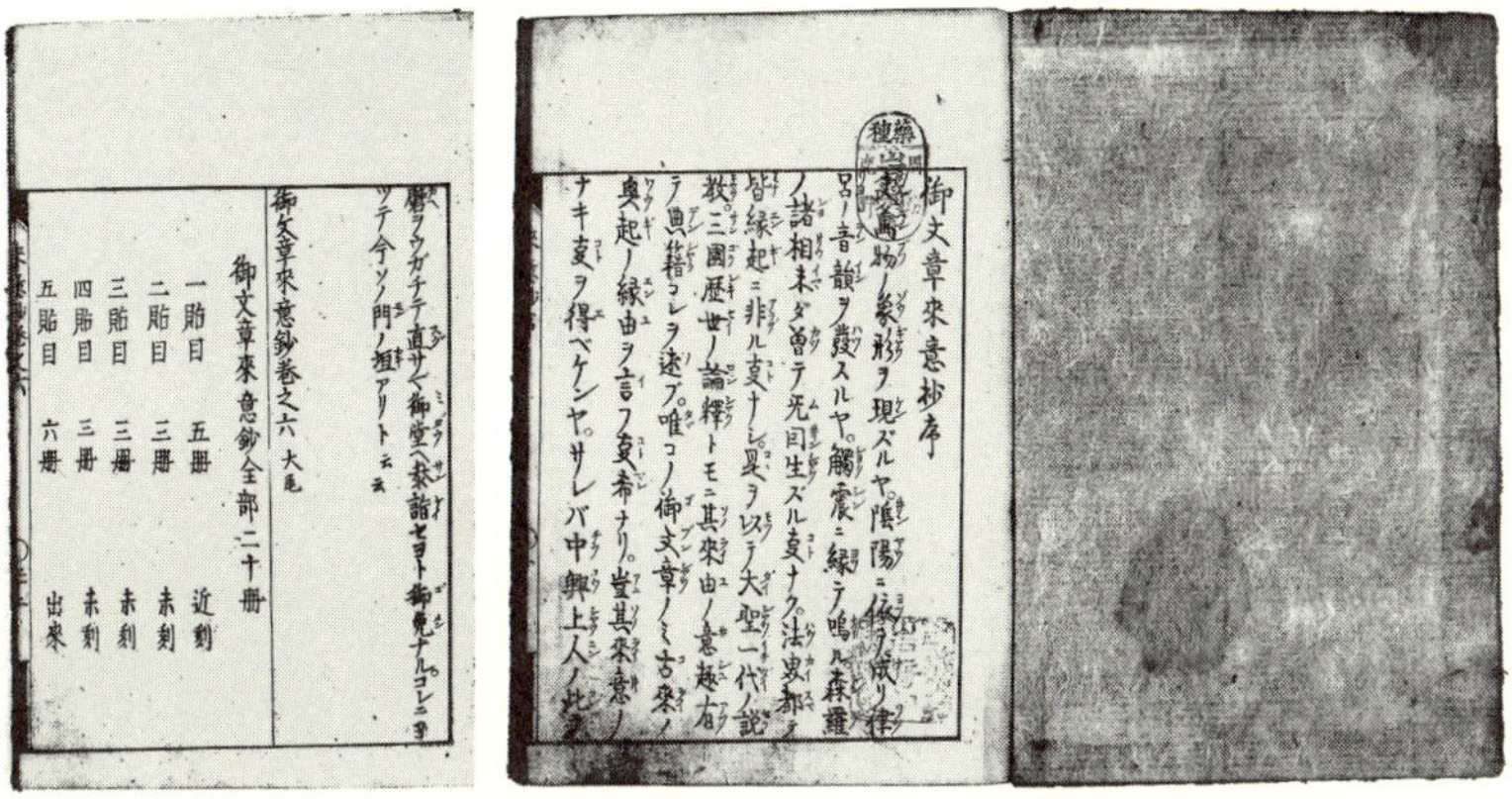

図9　『御文章来意鈔』冒頭と末尾

左の広告からは、当初は『御文章来意鈔』の名で五帖分を出すつもりであったとわかる。

2　在野からの『御文』注釈

宝暦年間、門末のニーズに応えてついに勧化本が出されることになる。宝暦五年（一七五五）刊『御文章匡興記《ごぶんしょうきょうこうき》』および、宝暦九年刊『御文章来意鈔《ごぶんしょうらいいしょう》』（**図9**）である。『御文章匡興記』は西本願寺寺内町の本屋丁子屋庄兵衛らが刊行したもの。これより詳細な『御文章来意鈔』は、僧恵忍《えにん》の遺稿をもとに大坂の老舗渋川清右衛門、荒木佐兵衛らが刊行した。同書は、『御文』の五帖目のみの注釈書で、残り四帖分は宝暦十一年に『真宗文興鈔』としてまとめて発行され、さらに両書を合わせたものは『御文来意鈔』（角書は「真宗文興」）というタイトルで刊行された。その内容は正確な注釈というよりは伝説的な記述が多く、けっして学術的ではないが、末寺の僧侶が説教の題材として使用するには格好の、おおいに人々の興味を引く内容の勧化本であった。

この『御文章来意鈔』の出版については、後小路薫の「『御文来意鈔』の成立経緯」[34]に詳しい。右に就けば、同書は最初から中央で活躍する真宗の学匠たちの批判を覚悟で、大きな利益を見込めるために刊行されたものであった。そもそも『御文章来意鈔』が五帖ある『御文』の五帖目のみの注釈書であったのも、最も門末に親しまれた帖の注釈書から刊行しようとしたと考えられる。『御文』の五帖目は短い消息が多く、拝読するのに都合がよいため、現在でも特によく用いられる。五帖目のみの本も珍しくない。偽版としても大量に流布していたと見え、京都書林仲間が明和七年（一七七二）に組織内部に向けて発行した、発禁本のリストである『禁書目録』の「絶版之部」にも「五帖目御文章」の名が見える。

『御文章匡興記』および『御文章来意鈔』にたいする東西本願寺学匠たちの批判は辛らつであった。当時、東本願寺檀林である学寮の最高権威にあった深励は、「来意鈔ヤ匡興記ヲミルニ、多クハ妄説計リノ弁ヲツノリテ、カキ列タモノト見ヘルニ依テ、歯論ニタラズ、挙テ評スルニタラヌ書ナリ。アノヨウナ書物ハ、早ク裏店ニ出シテ腐ラカシテシモフガヨシ[35]」とまで言っている。

図9の末尾に載せられた本屋の広告にあるように、『御文章来意鈔』の版元らは、予定では一帖分ずつの注釈書を刊行する予定であった。だが右のような学僧たちの厳しい批判を受けて、残り四帖分の注釈書を順次刊行することが難しくなった。そこで『御文章来意鈔』という題名を隠して『真宗文興鈔』とし、また作者は『御文章来意鈔』と同じく恵忍であるが、それを隠すために観城《かんじょう》という架空の人物を著者として据え、一度に四帖分まとめて出版したのだった。

『御文章匡興記』版元の丁子屋庄兵衛は姓を小林といい、西本願寺のお膝元である寺内町で、長く真宗関係書籍を販売してきた老舗の仏書屋である。にもかかわらず、本山の学僧の意に背く出版を行っていることには注意される。丁子屋庄兵衛は、自身が所持する板株から来る利益を追求し、本山もそれを容認している。学僧らは本屋にとって購買層というだけでなく、作者としても配慮すべき人々であったはずだが、利益が出るとなれば彼らよりも自らの本の出版が優先される場合があったのだった。

なお、非常に好評を博した『御文章来意鈔』、『御文章匡興記』はいずれも大本であり、通常はあまり庶民が自ら所蔵するような種類の本ではない。主として僧侶の教化・布教活動である説教の史料として利用されたと考えられる。ただし、**図9**では薬種問屋の蔵書印が見え、見開きの右下は汚れており、何度も読まれたことを示す手ずれができている。直接の読者が僧侶に限らなかった可能性も考えてよいだろう。

3　学僧らの注釈

これらの本が刊行されて間もなく、長く『御文』研究を行わなかった本山の学僧らが、注釈を行うようになる。その初期にあたるのが、前述の深励による享和三年（一八〇三）の『御文通講義』のうち、「御文一帖目初通講義」[36]である。その冒頭には以下のようにある。

昔ハ御文ノ講釈ト申スコトハナク、タヾ御文ノマヽヲ聴聞シテ安心ノ鑑ニシタモノナリ。爾ルニ、近来コノ五帖ノ御文ニ数部ノ末註ノ行ハレ、其末註ノ中ニハ、御文ノ御正意ヲバ取リ失フタモノモ往々相見ヘルヤウニ御座リマス。

深励の『御文』の講義は「昔ハ御文ノ講釈ト申スコトハナ」かったが、「末註ノ行ハレ」ていることを危惧してのものであったという。「末註」は『御文章来意鈔』等を指すのであろう。これを嚆矢として、以後は法海《ほうかい》の『御文玄義』（文化八年〈一八一一〉二月ごろ述）、宣明《せんみよう》の『御文摩尼珠海《まにしゆかい》』（江戸後期述）など、学匠らによる講義が次々となされるようになった。

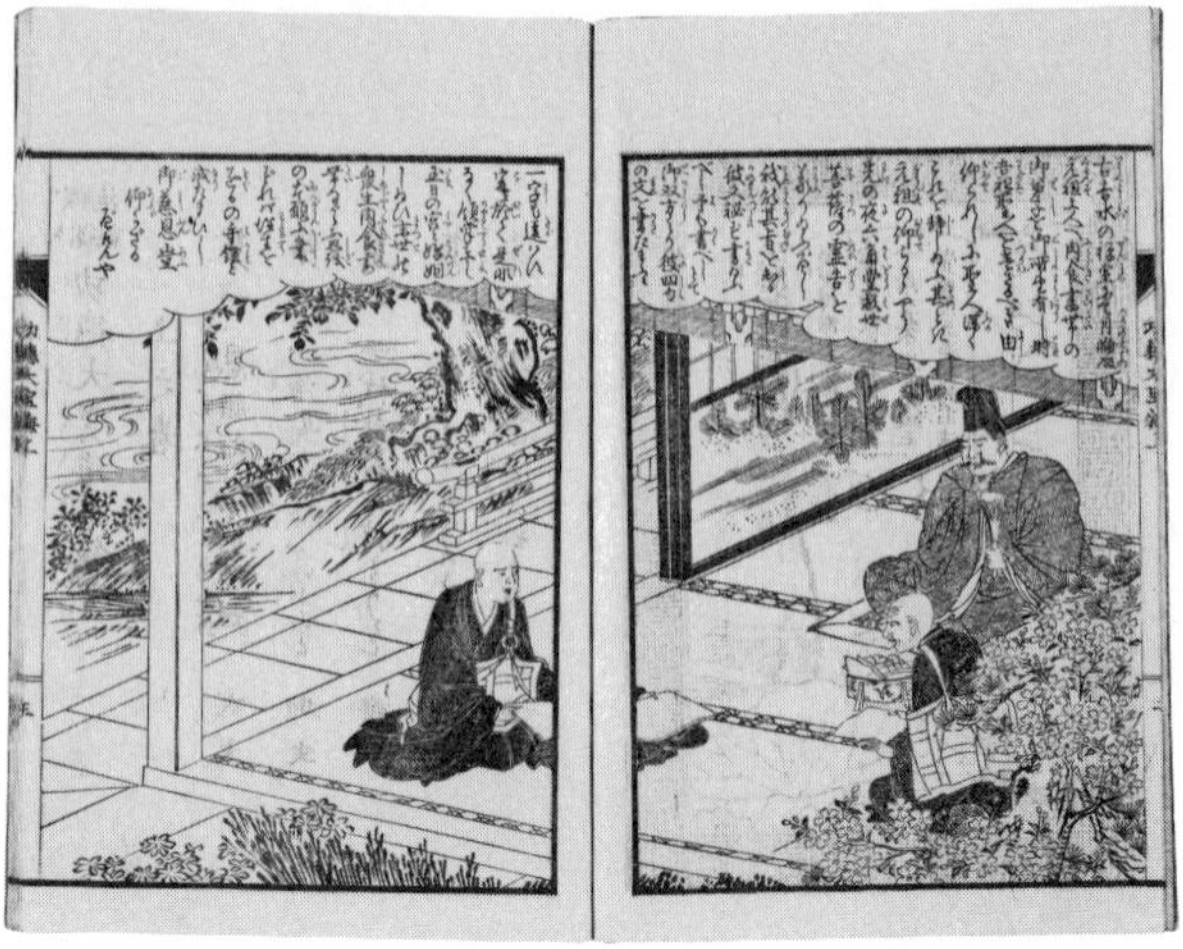

図10　『功徳大宝海』

さらに、幕末にはこうした学匠等の講義録を、門末が写本で所持していたものから版を起こしたとする出版物まで登場する。前出の深励を作者と謳う万延元年（一八六〇）刊『仮名法談功徳大《くどくだい》宝海《ほうかい》』（図10）である。半紙本で平仮名文、漢字にはルビが振ってあり、絵も入っている。これは明らかに一般の門徒を読者層として想定している本である。

序文では、「本書の序文に、一門徒が記し留めた一種の『講録』である由」を記している。そして、深励の説教にたいする評価として「『譬喩をいはず、因縁を挙ず、只管に大非弘誓の本願をのぶ』という讃辞が記されている。（中略）そのように学者然とした説教のあり方を記すところに時代の風潮を感ずべきであろう」(37)との指摘がある。深励の説教が、聞き手を面白がらせる要素を排除した点について、特段に言及しているのである。説教とは、布教や教化という信仰を深める話だけではなく、本来ならば面白く興味をそそる例え話、つまり譬喩や因縁といった娯楽的要素が入るのが通例である。しかしここではそういった要素を欠くことこそが賞賛されているのだった。門末において、娯楽性を控えた学問的なものを求める態度がうかがわれる。そして、同書には『御文』が讃題（テーマとなる聖教）として頻出しており、教学の権威であった深励による『御文』注釈に、門末が強い関心を寄せていたことが想像される。

以上のように近世後期の初めごろには、需要を当てこんだ本屋らによって、多分に虚構的要素を含んでいる『御文』勧化本が刊行され、それを受けて中央の学僧らの注釈が始まる。そして、幕末には真面目さを装った、中央の学匠が著したと称する勧化本までもが刊行された。『御文』にたいする門末の関心は高く、本山がそれに無関心であったとしても、本屋には汲み取られて勧化本が出版され、結果それが教団全体に影響したのだった。

以上、『御文』の出版について見てきた。近世期を通じて作られ続けた同書は、本山の免物以外に、多くの偽版が流布していた。また、江戸後期からは本山が弘通しなかった『帖外御文』の活発な出版が民間で見られた。さらに、人々の積極的な『御文』享受は注釈書の刊行にも表れていよう。民間の注釈書に難色を示していた中央の学僧らも、やがて注釈を行うようになり、学僧にこと寄せた勧化本まで出版されている。中世以来、門末にとって繰返し拝読・拝聴し身に染みこませていた、いわば体感的な『御文』享受は、やがて注釈書が生み出されてより分析的になる。大原誠は、幕末に至っても偽版の『御文』が絶えなかった理由として、「宗主の自筆や証判に聖教としての宗教性を見出すという意識が、しだいに薄くなっていった」[38]可能性を指摘している。畏怖と敬意を払うにふさわしい姿や流布の形態をしていた『御文』であったが、やがて門末において注釈が求められ、より学問的な性格を強くするようになった。

そこには、町版の力による、上から下へという近世期の社会秩序のあり方から逸脱した現象が看取される。町版によって下のニーズが上を動かし、やがて『御文』注釈は、あくまで各階層ごとに理解に違いがあることには注意が必要だが、教団全体で共有されていく。近世期の仏書は町版つまり商品という側面を持つ。こうした側面が、時に社会秩序や教団の統治とは一致しない流れを生むことがあった。

第三節　文学と唱導

一　和歌と唱導

1　説教の和歌利用

勧化本には教化・布教だけでは完結しない広がりがある。全国の寺院で行われる説教は、多分に感情に訴えるものであり、手振りや声色、節の工夫が凝らされていた。したがって、説教を元にした勧化本は説教僧の創意工夫を傾けた文章があった。それらは文芸・文学の世界に通じている。一例として、外典にも通じ、文才豊かであった浄土真宗の説教僧菅原智洞《ちどう》の『浄土勧化言々海《じょうどかんげげんげんかい》』三巻（寛延三年〈一七五〇〉刊）[39]冒頭を引いてみよう。

色《イロ》ハ香《ニホヘ》雖ド散去《チリヌル》ヲ我世《ワガヨ》誰《タレ》ゾ是常《ツネ》ナラム。諸行無常ノ春ノ華ハ、是生滅法ノ風ニ散《チリ》、生滅々己ノ秋ノ月ハ、寂滅為楽ノ雲ニ隠《カク》ル。娑婆ハコレ假《カリ》ノ宿リ、一生ハタ、夢《ユメ》ノ戯《タハフ》レ、流水生涯盡《ツ》キ浮雲世事空ク杜律詠。昨日《キノフ》見シ人ハ何処《イヅク》ト今日《ケフ》問《トヱ》ハ谷吹嵐《タニフクアラシ》峰《ミネ》ノ松風一休詠。花ノ下《モト》月ノ前ニ、言《コトバ》ヲ交《マジヱ》シ芝《シ》蘭《ラン》ノ友《トモ》モ終《ツヰ》ニハ北邙《ホクボウ》ノ露《ツユ》ト消《キエ》、翠《ミドリ》ノ帳《トバリ》、錦《ニシキ》ノ茵《シトネ》ニ枕ヲ並《ナラベ》シ比翼ノ語《カタラ》ヒモ徒《イタヅ》ラニ東岱《トウタイ》ノ煙ト昇《ノボ》ル。実《ゲニ》鶯ノ梅ガ枝《エ》ニ囀《サエツ》ルモ生死無常ノ初音《ハツネ》ナリ。

『平家物語』から漢詩、近世の和歌、いろは歌まで多彩に用い、格調高くまとめている。このような技巧の中でも、勧化唱導において特に多用されたのは和歌である。そもそも聴衆に向かって語りかけ、感動を共有する説教の場においては、意識しなくとも言葉にリズムが生まれる。五・七・五・七・七のリズムを持つ和歌は、多彩かつ風雅で、どのような層の聴衆にも受け入れられるから、説教には欠かせない要素だった。そこでここでは、説教に用いられた和歌の精神と、その広がりについて考察する。

2　和歌利用のための勧化本

実際、説教の場での和歌の重要性から、説教用の和歌集までもが編纂・刊行されている。元禄八年（一六九五）刊行の浄恵《じようえ》著『和歌釈教題林集』は、八冊もの大部な説教用の類題集である。さらにその四年前の元禄四年（一六九一）には、浄土宗の僧山雲子《さんうんし》（坂内直頼）著『説法用歌集諺註《しゆうげんちゆう》』十巻も刊行されている。これは、二十一代集を始めとする各種和歌集や漢籍などの他に、『伊勢物語闕疑抄《けつぎしよう》』や『源氏物語岷江入楚《みんごうにつそ》』までをも引用諸書としてその冒頭に挙げている。和歌には注釈が付けられ、すぐにでも説教に使える実践的な本である。

その序には、「此ノ書ヲ見ルナラバ、和歌ノ道知ルト知ラズトモニ、総ニ唱導シ易カルベシ」と、たとえ和歌に通暁していなくても、和歌を用いての唱導、つまり説教がたやすくなると説かれている。同書は好評だったようで、刊記を見ると京都書林中村孫兵衛の独版《どくはん》（一件の本屋で資金を用意し開版したもの。あるいは一件の本屋のみで板木が所持されている版）の他、中村と江戸の西村理右衛門との相版になっているものがあり、江戸でも売られたことが知られる。

もう一点、寛政十年（一七九七）刊『浄土真宗玉林和歌集』四巻一冊も注意すべき本である。江戸中期に活躍した真宗屈指の宗史家である先啓《せんけい》（享保五年〈一七二〇〉～寛政九年〈一七九七〉）が編纂している。この本に関しては、すでに大取一馬《おおとりかずま》編『浄土真宗玉林和歌集』(40)がある。同書の解説に従えば、その内容は「法然・親鸞・蓮如等、真宗にまつわる僧侶の詠んだとされる和歌を中心に、九百三十余首の釈教歌を集め」たものという。第一巻には源空、親鸞以下真宗にゆかりの深い僧および本願寺の宗主の和歌二一六首を納め、二巻以降は真宗中興の祖蓮如、聖徳太子、源信や蓮生《れんじょう》（熊谷直実）など、真宗に関係の深い先徳・善知識の他、弘法大師や和泉式部など、僧侶や歌人のものまで、伝記や法語、説話集から広く収載されている。簡略な注釈が付されたものも多く、説教に有用であったと思われる。

注目すべきは、千首近い和歌を収めながらこの本が小本で一冊ということである。小本とは近世の本の書型のひとつで、文庫本ほどの大きさである。日々東奔西走する説教僧にとって持ち運びに大変便利であった。出番を待つ直前でも袂から取り出して確認することができる。勧化僧の実情を考慮して作られている本と言えよう。

なお、釈教歌を集め注釈を加えた本としては、寛政二年（一七九〇）成立の『類題法文和歌集注解』二十七巻が最も完備したものである。しかし同書は漢学者畑中多忠《はたなかたちゅう》が主命を受けて編纂した写本であり、伝本も稀であって、勧化唱導に使用されたものではない。

二　南溟勧化本の和歌

1　南溟と和歌

説教僧の和歌利用について、智洞と同じく多くの勧化本を刊行した浄土真宗佛光寺派の僧侶、南溟《なんめい》の活動を見てみよう。彼はたいへん多くの勧化本を手がけており、その著述は十二を数え、そのうち十一が出版された。彼の著作における最大の特徴は、和歌とは仏道に通ずるとの信念の基、多種多様な和歌を巧みに用いる点である。彼の和歌に関する造詣の深さは、近世中期に説教僧として双璧をなした粟津義圭《あわづぎけい》や菅原智洞《すがわらちどう》らに比しても第一とも言うべきものと思われる。

この南溟なる説教僧は、京都の久遠院十五世玄熙《げんき》と推測される。元禄十二年（一六九九）に生まれ宝暦七年（一七五七）に没したという。久遠院の住職は久遠院の掛所《かけしょ》である近江の光闡寺《こうせんじ》（現、滋賀県草津市新堂町。旧、栗田郡駒井郷新堂村）と東光寺の住職を代々兼務しており、南溟も門徒布教のため光闡寺へたびたび赴いたと考えられる(41)。典拠は不明ながら、濱口恵璋編『勧化茗談集《めいだんしゅう》・説法飼料鈔(42)』の「緒言」には、「南溟は渋阜、東渚等の号あり。近江国栗太郡笠縫村駒井光闡寺の主にして、片岡東光寺に住せり。正徳・享保の頃より宝暦頃まで生存せし人にして、諸州を遊化して説法を事とす」とあって、布教のため各地を巡った説法のエキスパートであったこともわかる。

　南溟はただ自らの説教を飾り立てるために和歌を用いたのではない。彼の著書の随所に和歌を用いる意義が述べられている。たとえば、『正信偈随意鈔』（元文元年〈一七三六〉刊）の五巻には、和歌に執心して阿弥陀に後生の安穏を頼まなかったことを嘆く老年の藤原俊成の夢に住吉大明神が現れて、「和哥《ワカ》ハ即身直露《ソクシンチョクロ》ナレハ、其方《ソノホウ》ハ和哥ヲ因《タネ》トシテ極楽ニ往生スベシ」と告げる説話があり、歌道はすなわち極楽往生の道であるとの思想が述べられている。同様の話を、同じく南溟著の『続沙石集』（寛保三年〈一七四三〉刊、六巻）三巻でも繰り返しており、そこには歌道を極める事は往生への道であるという精神がある。この話の後「然《シカ》レドモ、今日ノ平人《ヘイニン》ニイタリテハ、相応《サウヲウ》ノ家業《カギヤウ》モアレバ現在《ゲンザイ》ニテモ住吉ノ神慮《シンリヨ》ニ称《カナフ》ベキ程《ホド》ノ哥《ウタ》モ得《エ》ヨムマジケレバ、尚《ナフ》和哥ヲ以テ未《ミ》来ノ善種《ゼンシユ》ニ擬《ギ》スル程ニ入情《ニフセイ》セン事モカナハジ。仍《ヨツ》テ、此身《コノミ》ニ相応《サウヲウ》シタル本願弘誓《グゼイ》仏智不思議《フシギ》ノ御回向《ゴエカウ》ニテ玉ハル信心ヲ獲得《ギヤクトク》シ、南無阿弥陀仏ノ報謝《ホウシヤ》ヲトナヘテ阿弥陀如来ノ眷属《ケンゾク》トナリ、光明摂取《セッシュ》ノ加被《カビ》ニアヅカリ奉《タテマツ》リタキモノナリ」と述べ、和歌の才の無い凡人は、和歌を詠む代わりに阿弥陀仏に帰依するべきと述べている。そこには和歌が念仏と同等に信仰の要であるとの意識がうかがえる。

　享保十六年（一七三一）刊『説法飼料鈔』の五巻は、和歌そのものがテーマとして説教の最初に述べられる讃題となってさえおり、和歌を聖教と同等に重んじていたことがうかがえる。讃題には抄出した聖教を用いるのが通常で、後小路薫も、「聖教であるはずの讃題に和歌を据えたのは南溟をはじめとするようである」[43]と述べている。和歌が功徳の道であるという態度はすでに『沙石集』に見られているが[44]、この精神を確実に受け継ぎ、それに基づいて和歌を多用するのが南溟の特徴といえるだろう。

2　堂上和歌の利用

右のように和歌を重視する南溟であったが、その和歌利用において特異なのは、近世期の堂上のものと称する和歌を用いている点である。『正信偈随意鈔』は、元文元年（一七三六）の前編五巻と、三年後の元文四年に加えられた後篇七巻の十二巻からなる勧化本であるが、第一巻[45]には以下のような部分がある。

後水尾院《ゴミツノヲノヰン》 述懐《シユツクハイ》ノ御製《ギヨセイ》ノ中ニ、カクレ家《ガ》ニ身《ミ》ヲバ心《コヽロ》ノサソヒ来《キ》テ身《ミ》ニハ心ノソハズナリヌルトアソバサレシ。此《コノ》 意《コヽロ》ハ、遁世《トンセイ》ノ思ヒ立ニヨリ山隠カ竹ノ林《ハヤシ》ニフカク隠居《キンキヨ》スルニ、小人閑居《セウジンカンキヨ》シテ不善《フセン》ヲナスト云ガ、サウナリ、心ニハ世ノ欲《ヨク》ヲモステズ、繁華《ハンクワ》ノ地《チ》ノ事《コト》ノミヲ思フ。コレハイカナル事《コト》ゾ、心ガ身《ミ》ヲサソヒス、メテ、隠家《カクレガ》へ来《キタ》リ。タガマタ心ハ身ニソハズシテ、浮世《ウキヨ》ノ中へカヘル。扨《サテ》ハキコヘヌ事ヨ。諺《コトワザ》ニダシヌキニ逢《アフ》タト云ガ、定《サダメ》ナキ人心《ヒトゴヽロ》ハミナ斯《カク》ノ如《ゴト》シ。身ヲハ心ノ誘引《サソフ》カト思ヘバ、身ハ心ノソハスト、絶妙《ゼツメウ》ナル御歌《オンウタ》ナリ。今世間《セケン》ニ帰命スルヲタノムノトイヘドモ、凡夫ノ心カラノ帰命ナレバ、コノ御製《ギヨセイ》ノ意《コヽロ》ト同《オナジ》ク、自力心ノ倡《ゴヽロイザナヒ》ニヨリテ、仏前《ブチゼン》ニヲイテ両手《リヤウテ》ヲ合《アハ》セ頭《カフベ》ヲ低《タレ》テ、今度ノ後生一大事、御助《オンタスケ》 候ヘト云ナレド、身ニソハヌ心ユヘニ、ソノ下カラ今生ノ邪欲《ジヤヨク》モ起《ヲコ》リ、アラヌ栄望《エイモウ》ヲ催《モヨホ》シテ、（以下略）

江戸時代前期の後水尾《ごみずのお》天皇（在位慶長十六年〈一六一一〉～寛永六年〈一六二九〉）とその「御製」が紹介されている。通常、勧化本に使われる和歌は聖教や古典から採られるのが常で、前出の元禄年間に出版された『説法用歌集諺註』や、先に挙げた菅原智洞の『浄土勧化言々海』に掲げられた和歌も、すべて出典は江戸時代以前のものである。そもそも門人と手紙のやり取りなど個人的関係によって指導を行っていた堂上歌壇は、自らの活動の所産が出版され不特定多数に流布するのを嫌っていた[46]。後水尾院の御製にしても、当時出版されていたものはわずかであって、注釈書なども皆無だった。そうした中で、南溟は商品として流通する町版で、庶民を対象とする説教のための勧化本の中に堂上和歌を用い、一定の注釈まで施している。

『正信偈随意鈔』にはまた、先に挙げた例と同じく臨場感のある描写が散見される。第二巻には「後水尾院《ゴミヅノヲノヰン》ノ青《セイ》山《ザン》トイフ硯《スヾリ》ノ銘《メイ》ニ御哥《オウタ》ヲ遊《アソバ》シテ、トルモスツルモ心《コヽロ》ヨリナレリツ、シメヤ勇士《ユウシ》ト宣《ノ玉ヒ》シ如ク、万事《バンジ》ニワタリテ執《トル》ニ善悪アリ、捨《スツル》ニ善悪アレドモ、畢竟《ヒツキヤウ》ハ一心ノ上ヘアル事歟《カ》。」と硯に因んだ話がある。さらに第七巻の、「後水尾院《ゴミヅノヲノイン》、八月十五夜《ヤ》、雨《アメ》ヲ題《ダイ》シ給《タマフ》御製《ゴセイ》ニ、今宵《コヨヒ》フル雨《アメ》ヨリモナヲウカラマシ常《ツネ》ノ袂《タモト》ニ月《ツキ》ノヤドラバト宣《ノタマ》ヒケルヲ拝聴《ハイチヤウ》スレバ、物《モノ》ハ比校《ヒケウ》シテ賞翫《シヤウクワン》スルニハシカジ」といった話からは、彼がことに後水尾院に親近感を持っていたように感じられる。

他に、後水尾院ではないが近世の天皇の和歌を紹介したものとして、南溟著作の元文四年（一七三九）刊『古今事跡茗談集』六巻の第二巻「第九願」に「霊元院法皇御所《レイゲンインホフワフノゴシヨ》、近恋《チカキコヒ》ノ御製《ゴセイ》ニ、思《オモ》フソノ心ノ身《ミ》ヲシイザナハヾコエテヤユカン宿《ヤド》ノ中垣《ナカガキ》トアソバシタリ。寔《マコト》ニ心ガ身ヲサソハヾ、一重《ヒトエ》ノ垣《カキ》ナドハ超《コヘ》テユクベケレドモ、心ト身《ミ》トサソヒアハヌ故ニ、一重《エ》ノ垣《カキ》モ超《コヘ》ラレヌナリ」と、後水尾院の息、霊元院（在位寛文三年〈一六六三〉～貞享四年〈一六八七〉）の御製とする和歌を引いてもいる。

江戸時代の天皇の和歌を引用すること自体極めて珍しいが、中でも後水尾院の御製と称する和歌を採用する例が最も多い。『正信偈随意鈔』十二巻では、多くの歌人や和歌が引かれている中で後水尾院御製とされる和歌が七首も引かれており、登場も八回を数え、頻度として突出している。少なくとも『正信偈随意鈔』を著作した時点では、和歌を重んじた南溟の関心が近世堂上の和歌、中でも宮廷歌壇の第一たる後水尾院に強く向いていた可能性がある。

その理由は残念ながら不明である。ただ、聴衆を飽きさせない説教をするために多彩な話柄を揃えねばならない勧化本において、一人の人物が何度も登場するということは、彼のこだわりと、さらには聴衆の興味を考えてもよいと思う。だとすれば、ひとつの可能性としては、南溟が真宗佛光寺派の僧であったことが関係するかも知れない。佛光寺は江戸時代前期、門跡が後醍醐天皇ゆかりの祖師伝絵を書写して後水尾院に献上したり、院から和歌懐紙を拝領するなど、後水尾院と縁が深かった。佛光寺派の門徒に語る説教に後水尾院が登場することはあり得たと思う。

3　和歌の真偽

ただし、南溟が選んだ堂上和歌がすべて真作かどうかは疑わしい。今、唯一典拠が確認できたのは『正信偈随意鈔』十巻に収められた一例のみである。

道晃《タウクワウ》 法親王《ホフシンワウ》ノ御哥《ヲンウタ》ニ、一枝《ヒトエダ》ノ菊《キク》ニケタレテ色《イロ》モナシ山《ヤマ》ノ木葉《コノハ》ハチグサナガラニト聞《キコ》ヘシハ、秋《アキ》ヲ経テ白川辺《シラカワヘン》ノ山僉《ヤマミナ》紅葉《モミヂ》シテ、薄《ウス》キモアリ濃《コキ》モアリ、或《アルヒ》ハ黄《クワウ》 葉《エウ》モアリ。木々《キヾ》ノ色々《イロイロ》己《ヲノ》ガ様々《サマサマ》ニナリケルヲ、後水尾院《ゴミヅノヲノイン》ノ叡《エイ》覧《ラン》ニソナヘ度思《タクオボシメシ》 召玉フ処《トコロ》ヘ、〇後水尾院御《ゴミツノヲノインミ》花壇《クワダン》ノ菊《ギク》ヲ一枝折《ヒトエダヲラ》サセテ、御製《ゴセイ》ヲ添《ソヘ》テ進《マイラ》セラル。其時《ソノトキ》ノ御返事《ヲンヘンジ》ナリ。意《コヽロ》ハ、院《イン》ノ御花壇《ミクワダン》ノ菊《ギク》ノ見事《ミゴト》サニウチケサレテ、山ノ樹葉《コノハ》ハ千種《チクサ》ナガラニ色《イロ》モナククナリヌトノ御趣向《ゴシユカウ》ナリ。

一枝の菊の花が秋山のどんな紅葉よりも見事であるという和歌から、菊の花を念仏に喩えるくだりである。当時写本で流布していた『後水尾院御集《ぎよしゆう》』[47]に、「野山漸々色づき叡覧にそなへ度と存候候折節、御花壇の一枝拝領候、中々紅葉には目もうつるまじく、かしこまりてながめ入候斗にて候」という詞書と共に、聖護院道晃《どうこう》の和歌として収載されており、江戸期の堂上歌と判断できる。

だが、これ以外の和歌に関しては、寛永十六年（一六四一）刊『仙洞三十六番歌合』の他、正徳六年（一七一六）に刊行された『新題林和歌集』十六巻や享保四年刊行『句題和歌抄』二巻といった、当時刊行されていた堂上歌を含む歌集には見出し得ない。

さらに、先に引いた「カクレ家《ガ》ニ身《ミ》ヲバ心《コヽロ》ノサソヒ来《キ》テ身《ミ》ニハ心ノソハズナリヌル」の和歌は、『十訓抄』下巻の西行の和歌「柴の庵に身をば心のさそひきて心は見にもそはずなりぬる」と近似している。和歌に精通し、かつ広く外典に通じて多くの勧化本を残した南溟が、近世期にも人気のあった西行の和歌とこの歌との類似に気付かないのは不審である。

ただ、こうした典拠不明の和歌を繰り返し用いる点については、先に挙げた先啓の『浄土真宗玉林和歌集』も同様である。同書の収録された和歌の真偽や出典は必ずしも正確ではなかった。法然の和歌の多くは仮託であり、親鸞和歌三十一首（ただし、先啓は「三十二首」としている）に至っては、すべて後世に作られた仮託の歌と見なせる（親鸞の和歌は一首も伝えられていないというのが通説である）。さらにこの歌集には、本来真宗としては切り捨てるべき神祇の和歌が多く収載されている。

こうした、一見奇妙な和歌が混入するのは、説教という布教・教化が前提であることが理由のひとつとして考えられよう。『浄土真宗玉林和歌集』の親鸞和歌の項には「『已上三十二首真偽糺しがたし』とわざわざ記されているように、編者自身も疑問視していたことは明か[48]」である。しかし、親鸞を扱う説教でその作と称する和歌を用いることは、よく行われていた。たとえその真偽が疑わしくとも、説教僧に向けた実践的な和歌集であればこそ、宗祖の和歌と称するものを入れざるを得ない。

堂上歌壇の雄として仰がれた後水尾院の御製、あるいは御製と目される和歌は、和歌をたしなむ武士や地下の歌人たちによって好んで蒐集された。それらは優に百を越え、当時の後水尾院の人気の高さをうかがわせる[49]。和歌を尊ぶ南溟であるから、こうした文化の中に身を置いていたはずである。詳しくは後考を俟ちたいが、このような背景や佛光寺派であることなどが関係して、入れざるを得ない、あるいは入っているのが自然であるという認識があったと考えられる。

引用された御製の真偽よりも、和歌の徳を備えた人物としての後水尾院が勧化本に繰り返し登場し、多くの布教の場で生き生きと語られたであろう事に価値があると思われるのである。和歌などの文芸のみならず、儀式次第など朝廷に関することがほとんど版本化されない江戸中期にあって、南溟は和歌への執心が後生を頼む道であるという精神を持ち、勧化本という庶民を対象にした作品に堂上歌壇の主要人物を登場せしめた。

なお、参考までに、先に紹介した和歌の他に、後水尾院の御製として引用されている和歌を挙げておく。

ウキ秋《アキ》ノ紅葉《モミヂ》ニモルヽ松《マツ》ガエモ千年《チトセ》ヲマタヌ雪《ユキ》オレノ声《コヱ》　（『古今事跡茗談集』第二巻・『正信偈随意鈔』第二巻）

ウキシヅムサカヰハ十《トヲ》ノシナくモ心《コヽロ》ヅカラニ身《ミ》ヲヤワグラン　（『正信偈随意鈔』第三巻）

我国《ワガクニ》ノヒカリモシルシ雲ヲオビ雪《ユキ》ニヨソホフ富士《フジ》ノ芝山《シバヤマ》（『正信偈随意鈔』第三巻）

ツヰノ日ハ思ヒシルラメタラチネニウスクツカフル身ノヲロカサヲ（『正信偈随意鈔』第六巻）

4　絵本

南溟の著述が十二に及ぶのは先に触れたが、最後にこれらとは別に、南溟が注を付けたと考えられる『絵《え》本鏡《ほんかがみ》百首《ひゃくしゅ》』を紹介したい（**図11**）。『絵本鏡百首』とは、宝暦三年（一七五三）刊、中村満仙《まんせん》の和歌と西川祐信《すけのぶ》の息子祐《すけ》尹《ただ》の絵で構成された前編後篇二冊の絵本であるが、和歌にはそれぞれ簡略な注釈が加えられている。刊記には注解を担当した者として「光闡南溟述」と書かれており、彼の跋文も備わる。曰く、

図11　『絵本鏡百首』

左下には丁をめくる時につく汚れである手ズレが見え、よく読まれたことが知られる。

一日《ひとひ》、書林何某《しょりんなにがし》、一巻《いちくわん》の草稿《さうかう》をもち来《きた》りて曰《いは》く、これは鏡《かゞみ》百首と題《だい》して教訓《きやうくん》の哥《うた》なり。西川氏《にしかはうぢ》の絵《ゑ》を需《もとめ》て梓《あづさ》にちりばめ、小童《せうどう》へのみやげ物《もの》となし侍《はべ》らん。猶《なを》も意《こゝろ》の通《つう》じがたきをいとひてこれが為《ため》に注解《ちうかい》をこへり。予先《まづ》一巻《いちくわん》を抜《ひら》き見るに、まさ

しく此作者《このさくしゃ》は、予一《ひと》とせ東湖《とうこ》にて神代巻《じんだいのまき》を講《こう》ぜし時《とき》したしくせし学友《がくゆう》なり。そのゝち東武《とうぶ》に久《ひさ》しくありて、今又京洛《いままたけいらく》に出《いで》てゐる人《ひと》にて、此比《このごろ》も時々《ときどき》かたらふ旧識《きうしき》たり。かたく辞《じ》すべからずと、うけがひて傍注《ばうちう》をくはへ侍るものならし。

寛延三年四月下浣　　光闡南溟書(50)

「光闡南溟」を勧化僧である光闡寺の南溟だとすることに、無理はあるまい。南溟は和歌の注釈を本屋から依頼された。南溟は近江で寛延二年（一七四九）ごろ、『日本書紀』の「神代巻」を講じていたが、そのころ親しくしていた学友の中村満仙の和歌だったので、この依頼を引き受けたという。

この『絵本鏡百首』は訓蒙書なのだが、やはり和歌だけでは読者には理解しづらい。南溟による簡略な注を添えることで格段に理解しやすくなっている。たとえば「鏡山《かゞみやま》人のしがらさきを見ずわが身にいとへかゝるむら雲」という和歌の注釈として「人《ひと》のあしきは見えやすく、わがあしきは見へがたきものなれば、人《ひと》のよしあしをいはんより先《まづ》わが身《み》に悪《あく》のなき様《やう》にこゝろ得《う》べしとのうたなり」と、仏教に偏ることもなく、妥当な注釈を簡略に述べている。勧化僧として、どうしたら聴衆にわかりやすくかつ容易に理解してもらえるかを追求してきた南溟の面目躍如といえるだろう。

ここでも、後水尾院の御製と称される和歌が登場する。「鏡山《かゞみやま》かげはづかしとおもふぞよ老《オヒ》つゝもなを市《いち》にたつ身《み》は」という和歌の注釈として、「哥《うた》の意《こゝろ》は、老人《らうじん》も欲《よく》にひかれて市《いち》にたつははづかしきことなり。餓鬼道《がきだう》を詠《ゑい》じたまふ後水尾院《こみづのおのゐん》の御製《ごせい》に、いくちゞの金《こがね》を家《いゑ》にかさねても猶老《なをおひ》の身《み》の市《いち》にたつ哉《かな》と有」とある。この歌は御製とは考えにくいほど世俗的で、やはり仮託の歌であろう。ただし、前述の南溟の勧化本を考えれば、全くの彼だけの創作ではなく、こうした歌を院の御製として享受する文化が想定されよう。

ところで、同じく堂上和歌が引用されるものに、往来物がある。たとえば『錦森百人一首』〈文化十四年〈一八一七〉刊〉や幕末頃の『百人一首』には、『新明題和歌集』の後水尾院御製「天河ながるる月も心してまれのあふせに光とどめよ」を載せている例が報告されている。(51)

とはいえ、南溟のそれに比して往来物に引用される堂上和歌には典拠が明らかである場合が多い。これはおそらく、往来物が子供向けとはいえ教科書であるから、「書く」ことや「読む」ことを土壌に持つからであろう。それに比べ勧化本の基盤は「語る」ことである。和歌を用いて臨機応変に語ることで、聴衆と場の共有できれば成功なのである。

以上、勧化本の広がりを探るべく、南溟の勧化唱導に用いられた和歌について見てきた。長い伝統を持つ説教では、和歌は重要な素材であった。しかし、充分な学識がなければ自由に和歌を説教に用いることはできない。元禄年間の『説法用歌集諺註』十巻や寛政年間の『浄土真宗玉林和歌集』四巻など、説教に和歌を用いるための手引き書の刊行は、この欠点を補うものであったが、もちろん、これらの本だけに頼ることなく、それぞれの才覚で和歌を取り入れ、豊かな説教を創作していった勧化僧もいたのである。

右のような優れた勧化僧のひとりであった南溟は、和歌は説教と同等の価値があり、歌道は念仏修行と同様、後生の安穏を頼む道であるという精神から、その著述に多くの和歌を引用した。近世期、堂上和歌がほとんど版本化されない中で、たとえそれが虚構であったとしても、説教の場で後水尾院の創作活動を生き生きと紹介したのだった。和歌の素養のない一般の聴衆に向けての説教の中で堂上歌壇の活動を紹介することからも、「勧化＝和歌」という持論を強固に展開しようという意志がうかがえる。和歌の功徳が『沙石集』の時代から近世期の勧化本にまで受け継がれ、その精神がついには堂上の和歌を庶民にまで繋げたという事実を考えるとき、改めて勧化本の奥行きが知られるのである。

註

(1) 後小路薫『勧化本の研究』(和泉書院、二〇一〇年)に詳しい。
(2) 後小路薫「増訂近世勧化本刊行略年表一三〇〇点」(『国文学 解釈と教材の研究』四九巻五号、學燈社、二〇〇四年四月)収載。
(3) 和田恭幸「江戸時代の庶民文学と仏教」(『教化研究』一四七号、真宗大谷派教学研究所、二〇一〇年十月)。
(4) 関山和夫『大乗仏典〈中国・日本篇〉』(説教集)中央公論社、一九八七年。
(5) 前掲論文(3)。
(6) 前掲書(4)四〇七～四〇九頁。
(7) 深川暢宣「真宗における伝道教材の研究—『叢林集』と『考信録』—」(龍谷大学真宗学会『真宗学』第一〇二号、二〇〇〇年三月)。
(8) 塩谷菊美『語られた親鸞』(法藏館、二〇一一年)一七二～一七三頁。
(9) 『正信偈訓読図会』三巻、架蔵本。
(10) 前掲書(8)二〇五頁。
(11) 禿氏祐祥「興御書の偽作事情」(『龍谷大学論集』三四五号、一九五二年)。
(12) 同前論文。
(13) 『浄土真宗教典志』『真宗全書』続十三巻(蔵経書院、一九一六年)収載。

（14）宗名論争の経緯は、田村公總「江戸後期の『浄土真宗』を巡る宗名論争と現代の法理」（日本弁理士会『パテント』vol. 65、二〇一二年五月）に詳しい。

（15）前掲書（1）、第四章「唱導から芸能へ」中、「松誉巌的著述攷―西国洛陽三十三所の観音霊験記を中心に―」。

（16）『興御書批判』一九〇三年刊。

（17）教学伝導研究センター『浄土真宗聖典全書』（本願寺出版社、二〇一一年）「御文章」解説参照。

（18）歴代宗主の『御文』弘通については、堀祐彰「西本願寺御蔵版の出版について」（『真宗総合研究』十号、教学伝導研究センター、二〇一六年九月）に詳しい。

（19）『興復記一件』龍谷大学大宮図書館所蔵（請求記号 022-135-1）。当該資料は、宗論書『興復記』の出版についての文書とともにさまざまな出版関係の記事を綴じている。

（20）安永二年（一七七三）刊『唱読指南』、『御文章』の項。

（21）岡村喜史「実如期の本願寺教団と御文の聖教化」（同朋大学仏教文化研究所編『研究叢書Ⅲ　実如判五帖御文の研究』研究篇上、法藏館、二〇〇〇年）。

（22）大原誠「偽版御文章の流布について」（『本願寺史料研究所報』第三二号、本願寺史料研究所、二〇〇七年）。同論文中の【史料3】で、西本願寺家臣藤田大学は偽版対策を本山に進言している。多くの偽版を発行してきた大坂に「弘通支配所」を設けて、宗主の証判を簡略化した『御文章』を販売するという提案であったが、採用されなかった。「拝読する側もそうであるが、下付する側の行為も全て宗教行為であるという意識がない」ためと考えられる。

（23）免物とそれを入手するための下寺の負担については、本願寺史料研究所編『増補改訂本願寺史』第二巻（本願寺出版社、二〇一五年）に詳しい。

（24）『御文章之定』龍谷大学大宮図書館所蔵（請求記号 022-173-1、龍谷蔵）。

（25）前掲書（23）二一〇～二一二頁。

（26）前掲書（23）二二〇～二二二頁。
（27）同前論文中に紹介されている史料【史料3】。
（28）宗政五十緒『近世京都出版文化の研究』（同朋舎出版、一九八二年）一一六頁。
（29）たとえば、佐々木求巳『真宗典籍刊行史稿』（伝久寺、一九七三年）に拠れば、文政十三年開版とされる『正信偈』に和讃の他、『御文章』十通に『改領文』等を加えた本が挙げられている（八四七～八頁）。
（30）『帖外御文章尾州名古屋ニテ開版差留記録』龍谷大学大宮図書館所蔵（請求記号 022-158-1）。
（31）拙稿「『帖外御文章板木買上一件記録』および『帖外御文章尾州名護屋ニ而出板ニ付御差留控』翻刻と解題」（『古典文藝論叢』〈大取一馬教授退職記念号〉八号、文藝談話会、二〇一六年二月）。
（32）前掲書（29）。
（33）三浦真証「真宗教学史における蓮如の位置づけに関する一試論」（『宗学院論集』八七号、二〇一五年三月）。
（34）後小路薫「『御文来意鈔』の成立経緯」（『別府大学国語国文学』第二四号、一九八二年）。
（35）妻木直良編『真宗全書』四九巻（国書刊行会、一九七五年）収載『御文講義』。
（36）真宗典籍刊行会編『真宗大系』三二巻（国書刊行会、一九七四年）収載『御文一帖目通講義』。
（37）和田恭幸「近世参詣の視点から—シンポジウムを終えて—」（『仏教文学』三八号コメント、二〇一三年）。
（38）前掲論文。
（39）『浄土勧化言々海』龍谷大学大宮図書館所蔵（請求記号 105.5/152-W/3）。
（40）大取一馬編『龍谷大学仏教文化研究叢書』一一、臨川書店、二〇〇一年。
（41）安田孝子「『沙石集』を近世は如何に受けとめたか」（『椙山女学園大学研究論集』第一号、椙山女学園大学研究論集編集委員会、一九七〇年）。
（42）濱口恵璋監修兼編集『勧化茗談集・説法飼料鈔』（『教家説林』第六巻、興教書院、一九一五年）。

（43）後小路薫「南溟の勧化本―『樟葉道心因話録』―」（『文藝論叢』第三四号、大谷大學文藝学會、一九九〇年三月）。
（44）前掲論文（41）。
（45）『正信偈随意鈔』龍谷大学大宮図書館所蔵（請求記号105.5/153-W/5）。
（46）近世堂上の和歌とその出版については、市古夏生『近世初期文学と出版』（『近世文学研究叢書』八、若草書房、一九九八年）に詳しい。
（47）鈴木健一著『後水尾院御集』（『和歌文学大系』六八、明治書院、二〇〇三年）収載、『後水尾院御集』。
（48）前掲書（40）収載の吉田幸弘「『浄土真宗玉林和歌集』巻第一所収の歌人とその撰歌について」。
（49）前掲書（47）の解説より。
（50）『絵本鏡百首』龍谷大学大宮図書館所蔵（請求記号721.8/16-W/2）。
（51）丹和浩『近世庶民教育と出版文化―「往来物」制作の背景―』（『近世史研究叢書』13、岩田書院、二〇〇五年）、「第一章「往来物」が採り入れた和歌」三四頁。なお『錦森百人一首』『百人一首』はいずれも望月文庫所蔵で、請求記号はそれぞれ「T1A0/14/15」、「T1A0/14/21」。

おわりに

近世に入り、仏書に起こったことはまさに革命だった。中世まで、作善行為としての印刷は行われていたが、当時は印刷する行為こそが重要であり、結果としてできた印刷物が実用に供されることは少なかった。実用的な書物を必要とした場合、多く勧進に頼るしかなく、板木の制作にかかる莫大な資金の収集はなお仏教行為の内にあったため、大きな発展は不可能であった。

しかし、近世前期、状況は劇的に変化する。本末制度と寺請制度によって斉一教育・独自教学が必要となったために出現した巨大な仏書需要は、自己資本で本を開版し、教団とは無関係に、ただ商品として販売する本屋の定着を可能にさせた。仏教はこのときはじめて開版資本の負担から解放され、必要な本を町版で自由に入手できる時代となった。各仏教教団において、個々の教学のあり方が急速に変化・発展していくことと、民間の出版界の急成長は、近世初期においては車の両輪の関係と言えよう。

近世の出版制度は、木版印刷による板株の権利保護を根本とする。板木の作製は最も費用がかかるため、それに見合う強力な権利として、完成した印刷の原版である板木に板株が付与された。板株は、永久に有効な権利であり、類似の本も排除できた。一方で、いかなる書物にも格があり、それによって動かしがたい序列があるため、一律に商品であった町版にもそれが反映されることとなった。そして、近世前期には大量に作られ定着した町版によって、それ以前の書物は文化財として認識されるようになった。

西本願寺教団においては、寺内版や宗主による古活字版のごとき中世の寺院版に類するものは瞬く間に放棄され、積極的に町版を利用するようになった。同教団の教学・教育を支えたのは、町版であった。

一方で、仏書が商品となったために、より通俗化された仏書が大量に流布することとなった。その代表が勧化本である。説教から生まれる勧化本は、説教の台本はもちろん、その資料となった中央の学僧による注釈書も含まれるだけでなく、読本作家が書いた庶民のための娯楽読み物もある。

『正信偈』や『興御書』に関する勧化本に注目して見ると、中世にはなかった知識の通路が見えてくる。日々の信仰に加え、説教や浄瑠璃などを通じて教団全体に共通理解が生まれていった。一度それができあがると、たとえ偽書でも聖教とされることさえあった。『御文』の勧化本においては、本山による板株の独占があったとしても、門末の人々の知的な欲求が、自律的に活動する本屋の町版によって体現され、その影響が教団上層部にまで及んでいる。

また、勧化本は他の文芸とも密接である。たとえば、和歌は説教では極めて多用されており、人々は本を手にしなくとも文学の世界に触れることができた。優れた説教僧と推測しうる南溟の勧化本にある和歌を考察すれば、彼の説教僧としての卓越した力量故に、偽作が多いものの、通常は出版されない堂上和歌の世界に多くの人がまがりなりにも触れることができた。

右のようなことは、近世期の出版文化によって初めて可能となったもので、その特徴をよく示していると思う。近世の仏書はそれぞれ孤立して存在するのでは決してなく、上から下へ、時に下から上へ、内部から外部へ、外部から内部へと影響を与え合っているのである。

日本近世史の歴史学者尾藤正英は、「鎌倉時代における新仏教の創唱者たちがめざしたのは、無知な民衆にまでも受容されることが可能であるような形で、仏教の教えを、平易に、しかも正しく、説くことであった」と言い、「私たちは視点を改めて、日本の社会や歴史の現実に即した立場から、鎌倉仏教の諸宗派を中心とした仏教が、この時期（江戸時代）に社会に普及したことの意義を、考え直してみなければならない[1]（（　）内筆者）」としている。こうした問題提起に応えるものとして、近世期の出版文化の中にある仏書は有効ではないだろうか。

註

（1）尾藤正英『江戸時代とはなにか―日本史上の近世と近代―』（『岩波現代文庫〔学術〕』一五八、岩波書店、二〇〇六年）一三二頁。

第二部

聖教の板株を巡って

はじめに

浄土真宗本願寺派は、近世から現代に至るまでその規模は日本最大級であり、末寺、門徒は全国に広がっている。本山である西本願寺は、豊臣秀吉によって大坂から移されて以後、大寺院が集中する京都にあっても江戸時代を通じて勢力を誇った。同教団は町版に依拠するところ大であったから、近世期の出版界に与えた影響の小さいはずはなかった。今からおよそ九〇年前に刊行され、近世出版文化の研究書として今なお最も網羅していると言える、蒔《まき》田《た》稲城《いなぎ》の『京阪書籍商沿革史』(1)には、「何分当時の本願寺と云へばその勢力が強大で、蔵板書の如きも当時の斯界を圧する程の勢力があつたから、書肆としては営業上、又は名誉上、最も重要視していた。兎に角京都本屋仲間の特色は実に両本願寺及其他の寺院本山との関係で、これは恐らく他の地方には見ることの出来ぬものである」とある。

蒔田の言う本屋がその関係を「営業上、又は名誉上、最も重要視していた」西本願寺が、勤行本を除いて最も長く続けた出版活動こそ、御蔵版と呼ばれる聖教蔵版およびその弘通《ぐづう》である。ここでは、その基礎となった真宗の仮名聖教叢書『真宗法要』を始め、幕末に至るまでに同寺によって開版・弘通(仏法を広めることだが、ここでは、本山の免物を門末へ流布させること)された多くの聖教類を取り上げ、その開版事情をたどる。

今日でも御蔵版本は本山発行の依拠すべき聖教として宗内で尊崇されている。しかし、一口に御蔵版といっても、その板株の取得には個々に背景があり、一律にテキストとして「尊崇」するために蔵版したものではなかった。

一方で、出版法上の問題もある。そもそも出版制度が整備された近世にあって、西本願寺が新しく聖教を開版しようとすれば、先行する板株を持っている本屋との前面衝突は全くの不可避であった。日本屈指の大寺院と京都書林仲間の争いの決着はどのようなものになるのか。結果として出版されたものには、どういった性質が付与されているのか。たとえば、中世以来、寺院内で行われてきた中世の寺院版との差異はあるのだろうか。西本願寺による聖教蔵版活動は幕末まで継続して行われたが、それらはそれぞれ、どういった動機によって作られたのだろうか。

以下に、江戸中後期にはじまり明治まで続いた御蔵版本の開版事情やその変遷を整理し、それぞれの御蔵版本が持つ性質を考察する。

註

（1）蒔田稲城『京阪書籍商沿革史』（出版タイムス社、一九二八年）一一四頁。

第一章　聖教叢書『真宗法要』開版

近世初期、町版に全面的に依拠するようになった西本願寺の檀林では、教学が急速に発展する。文献主義的な教学の発達は、近世中期を過ぎた頃にはこれまで自らが拠ってきた町版へ疑問の目を向けさせることになった。町版の中には、本文の不正確なものや、偽書が多く含まれていたからである。当時の教団では、各地で本山・学林が提示する正統な教義から離れた異端的信仰が見過ごし難い問題となっていた時期であった。異端が生まれる背景のひとつに、必ずしも正確でない町版聖教の普及があったことは想像に難くない。宝暦年間、町版には偽作が入っている可能性や、あるいは本文が間違っている可能性を指摘する声が強くなり、ついに教団は、信頼できるテキストを作るべく巨大な仮名聖教集の開版事業に着手する。

ここでは、西本願寺の新規に開版した仮名聖教叢書『真宗法要』の、開版の背景から開版までの経過、できあがったものの意義について考えている。同書は三九巻三一冊になり、近世期真宗教団の叢書としては最大規模となる。

第一節　本山による聖教開版の機運

一　町版聖教への疑念

1　学林の充実

他檀林に先んじ、寛永十六年（一六三九）に創設された西本願寺檀林である学林は、江戸中後期に至るまで、承応二年（一六五三）にはじまる承応《じようおう》の鬩牆《げきしよう》と、明和元年（一七六四）の明和の法論というふたつの事件を経験した。どちらも学林の歴史に残る宗派内での宗義論争であったが、明和の法論は「承応の鬩牆が一般仏教の俎上で闘わされたのに対して、真宗教義内の論義であるところに特徴があり、すでに真宗教学の独自性が明確になった後の段階における論義であるといえる」(1)。つまり明和年間ごろまでには、承応年間にはなかった独自教学が形成されており、宗派内で真宗教学としての論議を戦わせるまでに、学林における教学の成熟が進んでいた。

実際、一七〇〇年代半ばから後半には学林において多くの門下を育てた僧樸《そうぼく》や、「真宗律」と呼ばれるほど言動が厳格なことで知られ、教学振興を牽引した仰誓《ごうせい》など、名だたる学僧が学林にひしめき、きら星のごとく人々の注目を浴びて活躍した。幕末に廃止された、学林の最高指導者であると同時に宗主の代行をも務める能化《のうけ》職もこの時期は充実しており、義教・功存《こうぞん》・智洞《ちどう》らが同職に就き衆目の尊敬を得て活躍していた時期であった。

しかし、能化や名だたる学僧らによって中央の教学は充実を見たが、その一方で北陸を中心に各地で異安心《いあんじん》事件が頻出するなど、近世期最大の宗教論争である三業惑乱《さんごうわくらん》が間近に迫っていた時期でもあり、中央の教学運営は予断を許さない状況になりつつあった。

2　町版の氾濫と異安心

教学が発達したのは、学僧たちによる文献主義的な研究成果であり、その根本を支えたのは言うまでもなく町版であった。だが、町版はもともと利益のために本屋が生み出した商品である。その底本となった本は、しょせん本屋が入手できる範囲のものであり、当然ながら質のよいテキストという保証はない。それどころか真作か偽作かさえ不明であった。したがって、それが原因となり教義が歪められる可能性は少なくなかった。学林創設より約一世紀、町版を基礎として急速に発展した真宗教学であったが、江戸中後期には学林をして今まで全面的に依存していた町版の氾濫を脅威ととらえるようになった。この時期の真宗聖教を学ぶ環境について述べた例として、左に先啓（一七二〇～九七）の宝暦二年（一七五二）刊『浄土真宗聖教目録』の序を引用する。(2) 序は原漢文で、寛保元年（一七四一）のものである。

苟モ真宗ヲ得ント欲ハ、必ス先ツ元祖及ヒ歴世ノ之勧章ヲ博覧シテ、而其ノ意ヲ解シ、以テ自ラ信シテ、而後、其ノ嚮フ所ヲ識シテ応シ人ヲ教ム也。其ノ所謂ユル勧章也、真偽錯雑、薫蕕相混シ、馳スルコト乎経意ニ背。実ニ甚シヒ矣哉。吁、後学之徒多ク察セズ。焉、恬然トシテ自得シ、終ニ燕石ヲ蔵ス也。予、深ク之ヲ恨ルコト于茲ニ年有リ。

真宗を学ぼうと思う者は、まず歴代の聖教を博覧するべきであるが、その聖教類は「真偽錯雑」たる状態であるのに、後学の者はこれに気づいていないと危機感を募らせている。先啓は真宗の史伝を究めた東本願寺の僧侶で、学問書から門末の教化に使用する資料まで幅広い著書がある。いずれも当時の現場の要望をよく踏まえたものである。この聖教目録も、当時の真宗教学の実情に添ったものであったろう。

ことに真宗は仮名聖教が多くある。一般に漢文で書かれた『教行信証』などの真名聖教よりも平明であるが故に、門徒にまで読まれることがあった。とかく需要があれば開版されるのが町版である。すでに真宗の仮名聖教と称するものが真偽不明のままおびただしく町版で流布していた。同じく、明和五年（一七六八）、異端信仰である異安心を裁いた東本願寺檀林の講師（学長、西本願寺の学林でいうところの能化）慧琳《えりん》は、「在々処々に於て、真偽未決の書を取扱ひ、又は其義も正しからざる珍しき聖教類を以て、当流の正義を申乱し、或は仮名聖教は実義を尽さずと」言って「妄義」を説く者を警戒している(3)。実際、宝暦年間以後、各地で起こった安心（信心）の異諍は主だったものだけでも十三件に及び(4)、本山は学僧を派遣して調理に当たらせている。

3　真偽判断

そもそも、近世期の真宗には、偽書が流通しやすい土壌があった。もとよりその信徒に庶民が多く、自然、比較的平明な仮名聖教が多かった。近世期に入ると、購買層である僧侶や門徒の多さに加え、勤行本を除いて自らが開版することは放棄し右のような町版へ全面的に依存したのだから、文献主義的な学問が発展していくと、聖教類の真偽を疑う動きが大きくなるのは必然であった。

しかし、危機感を持ったからといって、真作と偽作の線引きは容易ではない。第一部で触れた、先啓が編纂した説教用の和歌集『浄土真宗玉林和歌集』四巻一冊（寛政十年〈一七九八〉刊）には、すでに親鸞の和歌と称する偽作が大量に盛り込まれていたのだった。親鸞和歌の項には「『已上三十二首真偽糺しがたし』とわざわざ記されているように、編者自身も疑問視していたことは明か(5)」である。文学作品である和歌と真宗の根本を支える聖教では全く違うが、それでも宗祖の教えが託されたものではある。先に聖教における偽作の氾濫を危惧した先啓自身、危機意識を持ちながらも偽作が顔を出すのを押さえられない現実の中で生きていたと言えよう。

右のような状況から、近世中後期の宝暦年間には、学林の学僧が中心となって盛んに聖教の真偽判断を目的とした聖教目録が編まれるようになり、次々に偽書が洗い出されていった(6)。この時期の目録としては、先に挙げた先啓の『浄土真宗聖教目録』の他、僧鎔《そうよう》の『真宗法彙目録《しんしゅうほういもくろく》及《ならびに》左券《さけん》』、泰巌《たいがん》の『蔵外法要菽麦記《ぞうがいほうようしゅくばくき》』、そして僧樸の『真宗法要蔵外管窺録《ぞうがいかんきろく》』などがある。

二　『真宗法要』開版計画

1　『真宗法要』の概要

偽書が多数存在することが明らかになってくると、いよいよ本山は危機感を募らせるようになった。中央での独自の学問形成および斉一な教育はそのまま本山の権威となる。身分社会においては中央の権威こそ統治や秩序を維持する力そのものであった。全国から学林に集まった所化たちは、町版で学び、それを故郷に持ち帰って自坊の蔵書とするため、偽書の氾濫はいつか教学に悪影響を及ぼしかねない。こうした意識が高まった結果、西本願寺では、宝暦十一年(一七六一)、宗祖親鸞五百回忌の記念事業として、依用すべき仮名聖教叢書の編纂を計画した。これが後の、『真宗法要』三十九巻三十一冊である。折しもこの遠忌の法要では、これまで教団では天台魚山《ぎょざん》の声明を用いてきたが、新しく真宗の法式を備えるなど(7)独自色を打ち出そうとしており、『真宗法要』開版計画にも同様のことが志向されたと思われる。

さて、『真宗法要』は、宝暦十一年の宗祖の五百回忌の記念事業として編纂された。御蔵版の嚆矢とされる真宗

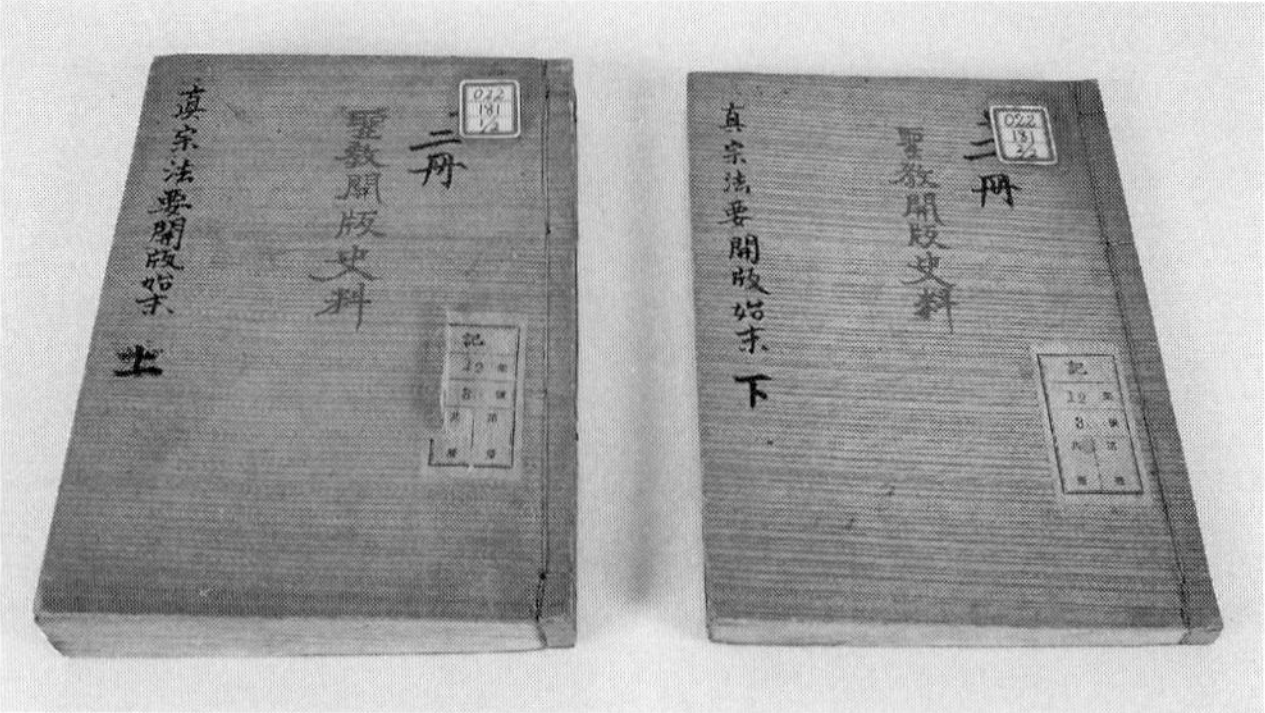

図1　『真宗法要開版始末』上下二巻

聖教の叢書である。その本文は僧樸や泰巌の他、道粋《どうすい》、教遵《きょうじゅん》など、当時において最高の学僧二十五人が本山宝庫所蔵本の対校を行い、厳密に校定した後、さらに宗主も校合したという。たしかに現在、龍谷大学大宮図書館には『真宗法要』の稿本が残されている(8)。校訂作業のために版元の異なる聖教の板木を集めて印刷し、統一的な装訂にしたものを底本とし、親鸞ら歴代の真跡本で校訂している。

これを出版という観点から見れば、三十九種の仮名聖教を一気に新規作成するという、西本願寺が行った出版事業の中でも最も大規模なものであった。しかし、詳しくは後述するが、これらの仮名聖教には、当然それぞれに先行する町版があったため、それらの板株に抵触し重版として問題となることは必定であった。したがって本屋仲間からの激しい抗議を受け、開版までに五年の月日を費やしたが、明和二年（一七六五）頃に達成された。同書は、これ以降長く続く真宗の聖教蔵版事業の魁けとなり、他の真宗寺院や京都の出版界に大きな影響を与えることになった。

2　『真宗法要開版始末』

『真宗法要』開版にあたって、既得権益を持つ本屋たちとは町奉行所の調停を受けつつ長く争うことになった。この時の交渉の記録が、龍谷大学大宮図書館に所蔵されている『真宗法要開版始末』二冊[9]にまとめられている（**図1**）。西本願寺にとって初めてとなる、板株に基づく近世の出版制度との大規模接触であり、かつまた幕末まで続く御蔵版の最初ということもあって、いくつか書写されたらしい[10]。幕末ごろの書写と見られる当該本は[11]、その中で最も整った一本である。交渉によって大量の証文類やその控えができることになるが、交渉開始から開版まで、西本願寺、本屋、奉行所三者の記録全てを納めていると考えられる。

なお、当該資料の宝暦九年（一七五九）十月十六日の箇所には、「是より以下、宝暦十年辰七月十七日迄町役所二条御届帳ニ無之、御蔵板掛り書留ニ有之故、書加候事」とあるので、もともと「町役所二条御届帳」や「御蔵板掛り書留」といった記録類もあったらしい。実際、『真宗法要開版始末』には宝暦九年十月十六日から同十九年十月十七日までの記事を「御蔵板掛り書留」で補っている。

以下、この『真宗法要開版始末』（上下巻二冊）によって『真宗法要』開版までの経緯を考察する。以下に引用する文献は、特に断らないかぎり当該資料とする。なお、当概本は『教学研究紀要』第十号（浄土真宗教学研究所二〇〇二年十一月）に「史料紹介　真宗法要開版始末」として、上巻のみ翻刻が紹介されている。

第二節　『真宗法要』開版までの経緯

一　開版までの交渉

1　口上書の提出

真作で、かつ正しい本文に整えた聖教の弘通を志向した西本願寺は、宝暦九年（一七五九）八月二十一日、仮名聖教の叢書『真宗法要』開版に向けて、奉行所に口上書を提出した。この口上書を左に揚げる。

口上覚

開山親鸞聖人幷本山御先祖之直作之聖教類、数多是迄書林ニ致板行売買候。併、誤多宗意ニ不叶義共有之、及末世宗意心得違有之候而ハ歎ケ敷御座候ニ付、①本山什物之聖教之通相改、本山蔵板被致置、当末寺ニ限願望之者江者指免、他末流又ハ俗人ハ一切差免不申、開山伝来之宗意、無相違相守候様致度、御門主御志願御座候。依之右之段、御届被仰入候。尤、前々より開山御製作之和讃等蔵板在之、末寺門下江被差免候処、書林ニも致板行売買候得共、自本山差留不申候。②此度之蔵板之儀も、書林方ニ而是迄之通ニ致売買候儀者、相構不申候間、此段御聞届被成被下候様、宜敷御沙汰可被下候。以上。

本願寺御門跡内

嶋村勝之進

八月廿一日

小林伊予守様

松前筑前守様

御役人衆中

（傍線筆者）

これまで依用してきた町版は「誤多宗意ニ不叶義共有之」ので、将来宗意を心得違いする者が出る恐れがあるとした上で、傍線部①では、本山什物の聖教によって校合した本を「本山蔵板」として板株を新規に作成するとしている。本の頒布は西本願寺の末寺に限り、中でも申請をしたものに限って下付し、同じ浄土真宗でも他派の者や俗人には「一切差免不申」とした。これは、板株という既得権益を守ることを第一とし、自由な本の流通を前提とする本屋仲間からすれば、常識から逸脱したやり方である。

②では、本山蔵版の新たな板株ができても、「書林方ニて是迄之通ニ致売買候儀は、相構不申候」と、今まで出版され流布している町版はそのままでよいとしている。既得権益を保護しているような言い方をしているが、①と合わせ、自らの板株や本の流通を既存の本屋業界から隔絶しようという態度がうかがえる。しかし当然ながら、本屋側から見れば、この西本願寺の聖教開版は、事実上、大規模な重版ということになる。

本屋としては、そもそも重版・類版を取り締まるために仲間を組織していたのだから、全国に末寺・門徒を持ち、多数の聖教類を要する西本願寺の計画は脅威そのものであった。本屋仲間記録のひとつ『済帳標目』[12]（正式名称は、「京都書林仲間上組済帳標目」）は、京都書林仲間の記録で、裁判などの記録の要約や主要事項のみを編年体で記録したものであるが、宝暦九年九月より翌辰正月までの項に、以下のようにある。

一　西本願寺聖教御蔵板ニ付、御役所へ御召並口上書之写
右之義ニ付大坂表え申遣候書状、並大坂表より返状之写
右板行所持之衆拾四人相招相談之上、御役所え指上候口上書之写

町奉行所も本屋仲間の行事（仲間の長）を呼び、対応をうかがった。事態を知った京都書林仲間は返答の口上書を奉行所に提出し、大坂の本屋仲間とも連絡を取っている。これは大坂にも真宗の聖教を出版していた本屋がいた

ためである。その影響は京都のみに留まらなかった。

同年九月十九日、奉行所は書林仲間からの返答を西本願寺役人に伝えている。

（前略）御書物御蔵板之儀、書林共江被相尋候処、書林共申候ハ、全体御家之御書物之儀ニ而御座候故、此致御改御蔵板被遊候上、御末寺江御免被遊候義、差問可申上様無御座候。併、書林方ニ在来之書物ハ自ら相調候もの無御座候様相成候間、御蔵板、書林之内へ御免被下候様、御願申上度旨申之候。右之通ニ御座候得ハ、書林之内へ御差免被成候様ハ、不相成義哉（以下略）　（傍線筆者）

傍線部にあるように、もし本山による聖教ができてしまっては、これまで行ってきた町版を続けるような者などいなくなってしまう。今回西本願寺が蔵版する聖教類の出版を本屋へ「御差免」してほしいと述べている。大教団の本山を相手に声高に重版などとは言わず、むしろ控え目な態度を示しつつ、出版自体は可能であるが、それには本屋の介入なしには難しいと釘を刺した。これにたいして西本願寺は、翌月の十月六日、それは「難仕候」と返答した。

2　本屋たちの抵抗

困惑した京都書林仲間は、十日後の十月十六日に「御境内御役所へ、初願」いとして口上書を寺内町の「御境内」すなわち寺内町にある町役所へ提出した。なお、町役所とは、西本願寺が寺内町に持つ独自の奉行所である。奉行は本山が選び、与力等は奉行が任命した。

（前略）是迄御聖教之御影ニ而板行所持之者共、数年来右之利徳を以渡世仕来候処、此度御改正之御本出板仕候而者、前板必至□捨り、大勢之者共、渡世之基を失ひ、及渇命難儀、迷惑仕候間、乍恐右御改正之御本、本屋共へ被下置候ハ、、如何様共御宗意ニ相叶申候様、板行仕立可申上候。右之趣、被為聞召分、大勢之者共、御救被成下候様、幾重ニも御憐愍御許容被成下候ハ、、本屋共一統、難有可奉存候。以上。（以下略）

（傍線筆者）

やはりこのままでは大勢の本屋が渡世の元を失うと歎いている。その上で、傍線部にあるように、西本願寺方の「御改正之御本」すなわち校訂した聖教の稿本を本屋へ下げ置いてほしいと訴えている。そうすれば、それを底本として如何様にも刊行するという。ここで言う「御本」、すなわち稿本は、当時は板下《はんした》と呼ばれた。板下は印刷の原版作成に用いる原稿で、単に写本とも言う。板木すなわち原版を作るにあたって、まず板下を木製の板（多くは桜材）に文字が書かれている面を貼り付け、料紙の表面（板下の裏面になる）を擦って紙を薄くすると、板下の文字がくっきりと見えるようになる。これを彫って板木を作成するのである。つまり、本屋としては西本願寺の稿本を入手し、それを元に作られた板木を管理することで、西本願寺の出版計画に介入したいのである。

なお、同口上書に名を連ねる本屋は十四人いる。すなわち、

丁子屋九郎右衛門	河南四郎右衛門	丁子屋正助
永田調兵衛	植村藤右衛門	丁子屋庄兵衛
長村半兵衛	銭屋庄兵衛	八尾清兵衛

金屋半七　　　　　　菊屋七郎兵衛　　　　　　菱屋治兵衛
柏屋四郎兵衛　　　　銭屋三郎兵衛

いずれも、京都の老舗である。口上書に名を連ねるだけでなく、その提出には、彼らが残らずやって来ている。本屋、とくに老舗の書林らにとって重大な事態であった。

これを受けて西本願寺は、同月十八日、「此段二条表へ御届被成候処、御聞届相済候」と京都の町奉行所へ届出た。その上で本屋の嘆願にたいして、「御太切之御聖教類之儀候得共、御改正之上、被下置候類も有之、又御免難被成品も可有之候」とすべての聖教類が西本願寺の蔵版対象にはならない、一部は稿本を下し置くことを許すと返答した。

しかし、同月二十三日、本屋方はさらに食い下がり、一部であっても本屋たちに「御許容無御座候正本」があっては、やはりその元版所持の者が「渇命ニ及」ぶと訴えた。この口上書もやはり先の本屋十四人連名で、残らず役所へやって来ている。同年十一月には、もし西本願寺の意向どおりになれば、他の本山が蔵版を望んだ際にも、既得権を持つ本屋たちの介入を「此度御聖教御蔵板之例を以御聞入」れなくなり、「京・江戸・大坂之本屋とも一統渇命ニ及ひ、至極難儀仕候」と嘆願している。ここで西本願寺の蔵版を許せば他の本山も蔵版が可能となる。そうなれば仏書出版そのものが脅かされてしまうのである。

これ以降、本屋たちは繰り返し西本願寺に再考を迫り、追訴を繰り返した。この口上書から、先の十四人に加え書林行事四人の名前も入れられるようになるため、より深刻な事案として訴えたものと思われる。たいする西本願寺は、宗内で行う出版であるので、本屋はこれまでどおり町版の版行を続けられると述べるに留まり、それ以上の具体的な返答はしていない。

交渉の裏で、西本願寺は強い意志を持って聖教蔵版計画を遂行していた。宝暦十一年二月の書林仲間側からの口上書に、「御末寺江御触等も有之、板木摺手又者本仕立等茂被仰付候様ニ承之」と本屋行事が驚いている箇所があることから、町版から独立した聖教集を刊行すべく、このころにはすでに末寺へ開版を知らせ、板木の製作、印刷や製本の手はずも調えていたのである。

3　町版の『蔵外真宗法要』

宝暦十年（一七六〇）五月二十七日、返答をしない西本願寺にたいして愁訴を繰り返していた本屋側が、「今日直ニ差上度願書在之」として、願書と、一三〇点の町版聖教の題号を記した目録を提出した。願書には以下のようにある。

（前略）乍恐又々御願申上候ハ、惣体御宗旨之書、私共往古より板行所持仕罷在候ニ付、何茂御聖教と奉存再往申上候。然共御聖教之儀者品数多御書と奉存候ニ付、是迄本屋共ニ板行所持仕候題号之書付、奉差上候。右書付申候題号、御聖教ニ御座候哉、右之内ニ此度御校正之御正本も御座候ハヽ、先達而再往御願奉申上候通、御憐愍之上、御写本先板所持之本屋共へ御校正板行被為仰付被下候様、偏ニ奉願上候。（以下略）

一三〇点のうち、どれが西本願寺の認める聖教であるのかを質問している。もし今回校訂の対象となっている聖教があれば、「御写本」、すなわち板下をその聖教の先版所持の本屋に渡してほしいと願い出ている。返答をしない西本願寺に町版の書目を見せることで、本屋たちが具体的な回答を得ようとしたものであろう。
それでも西本願寺は反応を示さなかったが、これ以後も繰り返し口上書を提出する本屋に、奉行所の要請もあり、二か月後の宝暦十年七月に返答している。

（前略）此度七十題余御門主御校合御致被成候。其余之聖教者、此度無改是迄之通、被指置候。依之右七拾題余之中、四拾部余者、本山蔵板ニ致候。三拾題余者、書林江遣候而も不苦書物ニ而御座候。（以下略）

すなわち、一三〇点のうち、宗主自ら校合するものは七〇点余りである。残りは改正せず、そのまま差し置くとした。校合した七〇点余りのうち四〇点余りは本山蔵版とし、残りの三〇点余りの聖教の板下写本を本屋に下げ渡すことを許した。つまり、一三〇点のうち六〇点はとるに足らないものと判断したわけである。この六〇点全てが偽書とは限らないものの、いかに多くの疑わしい聖教が行われていたかが知られる。
右の西本願寺の返答にたいして、すべての板下写本の獲得が当初からの願いであった本屋は承知せず、翌八月、七〇点すべての写本がほしいと訴えた。しかし、十二月には奉行所が本山を支持したことから、西本願寺側では「御門主御大慶被成候」と喜んでいる。
四〇点余りについての交渉はこの後も続くが、このとき板下写本を「書林江遣候而も不苦書物」とされた三〇点の聖教類に関しては、三年後の宝暦十三年（一七六三）八月、その目録が示されている。

書林へ被下候部類目録、左之通。并奥書有云々。

蔵外真宗法要目録

一　興御書　写本

一　往還回向聞書　写本

一　帖外九首和讃　写本

一　皇太子奉讃　二本

一　浄土文類聚抄御延書　写本

（以下、二十五の題号が並ぶ。略）

已上三十部　廿八本

右三十部、惣題号を蔵外真宗法要と名ケ、部類を集メ大成し、巻帙を調へ書林ニ而印刻流布為致申候積りニ而御座候。尤異本校合ハ大略相済申候得共、いまた改正ニ及不申候。御蔵板事終候ハヽ、致改正部帙を調へ、書林之ため宜敷様ニ致し相渡し可申候。先々此度者部類を書林江見せ候迄ニ御座候。一読仕候ハヽ、早々返し申候間、委細之義者書林行事此方江参り候而及熟談候様被仰付可下候。以上。

三〇点の聖教を本屋に示している。しかしながら、傍線部にあるように先版を持つ本屋に渡して今までどおり個々の本屋からの町版とするのではなく、それらはまとめて「蔵外真宗法要」と名付けた叢書として刊行するものとした。実際、この後、『真宗法要』開版から二年を経た明和四年（一七六七）、先の十四人の中の一人で、京都でも指折りの老舗である永田調兵衛によって『蔵外真宗法要』五冊が刊行されている。

確かに、永田から刊行している点においては町版と言えるが、永田が三〇点もの聖教の板権を以前より一手に握っていたとは考えられない。彼がそのうちのいくつかを所持していたことや、かねてから本山に出入りのある本屋で、『真宗法要』開版においても交渉の窓口となっていることから、代表として開版を任されたものと思われる。

既存の町版とは別に作った『蔵外真宗法要』であったが、その流布はうまくいかなかったようである。この本は御蔵版『真宗法要』と同じ姿をしており、町版ながら、その権威性を主張している。しかし、それにもかかわらず、夥しい量が残されている『真宗法要』と異なり、伝本は稀で、ほとんど流布しなかったと想像される。町版とは一線を画そうとする本山の意志が強く働きすぎ、その流通あるいは弘通に何らかの問題を生じさせたのかも知れない。なお、同書は天保十一年（一八四〇）の西本願寺が門末に宛てた達書の中で本山から下付される免物として挙げている。このことから、時期は不明ながら後に西本願寺御蔵版のうちに加えられた。

4　重版の不可避

宝暦十年八月以降、西本願寺が蔵版するとした残る四〇余りの聖教の板下写本下げ渡しについて、一向に進まない状況に、宝暦十年八月、本屋たちは以下のように訴えた。

（前略）右点合之外之御聖教ニ而も御蔵板出来仕候得者、乍恐成重板ニ相成、若此已後此度之例を以諸家方ニおゐて、神書・哥書・儒書又ハ御本山方ニ而其御宗旨之書物御校正又は正本を以御蔵板出来仕候様ニ罷成候而ハ也、重板ニ猥りニ相成、大勢之者共渡世を失ひ、何程歟難儀之筋ニ罷成候間（以下略）

今回は神道書や歌書、儒学書など書物全般のことを言い、このままでは「重板ニ猥りニ相成」と訴えている。つまり、影響が出版全般に及ぶ、大規模な重版の前例となると訴えているのである。これ以後、本屋側は堰を切ったように西本願寺の行為を重版であると糾弾するようになった。

宝暦十一年二月には、「一品ニ而も御蔵板ニ相成、御末寺江流布仕候而ハ、全重板と申物」であると厳しく糾弾し、諸宗の本山でその宗旨の聖教を蔵版しようとしても、それは「如何様之板行出来仕候程も難斗」りで、その訳は「各重板ニ相成候而者、先規も御触流被成下候重板・類板之儀相潰レ」て「本屋共一統渇命ニおよ」ぶためであると、決して重版・類版は許されないと主張した。本屋たちの強い物言いの裏には、折しも宝暦十年十一月に出された「類板重板御製禁御触書」(13)の発布もあったろう。同触書は元禄十一年、享保五年にも出されており、いずれも元版に障るため重版・類版を禁じたものである。

右の訴えを受けた西本願寺は、左のとおりに回答した。

口上書

書林共より此度当本山之蔵板出来候而者、諸宗本山之例ニ成可申歟と気遣敷存候故、書林方へ蔵板之書被下度奉願候。此儀、全以諸宗本山之例ニ成可申事ニ而無御座候。其故者、正信偈幷ニ三帖之和讃者、元来当本山蔵板ニ而御座候処、書林共ニ而重板致し、手広売買仕候。然共、当本山より差構不申、許置候事ニ而御座候。ケ様之例ハ、諸宗之本山ニハ有之間敷事と奉存候。然者此度之蔵板も諸宗之本山之例ニ成可申歟と書林共気遣可仕事ニ而ハ無御座候。且又、蔵板之正信偈幷ニ三帖之和讃ハ、年来当本山江無其断、書林共私ニ重板ニ仕候間、手広致売買、当本山之恩分有之候ニ、此度之蔵板ニ付兎角申候而、渇命候様抔仰山ニ申上候者、義理も不存者共と思召可被下候。(以下略)

(傍線筆者)

本屋方からの、本山の蔵版は重版になるため不可能であるとの訴えを受けて、傍線部には、『正信偈和讃』は元来本山の蔵版であるが、本屋は断りも無く重版し「手広売買」しており、これは他には無いことである。このようなことを許しているのだから、今回の西本願寺の聖教蔵版も例外として許されるべきだと主張した。これまで『正信偈和讃』の重版を本屋には許してきたのに、こちらが蔵版する際は渇命するなどと言うのは本屋は義理のない者たちだとの非難を添えてもいる。

実は、聖教の蔵版を奉行所へ申請した宝暦九年（一七五九）八月二十一日の奉行所宛口上書には『正信偈和讃』が触れられていた。「尤、前々より開山御製作之和讃等蔵板在之、末寺門下江被差免候処、書林ニも致板行売買候得共、自本山差留不申候」と、以前から『正信偈和讃』などが当寺に蔵版されていたが、本屋らも町版を刊行していた。しかし、これにたいして差し止めたりはしなかったと最初に断っていたのである。

確かに、真宗の『正信偈和讃』は、室町中期の文明五年（一四七三）に刊行された本願寺中興の祖である蓮如開版本を嚆矢とする。以後も連綿と開版・弘通が行われてきた。つまり、近世以前から本願寺が出版し続けてきた聖教であった。

しかし、近世の出版制度にあってこれは通用するだろうか。宝暦年間からそれほど経ない天明二年（一七八二）刊『浄土真宗教典志』（三巻本）の「正信偈和讃」には、町版が「有章《フシツキ》無章《フシナシ》凡そ数十本。又小本付国読《カナツキ》・無国読《カナナシ》亦数十本有り」[14]と、無数の数の『正信偈和讃』が流通しており、それぞれ板株が成立していた。

板株はいわゆる「早い者勝ち」であり、先に出版した者が獲得する。したがって、西本願寺は本屋ではないものの、確かに板株を所有していると見なし得る。このような、寺院が行う中世以来の出版は、高野版など近世に入っても認められていた。ただし、だからといって町版が重版というわけではない。そもそも、近世初期にあっていまだ出版制度が確立していない時代、重版は違法ではなかった。『正信偈和讃』の無数の町版は、需要の高さを背景として、こうした時代に矢継ぎ早に開版されたと思われる。[15] こうしてできた多くの板木が、元禄年中の、京阪に出された重版・類版を禁ずる触れや、享保年中の本屋に株仲間を認めた本屋仲間が官許を受けたことにより、それぞれが板株として確立していったのである。やや極論を言えば、近世の出版制度にあっては、大教団の本山が発行する本であっても無数の板株のうちの一板に過ぎない。

本屋たちは右の西本願寺の言い分にたいし、まず『正信偈和讃』を蔵版しているのは西本願寺だけではなく、東本願寺、佛光寺、伊勢の高田にある専修寺等、真宗諸派の寺院にもあるとして、何ら例外ではないことを述べた。その上で、知恩院が自ら校訂した『浄土三部経』を開版した際に、すでに『浄土三部経』株を持つ者に板下写本を下げ渡した例などを挙げて、必ず元版所持の本屋に板下写本を渡すようにと促した（なお『正信偈和讃』株に関しては、第三部第二章でも考察している）。

『正信偈和讃』の例が通用しなくなった西本願寺は、校訂した聖教類に宗主の自序跋を入れるのが他宗へ憚られるので宗内でのみ弘通するのだ、従来の町版を改正したものと、町版である元版との両方が流布すれば重版になるので、やむをえず蔵版にするのだと、必ずしも筋の通らない苦しい言い訳をした。当然本屋側は、いくら宗内の「懇望之者へ被遣候得共、自ら諸方信仰之者江相弘り候道理ニ而、全重板ニ」なるのだと譲らず、「元禄年中・宝暦年中、京都御触流も被成下、重板類板御停止被成下候御威光之段も薄可相成、尤其書物之御家筋、或者諸寺諸山より追々右体之儀ニ相成候哉と歎敷奉存候」と畳み掛けた。重版の禁止という出版法の前に、宗内で完結する聖教の発行は不可能であった。

二　解決へ

1　解決方法

宗内で完結した出版事業が実現不可能という事態に直面し、対応に窮した西本願寺は、度重なる本屋の返答要求を延引した。その間も奉行所と内談を重ねたものの、思いどおりにならなかった。手詰まりとなった状況の中、宝暦十三年四月、公事方与力の中井孫助という者から本山へ提案があるとの連絡が入る。これまでは西町奉行所の公事方同心真野八郎兵衛が対応してきたが、中井が引き継ぐという。この孫助が応対してからもしばらくは進展はなく、やはり板下写本は渡さないとして返答を延引していたが、同年七月五日、奉行所から呼び出しがあった。奉行に内々に面会し、直接「委細中井孫助可申談」と言い渡され、次の間で孫助と対談した。孫助はこれまでの経緯を整理した上で、以下のように提案した。

右聖教七十部之内、三十部之御写本ハ書林共江御下ケ可被成旨、先達被仰聞候。然ル処、残四十部余之板行御出来之方、一部之内板木壱枚宛此度御役所へ被差出候ハヽ、其板木を御役所より（合）本屋行事共江御渡置、残ル板木者御蔵板ニ被成置、其余者先達而被相尋候通ニ御心得被成候ハヽ、其御方々被仰立も相立、重板之筋も相立可哉。いつれ共早々御存寄御申聞可被成候事。

聖教一点につき板木一枚ずつを奉行所へ提出し、それを奉行所から本屋へ預ければ、本山の面目も立ち、本屋の規矩にも違反しないと言う。これは、重版・類版として訴えられた場合に、先版所持の本屋に配慮して板木の一部を相手に渡すことで刊行を可能とする、本屋仲間での通常の重版・類版の解決方法である。板木を一枚だけ預ける方法は留版《とめはん》と呼ばれる。留板は板木を分け持つ相版と似ているが、より監視の意味合いが強いもので、相手が勝手に増刷等ができないよう、多くは巻頭など重要な部分の板木のみを預かるものである。

ただし、一点だけ異なるのは、奉行所が板木を預かる点である。西本願寺としてはなんとしても、自ら整えた、教団が依用すべき聖教の板木を本屋に渡したくはない。今回はその代わりに、奉行所が留板を所持するというのである。実際は、奉行所から本屋に預けられるとは言え、西本願寺から見れば、見かけ上奉行所が留板を管理しているので、本屋を排除するという当初の計画を成し遂げた体裁となる。先版を持つ本屋側から見れば、奉行所から預かっているとはいえ、留板を手許に置いておける。両者の面目は立つのである。

この申し出を持ち帰って検討した結果、西本願寺はついに承諾するに至る。七月十九日に宗主の許諾を得、翌日奉行所へ承知の旨を伝えた。開版の伺いを立ててからほぼ四年の歳月が流れていた。『済帳標目』にも「一　聖教物之済口、七月廿三日西御役所ニて被仰渡候趣」云々とあるから、本屋側も納得した。

同七月二十九日には所司代の内諾も得て、翌月の八月三日からはすでに西本願寺で製作していた板木の中から、留板の分の受け渡しが行われた。『済帳標目』に拠れば、西町奉行所から板木と「校合之御写本」が本屋に下され、「留板目録」や「未校合之目録」などが作成された。江戸、大坂の本屋仲間へも連絡がなされ、大坂からは柏原屋清右衛門や田原屋清兵衛が上京している。なお、残りの板木も明和二年九月十四日、書林仲間へ渡された。すなわち、『済帳標目』に「一　聖教五六之帙拾壱品、九月十四日御役所より行事両人御召出し板木十一枚御渡し、則元板之衆中呼寄不残相渡し候事」とある。こちらも、「御役所より」と奉行所から渡された形を取っている。

留板を獲得したことで、先版所持の版元は利益を確保できることになった。すなわち、これから開版・弘通され

図2　『真宗法要』全31冊
実際は6つの帙に納められる。近世期西本願寺の、最大の聖教出版。

る『真宗法要』の印刷・製本を請け負うことになった。十月十一日には西本願寺側と本屋行事が協議した結果、「世話料摺手間代等之義不残相済」んだので、行事八人との間で証文を取り交わしている。それによると、まず残る留板二九枚が本山から奉行所へ渡された。続いて、『真宗法要』摺立の時は、本山が奉行所へ申入れ、奉行所が本屋に命令するものとするなど、具体的な取り決めがなされた。

こうして、『真宗法要』は開版の運びとなった。西本願寺は、奉行所へ長い間の交渉の礼をしている。この一件を解決に導いた中井孫助は、公事方与力として、他の三浦小藤太、入江吉兵衛とともに三百疋ずつもらっているが、さらに別に金二千疋をもらっており、その功が知られる。

2　諸手続

三九点の仮名聖教を収載した『真宗法要』三十一巻三十一冊六帙は、時の宗主法如編とされ、明和二年（一七六五）、七月より刊行されたとされる（**図2**）。西本願寺が『真宗法要』を必要とする時は、まず奉行所へその旨を通達し、奉行所が本屋仲間へ命令する形となる。取次は永田調兵衛で、彼が仲間へ同寺の達書を持参し、留板を持っている元版の本屋へ通達を出して、西本願寺御殿で印刷する。作業が完了すると、行事が奉行所へ報告して終了となる。また、後で世話料（帙の製作や製本作業の礼金と思われる）として百帙につき銀六枚（二五八匁ほど）、それとは別に印刷の手間賃として料紙千枚に付き四匁が、西本願寺から仲間方へ下される。仲間の方でこれを留板の持ち分に合わせて割り、京都・大坂本屋へ配布する。一連の金銭のやりとりは、仲間記録の『金銀出入帳』に記載された。『済帳標目』に拠れば、これらの行程は同じく仲間記録の『聖教雑記』に記載されたらしい(16)。

なお、約四〇年後の文化年間に東本願寺も同様の聖教集を刊行するが、やはり先版所持の本屋に世話料を支払っている。ただし、世話料の支払い方法は西本願寺とは異なり、一律で年に銀六〇枚ずつとしている(17)。

参考として、永田が西本願寺から本屋仲間へ持参する達書の例を左に挙げる。

以手紙申達候。然者、御当方御蔵板相渡置候板木、左之通。

第壱

三経文類　尊号真像経文　一念多念証文

唯心（マヽ）証文意　末燈鈔　御消息集

第弐

口伝抄　執持抄　願々抄

最要抄　教行信証大意　本願抄

出世元意　改邪抄　歎異抄

安心決定鈔

第三
持名抄　女人往生聞書　浄土真安（マヽ）抄
諸神本懐抄　破邪顕正抄　決知抄
第四
歩船抄　報恩記　法華問答
顕名抄　存覚法語　浄土見聞集
第五
正信偈大意　蓮如上人御一代（記）聞書　蓮如上人遺徳記
実悟記　反故裏書
第六
拾遺古徳伝　同断　慕帰絵詞
最須敬重絵詞　同断　唯心（マヽ）抄
後世物語（聞書）　一念多念分別事
〆
右之通五拾部摺立申付候間、例之通、来ル廿三日、持参可有之候。尤公儀役所にも申達候。依而申入候。以上。
三月十九日　本願寺御門跡御内
佐々木平太夫
村上市之進

書林
行事中　（（　）内筆者補記）

最初の印刷・製本は、明和元年九月から翌年正月ごろに行われた。『済帳標目』には「一　西六条聖教物御摺立ニ付、行事中御役所へ被召出候事」と行事が町奉行所へ召されている。また、明和三年（一七六六）、西本願寺は一帖から四帖までの聖教の校合を行っているとの記事がある。詳細は不明だが、刊行した後に板木に不具合が見つかることはままあるので、ここでできあがった本を確認し板木を直したものと思われる。このとき、京都書林仲間の方で大坂本屋仲間の行司（行事のこと。大坂では多くの場合「行司」と記される）と連絡を取り、箱を拵えて大坂本屋の分の留板をそこに入れておくことにした。なお、これらの留板は、天明の大火で焼失した。その際にも、行事から西本願寺へ再刻を要請し、同寺が奉行所へ出願、奉行所が行事に彫立を仰せ付けている(18)。

これ以降も、『真宗法要』増刷の記事が『済帳標目』に多く記されていることから、京都書林仲間によって記録され続けたと思われる。奉行所が留板を持っているという建て前であるため、幕府の末端機関という位置づけを持つ本屋仲間として逐一記録をとったものであろう。京都書林仲間にとって公的な行事のようになっていたと想像される。

3　免物としての弘通

教団にあっては、『真宗法要』六帖は本山から末寺への免物とされた。したがって、下付を受けるには手続きと冥加金が必須であった。『本願寺史』に拠れば、その手続きは、「まず最初に願主が免物の願書を本山へ提出し、本山では取次が取次札を作成し宗主の許可を得る。宗主が免許すると免状が発給されるが、書状形式のもの、免状と御印書によるもの、その他の場合がある。御印書には添状が付く場合もある」[19]。近世期には免物の増加に対応して、御印書などではない免許状も発給された[20]。免物の冥加金は西本願寺の有力な財源であった[21]。

『真宗法要』の冥加金については、天明年間刊行の『大谷本願寺通紀』「公本定法録」上巻に、『真宗法要』全六帙では冥加は銀一八〇匁とあり、続けて「壱帙三十匁ツヽ、但し壱帙書林江御免ニ而書林より出ス」とある。書物の冥加金の場合、料紙の高騰などが加味されるためその額は一定ではなかったと思われるが、やはり高額の冥加が必要とされた。また、「壱帙三十匁ツヽ」とあることから一帙ずつでも入手できたことが知られる。天保十一年(一八四〇)五月の免物に関する達書にも[22]「一 真宗法要、但依願、一帙ニ而も御免」とある。さらに、「壱帙書材江御免ニ而書林より出ス」とあるので第一帙は本山から許可を得て、本屋が窓口になって弘通されることもあった。永田調兵衛ら京都の老舗書林は聖教の需要には精通していただろうから、免物の申請手続きの手間を省けるだけでなく、いっそうの弘通促進に有効であったろう。

こうして、西本願寺蔵版の大規模な聖教集の刊行は、宝暦九年八月に奉行所に通達され、明和元年から三年にかけて完成を見た(ただし『真宗法要』の文如による跋文によれば明和二年七月を刊年とする)。解決までに四年を有し、実際の完成までには六年前後の年月がかかっている。

第三節　『真宗法要』開版の意義

一　板株への認識

これまで見てきたように、町版からの独立を強く志向し、重版と非難されても折れなかった西本願寺であるが、本屋の抵抗を受けて『蔵外真宗法要』を町版として一応は許し、さらに『真宗法要』は留板を渡し製本を任せることとなった。近世の出版制度においては、大寺院であっても既存の板株を無視することはできなかったのである。

西本願寺は『真宗法要』開版を通じて近世の出版制度に触れ、板株や出版法を強く認識するに至った。『真宗法要開版始末』の下巻末には、元禄年間以降の出版に関する触書が網羅されている。『真宗法要』開版までの次第と当時の出版法をまとめたものを一具にしていることから、この開版一件がこれ以降も長く続いた同寺の聖教蔵版の参考史料とされたと考えられる。同書が『興復記一件』や『小本御和讃一件』など他の出版関係史料にも部分的に書写されているのも、そういった認識からであろう

出版法を学ぶと同時に、本屋の協力も必要であることが認識されたであろう。先に述べたように、一七〇〇年代前半には本屋仲間の法律は確立しており、出版そのものはもちろん、板木の購入、違法出版への対処なども本屋の業務のうちであった。偽版などトラブルが起こった際、事態をスムーズに解決するには信頼できる本屋の協力が不可欠となる。これ以降も聖教の御蔵版化は進むが、蔵版の都度同寺は本屋と交渉し、近世の出版制度に則って行うようになった。

二　本屋への影響

本屋たちにとっては、『真宗法要』開版は利益と損失をもたらした。本願寺派の学僧、興隆《きょうりゅう》（僧音《そうおん》）（宝暦九年〈一七五九〉～天保十三年〈一八四二〉）の随筆『栖心斎《せいしんさい》随筆』第二巻、「真宗法要」の項には以下のようにある[23]。

（『真宗法要』以外にも、信頼すべきテキストがあるとし、それを列挙した後）此等ハ当時ニ晦潜シテ、行ハレサリシ故ニ、校者之ヲ知ラサルモアリ、又ハ知ト雖、未ダ文義ヲ研究スルコト能ハスシテ漏セルモアリ。且当時書林ノ輩、仮名聖教御蔵版トナラハ、坊本ヲ買フモノ少フシテ、産業ノ妨ト為ランコトヲ憂ヘテ、頗ル故障ヲ企テ、涯分精検シテ、部数ノ少カランコトヲ欲セシ故ニ、校者機ニ逗セントテ、ナルホト少クセラレタリ。然ルニ御蔵本弘通アリシ後ハ、何トナク蔵外ノ聖教ハ、偽書ノヤウニ世人オモヒテ、買求ルモノ少ク、御蔵版ニ入レシ書ハ、坊本モ多ク買求ル者有シ。故ニ書林ノ輩大ニ後悔セシヨシ。故星聚閣語ラレシナリ。（以下略）

『真宗法要』で御蔵版となった聖教は、町版もよく売れるようになり、『真宗法要』に収録されなかった聖教は何となく偽物のように思われて売れなくなってしまったと述べられている。老舗本屋にとって『真宗法要』の本の仕立を行うことは、自らが板株を持つ町版も売れ、また別に西本願寺から世話料や摺手間賃を得られるという活路になった。一方で、『真宗法要』から漏れた聖教は今までよりも売れなかったことから、京都の老舗書林に直接的な影響が出たものと想像される。

さらに、奉行所が留板を所持している体を取っているため、京都書林仲間における特別な出版事業となり、老舗の権威を一層高めることになった可能性もある。詳しくは次章で紹介するが、『真宗法要』開版以降、真宗聖教類の株を持つ本屋たちが、自らの株を真宗寺院への売却を試みる例が出てくる。一七〇〇年代後半の文運東漸の中、江戸の本屋の存在感が増していく中にあっては、名誉と実利を兼ねている御蔵版事業に活路を見出す者が出てもおかしくはないだろう。

三　本山こそ聖教を

1　『真宗法要』の姿

宗意の違乱を恐れて『真宗法要』刊行を目指すとした西本願寺であるが、聖教の誤読は江戸前期から問題視されていた。『紫雲殿由縁記』(24) は西本願寺に仕えた末寺金宝寺六七世明恵（慶安六年没）の記録であるが、ここにはすでに『教行信証』・『六要鈔』・『御伝鈔』などの聖教は古来、相伝の秘書であったが、「近年猥拝見」されていること、あるいは在家でも仮名聖教を読んでおり、「還而領解有誤」として危機感を持っていたことが書かれている。

こうした認識がありながら、『真宗法要』の開版はそれから一世紀を経た後となった。これは、ひとつには先に述べた教学の充実が待たれたのだろう。前述の宝暦期の真偽判断を分析した引野亮輔の著書に就くならば、開版のきっかけとなった学僧らによる宝暦年間の聖教目録の編纂には、「かたくななまでに真宗の独自性がアピールされている」。すなわち、「宗派間の強引な境界線設定をもくろんだ」もので、「近世的な宗教世界の成立に支えられ、この現象が発生した事実を見逃してはならない」。つまりは、「他宗派との相互影響下で自己形成していく存在ととらえ直す作業が重要となるだろう(25)」と指摘されている。すなわち、他派との区別、自らの独自性を示すために『真宗法要』刊行をした側面が指摘できる。

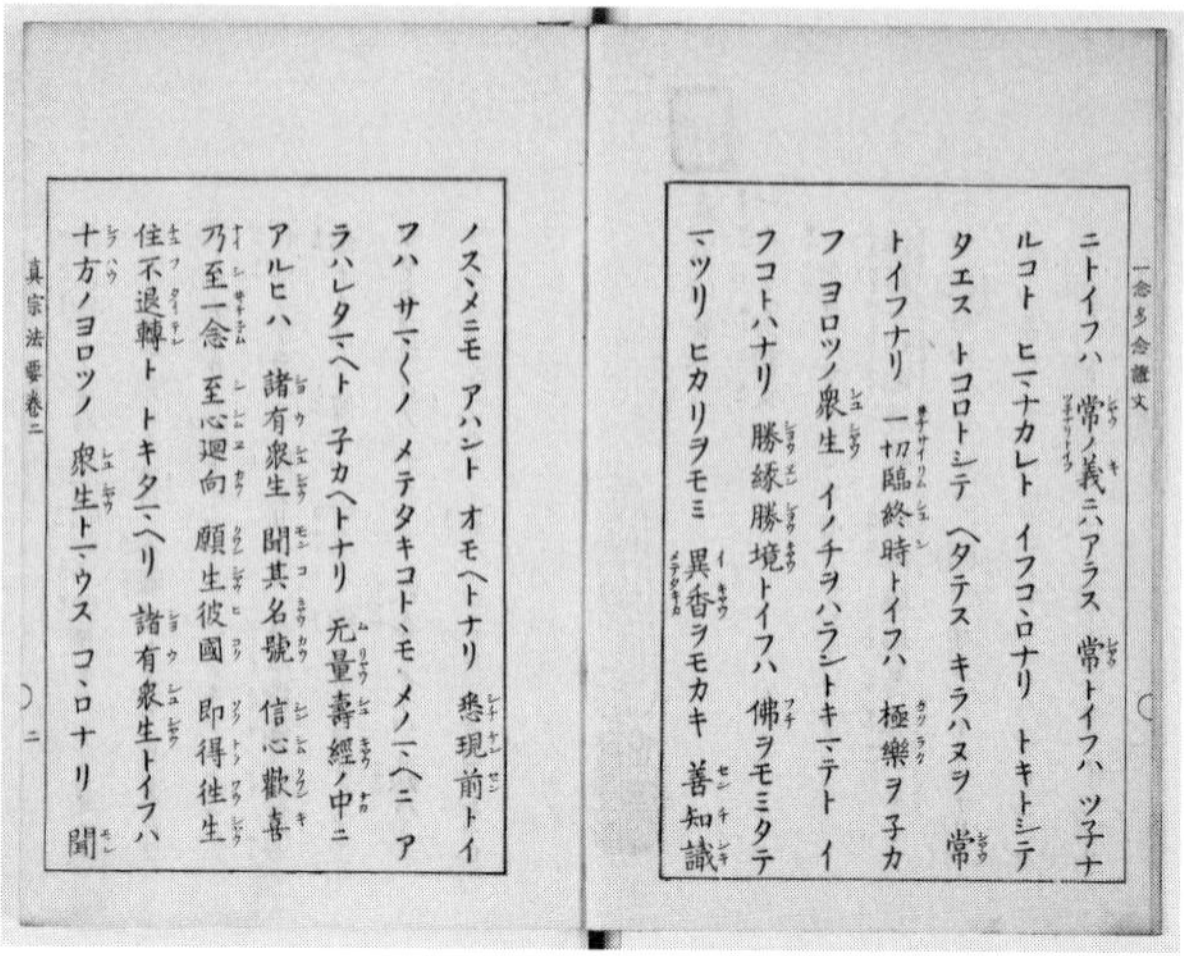
一念多念證文

ニトイフハ 常ノ義ニハアラス 常トイフハ ツ子ナ
ルコト ヒマナカレト イフコヽロナリ トキトシテ
タエス トコロトシテ ヘタテス キラハヌヲ 常
トイフナリ 一切臨終時トイフハ 極樂ヲ子カ
フ ヨロツノ衆生 イノチヲハラントキマテト イ
フコトハナリ 勝縁勝境トイフハ 佛ヲモミタテ
マツリ ヒカリヲモミ 異香ヲモカキ 善知識

ノスヽメニモ アハント オモヘトナリ 悉現前トイ
フハ サマヽヽノ メテタキコトヽモ メノマヘニ ア
ラハレタマヘト 子カヘトナリ 无量壽經ノ中ニ
アルヒハ 諸有衆生 聞其名號 信心歡喜
乃至一念 至心廻向 願生彼國 即得往生
住不退轉ト トキタマヘリ 諸有衆生トイフハ
十方ノヨロツノ 衆生トマウス コヽロナリ 聞

真宗法要巻二 二

図3 『真宗法要』の版面

不純物なく均質で、光沢のある極上の楮紙が用いられている。

近世期における教学の発展・充実による、正しい聖教の必要性の認識や、独自性の志向によって『真宗法要』は開版された。それは、『真宗法要』の版面にもよく表れている。そこにこそ、中世の寺院版とは異なる、近世期の出版文化を見ることができる。

『真宗法要』は、大本で真宗聖教に多く用いられる朱色の地に菊花唐草の空摺《からずり》模様の表紙を用いた、典型的な浄土真宗の版本の体裁を採っている（なお、この朱色は近世初期に流行した高級な表紙、いわゆる丹表紙を模したと思われる。菊花は準門跡の寺院であることを誇っていると考えられる）。しかし、**図3**にあるように、その版面（板面）は既存の真宗聖教版本に比して極めて洗練され、かつ独特である。

板下の執筆は当代随一の書家松下烏石《うせき》に命じている。ただし烏石は老齢を理由に辞退し、作業は烏石門人真覚寺通性《つうしょう》が行ったという。[26] 端正な文字、字間と行間を大きく取り整然と並ぶ本文、大きく取った余白。非常によく整理され、優美でさえある。真宗聖教としては極めて異例のことで、これまでの仏書の中でも特殊である。洗練されている一方で、文字間の空け方で句読点を示している点は独特である。これは親鸞真筆本に見られる書き方で、分別書方《ふんべつしょほう》という。分別書方は歴代の宗主にも意識されたが、とくに蓮如が用いている。よって、この版面は強く親鸞・蓮如を想起させるものである。

大本で、流通する版本の中では最上の身分を示す書型であるのは当然としても、通常、大本であっても和本は四つ目綴じであるのに、わざわざ労力を割いて五つ目綴じにしてある。中世の真宗聖教の写本に例がある綴じ方で、当時から尊崇されていた朝鮮版にもよくある綴じ方である。料紙はやや白みの強い極上の美濃紙に、わずかに雲母が入っている（ただし、幕末に近づくと入っていないものも出てくる）。校異については、学問書ならば本文と同時に見られるようできるだけ同じページに示すのがよいが、この本は目立たぬよう極力巻末にまとめている。また、ルビを多用しているのは真宗聖教にはよく見られるにせよ、『真宗法要』で徹底してこれを行うのは、読み方を完全に確定する意味もあるかも知れない。

『真宗法要』の本文校訂には、京都宏山寺僧僕や出羽酒田大信寺道粋ら名だたる学僧が校合編纂に従事したが、さらに時の宗主法如に「窺書」を差し上げて批判を乞うている。詳細は『本願寺史』第二巻などに譲るが、「御聖教御校合御窺幷御批判小冊之目録」と題した冊子を提出するなど、幾度も「大法主法如尊師」に伺いを立てている。序跋も宗主自らが行っており、序を『真宗法要』開版事業を開始した法如、跋を次期宗主の文如が付している。(27)

2 近世の出版文化の中で

こうした他に類を見ない『真宗法要』の姿にも、開版の動機を見てとらなければならないだろう。この本は、西本願寺学林の正統な聖教であり、唯一絶対の権威であると強く主張している。

これは、中世期以来の本寺権の行使としての側面が強く出ている。聖教から学問書、平明な読み物まで寺院が自ら開版し、その板株を所持する例は近世にも多くあったが、そういった個別的蔵版とは全く意味が異なる。本寺

（本山）しか作ることのできない聖教があり、本山こそそれを下付する唯一の存在であると主張している。教団内の末寺はそれを授かる立場として位置づけられる。本山しか作れない聖教であるから、当然ながらそれは、自己資本で出版し、自らが蔵版するのである。

だが、西本願寺としては右のようなつもりであったとしても、果たして『真宗法要』は中世の印刷物と同様、教団内だけで完結した閉じられた世界のものとして、近世の出版文化から独立して存在しえたのであろうか。『真宗法要』開版の直接の動機は、発達した教学が町版に疑問を抱いたことである。中世まで他宗に比べて通仏教的であった浄土真宗において、急速に発達した教学を支えていたのが町版であったことはすでに述べた。その町版からの独立を目指したのが『真宗法要』である。だが結局、本屋にとって経営の根本である板株を脅かす形で計画されたため、抵抗され妥協を余儀なくされ、当時の出版制度に則って開版された。直接の開版動機もその結末も近世の出版文化の中にあったと言えるだろう。

3　権威と統治

すでに述べたが「本には身分がある」とは近世文学研究者の故宗政五十緒の言葉である。近世期は格付けが明確な社会であり、本であっても、多くの場合見た目でそれがわかるようになっていた。真宗に関わる書物のヒエラルキーを考えたとき、末寺や門徒など低層の者が勧化本や絵本、草紙などの通俗的な真宗関係の書物（あるいは一枚摺なども）を、学僧らが高度な学問書や論難書を出版・享受するならば、教団が拠って立つ普遍の価値を持つ聖教こそ、本山が管理・弘通すべきであろう。

上記のような五つ目綴じの大本、極上の美濃紙の料紙、余白をたっぷりと取った整った版面といった姿の『真宗法要』は、絶対的な最高権威が本山にこそあることを、少なからず近世的価値観によって表現している。しかも、文献主義にあってそれは使用の対象で、単なる寺院の什物ではない。『真宗法要』開版は、研究対象とされる多種多様な近世の仏書の中にあって、その頂点に君臨するという近世的な格の主張をしたことになる。

封建社会にあっては頂点に在る者の権威こそ統治の根源である。本山が教学上重要な聖教を弘通することは、いわば本寺権の行使にとどまらない、近世的封建社会を反映した、聖教による本山の教団統治であったとも言えよう。各地で異安心事件が起こり、江戸時代最大の宗教紛争である三業惑乱の前段階であった当時、最高権威の所在を明らかにすることは教団内の秩序の安定につながったはずである。

西本願寺と同じく、多くの書籍を本山や檀林が管理した宗派に日蓮宗がある。日蓮宗はその支配人である村上勘兵衛が主体性を発揮し、本山に結び付いて聖教にかぎらない日蓮宗関連書籍を自らが蔵版していったのに比して、(28)西本願寺の御蔵版は後に永田調兵衛が支配人となるが、その蔵版を主導するのはあくまで本山であった。

文化年間に、東本願寺が『真宗法要』に似た『仮名聖教』開版を試みた際、西本願寺は以下のように奉行所へ申し出て、それを延期するよう訴えている。(29)

（三業惑乱の後で門末人気も落ち着かない状況であるので）他山も同流之東本願寺ニおゐて新規ニ法要ニ似寄候開板致出来候而ハ、当方門末共聞伝、従来当本山より付与被致候真宗法要之義ハ宗意不叶義有之哉、此度公儀ニおゐて御聞済之上東本願寺ニおゐて開板被仰付候抔と末々心得違之もの申惑し候趣ニも可相成哉と、本御門主至而御迷惑之事ニ候へハ（以下略）

東本願寺が『真宗法要』と同様のものを出せば、『真宗法要』は「宗意不叶義有之哉」と誤解した者が出ることを懸念している。また、このときに作られた別の文書では「右前頭之通、開山以来代々之正本を以校合被致候。当本山校合元之義ニ候へハ、今般出板之写本御門主御一覧被成度思召候事」と聖教の本文を確認したがっている。似たものが出されれば権威が揺らぎ、本山発行の聖教本文に相違があればそこを衝かれて混乱が生じることを懸念している。本山こそが聖教を持つということが、教団の統治に結び付くのである。

たとえ西本願寺にとっては中世以来の寺院版のつもりでも、町版が自明となった近世の出版文化にあって、少なからず需要のある本を新しく登場させることの影響は小さいはずはなかった。ことにこうした頂点を示す聖教集の登場は、他の真宗寺院を刺激することとなる。これについては、次章以降で解説する。

以上、本章では西本願寺御蔵版の嚆矢『真宗法要』について見てきた。『真宗法要』開版計画は、本屋たちの激しい抵抗に遭い、開版までに六年近くも要することとなった。既存の板株を無視することは難しく、当初の西本願寺の思惑とは異なり、奉行所を介して本屋たちに留板を渡す形となった。大寺院といえど、板株に基づく当時の出版法を変えることはできなかった。

苦節して開版された『真宗法要』は、本山としての格式や威厳といった、教団の頂点としての格を体現した書物であった。教団の内側にあっては、組織の安定に貢献したであろう。異安心事件など教団秩序のゆらぎに対応すべく、このような大規模かつ独得の蔵版を断行したという側面は見逃せない。近世初期に本末制度によって成立した西本願寺教団の秩序は一定でなく、大きな主体的努力によって維持されていた可能性を示していよう。

『真宗法要』は、西本願寺が教団内部にのみ流布させるつもりで、自己資本で開版した。この意味では中世の本寺権の行使であり、中世の寺院版と同様である。ただし、町版の氾濫への危惧が編纂の動機であったこと、まがりなりにも近世の出版法に則って開版されたことに加え、いかなるものもその格によって区別されるという近世的な書物のあり方に沿って生まれた点では、需要次第で変化し、他と影響し合う町版同様、近世の仏書の側面を強く持つこととなった。

註

（1）中央仏教学院編『真宗史』（本願寺出版社、一九八二年）八〇頁。
（2）『浄土真宗聖教目録』龍谷大学大宮図書館所蔵（請求記号101/14-W）。
（3）「越後了専寺久唱寺御教誡」（真宗典籍刊行会編『続真宗大系』十八巻、国書刊行会、一九七六年）。
（4）本願寺史料研究所『本願寺史』第二巻（浄土真宗本願寺派宗務所、一九六八年）に、宝暦五年～天明六年にかけて各地で起こった異義事件とその処理が列挙されている（六〇～六二頁）。
（5）吉田幸弘「歌人とその撰歌について」（大取一馬編『浄土真宗玉林和歌集』龍谷大学仏教文化研究叢書11、臨川書店、二〇一〇年）二〇頁。
（6）聖教の真偽判断については、引野亨輔『近世宗教世界における普遍と特殊―真宗信仰を素材として―』（法藏館、二〇〇七年）に詳しい。
（7）本願寺史料研究所編『増補改訂本願寺史』第二巻（本願寺出版社、二〇一〇年）二七一頁。
（8）『真宗法要』の稿本と見られる本が、龍谷大学大宮図書館の貴重書庫である龍谷蔵に所蔵されている（請求記号022-542-48）。
（9）『真宗法要開版始末』一冊、龍谷大学大宮図書館所蔵（請求記号022-181-2）。
（10）たとえば、同じ西本願寺の出版活動の記録である『興復記一件』や『小本御和讃一件』に部分的に書写されている。

（11）本編の他に、下巻末に天保年間の出版に関する触書などが書写されている。本編と触書の筆跡は明らかに異なるが、料紙は同じものを用いているため天保年間以降の写しと判断した。

（12）『済帳標目』彌吉光長編『未刊史料による日本出版文化』第一巻（書誌書目シリーズ26、ゆまに書房、一九八八年）収載。

（13）「類板重板御製禁御触書」前掲書（4）四二七頁。

（14）『三巻本真宗教典志』（『真宗全書』七十巻、国書刊行会、一九七六年）。

（15）佐々木求巳『真宗典籍刊行史稿』（本編・補遺、二冊、伝久寺、一九八八年）には多くの町版『正信偈和讃』が紹介されている。

（16）『済帳標目』（前掲書（12）収載）の、安永二年六月二十四日と八月五日の記事に「法要摺立」、「委細聖教雑記ニアリ」とある。ただし、他の多くの仲間記録同様、『金銀出入帳』や『聖教雑記』は発見されていない。

（17）『十番諸証文』彌吉光長著『未刊史料による日本出版文化』第二巻（書誌書目シリーズ26、ゆまに書房、一九八八年）収載。

（18）『東本山仮名聖教開板ニ付故障申立』（龍谷大学大宮図書館所蔵資料、請求記号022-057-1）に、「天明大火之節、従奉行所兼て行事共江預ケ被置候留板之内、類焼いたし候分」を行事が西本願寺へ再刻を願い出て、「本山より御奉行所へ」申請した旨が示されている。

（19）前掲書（7）二〇八頁。

（20）前掲書（7）二〇八頁。

（21）前掲書（4）四八七頁。

（22）『御本尊御名号類幷御蔵板物之儀被仰出達書』（龍谷大学大宮図書館所蔵、請求記号022/262/1）。

（23）『栖心斎随筆』『真宗全書』第五十一巻（国書刊行会、一九七七年）収載。

（24）『紫雲殿由縁記』『真宗全書』七十巻（国書刊行会、一九七七年）収載。
（25）前掲書（6）一〇九～一一二頁。
（26）前掲書（4）四二五頁。
（27）前掲書（4）四二二～四二四頁。
（28）日蓮宗の蔵版活動に関しては冠賢一『近世日蓮宗出版史研究』（平楽寺書店、一九八三年）に詳しい。その中で、村上平楽寺の積極的活動および日蓮宗の蔵版書が紹介されているが、宗祖日蓮に著書から各種註釈書まで多彩で、聖教のみに重点を置いていないことが知られる。
（29）『東本山仮名聖教開板ニ付故障申立』（龍谷大学大宮図書館所蔵資料、請求記号 022-157-1）。

第二章　寺院間の聖教蔵版争い

西本願寺御蔵版本『真宗法要』について、「かかる御蔵板による宗学統一は、本寺の許可なくして書写し得ないと云う中世的な聖教伝授への復活ではなかろうか」[1]と、時代を逆行するような現象との指摘がある。確かに、宗内の者しか入手できないとしたら、伝授的な閉じた世界に逆行したことになる。しかし、似たものはすでに教団から隔たった町版で十分に普及しており、それこそが問題であった。『真宗法要』開版は、町版によって引き起こされた偽書の氾濫への対策という、出版文化の隆盛が行き着く必然的な問題によって企画された。開版にあたっては近世の出版文化に則って作られ、完成したものからは近世的な価値観でもって、教団内部を統治しようとの意図が透けて見える。『真宗法要』以下、幕末まで続く御蔵版本は唯一絶対という建前を近代まで持ってはいたが、その裏では状況次第で変化したり、他のものと影響し合ったりするものであった。

ことに『真宗法要』開版以後、これに影響された他の真宗寺院、特に独立志向を持つ末寺や東本願寺も聖教蔵版を志向するようになり、西本願寺と競合する場合が少なくなかった。こうした争いには、必然的に聖教の町版株を持つ本屋も巻き込まれることとなる。他の真宗寺院との競合、本屋との協働と対立の中で、御蔵版事業は幕末まで続くこととなった。

ここからは『真宗法要』以後の御蔵版について、その成立と開版動機を述べ、結果として教団に何をもたらしたのかを探りたい。

第一節　末寺の蔵版阻止

一　『教行信証』蔵版の阻止

1　町版の本典株三種

前章で述べたように、明和年間に開版された御蔵版の嚆矢『真宗法要』三十九巻は仮名の聖教叢書であった。これに続いて安永年間、真名（漢文）の聖教である『教行信証』と『六要鈔《ろくようしょう》』も御蔵版となる。『教行信証』は言うまでもなく宗祖親鸞の主著で、「本典」とも称される真宗の根本聖典である。『六要鈔』は本願寺三世覚如の長男存覚が著したもので、『教行信証』最古の注釈書として尊ばれた聖教である。『教行信証』の板株については、西本願寺が蔵版を目指した安永年間までに三つが成立していた。本書ではこれを寛永版、明暦版、寛文版と呼ぶこととする。それぞれの板株成立の経緯については、中井玄道の論考(2)があるので、省略しつつ紹介する。

①寛永版

寛永十三年（一六三六）中野市右衛門による町版で、『教行信証』出版の先駆ではあるが、誤字脱字が夥しい。十年後の正保三年（一六四六）に、これを訂正して改刻した正保本が中野是誰によって刊行された（正保本は寛永版の改刻本であるから、板株はひとつ）。この板木は一時大坂の書肆野村長兵衛の手に移ったが、彼の地で焼失し、板木が焼けてもなお権利が残っている、いわゆる焼株《やけかぶ》の状態となった。この焼株を明和年間に京都の書肆銭屋庄兵衛が手に入れて、丁子屋九郎衛門との相版とした。

②明暦版

明暦三年（一六五七）に丁子屋九郎衛門が刊行し、後に銭屋庄兵衛と相版になったもの。

③寛文版

寛文九年（一六六九）に、江戸の書肆河村利兵衛が開版した。後に京都の福森兵右衛門に板株が移ったので福森版とも称される。やはり後年になって丁子屋九郎衛門と銭屋庄兵衛が相版で板株を持った。

以上、『教行信証』の板株は三点あった。本屋仲間が官許になる江戸中期までは、重版は必ずしも禁止ではなかったため、複数の株が存在していたのである。一方、『六要鈔』株はひとつしかなかった。そして、これら『教行信証』、『六要鈔』の板株は全て、江戸中期ごろまでに丁子屋九郎衛門と銭屋庄兵衛が掌握していた。

2　御蔵版化の動機

『真宗法要』開版からおよそ十年たった安永四年（一七七五）、町版『教行信証』一種、『六要鈔』株、両方を合わせた『教行信証六要鈔会本《えほん》』株、さらに親鸞の伝記である『御伝鈔』株の、計五点の板株が京都の老舗本屋丁子屋九郎右衛門から売り出されることとなった。

『教行信証六要鈔会本』は、『教行信証』三点すべての株に加え『六要鈔』株を所持する東本願寺寺内町の丁子屋正介が、それらの株を元に開版したものである。詳しくは後述するが、『教行信証』株は正介の主家である丁子屋九郎右衛門が持っていたが、この頃は板木ごと正介方へ移っていた。『教行信証』の本文にその注釈書である『六要鈔』本文が振り分けられており、学問には便利な書であった。『御伝鈔』は、親鸞の一代記を描いた絵巻の詞書きである。宗祖親鸞の祥月命日に毎年営まれる法要である報恩講で読み上げられ、門徒らが拝聴するため、教学上のみならず教化の上でも祖師伝として重んじられた。

上記五点の板株のうち、西本願寺は『教行信証』と『六要鈔』を購入するが、その経緯を記した記録が『本典六要板木買上始末記』(3)である。以下、特に断らないかぎり、同資料から引用するものとする。

同資料によると、西本願寺の株購入の動きは、安永四年十二月、寺内町の本屋吉野屋為八が株の売出しの話を本山に持ち込んだことから始まる。

安永四年極月ヨリ同五年二月マテ

一　極月初、御寺内油小路七条上ル町吉野屋為八名代甚助ト申モノヨリ、山本与右衛門へ申聞候者、教行信証二板・六要鈔幷同会本・御伝書、都合五品売払候由にて、興門様へ御買上ニ成候様、風聞仕候。一説ニハ、御内々興門様ニ御蔵板思召ニござ候様、相聞候故、弥々右ノ趣ニ候ハヾ、教行信証・六要鈔二品ハ、御本山様御大切成ル御書物ノ様ニ伝承事故、書林仲間承合申候処、(中略)六要鈔ハ一板モノ故、万一外様ニテ御蔵板等ニ相成候テハ御本山差支ニ可相成哉ト奉レ存。嘆ケ敷御座候故、為御知申上候。

ここには、西本願寺が二書の株購入を決めた動機が記されている。すなわち、寺内町の本屋吉野屋為八が本願寺家臣山本与右衛門に告げたことには、西本願寺に隣接する末寺興正寺の宗主に、町版の『教行信証』など五つの聖教株を購入する意志があるという。しかも、「一説ニハ」、「興門様」すなわち興正寺が御蔵版として弘通するつもりでいる、ことに『六要鈔』の株はひとつしかなく、万一、西本願寺以外が蔵版してしまっては嘆かわしいと吉野屋は訴えた。

興正寺は、西本願寺に隣接した寺院で、江戸時代まで西本願寺の末寺であった。明治期に独立し、真宗興正寺派本山興正寺となって現在に至っている。『本願寺史』第二巻に詳しいが、江戸時代、興正寺は勢力があり独立志向が強く、たびたび本山である西本願寺と衝突していた(4)。

聖教を蔵版・弘通するのは本山として振る舞うことである。明確なヒエラルキーによって維持されている教団にとって末寺である興正寺がこれを行う意志を見せたことは許されざる事態であった。そこで西本願寺は、興正寺の行動を未然に防ぐため、明暦版『教行信証』と『六要鈔』を買い入れることとした。なお、売りに出された五つの株のうち、『御伝鈔』株は、この時は西本願寺も興正寺も購入しなかった。その事情については次節で述べる。

3　御蔵版化の経緯

同資料によると、五つの株の合計代金が二〇貫目と思いのほか高価で、吉野屋も「先御見合」わせにすべきと助言したため、西本願寺は一時、買上交渉を断念してしまった。しかし、このことを知った大坂の西本願寺門徒らで構成された大坂十二日講が代金を立て替えると申し出たため、本山では直接代金を用意せずに株を買い取ることが可能となった。大坂十二日講は、西本願寺の門徒講のひとつである。江戸時代、本山に奉仕するためや信仰のためなどで、多くの講が作られていたが、中でも大坂十二日講は熱心で有力なものであった。断念していた交渉が、門徒らの熱意で再開し、買い上げに結びついた点は留意される。

ところが買い上げが完了しないうちに、東本願寺も蔵版の意志を見せた。左に掲げる文書は、安永四年閏十二月二十七日、板株の売り主である丁子屋九郎右衛門と銭屋庄兵衛および西本願寺の買い上げを斡旋していた吉野屋為八が提出した願書の写しである。

乍恐御願奉申上候口上書　「此本紙ハ此一件諸証文之箱へ入、御納戸へ差出置候事。」

一　此度、御寺内吉野屋為八御世話仕、教行信証明暦板・寛永板焼株幷六要鈔共、御本山様へ奉差上候御相対済候処、未ダ取渡不相済候内、東御本山様へ達御聞、暫延引候様被仰渡候。（中略）右御相対相添候三品ノ内、寛永板焼株ヲ、此度東御本山様へ奉差上、今度ノ義御聞済、東御方へ御願申上度候。（以下略）

（「　」内は付箋、朱書）

西本願寺の板株買い上げを聞きつけ、東本願寺も丁子屋九郎右衛門ら本屋を通して蔵版の意志を申し入れてきたという。その結果、西本願寺は明暦版を、東本願寺は焼株になっていた寛永版をそれぞれ購入することになった。代金は、明暦版『教行信証』と『六要鈔』株で銀一八貫三八〇匁と極めて高額であった。支払いは、本山の波の間で行われたが、その際に十二日講の総代島津半兵衛や黒江五郎右衛門ら四人が列座していることから、支払いは大坂十二日講によってなされたと推測される。板木は西本願寺の蔵「白砂御蔵」に納められたという。

4　「一板モノ」への対応

明暦版『教行信証』株購入の際、西本願寺は『六要鈔』株をも購入した。この株は「一板モノ」であったため、西本願寺がこれを蔵版するということは、東本願寺は『六要鈔』株を蔵版できなくなったばかりか、これ以降は町版の『六要鈔』さえ購入できなくなる。よって、これについても対策が講じられた。

実はこのころ、『教行信証六要鈔会本』十巻十冊はまだ開版には至っておらず、東本願寺の学僧円爾《えんじ》とその門弟全鳳《ぜんぽう》が開版を目指して東本願寺に持ち込んでいた。同書は、『教行信証』と『六要鈔』を合わせた「会本《えほん》」である。両書が一度に見られるため非常に便利である上、「本文も非常によく校訂されており、善本」であった。(5)『本典六要板木買上始末記』には、同書が町版となるまでの経緯も書かれている。次に掲げるのは、吉野屋為八が東本願寺の『教行信証六要鈔会本』について、その成立を述べた箇所である。

（前略）六要鈔会本校合ニテ、当御本山へ御蔵板ノ御願ニ御上京被成候得共、其節当御本山ニ御蔵板思召立無之、依之御寺内書林丁子屋正介へ御談可致旨御指図ニテ、則正介へ御対談有之候処、幸右両様板共、正介先祖ヨリ所持仕来候故、右会本ノ御写本、正介方へ頂戴仕、則清浄光院様御代、当御本山蒙御免候。尤、従古来、教行信証・六要鈔共、銭屋庄兵衛相合板ニ御座候故、右会本モ右両人相板ニ仕、御公儀様へ御願申上、即日御聞届相済、有難段段彫刻仕候。但未板行ハ揃不申候。（以下略）

東本願寺御蔵版本として『教行信証六要鈔会本』開版の志を持って上京してきた全鳳であったが、東本願寺は御蔵版にするつもりがなかった。代わりに、寺内町の本屋で『教行信証』と『六要鈔』の株を持つ丁子屋正介に板下を渡し、正介から開版することとした。実際の『教行信証六要鈔会本』の刊行は安永八年であるが、奉行所へ申請して許可され「彫刻仕候」とあり、板木の作成に取り掛かっていたことが知られる。これは町奉行所が開版を許可したことを示しており、板株は成立していないものの、「願株《ねがいかぶ》」として、板木の彫刻が許可されている段階にあった。

なお、『本典六要板木買上始末記』に拠れば、丁子屋正介は丁子屋九郎右衛門の元手代であったが、江戸後期、九郎右衛門店が困窮したため、九郎右衛門は板木ごと正介の元に引っ越していた。『教行信証』と『六要鈔』の板株を持つのは九郎右衛門の方だが、このころには正介と九郎右衛門の所持する板株はまとめられていたと推測される。

『六要鈔』株は一板しかないため、西本願寺が買い上げては町版の発行が不可能となり、今後は購入できなくなるのではという東本願寺の質問にたいして、丁子屋九郎右衛門は「当御末寺方へ三四年売出シ候程ハ、本支入残シ置候得者、当時御末寺方御差支ノ節ハ、曾テ無御座候」と、在庫が三～四年分あるのでしばらくは困らないこと、また「尤、会本モ来ル申年中ニハ板行出来揃申候積リニ御座候」と、『教行信証六要鈔会本』はまだ板木の完成には至っていないが、安永五年（一七七六）には出版できると受け合っている。

残る問題は、将来、東本願寺が『六要鈔』を御蔵版にできるかということであった。これに関しては、本屋は「一板ノ六要鈔、西御方へ上ゲ候ヘバ、外ニ右ノ株無之上者、本屋仲間ニテハ別ニ改板仕候義ハ、仲間法トシテ不相成候」と、西本願寺がひとつしかない『六要鈔』板株を所持していては、本屋仲間の規定としては他の者が新しく『六要鈔』を開版することはできないと述べている。『教行信証六要鈔会本』中の『六要鈔』本文は、西本願寺が購入した株から作られている。したがって、すでに板木の作成が許可されている『教行信証六要鈔会本』は開版できても、それ以降の新規作成は西本願寺の許可なくしては不可能であった。そこで、東本願寺は西本願寺と交渉し、以下のようになった。

一　正助・庄兵衛方ニ相残有之六要鈔会本ノ儀、当御本山（東本願寺）江御買上ニ相成、六要鈔別本御蔵板ニ彫刻御座候共、両御本山ハ格別ノ緒事故、当御本山御蔵板ニ相限今度御買上。元板ノ訳ヲ立テ、其御本山（西本願寺）ヨリ御差障リ被仰立候筋毛頭無御座旨、御相違有之間敷事。然ハ、右両様共、御互ニ他派・書林共等江御差赦被成間敷旨、御双方御役人中、御聞届ノ上、為取替一札依而如件。

安永五年丙申年正月二十八日

東御境内行事
中西九郎右衛門印

西御境内年行事
森川甚左右衛門殿

（（　）内筆者）

すなわち、東本願寺のみが『教行信証六要鈔会本』株を購入できること、その『教行信証六要鈔会本』株で『六要鈔』の別版を作成しても、元株を所持する西本願寺からは故障を申し立てないことを、両本山で取り決めた。

以上、『教行信証六要鈔会本』株の取り扱いを見てきたが、多少の融通を利かせることはあっても、すべて板株を元に交渉が進められている。公儀を通さない、本山と本屋、本山と本山の間での交渉であっても板株が保障されるように処理されており、これらの交渉は近世の板株制度に則ったものであった。

5　御抱版

こうして、『教行信証』株三種のうち、寛永版と明暦版は東西本願寺に売却され、丁子屋と銭屋に残されたのは寛文版のみとなった。この寛文版は、当初から売り出されておらず、本屋は手許に残すつもりであった。それは、今後も『教行信証』唯一の町版として出版を続けるためであった。

そもそも、安永年間までに丁子屋と銭屋が『教行信証』株三つすべてを所持していた理由は、『教行信証』の販売を独占するためであった。株の集約・独占は本屋の常套手段である。たとえば、京都六角通の柳枝軒《りゅうしけん》茨木屋多左右衛門（姓は小川）が本草学者貝原益軒の著書の株を独占的に販売したことは夙に有名であるし、江戸の崇山房《すうざんぼう》小林新兵衛は京都の書林を執拗に訴えたり、他店から出されていた評判のよい注釈書を偽書と暴いて貶めたりしてまで『唐詩選』関連書籍株の独占を目論んだことなど、(6) 枚挙にいとまがない。その書物およびそれに関連する書物の株をすべて手に入れることで、重版・類版で訴訟を起こされる心配なく、その本の出版はもちろん注釈書や絵本など関連書籍の刊行までも掌握するのである。寛文版の株さえあれば、引き続き町版を売れるだけでなく、注釈書など関連書も寛文版に基づいて出版すれば可能である。先の『真宗法要』刊行の際も、町版はそのまま株が残されている。丁字屋らはこれからも『教行信証』の刊行を続けるつもりであった。

しかし実際には、残された寛文版の流布には両本願寺から規制がかけられることとなった。『本典六要板木買上始末記』の安永五年正月付の西本願寺に提出された吉野屋からの証文には、以下のようにある。

〇奉差上一札之事　「此本紙モ前同断御納戸ニ有」

一　此度教行信証明暦板、六要鈔丸株、右二品、当御本山様江御買上被遊候ニ付、丁子屋九郎右衛門・銭屋庄兵衛相合ニテ所持ノ教行信証寛文板、福森板トモ申候ヲ、丸板共御買上ニ相成候様私江被仰付、段段御世話仕候共、右寛文板売上候儀ハ両人共違テ御断申上候ニ付、右両人江私相加リ、向後寛文板丸株、九郎右衛門・庄兵衛・私、三人相合ニ可仕旨被仰付、何レモ招致仕候ニ付、寛文板三ツ割壹ツ分ノ代銀壹貫貳百七拾目、御本山様ヨリ私江御渡被遊、（中略）向後三人相合板ニ仕。（中略）寛文板ノ儀モ、摺本流布仕候外、板木ノ儀者御本山様思召次第ニ仕、両人共自由ニ永代為仕間敷候。（以下略）

（「　」は付箋、朱書）

右に拠れば、西本願寺はさらに吉野屋を通じて寛文版の購入を試みたが、それは丁子屋・銭屋両人が「達テ御断申上」るため難しかった。そこで、両人が相合している寛文板株を三つに割って、そのひとつ分を西本願寺寺内町の吉野屋が蔵版し、その代金を西本願寺が出すこととした。これにより、寛文版は、そのままの形で町版として売るのは自由だが、それ以外は西本願寺の「思召次第」となり、勝手に本文を校訂したり、注釈書を出版することができなくなった。加えて丸株（板木全て）での売却も不可能となった。このようにして、西本願寺は寛文版を管理下に置いたのだった。

ただし、同年十二月、吉野屋が相版で板木を持つことを辞退したい旨と、東本願寺も西本願寺同様に寛文版に介入する意志が申し入れられた。その際に取り交わされた証文には、以下のようにある。

奉差上一札之事

一　当春教行信証明暦板丸株、六要鈔丸株貳品、当御本山様江御買上被遊候ニ付、（中略）寛文板ハ、書林共仲間ニ永代所持仕置候様、仲間一統ヨリ申候故、御断奉申上候ニ付、①此度右寛文板丸株ノ内、四ツ割一ツ分、当御本山様へ差上、永代御抱板ニ仕置候処実正也。依之右四ツ割一ツ分、代銀八百六拾匁、私共慥奉請取、書林仲間作法之通、御抱板ニ相成候段、行事共江私共ヨリ相届、向後四ツ割一ツ分、御抱板之分、私共慥奉預置候故、則留板一枚、当御本山様江奉差上置候間、自今以後永々、右ノ板木私共所持ノ分モ、勝手ニ寄仲間内へ売払候節ハ、御届可申上候。又者、再板仕候トモ、一字一点聊ニテモ当御本山様江奉申上、被仰付次第ニ仕、私共自由ニ仕間敷候。尤、東御本山様ヨリモ御同様ニ被仰付、是又四ツ割一ツ分、御抱板ニ仕置候間、寛文板ハ、私共摺本流布仕候外ハ、両御本山様思召次第、御双方様江申上、永代私共自由ニ仕間敷候。為其一札奉差上候処、仍而如件。

安永丙申年極月

堀川錦小路下ル待ち
銭屋庄兵衛　印

東寺内橘町
丁子屋九郎右衛門　印

御本山様御役人
山本与右衛門様

（傍線筆者）

傍線部①より、このとき四分の一の板木は、西本願寺が直接管理する「御抱板《おかかえばん》」とされた。ふだんは町版としての印刷に用いるので、板木の大部分は本屋に預けていて、同寺は留板一枚のみを手許に置くことにしている。傍線部②から、東本願寺も寛文版の蔵版に参加し、西本願寺とともに四分の一ずつの板木を購入し御抱版とした。つまり、吉野屋による間接的な板株の管理を止め、東西本願寺が直接相版したのである。『本典六要板木買上始末記』の末尾には、今回の取引によって本屋仲間へ西本願寺から「振舞銀」を出すよう丁子屋らから求められており、本屋仲間の記録である『済帳標目』(7)にも、安永五年（一七七六）九月から翌正月までの項に、「一　教行信証　寛文板両本願寺抱板ニ相成候事」とあって、東西本願寺が寛文版を御抱版にしたことは書林仲間へ周知された。

東西本願寺が相版したことにより、これ以後寛文版はそのままを町版として売ることは可能だが、両寺の許可なくしては本文の改変や関連書の刊行も一切できなくなった。東西本願寺からすれば町版と自らの版を差別化でき、また他の寺院が『教行信証』を出版することを防ぐことができた。

6　本典蔵版の意味

上記の『教行信証』蔵版に至る過程には、『真宗法要』開版の時と異なる点がいくつか指摘できる。まず第一に、本屋を介入させ、ほぼすべて当時の出版制度に則って解決している点である。『真宗法要』開版の時のような、西本願寺だけで動き、その結果本屋との長期間の対立を招いたような激しさはなく、穏便に交渉を進めている。

第二に、蔵版することが目的化している点である。そもそも、今回の株購入の動機は、末寺の興正寺の蔵版を阻止することであった。『真宗法要』のように、聖教を正しく守るために自ら板木を制作し、本屋と対決してでも新しい本を弘通させるような姿勢は皆無である。寛文版を御抱版にしたのも、残った町版株が興正寺など他の寺院へ売られる可能性を除こうとしたところが大きいと思われる。

板株が興正寺に渡ることさえ阻止できればよく、本文の校訂の必要性などは問題にならなかったと思われる。御蔵版となった明暦版は、本文を校訂することなく全く町版の板木をそのまま使用し、表紙のみ差し替えて弘通された（**図1**、**図2**）。たとえば**図2**の上段本文二行目、「大阿弥陀経　友謙三蔵訳」とあるが、支謙を友謙と誤刻した町版の誤りをそのまま引き継いでいる。文政十年（一八二七）に校合され新刻されたというが[8]、少なくとも「支謙」と修正した版は看見に入っていない。さらに、龍谷大学大宮図書館には再刻されたと覚しい明暦版も所蔵されるが（**図3**）、やはりこの明暦版の誤りを正してはいない[9]。

安永五年二月四日、本山の蔵へ納入された『教行信証』板木七〇枚と『六要鈔』板木七一枚を、次期宗主であった文如も確認しており(10)、両書の板株購入にたいする関心の高さがうかがわれる。だが本山は、板木を獲得し、残る町版の寛文版をコントロール下に置くことには熱心であったが、その本文への関心は薄かったと言えよう。東本願寺も同様で、先に挙げた安永八年（一七七九）に焼株のまま購入した寛永版は、以後長い間板木が作られず、六〇

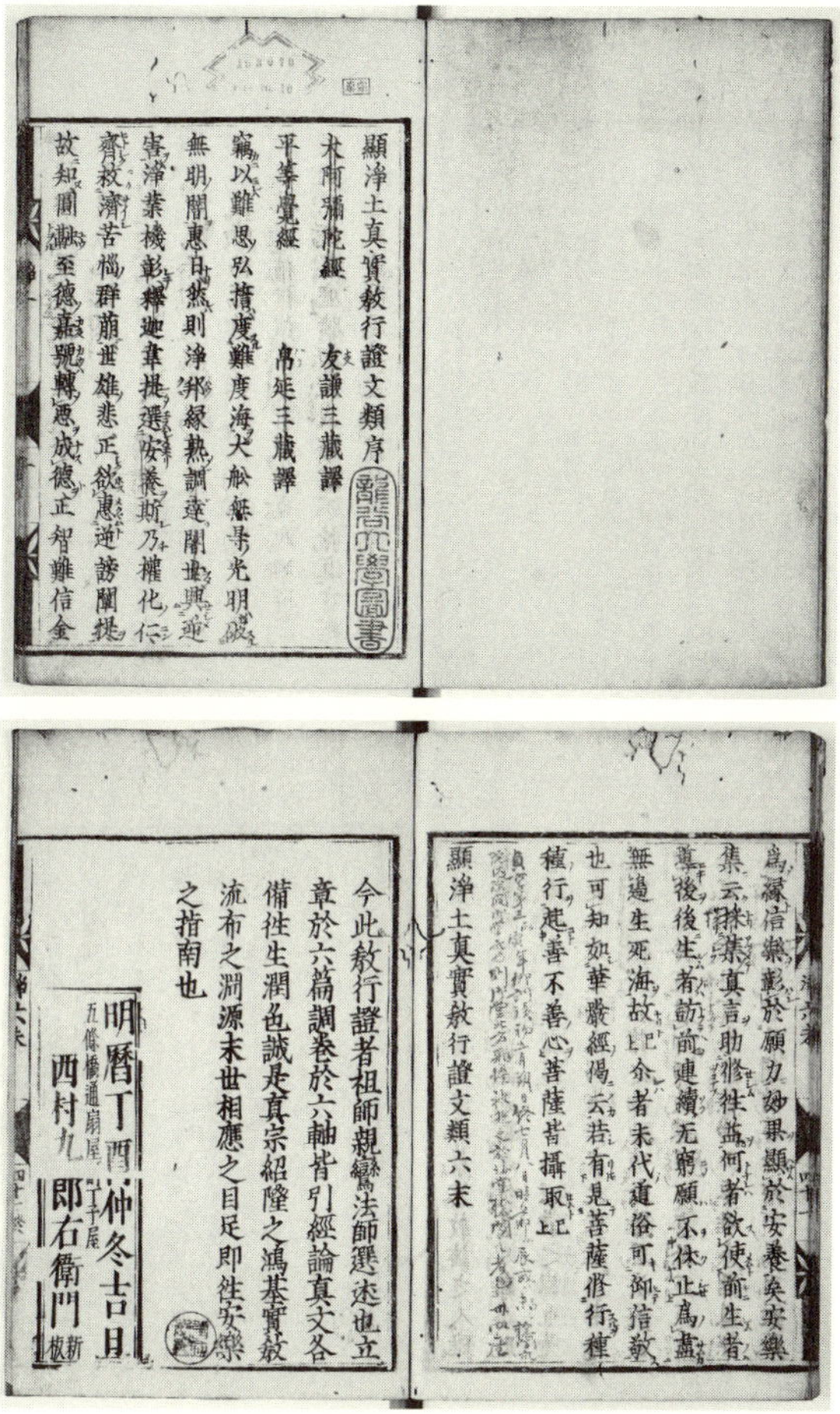

図１　町版の明暦版『教行信証』冒頭と刊記
上段２行目下の「友謙」は「支謙」の誤り。

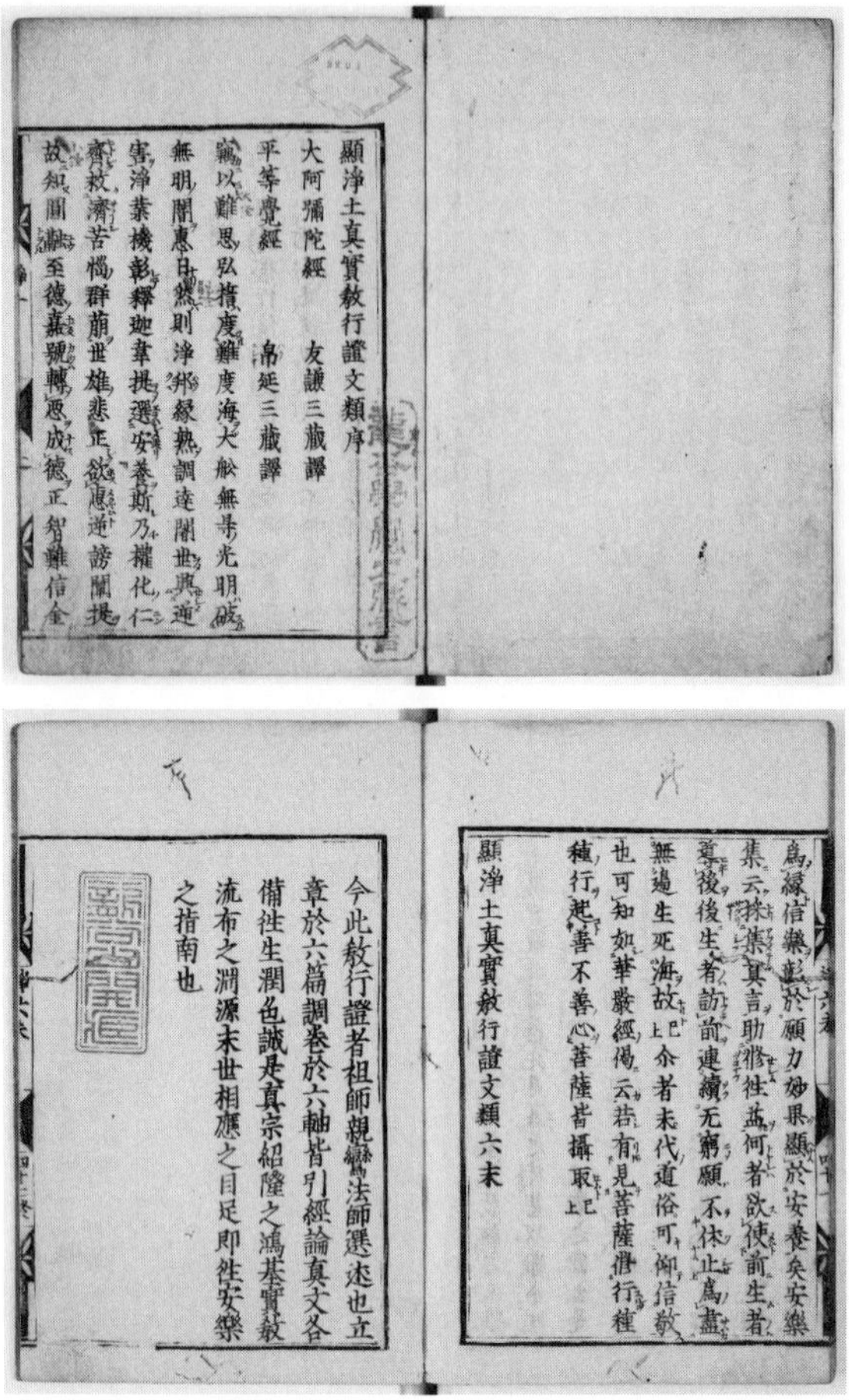

図２　御蔵版『教行信証』冒頭と「龍谷開蔵」朱印

誤りを修正せず町版をそのまま使用。ただし、町版の刊記を削り、「龍谷開蔵」の朱印を押す。

年以上経った天保十一年（一八四〇）になってからようやく再刻された。

総じて、末寺の興正寺が『教行信証』や『六要鈔』板株購入を阻止する目的で、西本願寺は真名聖教の御蔵版を計画したと理解できる。しかも、一度は断念したものを、大坂門徒の講中が「甚残念」に思って代金を立て替えたものであった。町版として残された寛文版も御抱版とすることで、興正寺など他への株の売却を防止している。

この時の西本願寺には、自らが蔵版する聖教に本文の正確さを問う態度は見られない。東本願寺を意識しつつ、門徒らに背中を押され、末寺の反抗を押さえるべく本山という唯一聖教を弘通できる地位を守ろうとしたのみであった。

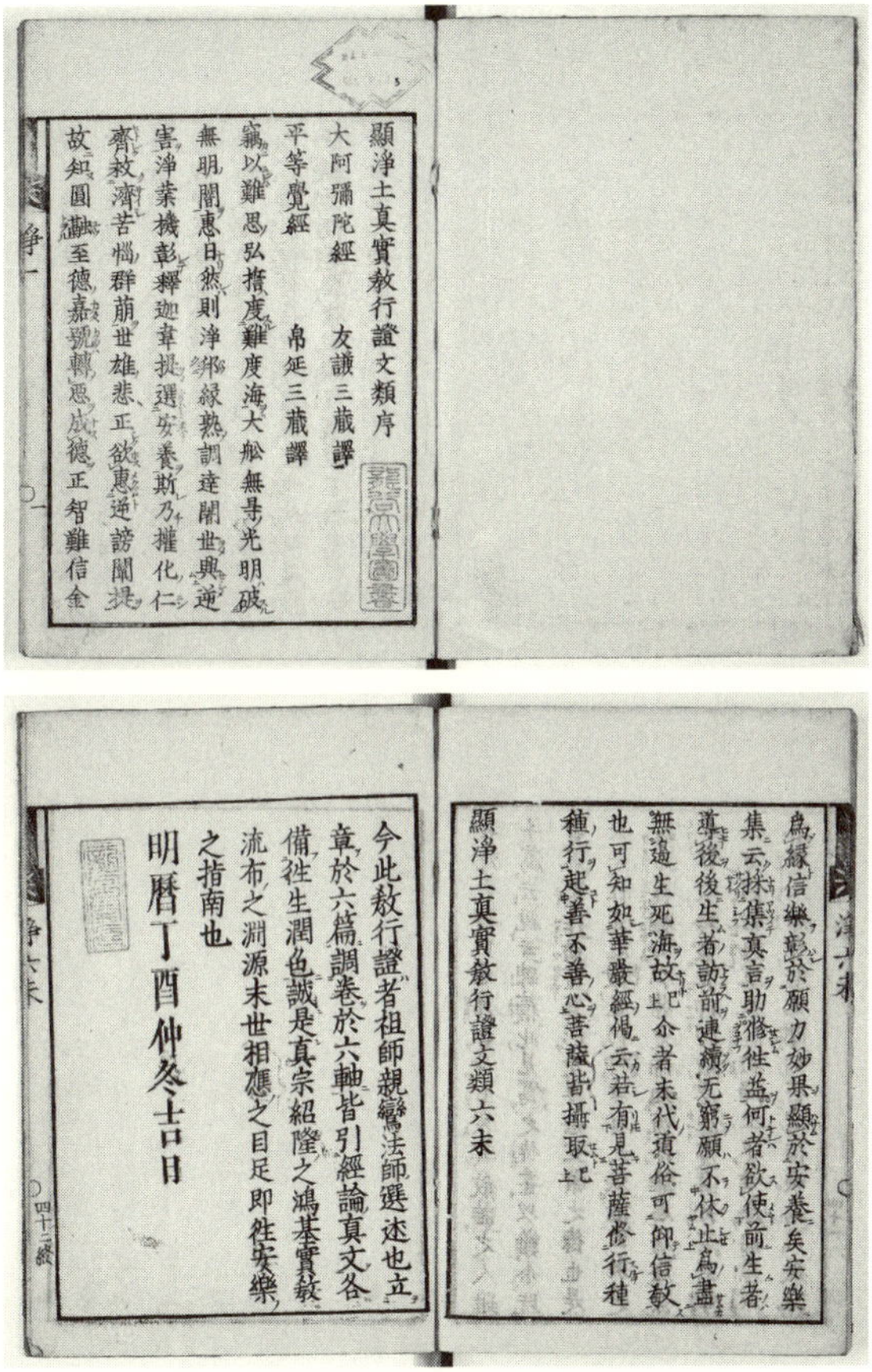
顯淨土眞實敎行證文類序
大阿彌陀經　友謙三藏譯
平等覺經　帛延三藏譯
竊以難思弘誓度難度海大船無㝵光明破
無明闇惠日然則淨邦緣熟調達闍世興逆
害淨業機彰釋迦韋提選安養斯乃權化仁
齊救濟苦惱群萠世雄悲正欲惠逆謗闡提
故知圓融至德嘉號轉惡成德正智難信金

爲緣信樂願於願力妙果顯於安養矣安樂
集云採集眞言助修往益何者欲使前生者
導後後生者訪前連續无窮願不休止爲盡
無邊生死海故已上爾者末代道俗可仰信敬
也可知華嚴經偈云若有見菩薩修行種
種行起善不善心菩薩皆攝取已上
顯淨土眞實敎行證文類六末

今此敎行證者祖師親鸞法師選述也立
章於六篇調卷於六軸皆引經論眞文各
備往生潤色識是眞宗紹隆之鴻基實敎
流布之淵源末世相應之目足即往安樂
之指南也
明曆丁酉仲冬吉日

図3　再刻版『教行信証』冒頭と巻末

やはり「友謙」とあり、誤刻を引き継いでいる。巻末には「龍谷開蔵」印が見える。

二　『御伝鈔』蔵版の阻止

1　玄智について

安永四年に興正寺が購入する意向を見せた『教行信証』や『六要鈔』ら五品の町版の中に『御伝鈔』も含まれていたが、この時は買い手がつかなかった。しかし等閑にされたわけではなく、水面下では交渉が続けられていた。『御伝鈔』は続く天明年間に西本願寺御蔵版となる。その交渉の中心にいたのが、慶証寺玄智（享保十九年〈一七三四〉～寛政六年〈一七九四〉）である。玄智は字を影燿《けいよう》、若瀛《じゃくえい》といい、号は孝徳坊、曇華《どんげ》室《しつ》。河内国に生まれ、高学の誉れ高い僧樸に師事して西本願寺寺内町にある慶証寺玄誓の嗣となり、同寺の七世となった。宗史の研究者として比する者なく、また聖教の研究においても当時最高の学力を持つとされた人物のひとりである。ただし、学林に在籍して教学を牽引する学僧ではなく、経典の読み方に精通し、本山の法要などを取り仕切る御《み》堂衆《どうしゅう》（堂達《どうたつ》）であった。著書も豊富で、本願寺派を中心に真宗史を詳述した『大谷本願寺通紀』十五巻や『教行信証』の研究書『本典光融録』四十巻をはじめ、真宗高田派の発行した祖師伝の注釈書を批判した『非正統伝』一巻といった論破書もある。

玄智は御堂衆を務める関係から、「寺法・勤式等の商議に与ることが多かった。しかも当時宗学はすでに盛んであったが、こうした紀伝・故実・読唱等の典籍は未だ不備であったから、（玄智）師はことにこの方面に尽す所が多かったのである（（　）内は筆者補注）」[11]。玄智は『御伝鈔』など読誦に用いる聖教の御蔵版に大いに活躍した。

この玄智が中心となった天明二年（一七八二）の『御伝鈔』御蔵版化についての記録として、『御伝鈔蔵版一件記録』一冊[12]がある。同史料は、関係する文書を近代になってから綴じ合わせて一冊としたものである。全体の流れが追える「御伝蔵板壱件覚書」と題された仮綴写本一冊の他、証文類やその控え、メモ書きの紙片などから成る。まずは「御伝蔵板壱件覚書」の冒頭部を掲げる。

祖師御伝記蔵板壱件之記

①安永九年子五月、御伝板元、東六条丁子屋九郎右衛門より、古板之株を分譲り度旨申候付、内々学林へ買得致置候しかるべきとて、豊前教覚寺崇廓、幷世話人督寺内油小路舛屋清兵衛、毎度慶証寺へ罷越、段々及相談、永々板買銀四貫三百匁相渡、買得候筈ニ、証文案紙を相認来候え共、相調不申残念之儀ニ候故、慶証寺より、追而可及相談儀も可有之段、舛屋清兵衛迄申聞置候②天明二年寅正月、舛屋清兵衛より、御伝板買得之儀、急而御相談可被成様ニ承置候処、此度、興御門跡ニ而、御蔵板思召立有之候付、御内談申来候、如何可仕仰之旨、鷺森輪番所へ、以書状問合参候故、追て上京之節、可及是非之返答之旨、返書遣。

同五月、上京

同十七日、於桃仙館、内々御取沙汰有之候由③同十八日　佐々木江介より、手紙を以、証寺殿御逢被成度之間、今晩罷出候様申来候故、入夜罷出候処、直ニ御伝御蔵板被成度思召ニ候間、猶又下間甲山方へ参り、何角可申談之旨被仰聞、依之、翌十九日及廿七日、甲山公へ至り申談。

（傍線筆者）

傍線部①より、西本願寺が『教行信証』と『六要鈔』板株を買い上げた四年後の安永九年（一七八〇）に、玄智らが親鸞聖人の伝記である『御伝鈔』板株を買い取ろうとしたことが知られる。しかし、証文まで取り交わしたが、この時も蔵版には至らなかった。

傍線部②によると、天明二年（一七八二）正月、事態は動くことになる。西本願寺の鷺森別院の輪番を勤めていた玄智まで、西本願寺寺内町の本屋である舛屋《ますや》清兵衛が書状を送ってきた。書状には、西本願寺末寺の興正寺が『御伝鈔』を蔵版する意志を再び持ったことが書かれていた。この板株を興正寺が購入すれば同寺が合法的に『御伝鈔』を弘通可能となるため、本山にとって喫緊の事態となる。これを受けて、玄智は本格的に買い取りに動き始めた。『教行信証』や『六要鈔』の株購入の時と同様、ここでもやはり興正寺の聖教蔵版の阻止が御蔵版化の動機となっている。

傍線部③、五月に帰洛した玄智は、興正寺の要請により同寺に赴き興正寺宗主と直接対談している。この時、「直ニ御傳御蔵板被成度思召」という興正寺宗主の意向を確認した。買い上げが迫っていることを知った玄智は、本山である西本願寺の役人と相談した。

2　慶証寺の蔵版に

『御伝鈔御蔵版一件記録』に拠ると、玄智は周到に蔵版化をすすめたようである。丁子屋九郎右衛門から板株の購入を決めると、天明三年には出版申請の伺いを本山に立てている。

同三年卯五月、公儀へ願候事、是迄三部経、礼賛等、蔵板之節は、本屋取次ニ而、無造作ニ相濟候得共、御伝之儀ハ、追而御蔵板ニ相成可申候得は、本屋取次ニ而ハ、御外聞も如何被存候故、直ニ願出候筈ニ決ス、尤、九郎右衛門よりも、本屋願ニ仕度旨、申越候得共、取合不申候、就夫、慶証寺一分ニ而、願出可申哉、御家人之事ニ候得は、御寺内役所より御達可有之哉之段、長御殿へ伺候処、一分ニ而願出候様ニ、下間兵部卿殿より

返答有之（以下略）

これまで玄智が刊行してきた聖教『浄土三部経』や『礼賛』などの蔵版の申請手続きは本屋の取次で行ったが、今回の『御伝鈔』は本山の御蔵版となるものである。外聞に関わるので今回は玄智自ら出版許可を申請したいと申し出、本山役人の下間兵部卿から許可を得ている。こうして、玄智は五月二十四日に書類を整え、二十六日に奉行所へ直接申請に赴き、翌六月になって許可されている。

なお、上記の引用文中には、勤行で唱読する『浄土三部経』や『礼賛』といった聖教類を玄智新規に開版している旨が書かれている。それらは本屋によって出版申請がなされており、本山が板木を所有する御蔵版ではなく、玄智が板株を持ち、町版として流布していたとわかる。これらは聖教類ではあるが、正しい読みを示すことに重点が置かれており、いわば実用書であるため町版でもよかったのだろう。なお、『浄土三部経』の出版については、第三部第二章で改めて述べる。

『御伝鈔御蔵版一件記録』に拠れば、右の申請の少し前に西本願寺が御蔵版とした際に故障がないよう、玄智は細かい取り決めをしている。まず丁子屋九郎右衛門から板木を購入した際には、『真宗法要』と同じように町版はそのままとした上で御蔵版本を新刻し、その中から留板一枚を丁子屋に遣わすこととした。その上で、丁子屋は『御伝鈔』一部につき、板賃《はんちん》（板木の使用料、ないし板木の所持分にあわせた配当金）として銀三匁五分をもらうものとした。板木を一枚しか所持していないのに、板賃が三匁五分とは高額である。おそらく、丁子屋が持つ『御伝鈔』株から玄智校訂版を作ったため、丁子屋には相当の配当を約束したものと思われる。

丁子屋の町版については、西本願寺御蔵版本には似寄せないよう丁子屋に約束させている。丁子屋は平仮名本を含めてすべての『御伝鈔』板株を所持していたから、この取り決めによって『真宗法要』同様、本山による聖教テキストを管理下に置くことができた。天明二年に丁子屋らが出した証文の控えとして「万一、東御本山御蔵板之思召立有之候而も、右真宗法要御留板之儀、物而申上置候得は、私方所持之板木ハ、差上不申候、右之外、於何方も、類板等出来之儀、急度為致申間敷候」とあり、町版の板株を他へ譲らないことも約束させていた。これをもって、完全に興正寺の蔵版を阻止できる。ただし、丁子屋の希望により『御伝鈔』の注釈書を開版することは自由である旨の証文も出している。

独自の親鸞の伝記絵巻を秘蔵する真宗佛光寺派本山佛光寺にたいしては、その「由緒之妨ニ相成候序跋を差入候様成義ハ、毛頭」ないと、『真宗法要』の時のように宗主の序跋は入れないことなど、佛光寺から故障が出ないよう配慮した。

実際の新刻にあたっては、板下の作成を大坂の書家で門徒の細合半斎《ほそあいはんさい》（細合斗南《となん》）に依頼し、板木は京都の板木屋清兵衛へ注文し、天明三年十一月に十三枚の板木となって完成した。さっそく印刷したようで、その際の版本を本山御納戸《おなんど》に献上し、半斎へも贈っている。

このように玄智の周到な準備によって事は順調に運び、天明五年十一月二十七日には本山から御蔵版とする意向を通達された。板賃に関しても、丁子屋九郎右衛門へ支払う分は板賃の他、印刷・製本の手間代や紙代も含め一部につき七匁四分と定まった。料紙には通常の楮紙ではなく、厚手で丈夫なことで知られる仙花紙《せんかし》（泉貨紙《せんかし》）を使用するものとした。

丁子屋にとっては、長く相当の利益が確保されることになったはずである。しかし、前章で触れたが当時丁子屋は困窮していたことと関係するものか、丁子屋は後に銀百枚と引き替えに留板を返上したいと申出てきた。あるいは、本山から何らかの働きかけがあったのかも知れない。玄智も「先承置候」としているが、その証文は確認できず、実現しなかったようである。

以上のようにして、将来御蔵版となるべき『御伝鈔』が整えられた。『真宗法要』のごとく本文を校訂し、新刻開版している。本文を校訂せず町版をそのまま使用した、先の『教行信証』、『六要鈔』の御蔵版化の時とは対照的であるが、それは玄智の熱意と学力に拠るところが大きい。玄智は株購入の交渉から他寺院への配慮、板木作製など、舛屋清兵衛の協力を得てほとんどひとりで行っている。その学力もさることながら、彼の出版に関する人脈や行動力など、その手腕は高いものと評価されねばならない。

3　板木の焼失

このように、周到に準備を進めていた玄智を悲劇が襲うことになった。できあがった板木を本山へ献納する前に、天明八年（一七八八）正月に起こった天明の大火により、『御伝鈔』の板木は慶証寺の堂宇と共に壊滅的な被害を被るに至った。焼け残ったのは、「外題小板壱牧（枚）」だけであった。本の表紙に貼る題簽《だいせん》に印刷するための外題《げだい》を彫った、小さな板木一枚以外、全て焼けたのである。ただし、板木は焼けても焼株として権利は残っているため、その旨を永田調兵衛と共に本山へ報告し、焼け残った外題の板木を「焼株之証跡」として本山に提出している。

火災の被害は深刻だったようで、玄智は本山の御納戸役人であろう秋田蔵人という人物に、「多年之辛労空敷相成、如ケ計残念奉存候」と無念を訴えており、さらに「拙寺儀、居宅掛屋敷等、不残類焼」して非常に困窮しており、株を他へ売り渡すのもやむを得ないと訴えている。『御伝鈔』は、板木の仕立て、板下作製の謝金など合計で、実に四九〇匁一分もかかっていたが、玄智が立て替えた分にたいする本山からの支払いは滞っていた。

被災した後の玄智は、本山から半ば幽閉に近い処遇を受け、そのまま寛政五年（一七九三）に亡くなった。幽閉の理由については次節で触れることとするが、玄智の悔しさはいかばかりだっただろう。

4　玄智の功績

東本願寺には江戸時代、御蔵版本としての『御伝鈔』は存在しないようである。ただし、『御伝鈔』蔵版の意志がないわけではなかった。同寺史料『上檀間日記《じょうだんのまにっき》』(13)嘉永六年（一八五三）八月十四日の項に以下のようにある。

奉願上口上覚

（前略）御当山ニ者古来より御伝鈔御蔵板ニ不被為候故、町方書林之板本或者御宗旨ニも無之堂上方御自筆、又者他家伝守之自本を思ひ〳〵に相用候ニ付、御規則も無之様相心得自然之御崇敬も相欠、且拝聴仕候者之信仰も薄く、（中略）尤右御願之儀ハ此度新規ニ存立候儀ニ而ハ無御座、先年御聖教御蔵板被仰出候砌より古老之者共兼而申上候様、何卒以御時節可奉願宿望ニ御座候へ共、其已来御焼失再建等ニ而、御繁多ニ被為成候事故、是迄差控罷在候処（以下略）

東本願寺は古来より御蔵版の『御伝鈔』がなかったので、僧侶たちは本屋の売っているものや、筆跡は見事だが宗旨に無関係の公家の書写によるものを依用しているという。資料中の「先年御聖教蔵板」というのは、文化八年（一八一一）の東本願寺御蔵版本『真宗仮名聖教』十三巻を指すから、文化年間には『御伝鈔』を御蔵版とする計画はあったものの、この嘉永六年まで実現せずにいたのである。この時の願書も結局は却下されており、要望はあっても実現しない状態が長く続いていたと知られる。

西本願寺も、末寺である興正寺が蔵版を画策しなければ、東本願寺と同様『御伝鈔』蔵版には至らなかった可能性は否定できない。この時の御蔵版もやはり、西本願寺に対抗する末寺の行動を阻むという政治的な都合が直接的な動機であって、必ずしも本山の教学上・教化上の必要性からではない。

なお、天明の大火で焼失した板木は、後に再刻されたらしい。『済帳標目』の文政八年(一八二五)酉五月から九月の項に、「一　西本願寺御伝記蔵板ニ相成候条、御届ヶ之一件」とあり、文政八年になって御蔵版となったと思われる。

西本願寺本『御伝鈔』は、必ずしも宗学研究の対象ではなかったが、毎年の報恩講で門徒が拝聴する大切な宗祖の伝記である。『御伝鈔』の濁音や振仮名を付した刊本はこれまで存在せず、読み方は口伝として伝授されるものであった。この本の刊行により、本願寺派の読み方が示されたことになるばかりか、おそらく本山は、門末がそれまで使用してきた本と、玄智校訂の西本願寺本を取り替えさせたためであろう、「板の摩滅の極限まで刷りつづけ」られるなど、玄智校訂本は教団に積極的に依用されたことが知られている。(14) このときの玄智の尽力は、その後の教団に大きく貢献したと言わねばならない。

第二節　新しい聖教叢書の刊行

一　三種の『真宗法彙』

1　玄智版『真宗法彙』の開版

玄智は『御伝鈔』の校訂・新刻作業と並行して、『真宗法彙《ほうい》』という聖教集を準備していた。僧侶が行う法要儀式に用いる聖教数点を集め一冊とし、その読み方を示した学問書、あるいは実用書として、天明七年（一七八七）十二月に刊行している。

収録されている聖教は、『愚禿鈔』、『浄土文類聚鈔』、『入出二門偈』、『両師講式』、『知恩講式』、『聖徳太子講式』、『報恩講式』、『嘆徳文』、『祖像賛銘』の九点である。漢文や偈頌など、いずれも真名で記されている聖教類である。これらに玄智が本文を校訂して読みを付し、新規に開版したものである。伝本稀で、後世への影響もほとんど確認できず、現在の真宗史上でも研究の俎上に上がらない本である。だが、結論を先に言えば、その内容にかかわらず、それが「聖教」であり、「出版されたもの」であるが故に、真宗屈指の碩学の僧玄智の運命を変えるきっかけとなり、さらには当時の西本願寺教団にも影響を与えかねなかった本であった。『真宗法彙』の開版経緯については、先の『御伝鈔蔵版一件記録』に合わせて綴じられている。以下に、同書の開版経緯と板株の移動について紹介する。

『真宗法彙』開版にあたって、問題になるのが収録されている聖教の板株であった。繰り返しになるが、当時の出版法では、先に同じものが出版されていた場合はそちらが優先され、後からのものは重版・類版と呼ばれて出版できない決まりであった。このため、玄智には右の九点の聖教について、先に開版した者がいない場合は新しく開版手続きを行うが、すでに先版所持の者がいる場合は交渉し許可を得た上で申請をする必要があった。次に挙げるのは、「相対覚写」巻紙一紙で、前章で触れた『御伝鈔蔵版一件記録』(15)に綴じ込まれている。玄智自ら校訂した本の板株についての交渉の覚え書きである。

板元書林江相対之覚

一御伝　天明三年卯五月、土屋伊予守殿役所へ、慶証寺直々願出、段々御吟味之上、板行御免。

板元、東六条丁子屋九郎右衛門江相対、証文別紙、写之通ニ御座候、猶又、当春永代板賃為渡切、銀百牧申請度旨、舛屋清兵衛より申来候故、先承置候。

一愚禿鈔、文類聚鈔、入出二門偈　天明七年未十一月十日、永田調兵衛取次ニ而、西役所へ願、御免。

板元、右九郎右衛門へ留板遣、壱部ニ付正味銀三匁宛遣候筈、但、壱部与申ハ、三本合壱部之事ニ御座候、分チ弘メ候儀ハ、無用ニ致し候様ニ断リ申来候。

一太子講式　明和九年辰五月、越前敦賀永覚寺より、丁子屋庄兵衛取次ニ而、役所願、相済候由。

板元、越前敦賀永覚寺へ、天明六年午六月、慶証寺直々罷越、相対済。

一知恩講式　天明七年未十二月五日、丁子屋庄兵衛取次ニ而、西役所へ願、御免。

右、本屋元株無之由。

一報恩講式　天明五年巳十二月五日、丁子屋庄兵衛取次ニ而、東役所へ願、御免。
板元、丁子屋庄兵衛所持之式文翼賛板木、引当として金子取替遣候而、表向ハ買取之分、尤、追而訣立可仕筈。

一歎徳文　天明八年申八月廿二日、永田調兵衛取次ニ而、東役所へ願、御免。
板元、寺町吉野屋為八江相応之代リ、写本遣候筈、相対。

一祖像賛銘　右、同断。
右、本屋ニ似寄候株有之候得共、不及相対事済。

惣而、本屋より開板願、相済候分ハ、本屋ニ而別板流行仕候段は、真宗法要之通、当方より差構不申儀ニ御座候。

（傍線筆者）

『御伝鈔』および『真宗法彙』収載の九点の聖教の板株を新たに開版するにあたり、傍線部にあるように『御伝鈔』のみは慶証寺こと玄智自らが役所へ出願している。これは御蔵版本に加えられる予定であったためである。

しかし、それ以外、つまり『真宗法彙』収載の聖教の開版申請については、西本願寺に馴染みのあった老舗書林永田調兵衛や西本願寺の寺内町の書林丁子屋庄兵衛といった、本屋による申請で出願しており、興正寺が蔵版を目指した『御伝鈔』よりは格下の手続きをしている。これは本山にとっては興正寺が買い取りの意志を見せた『御伝鈔』の蔵版こそが第一であって、『真宗法彙』は付随的な位置にあったことを示している。なお、右の史料で、真宗において重んじられる高僧道綽・善導の徳を讃歎した『両師講式』が、既存の町版があるにもかかわらず（明和年間刊、先啓編『真宗遺文纂要』に収載）見当たらない理由は不明である。
本山にとっては二の次であっても、玄智には『真宗法彙』は重要であった。『真宗法彙』は聖教集というよりは、その読みを正すための実用書という位置づけである。聖教の訓読教授の役目を持つ御堂衆であった玄智にとっては、すでに学林の二代能化若霖の後を継ぎ、『浄土三部経』の読みを正して新刻した実績があり、読唱する他の聖教についても西本願寺としての読みを示したかったと思われる。この『真宗法彙』も、図4下段の本文が示す通り、「。」や「。。」で清濁が示されている。

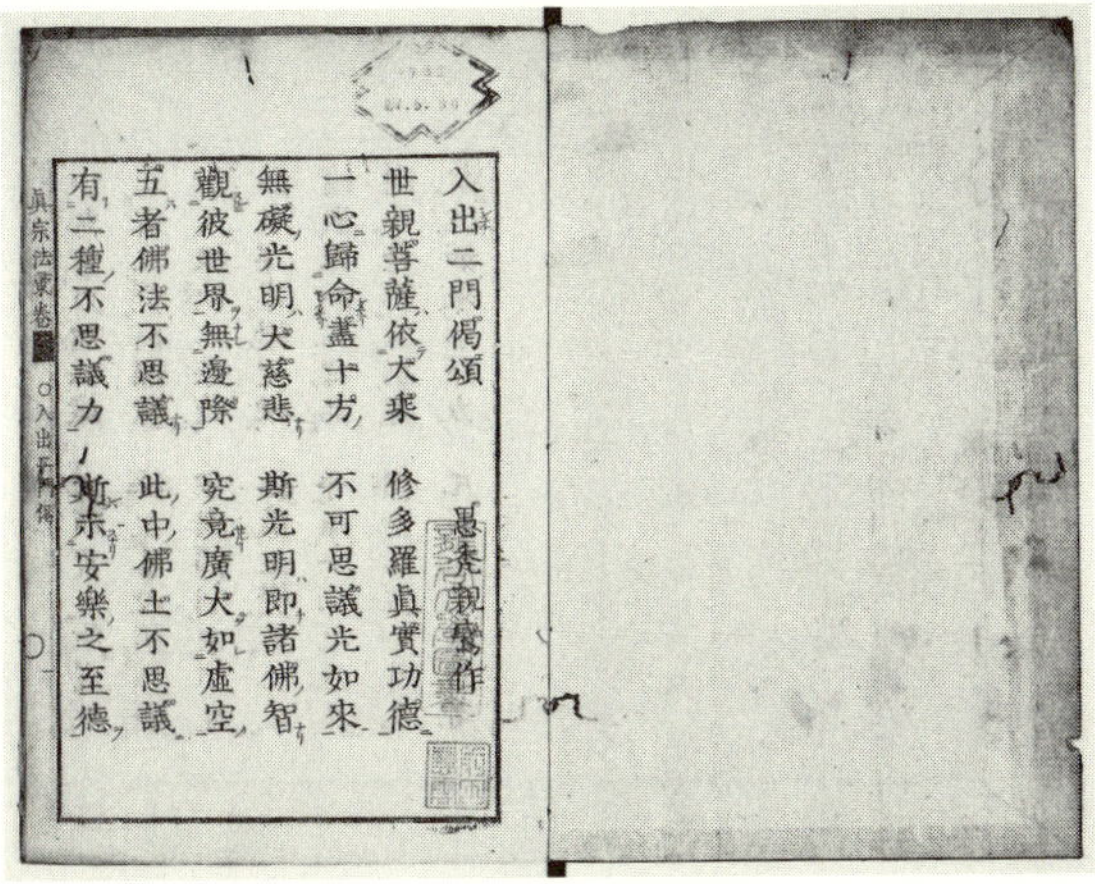

図4　玄智版『真宗法彙』

返り点や送り仮名も付され、正確な読み方を示している。

十全の用意をもって開版された同書であったが、先の『御伝鈔』の新刻板木同様、天明八年（一七八八）正月に起こった天明の大火により大半が烏有に帰した。焼け残った板木は『報恩講式』、『歎徳文』、『祖師賛銘』の三点のみであった。ただし、やはり板木は焼けても焼株として権利は残っているため、『御伝鈔』と同じくその旨を出入の書林永田調兵衛と共に本山へ報告している。しかし、『御伝鈔』とは異なり、この際に失われた玄智版『真宗法彙』の板木は、その後二度と再刻されることはなかった。

2　興正寺版『真宗法彙』の開版

玄智の『真宗法彙』板木焼失から三年後の寛政元年（一七八

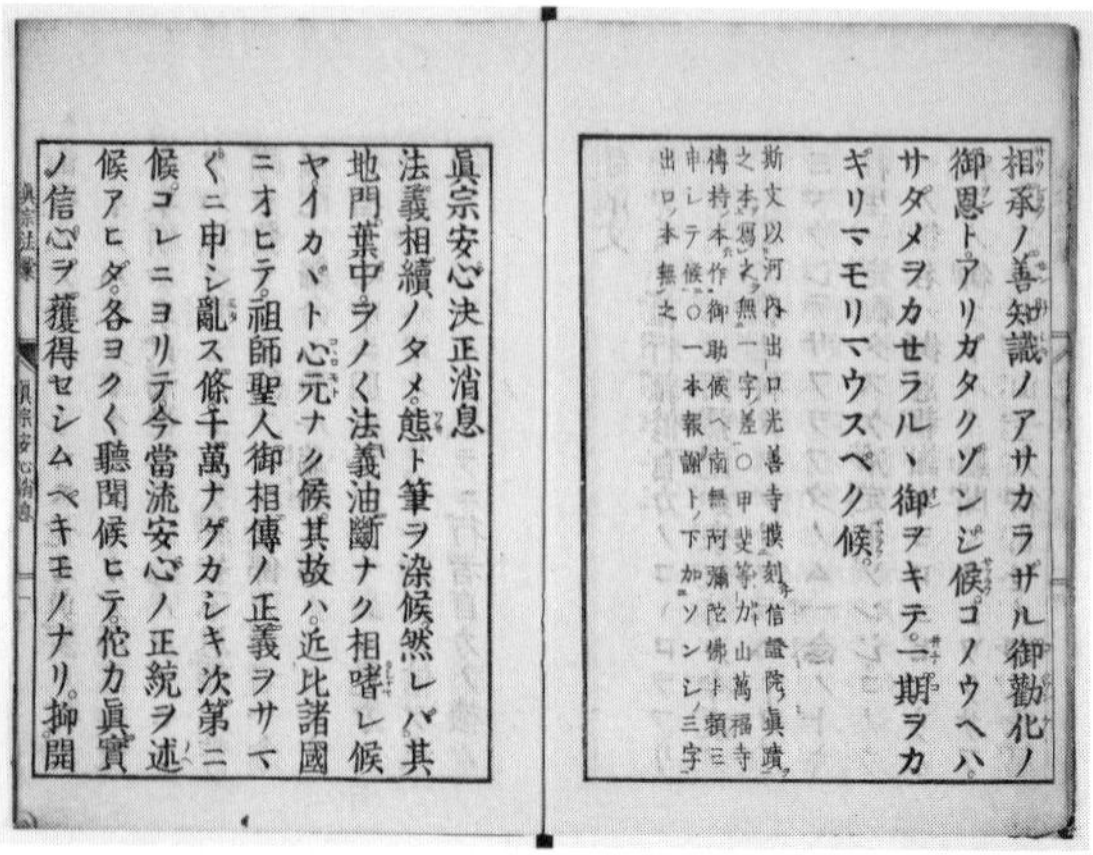

図5　興正寺版『〔和語〕真宗法彙』

左側に興正寺宗主法高の「真宗安心決正消息」が見える。

九）ごろ、「真宗法彙」という外題を持つが内容の異なる二種類の本が出版される（図5）。伝本稀で、筆者が実見できたのは龍谷大学大宮図書館所蔵の三点のみである。そのうち二点は、題簽に『〔和語〕真宗法彙』（〔　〕内は角書き。題号の上に小さく付してある記述を角書きという）と外題があり、その内容は、浄土宗の開祖源空の著作『一枚起請文』、同じく源空著作とされた『興御書』（現在は偽書とされる）、本願寺教団中興の祖である本願寺八世蓮如の作と伝えられる『領解文』（別名『改悔文』）および、興正寺宗主法高が西本願寺学林の学説を批判した『真宗安心決正消息』の四点から成っている。『一枚起請文』、『興御書』、『領解文』は仮名聖教で、法高消息も仮名で書かれている。今、外題に従って当該本を『〔和語〕真宗法彙』とする。

もう一点は、先の『一枚起請文』と『興御書』、『領解文』といった仮名聖教の他、『十二礼』、『後出阿弥陀偈』、『勢至念仏円通章』など、非常に短い真名聖教を収録したものである（図6）。ここに収録されている仮名聖教『一枚起請文』、『興御書』、『領解文』のうち、『興御書』は『〔和語〕真宗法彙』と同版で、他のものも極めてよく似ている。佐々木求巳も、龍谷大学所蔵本以外を閲覧した上で、『〔和語〕真宗法彙』と『〔大谷〕真宗法彙』は、版心（柱ともいう。袋綴装の本で、印刷した料紙の中心に幅一～二cmの、縦にとったスペースのこと。丁数などが入る）に異なる点が見られるものの、「明らかに、この二本は親子関係にある」と、両者が密接に関係することを指摘している。(16) いずれも出版者の記載はないが、『〔和語〕真宗法彙』には、興正寺宗主の消息が入っているため、興正寺と見てよい。この本の題簽には『〔大谷〕真宗法彙』とあるので、本書でもそう呼称する。なお、玄智版『真宗法彙』の題簽は、逆に「真宗法彙」が角書きとなり、収録されている聖教が題号となっている。

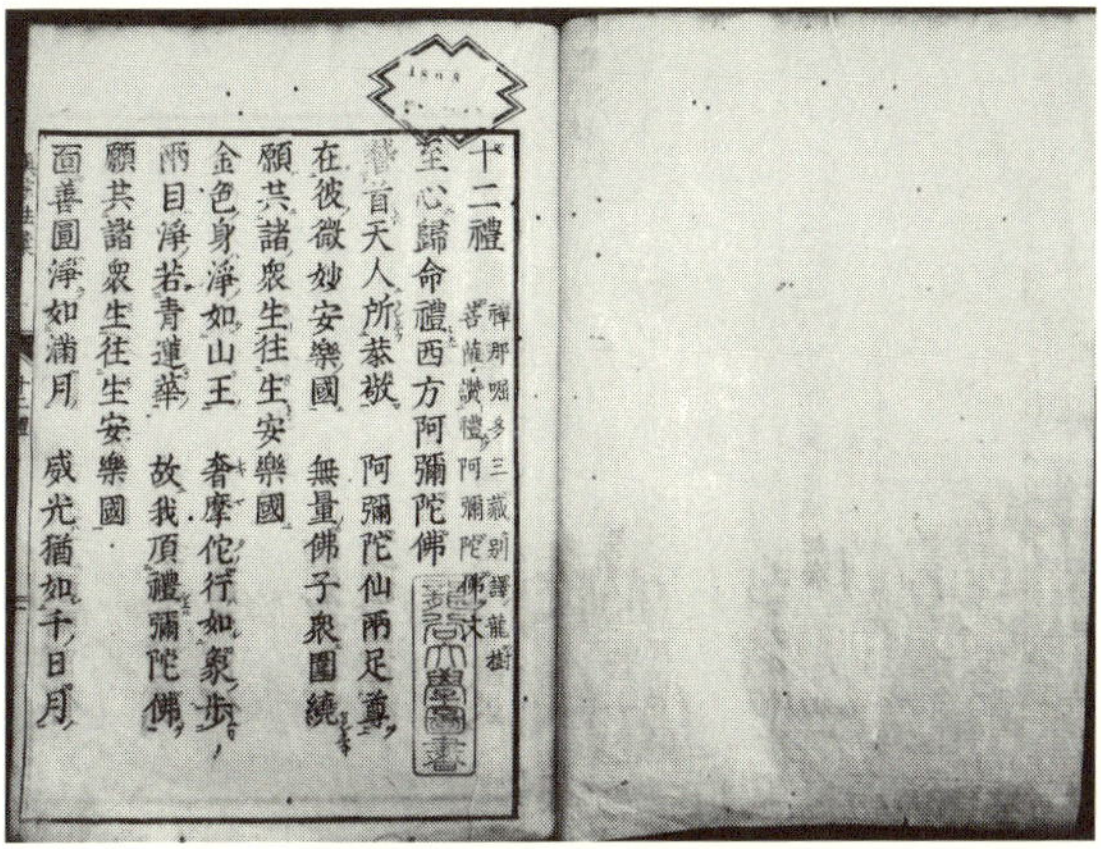

図6 『〔大谷〕真宗法彙』

出版者を示す記載はないが、興正寺版に近い。

興正寺版『〔和語〕真宗法彙』と、刊者不明の『〔大谷〕真宗法彙』は、一見すると玄智のものと同様の実用書あるいは学術書である。しかしながら、詳しくは後述するが、興正寺の『〔和語〕真宗法彙』には同寺の政治的主張が込められている。そして、仮名聖教、真宗聖教両方を含む『〔大谷〕真宗法彙』は、おそらく興正寺版の元になったもの、興正寺の聖教出版への階梯にあたるものである。

興正寺の『〔和語〕真宗法彙』および『〔大谷〕真宗法彙』に蓮如が門末に信仰の在り方を説いた『領解文』が入っているのは、当時深刻化しはじめた真宗の教義上の問題があったことに拠ると思われる。後に三業惑乱と呼ばれ、西本願寺本山とする本願寺派の宗派内部に起こり、やがて他派にも及んだ全国的な教学論争である。そもそも三業惑乱は、『領解文』の解釈に関して、宝暦十四年（一七六四）に西本願寺学林の長である能化職にあった功存が著した『願生帰命弁』という書物の中で説かれた三業帰命説に端を発している。三業帰命説とは、本尊である阿弥陀如来にたいして身体で礼拝し、口で称名を唱え、心で後生たすけたまえと念ずる、身、口、心の三業が必要であると説いたものである。寛政十年（一七九八）の学林能化智洞の三業帰命説を擁護する演説によって深刻化し、僧侶のみならず門徒をも巻き込んで全国的な騒動に発展した。その規模は近世期最大とも言われ、長く続いた騒乱を宗派内では解決できず、文化三年（一八〇六）に幕府の裁断をもって一応の落着を見た。

これに加えて、『〔和語〕真宗法彙』には興正寺宗主法高の「真宗安心決正消息」が入っている。同書が出された寛政元年ごろは三業惑乱の前夜にあたる。この時期に興正寺は、『領解文』に加え、西本願寺学林の三業帰命説を批判した宗主の消息を入れた聖教集を刊行することで、本山を批判する自らの立場を明確にしたものと推測される。

残りの『一枚起請文』と『興御書』はどうであろうか。まず『一枚起請文』は、建暦二年（一二一二）、浄土宗の開祖法然が死の直前に記し、弟子の源智にあたえた遺言で、浄土宗の教えの要を簡略に説明している。「この時期（江戸時代中期）における源空の教学あるいは著作の研究の動向をみると、『一枚起請文』をどのように受けとるかということに力点の一つがあったことが、多くの注釈書類が残されていることによっても知られるのである。『一枚起請文』の研究は、（中略）ほとんど江時代中期以後のものである（括弧内筆者）」(17)。

同書に関しては、浄土宗のみならず浄土真宗でも研究は盛んであった。僧樸の寛延元年（一七四八）成立『一枚起請文講録』（写本）をはじめ、説教者として名高い大谷派の粟津義圭による『一枚起請説藪《せつそう》』（安永五年刊）や、本願寺派の菅原智洞による『説法微《み》塵章《じんしょう》』（寛政十年刊）など、さまざまな書物が世に出ている。つまり、浄土真宗の聖教ではないにせよ、当時研究の機運の高まっていた書物として『一枚起請文』に注目し、ことさらに『〔和語〕真宗法彙』に収めたのではないかと思われる。

『興御書』は、すでに述べたが現在は偽書とされるものの、江戸時代には源空の著作として扱われることが多かった。同書は専修念仏禁制の苦境の中にあった親鸞を慰めるために起草したものとされ、浄土宗と浄土真宗の宗論において、真宗側の立場を有利にできる聖教である。

折しも安永三年（一七七四）から宗名論争が起こっていた。東西本願寺や専修寺、佛光寺など真宗各派本山が合議し、それまで一向宗と呼称されてきた宗名を浄土真宗とすることを幕府に願い出て浄土宗の反発を招き、幕府は結局この問題を事実上の保留とした事件である。このような動きを背景として、この時期『興御書』には注目が集まっていた。注釈書も多く、たとえば学林の高僧僧樸の『興御書謦欬録《けいいんろく》』（写本）があり、また玄智にも『興御書述賛』（寛政七年刊）がある。

一方で『〔大谷〕真宗法彙』にのみ収録されている『十二礼』などの真宗聖教は、いずれも読唱用の聖教と思われ、これらには玄智版と同様に読みを正そうとする意図が見られる。

まとめると、興正寺の『〔和語〕真宗法彙』は、聖教集に宗主の消息を入れるなど政治的主張が強い。一方の『〔大谷〕真宗法彙』は、『〔和語〕真宗法彙』と強い結び付きを見せつつも、消息がない点で『〔和語〕真宗法彙』ほどの主張はない。

3　和語聖教であること

興正寺版『〔和語〕真宗法彙』には、その内容から浄土真宗をとりまく当時の状況についての自らの立場を明らかにし、当時の学界に存在感を示そうという同寺の意志がはたらいていたのではないかと思われる。ただし、内容以前の問題として、同書には玄智版『真宗法彙』と決定的に異なる点が存在する。それは、玄智版『真宗法彙』が

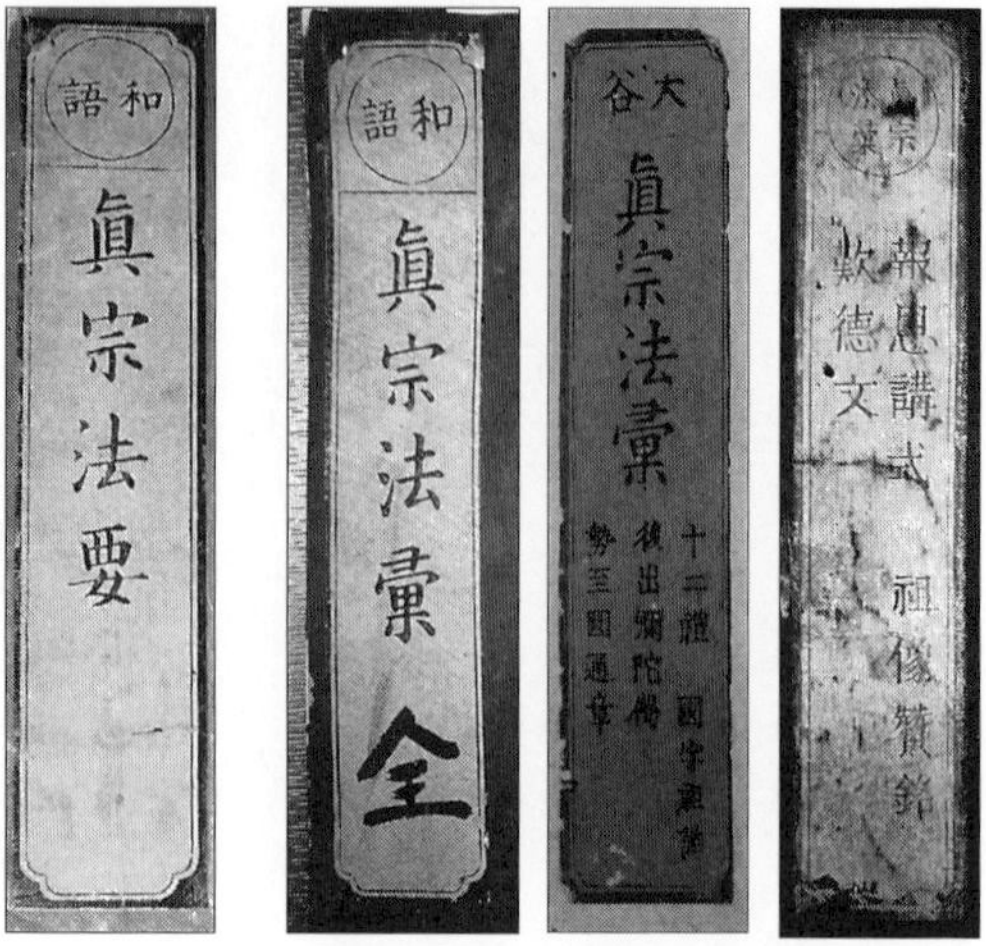

図7　『真宗法要』と三種の『真宗法彙』の題簽
左から『真宗法要』、興正寺版『〔和語〕真宗法彙』、『〔大谷〕真宗法彙』、玄智版『真宗法彙』。

真名聖教集であったのに比して、興正寺のものは和語、すなわち仮名聖教集である点である。実は西本願寺がすでに開版していた『真宗法要』も、題簽の角書きは「和語」であり、両者の題簽は非常によく似ている（**図7**）。もとより西本願寺御蔵版『真宗法要』三十九巻三十一冊には比べるべくもない、丁数の少ないただ一冊の本ではあるが、和語の聖教で揃えている。そこには、西本願寺の和語聖教に対抗し、自らも精一杯の力で対抗する聖教集を開版しようという興正寺の意気込みが込められているのではないだろうか。

これ以前、興正寺はまず『教行信証』と『六要鈔』の板株を蔵版しようとしたが西本願寺に阻止され、次に『御伝鈔』株を求めたものの、これも西本願寺の玄智が買い取って新刻してしまった。この『〔和語〕真宗法彙』をもって、興正寺はついに積年の計画であった聖教蔵版、しかも『真宗法要』のような仮名聖教集の開版を実現させたことになろう。

ただし、残る『〔大谷〕真宗法彙』は、興正寺版に近いにもかかわらず、真名と仮名の聖教が混在している。これについては後述する。

4　所化の動揺

この興正寺による『〔和語〕真宗法彙』の刊行は、学林の所化（学林で教えを受ける僧侶）らによって問題視され、西本願寺へ出版差し止めの申請がなされた。その次第が書かれた寛政二年（一七九〇）ごろの資料『真宗法彙及夏《げ》中勧諭《ちゆうかんゆ》消息開板一件』(18)の一部を左に挙げる。

以口上書申上候御事

今般、従興御殿諸国門末江使僧御指向候而、安心之趣御申渡として、安心決正之消息と題する壱冊を披露有之候由、其消息之写奉望　高覧候、猶又、使僧演説ニ、近来安心之趣相違有之段、当御門主甚歎ヶ敷被思召、此度御書染筆被為在、諸国御門末江御弘通被為在候、各難有相聴可申候旨申渡候由相聞候、且右消息刊行ニ而門末へ被遣候段、其消息陽ニハ格別けやけき事も不相見候得共、陰ニハ御本山御正化を指障候様ニ相聞候、右体之義ニ御座候得ハ、御本山御正化之故障と相成、諸国御門末往生之一大事を迷惑可仕候段、虞心仕候、何卒早速法度御紮被下度奉願候、以上。

寛政二戌年三月　　学林　所化中（墨印）

御本山

御役人中

今般興御殿被刊行之壱冊名題ニ真宗法彙と標し、内ニハ一枚起請文第一、興御書第二、改悔文第三、真宗安心決正消息第四之四辺合壱、今第三、第四之二通を写取也。

（以下に『領解文』と「安心決定消息」の本文が続く。略）

右によれば、興正寺は宗主法高が著した「真宗安心決正消息」を門末に付属したり、使僧に演説をさせて、西本願寺とは異なる教義を広めており、西本願寺の宗主も嘆かわしく思っていたところ、今回この消息が刊行された。この消息には実は本山である西本願寺を批判する内容が込められている。このままでは「諸国御門末往生之一大事を迷惑可仕候」と影響の大きいことを訴えている。

「真宗安心決正消息」は法高が自らの三業帰命説批判を門徒に送った消息である。したがって、『領解文』と宗主法高の「真宗安心決正消息」を刊行することは、本山教学にたいする明確な批判を意味していよう。折しも寛政二年は西本願寺宗主法如真筆の『正信偈和讃』が弘通された年であったが、興正寺も同書を興正寺蔵版として開版している。『正信偈和讃』弘通は歴代の宗主が本山蔵版として行ってきたことに倣うもので、やはり本山としての行為である。興正寺は西本願寺を批判しつつ本山として振る舞うことを志向し、ついに『〔和語〕真宗法彙』という聖教蔵版を断行した。しかも、当時問題視されていた教義に関する興正寺宗主の消息付きであったため、所化たちの動揺に繋がったのである。興正寺による『〔和語〕真宗法彙』が、西本願寺にたいして小さくないインパクトを与えたことがうかがわれる。

二　『真宗法彙』の背景

1　玄智の窮状

さて、こうした事件が起こっていたその裏で、本山からの玄智の処遇も大きく変化した。すでに述べたが、天明の大火によって住職を務める慶証寺の堂宇が失われ、将来御蔵版になるはずであった『御伝鈔』や『真宗法彙』の板木だけでなく家財も失い困窮していた。玄智は両書の新規開版にかかった諸経費それぞれ約銀六〇〇匁、八〇〇匁を立て替えていたが、これを本山である西本願寺は未払いのままにしていた。『御伝鈔蔵版一件記録』によれば、玄智が窮状を訴えるため、天明の大火が起こった年の六月、本山役人宛に入用金の嘆願書を提出している。

以手紙、致啓上候、然は、去冬已来、段々及御引合候御傳記、其外真名御聖教類之板木、弥御殿へ相納リ可申筈之處、彼是与隙取之内、當春大火之節、焼失仕、多年之辛労空敷相成、如ケ計残念奉存候、就夫、拙寺儀、居宅掛屋敷等、不残類焼仕、一向取續難出来、甚當惑仕候付、何卒、右印板入用取替申上置候分、御憐愍を以、拝借被仰付被下候様、奉願度候、併、右体之儀、御取扱も難被成下、且又、板木急ニ御入用ニも、無御座趣ニも候ハヽ、外ニ右板木之株、所望之仁有之候得は、譲リ遣候様ニ仕度候、此段、苦ケル間敷候哉、ケ様之筋御伺申上候段、奉恐入候得共、何分身上難渋仕候付、無拠、貴公様迄、御内々申上候間、御推察之上、宜御勘考被仰上被下候様、奉頼候。以上。

六月十四日（以下略）

前半で、『御伝鈔』および『真宗法彙』の板木を本山へ納めようとしていたところ、天明の大火での被災によって「多年之辛労空敷相成、如ケ計残念奉存候」と歎き、また寺ばかりでなく庫裡（住居している建物）など残らず焼けてしまい、生活が立ちゆかないと述べ、『御伝鈔』や『真宗法彙』の板木制作費用の立て替え分を「拝借」願えないかと訴えている。

なぜ支払いではなく「拝借」つまり借り入れにしているのかは不明である。あるいは、西本願寺は『教行信証』や『六要鈔』の時のようにただ蔵版するだけのつもりだったところ、本文を校訂し新刻するという彼のこだわりが費用の自己負担につながったのかも知れないが、詳細はわからない。追い詰められた玄智は、『御伝鈔』や『真宗法彙』は差し迫って必要なものではないから、「所望之仁有之候得は、譲リ遣候様ニ仕度候、此段、苦ケル間敷候哉」と、他へ板木を売り渡す意志さえ見せている。

右のような窮状であったが、さらに不幸が続いた。寛政元年（一七八九）、本山の命を受け編纂した西本願寺教団の通史的研究書『大谷本願寺通紀』十五巻の一部「宗主伝」が、本山によって流布を停止され、玄智自身も隠居と称されるものの、事実上の閉門の処遇を受けた。玄智は名誉を回復できないまま寛政六年十月に六十一歳で没する。一説には「宗主伝」があまりに克明であったために本山の怒りを買ったとも言われているが、直接の事情を示すものがなく、決定的ではない。おそらく、「宗主伝」の問題だけではない、「本山にとってはゆるがせにできないと認識するような行動が玄智にはあったよう(19)」である。

2　『真宗法彙』板株の譲渡

本山の「宗主伝」停止命令以降、自身が病気ということもあり、玄智は寛政四年九月、本山に弁明書を提出した。その中に『真宗法彙』株に関する記述があるので、その部分を左に掲げる。(20)

一　右事之根源与相成真宗法彙与申書ハ、元来拙寺蔵板ニ而候得共、御憐学頭実相庵所望ニ付、譲遣申候処、彼御方之新御書与申を刻足し、蔵板与相成、戊正月以来出入之本屋ニ而摺仕立、諸国江流行仕候段者、諸人見聞之事ニ候。（以下略）

これまでの不遇の「根源与相成」ったのは『真宗法彙』であるという。玄智は、『真宗法彙』の焼株を「御憐学頭実相庵」すなわち興正寺の学頭実相庵大麟《じっそうあんだいりん》が所望したので売り渡したと述べている。大麟は興正寺の学頭で、寛政年間に起こった近世最大の宗教論争三業惑乱でも、『真宗安心正偽編』（二編、天明四年成立、写本）を書いて西本願寺の能化を批判するなど、興正寺宗主法高の側近として大きな活躍をした学僧である。西本願寺で御堂衆を勤める玄智とは対立する立場かも知れないが、この弁明書で、玄智は大麟を「年来同心之学友」であると述べており、立場を超えて長い親交があったことがうかがわれ、こうしたことが板株の売却に繋がったと考えられる。

この大麟が、友人である玄智から板株を購入して刊行したものが、先の真名聖教集『〔大谷〕真宗法彙』ではないだろうか。学僧である大麟は、自らも玄智同様、真名聖教の本文を校訂し、『一枚一請文』等仮名聖教も入れて読みを付して刊行したのではないだろうか。

もしそうだとすれば、刊行に及んで大麟は、「真宗法彙」という題号は変更できなかった。板株が成立した本の、勝手な題号の変更は混乱を招くため本屋仲間で禁止されていたからである。題号は同じで、内容を変えて開版したのだろう。題号が一致しているにもかかわらず、両者に収録されている聖教の内容が異なるのはそのためと思われる。

その後、大麟が興正寺学頭だった関係から、板株が興正寺に移ったのではないだろうか。興正寺は、宗主の「新御書」すなわち法高の『安心決正消息』以下和語聖教だけで一冊とし、玄智の紹介した本屋に印刷製本させ、流布させてしまった。つまり、玄智が編纂した『真宗法彙』の焼株を大麟が購入し、いったんは玄智版同様に聖教の読みを付した、直接的には学術書として開版したが、その後興正寺により完全な和語聖教集として作り換えられたものが興正寺編『〔和語〕真宗法彙』ではないだろうか。題号や体裁が同じであったのは、三者の板株が同じだからと推定できる。

『真宗法彙』株を大麟に譲渡したことについて、玄智にとって見れば、西本願寺からの支払いが遅れる中やむを得なかったものと思われる。正しい読み方を示すために作った学術書であると認識していたため、大麟に渡ってもそのような書として再度開版されると思っていたはずで、実際にそうなったのが『〔大谷〕真宗法彙』であろう。しかし結局は、三業惑乱を前に興正寺の教学的立場を明確にし、西本願寺の『真宗法要』とは異なる独自の和語聖教集『〔和語〕真宗法彙』という、政治的性格の強い本の刊行へとつながってしまった。玄智の弁明書には当時頻発していた異安心への言及もあり、この一件のみが閉門の理由ではなかったかも知れないが、ついに興正寺に聖教の弘通を許してしまった失態は小さくはなかったはずである。

こうした事態になってしまったことを埋め合わせるつもりか、弁明書の中で玄智はまた、自らが行った興正寺への対応で、本山（西本願寺）に資することが大きかった旨を述べている。該当箇所を左に掲げる。

物而御憐壱件ニ付、江戸紀州ノ加州等、何角引請候而、御用勤候段者、兼而御存知可被下と奉存候。其外、彼御方ニ而講中より（合）五帖御文章新板之願茂仕候由故、実相庵江申聞、出来不申様取斗、又御伝記蔵板企之節ハ、別而蒙仰候事故、早速書林江引合、公辺江願出、御当方御蔵板ニ相成、真名御聖教類之御蔵板迄茂同断ニ相済、且又他所ニ而御文章類板之儀も承及次第段之注進申上、彼是と寸志之忠勤を尽し候処、右体之事より（合）汚名を得、旧功を没し候段、心外之至、御賢察可被成下候。

まず、興正寺を支える講が『御文』を刊行しようと企てた際には、玄智は大麟にそれをやめるよう説得したことが記されている。すでに第一部で述べたが、『御文』は蓮如以後、教化の中心に位置づけられ、歴代の宗主が門末へ授与することが慣例とされた。すなわち、『御文』の開版・弘通は本山としての特権行為であり、『教行信証』や『御伝鈔』蔵版のように、西本願寺にとって末寺がこれを行うことは防がねばならなかった。さらに後半では、「他所ニ而御文章類板」も見つけ次第本山へ報告してきたとあり、普段から出版に関して本山へ情報をもたらしていたことを想像させる。このように「忠勤を尽く」してきたにもかかわらず、『真宗法彙』の一件ゆえに「汚名を得」てしまったと歎いている。

3　本屋との主張の相違

さらに玄智の立場を悪くしたのは、関わった本屋たちの行動であった。先に挙げた弁明書には、印刷・製本の経緯も書かれている。

（前略）然ニ、板摺之儀、余人ニ茂為致度由、実相庵噂申候付、拙寺江出入仕候板摺久兵衛と申者ニ其体仕候処、久兵衛、早速実相庵江罷越、受取摺立仕立之儀迠請込、同人兄永田調兵衛江為致候由ニ候故、於御寺内、右仕立如何と調兵衛へ申聞候得共、私方二階ニ於而仕立候得者、外人見聞可仕様無之段、申答候て、両人申合、新本出来仕候事ニ候。然ル処、御殿江其如ヶ様ニ相聞へ申候哉、右御尋之節、久兵衛・調兵衛両人共罷出、口上書差出候由故、拙僧より茂委細訳合口書を以申達度旨申入候得共、法中之儀者格別候、今夕ハ右両人斗との事故、先差控候江、罷在候。其後、承候得者、両人口書ニ慶証寺より被頼候付、摺仕立仕候段、認出シ候由ニ御座候。（以下略）

大麟が印刷を信頼できる者に任せたい意向を示したので、玄智は懇意にしている摺《すり》職人の久兵衛という者を紹介した。この久兵衛は、この時までには西本願寺の寺内町に越してきていた京都の老舗書林永田調兵衛の弟であった。久兵衛は兄の永田とともにまずは大麟から『〔大谷〕真宗法彙』の板木を受け取り、印刷・製本に取りかかった。そしておそらくはこの後法高の消息付きの『〔和語〕真宗法彙』の板木を、興正寺から受け取ったと思われる。さすがに玄智は「於御寺内、右仕立如何」と寺内町で行うことを遠慮するよう注意したが、永田は「私方二階ニ於いて仕立てるので「外人見聞」のないようにすると答えて作ってしまった。事が露見すると、兄弟は口上書を提出し「慶証寺より（合）被頼候付、摺仕立仕候」と訴えたという。

もう少し具体的に見ていこう。『真宗法彙及夏中勧諭消息開板一件』に収められた、永田調兵衛が寛政二年（一七九〇）九月に、興正寺版『〔和語〕真宗法彙』に関して本山へ出した詫び状の冒頭部を左に掲げる。

乍恐御尋ニ付申上候

一　真宗法彙幷消息と申新板もの摺立之儀、慶証寺様御噂有之、私縁類共之内久兵衛と申もの、実相庵と申御方ニ而摺立仕候付、則摺仕立之義私商売体之儀ニ付、久兵衛より申次ニ而実相庵御方より請取、百部摺上ヶ
（中略）消息之方、百部、表紙付置摺上ヶ候斗ニ相成有之候。（以下略）

右によれば、「新版物」の『〔和語〕真宗法彙幷消息』すなわち『〔和語〕真宗法彙』の印刷・製本に関して、「噂」、つまり大麟が印刷の職人を探しているという話が玄智からあったため、久兵衛が請け負ったとある。だが法高の消息付の本の刊行を、玄智が助けるはずはない。玄智が大麟に摺職人を紹介したのは、『〔大谷〕真宗法彙』のためであっ

たはずである。ところが、玄智が大麟に株を譲渡した後、興正寺によって法高の「消息」付きの和語聖教集の板木も、久兵衛や永田調兵衛の元にもたらされたのだろう。本屋たちは『〔和語〕真宗法彙』の印刷・製本も行っていたのだった。こうした経緯から、玄智にそのつもりはなくとも、この一件の原因を作った責任があると本山にみなされた可能性は排除できない。この後、玄智は不遇のまま生涯を閉じる。なお、玄智の元に出入のあった永田兄弟は右のごとく詫び状ひとつを出して後、本山から何らかの処分があった記録はない。

弁明書には『真宗法彙』以外にも、「御安心筋ニ付、心得違茂仕居候様申成輩も有之候由」と、当時の「安心《あんじん》」（信心）、つまり教化の根本に関しての誤解にも触れている。先にも触れたが、このころは「三業惑乱としては、なお初期に属し、『帰命弁』への論難書が一、二現れ初《（マヽ）》めた頃である（マ、記号筆者）」[21]。惑乱にたいする緊張感の中で、『教行信証』、『六要鈔』『御伝鈔』に加えて『御文』まで、興正寺が聖教蔵版を試みるたびに本山は未然に防いできた。玄智はこうした本山の動きを強力に押し進める一方で、西本願寺の御堂衆として、正しい聖教の読みを提示すべく読誦用の聖教類を校訂していった。皮肉なことに、その成果のひとつであるはずの『真宗法彙』の開版が興正寺に聖教出版の機会を与えてしまったのである。

4　聖教御蔵版の目的

西本願寺の『教行信証』、『六要鈔』および『御伝鈔』の蔵版過程を見ていくと、もはや末寺の聖教出版を阻止することを自体が目的化しており、町版の誤りを正すといった学術的なことなど二の次であったことが知られる。聖教を蔵版・弘通することこそが、本山のあるべき姿と認識された結果として、興正寺の独立運動の影響を受けて真宗聖教の御蔵版化が進んだのだった。その中で、ひとり玄智の努力によって『御伝鈔』のみは校訂され新刻に至っている。

興正寺は『〔和語〕真宗法彙』が問題になった後も、寛政七年（一七九五）に興正寺第三世源海著作の『浄土法門見聞鈔』および時の宗主法高著作の『顕真実要義鈔』を刊行している。源海の著作はこの後、法高の側近である大麟が著した『顕真実要義鈔録』の中で何度か引用されているため、この時期の興正寺の教学上重要だったと見なせる。『顕真実要義鈔』は法高唯一の著作で、三業惑乱が本格化する中、西本願寺の三業帰命説を批判し、自説を展開したものである。

両書とも刊本には法高の跋文と朱印が添えられている。加えて、両書はその装訂が朱色の表紙で、不鮮明ながら花（種類は不明。興正寺の紋である牡丹か）と唐草の空押《からおし》文様であり、朱色地に菊唐草文様の表紙を持つ西本願寺御蔵版本『真宗法要』に酷似している。『浄土法門見聞鈔』および『顕真実要義鈔』の版面は、ゆったりと空白を取り字間が大きいのが特徴的であるが、これはまさに『真宗法要』と同じである。それは両書が、『真宗法要』と同等の、本山にふさわしい絶対的な権威を持つ聖教であることを主張している。

これらの争いを見ると、もはや聖教ないし聖教と主張するものを本山として蔵版することを巡る、本屋たちを巻き込んだ寺院間の闘争である。『真宗法要』の開版が他の寺院を刺激し、結果として新しい御蔵版が生まれていると言えよう。ただし、『〔和語〕真宗法彙』は、大麟の開版したと覚しい『〔大谷〕真宗法彙』から引き継いで、当時盛んに研究が行われた『一枚起請文』や、当時起こっていた浄土宗と真宗との宗名論争の際に援用された『興御書』をも併録した点から、西本願寺への反発にとどまらず、より大きな視野と意図を備えていたと見なすこともできる。

以上を見てくると、明和二年（一七六五）の『真宗法要』に刺激され、安永四年（一七七五）に始まる『教行信証』と『六要鈔』を皮切りに、約二十年間、興正寺は強い意志を持って自らの聖教蔵版へと突き進んでいたことがわかる。西本願寺は興正寺の計画を未然に防ぐことを目的として、聖教の板株を取得していった。『教行信証』と『六要鈔』蔵版の際は、東本願寺をも巻き込んでいる。その結果として、西本願寺の御蔵版は『教行信証』、『六要鈔』、『御伝鈔』といった重要な聖教の板株を取得し、種類としては御蔵版は増えていった。しかし、教学の充実を望むための聖教蔵版という態度は、玄智という希有な僧の努力の他は見られない。

玄智は、祖師伝である『御伝鈔』を校訂・新刻し、本山の御蔵版としただけでなく、それ以外にもいくつかの聖教を校訂し開版しており、『浄土三部経』の他、聖教集『真宗法彙』として開版された。『真宗法彙』は各聖教の本文を校訂し、本山としてふさわしい読みを提示することが目的の、いわば学術書であった。ところが、天明の大火で板木が焼失した後、焼株は興正寺の学頭大麟に渡った。結果、興正寺の主張を色濃く反映した仮名聖教集が開版されてしまった。玄智はついに、興正寺に興正寺宗主の消息付きの聖教開版を許した廉で本山の怒りを買うに至る。西本願寺を優位にするべく働いてきた玄智にとって極めて皮肉な結果であった。

章の冒頭で触れたが、真宗の御蔵版を、中世以来の伝授的な世界への逆行を示すものとの指摘がある。[22] しかし、実際には近世の出版文化の中に生み出されたために、書物の格付けと結びつき、それが本山の証であることから、独立志向を持つ末寺を刺激することになった。『真宗法要』以降、一七〇〇年代の西本願寺の御蔵版は、正しい本文を流布させるというよりも、独立を志向する末寺を押さえる目的で、聖教の板株の取得を目指したことにより進んだと言える。そこには「中世の伝授的な世界」はすでになく、近世的な身分社会と出版制度を受けての大寺院の出版活動が展開しているのである。

註

（1）浅井了宗「本願寺に於ける聖教出版の問題」（『龍谷史壇』第四四号、龍谷大学史学会、一九五八年）。
（2）中井玄道『教行信証』（仏教大学出版部、一九二〇年）付録。
（3）『本典六要板木買上始末記』（妻木直良編『真宗全書』第六七巻、一九九六年）。引用にあたって漢字・句読点は通行のものに改め、訓点は省いた。
（4）西本願寺と興正寺の本末争いに関しては、本願寺史料研究所編『本願寺史』第二巻（浄土真宗本願寺派宗務所、一九六八年）二二二〜二三〇頁に詳しい。
（5）佐々木求巳『真宗典籍刊行史稿』（伝久寺、一九七三年）六二〇頁。
（6）有木大輔「江戸・嵩山房小林新兵衛による『唐詩訓解』排斥」（『中国文学論集』三六号、九州大学中国文学会、二〇〇七年十二月）。
（7）『済帳標目』彌吉光長編『未刊史料による日本出版文化』第一巻（書誌書目シリーズ26、ゆまに書房、一九八八年）収載。
（8）浄土真宗教学伝道研究センター編『浄土真宗聖典―注釈版第二版―』（本願寺出版社、二〇〇四年初版、二〇〇七年第二刷）の付録「年表」二二二頁。
（9）佐々木求巳は前掲書(5)七六二頁で、「異版本は一本も見ることができなかった」としているが、龍谷大学大宮図書館には西本願寺の御蔵版『教行信証』の履刻本が所蔵されている。履刻した年は不明。
（10）前掲書(4)四三一頁。
（11）宮崎圓遵『真宗史の研究』（下）（『宮崎圓遵著作集』第五巻、思文閣出版、一九八九年）四〇五頁。
（12）『御伝鈔蔵板一件記録』龍谷大学大宮図書館所蔵（請求記号022-257-1）。
（13）『上檀間日記』宗学院編集部編『東本願寺史料』第一巻（名著出版、一九七三年）収載。ただし、漢字を通行のものに改めた。
（14）高橋正隆「善慶寺藏古刊本御傳鈔について」（小林芳規他著『善慶寺蔵古刊本「本願寺聖人親鸞伝絵」〈御伝鈔〉影印本解説』善慶寺、一九八三年）。
（15）前掲史料（12）。
（16）前掲書（5）六七六頁。
（17）福原隆善「近世近代における『一枚起請文』研究の動向（一）」（『浄土宗學研究』第九号、一九七六年）。
（18）『真宗法彙及夏中勧諭消息開板一件』龍谷大学大宮図書館所蔵（請求記号 022-294-1）。
（19）歩弥紡「近世の本願寺史家としての慶証寺玄智」（『本願寺史料研究所報』第五一、二〇一六年七月）。
（20）『記事珠』本願寺史料研究所所蔵（外題「寛政四年壬子年九月　記事珠　鏡鑑省」）。
（21）前掲書（11）三九五頁。
（22）浅井了宗「本願寺に於ける聖教出版の問題」（『龍谷史壇』第四四号、龍谷大学史学会、一九五八年）。

第三章　縮刷版の流行

一七〇〇年代、多くの聖教を御蔵版とした西本願寺であったが、その後、未曾有の宗教騒乱である三業惑乱を経験する。本山たる西本願寺と在野が対立し、文化年間に決着するが、同寺は事実上敗北し、その権威は失墜した。再起を図る西本願寺において、御蔵版も新しい局面を迎えた。

近世社会では、権威の誇示こそが統治力に繋がる。本山からの免物にふさわしく、聖教類を大本で弘通するのが定型であった。しかし、一八〇〇年代に入ると、それが崩れ始める。ここでは江戸後期の御蔵版を検証し、近世後期から明治初期にかけての変容を指摘したい。

第一節　ゆらぐ本の格

一　参考書の御蔵版

1　『真宗仮名聖教関典録』と『真宗法要典拠』

西本願寺の御蔵版は原則として聖教のみであるが、例外的に参考書が一点存在する。安政三年（一八五六）開版『真宗法要典拠』三十一巻である（**図1**）。同書は『真宗法要』の故事・引文などを注釈した書で、『本願寺史』第

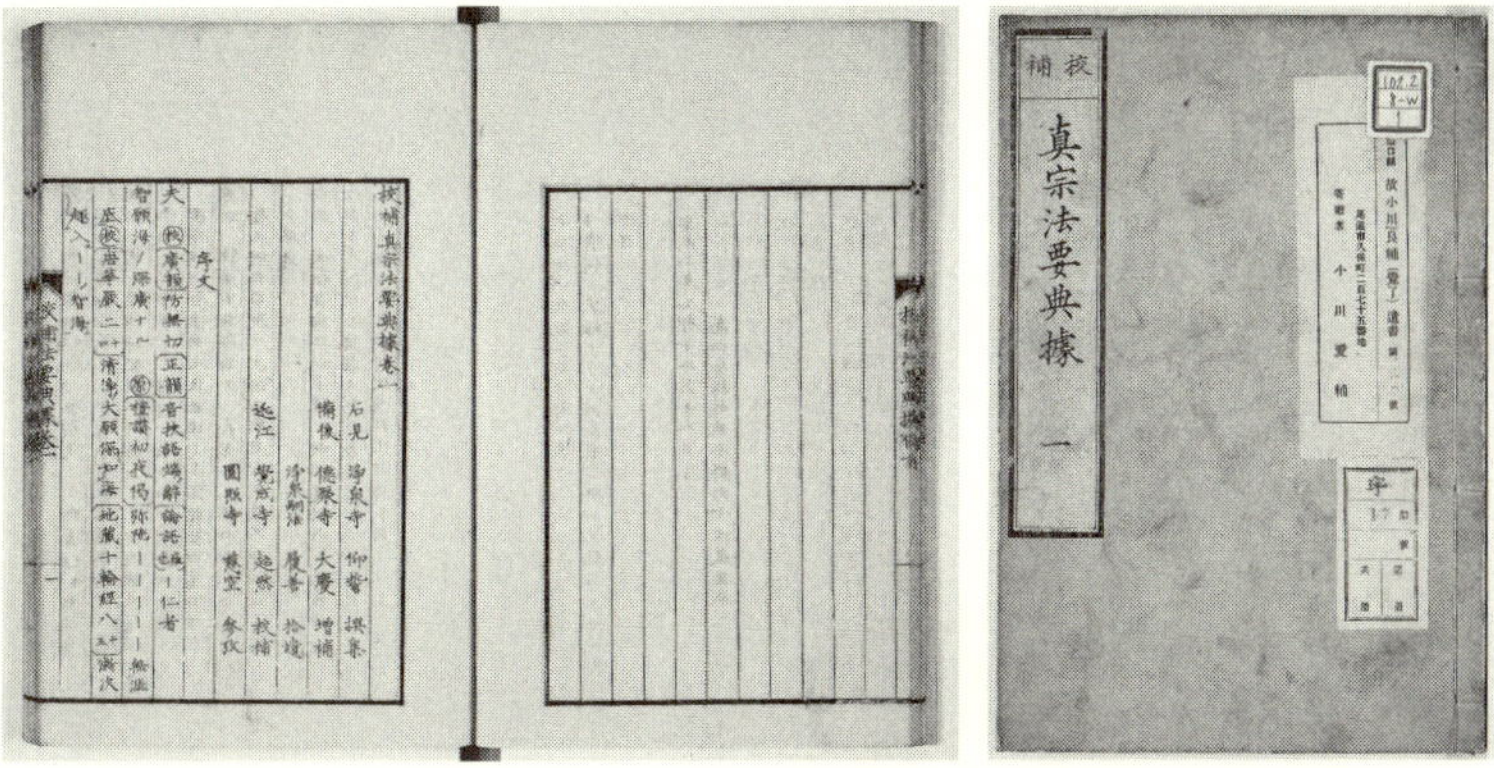

図1　『真宗法要典拠』

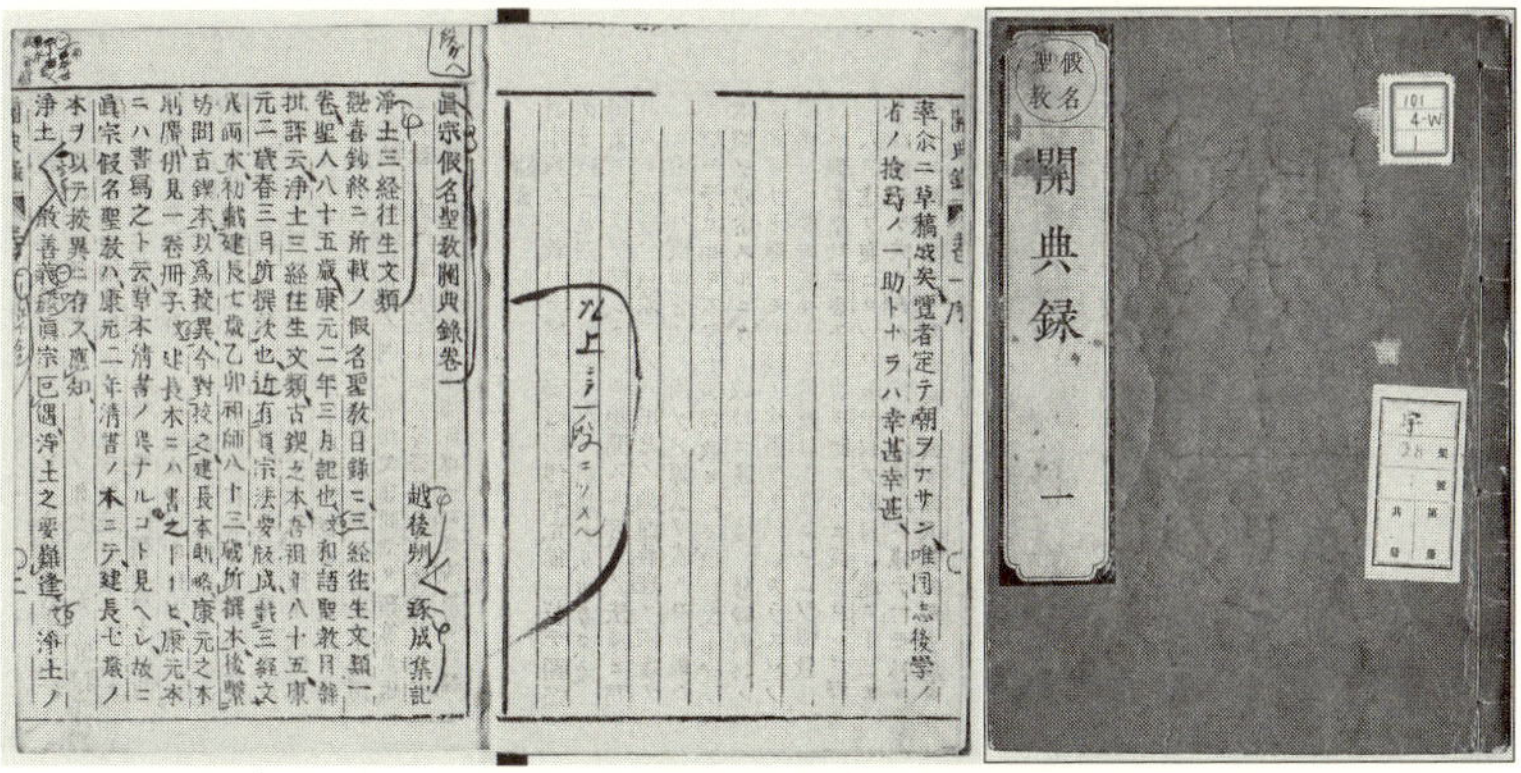

図2　『真宗仮名聖教関典録』

二巻に拠れば、「『(真宗)法要』開版後まもなく豊後の霊範《れいはん》が『稽拠《けいこ》』一巻を著して『(真宗)法要』の故事・引文等を釈した(（　）内筆者)」。それを、石見《いわみ》の学僧仰誓の嗣履善《りぜん》が増補し、『真宗法要典拠』十巻として開版していた。「『真宗法要典拠』を見聞するものは、その便利なことをよろこんで伝写することが多かったという[1]」。

　これより先行して東本願寺教団に『真宗仮名聖教関典録』(以下、『関典録』と称する)があった。これは、同教団が文化十一年に開版した『真宗仮名聖教』の字句・故事などを述べ十三巻としたもので、木活字版で流布していた（図2）。この『関典録』が後に東本願寺御蔵版となったことに刺激され、嘉永四年二月近江の学僧超然《ちょうねん》が山命を受け、『真宗法要典拠』（以下『典拠』と称する）を西本願寺御蔵版とするべくその校訂増補に当たった。超然はこの業の大任なることを考え、弟慈空《じくう》と共に京都東山高台寺畔の翠紅館《すいこうかん》で内典・外典を問わず多くの書物にあたって記事を集め、ついに安政二年十二月その稿を終えた。翌安政三年五月には、本山は宗祖六百回忌記念事業の一環として開版に向けて動き出している。その本には近江の長沢福田寺《ふくでんじ》本寛《ほんかん》の序を付し、その中で仰誓ら先学の項を重んじている。その序によれば、開版は同年七月である。

ただし、無事開版された『典拠』ではあったが、開版資金に関しては相当な無理をしている。『典拠』が開版されてから慶応四年五月までの間、主にその弘通の冊数を記録した資料である『真宗法要典拠御弘通之留』(2)には、折々の決算の箇所に「片山長兵衛取替之内へ相渡」という文言が頻繁に出てくる。片山長兵衛は西本願寺の御用商人鍵屋長兵衛と推測される。なお、本姓が片山である永田調兵衛と紛らわしいが、看見の限り永田の場合は「永田」または「永田調兵衛」と表記されるので、別人と判断できる。

「片山長兵衛取替」とは、『典拠』開版資金を鍵屋に立て替えさせた分を指している。鍵屋から借り受けた資金を、『典拠』弘通に際して上納される冥加金の一部で返済しているのである。返済は幕末まで続いており、『典拠』開版に際し、資金が相当不足していたことがわかる。

西本願寺の財政は文政年間には最悪の状況を呈し、天保の財政改革で危機を脱したものの、このころも低迷を続けていた。出版資金は、天保年間の財政改革でも活躍した、募縁活動に関しては当代随一の美濃の正聚房僧純《しょうじゅぼうそうじゅん》が当たっていたが、それでも相当苦しいものであったと察せられる。無理を重ねながらでも東本願寺の『関典録』に対抗する書を新しく開版・弘通していることから、東本願寺との競合が新規御蔵版本を生み出す強い動機になっていたことがうかがえる。学僧らによく使用される本で、東本願寺との競合となる本は、たとえ聖教でなくとも御蔵版となった例と言えよう。また、真名聖教蔵版の際、本山は本文を校訂せずそのまま弘通したが、その一方で、学僧らは三業惑乱を経た後、地方にあって研鑽を重ねていたことが知られる。

2 黄色表紙の『真宗法要典拠』

さて、御蔵版本『真宗法要典拠』であるが、聖教でなく参考書であるためか、表紙の色と書型の異なるものが存在する。通常は御蔵版本は朱色表紙・大本であるが、黄色表紙であったり、半紙本の書型ものが見られる。半紙本とは、大本よりひとまわり小さいA4判サイズほどの大きさである。『真宗法要』でも幕末ごろの摺りのものには半紙本が見られる。印刷の原版である板木はそのままなので、半紙本の余白は大本に比べ小さくなっている。

このことに関して、『真宗法要典拠御弘通之留』一冊の、万延二年（一八六一）の項と、慶応二年（一八六六）の項である。万延二年のものを先に挙げる。

万延二辛酉年、御本有高　丹　十九帙
　　　　　　　　　　　　黄　八十三帙
三月十六日
一　拾壱部　　丹表紙　　教宗寺江差下。
〃
一　弐部　　　黄表紙　　永田調兵衛□願

三月廿九日
一　壱部　〃　右同人願
四月十日
一　壱部　〃　永田調兵衛
丁子屋庄兵衛願

（以下略）

次に、慶応二年の項は以下のとおり。

慶応二丙寅年
二月廿四日
一　壱帙　肥後天草西法寺江被下。
丹表紙と取替下候。
九月十九日
一　壱帙　黄　永田願
丁庄
九月廿八日
一　壱帙　黄　永田願

十月廿四日
一　七拾匁〃　　若州西光寺
十一月廿五日
一　七十匁〃　　信州真宗寺

出高
壱帙　罷下
三帙　上納銀弐百拾匁
　　　内三匁分銀引。
永田願
二帙　同百四十匁
　　　内四匁、永田へ被下。
差引
銀三百四十三匁　」
片山調兵衛取替之内へ相渡。

右計算相違無御座候。
　　　　　御蔵板懸り

岩尾
求馬
（傍線筆者）

黄色と朱色の二通りの表紙が確認できる。中でも黄色表紙は、本屋の取次で弘通される場合が目立つ。また、慶応二年の項の傍線部に示したように、黄色表紙を丹表紙に取り替えている例が見られる。取り替えについては、他に安政五年（一八五八）の項にも見られるが、やはり黄表紙を丹表紙に取り替えている。このようなことから、おそらく他の御蔵版本と同じ朱色表紙の方が、黄色表紙より上位であったと思われる。

黄色表紙は当時の僧侶の学習ノートとして用いられた写本に多く、比較的廉価だったと想像される。半紙本のものがある点についても、『典拠』十三冊や『真宗法要』三十一冊では、大本を半紙本にすれば本としての格は下がるが、料紙代を相当節約できたはずである。本屋取次が多いのは、弘通にあたって、申請した寺の上寺すべてに納めなければならない取次料を省くことで、本山に入る冥加金は確保しつつ、より多くの弘通の促進を目指したものではないだろうか。幕末に近づくにつれ黄色表紙が多くなっていく傾向がある。

免物の弘通から得られる冥加金は、各種の講からの懇志と並んで本山にとって重要な財源であることもあり、より門末のニーズに応えてより多く弘通するため、表紙の色を変更したり、大本を半紙本にするという、本の姿に備わった格を取り崩している可能性が指摘できよう。

二　天保十一年の達書

1　御蔵版本の位置づけ

三業惑乱以降、在野に敗北したことで、本山たる西本願寺の権威は失墜した。権威の失墜は組織の運営に支障をきたすことになった。特に財政は、幕府から百日間の閉門処分を言い渡されたこともあり、危機的状況を呈した。借財は西本願寺一寺だけで文政末年に六〇万両に達した。逼迫した状況を打破するため、文政末年（一八三〇）に門徒であった豪商石田敬起《よしおき》を大坂から招き、天保年間から大改革を断行する。

この改革については、『本願寺史』に「従来の本願寺仕法の施策が、倹約や扶持の減額など、人心を萎縮させたのに対して、門戸を開き、扶持を確約し、人心に希望を与えて強固な結束をもたらし、精神の高揚を図った点に顕著な対照を見せ(3)」たとある。正直や節約といった世俗倫理を強調し一人一人の心に訴えると同時に、国恩・仏恩・親恩に加えて宗主の師恩の「四恩」を喧伝した。

これに門末は熱狂した。石田敬起をはじめ使僧たちが全国をめぐり、倹約して出た余剰を本山へ上納するよう勧めると、懇志上納を行う人々が全国から本山へ詰めかけた。たとえば、天保二年（一八三一）に大坂の津村別院で時の宗主広如が法座を行った帰路、法座で集まった大量の上納物と共に、何百人もの人が西本願寺表御門までを大道芸あり相撲の力士ありのパレードのように行進した（**図3**）。こうしたことが続いたため、天保三年の四月と六月には京都東奉行所より華美大仰なものを禁ずる旨の通達が出されている。

右の改革により、西本願寺は天保六年までに危機的状況から脱することに成功した。本山・宗主の権威は回復を見せ、西本願寺は体制を強化するための施策を次々に打ち出した。そのひとつとして、財政が深刻な危機を脱した天保十一年（一八四〇）五月、西本願寺から全国に達せられた「御本尊御名号類幷御蔵板物之儀被仰出達書」(4)がある。この達書は、免物に関してのみの誡諭であることに特徴がある。免物違乱を戒める達書は寛文年間から幾度か見られるが、いずれもいくつかある条項の中のひとつとして発布されていた。これに比してこの達書は、免物だけに特化しており、違乱の具体例を挙げ、御蔵版本を含め免物を列挙するなど非常に詳細な内容となっている。総じて、本山という最高位の立場から門末へ下付される免物の性質を強調するものとなっている。まず冒頭部を左に掲げる。

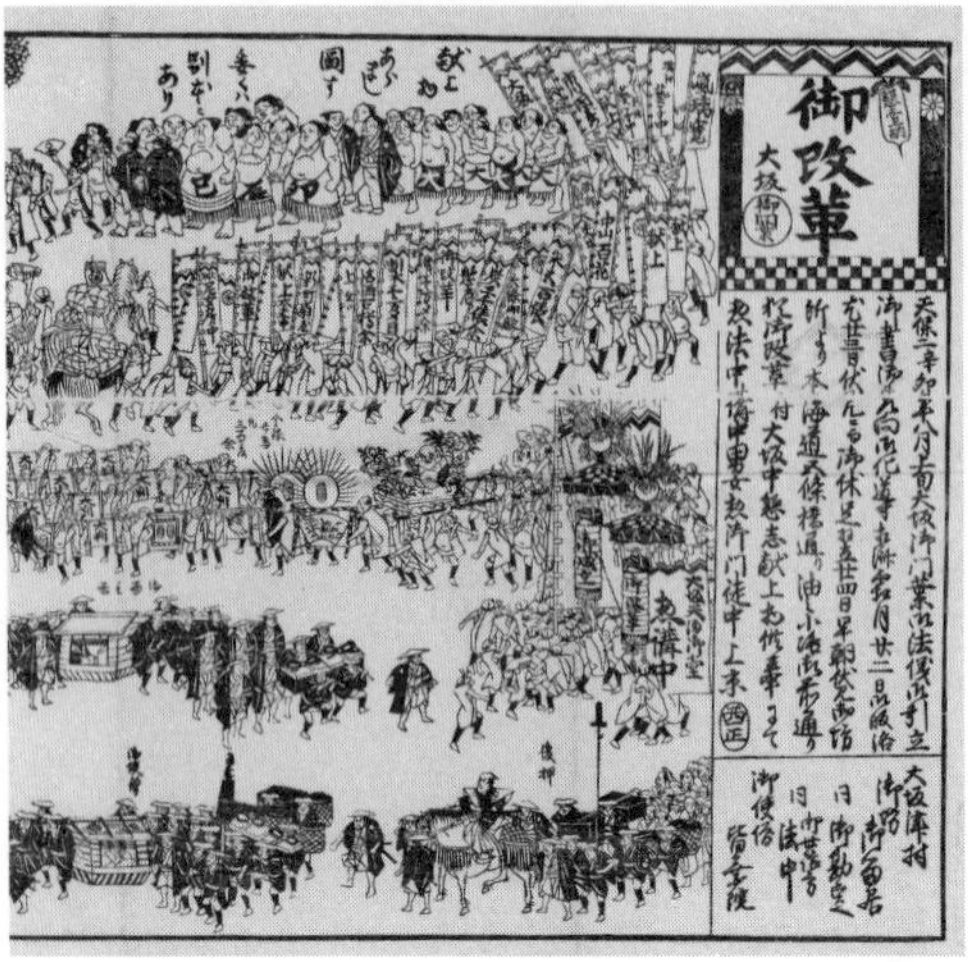

達書

御末寺中
御門徒中

御末寺幷在家御門徒ニ至迄致安置候御本尊、御染筆九字十字御名号、高祖聖人、中興上人、前住上人御名、其外御絵讃御絵伝亦は正信偈和讃、御文章、御聖教類等、御本山より御免許無之品者、御末寺者勿論、在家ニ至迄依用致間敷義、往古より之御宗意御宗則ニ而、被対公儀候而茂御制禁之邪宗門ニ無之、①御一流を奉汲候②御門末徒弟之表示ニ候。依而、右御免許之品者都而御門跡様御染筆御判形被成下、違濫無之様御大切ニ御取扱、御弘通被為在、猶又於御門末御師弟之次第も相

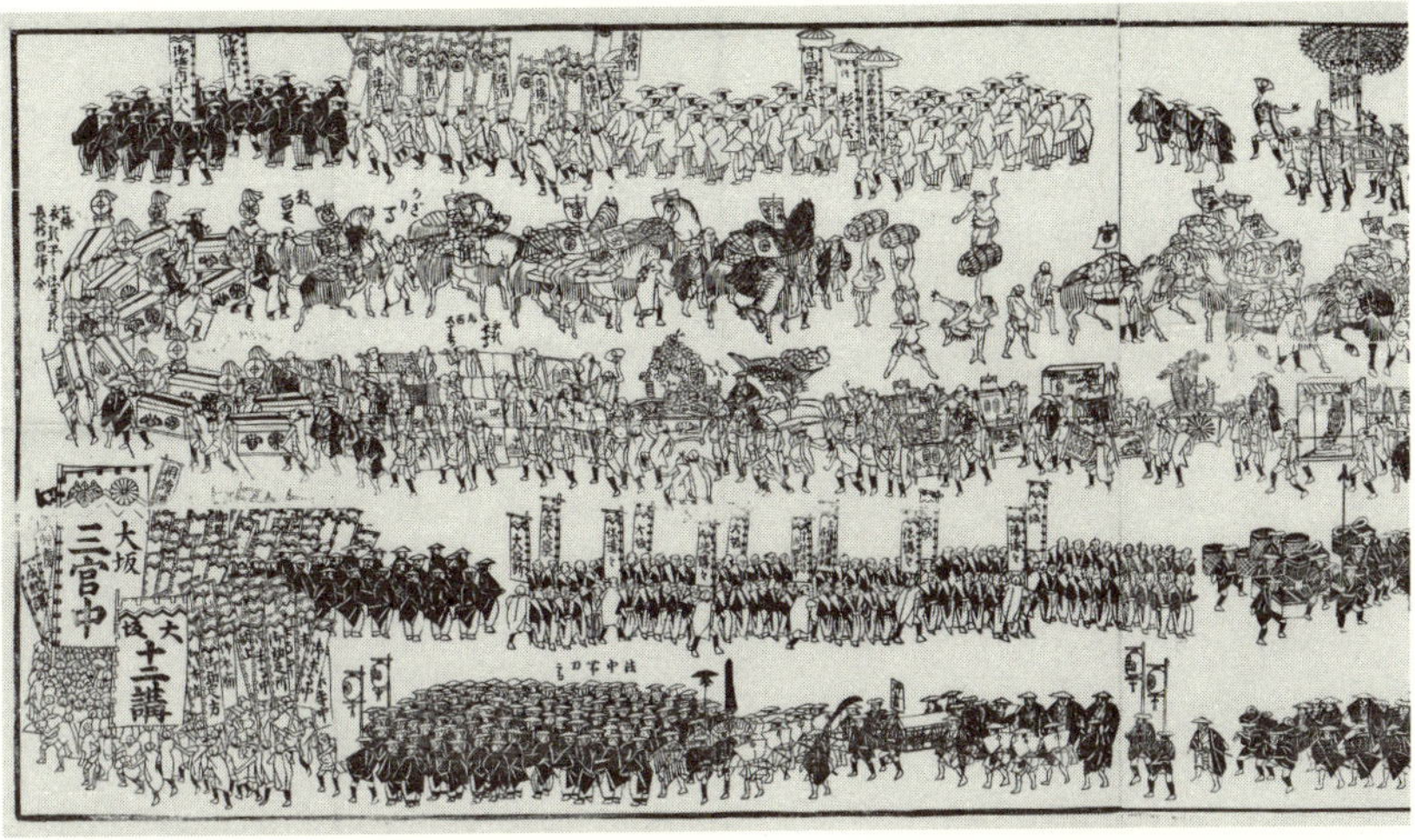

図3　一枚刷「懇志上納御改革」

立、本意之事ニ候。依之、一宗之法義を伝持し、③一派之門末を統御被為在候善知識之外者、他宗他山之人師ハ勿論、何れ之尊貴之御方、又ハ御末寺徒弟之筆跡者元より之儀、漫ニ著書等相用候儀堅御制禁ニ候処、従御本山御免許無之不正之品令流布、甚敷ニ至り候而者釣利之徒類贋物を以愚昧之僧俗を為致誑惑、其余程之奸曲之儀取扱候趣、言語道断沙汰之限ニ候。（以下略）　（傍線筆者）

傍線部①で、免物の下付を受けることは浄土真宗本願寺派としての「御一流」を汲むための「表示」であると位置づけている。その上で、傍線②で免物は宗主の「御染筆御判形」があるのが免物の証としている。さらに傍線部③で「一派之門末を統」べる宗主以外は、どのような身分の者の筆であっても証とはならないことや、みだりに免物以外の著作を用いることも堅く禁じている。当時相当の偽版や町版が門末に普及していたことがうかがわれるが、そのようなものを否定し、宗主への権威集中化を企図している。

ことに三業惑乱直後、学林に入寮する所化の数は激減し、その後も伸び悩んでいたため、この時期の本山は所化を経済的に援助したり、修学精勤者を表彰したりして掛籍の奨励に務めた。(5) こうした中で、天保十一年の達書では、僧らの学問の拠り所となり、かつ本山の権威を支えるものである御蔵版本は、本文を校訂し新刻したものもそうでないものも、等しく免物として位置付けられている。

2 免物の姿の変化

達書では、左の文言に続いて御蔵版本を含め多数の免物が列挙されている。

御免物
一 画仏尊像
一 木仏尊像
一 六字御名号
一 御判形六字御名号
一 九字十字御名号
一 御開山様御名
一 信証院様御名
一 信明院様御名
一 正信偈御文
一 御和讃御文

一　御染筆正信偈御和讃
一　御染筆五条壱部御文章
一　御染筆八箇条御文章　俗ニ御加と称ス
　　以上　御染筆有之
一　正信偈和讃　並打抜
一　仮名正信偈御和讃
一　小本章譜正信偈御和讃
一　領解文
一　五条壱部御文章　並西内紙摺
　　但、依願一帖宛ニ而も御免
一　小本五帖壱部御文章　薄葉摺
一　神明三箇条御文章　俗ニ御加と称ス
一　神明六箇条御文章　同上
一　六箇条御文章　同上
一　八箇条御文章　同上並打抜
　　以上在家江茂御免
一　七祖聖教
一　教行信証

一　真宗法要　但、依願一帖ニ而も御免
一　帖外《（マヽ）》真宗法要
一　御伝記
一　六要鈔
　　以上
一　校点三部経
一　報恩講式、嘆徳文
右二部者、毎部巻首ニ致居御印、書林江取扱致仰付候事。
右御免物之内、小本章譜正信偈御和讃之儀者、去ル天保八酉年後御弘通致仰出候ニ付、此度御書加相成候事ニ候。従来在家之族者、猶更朝夕勤行之節多分坊間流布不正之御和讃を相用来リ候趣章譜も致相違御寺法ニ茂相背候ニ付、先達御本山御伝来之章譜を以新刻御弘通致仰出候間、門徒末々迄も其旨申聞、已来坊間不正之本不相用、早々御本山江願出候様取計可有之事。

（傍線筆者）

従来の御蔵版本としての姿に大きな変化が見られる。まず、傍線の箇所を見るに、『正信偈和讃』には従来のルビもなく音読の際の節の説明のない無章の御蔵版本が挙げられている。これは中世からの体裁である。しかし、これに続いて、「仮名正信偈御和讃」や「小本章譜正信偈御和讃」といった、仮名ルビのものや小型の章付本がある。また『五条御文章』（『五帖御文』）は、「西内紙摺《にしのうちがみすり》」という、従来どおりの分厚い楮紙の大判料紙に印刷した本の他、小本の「薄様摺《うすようずり》」があるという。薄様とは雁皮紙を薄く漉いた紙である。「小本」とは、半紙本の半分の大きさ、すなわち文庫本程度の大きさの本を指す。大本と異なり権威性の著しく低い書型だが、手軽に扱える便利な書型である。こうした書型はすでに偽版や町版で流布しており、門末には相当親しまれた書物であった。ここにきて本山は、小型本という門末のニーズに応えるため、正式な御蔵版本の姿を崩し近世的な権威性を落としているのである。

第二節　偽版から中本御蔵版へ

一　東本願寺御蔵版『真宗仮名聖教』

1　東本願寺の聖教集開版

天保九年（一八三八）に小本章譜『正信偈和讃』が御蔵版となったことをもって、西本願寺の御蔵版は一応終わったと言われている。(6) しかし、実際には、右に挙げたものの他にも、この時代に門末の需要に応えて柔軟に姿を変化させて再版する例が見られる。たとえ内容は従来のものと大差なくとも、その姿が変化しているのは、門末の学問上、信仰上の意識あるいは教団全体の性質の変化を示している可能性がある。近世の西本願寺教団が本によって支えられていることを考えれば、これは教団全体の変化を示しているはずで、等閑視できない。そのひとつひとつを確認しておく必要があろう。

一七〇〇年代の真名聖教の蔵版以降、西本願寺においては『真宗法要典拠』を除いては目新しい聖教の御蔵版化はない。しかし、すでにある聖教の板株からの再刻本を中心に、御蔵版本の版の種類を増加させている。一八〇〇年代には、まず東本願寺に大きな聖教蔵版があり、それに続いて西本願寺が自らの御蔵版の再刻を行っていく。ここではまず、東本願寺の動きから見ていく。

文化八年(一八一一)は宗祖親鸞の五百五十回忌にあたり、真宗諸派においては五十年に一度の大遠忌法要が執り行われた。その際の記念事業として東本願寺が開版したのが、『真宗仮名聖教』三十九巻十三冊である。明和二年(一七六五)刊行の西本願寺御蔵版『真宗法要』以来の、大規模な御蔵版本の出現であった。

東本願寺の『真宗仮名聖教』に収載される聖教自体は『真宗法要』と全く同様である。その本文は、町版を校訂したものであるという(7)。これは西本願寺の『真宗法要』の重版となる。しかし、『真宗法要』もまた、先行する町版を所持する本屋の許可をとって開版されたものであった。したがって、東本願寺がこれら先版所持の本屋の許可を得、町版の本文を校訂した場合は重版にあたらない。先の『真宗法彙』開版の折にも『真宗法要』の出版に触れ、「惣而、本屋より開板願、相済候分ハ、本屋ニ而別板流行仕候段は、真宗法要之通、当方より差構不申儀ニ御座候(8)」と、本屋が持っている町版はそのまま流布してよいとしており、株を他方へ分けることに関しては制約がなかった。したがって、近世の出版制度の範囲では、東本願寺の『真宗仮名聖教』の開版は合法であった。

しかし、当時の西本願寺には東本願寺の大規模な御蔵版を容認しがたい事情があった。三業惑乱によって西本願寺の本山としての権威が失墜し、深刻な様相を呈していた頃であった。大遠忌に合わせて大規模な開版事業を展開する体力はなく、わずかにそれまで町版として行われていた玄智校訂の『浄土三部経』板木を献上させ、御蔵版とするなどしている。こうした中で、東本願寺が『真宗法要』と同じ内容の本を開版したのである。

東本願寺の檀林である学寮は、一派の統一的教育機関としての発展めざましかった。文化年間に続く文政・天保年間には最盛期を迎えている。学寮が隆盛に向かう中、東本願寺は文化四年より『真宗法要』のごとき聖教集の開版を計画するようになったのだった。

求心力を失っていた西本願寺にとって、全国に末寺・門徒を持つ東本願寺が自らの『真宗法要』と類似した仮名聖教集開版を計画していることは極めて憂慮すべき事態であった。文化四年には奉行所に開版延期を願い出ている。『東本山仮名聖教開板ニ付故障申立』(9)はその際の文言を控えたものである。当該資料は草案をいくつも納めており、推敲を重ねていたことがうかがえる。その中から奉行所へ提出したものと思われるものの一部を左に掲げる。

(宝暦九年の開版願の時から『真宗法要』は)宗意安心之亀鑑と致し、任願被指免来候。然ル処、今般東本願寺ニおゐて浄土真宗仮名聖教とか申題号ニ而、当本山蔵板ニ似寄候書物、新規ニ出板被致度段被願上候旨、御承知被成候。他山之義と申、殊ニ右写本御一統茂不被成候事故、右之類本宗意ニ不叶抔と被仰立候義ニ而ハ無之候共、近年当本山門末共、宗意心得違及惑乱候一件、段々於公儀御苦労被成下、去年七月御裁許被仰出、自余之門徒共者祖師相応宗意正義之趣を以可被及教化旨被仰渡、追々諸国門末共被及御教諭候折柄、未人気茂不穏、彼是御門主御心配之時節ニ御座候得者、若他山も同流之東本願寺ニおゐて新規ニ当本山蔵板真宗法要ニ似寄候類本出板之儀御聞済御座候趣、当方門末共聞伝、従来当本山より被差免候真宗法要之儀者宗意ニ不叶義抔有之哉、此度公儀御聞済之上東本願寺ニおゐて新規ニ開板被仰付候抔と、自然末々心得違之もの共も有之、宗意ニ付惑乱を生し、又ハ無曲もの共彼是騒々敷申立候様成行可申哉と、至而御苦慮被成候。左候而者、被対公儀江御門主被為恐入何程か御迷惑思召候間、他山之儀御自由ヶ間敷候得共、前□之趣、深御賢考被成下、何分公儀御憐察を以、諸国門末相治り候迄、暫御聞済御猶予之儀、厚御願被仰入候。以上。

六月十八日　本願寺御門跡内　瀧弾正

(傍線筆者)

傍線部は、西本願寺の宗主が従来より「宗意安心之亀鑑」としてきた『真宗法要』について危惧していることを述べている。すなわち、宗意に適わない事が『真宗法要』にあったために、奉行所が東本願寺の仮名聖教集の開版許可をしたのだと心得違いを起こす者が出てきて混乱すると訴えている。三業惑乱の最中、公儀が東本願寺に『真宗法要』と類似の本の開版許可を出すことは西本願寺にとって大きなダメージとなる。自らの窮状を訴えた上で、「暫御聞済御猶予之儀、厚御願被仰入候」と、開版許可を延引するよう願い出ている。

しかし、やはり他寺院の出版に介入することは難しかった。「宗意安心之亀鑑」である『真宗法要』も、出版法に照らし合わせれば、本屋の所持する町版から派生させた一版に過ぎない。『真宗法要』開版時に、御蔵版となった聖教類の町版流布は自由としている以上、元版の本屋の許可を得ればさらに新しい仮名聖教集を開版することは合法であった。京都書林仲間の記録『済帳標目』(10)の文化四年(一八〇七)卯五月から九月の項には「並先年西本願寺聖教蔵板之衆へ出入済口一件、右上ヶ候儀被仰付認上ヶ候一件」とあって、『真宗法要』の留板をしている衆中との交渉も済んだことが知られ、ついに宗祖の大恩忌の翌年の文化九年、開版に至った。『真宗仮名聖教』三十九巻十三冊、西本願寺の『真宗法要』と同じ、本山蔵版の仮名聖教集であった。同じく『済帳標目』の文化九年(一八一二)申正月から五月の項には、東本願寺の『仮名聖教』が完成したことに伴い、留板の「板木入長持壱棹封之儘請取、誓約之書面掛ヶ合一件、附五月十三日披露」とあり、『真宗法要』同様に留板が作製されたことが知られる。

2 『真宗法要』と『真宗仮名聖教』の姿

『真宗仮名聖教』に収載される聖教自体は『真宗法要』と全く同じであるから、内容の目新しさはさほどない。

決定的に異なるのは、その姿である。『真宗法要』が、本の格として最も高い大本で弘通されたのに比して、『仮名聖教』はより小型の半紙本の書型で開版された。『済帳標目』の文化四年（一八〇七）卯五月から九月の項に「一東本願寺ニて聖教類小本ニ彫立蔵板ニ被成度ニ付、西御役所より被仰渡候一件」とあって、当初から「小本」つまり小型の本として企画されていたことが知られる。

この半紙本という書型は読本に代表されるように、通俗的な読み物に多く、仏書でも勧化本の後印本や門末向けの読み物に見られる書型で、本山が下付する聖教としては不相応の規格である。『真宗仮名聖教』開版計画は、幕府が西本願寺に事実上本山側の敗北を申し渡した時期と前後して企画されている。すなわち、西本願寺にたいして存在感を示せる絶好の機会に、東本願寺は積極的に小型本の開版を選んだことになる。

図4　『真宗仮名聖教』

『真宗法要』に比べ小型で、格段に扱いやすい。

『真宗仮名聖教』は、『真宗法要』が三十一冊であったのに比して、十三冊と冊数は半分以下であった（**図4**）。文字は細くて小さく、『真宗法要』に比べて字間も狭い。このため、多少一冊あたりの厚みが出ているものの、小型本でも冊数を減らせた。校異については、『真宗法要』が極力巻末にまとめて目立たないようにしているのにたいして、『真宗仮名聖教』は本文の横に示されたり、頭注で補われたりしており、唯一絶対の本文を誇示する意識は無い。それどころか、校異で「一本」と記されているものは

『真宗法要』を指しており、参照すべき本文として西本願寺の本をも採り入れている。学習に便利なよう配慮されており、たいへん実用的である。

しかも、この本はいつのころからか、半紙本からさらに小さい中本になっている。同じ板木を用いているものの、ノート判ほどの半紙本から新書判サイズの中本にするには版面が大きすぎ、頭注の部分が料紙からはみ出してしまうため、頭注の部分のみ彫りなおして低くしている。料紙も雁皮《がんぴ》紙《し》をごく薄く漉いた薄様である場合が多い。料紙が薄いため、一冊に入る頁数を多くできるから、冊数はさらに減らされて十冊となっている。よりコンパクトになるように工夫を重ねている様子が見てとれる。

文化九年からは少し隔たっているが、『済帳標目』の文政十二年（一八二九）九月より寅正月の項には、「一　仏書類板行焼失之分諸宗学文手支《てづかえ》ニ付、補刻追々致度施主有之、仲間ニて世話致遣し候一件」と、学問のための仏書が入手しづらい状況下で、板木を彫り足すために施主となる人がいたことが知られる。江戸後期から幕末にかけて、仏教界の学問が盛んであったことの証左であろう。真宗法要『典拠』や『関典録』もそうであるが、こうした動きに積極的に応えたものだったのだろう。

統一的教育機関として学寮が隆盛に向かう時期に開版された大規模な聖教叢書を、東本願寺がこのような装訂に仕立てることは、当時の門末のニーズを示しているのではないか。すなわち、『真宗法要』のごとき大型で、寺院の文庫にしまわれて永久に守られるべき宝物としての書物ではなく、よりコンパクトで個人の学習に向く実用的な聖教集こそ、当時必要とされていたと推測される。

二　悟澄本の摘発

1　偽版『教行信証』の摘発

江戸後期、西本願寺教団でも小型の聖教の流行が見られる。すでに民間の勤行本には偽版ではあるが小型の『御文』や、町版の『正信偈三帖和讃』などがあったが、西本願寺発行の教学を支える小型聖教類の嚆矢は天保年間の中本『教行信証』であった。この本の開版契機となったのが、安芸の学僧悟澄《ごちょう》による私版『教行信証』（安芸本あるいは悟澄本と称される）が偽版と見なされ摘発された一件である。この事件のほんの一端ではあるが、その経緯を『悟澄開版本典ニ付大坂出張記録』(11)によって知ることができる。同史料は断片的であるが、天保九年（一八三八）正月十八日に悟澄本が発見された経緯が記されている部分を左に挙げる。

一　十八日辰刻、御留守居江面会左司馬申述。当節、於下方、教行信証之贋本密ニ致流布候趣御□段々御検義有之候趣、昨冬十二月中旬、御出入書林丁子屋庄兵衛より一本致入手、届出候ニ付、持主糾ニ相成讃州□阿郡木徳村本正寺与申者之所持ニ有之。同寺申候（此者、末一寺之住職ニ無之、所々伴僧相勤居候由）同国僧快隣与申者より譲り受候。御本山御蔵板御株之儀者、不案内ニ而、薄様摺小本合冊ニ致シ有之ニ付、遊学旅行ニ甚便利ニ拵、無何心致所持来り候（以下略）

『教行信証』の「贋本」を、去年の十二月に寺内町の本屋丁子屋庄兵衛を通じて入手していたという。すでに『教行信証』の株は東西本願寺がそれぞれ一点ずつ所持していた他は、御抱版として東西本願寺の統制を受けている町版が一点あるのみであったから、本山の知らない版を所化が持っていたことになる。調べてみると、持ち主は本正寺某という僧侶であった。この者は本正寺の住職ではなく、住職となる寺院を持たない伴僧《はんそう》であるという。

本正寺某が言うには、この本は同郷の僧の快隣という者より譲り受けた本で、「薄様摺小本合冊」すなわち雁皮紙を薄く漉いた極薄の料紙を用いており、小型で冊数も通常の『教行信証』は六冊のところ、合冊してより少なくした本であった。これは先の東本願寺の『真宗仮名聖教』と同様の仕立てである。彼のような伴僧には特にであろうが、「遊学旅行ニ甚便利」であったという。

驚いた西本願寺はさらに快隣から話を聞き、その入手方法と出所を突き止めた。

（前略）其後追々承り伝へ所、持主之者多ク有之ニ付、右快隣江板本売弘所相尋候処、快隣申候者、右者一両輩同志之者申合セ取拵候品ニ而、則板本売弘所者大坂伝坂町西横堀西江入長堀町播磨屋五郎兵衛方ニ有之趣、然右者書林ニ而者無之、書籍表紙仕立を業ニ致居候者ニ而、此儀者甚可秘事ニ候、表向ニ相成候而者六ケ敷子細有之由申之居候、依而相求度存候者有之候共、五郎兵衛方江表向者不及申、内々申込相頼候得共、快隣幷同志之者より手紙無之而者売渡不申由、右本正寺申候ニ依而相考候処、先者快隣不埒之刊ニ令同定候而取拵候者与ハ不相趣、然不正之品与不心附貰受候との趣、虚実不文明ニ候へ共、暫ク話、手段を以て御殿御為筋を篤ク申聞、快隣を致同道可致上京様申致、別紙之通御請書為相認、旧冬十二月廿三日、一先□□申付、当春正月中ニ者致上京候手積りニ相成有之候。

調べてみれば、本正寺某のものと同じ『教行信証』の「持主之者多ク」おり、偽版聖教が所化に浸透している深刻な事態が判明した。快隣に尋ねると、同書を作っているのは大坂の播磨屋五郎兵衛という表紙屋であるという。表紙屋は本の表紙を拵える職人である。本正寺某から聞いた話では、播磨屋はおおっぴらな販売はもちろんしておらず、快隣やその同志の者の「手紙」を持たない者には売らないという。そこで西本願寺は手紙を用意させ、快隣を伴い大坂へ向かい、入手を試みている。

2　文庫を前提としない本

本正寺が所持していた『教行信証』偽版こそが、安芸本あるいは悟澄本と呼ばれる小型の『教行信証』であった（**図5**）。悟澄は、近世西本願寺教学の中で大きな地位を占めた安芸の石泉《せきせん》学派に学び、京阪の各地を歴遊した後、晩年に再び安芸に戻り、広く内外の典籍を講じた碩学の人であった。[12]

安芸本の開版について、おそらく悟澄自身は利益を求めてのことではなく、安芸での教学上のコミュニティで使用するつもりで私版として開版したのではないかと思われる。ところが、実際は多くの所化が所持してしまい、右のような事態となってしまった。悟澄本が予想外に好評であったのだろう。板木は本屋やその下の職人の元にあるはずで、おそらく彼らによって利益目的で増刷されたと思われる。しかし事が露見したからには、本山としては悟澄を処罰しなければならない。結局、悟澄は親鸞の主著に注を付したということで不敬とされ、本山によって僧籍を剝奪されるという厳しい処分を受けた。

確かに、安芸本の中には**図5**の見返しのように「御免」の朱印を押印し、本山の許可を得たごとくに偽装したと思われるものがあり、悪質であったことがうかがえる。安芸本は天保九年正月、絶版（板木を壊し、出版を不可能にする厳罰）となった。[13] この「御免」の印に関しては、悟澄は無関係で、播磨屋など印刷製本の関係者が行ったこと

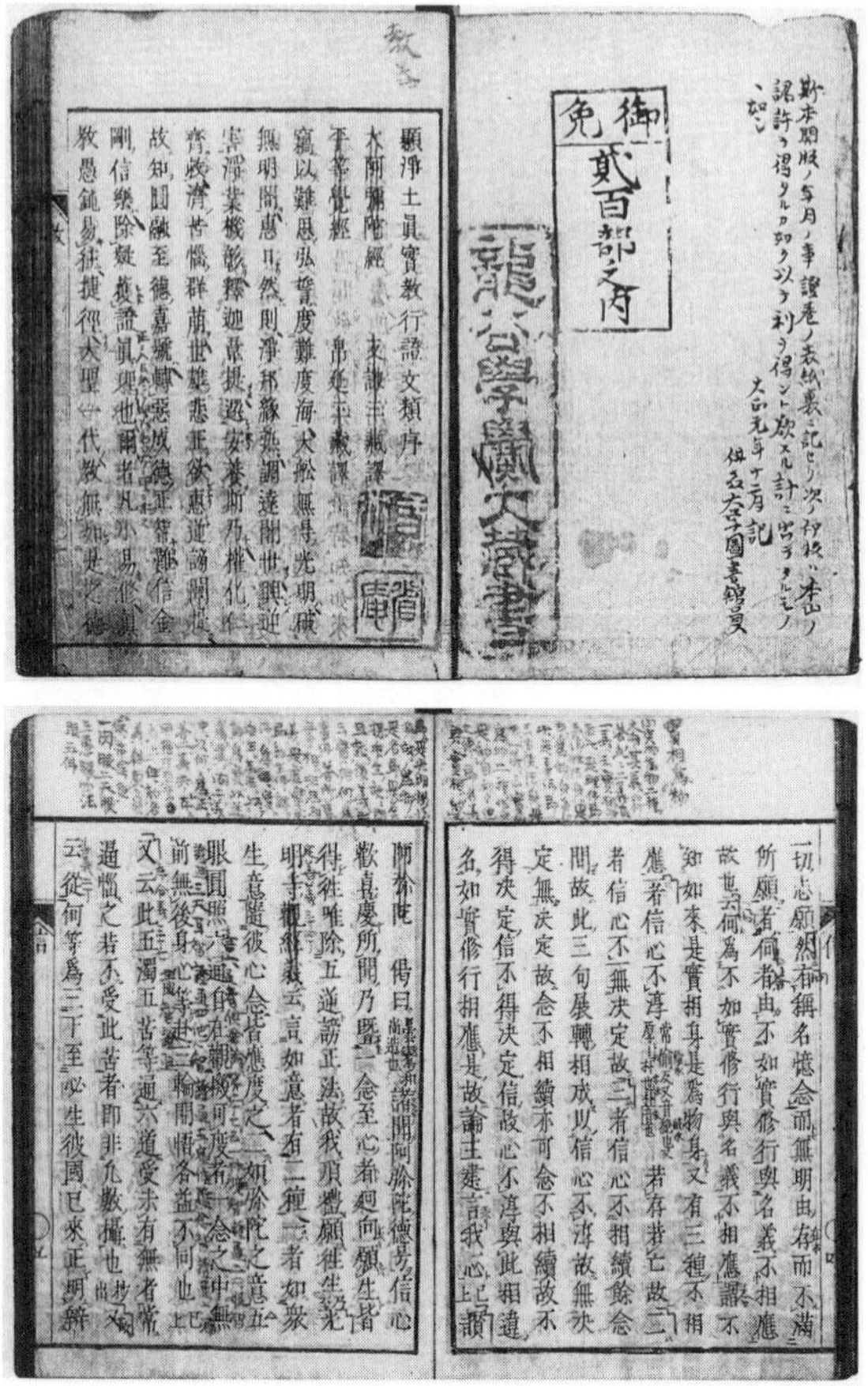

図5　安芸本『教行信証』

上段の冒頭部右見返し部分には「御免」の朱印が見える。下段の上部にはびっしりと書き込みがあり、よく使われていたことが知られる。

と思う。「御免」の朱印で本山の権威を偽装し、より多くの本を売ろうとしたのだろう。

同本は、特に当時の学僧らのニーズに合っていた。悟澄本には、西本願寺御蔵版本である明暦本の誤字脱字を改め、『真宗法要』ほか参照すべき聖教がある場合はその丁数を傍注として付していることなど、より繙読の便を高める工夫がされている。加えて、さらに利便性を高めたのが、書型であった。悟澄本は中本と呼ばれる書型で、これは従来の御蔵版本の半分の大きさである。大本は物の本として最高の格を持ち、各寺の文庫などに大切に収蔵するにはふさわしいが、手軽に何度も見たり、学問研鑽の集まりに各々が持参することは想定されていない。学問に用いられることがある一方で、什物として大切に伝えていくものでもある。すなわち、あくまで文庫に永久に保存されることを前提とされる権威的で高尚なものであった。

反対に中本は、その代表が黄表紙や洒落本であることからも知られるとおり、低級な本に採用される書型である。江戸後期には、格上の本であっても、たとえば『古今和歌集』や一部の儒学書など、一般大衆にもニーズがあった場合には、紙代のコストを低く押さえられる上、手軽な中本で刊行することも多かった。こうした、内容が歴史のある物の本であっても、書型の格が下がれば「小草紙《こぞうし》」に分類されるものであり、低俗な内容の本と同等に売られていた(14)。

悟澄本は、大本の格の高さは全く求めていない。逆に積極的に中本にしようとした本である。もとの明暦本が八行であるところを十行に増やして頁数を減らしている。加えて、先行して発行されていた東本願寺の『真宗仮名聖教』と同じ薄様である。極薄の料紙でできるだけコンパクトにできるよう工夫している。大本で六冊だったものが、その半分のサイズで二冊である。勉強する個人を的にした書物なのである。

こうした本を、伴僧である本正寺某が所持していたことは極めて示唆的である。彼は自坊を持たないため、代々本を蓄積し守り伝える文庫を持っていない。つまり、本正寺某にとっては、これまで本山が弘通してきた大本の御蔵版は縁の無いものなのである。文書中にも「御本山御蔵板御株之儀者、不案内」のために、「遊学旅行ニ甚便利」な偽版を持っていたと述べている。これまでどおり大本での弘通を行う一方で、聖教は文庫の本から個人の本へと各地を遊学する学僧のため、性格の異なる御蔵版本が必要とされたと考えられる。それに伴い、書物の姿にもその格の取り崩しが見られるようになったのではないか。

3　本山による中本開版の動機

安芸本の摘発は、西本願寺にとって御蔵版本の新しい需要の発見であった。安芸本が絶版となった直後、西本願寺は自らが所持する明暦版の板株を用いて、御蔵版本として安芸本と同じ中本の『教行信証』二冊を開版している（**図6**）。佐々木求巳によれば、その刊年は天保九年七月であるという。(15) 西本願寺による教学用中本聖教の嚆矢である。当該本は、本文はほぼ従来の明暦版を御蔵版したもののままであるものの、『真宗仮名聖教』や安芸本と同じく本文の近くに注を入れ込んでいる。すなわち、寛永版、正保版、寛文版と明暦版以外のすべての『教行信証』の校異を頭注に付してある。

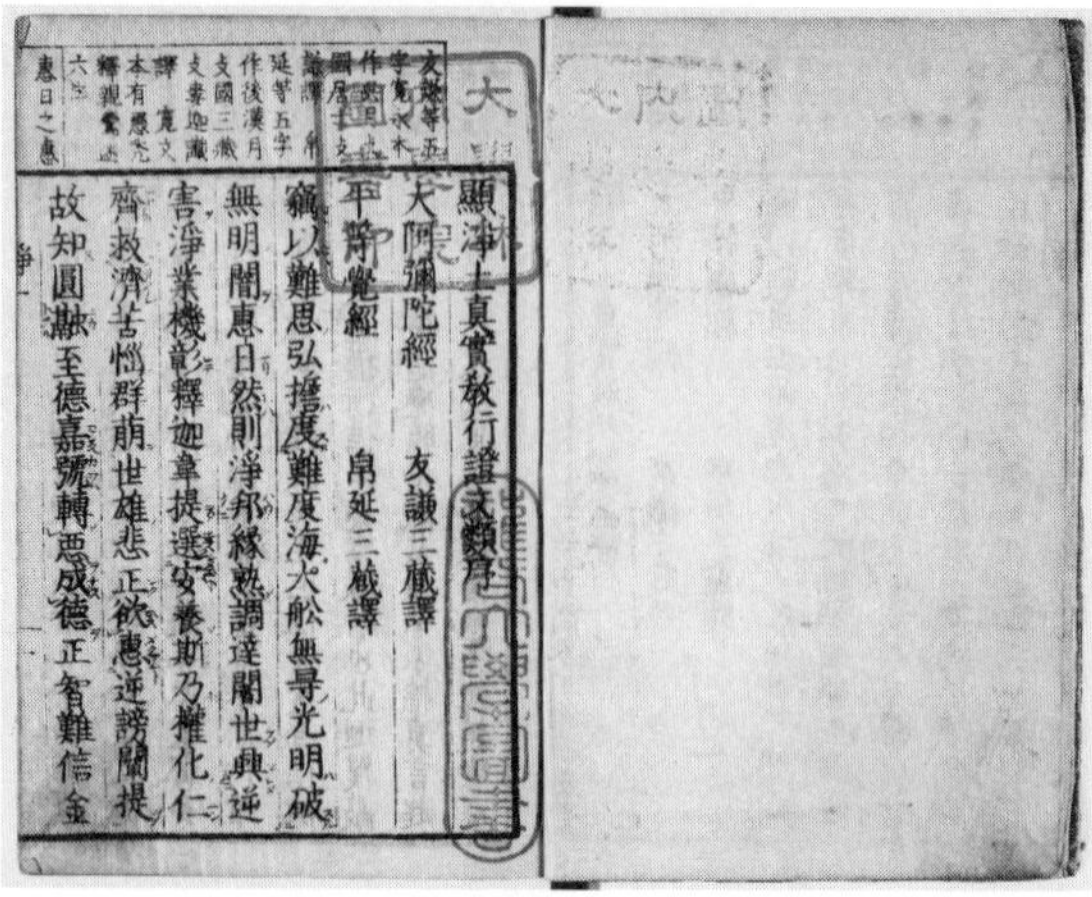

図6　中本御蔵版『教行信証』

「支謙」とあるべきが「友謙」のままである。しかし、実用的になるよう工夫されている。

黄表紙や雑多な実用書などが主流を占める、格下の書型である中本を、一学僧の私版ならいざ知らず、最高権威たる本山が開版・弘通するのは極めて不相応である。にもかかわらず、安芸本の摘発の直後に、慌ただしく中本『教行信証』を再刊したのだった。

なぜ、西本願寺は開版を急いだのか。天保九年正月に悟澄本を摘発し、同年の九月に御蔵版本を再刻したのは、あまりに性急である。それは、東本願寺の動向を警戒してのことであった。『悟澄開版本典ニ付大坂出張記録』には、先の本正寺某が所持していた本に続いて、さらに御用書林の永田調兵衛から一冊入手した。西本願寺では持ち主の円光寺弟子大印《だいいん》という僧を調べたが、「是者実ニ不案内」で何も明らかにならなかったので、結局帰国させてしまった。ただし、それに続けて以下のようにある。

（前略、大印が所持していたような本が）追々致流布候而者、難候捨置、自然裏方より心附キ、彼方江刻上ケ候様相成候而者、甚御差支ニ候、第一、此処深ク致心配無手抜可及候斗旨、御沙汰ニ候、依而御手ニ入候贋本一冊、幷本正寺より差出候所書之摺物一枚、御留守居江相渡。

このような偽版が流行しては、「裏方」、すなわち東本願寺が気づき、東本願寺側から同様の本が出版されることになる。そうなっては「甚御差支」になると心配している。東本願寺には寛永版の板株があるため、中本の『教行信証』開版は可能である。しかも、すでに小型の聖教集『真宗仮名聖教』を御蔵版として新刻しているから、その可能性は少なくなかった。

この問題は深刻だったようで、本山内部から、東本願寺に気づかれることに関して「深ク致心配無手抜可及」と、細心の注意を払って事にあたるように申し渡されている。西本願寺は東本願寺が先に小型の『教行信証』を開版することを強く懸念し、中本『教行信証』の開版を急いだのであった。

これ以後も、東西の本願寺は御蔵版本の開版において競合することとなる。

第三節　中本聖教の流行

一　中本『真宗法要』の開版計画

1　中本『真宗法要』開版に向けて

中本で『教行信証』を弘通した西本願寺であったが、これを前例として『真宗法要』をも小型化する計画があった。その際の記録である『小本真宗法要上木一件記録』一冊の冒頭を左に掲げる。開版に向けて安政二年（一八五五）八月に奉行書に出した趣意書である。(16)

安政二乙卯年八月十八日、御蔵板□四当帳

一　御本廟御弘通之真宗法要、裏方ニ而者標題御仮名聖教与号、美濃紙本ニ而従来門末江弘通有之来候所、此比小本彫刻未夕皆成就ニ至らす候得共、過半出来致候由、内密承り候。右者兼而御彫刻之思召候得共、何分大業故、御延滞ニ相成居候。彼方ニも従来別株有之、夫を以今般小本取拵候事故、公辺届先ニ相成候而者、後日御彫刻之差障相成可申も難斗□之御彫刻者追而之事ニ候而も、一旦先進ニ御届置御座候方可致与奉存候。

開版に向けて「過半出来」しているものの、「何分大業故、御延滞ニ相成」っているとしている。その上で、後日の妨げにならぬよう予め奉行所へ届け出ているという。その開版動機については、「今般為旅行便利、小本彫刻ニ成度」とあって、悟澄本に関して本正寺某が言ったことと同じで、小型本が持ち運びに便利であると述べている。

右の引用に続く箇所で、やはり「薄葉摺小本」としたいとも言っており、冊数を減らそうともしていた。東本願寺の『真宗仮名聖教』開版から四十年以上、中本『教行信証』開版から十七年が経過しているが、小型化した聖教のニーズは続いていたことになる。

2　開版の断念

東本願寺にはすでに小型の仮名聖教叢書『真宗仮名聖教』がある。西本願寺としては中本『真宗法要』開版はなんとしても達成したい事業であった。しかしながら、趣意書を提出した翌年の安政三年八月、「当節御手許差集候儀有之」として西本願寺から中止を申し出ている。『小本真宗法要上木一件記録』にはその理由が具体的には書かれていない。しかし、次に触れる『六要鈔』の再刻の折の記録である『六要鈔上木一件』[17]には、中本『真宗法要』の開版断念に触れた箇所がある。同史料は、すでに御蔵版として備わっていた『六要鈔』を、この後の安政四年（一八五七）に中本で再刊した際の記録である。左に掲げるのは、西本願寺がすでにある大本の『六要鈔』に中本の下書きを一枚添えて開版許可を求めたことにたいしての、奉行所の返答の一部である。

（前略）依之六要鈔不残小本御彫刻之上、無表紙ニて大本相添さし遣候事可致哉。唯今大本ニ小本下書一枚相添さし遣し候共、何れ出来之上不残御差遣ニ相成候様被申候ハ心足遣候時者、二重御届之様相成、御手数之儀ハ御厭ひ無之候方、向後御届之節二重ニ類例ニも相成可申哉。依之、皆出来之上、無表紙にて御差遣之方可致示談仕候。依而、此談奉伺候。

右に拠れば、「皆出来之上」、すなわち西本願寺がすべての板木を完成させ、印刷した本を「無表紙」で提出するまでは、奉行所としては開版許可を出さないと申し渡されている。これはやや特殊である。通常の開版手続きでは、新規開版あるいは再版申請の場合であれば、まず本屋仲間の長である行事が原稿である板下写本をチェックする。問題なければ奥印証明を押して写本を町奉行所へ提出する。奉行所の許可を得たものは行事が「写本留帳」に記録した。ここまでできてから、板木が作られ始めるのである。板木が完成すると、新刊の場合のみ数部印刷して献上すれば、公儀から開版許可が下される。しかし、御蔵版本の再版申請の場合、板木をすべて作製し、その板木で印刷した本の提出をもって開版許可とするという。あるいはこうしたことが、中本で『真宗法要』を開版する際に困難となったのかも知れない。

『真宗法要』には三十九種の聖教が収載されている。同じ種類の聖教が入った東本願寺の『真宗仮名聖教』は縮刷の工夫を重ねても十冊であった。『真宗法要』を縮刷する場合も、大量の板木を作製しなければならない。資金面で難しかったため、断念した可能性がある。

ただし、明治期になって、詳しい経緯は不明ながら、『真宗法要』も中本で再版されている。そしてすぐに町版となった。この中本『真宗法要』は、大本のものが三十一冊六帖であったのにたいして、薄様など薄い料紙を用いて十冊二帖となっている。やはり、中本聖教の需要はあったのである。

二　中本『六要鈔』の開版

1　開版に向けて

『教行信証』の小型化以降、中本『真宗法要』は断念したものの、西本願寺ではさらなる小型聖教を準備していた。中本『六要鈔』である。『六要鈔』とは、南北朝時代の教学者存覚が著した『教行信証』の最初の注釈書である。前章で触れたが、すでに安永年間に御蔵版として備わっていた。

先に触れた仮綴写本『小本六要鈔御上木』一冊は、御蔵版本『六要鈔』を中本に直して再版する際の詳細な記録である。文書冒頭には、安政四年（一八五七）十二月七日に「一　小本六要抄上木之義ニ付、正聚房、南渓等江御用被仰付之義、右之通教宗寺より伺出」とあり、本山が中本『六要鈔』開版を正聚房僧純や勧学《かんがく》南渓に命じていることがわかる。なお、「勧学」とは三業惑乱以降の文政七年（一八二四）より能化に代わって設置された学林の最高職で、能化と異なり一年ごとの任期制であった。

左に、安政四年ごろ、正聚房僧純が西本願寺に中本『六要鈔』開版を要望している部分を掲げる。

一　六要抄小本ニ而近来御開板ニ相求候。小本御本書之通御開板御弘通ニ相成候ハヽ、末学之便利、且者御本山急度御為方ニ相成可申ニ付、何卒御遠忌前早々ニ御開板奉伺候。（以下略）

『六要鈔』を中本で開版して「小本御本書」つまり中本の『教行信証』のように弘通させれば「末学之便利」になり、本山のためにもなるので、宗祖親鸞の六〇〇回忌である大恩忌を前に早々に開版して頂きたいとしている。当時は文久元年（一八六一）の大恩忌の四年前にあたり、何らかの記念出版をする機運があったのだろう。地方で研鑽を深めていた当時の学僧の実情をよく把握し、それに適した小型テキストの提供を僧純は考えていた。

この僧純という学僧は、『真宗法要典拠』の募縁活動でも活躍した人物であった。浄土真宗本願寺派の学僧で、寛政三年（一七九一）に生まれ、明治五年（一八七二）に没している。号は正聚房・中山園。僧純は学林での研鑽を経て美濃垂水《たるみ》専精寺《せんしようじ》に入寺した後、石田敬起こと大根屋小右衛門と共に西本願寺の財政改革に尽力し、大谷本廟（西大谷）の石橋の架設などの創立にも貢献した。嘉永三年（一八五〇）ごろ九条家が兼実の六五〇回忌を修するのに際して全国の真宗末寺に「三部妙典」を寄付した時にも、その斡旋にあたっている。時の宗主広如の命を受けて角坊《すみのぼう》別院の地を親鸞往生の地として調査・報告するなど、行政僧としての側面を強く持っている。

一方で、勧化本を中心に著作が豊富で、『高祖聖人皇都霊跡志』（安政五年）、『親鸞聖人霊瑞編』（文久元年）、『仏説孝子経和解』（嘉永二年刊）、『日本往生伝和解』（嘉永四年）、『本廟御真影略伝』（万延二年刊）や『高祖聖人十恩弁』（明治十年刊）などあり、その中でも特に有名なものは、真宗全体に非常に反響を呼び現在もなお続編が作られている『妙好人伝』初篇から五篇である。僧純は、近世後期の中でも指折りの説教僧でもあった。

本山の行政に携わり、勧化唱導のプロとして全国をまわっていた僧純は、教団全体の本のニーズをよく知っていたはずである。

2　資金面での困難

ただし、『六要鈔』の小型化に関して、「御殿御出財ニ不相成候様」とあって、本山は予算を出さなかった。財政改革で危機的な状況は脱したものの、財政の健全化には至らず、水面下では不安定な状況が続いていた。『六要鈔上木一件』に拠れば、板木の彫刻料だけで六〇両と見積もられているため、高額の開版資金を出すことを避けているようである。したがって、僧純らは資金面で苦労することとなる。次に掲げるのは、安政五年（一八五八）正月の、御用僧が本山の諮問に対する回答文書を控えたと考えられる記事である。

正月六日御用僧第二番帳

一　六要鈔御新刻御入用御朱書御下知之通御時節柄ニ付、募縁心配可致御尤ニ候。就而者、精々骨折可申候得共、御承知之通典拠募縁相渋候故、一時ニ難懸、何れニ茂片山長右衛門取替無之而者難相成、典拠一条ニ付而茂、最早五六拾両茂同人取替ニ相成候哉ニ相聞江候。就而者、此間同人江示談仕候処、御蔵成之事故、六要鈔御新刻御入用茂取替可申段、承知仕候得共、何卒取替候分御返金ニ相成候迄は、典拠幷ニ六要鈔募縁は勿論是迄通、尚又典拠・六要鈔共仮令御殿江願候分之金子も取替丈者、御下ケ被下度申出候。依之勘考仕候処、典拠御殿虎之間江願出候分、片山長右衛門江御振向、同人印紙ニ而御下ケ御座候手続可致哉。六要鈔御新刻御出来之上茂同様被仰付候ハヽ、同人取替方扶相成可申、且者御備金之一助ニも相成可申。乍併、御差支候儀も御座候ハヽ、右者差置、何分銀主長右衛門意得仕候様、御手続御納戸江勘考被仰付度、勿論、其内募縁者成丈心配仕可申、此段奉伺候事。

中本『六要鈔』開版の資金を集めるにあたり、天保年間の財政改革も過去のものとなりつつあり、世上も騒がしい時節柄、僧純らが募縁で行うものとした。それでも必要な分が得られるか心配している本山にたいし、確かに『真宗法要典拠』の募縁でさえなかなか集まらなかったので、一時にすべてを集める事は難しく、『真宗法要典拠』の時同様、御用商人の片山長右衛門こと鍵屋長兵衛の立て替えをあてにしなければならないと述べている。

この鍵屋にはすでに『真宗法要典拠』開版の際に五、六〇両も負担させているにもかかわらず、僧純ら御用僧たちは鍵屋と交渉し、『六要鈔』開版資金も立て替えてもらうことになった。そこで、僧純らは本山の虎之間《とらのま》に申請した『真宗法要典拠』開版のための費用も鍵屋に立て替えさせるものとし、今回の『六要鈔』開版も同様に鍵屋の立て替えにしてはどうかと本山に提案し、一方で自分たちは募縁に努めるとしている。つまり、全ての開版にかかる費用を鍵屋に立て替えさせることで本山からの直接の支出を無くし、その立て替え分は自分たちで支払うと申し出ているのである。鍵屋の協力、僧純らの覚悟は相当なものであった。

こうした僧純らの提案にたいして、朱書きで本山の対応が書き留められている。

右伺左之通、御納戸より片山長兵衛被為申達置候事。

片山長兵衛

真宗法要典拠

六要鈔

右願人、冥加難御頼申候ニ付、取扱心得方左之通。

一　願人、虎之間被罷出候ハヽ、其方江、冥加金相納御預ケ手形取請右手形を以可罷出旨、申聞差遣し候間、右冥加銀、願人より請取候御預り手形願人江相渡、虎之間被為差出可申候事。

一　右御聖教御仕立等、都而御入用費有之節ハ、御納戸より帳面を以可申遣候間、其節々相納可申候事。

一　右御本仕込ニ付、職方江御用代、六季毎々御払之節、前同断可申遣候間、是又相納可申候事。

一　右出入、半季毎ニ致斗算、尤出方相納候分手形を以命勘定、残り御預り冥加銀、手形引替ニ御納戸江相納可申事。

一　六要鈔新板御彫刻ニ付、慕縁銀御納戸より帳面ニ相記、其方江相下ケ可申候。尤、御入費之節々、御納戸より帳面を以可申遣候間、其節々相納可申候。右出入半季毎々可致斗算候事。

正月廿九日　下知

立て替え分として鍵屋長兵衛が納めた冥加金は僧純らの手を経て一担西本願寺の御納戸《おなんど》へ入れられたようである。また別に、製本のためなど、費用が必要な時は御納戸から鍵屋へ知らされるので、その際も必要な金額を納めること、また、製本を担う職人たちの給金は二か月ごとに支払うが、これも御納戸から請求された額を鍵屋が納めることとした。一方、僧純らが募った募縁金は御納戸が帳面に付けた後、鍵屋へ下げ渡すとしている。そして、それらの出納は半年に一度精算することなどが決められた。

右のようにして開版計画は進められたものの、それでもうまくはいかず、万延元年（一八六〇）ごろ開版されたがその後も資金は回収できずに借金となっていた。たとえば、万延二年二月時点で製本の代金などがかさみ、僧純の借金は九五両に上っている。そのうち五〇両は『真宗法要典拠』開版の功績により本山から下付されたもので返済している。残り四五両に関しては、先の五〇両のように本山から僧純へ下付してもらいたいと使僧が嘆願している。

これを見るかぎり、『六要鈔』開版は、先の『真宗法要典拠』開版と一体になって準備が行われたようである。宗祖六〇〇回忌の記念事業としての『典拠』でさえなかなか資金が集まらない中、ほぼ連続してすでに出版されている『六要鈔』の小型本での再刻を試みている。

3　権威と採算性

中本『六要鈔』の開版にあたっては、先行する中本『教行信証』と努めて同じ体裁にされた。僧純は本山に「御開板彫刻ニ付而者、十巻を三巻ニ合し帙入ニ、小本御本書之通仕立可申。尤、小本御本書之文字甚あさやかニ候て、諸人悦候事故、頼ハ小本御本書之通ニ、行数・字数仕度候」と、大本で十冊だったものを三冊にし、版面も好評を得ている中本『教行信証』と同じにすることの伺いを立てて許可されている。

万延元年（一八六〇）五月十三日、凡例もできた。本山秘蔵の存覚真筆本を「原本」、僧純が見つけてきた「慈観僧都伝写本」（慈観は存覚の七男）を「古本」と称して、本文との校異を出すこととした。同年の七月二十一日には体裁も決定した。「一　小本六要鈔仕立方、都而薄葉ニ被仰付、表紙者、在来六要鈔大本之通ニ仕度候事」と、料紙に薄様を用いて冊数を減らし、表紙は大本の『六要鈔』同様、「丹表紙葉桐」「唐草」と、朱色の表紙に桐と唐草空押《からおし》文様の意匠とした。

ただし、やはり『真宗法要』同様、「宗意安心之亀鑑」でなければならないとしている。僧純らは同じ十三日に「一　御真本幷ニ慈観僧都伝写之御本ニ候共校異出し候而者、末学却而泥を生し候廉も御座候ニ付、除而可然哉。是も又別紙一点書ニ出し奉伺候事」と、存覚真筆本や慈観書写とされる本の校異を目立たせれば末学が宗意を誤る可能性があると指摘している。簡便な縮刷版にしても、本山としての権威に混乱が生じる事態を警戒している点は留意される。

以上のようにして、中本『六要鈔』は準備された。『六要鈔』の開版にあたって公儀へ届け出た口上書には、「諸国御末寺旅行等之砌、大本ニ而者不便利」と、当時の末寺僧侶の「旅行」が多い事を挙げている。やはり中本『教行信証』同様、旅行に便利なようにコンパクトにすることが主眼であった。極力縮刷し利用に便利なようにしている。

ところで、『六要鈔』は宗祖親鸞の作ではなく、あくまでその注釈書であった。したがって、御蔵版本としては不安視する向きがあったようで、安政四年（一八五七）十二月の十四日、本山より「浄土文類聚鈔・愚禿抄・入出二門偈、右祖師聖人御製作」であるから、親鸞作でない『六要鈔』より優先して蔵版するべきではないかという意見があった。

これにたいし、僧純は『六要鈔』を開版すべきと答えている。その理由としては、まず『浄土文類聚鈔』、『愚禿鈔』、『入出二門偈』の合本を、先ごろ真宗佛光寺派の本山である佛光寺が関東の寺社奉行へ出願し許可された例を挙げている。佛光寺は合本を開版・弘通したのだが、元版を所持する丁子屋が故障を申すため、合本一冊につき板賃として銀七分を丁子屋に支払うはずがその値段では折り合いが付かず、実は同寺は迷惑に思っているという。そもそも、「右合本之書籍ハ□之事故、御末寺僧不残所持罷在候事」と、すでに末寺が町版で残らず持っている本は弘通しても本山の「御為」にならないと答えている。

要するに、採算性も問題なのである。当時好評を博していた中本『教行信証』に近い位置にある『六要鈔』は、確かに親鸞の作ではないもののニーズは高い。中本『六要鈔』ならば大量に弘通できるので本山のためになるという、御蔵版本の弘通に利益が求められていたことも透けて見える。たとえ宗祖の著した聖教であっても、本山が門末のニーズを無視した本を開版すれば、負債を抱えるばかりである。これを受けて、本山も三冊合本の御蔵版は「御見合二」するとした。

4　東本願寺との競合

安芸本の取り調べの際に本山がとくに留意したことに、東本願寺の動向があったことはすでに述べた。西本願寺は東本願寺が先に小型の御蔵版本を開版することを恐れていた。その心配は、『六要鈔』においても差し迫ったものであった。左に掲げるのは、安政五年（一八五八）二月十二日の項の一部である。

（前略）裏方にて、此比頻ニ絵本《（マヽ）》六要抄小本取懸り有之由、依之正聚房申候ハ、右出来前ニ御当方小本御摺出相成候様仕度申遣候。是又尤ニ存候事。

（マ、記号筆者）

裏方すなわち東本願寺が「絵本」、つまり『教行信証六要鈔会本』の小型本開版に取り掛かっているという。これを受けて僧純は、東本願寺が開版する前にこちらが印刷製本を行いたいと西本願寺に申し出ており、本山も了承している。

前章で触れたが、『六要鈔』板株は西本願寺のみが所持しており、町版としては西本願寺の『六要鈔』株から作られた『教行信証六要鈔会本』が売られていた。ただし、同書の板株は東本願寺のみに売却すること、東本願寺がこの本の株をもって『六要鈔』を開版する際には、元株を持っている西本願寺からは故障を申し立てないことなどがすでに約束されていた。したがって、東本願寺がこれらを小型で開版することは可能であった。

西本願寺は先の僧純の申し出を受けて、同月中に奉行所への開版申請書を認めた。ところが、大本『六要鈔』に中本の原稿一枚を添えて提出したところ、奉行所に「六要鈔不残小本御彫刻之上、無表紙ニて大本相添さし遣候事可致哉」と、すべて彫刻してから印刷したものを提出せよと申し渡され、不受理とされたのだった。したがって、ここからは東西本願寺のどちらが先に板木を用意できるかを争う、極めて切迫した状況となる。

僧純らは極力開版を急いだ。その間にも、東西両方の本願寺からの『教行信証六要鈔会本』開版願いを受けて、西本願寺に奉行所の照会が来た。その際には、僧純らは『教行信証六要鈔会本』は「枝葉之書」であって、自分たちこそが『六要鈔』の蔵版者であると主張している。加えて、東本願寺の『会本』は本屋の取扱いであって、東本願寺自体は無株と返答するなど、勝手ともとれる言い分を述べてなんとか東本願寺の開版を妨害しようとしている。

そうこうしているうちに、安政六年（一八五九）三月八日までには僧純が校合した原稿を元に板木が完成した。しかし、西本願寺が秘蔵する存覚真筆本との校合はいまだ不完全な段階であった。それにもかかわらず僧純は、「何卒百部丈者同房校合之儘ニ而仕立方被仰付被下度」と、どうか百部だけこのまま印刷してほしいと本山に願い出ている。そうすれば、奉行所の開版許可が得られるからである。しかしここに来て本山は、秘蔵する存覚真筆本こそ本文とすべきであるとして、「全体百を相争ひ、差急候義ニ而者有之間敷候」と僧純を叱っている。本山に比して僧純が相当開版申請を急いでいたことが知られる。

ところが、結局僧純らの心配は杞憂に終わることになった。同年十一月十五日、東本願寺が開版申請を断念せざるを得ない旨の話が伝わったのである。

（前略）裏方会本自然■改候共、小本ニ而者不相成段、御中立ニ付、手間取候趣。其訳ハ、会本、小本ニ仕候時ニ余程小字ニ相成見安無之故、願望相企候趣御座候。此段尤も相聞候。左候得ハ、裏方小本摺立之儀故障御申立無之候而も可然哉（以下略）

東本願寺は『教行信証六要鈔会本』を中本にしようと試みた。しかし、同書を縮刷するのは「余程小字ニ相成見安無之故」に、奉行所が「小本ニ而者不相成」としたのである。**図7**のように、『教行信証』と『六要鈔』ふたつの聖教を合わせて作製した本であるから、大本であっても文字が小さい箇所が少なくなかった。これを半分の大きさの中本に縮めれば判読しにくい箇所が出てくる。奉行所はこれでは開版許可は出せないとしたのである。東本願寺の計画は頓挫してしまった。僧純らはこれ以後、急ぐ必要はなくなった。こうして、二年後の万延元年（一八六〇）からは弘通の対価としての冥加銀の金額なども決まり、無事開版された（**図8**）。

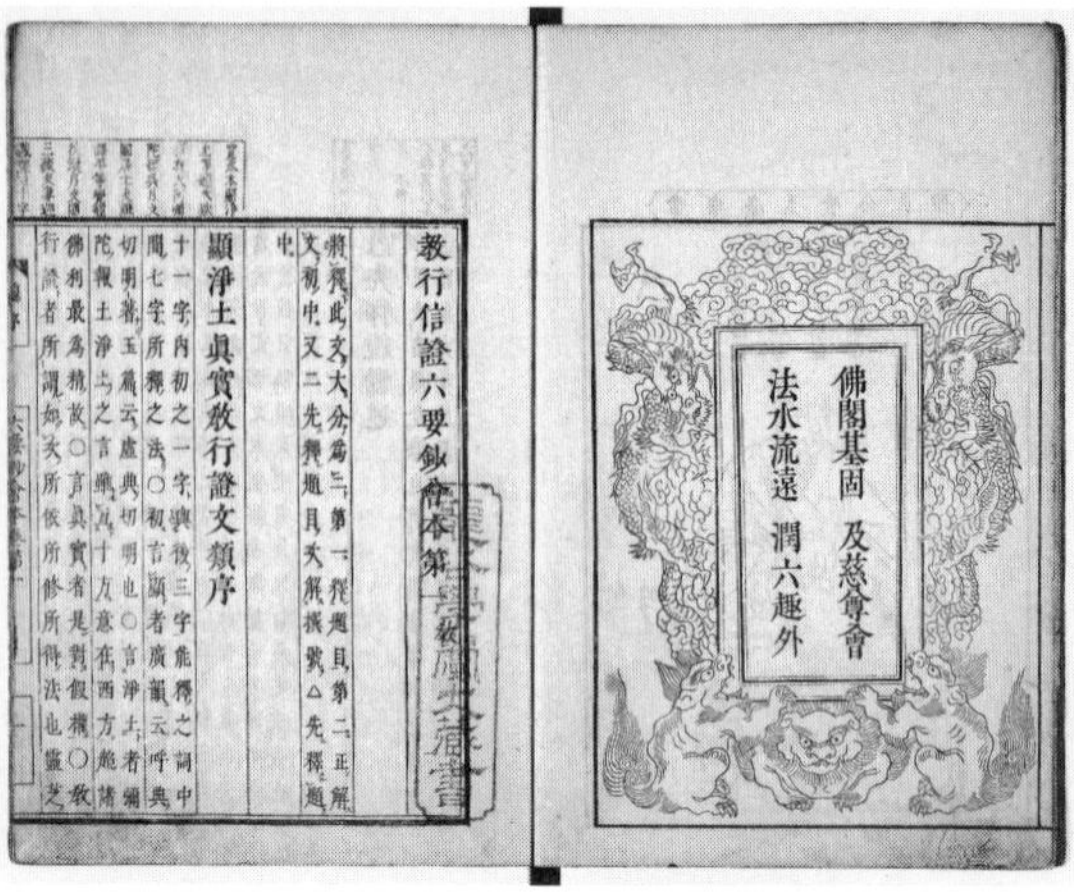

図7　大本『教行信証六要鈔会本』

大本だからこそ注釈部分の小さな文字も判読できる。これを半分の大きさに縮刷するのは難しかった。

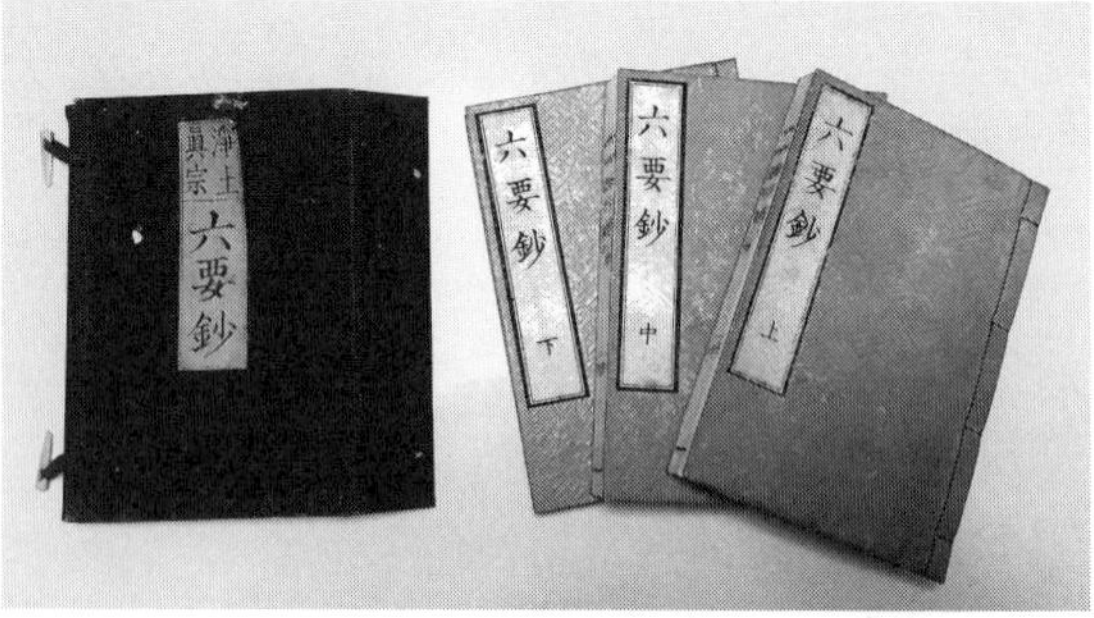

図8　中本『六要鈔』

上・中・下三冊。左の帙に入れればひとまとめになる。

以上、ここまで、一八〇〇年代の御蔵版本を見てきた。東本願寺の半紙本『真宗仮名聖教』はやがて中本となった。また、中本の悟澄本あるいは西本願寺明暦版『教行信証』など、この時期の聖教は中本となり、いずれも好評を博した。

ことに西本願寺教団では、当時の教学研鑽の場は中央の学林から地方の私塾へと移っていた。すなわち、文化三年（一八〇六）の幕府による裁断で、三業惑乱が「在野の学者の勝利に終わった結果、従来学林に集中していた宗学の権威は、地方に分散し、各地の学者が、互いに安心の正邪を精究して特色ある学説をもって門下を育成したので、学派が形成されるようになった。いわば、かつての中央集権的な学風に代わって、学界は地方分権的傾向を呈するに至ったわけで、多数の学派がそれぞれ英才を輩出して討論研究した」。その結果、「学林は宗侶の養成という本来の機能を失い、地方私塾において錬成された学業成果の発表機関と化する傾向を呈してきた(18)」。中本で冊数が少ない、頭注付きの御蔵版本は、地方の学僧たちが自主的に学びつつ、交流するという教学のあり方に適した形であったためと考えられるのである。東本願寺をはじめ真宗佛光寺派においても小型聖教が流行していることから、他真宗教団においても同様の傾向があったものと思われる。

第四節　近世から近代へ

一　銅版本

1　銅版本

明治期に入ると、本の縮刷化が加速的に進むこととなった。その縮刷化を文化的・技術的に支えたのが、銅版印刷による銅版本である。銅版印刷自体は、すでに安土桃山時代、キリスト教の布教に用いられたキリストの図像など素朴な絵を作製する彫刻銅版があった。これは途絶えたが、江戸中後期には精緻な地図や解剖図が表現可能な腐食液を用いた腐食銅版（エッチング）が流行した。

西洋活版印刷も明治期には導入されつつあったものの、その普及には時間がかかったため、少なくとも明治前半までは、上方では木版印刷が主軸で、それは一枚の板に本文・挿絵全てを彫り付ける方法であった。そのような中、幕末から近代初頭にかけて上方で流行した銅版本は、エッチングを用いて挿絵ばかりでなく本文もすべて一枚の銅版に彫り付け印刷するもので、その意味では木版印刷に近かった。

銅版本については、熊田司「明治前半期大阪の出版と印刷―「銅版本」を中心に―」[19]に詳しい。

京阪では幕末期に早くも挿絵と本文すべてを銅版で印刷する『銅版本』が現れており、明治七～八年（一八七四～七五）頃になると全盛を迎える。そして明治十年代には世界にも類例を見ないこの『銅版本』が、板本、活字本にもまして大阪の書林店頭を席捲したのである。

と、明治十年代、大坂で流行を極めたことを伝える。

時代が激変し世上が慌ただしい中、銅版印刷は木版よりも素早く印刷できたようである。津久井清影の『懐宝銅版畿内近州掌覧図』（天保十二年〈一八四一刊〉）の自序には、「（木製の板木が焼失したので銅版で再刻しようとし、）仍謀二松田玄々父子一。速竣二其功一云」」とあり、「銅版が速成に向いていたと認識されていたことがわかる」[20]。

また、銅版本の用途については、

あらゆる種類の主として実用書が銅版師の手技で造られた。これらはほとんどが「小本」（現在のB5判程度の大きさ）以下のサイズで、縦横数cmというような豆本も珍しくない。銅版の精緻な表現力が本の小型化を可能にしたのであるが、分厚い漢学の伝統も開化の新知識も携帯に便利な形となって、あるいは袖の中に、あるいは洋服のポケットに忍ばせるという、いかにも明治らしい文化的風趣が生まれた。

すなわち、銅版の精緻な表現力でさまざまな本の縮刷を行っていたということである。銅版本は木版に替えて薬剤処理した銅版を彫刻するので、板木とは異なり凹版となる。印刷方法も、人の手で摺るのではなくプレス機を用いた。しかし、板木同様一枚の板に版面全てが表現できるため、印刷さえ終えてしまえば製本等は江戸時代以来の技術が適応でき、この点、製本方法が全く異なる洋装本よりも本屋にとって技術面・コスト面ともに都合がよかったはずである。**図9**のように、凸板の金属板を用いた印刷も行われていたようで、あるいは銅版印刷を含め金属板を用いた印刷は当時かなり普及していたのかも知れない。新旧の知識を込めて大量に流通した銅版本は、旧来の技術、生産ラインを使っていても、享受者に新しい時代を感じさせたに違いない。

図9　法蔵館所蔵の金属板板木

これは凸版であり銅版本の原版ではないものの、プレス機で印刷したと見られる

2 銅版本仏書の隆盛

銅版本は、京都では早くから仏書に採用されていた。その初出は、文政十年の中伊三郎が手がけた小型の『法華経』であろうか。[21] 京都書林仲間の記録である『済帳標目』にも「文政十一年、洞板《マヽ》の守法花経八巻、御免」[22]とあり、天保四年（一八三三）には絵像入『守普門品』一冊なども見える。「従来からの袖珍仏経の受容と細字彫刻に適した新来の銅版技術が結びついたというわけである。（中略）銅鐫袖珍仏経が銅版印刷史において一つの水脈となっている」[23]。

前掲の熊田論文によれば、大坂で銅版本をつぎつぎと刊行したのは心斎橋の河内屋喜兵衛や伊丹屋善兵衛など、江戸時代から多くの板株を蓄積させてきた本屋たちであった。彼らは需要に合わせて、自らの所持する板株の本を縮刷した銅版本を出版した。一方京都では、江戸時代を通じて開版された本のうち、明治期にも需要のあった本の第一は仏書であったはずである。幕末期に東本願寺が縮刷を試みたが文字が小さくなりすぎたために断念した『教行信証六要鈔会本』も、『冠注教行信証六要鈔会本』として明治四十一年に刊行されている。跋文には「銅版の誤り最も甚しき」とあり、銅版印刷で刊行されたことが知られる。宗政五十緒は、明治十三年、西本願寺御用書林永田調兵衛が役場に申告した本の制作部数から表を作成しているが、それに従えば、たとえば発行部数は四年間で九五〇部も作ったと報告されている『御文章』は、本来は五冊であるところを小本一冊になっている。他にも幾種類もの仏典が縮刷版として、中本で一冊から四冊ほどの冊数になって開版されている。これらのうち、相当の数が銅版本と推測される。[24]

二　仏書の近代化

1　近世出版制度の崩壊

維新後も本屋仲間はしばらくは存続したが、明治八年（一八七五）の出版条例改正により、原稿の検閲権が完全に政府に移り、本屋仲間は完全にその機能を失った。ただし、新しい西洋活版印刷技術の普及などには今少しの時間があり、木版による本の生産は維持されていた。しかしながら、時代が移り、書物にたいする価値観や流通の変化、著作権など新しい法制度の確立があり、近世封建社会に根ざし、板木に付随する板株を制度の根本に持つ近世の出版文化は消えゆく運命にあった。右に掲げるのは、鈴木俊幸の江戸の終わりから明治の書籍業界の概観を示した見解の一部である。(25)

もはや国を挙げて四書五経をありがたがる時代ではない。経籍を中心とした書物に対して一元的価値を裏打ちするものは何もなく、書物という物に対する絶対的な憧憬ももやはない。一元的な価値観によって整序された江戸時代的な市場はもうここには存在しない。変わりゆく市場に旧来を維持するような流通は対応しきれなくなり、書籍業界における江戸時代は終焉を迎えることになったのである。

物の本に不変の価値を与えていた江戸時代は終わったのである。書物の持つ社会的、文化的な価値が少なく見積もられるようになり、「書物という物に対する絶対的な憧憬」はなくなった。

やがて西洋活版印刷が普及するようになり、より早く大量に本が印刷できるようになった。さらに鉄道の新設など流通面でも飛躍的な進歩があった。こうしたことを背景に新聞や雑誌という新しいメディアが登場し、出版界を席巻した。明治期に創刊された仏教新聞・雑誌は実に七六〇余りに及ぶ。[26] 仏書にかぎったことではないが、それ以前とは比べものにならないスピードで、文庫を前提としない図書や雑誌が次々と作られ、個人に向けて大量に発行されるようになったのである。

2 銅版の縮刷聖教

時代の変化は仏教界にも及んだ。すでに慶応四年（一八六八）に神仏分離令が出されて以来、各地で起こった廃仏毀釈運動による混乱や、新時代における教団のあり方の模索、西洋近代的な新しい仏教学の展開など、教団の内外で急速な変化が起こった。

明治期の仏書出版状況に関する研究としては、引野亮輔「日本近代仏書出版史序説」[27] がある。それによれば、仏書は、活版が相当普及しても、東京でさえ明治「三〇年代に至っても三〇％程度の仏書は和装仕立てで出版され続け」ていた。京都では、仏書出版は老舗本屋の寡占状態が続くが、「彼らの主力商品は経本や在家勤行集など、仏教徒の読書実践と強固に結び付けられた書物」であり、そうした書物は折本装であったりと変化に富んだ装訂がネックとなり洋装本にしにくく、さらには音読の際の読みやすくするため「半丁に二行や四行といった版面構成を取るため、活版印刷には馴染まない書物であった」から、一律に活版・洋装本に向かうということはなかったとしている。

右のような新旧入り交じった様相が展開していた明治初期、御蔵版本の版権は、永田調兵衛や丁子屋九郎右衛門（護法館）らに移された。教団の内外に急速な変化が起こっている中で、本山がこうした選択をしたことに関して、その版権譲渡の具体的な様子などは残念ながら不明である。しかし、民間の銅版印刷によって、御蔵版本も含め一気に仏書の縮刷が進んでいることは指摘できる。先の『教行信証六要鈔会本』もそうであるが、『真宗法要』以下、御蔵版本が陸続と縮刷され、町版として流通したのだった（**図10**）。たとえば、明治期に発行された『教行信証』では、パルプ紙に藁を混ぜた料紙を用いて中本三冊にまとめた例もある。紙代を押さえつつなるべく薄い紙を用い

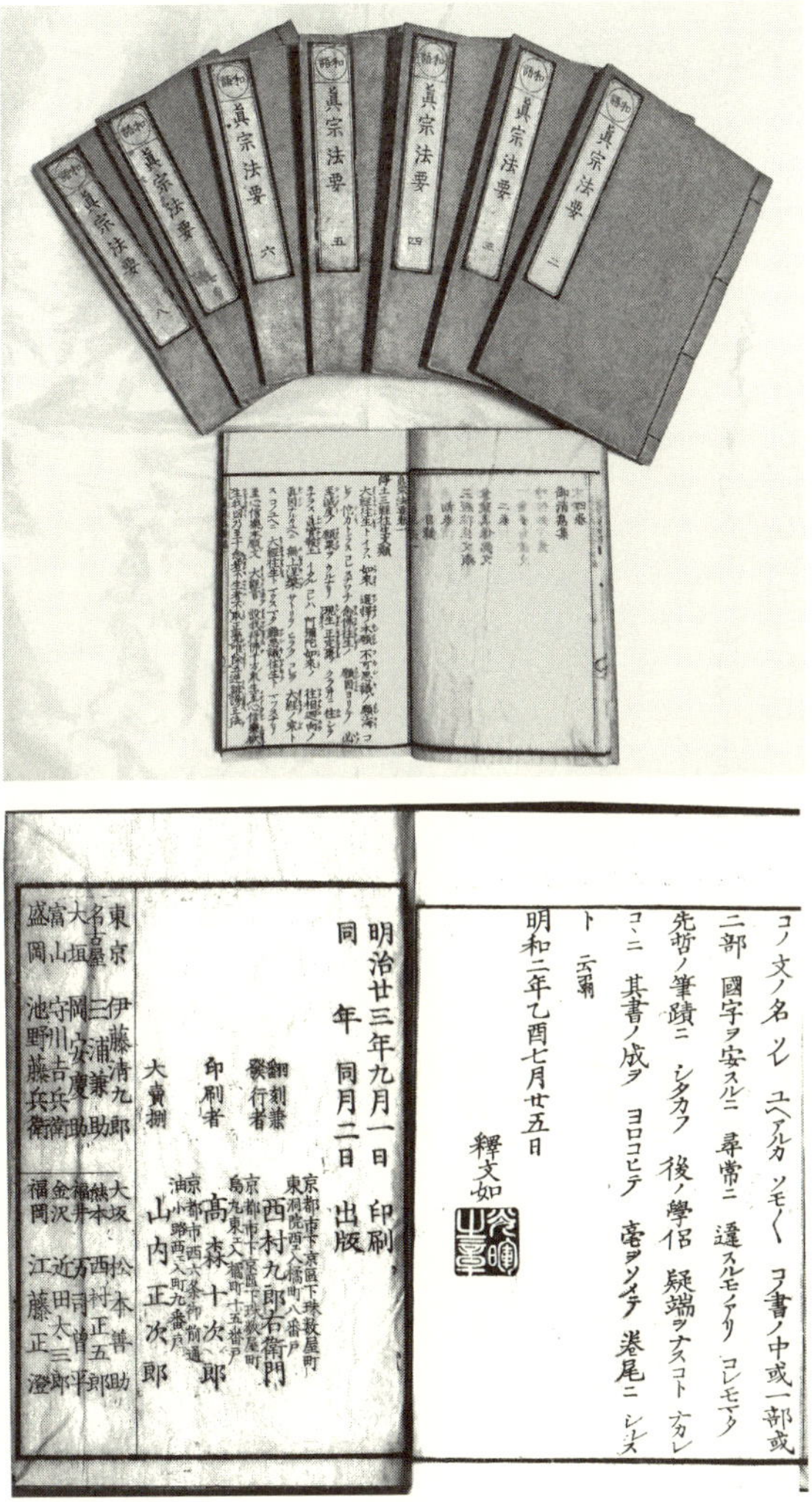

図10　中本『真宗法要』

大本で31冊だったものが、半分の大きさで10冊となった。刊記から、東京や盛岡、九州まで広く流通したことが知られる。

て、より廉価で実用的なものを目指している。

どれほど縮刷できるかで売れ行きが違ったようで、明治十八年（一八八五）刊『興御書講義』[28]に付された西村九郎右衛門（東本願寺御用書林丁子屋九郎右衛門）の蔵版目録（主に巻末に付される本の広告）には、東本願寺の御蔵版本である中本『真宗仮名聖教』において料紙に薄様を用いたものが挙げられており、その宣伝文句は以下のようにある。

独リ本館此数弊ヲ一掃シ、巻帙最モ小ニ、訂正最モ詳ク而モ、彫刻ニ至リテハ夙ニ世人ノ許ス鮮明ナル銅版ヲ以テシタレハ（中略）彼ノ小活字等ノ比ニ非ズ、蓋シ縮刷本中ノ巨王ナランコト本館ノ自負スルトコロナリ。

「銅版」印刷を用いているので、明治期に行われた活版よりも文字を小さく印刷できると言い、これは縮刷本の「巨王」であると謳っている。

同書の豊富な巻末広告に載せられた本は、木版本、銅版本、活版本が入り乱れ、御蔵版本であったものもそうでないものも全て並列に紹介されており、本山による聖教の蔵版が特別な意味を持った江戸時代が終わったことを如実に物語っている（図11）。『観心覚夢鈔科図』（定価二〇銭・郵税二銭）の項には「木版デ鮮明デス。老人デモ見ニ懶クナキデス」と、木版でも鮮明であることを誇っている。先に挙げた銅版の『真宗仮名聖教』も見えるが、その次に挙げられた『仏説三部妙典改正読法』（全二冊）は、分厚い楮紙である「仙華紙」摺（定価五〇銭）と高級な料紙である「鳥ノ子摺」（定価六〇銭）の両方で注文を受けることができると述べている。折本なのは、読唱用のために中世以来の装訂でなければならないのだろう。反対に、その隣の『一流安心御文観録』全二冊は、「活版・洋紙」

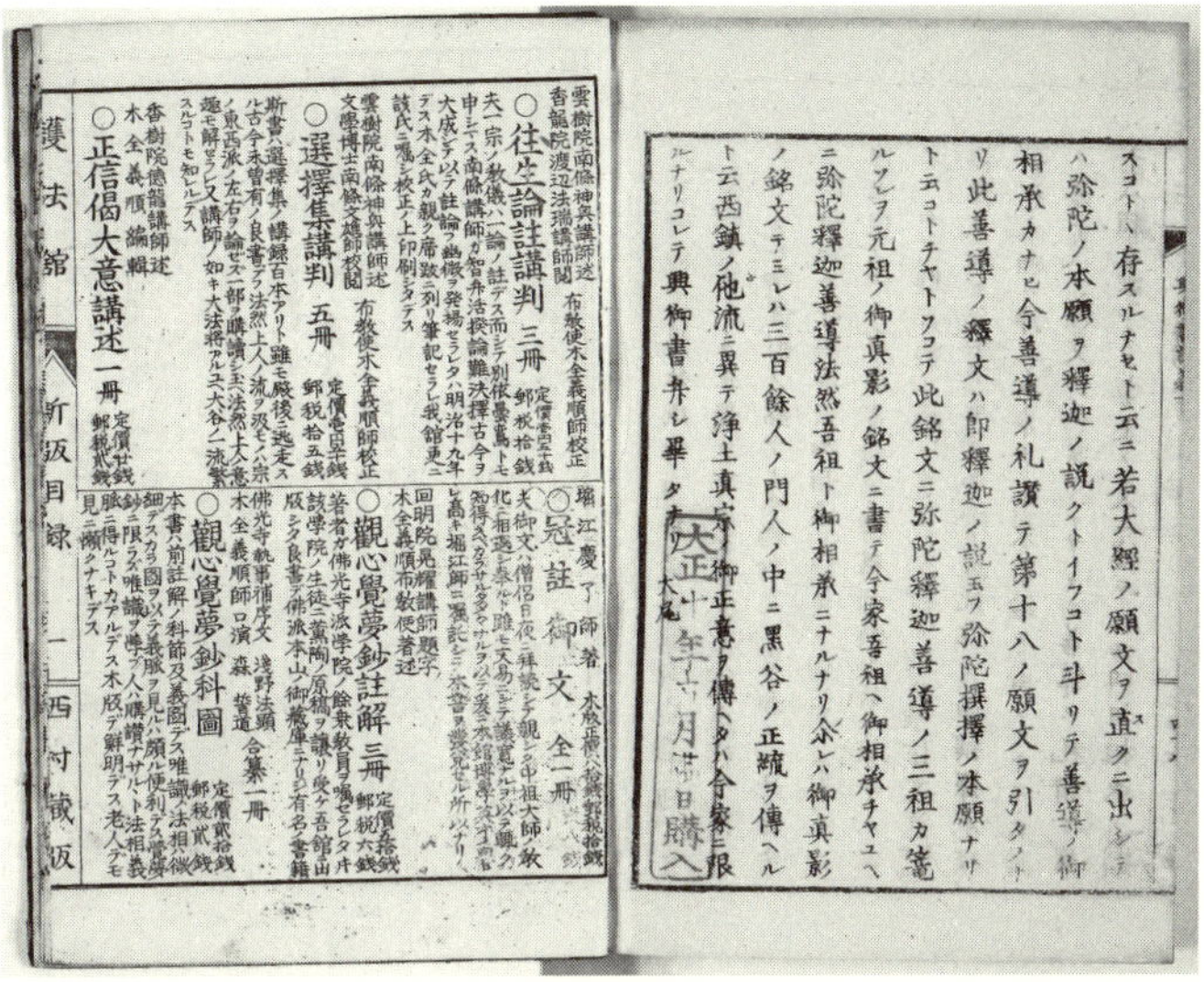

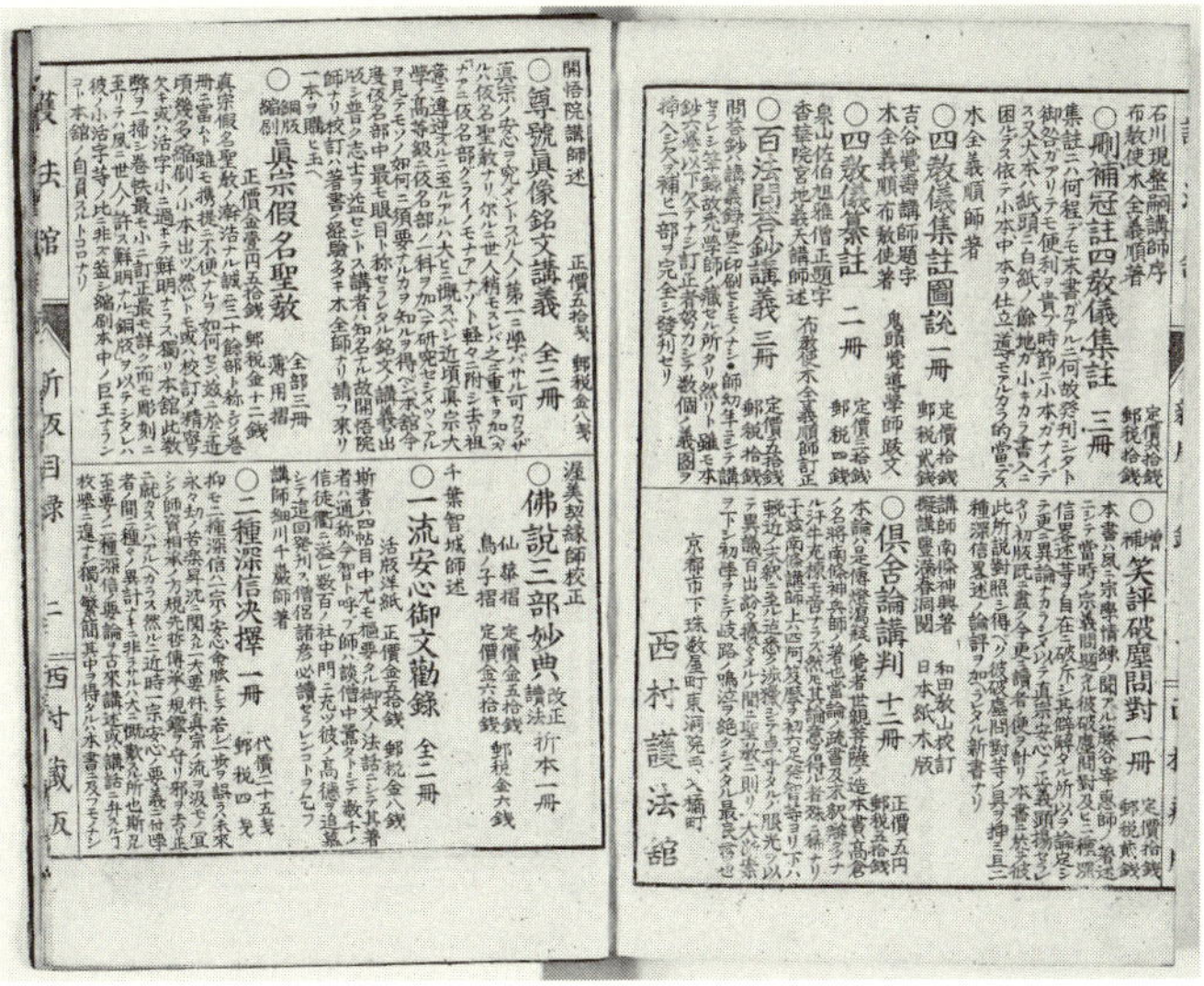

図11　『興御書講義』の広告

さまざまな聖教・学問書・経典が作者、装訂、値段、郵送代付きで紹介されている。

（正価五〇銭）である。本屋たちは、新しい時代にあってニーズに合わせて多様に取り揃えていた。木版では対応しきれない大部のものを大幅に縮刷できる銅版本は、そのような本が多い仏書ではことに役に立ったことと思う。町版らしく、ただひたすら採算性と購買層のニーズを追うものとなっている中で、やはりその存在は大きいものであった。

流通面でも、大きな変化があった。本山から門末への弘通という江戸時代のやり方とは全く異なる方法で御蔵版本が流布された。すなわち、すべての本の項目に「郵税」、つまり送料が記載されている。江戸時代には、わざわざ本山に手続きを取って下付されていた御蔵版本の聖教が、郵送で自宅に届けられるのである。店に行く必要さえない。古体を残すものは残すが、全体の傾向としてはできるだけ縮刷された本を、郵便のように早くて便利な方法で提供することが当然とされる時代となった。料紙も薄様だけでなく、先の『教行信証』のように粗悪だが安価なパルプを使用していることも多い。こうしたことは、本山から弘通する免物では不可能である。こうした極めて大きな変化を見れば、あるいは当時の教団をとりまく変化に対応するために、御蔵版本の版権は本屋に移されたのかも知れない。

3　江戸後期からの連続性

右のように、聖教を入手することは格段に容易かつ素早くできるようになった。本を注文すればコンパクトで独学しやすい小型の聖教が郵便で送られてくる。その本に付された広告を見てさらに注文すれば、居ながらにして必要な本を揃えられる。もはや本山の弘通などは精神的にも物理的にも不要となり、江戸時代的な価値の後ろ盾を失った聖教はできるだけ閲覧に便利な「情報」となって、「購入者」個人に届けられるようになった。

こうした変化は劇的なものに見えるが、その起源はすでに江戸時代の小型聖教の流行から見られる。縮刷した御蔵版本の発行は文化年間の東本願寺御蔵版『真宗仮名聖教』から見られ、天保年間には中本『教行信証』である安芸本の普及が西本願寺を驚かせた。江戸時代後期、教団の頂点である本山から下付され寺宝として保存されるべき大型の聖教の弘通が行われる一方で、社会的・宗教的な価値を削ぎ落とされて、できるだけ小さくまとめて身近に置くべき本がもてはやされたのだった。

明治を経て大正からは洋装本の時代となる。江戸時代までは一行一七文字で、折本や袋綴本で行われていた膨大な冊数の経典類さえも、洋装本になるとその型が崩れていった。明治十四年（一八八一）、大本で和装の『大日本校訂大蔵経』（『縮蔵』）の刊行が始まる。和装本で書型も大型だが、細かな活字による活版で、一行四十五文字となっている。大正十三年（一九二四）からは、洋装本で『大正新脩大蔵経』（『大正蔵』）の刊行が開始された。一七字詰ではあるものの、一ページ三段に分かれている。より縮刷され、できうるかぎりコンパクトにされている。近世後期に始まる仏書の縮刷のニーズは、むしろ洋装活版をこそ求めていたと言えるのかも知れない。

以上、一八〇〇年代以降の小型の御蔵版本を中心に見てきた。教団の頂点である本山こそ本として最高の格を持つ聖教の管理者であり、発行者であるということが強く認識されていたのが一七〇〇年代の御蔵版である。しかし、三業惑乱を経た江戸後期、東本願寺との競争意識の中で、学問書を御蔵版とした例がある。さらに、失墜した本山や宗主の地位の回復のため、御蔵版本も宗主の権威で下付されるものとして一律に権威性を付与されたが、その中には勧行本の一部などすでに小型の簡便な本が見られ、そこには本山の権威と、本の格との乖離が指摘できる。

文化年間、三業惑乱の決着以後疲弊した西本願寺にたいして、東本願寺が『真宗法要』と同内容の叢書をより簡便な半紙本で開版する。さらに、安芸の学僧悟澄が中本の『教行信証』を秘密裏に出版し、よく普及していたことを知ると、西本願寺はただちに御蔵版本『教行信証』を同サイズで再刻した。以後、中本『真宗法要』が企図され、これは手続き上に無理が生じて断念したものの、美濃の老僧僧純らの尽力で中本『六要鈔』が開版された。

本山が中本のごとき格の低い書型を採らざるを得なかった理由は、直接的には東本願寺との競争であった。ただしその背景には、宝物的な扱いで文庫に収められる大本よりも、個人が携帯できる、できるだけコンパクトな本の需要が門末にあったことがある。どの聖教をどういった姿の本で御蔵版とするのかという決定は、本山の意向だけで決められるのではなく、門末のニーズや他の寺院との関係が重要なのである。その点では、江戸中後期に末寺の興正寺が聖教蔵版を望んだ結果、西本願寺の聖教の蔵版化が進んだのに似ている。

こうした傾向は明治になると一層加速する。御蔵版本は本山の手を離れ、町版となった。銅版本による精緻な表現を用いて縮刷された聖教類は、もはや本山の弘通という江戸時代的なスタイルを離れ、料金さえ払えば郵送で購入者個人へ届けられるようになったのである。

註

（1）本願寺史料研究所編『本願寺史』第二巻（浄土真宗本願寺派宗務所、一九六八年）四三三頁。
（2）『真宗法要典拠御弘通之留』龍谷大学大宮図書館所蔵（請求記号 022–152–1）。
（3）前掲書（1）七二九頁。
（4）「御本尊御名号類并御蔵板物之儀被仰出達書」龍谷大学大宮図書館所蔵（請求記号 022–262–1）。ただし、同史料はすでに前掲書（1）の四六四～四六七頁でも紹介されている。
（5）龍谷大学三百五十年史編集委員会編『龍谷大学三百五十年史』通史編上巻（同朋舎出版、二〇〇〇年）二九七～三〇四頁。
（6） 前掲書（1）四三二頁。
（7） 浅井了宗「本願寺に於ける聖教出版の問題」（『龍谷史壇』第四四号、龍谷大学史学会、一九五八年）。
（8） 『御伝御蔵板一件記録』龍谷大学大宮図書館所蔵（請求記号 022-257-1）。
（9） 『東本山仮名聖教開板ニ付故障申立』龍谷大学大宮図書館所蔵（請求記号 022-157-1）。
（10） 『済帳標目』彌吉光長編『未刊史料による日本出版文化』第一巻（書誌書目シリーズ26、ゆまに書房、一九八八年）収載。
（11） 『悟澄開版本典ニ付大坂出張記録』龍谷大学大宮図書館所蔵（請求記号 022-454-1）。
（12） 中井玄道『教行信証』（仏教大学出版部、一九二〇年）付録。
（13） 佐々木求巳『真宗典籍刊行史稿』（伝久寺、一九七三年）七八〇〜七八一頁。
（14） 宗政五十緒『近世京都出版文化の研究』（同朋舎、一九八二年）五頁に、小草紙は、「物の本や草紙に分類される内容と同一のものを小型本にしたものを含んでいる」とある。
（15） 前掲書（13）七八三頁。
（16） 『小本真宗法要上木一件』龍谷大学大宮図書館所蔵（請求記号 022-114-1）。
（17） 『六要鈔上木一件』龍谷大学大宮図書館所蔵（請求記号 195/18-W/1）。
（18） 前掲書（1）四〇四、四〇八頁。
（19） 熊田司「明治前半期大阪の出版と印刷―「銅版本」を中心に―」（『大阪の歴史と文化財』第十一号、二〇〇三年三月）。
（20） 齋藤稀史「『記事論説文例』―明治初期銅版作文書の系譜―」（国文学研究資料館編『明治の出版文化』二〇〇二年）。

（21）禿氏祐祥「銅版細字の経巻に就て」（『書物の趣味』第七冊、一九三二年）。
（22）前掲書(10)。
（23）前掲論文(21)。
（24）宗政五十緒『近世期京都出版文化の研究』（同朋舎出版、一九八二年）三一二頁。
（25）鈴木俊幸「書籍業界における江戸時代の終わりかた」（前田雅之他編『幕末明治　移行期の思想と文化』勉誠出版、二〇一六年）。
（26）仏教史研究会編『仏教史研究ハンドブック』（法藏館、二〇一七年）三三四頁。
（27）引野亮輔「日本近代仏書出版史序説」（『宗教研究』三八五号、日本宗教学会、二〇一六年六月）。
（28）深励説・占部観順校『興御書講義』龍谷大学大宮図書館所蔵（請求記号 125/185-w）。

おわりに

西本願寺御蔵版を、その嚆矢である『真宗法要』から幕末まで続いた縮刷聖教、さらには町版で刊行された近代の銅版本までを見てきた。長く町版に依存してきた西本願寺教団であったが、宝暦年間までには、町版による偽版の氾濫に対する危機感が高まっていた。これを受けて、西本願寺は仮名聖教集『真宗法要』開版を計画する。しかし、重版を指摘され、幕府権力によって保護された本屋らと対決することとなった。長い交渉の末開版された『真宗法要』は、本山としての格式や威厳といった、教団の頂点としての格を体現した書物であり、教団において、本山こそが弘通すべき唯一無二の聖教集という側面を強く持っていた。当時、異安心問題に揺れていた教団の内側にあっては、組織の安定に貢献したであろう。

だが、同時に聖教こそ本山が管理すべきものという認識が広まり、当時末寺であった興正寺との熾烈な聖教蔵版争いが引き起こされた。独立を志向する興正寺が聖教蔵版を望むたびに、西本願寺がこれを阻止する状態が続くこととなった。この事案に深く関わっていた学僧玄智は、聖教を集めて読みを付した真名聖教集『真宗法彙』を新しく開版したが、この板株が興正寺側に渡ったために、ついに興正寺は『真宗法要』同様の仮名聖教集を開版するに至る。聖教こそ本山が管理すべきであるという認識がいかに根強かったかがうかがわれる。町版に疑念を抱き、これを正そうとして行われた『真宗法要』以降、一七〇〇年代の御蔵版には、いかなるものもその格によって区別されるという江戸時代の思想に沿って展開したといってよいであろう。
しかし、三業惑乱を経た文化年間になると、東本願寺の『真宗仮名聖教』を皮切りに、小型の聖教が流行を見せる。半紙本ないしそれまで御蔵版本の標準であった大本の半分の大きさである中本の御蔵版本である。本来ならばこのような近世的な格付けから乖離した姿の本を弘通することは難しかったであろうが、東本願寺との競合と、門末のニーズに沿った本を弘通しなければならないという前提が、このような縮刷された御蔵版本を生み出す結果となった。
明治に入り、近世の出版制度が崩壊していく中、仏書はさらに縮刷化が進む。あるいは当時のニーズに応えるためであろうか、御蔵版本も本山の手を離れ、本屋から町版としてさらに縮刷され刊行された。銅版本の隆盛はそれをよく表しており、木版印刷では縮刷できなかったものも出版可能となって、大量に作られた。山本和明は、明治以降の中本について以下のように述べている。

大型本や半紙本型、中本などが混在していた段階―江戸時代以来の内容に見合った型に当てはまっていた書型が、（明治以降は）当初とは異なり、中本に画一化していく様相をみることができる。（中略）かつては書型で本の格を示していたのだが、活版化・ボール表紙本化というフィルターを経て、それまでの「地本である」とかそうでないとか、という「格」の問題が解体されてしまう。(1)

文化年間に縮刷された御蔵版本が次々に刊行されても旧来の大本の弘通をやめたわけではなく、それまで守ってきた価値観は保存されている。しかし、江戸後期に始まる小型聖教の流行は、右のような明治以降の動きを先取りするものであって、「江戸時代以来の内容に見合った型」は、少なくとも真宗教団の一部の本においては、明治を待たずして変容していたと言えよう。他宗他派の仏書の考察が俟たれるところである。

総じて、近世後期から近代にかけて、仏書には近世的価値観を持った大本とは別に、個人向けの小型本の流行がある。大本は各寺院の文庫にしまわれ、代々大切に保管される。持ち歩くことは前提とされていない。しかし、小型の本は必ずしも文庫を必要とせず、個人の持ち物として作られている。こうしたことは、本そのものにたいする意識の変化を意味している。すなわち、聖教にたいする、世代を超えて保管すべき宝物という意識も残しつつ、個人が各々で所持する、研究すべき文字情報であるという側面が大きくなった。

註

（1）山本和明「近世戯作の〈近代〉」（神戸大学文芸思想史研究会編『近世と近代の通廊　十九世紀の日本の文学』双文社、二〇〇一年）。

第三部

出版制度と教団

はじめに

西本願寺教団は、江戸初期より大量の書物を必要とし、一部の聖教類の他は、その供給を全面的に町版に依存していた。そしてその反動として、大規模な聖教蔵版を行った。その動きは真宗の他寺院にも波及し、幕末まで続く争いとなっていった。こうした一連の動きを見ると、西本願寺と本屋たちの間には、本屋仲間の規則に則り、一定の安定した関係が形成されていったように見える。では、より詳細に見ていくと、これら西本願寺の出版事業はどの本屋にどう影響したのだろうか。

また、教団と町版のあり方は、右のようないわゆる御蔵版事業だけではない。勤行本の多くや、各種学問書も町版に依存していた。このため、本山の意志とは無関係に自らの資本で自律的に出版事業を行う本屋、および京都本屋仲間と本山とは、対立と協働を繰り返すこととなった。これらの諸相も明らかにしなければならないだろう。

右のような疑問を踏まえ、ここでは、近世期における、本屋あるいは出版制度そのものと教団の関係を探っていく。まず本山が本屋仲間にたいして、あるいは教団内部にたいして行った出版統制を、先行研究を参照しつつ確認し、次に西本願寺と深く関係を結んだ寺内町《じないちょう》の本屋たち、吉野屋為八や永田調兵衛を採り上げ、彼らと本山の関係について考察する。寺内町は近世期にあっては西本願寺の自治区であり、そこに住む者は本山に奉仕し支える人々であった。本山を支える立場を持ちながら、一方で、全国から集まってくる参拝者らにどのような本を売っていたのか。そこには、本屋の本質が垣間見えると思う。

また、勤行本のうち、真宗依用の経典『浄土三部経』および『正信偈和讃』についても言及した。これらは本山の免物として備わるが、町版も無数にある。近世期の免物と町版との関係に迫っている。すでに述べてきたように、これらは門徒の家ごとの仏壇に調度品として用いられるなど、その需要は巨大かつ恒常的で、発行数は最も多い部類に入ることは間違いなく、書物研究上看過できない。

『浄土三部経』は、真宗以外の宗派も用い、調度品あるいは読経用など用途も少しずつ異なることから、夥しい種類の町版が存在したことが確実である。こうした町版の住み分けのあり方、出版の担い手の解明を目指した。また、こうした考察を踏まえつつ、江戸時代後期より現在に至るまで西本願寺正依の『大谷校点浄土三部経』の来歴を推測している。

一方、『正信偈和讃』は真宗固有の聖教であり、歴代の宗主が刊行した。こうした本山の刊行が、町版とは独立した地位を保ち続けられたのか、あるいは何らかの関係を結ぶことになったのかを明らかにしたい。

今ひとつ、江戸後期、西本願寺が仏書以外の本の株を購入し、定期刊行した例がある。公家鑑と呼ばれる、公家や寺院の名鑑である。公家鑑の蔵版と刊行も多くの本屋と交渉しつつ進めている。同書の蔵版、刊行の直接の動機や、出版までの経緯、定期刊行における工夫や他の本屋への影響までを論じた。

上記のような考察を通し、本山と末寺や門徒、出版制度との関係の整理を試みている。こうした考察は、仏書、あるいは教団の出版活動の考察を通じて近世の出版制度の本質に迫るものであると思う。

第一章　本山と本屋

近世期最大の教団のひとつである西本願寺教団だが、その大規模な聖教蔵版事業に関しては、おおむね出版制度に則って行われていた。では、西本願寺は近世の出版制度を遵守し、いかなる本の刊行に関しても検閲や出版差し止めなどの統制を行わなかったのだろうか。町版仏書は数限りなく開版され、本山の預かり知らないところで流通する。本山にとって不都合な町版があった場合、どういった介入が可能で、どういった場合は対応不可能だったのか。

ここでは、本山の行った出版統制や、御用書林の活動についての事例を採り上げ、その性格について考察した。

第一節　本山と本屋仲間

一　影響の大きさ

1　京都書林仲間の関係記録

京都の本屋仲間記録には、西本願寺の関係する文書が多く控えられていた。これらを紹介したもののひとつに、宗政五十緒・朝倉治彦編『京都書林行事上組諸証文標目』(1)がある。同書には京都の本屋仲間記録の概括を示しているが、その中に西本願寺関係文書が多く存在することに気づく。

京都書林仲間上組（京都の本屋仲間は上組、中組、下組に分かれていた。後に中組は消滅）の記録である『行事渡帳』は「文政六年九月以降、仲間行事が交替する時に、仲間記録の引渡し引継ぎをした、引渡し記録である。すなわち、仲間所有記録・物品の目録と、その引渡し引継ぎの帳簿である」が、『御触留帳《おふれどめちょう》』一冊、『出入済帳』二十冊など触書や訴訟記録に混じって、「聖教雑記東本願寺方壱冊、当組ニアリ、西本願寺方四冊、下組ニ預ケアリ」とあって、東西本願寺関係の記録が五冊あったことがわかる。また、宗論書の出版に関して作られた証文類を控えたと想像される『本願寺宗意著述書類証文帳』一冊もある。なお、『聖教雑記』において西本願寺方は四冊と東本願寺に比べても三冊も多かったが、明治二年には五冊に増えている。さらに『本願寺宗意著述書類証文帳』一冊と別に、「本願寺証文帳」一冊がある。これらに加え、文化八年の『真宗仮名聖教』の際にできた留板や関係書類などを納めたものとして、「東本願寺聖教板木入長持」、「外ニ誓約書三十九品、題書在、幷、簞油合羽添、一棹」もある。その他、「帳箱」の中身として硯やはさみと共に、「西本願寺聖教証文・東本願寺聖教証文合六通、其外六通」があるという。

他の寺院の関係文書としてまとまったものは、知恩院の『知恩院御蔵板目録』一冊が見えるのみである。東西本願寺、わけても西本願寺が、京都書林仲間にとって大きな存在であったことがうかがえる。

2　本屋仲間への介入

西本願寺は書林仲間から秘密裏に情報を得ることがあったようである。次に、『興復記一件』[2]中に納められた「書林より新板願立内密為知」の記事を掲げる。嘉永五年（一八五二）二月に、京都本屋仲間の情報を「内密」に報告させたものと思われる。

覚

一　帝皇略譜　作者谷森種松　全部一冊
一　京名所寺社細見記　作者池田東園　全部一冊
一　山水名跡図会　作者　全部一冊
右之書、此度彫刻流布仕度旨、当二月十日願出候。
一　開巻驚奇刺（「侠」カ）客伝　作者萩屋（「原」カ）蒜園　画師柳川重信　全部五冊
一　続妙好人伝　作者釈象玉（「王」カ）　全部二冊
一　万世小謡大全　編者池田東籬　全部三冊
一　双葉百人一首栄草　編者同人　全部壱冊
一　万職図考四編・五編　絵師葛飾載斗　全部二冊
一　消息往来　筆者山田賞月　全部壱冊
一　庭訓往来　筆者同人　全部壱冊
一　日用重宝心珠文庫　編者国本侍女　全部三冊
右之書、此度彫刻流布仕度旨、当二月六日願出候。

一　妙好人伝初編　　　　　　作者釈仰誓　全部二冊
一　同　　二編　　　　　　作者釈僧純　全部二冊
一　同　　三編　　　　　　作者同人　　全部二冊

右之書、美濃国ノ垂井専精寺方ニ而新板行出来、蔵板ニ仕居候処、此度世上江流布仕度旨申之ニ付、堀川二条下ル町越後屋治兵衛方ニ而売弘申度、別書面夫々右治兵衛より閏二月六日願出候ニ付、此段申上候。以上。

閏二月六日　　　　　　　　　　　　　　　　　　藤井権八

（（　）内筆者）

前半には、東西の本願寺が神経をとがらせていた公家鑑やそれを付録に含む節用集、後述するが、東西の本願寺が紹介される京都の地誌や公家鑑の蔵版を任せていた京都の本屋竹原屋好兵衛となじみの深い池田東籬《とうり》の著述などが見られる。また、真宗大谷派の象王《ぞうおう》が著した『続妙好人伝』もある。これらはおおむね、『御趣意中板行御赦免書目』(3)の嘉永五年の記事と一致する。同史料は、天保の改革で書林仲間が解散させられていた期間中に新規開版を許可された書物の目録である。おそらく、当時の新規の出版物の中から、西本願寺が把握しておくべきものについて本屋らに報告させていたと思われる。こうした例を見れば、西本願寺には、必要に応じてこうした書林仲間の情報も入手できる力があったようである。

3　宗論書出版の公平性

ただし、書林仲間から情報を得られたとしても、当時の出版制度を無視して町版に介入することは難しかった。

以下に、学僧らの教学の発表のための出版活動を見ていく。

　真宗の学僧が教学研究の成果を発表したり、他説にたいして意見・批判を述べる場合、写本で行う場合もあったが、出版されることも多かった。関係した寺院が資金を負担して、私版として刊行することもあるが、多く町版に拠って行われた。江戸時代を通じて多くの学問書や多説を批判する論難書が出されたが、その際に本屋に依頼することによって一定の公平性が保たれていた。

　小林准士の「三業惑乱と京都本屋仲間―『興復記』出版の波紋―」[4]は、学問書や論難書の出版における町版の位置を考察した貴重な論考である。こうした書物に西本願寺が介入できるかどうかを、西本願寺の学説を批判した東本願寺学僧の宝厳《ほうごん》の著作で『興復記《こうふくき》』という宗論書の板木没収に関連して考察している。

　同論文によれば、三業惑乱の初期にあった天明七年（一七八七）、後に学林の長たる能化に就任する西本願寺の学僧功存の学説を批判した東派（東本願寺を本山とする真宗大谷派）の宝厳の著作『興復記』の刊行に関して、西本願寺が奉行所へ事前検閲を要望し、一度は認められた。しかし、この後京都書林仲間は考え直し、宗派間の論争は出版書の応答を通じてなされるべきとして西本願寺による検閲を断ったのだった。寺院による検閲が行われた場合、寺院間で出版を妨害し合う事態となるからである。奉行所はさらに真宗他派へも照会したところ、やはりいずれも事前検閲は不要との答えを得た。こうして、西本願寺の事前検閲は不可能となった。小林は、一度ではあるが書林仲間が西本願寺の圧力に屈した背景には、浄土真宗関係の書物を多く扱う書肆として、本山との関係悪化を回避せざるを得なかったことも考えられるとしている。

　ただし、『興復記』の板木は西本願寺の御用書林である永田調兵衛が買い取った。永田はこの本を刊行しなかったため、事実上絶版となった。つまり、西本願寺は検閲こそできなかったが、御用書林を通じて、少なくとも表向きは合法的なやり方で都合の悪い本の出版を阻止したのである。この後宝厳はさらに『帰命本願訣』を刊行し、これにたいして西本願寺の学僧も次々に反論書を刊行することとなった。この出版は組織的なもので、出版費用は学林や能化によって後押しされていた。

とはいえ、永田を通じての板木の購入も、組織的な反駁書の出版も、あくまで当時の出版制度の範囲であり、一応ではあるが、学問書や論難書の出版に関して町版は独立性が保たれていたと言える。それでも事前検閲を押し通そうとしたり、出版制度に則ってはいるが板木を購入させて事実上の出版不能に追い込んだり、西本願寺の影響力は小さくなかった。

この他、文政年間に西本願寺が節用集や公家鑑の出版に介入したことがあった。これについては次章で後述するが、同寺は相当な無理を通そうとしているものの、やはり少なくとも表向きは、当時の出版制度に則って行っている。

二　教団内部への出版統制

このように論難書の応酬は寺院の検閲を受け付けず、本屋という自律的な部外者によってなされる。だからこそ、一定の公平性が保たれ、活発な意見の応酬が行われたのである。だが、それは同時に「近世において宗派の中で正統とされる教義といえども、外部からの批判により相対化されて正統の地位を脅かされる可能性」(5)もはらんでいた。実際に、享保元年（一八〇一）に、西本願寺教団の在野学僧、安芸の大瀛《だいえい》が、本山の学説に異義を唱えて『横超《おうちょう》直道金剛錍《じきどうこんごうべい》』という論破の書を町版で刊行するという事件が起きている。寺院には、「すべての仏書を寺院で出版する時代へ戻れない限り、仏教諸派は異端派の著作を本屋仲間の独自ルールに配慮しながら統制せざるを得ないジレンマ」[6]があった。

こうしたことは、教団内部の秩序の維持にも直結する。近世後期になると、町版による教団外部の出版には介入できなくとも、教団内部への出版統制は行われた。三業惑乱終結翌年の文化四年（一八〇七）四月、本山は教団内部の出版物を許可制とした。学林再開にあたり定めた法制十三箇条[7]（文化改革の壁書、『学林万検《がくりんばんけん》』より）の中の一条を左に掲げる。

一　去寅七月従公儀被仰渡候通、末学著述之書類、御本山御許容無之開板者勿論、弟子等へ付与いたし候儀も御停止ニそうろう、万一心得違之者有之おいては、可為曲事事。

開版はもちろん、師が弟子に与える書物であっても本山の許可が必要としている。これに関連する記録として『興復記一件』にも以下のようにある。[8]

文化十三子年七月差出之別書

口上覚

当本山門末惑乱一件関東ニおゐて御裁許之節以来、末々者共宗意ニ付著述之書類、御門主御許容無之候ハヽ、猥ニ開板者勿論、弟子等へも付与致間敷段、本山より可申付旨被仰渡候。依而、以来本山宗意ニ付而著述之書類開板之儀、書林共より御願申上候而も本山より御届無之分ハ御取上被下間敷候様、文化三寅年八月廿日御届申上、御聞済御座候ニ付、従本山御届不申上候而ハ開板御許容不被下儀ニ御座候へ共、右之趣書林方ニも相心

得罷在候得者、猶更心得違之者も出来不仕儀ニ付、可相成儀ニ御座候ハヽ、右之段書林行事江被為仰渡被下候様宜御沙汰可被下候。以上。

本願寺御門跡内
村井主斗

子七月
佐野肥後守様
松浦伊勢守様
御役人衆中

本山の許可無き本は書林に持ち込んでも開版できないようにしようと画策し、これを書林らに周知させるよう奉行所へ願い出ている。ただし、これは許可されたものか不明である。文化十三年(一八一六)八月十一日には、「御一派之内、著述之開板流布等之志願有之候ハヽ、御裁断以後被仰渡候通、御殿へ伺指上、御許容在之上、書林之儀者永田調兵衛・河南四郎兵衛・丁子屋庄兵衛・銭屋七郎兵衛、右四人之内可及相談候」(9)と書店を指定しているから、おそらく京都書林仲間としては了承しなかったと思われる。そこで、『真宗法要』など聖教の板株を多く持つ関係の深い本屋から刊行させることにしたのだろう。こうした学僧らの開版を警戒する背景には、三業惑乱で失墜した本山とは逆に、地方の門末が師弟の関係を結んで活発な教学研究が行われていたことがある。

また、財政危機を脱した天保期ごろにも、教団内に向けて出版統制を行っていた。『本願寺史』第二巻によると、「この時代に始まるものではないが、宗内学者に対する統制は、その著述に及ぶものであって、天保二年には異義者として処刑された正運の著述九十余巻を焼き捨て、派内一般に正運及び義霜の著述を本山へ差し出すことを命じている。著述はその草稿の提出を命じ、検閲を実施している。出版にも統制を加え本山蔵版に対する監督を励行した。（中略）宗義・研究・著述・出版に対する統制はかなり行き届いたものであったようである」[10]。

以上を見ると、本山の権威が揺らぎ、それから立ち直る江戸後期になってから、教団内部にたいして大きな出版統制を行っていることがわかる。右のような統制は、三業惑乱後の立て直し、教団再編の一貫と見なすことができよう。それまでは右の『興復記』のような個々の事件に対応する他は、『御文』の偽版にたいする取り締まりを繰り返し行っているのみで、町版にたいする抜本的な対策や方針はなかった。

第二節　御用書林の性質

一　寺内書林

1　寺内町

先に述べた『教行信証』などの御蔵版では、丁子屋九郎右衛門、丁子屋正介や吉野屋為八など、東西本願寺の寺内町に店を構える本屋が板木を売り出し、同じく寺内町の本屋が本山に情報をもたらし、かつ板木購入の交渉役になっていた。寛文版『教行信証』を御抱版にする際も、当初は西本願寺に代わってまずは吉野屋が板木を分け持つ約束であった。御蔵版はもちろん、教団にとって影響力のある本の出版に、こうした、本山のお膝元で営業する本屋たちが関わる場合は少なくない。ここでは、彼ら寺内町に住む本屋の活動に注目した。すでに第一部で述べたが、近世期の出版文化の隆盛は、仏教と出版資本との分離を果たし、仏教教団は中世までとは比べものにならないほどの書物を得られるようになった。この革命の立役者である本屋たちは、どこまで西本願寺に忠実たりえたのだろうか。

西本願寺に関係する本屋の活動を考察する前にまず、境内とも呼ばれる西本願寺の寺内町について、確認しておきたい。一般的に、寺内町とは寺院を中核として、町家などをその周囲に配置し、外側を土居などで囲った集落をいう。真宗諸派の教団においても中世から見られ、いわゆる門前町とは性格が大きく異なる。中心となる真宗寺院が大きな権限を持っており、町内は自治的運営がなされていた。近世にあっても、寺内町は独自の法が適応される、いわば自治区であった。

『本願寺史』第二巻(11)によれば、かつて東西分立以前、山科や大坂に本願寺があった時にも、寺を中心とした共同体集落は形成されており、僧侶の他に多くの門徒が住んで、一大宗教都市の体を成していた。秀吉の京都都市計画の一環として天正十九年（一五九一）に大坂天満より堀川六条に移転した際も、多くの門徒が移り住んだという。京都に形成された西本願寺の寺内町は、北は六条通、南は下魚棚通、東は新町通、西は大宮通の範囲で広さは約一万六九三〇坪程度、人口は一七〇〇年代初頭で約一万人ほどであった。

近世期、寺内町の一般町民に適応される法令は、たとえば学林町で騒音が出る箔屋《はくや》や搗屋《つきや》を営んではならないといったものを除き一般のそれと同様のものだったが、行政は「町役所《まちやくしょ》」という寺内町専門の機関が行っていた。町役所という名称は寛永八年（一六三一）の「御境内絵図」の中に見えるのが早い例で、奉行は本山が任命し、小頭以下は奉行が任じて本山の長御殿《ながごてん》へ届け出ていた。実際の処罰は、公儀すなわち二条の奉行所で執行されたものの、町民の公事訴訟はこの町役所で裁判がなされた。寺内町には真宗の門徒しか住むことができないが、借家人の場合は門徒でなくてもよかった。

寺内町の住人は、町単位で構成された組というグループで本山と交渉を持っていた。また他に、七日講や清浄講など、町単位以外でも講を作って住民相互の紐帯を固くし、本山に奉仕していた。西本願寺にとっても寺内町住民はさまざまな協力を依頼できる重要な人々であった。たとえば、文政年間に危機的状況を迎えた西本願寺財政を救うため、寺内町の住人が連印で借り入れを行っている上、文政末年（一八三〇）から始まる西本願寺財政改革の際には、寺内町の町人十八人が借財掛として本山のために債権者との示談に当たっている。(12)

慶証寺玄智が『御伝鈔』を校訂・蔵版する際も、寺内町の外屋清兵衛が情報をもたらし、蔵版の交渉を手伝っている。出版に関する諸問題に関していち早く情報をもたらし、本山のために交渉を有利に行う寺内町の本屋は、本山である西本願寺にとって頼もしい存在であったはずである。

本屋から見れば、西本願寺や学林で必要とされる聖教類の製作や、全国から集まる僧や門徒を見込んだ出版物の販売など、寺内町には常に本に関する需要が見込める地域であった。しかも、西本願寺寺内町の住民は商工業者が圧倒的に多く、表紙屋や経師屋といった製本に携わる職人も一定数寺内町に住居していたから、本の仕立てから販売まで行える。よって一定数の本屋が居住していたと見え、同じ職業で仲間を作る場合も多々見られる中で、本屋の講も確認できる。天保三年（一八三二）ごろ成立と見られる西本願寺寺内町住民に適用された律令を編纂した資料『御境内律令』一巻には、「諸願・諸届・諸仲ヶ間」の項に「一　書林　行事有之」とあって、天保年間には本屋が寺内町で仲間を組織していた。(13)

2　吉野屋の新しい出版物

第二部ですでに触れたが、吉野屋為八は、安永年間に『教行信証』や『六要鈔』の板株の情報をもたらし、なおかつ板株獲得のために中心的な働きをした寺内町の本屋である。吉野屋はまた西本願寺の買上から漏れた寛文版

『教行信証』の板株を御抱版とする際、まず吉野屋が元版の本屋と相版し、その後本山へ板木を上納している。

『教行信証』や『六要鈔』株の買い入れの顚末を記した『本典六要板木買上始末記』[14]に拠れば、吉野屋は、「吉野屋為八儀ハ、大阪十八役所幷ニ十二講ノ内、銭屋新右衛門出店ノ事也。当時書林御寺内ニテ渡世候事ニ候得ハ、旁以テ御為メ存シ候モノニ候間」（安永四年の十二月極月中旬の記事）云々とあり、「大坂十八役所」と「十二講」に加入している銭屋新右衛門の出店とある。「十二講」は大坂十二日講のことで、宝暦年中に西本願寺の阿弥陀堂再建のために結成された西本願寺の門徒講である。大坂十八役所講も宝暦年間に成立しており、両講とも慶応年間まで約一〇〇年にわたり、本山や坊舎のために尽力した有力な講である。[15]吉野屋の本店にあたる銭屋新右衛門は、本屋としては確認できなかったが、あるいは本屋以外の商人であろうか。大坂十二日講は、明暦版『教行信証』および『六要鈔』の板株を本山が購入するにあたり、肝煎らが上京して交渉に付き合い、代金を立て替えてもいる。吉野屋も、こうした熱心な講の活動と無関係ではないと考えられる。

一方で、出版史で知られる吉野屋為八は、秋里籬島の『都名所図会』の版元として有名である。『改訂増補近世書林板元総覧』[16]に拠れば、吉野屋為八は明和年間に創業し、安永年間の初めごろまでは寺内町に住んでいた。そもそもは仏書屋で、『浄土安心説法問答』四巻（安永四年〈一七七五〉刊）、『親鸞聖人御遺跡記』五巻（安永八年刊）など、真宗の仏書を出版していた。一方で、『信長記拾遺《しんちょうきしゅうい》』十巻（安永五年刊）や『誹諧早作伝《はいかいはやつくりでん》』一冊（安永五年刊）など、絵本読本や俳書も出していた本屋であった。なお、『本典六要板木買上始末記』史料中に見える吉野屋為八の名代甚助は、同史料に拠れば当主為八が「幼少ニ付名代甚助」として本願寺に出向いている人物である。おそらく、玉淵堂吉野屋甚助のことであろう。

大坂の有力講に連なる者であり、寺内町で真宗仏書を中心に販売していた吉野屋であったが、本山の『教行信証』株の買い入れに協力した数年後の安永五年ごろ、寺内町を出て行っている。近世期のベストセラーと言ってよい『都名所図会』（安永九年刊）を刊行する三年前である。このころから吉野屋は、先に挙げた『信長記拾遺』をはじめ、近世屈指の書道家松下烏石の書跡を刊行したり、『万世百人一首大全』を最初として多くの女用物も手がけ、漢籍の分野にまで乗り出している。(17)『都名所図会』の刊記には「寺町通五条上ル丁」と住所を記しているが、五条通界隈は大手の本屋が集まっている。真宗仏書以外の販売を大々的に手がけるようになると、寺内町に店を構えていては営業上不都合であったと思われる。以後二度と寺内町には戻らず、文化年間ごろ廃業した。(18)より幅広い種類の本を扱うにあたり、それまで縁故のあった寺内町での営業に見切りを付けた可能性が指摘できる。

3 老舗の困窮

吉野屋が出て行く一方で、逆に寺内町に越してきたのが永田調兵衛である。西本願寺御用書林としてよく知られている京都の老舗である。この永田については、すでに宗政五十緒の研究(19)によりその来歴や扱っていた書籍の種類など、全体像が明らかにされている。

永田調兵衛は屋号を文昌堂といい、初代は近江出身の武士といわれ、江戸時代ごく初期の慶長年間ごろ創業と考えられる。江戸、明治、大正、昭和の時代を経て現在に至っており、日本で最も長く営業を続けている本屋のひとつである。西本願寺の御用書林として知られるが、他にも浄土宗光明寺や永観堂、真宗佛光寺派本山佛光寺の御用も務めている。三代目のころに京都随一の格式を持つ書林出雲寺和泉掾の縁戚にもなった、真宗の仏書を多く手がける物の本屋である。もと長兵衛と称していたが、四代目からは調兵衛を名乗っている。寺内町に越してからは、町内では永田ではなく「菱屋」を名乗っている。(20)格式・伝統を大切にする京都本屋の中でも特に老舗格の本屋であった。

第二部第一章で述べたとおり、彼の西本願寺との大きな関わりは、『真宗法要』開版計画において始まる。開版に向けた交渉では関係する本屋の中でも永田調兵衛は特に熱心で、『蔵外真宗法要』の出版を任され、『真宗法要』開版後は増刷の際の連絡係も務めている。

この永田は、京都に大火の起こった天明八年（一七八八）ごろ、寺内町に越してきている。(21) この天明八年の大火では、京都の大半が灰燼に帰した。この火事で京都の東側に集中していた京都の本屋街は焼き尽くされ、板木の多くも失われた。京都書林仲間はこの深刻な事態を受け、仲間内で世利物（せり売り）取引をして便宜を図り、消失板木の目録を作って権利を保護して混乱を防ぎ、再刻の助けにしようとした。しかし奉行所が何業に依らず営業の自由を奨めてしまったために、「従来の諸商仲間の定法が紊れるとゝもに、折角の本屋仲間の応急救済策も、其の効果が極めて薄かつた。のみならず大坂、江戸の書肆は未だ京都書林の復興せざる虚に乗じて、京都板の重板類板を行ひ、京都書肆自身の中には此等の書籍をも取扱ふ者も尠くなかつたので、仲間の統制は崩壊に瀕し、その組織も一時中断の状態となつた」。(22) 大火により、板木の焼失、仲間の混乱、他地域からの重版・類版により、京都の出版界は大きな痛手を被ることになったのである。

もっとも、これ以前より京都の出版界は後退していたようである。京都書林仲間は大火の十八年前の明和八年（一七七一）、仲間内部に向けて『禁書目録』を刊行し、京都と大坂の本屋仲間に配っている。これは、台頭してきた江戸の地本《じほん》問屋（江戸で開版された、草双紙など戯作を主力にする本屋）たちへの牽制と、乱れていた上方の本屋仲間の引き締めを図ったものであろう。(23) 江戸中期も終わる一七〇〇年代後半、上方本屋の営業は江戸本屋の脅威にさらされ、さらに京都書林の仲間内でも組織の連帯が弛緩していた可能性が指摘できる。こうした状況下での大規模火災に、京都の出版界は衰退を余儀なくされていた。

4　旧来の出版が活きる場所

こうした状況の中、永田が再起の場所として選んだのは、元の繁華な錦小路通新町ではなく、西本願寺寺内町の一角、山川町であった。江戸中後期に寺内町を選んだのは、丁子屋九郎右衛門も同様である。先に触れた『教行信証』や『御伝鈔』をはじめ、九郎右衛門は多くの寺院の聖教の板株を所持していた大店であったが、すでに元禄年間頃より開版事業を縮小し、大きな資金の必要ない写本の販売を行っていた(24)。『本典六要開板始末記(25)』には、「九郎右衛門困窮ニ罷成ニ及ヒ、所持ノ板木共持参、正助方へ同居仕申ニ付」と、九郎右衛門が困窮して東本願寺の寺内町に越してきたと記されている。板木を持ち込んでいるため、これ以後ここで、丁子屋正介（正助ともいう）の店を本家の九郎右衛門店として営業したのだろう。

もともと九郎右衛門が住んでいた五条は、京都五条橋通扇屋町辺りの事で、浄土宗の総本山知恩院も近く、仏書屋が多く集まっていた本屋街であった。先の吉野屋が移り住んだのも五条である。ここで代々大店として店を構えていた九郎右衛門が、経営難に陥ったため東本願寺の寺内町に店を持つ手代の所へ越してきたというのである。多くの聖教の板株を持つ九郎右衛門でさえ、この時期には行き詰まっていた。永田が西本願寺寺内町に移ったのと同様、彼も東本願寺の寺内町に活路を見出していた可能性があろう。現に、寺内町に越して以降、丁子屋九郎右衛門店はこのまま近代まで存続し、現在も営業している法藏館の祖となった。

丁子屋と共に、『教行信証』の板株三点すべてを相版していた銭屋庄兵衛についても確認すると、銭屋は相版株を菊屋喜兵衛という新興の本屋に譲って、江戸後期の内に廃業している。菊屋は老舗書林などではなく、宝暦年間に創業した草紙屋であった。当初は西川裕信《にしかわすけのぶ》の絵本を中心に出版したが、裕信が没して新作が作れなくなると仏書を扱うようになった。仏書と言っても聖教類ではなく、東本願寺の末寺の説教僧粟津義圭（諦住《たいじゅう》）の勧化本を大量に出版している。義圭が没すると、今度は往来物や国学書など多彩な出版を行って幕末まで営業した。(26) 菊屋は読者獲得のために、売れる本を書ける作家を追い求めた本屋である。仏書出版はあくまで営業上の都合にすぎない。このような、江戸中後期創業の草紙屋が、老舗に代わって『教行信証』の板株を所持しているのである。江戸の台頭だけでなく、京都の出版界にも変化が起こっていたと言えよう。旧来の伝統を旨とする老舗書林たちは、営業方法を問い直す時代に来ていたように思われる。

東西本願寺の寺内町には、常に仏書の需要があった。町版に全面的に依存し、その反発として、あるいは他寺院との競合のために御蔵版事業を大規模に展開した本山を中心に、多くの学僧や参拝者が集まる。新しい出版物を発明する才気があり、現に多くの図会の刊行で読者を獲得できた吉野屋は寺内町を離れたが、京都屈指の書林で仏書屋の永田や丁子屋九郎右衛門らは、旧来の営業を大きくは変化させずに済む寺内町にこそ、次世代を生きる可能性を見出していたのかも知れない。

二　永田調兵衛の活動

1　御蔵版支配人

江戸中期の本屋仲間の官許以降、本屋以外の者は彼らを通さなければ出版が行えなくなった。中世以来刊行してきた『御文』や経典類、狭い範囲で行う私版など例外はあったが、寺院のみで新規に出版を行うことは原則として不可能であった。そこで、近世において寺院が出版を行う際には、特定の本屋がこれを補佐するという体裁がとられる場合がある。いわゆる御用書林である。

寺内町に越して以降、永田は御用書林の地位を固めていく。たとえば、文化元年、『教行信証』の板株はすべて東西本願寺が管理下に置いているにもかかわらず、『教行信証』の本文を含む『教行信証義例』などが町版で出たことがあった。西本願寺はその出版を不当として開版した本屋を叱り、詫び状を出させた。この詫び状に内容を保証する者として加印したのは、当時本山に出入のあった河南四郎兵衛と永田であった。その際の両名の肩書は河南が「御本山御学林書林」とするのにたいし、永田は「御蔵板出入書林」であり、彼が御蔵版本の監督を任されていたことがわかる。(27)

また、文化五年（一八〇八）の、偽版を刊行した本屋が提出した文書中に、(28)永田調兵衛の肩書きを「御蔵板支配人」としている。右に掲げると、

奉誤口上書

私義

一　此度、袖玉御文章と中外題ニ而、御本山様御蔵判御文章五帖壱部同様之御文面之儘出板仕、売出候処、御本山様より段々御吟味之御容子、乍蔭承知仕候（中略）悔前非候而茂俄ニ致方無御座候ニ付、無拠御本山御蔵板支配永田調兵衛江推参仕、此度之儀者何卒莫大之御憐愍を以御宥免被成下、右判木仕込本摺卸シ迄奉差上、右夫ニ而御聞済被成下候様相頼申候処、右調兵衛御殿江内々ニ窺ノ上今日被召出、委細御聞糺之上、厳敷蒙御叱（中略）御内々御取扱被成下候段、難有奉存候。猶亦、是迄仕込本部数之儀御尋ニ付、則五百部斗出来仕候処、追々田舎向売般申候ニ付、何方江散在候哉、其段御□奉申上候。乍併、私ニ吟味仕相知申候ハヽ、早

速壱部ニても可奉差上候。然ル上者、向後大坂辺ニ而右体之品心得違之者出板仕候歟、又者似寄之書類出来仕候ハヽ、為御冥加早速調兵衛方江為相知可申上候。右奉誤候一札如件。

大坂堂島新地裏町
河内屋徳兵衛同家
播磨屋五兵衛（印）

文化五戊辰年六月

御本山
御蔵判懸り
御役人中様

右之通、無相違御座候ニ付、証印仕奉指上候。以上。

御蔵板御支配
永田調兵衛（印）

偽版を行った大坂の本屋播磨屋五兵衛は本山に取り調べられたが、「御蔵板支配永田調兵衛江推参」して特別に許してほしいと西本願寺への取り次ぎを頼んだところ、厳しく叱責されたものの、公儀の取り沙汰にもならず、内済にしてもらったという。そして、偽版を刊行していた播磨屋は、今後大坂にて重版や類版を行う者がいたり、紛らわしい板下写本が出回る事があったなら、今回の恩返しにただちに永田調兵衛に報せることにすると述べている。御蔵版本にトラブルが起こったとき、永田はこの肩書きをもって解決の任にあたったのである。本山と本屋らの間に立ち、交渉の窓口になっている。

2　老舗の格式

御蔵版の管理は複雑ではあったものの、恒常的に利益がある。加えて自らが板株を持つ本も、寺内町で売れば本山へ参詣する人々や学林で学ぶ僧侶が購入するため、その利益はかなり安定したものとなったと推測できる。利益だけでなく、江戸中期までには困窮していた者が目立つ京都の老舗にあって、御蔵版支配人として地位を得たことは、京都書林仲間の中での地位を強固にした。安政六年（一八五九）、西本願寺が御蔵版の中本『六要鈔』を開版する際、その調進を永田に任せなかったことについて、永田は以下のように具申している。(29)

（前略）私方従来御殿様江御出入ニ而、御太切之御蔵板私方より調進仕候義、書林仲ヶ間共ニおゐても兼而承知罷在、仲ヶ間行事記録ニも相記シ有之候義ニ御座候。然ル処、此度御出板之六要鈔は、御太切成御蔵板之事故、御仕込調進之儀、自然外方江被為仰付候而者、私義書林仲ヶ間江対シ外聞ニも拘リ、且、前□之御□録も有之候得者、先々代江対シ夫是似成ニ歎ヶ敷奉存候間、何卒格別之御憐愍を以、六要鈔小本御仕込調進之儀、是迄通私方ニ被仰付被下候ハヽ、格別相働、利分ニ不拘調進可仕候間、右願之趣御聞届被成下候ハヽ、広大之御慈悲と如何斗歟難有仕合ニ可奉存候。以上。

安政六年未正月十八日　永田調兵衛

御蔵板御掛
御役人中様

右の永田の訴えによれば、従来、御蔵版本の仕立ては私（永田）より調進してきたことは本屋仲間も認めるところであって、本屋仲間行事の記録にも書き留められている。ところが、このたび開版となった中本『六要鈔』は大切な御蔵版であるのに、その仕立てを他の者が行ってしまっては、私は書林仲間にたいして外聞にも関わることだし、先々代の当主にたいする申し訳が立たなくなってしまう。どうか今度の仕立ても私の方に任せてほしいと述べている。先に引いた文化四年の口上書控えとあわせて、永田が代々御蔵版本の出版業務を担ってきたことが書林仲間周知の事実であって、もしこれが破られた場合は自らの沽券に関わると申し述べており、御蔵版の支配が仲間うちでのステータスと見なされていたことが推測できる。西本願寺の御用を任された永田調兵衛は西本願寺との関係により、安政年間という幕末に至っても、書林仲間にたいして老舗の仏書屋としての対面を保っていたのである。

3　寺内町の名所化

寺内町には僧侶だけではなく、全国から門徒が本山参拝に訪れる。ことに、江戸中期ごろからは名所として人が集まるようになった。岡村喜史によれば、「江戸時代中期以降、享保一五（一七三〇）年の『二十四輩記』の刊行を初め、享和三（一八〇三）年の『二十四輩巡拝図会』の刊行（後編は文化六年〈一八〇九〉の刊行）など、数々の巡拝記が発刊されると、門徒が主体となって全国の旧跡巡りが盛んに行われようになり、そのなかから本山としての西本願寺への参拝がさらに盛んになっていく[30]（（　）内筆者補注）」。旅行者が京都旅行の起点とした三条大橋は京都の北東にあるが、西本願寺は反対の南西に位置したにもかかわらず、多くの参詣社が集まった。「このような江戸時代の活況を背景として、西本願寺の門前の商店などは、盛況に活動していったのである[31]」。

参詣者が増加すれば、必然的に寺内町の経済も潤う。本は全国から参拝に上京してきた人々の土産物として格好の品であったから、永田は老舗本屋として硬い仏書を僧侶に売るばかりでなく、一般の参詣者をも対象とした営業方針をとるようになる。一例を挙げると、安政七年（一八六〇）、永田は京都の本屋菱屋卯助と共に、『大谷家土産《おおたにのいえづと》』を刊行している。これは、「本願寺境内の建物を中心に、学林（西本願寺の檀林）・興正寺・常楽寺・大谷本廟」などを紹介しており、「さらに附録として宗祖誕生地について紹介・解説した挿絵入りの本である[32]（（　）内筆者補注）」。コンパクトな小冊子で、旅人が国へ帰ったあと、故郷の家族や友人に土産話かたがた紹介する本であった。参拝者の増加に合わせて、寺内町に店を持つ永田はそれにふさわしい商品を作っている。

さらには、西本願寺とは全く無関係の本も売っていた可能性もある。**図1**は、東本願寺御用書林丁子屋の蔵版目録（巻末広告）である。真宗の仏書の中でも、『正信偈絵鈔』や『聖人御伝』の平仮名絵入本など庶民向けの本が目立つ。『御本山御堂絵図』の大小の一枚刷りなど土産にちょうどよい品があるのは、東本願寺へ参拝に来た門徒向けの品揃えと言える。これら真宗関係の仏書に加え、『女庭訓御所文庫』などの往来物、辞書である『和漢節用』に医書の『牛療治重法記』（『牛科重宝記』のことか）まで、真宗とは無関係の本も多い。『小うたひ』のような、草紙類の中でも最も格の低いものまである。ふだん本屋を利用しないような人々でも、本山参拝に来た折には寺内町に宿泊したり立ち寄ったりするため、丁子屋は御用書林をうたって彼ら参拝者をあてこみ幅広い

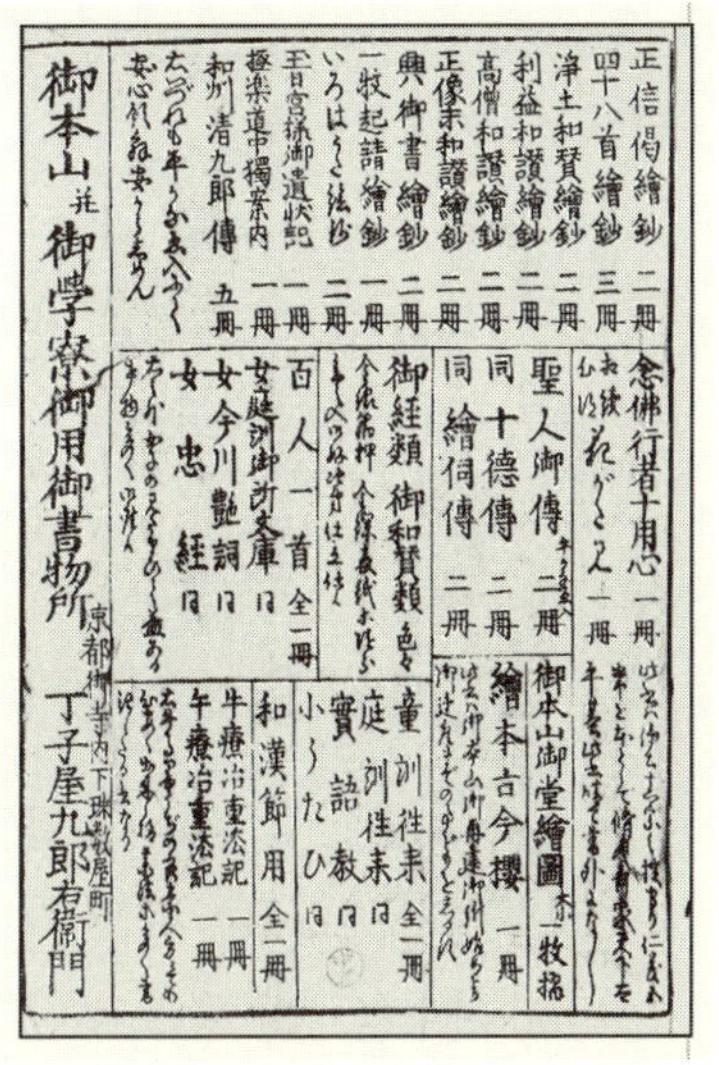

図1　寛政10年（1798）刊『いろは歌絵抄』初篇蔵版目録

上段には平仮名絵入本が並び、中段には女性用の教養書が目立つ。

商品を揃えていた。永田の場合も同様であったろう。

4　寺内町の書籍流通の掌握

御蔵版による西本願寺との結びつきと、寺内町に居をかまえたことを背景にして、永田は寺内町の本流通の中心的役割を得た。寺内町について書かれた天保年間の記録『表処置録《おもてしよちろく》』[33]六冊の第三冊に、「書林仲ヶ間　永田調兵衛」、また別の箇所に、「御境内諸仲ヶ間之事」として「書林講　・・永田調兵衛」とある。「・・」は朱点で、講の行事か代表の人物であることを示すものと思われる。少なくとも天保ごろ、寺内町にあった本屋の集まりと覚しき書林講において、永田は行事または代表的な講員であったと推定できる。

次に掲げるのは、永田の手控である『商用緒雑記抄』[34]中にある、安政三年（一八五六）七月付の奉行所への訴えである。

一　私共往古御境内書林講より《「与」カ》講名被下置候ニ付、講中申合相続仕来難有仕合奉存候。然ル処、御改革ニて取締相崩猥ニ相成歎ヶ敷奉存候処、先般所仲間再興被仰付候ニ付、私共講内之儀も已然之通仲ヶ間取締仕度、尤書林之儀は御境内御作法も有之、構内之外猥ニ渡世相始候ては、御本山御差支之書物類売捌候哉も難斗奉存候ニ付、向後私共構内他猥ニ書林店差出し不申候様仕度、猶又仏具屋内ニ御経御和讃商ひ仕候者有之、右等之儀は私共渡世之差支ニ相成迷惑候間、何卒向後仏具屋ニて御経御和讃売捌不申候様被為仰付度、乍恐此段奉願上候、猶又右之外心得違ニて無何心猥ニ書物類売捌不申候様、何共恐多キ御願ニハ御座候え共、諸仲間同様御触流被成下候様願奉上候、何卒御慈悲を以右願出之趣御届被成下候ハヽ、難有仕合可奉存候以上。

安政三年十一月廿四日

御境内書林講
物代　菱屋調兵衛　印
　　　丁子屋庄助　印

御　奉　行　様

（以下、奉行所へ贈った礼金など出費の目録。中略）
　丁庄様より壱分分弐百三拾壱匁
△丁藤様より　弐百拾八匁
△三和様より　壱朱弐百拾八匁
△菱卯様より　金壱朱分弐百拾八匁
永田より金壱分分弐百三拾壱文
〆金三歩分
　　六百九拾四文相成候。
　安政辰極月七月取集候。

御境内書林講の代表として総代の菱屋調兵衛並びに丁子屋庄助が奉行所に訴え出ている。菱屋調兵衛とは永田調兵衛のことである。丁字屋庄助は西本願寺寺内町の本屋としては確認できなかったが、あるいは古くから寺内町で真宗関係仏書を扱ってきた丁字屋庄兵衛の関係者だろうか。

訴えの前半部分で、永田らは、自分たちは本山から「御境内書林講」と講名を頂き、往古より今まで活動してきたが、幕府の天保の改革で仲間が解散となり取り締まりが行き届かなくなってしまった。先ごろ仲間が再興されたので、自分たちの講も改革以前と同様の取り締まりを行いたい。寺内町独自のやり方があるので自分たちの講以外の本屋に猥に商売を行われては西本願寺の聖教の販売に支障が出るから、今後私たちの講に所属する者以外がむやみに寺内町に店を出さないようにしてほしいと、御境内書林講の代表として訴えている。

この御境内書林講は、西本願寺寺内町の講で、先述の天保年間の書林講と同じものか、あるいは発展したものと考えられる。本山の聖教販売の支障を憂慮し、講外の本屋が寺内町で店を出すことを取り締まるように奉行所に願い出ていることから、御境内書林講は寺内町の本屋業務を独占的に行っていたと判断できる。永田はここでもその代表を務めていた。

後半では、仏具屋で「御経」や「御和讃」を販売しているのは、我々の渡世に障るので禁止してほしいとも訴えている。これらは真宗では仏壇に供するものだったので、門徒にとっては必需品であった。仏具屋は仏壇を持つ家々にその修理や調度品の新調などのため出入りがあるから、当時、これらの本をも扱っていたのだろう。寺内町という性格上仏具屋は一大勢力であったから、永田らにとって脅威であった。

右の訴えのための費用を出した本屋の名前としては、丁藤、三和、菱卯が挙がっている。それぞれ丁子屋藤吉郎、三文字屋和助、菱屋卯助のことと思われ、いずれも西本願寺寺内町で弘化年間以降に創業した新しい本屋である。彼らと永田、丁子屋庄助が、安政三年時点での御境内書林講の主たる構成員だったのだろう。このうち三文字屋と菱屋は永田調兵衛の許から独立した本屋であり、彼らが主たる構成員であることは、やはり永田がこの講の中心であった事を示している。寺内町の本屋として繁栄していた事の証左であろう。

5　山川町と永田

今一点、永田が寺内町の山川町で有力な商家であったことを示す事例として、伏見稲荷大社の祭りに関するものがある。西本願寺の寺内町は、平安時代より伏見稲荷大社の氏子域であった。毎年三月に稲荷大社の神輿が御旅所へ向かう神幸祭、神輿が大社に還る四月の還幸祭ともに、町役人の出向があり、四月の還幸の際は神輿ごとに供銭が行われるのが慣例であったようだ(35)。

この神輿の巡行に合わせた稲荷大社の大祭である稲荷祭は長く廃れていたが、江戸時代中期ごろから全国の「名所」に関心が持たれるようになり、**図2**のごとく、『都名所図会』にも採録されるほど稲荷大社も名所として知られるようになった。参拝者が増加したことに後押しされ、江戸時代中後期に復興された。天明の大火で一時休止されたものの、後に無事再開され現在に至っている。

稲荷祭におけるハイライトは壮麗な神輿巡行であった。そして、この神輿にはさまざまな練り物や神輿を迎える「お迎え提灯山車」が付随していた（**図3**）。このお迎え提灯山車は、三月の中の午の日神幸祭（御出）に神輿が御旅所へ入るときの、神迎えの風流であったが、この山車が永田の住む西本願寺寺内町の山川町と関係している。

お迎え提灯山車は江戸時代のある期間出されていたようだが、幕末には行われなくなった。村上忠喜の論考に拠ると、「お迎え提灯の山車は、安永期の稲荷再復活に際して整備された可能性が高いものである。安永期より安政期まではおよそ八〇年、この間継続してお迎え提灯山車が出されていたとすれば、もっと多くの資料が残されてよいはずで」、「この行事が非常に短い期間のみ執り行われたものである」と推測している(36)。使われなくなった山車の懸装品は稲荷大社に奉納された。この奉納物に、山川町と永田調兵衛の名が見えるのである。

この十点のうち八点には、左に示すように献納者を示す墨書がある(37)。

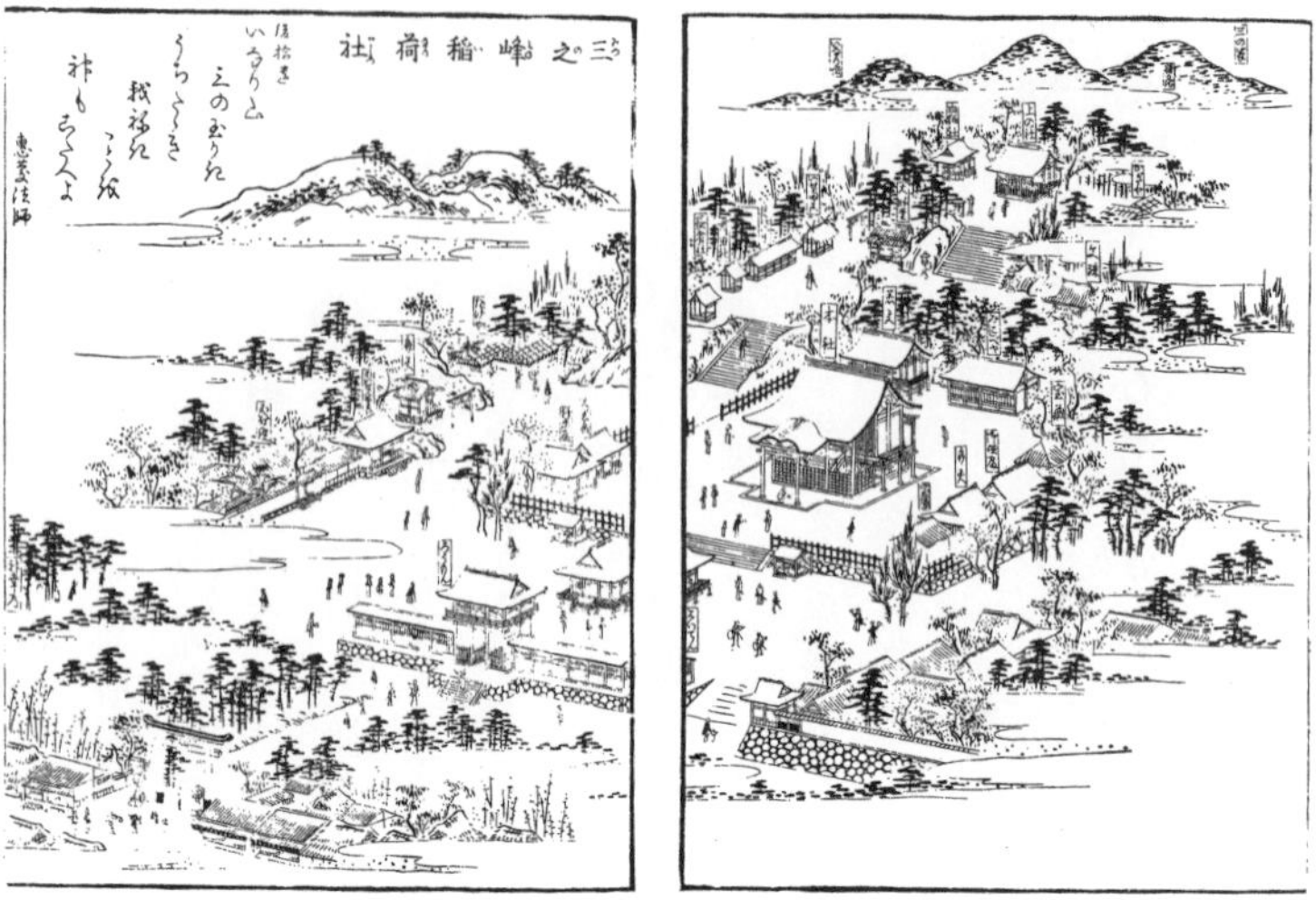

図 2 『都名所図会』（安永 9 年〈1780〉刊）の「三之峰稲荷社」

名所化することで地域経済が発達し、稲荷祭の復興につながった。

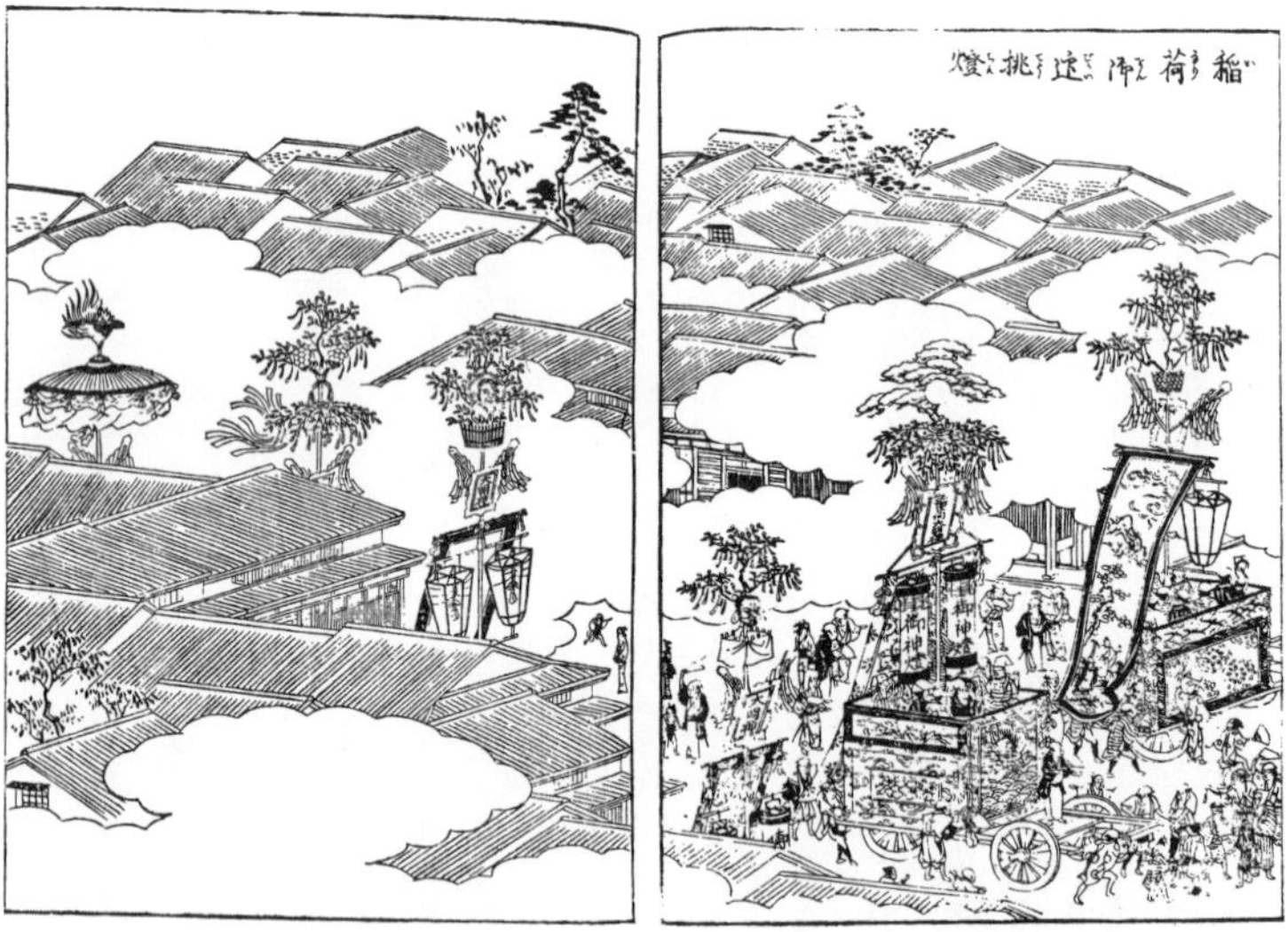

図 3 『拾遺都名所図会』（天明7年〈1787〉刊）の「稲荷御迎挑燈《おむかえちょうちん》」

右下にお迎え山車。豪華な懸装品が確認できる。

①「双竜図」（後懸幕）江戸後期製作
　墨書「明治廿四年八月　京都　山川町　京極文蔵　永田長左衛門　同　調兵衛」

②「婦女子雅遊図」（前掛幕）江戸後期製作
　墨書「明治廿四年八月　山川町　永田長左衛門　京極文蔵　永田調兵衛」

③「鳳凰天下太平図」（見送幕）江戸後期製作
　墨書「明治廿四年八月　山川町　永田長左衛門　同　調兵衛　京極文蔵」

④「松竹高士図」（見送幕）江戸後期製作
　墨書「明治廿四年八月　山川町　京極文蔵　永田長左衛門　永田調兵衛」

⑤「波涛麒麟図」（胴懸幕）寛政七年製作
　墨書「寛政七年乙卯四月　繡寄進　祖父江五兵衛　辻平吉　柴田新兵衛　福井新右衛門　明治廿四年八月　山川町　京極文蔵　永田長左衛門　同　調兵衛」

⑥「波涛麒麟図」（胴懸幕）寛政七年製作
　墨書「明治廿四年八月　山川町　永田長左衛門　同　調兵衛　京極文蔵」

⑦「鳳凰飛来図」（水引幕）寛政五年製作
　墨書「寛政五癸巳年三月吉辰　寄進　紅屋八郎兵衛　大和屋清兵衛　明治廿四年八月　山川町　京極文蔵　永田長左衛門　同　調兵衛」

⑧「麒麟到来図」（水引幕）寛政五年製作
　墨書「寛政五癸巳年三月吉辰　寄進　榊講社　明治廿四年八月　山川町　京極文蔵　永田長左衛門

同　調兵衛」

⑨「唐草に鳳凰図」（水引幕）江戸末期～明治初期

（墨書なし）

⑩「唐草に鳳凰図」（水引幕）江戸末期～明治初期

（墨書なし）

墨書のない⑨、⑩を除くすべてに山川町住人として永田長左衛門、永田調兵衛の名が見える。永田調兵衛が稲荷際に用いられた豪華な懸装品を奉納したことが知られるのである。

これらの懸装品はほぼすべてが安政六年（一八五九）には山川町で保管されていたことが、左に掲げる「山川町諸事記録」[38]より判明する。なお、当該文書は、江戸後期から幕末にかけての山川町の町内記録を永田調兵衛がまとめたものである。文書中、「菱屋」とあるのは永田のことである。

掟

扨講出し是迄家敷土蔵江入成処、此度造酒屋借宅被参候ニ付、右土蔵明ケ渡候ニ付、品物町内一統相談之上、銘々左之通分ヶ預、相施主置。則、

覚

一　額請彫物机　　箱入壱

一　天笠織見送り　　壱

一　散羅沙天まく　　壱

〆　三点

右、菱屋調兵衛

（中略）

〆　右

町中持敷角屋敷預

右之通配分預ヶ置候。

安政六年未十一月十九日

年寄　菱屋調兵衛

五人組　近江屋太兵衛

同　近江屋惣兵衛

井筒屋源助

能登屋六兵衛

此人ハ別所ニ預書新ニ有。

（以下略）

この文書によれば、この角屋敷は「町中持敷角屋」としており、山川町の管理であった。ここを造酒屋の借宅にするにあたり、保管していた懸装品を分担保存することにしたようで、年寄の菱屋（永田）調兵衛以下が断りを入れている。リストは他にも「稲荷大明神御額」や「折屋根」など、山車に使われてもおかしくないものばかりである。村上論文に拠れば、稲荷祭の山車の懸装品一〇点（二箱）は、右の山川町の所蔵品にすべて含まれるという。つまり、山川町管理の屋敷に稲荷祭のお迎え山車の備品のすべてを置いていた可能性が高い。同町は、町単位で稲荷祭と関係していたと考えられる。

そもそも、山川町は寺内町六十余町の中でも、格式ある古町・由緒町ではない。十一月晦日、本山の法要に使われる提灯の上納を各町が行う際、西洞院一丁目の東側と西側と共に二張を上納していたことがうかがわれるが（『寺内歳時記』）、それ以外に本山から特定の役を与えられていない。人口も少なく、小規模な町であったことがうかがわれる。(39)

「寛永八年寺内町図」(40)は、江戸前期、寛永年間の詳細な寺内町図であるが、「山川町諸事記録」に記された人々は一人も名前がなく、彼らが古くから山川町の住人であった可能性は低い。永田調兵衛も天明の大火で被災してこの町に移り住んだが、他の人々も多くは江戸中期以降に移り住んだのだろう。江戸後期になると、山川町の住人はお迎え提灯山車の管理が行えるほど余裕のあるものとなっていたと想像される。そしてこの町で、管理の責任者だったのが永田であった。このことは彼の経済活動が成功していたことを示していよう。

三　御用書林の性質

1　永田の行動

御蔵版本の監督を任され、寺内町の書籍流通を掌握した永田であるが、決して本山に忠実であるばかりではなかった。すでに第二部第二章で触れたが、寛政二年（一七九〇）、本山として振る舞う末寺興正寺が開版した聖教集『〔和語〕真宗法彙』の印刷・製本を、弟久兵衛と共に請け負っている。この本の元株は、永田が出入りしていた慶証寺玄智から売り出されたものであり、本山にも玄智にも不都合な出版物であったが、永田は露見するまで仕事を続けた。

また、幕末に本願寺が中本『六要鈔』を開版する際、永田はその印刷・製本を望んだが果たせなかったことはすでに述べた。永田が埒外とされた理由として、万延元年（一八六〇）、編集者の僧純は以下のように述べている。[41]

一　小本六要鈔御上木ニ付而者、近江屋宇兵衛義、兼而骨折、正聚房ニ随従、判木屋幷ニ筆工へ日々相通、心配ニ付、仕立方之義は同人江被仰付度承り候者、永田調兵衛・丁子屋庄兵衛仕立之義、頻ニ申立候由ニ候へとも、更ニ心配も無之、唯自作之勝手ニ任申立候義、甚心得違ニ御座候、元来右両人之内ニ而も別て調兵衛義、商売向ニ相成候而者強ニ成り、不当之儀申出候、右而御取用無御座候様仕度、猶又仕立直段之処も宇兵衛義は仕立幷ニ本屋両こう故、下直ニ相成候儀者勿論、仮令同様之儀直段調兵衛より申出とも、紙之善悪ニて如何様とも相成候故、調兵衛申出は難取用奉存候事、猶又、正聚房よりも左之通り申出候事。

永田調兵衛や丁子屋庄兵衛が製本を任せてほしいと再三願い出ていたようだが、その仕事ぶりは全く「心配も無之」、つまりぞんざいであること、ただ自分たちの自由にしたいので製本を請け負いたいと申し立てているだけであると述べている。僧純はさらに続けて、分けても永田は、商売のこととなると強引で悪質な申し立てをする。値段を低くする場合は（誠意でやるのではなく）料紙の質を落として安くしている。だから彼らの希望は取り合い難いと断じている。僧純は、自らが懇意にしている本屋近江屋を推薦する立場からこのように書いている部分もあるが、そのことを差し引いても、僧純ら学僧のために実用的な本を開版しようとする者たちの間では、永田の評判は良くなかったのだろう。永田の利益を優先する姿が垣間見える。

2　本山と本屋

江戸中後期の興正寺版『真宗法彙』開版問題では、本山によって御堂衆の玄智は閉門させられ、不遇のまま没したが、永田は無事であった。取調にたいして永田は「無何心取斗候段、恐入奉存候」、「何分御憐愍を以、心付不申候段」[42]を許されたいというひと通りの詫び状を出して後、何ら処罰された形跡はない。

本山が問題を起こした本屋を処分しないのは、偽版『御文』の取り締まりのときも同様である。宝永二年（一七〇五）に西本願寺が偽版『御文』を取り締まった際も、「偽版関係者の割り出しに力を注いでいたにもかかわらず、事件の全容が明らかとなり、偽版が回収され、奉行所よりの処罰がなされた後に、本願寺は一転して偽版関係者の赦免を求めている」。「処罰者への寛容さはこの一件に限らず、他の偽版一件でも同様」で、「偽版摺りにかかわった者から詫び状を請けることで、本願寺はそれ以上の責を追求しないというのが締めくくりなのである」[43]。出版関係の者は、それが御用書林であっても偽版の犯人であっても、詫び状を出せばそれ以降の本山による追求は見られない。

永田と同じく寺内町の本屋、丁子屋庄兵衛にたいしても本山は寛容に見える。第一部第二章で、『御文』注釈書である『御文匡興記』や『御文章来意鈔』の出版に触れたが、本山の学僧らの猛反発を招いたこれらの本のうち、『御文匡興記』の版元丁子屋庄兵衛は西本願寺寺内町の本屋の中でも古参であった。しかし、学僧らの批判を覚悟した上で、利益の見込めそうな出版を断行している。『御文章来意鈔』の版元渋川清右衛門は学僧の批判を受けると、『御文章来意鈔』の題名を『真宗文興鈔』とし、作者もごまかして刊行を続けた。丁子屋はこの『真宗文興鈔』の刊記にも名を連ねており、「批判されての両書肆の、もちつもたれつの関係を思わせる。学僧の批判があっても、なんとか刊行すれば売れるという、営業上の計画的な意図があったと考えられる」[44]。門末に同書は好評だった。彼らは各地から本山参拝のため寺内町に訪れる。寺内町で同書を売れば、学僧らからの批判も強い代わりに、よく売れるのである。本屋にとってはニーズに応え利益を得ることこそが本懐という典型例だろう。一方の本山は、お膝元の丁子屋庄兵衛が、学僧らが批判する本を全国から来る僧や門徒らに売っていたことにたいして、何らかの処罰をした形跡は見られない。こうしたケースも、本屋と本山の関係を示していると思われる。

本屋は、仏教から開版資本が分離した時に生まれた。教団に代わり自ら資金を負担して、自律的に本を開版し、商品として流通させる人々である。その性質そのままに振る舞う永田にたいして、西本願寺は個々の事例では叱責したり、取引を他に任せたりしても、そこに忠義を求めた形跡は無い。彼らを外縁に置いており、教団内部の責任ある者と見ていないかのようである。

そもそも、永田はその創業期から、西本願寺の仏書ばかりでなく一般書も浄土宗の書物も多く手がけていた。この関係から、西本願寺だけでなく、真宗佛光寺、浄土宗光明寺や永観堂の御用を務めていたもの思われる。こうした多種多様な板株は、御用書林になっても引き続き所持していたから、この方面の出版は続けられた。また、江戸後期、東本願寺から『真宗仮名聖教』が開版されたが、これは『真宗法要』と同じ聖教を納めた叢書であった。永田以下『真宗法要』収載の聖教株を持つ本屋らは、東本願寺からも仕立代をもらうようになったはずだが、そこに西本願寺との関係が影を落とすことはなかった。

天保年間ごろ、永田は東本願寺の学僧先啓が編纂した真宗の聖教集『小部聖教』を求板（既存の板木を購入すること）して売り出している。その際、先啓の名を削って玄智の名を入れて出版している。おそらく、東派の先啓よりも、西本願寺教団の碩学で、本山の御蔵版事業にも貢献した玄智の名を使った方が、聖教集としてよく売れたのであろう。しかし、この『小部聖教』収載の聖教には偽書が多く、玄智が自らの著した『真宗教典志』の中で厳しく批判した本であった。(45) にもかかわらず、編者を玄智と偽っているのである。永田に取ってみれば利益の方が重要であったのだろう。このように、本来、本屋は自らの利益を追求する存在であり、寺内町に住んでいても、教団内部の一機関などではない。彼らはあくまで、自らの利益や所持する板株に忠実であったし、本山もそれに介入はしないのである。

以上、西本願寺と本屋の関係について見てきた。西本願寺は聖教蔵版も大規模であり、書林仲間記録の量などから京都書林仲間にとって、京都随一の存在感を持つ寺院であったと推測できる。ただし、宗派間の論争は主に町版による出版によって行われ、少なくとも直接は本山の介入を受けないものとされた。代わりに西本願寺は三業惑乱以降、教団内部にたいしていくつかの出版統制を行っている。

多岐にわたる西本願寺の出版問題を円滑に処理する御用書林として、永田調兵衛がいた。一七〇〇年代後半、江戸の本屋の台頭や、菊屋喜兵衛のような新しい世代の本屋の登場によって、往古の秩序も揺らいでいた。かつて繁栄を誇った京都の老舗本屋の、少なくとも幾人かは困窮し、その経営は岐路に立たされることとなる。そのような状況の中、永田調兵衛は宝暦年間に始まる『真宗法要』に代表される西本願寺の聖教蔵版運動に深く結び付き、寺内町に店を移した。

彼は西本願寺教団の自治区である寺内町に住み、御蔵版支配人の肩書きでさまざまな出版トラブルを処理する一方で、名所化する西本願寺の寺内町で参拝客にもさまざまな本を売り、利益を得ていたと推測される。であれば、旧来の経営スタイルをそれほど変化させずに済んだはずである。稲荷祭りにおける御迎え提灯山車を永田が管理していることは、寺内町で彼が繁栄していた証左であろう。

西本願寺は、永田には本屋としての個々の問題処理能力には期待しても、利益を追求し時に問題行動をとる永田を統制下に置こうとはしていない。永田も、自らの利益や所持する板株に基づいて行動し、江戸時代を通じて他宗の御用も務めている。西本願寺にとって町版を生み出す本屋は御用書林と言えど外的存在であった。

註

（1）宗政五十緒・朝倉治彦編『京都書林行事上組諸證文標目』（『書誌書目シリーズ』5）ゆまに書房、一九七七年。
（2）『興復記一件』龍谷大学大宮図書館所蔵（請求記号022-135-1）。
（3）『御趣意中板行御赦免書目』宗政五十緒・若林正治編『近世京都出版資料』（日本古書通信社、一九六五年）収載。
（4）小林准士「三業惑乱と京都本屋仲間―『興復記』出版の波紋―」（『書物・出版と社会変容』九号、二〇一〇年九月）。
（5）同前論文。
（6）引野亨輔「仏書と僧侶・信徒」（横田冬彦編『読書と読者』〈シリーズ『本の文化史』1〉平凡社、二〇一五年）二三六頁。
（7）本願寺史料研究所編『増補改訂本願寺史』（本願寺出版社、二〇一〇年）四〇三頁。
（8）前掲史料（2）。
（9）前掲書（7）四〇三～四〇四頁。
（10）本願寺史料研究所編『本願寺史』第二巻（浄土真宗本願寺派宗務所、一九六八年）七一一頁。
（11）同前書、第三章「制度の整備」中、「八　寺内町の構成」を参照した。
（12）同前書、七二五頁。

（13）「御境内律令」千葉乗隆編『真宗史料集成』第九巻（同朋舎、一九七六年）収載。

（14）『本典六要板木買上始末記』妻木直良編『真宗全書』第六七巻（一九九六年）収載（引用にあたって漢字・句読点は通行のものに改め、訓点は省いた）。

（15）前田徳水編『津村別院』（本願寺津村別院、一九二六年）を参照した。

（16）井上隆明『改訂増補近世書林板元総覧』（『日本書誌学大系』七六）青裳堂書店、一九九八年。

（17）吉野屋の出版物の分析は、藤川玲満「吉野屋為八の出版活動」（『国文』第一〇八号、お茶の水大学国語国文学会、二〇〇七年十二月）に拠った。

（18）京都書肆変遷史編纂委員会編『京都書肆変遷史』（京都府書店商業組合、一九九四年）の「吉野屋為八・永昌堂」の項に拠る。

（19）宗政五十緒『近世期京都出版文化の研究』同朋舎出版、一九八二年。

（20）前掲書(18)の「永田文昌堂・菱屋」の項に拠る。

（21）同前書「永田文昌堂・菱屋」の項に拠る。

（22）蒔田稲城『京阪書籍商沿革史』（出版タイムス社、一九二八年）一三頁。ただし、漢字を通行のものに改めた。

（23）禁書目録の開版については、今田洋三『江戸の禁書』（『〈江戸〉選書』6、吉川弘文館、一九八一年）を参照した。

（24）丁子屋九郎右衛門の版本事業の縮少、写本の販売等に関しては足立賀奈子の論文「菊屋喜兵衛の研究」（日下幸男編『文庫及び書肆の研究』博文堂、二〇〇八年）に詳しい。

（25）『六要鈔上木一件』龍谷大学大宮図書館所蔵（請求記号 195/18-W/1）。

（26）前掲論文(24)。

（27）『本典御自釈開板一件』龍谷大学大宮図書館所蔵（請求記号 022-260-1）。

（28）『聖教開板諸記録』龍谷大学大宮図書館蔵（請求記号 011-293-1）。

（29）『小本六要鈔開版記録』龍谷大学大宮図書館所蔵（請求記号 022/115/1）。
（30）岡村喜史「第一章　本願寺門前町の成立」（河村能夫編『京都の門前町と地域自立』晃洋書房、二〇〇七年）。
（31）同前論文。
（32）大原実代子「『本願寺七不思議』について―『名所』としての近世本願寺―」（『本願寺史料研究所報』四七号、本願寺史料研究所、二〇一四年七月）。
（33）『表処置録』六冊（天保年間、西本願寺家臣山中清記が寺内町について記録したもの）村上家文書。
（34）『商用緒雑記抄』（彌吉光長編『未刊史料による日本出版文化』書誌書目シリーズ26、ゆまに書房　一九八八年）収載。
（35）『寺内歳時記』千葉乗隆編『真宗史料集成』第九巻（同朋舎、一九八三年）「教団の制度化」収載。
（36）村上忠喜「本願寺門前町と稲荷祭」（河村能夫編『京都の門前町と地域自立』晃洋書房、二〇〇七年）。
（37）同前論文より抜粋。
（38）「山川町諸事記録」、前掲（33）の村上論文では「山川町文書」の名前で紹介されている。京都市歴史資料館紙焼資料一冊。
（39）渡邊秀一「京都東西本願寺門前町の形成過程と変容」（河村能夫編『京都の門前町と地域自立』晃洋書房、二〇〇七年）。
（40）「寛永八年寺内町図」『顕如上人余芳』（本願寺史料研究所編、一九九〇年）付録「本願寺寺内町絵図」。
（41）『御伝御蔵板一件記録』龍谷大学大宮図書館所蔵（請求記号 022-257-1）。
（42）『真宗法彙及夏中勧諭消息開板一件』龍谷大学大宮図書館所蔵（請求記号 022-294-1）。
（43）大原誠「偽版御文章の流布について」（『本願寺史料研究所報』第三二号、本願寺史料研究所、二〇〇七年）。
（44）後小路薫「『御文来意鈔』の成立経緯」（『別府大学国語国文学』第二四号、一九八二年）。
（45）佐々木求巳『真宗典籍刊行史稿』（伝久寺、一九七三年）七九八頁参照。

第二章　町版の多い勤行本

『浄土三部経』は、浄土真宗正依《しょうえ》の経典である。中でも、現在まで西本願寺で正式とされている『大谷校点浄土三部経』のもとになっているのは、江戸時代に玄智が校訂したものであることが知られている。ここでは、同経の出版事情を通じて、近世期の経典出版の一コマを示したい。近世の経典出版は極めて盛んであったが、それらを手がけたのは一般の本屋とは異なる者たちである場合が多かった。これは近世出版文化にあって京都独特のものと言える。経典の出版事情を確認した上で、玄智校訂本がいかに成立したか、そしてそれがどのように西本願寺の蔵版となったかを推測した。

第一節　玄智校訂本『浄土三部経』の板株

一　経師の活動

1　経師の歴史

日本で作られた書物で最も量が多いのは仏書だが、仏書の中でもとりわけ点数が多いのは、いわゆる印刷された経典、すなわち摺経《すりきょう》（刊経《かんぎょう》ともいう）である。摺経は近世期、本屋も手がけることがあったものの、多くは経師《きょうじ》

（または経師屋《きようじや》）という職人たちが刊行したものだった。

もともと経師とは、奈良時代に国家機関で経典を書写する人の職名であった。やがて書籍の装訂を生業とする職人として認知された（**図1**）。彼らはすでに中世には、注文に応じて書籍を印刷・製本していた。右に掲げるのは、延慶四年（一三一一）の高野山史料『定置印板摺写論疏等直品條々事』(1)で、これはいわば経師の商品カタログである。

一　牒書者料紙椙原打別三文
内紙直一文　摺賃二文　打
不論大小一帖隠背表紙合拾文
内表紙二文　賃等二文
一　巻物者料紙椙原牧別肆文
内紙直二文　賃等二文
又原紙牧三文内紙一文　賃等二文　（以下略）

「料紙椙原打別三文」など、料紙に椙原紙（杉原紙）の打紙を用いた場合は余計に三文かかるなど、金銭と引き換えに装訂や料紙が選べるようになっており、このような商売が定着していたことをうかがわせる。仏書のうち儀式に用いる聖教などは袋綴装ではなく、巻子装《かんすそう》や折本装《おりほんそう》、あるいは粘葉装《でっちょうそう》や綴葉装《てっちょうそう》など特別な装訂の本が多い。そういった本には金泥などで風雅な絵を描いたり、料紙に雲母を塗るなど装飾することもよく見られる。つまり、糊を用いた装訂の本や、料紙の装飾は技術が必要であるため、経師のような職人が必要となる。仏教が人々にとって身近になった近世期、一般の信徒でも仏壇の調度品などにできるだけ古い体裁を持った美しい本を欲しがったから、経師の作る糊で料紙を貼る装訂の本、つまり巻子装や折本装の経典需要は拡大したと考えられる。

しかも、江戸時代の経師は紙を扱う技術を持つだけではなかった。寺院専属でない民間の経師は骨董商を兼ねている者も多く、本に関する知識が豊富で、むしろ本屋の根元で古い板株を持ち、本屋が教えを乞う位であった。その上「摺師を兼ねてい」るので、「有力な本屋を重板や類板で差留められる位の実力を持っていた[2]」。

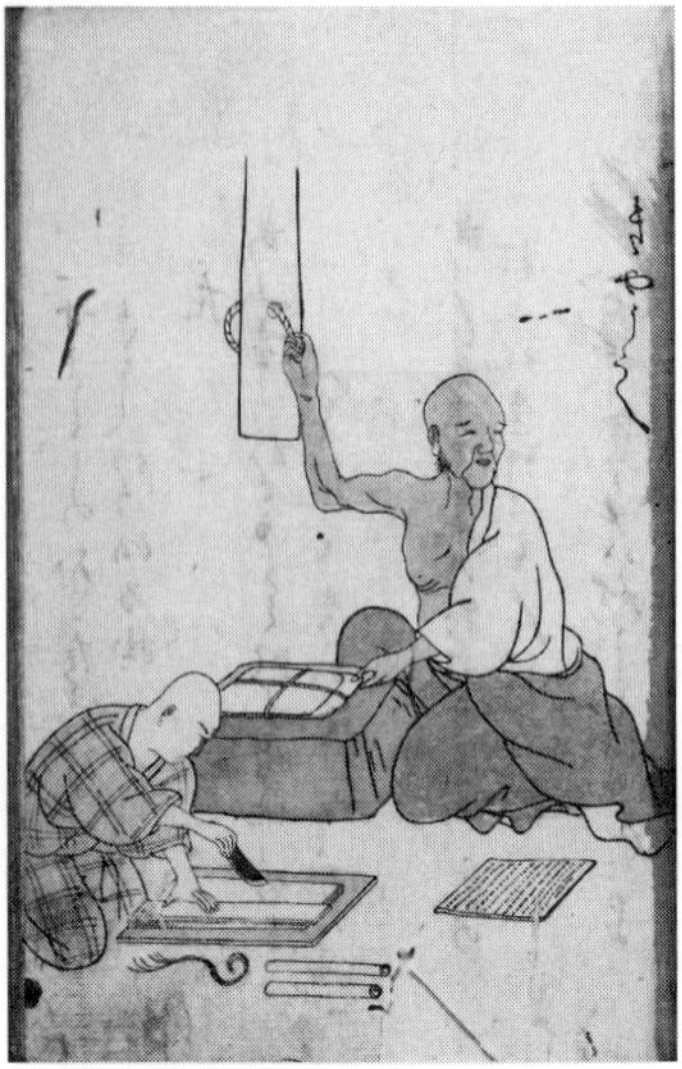

図1　経師（『東北院職人歌合』より）

紙を撞いて緻密な料紙を作ったり、重ねた紙を裁断し加工している。右奥が師匠で、左がその弟子か。経師は職人のため、しばしば師弟で描かれる。

経師は職人であるため、その記録は武士や商人に比して少ない傾向にある。しかし、本屋仲間記録のひとつ、京都の本屋仲間記録で行事の業務マニュアルである『行事渡帳』に、『経師屋目録』が十三冊もあったと記載されており、一大勢力であったことがわかる[3]。

最近では、近世初期の明暦三年、伊勢で独自に作られていた伊勢暦が幕府から禁止され、印刷職人としての仕事を失った経師たちが江戸へ移り、その技術を活かして江戸で出版業を創業した可能性も報告されている[4]。記録こそ少なくとも、その存在は出版文化の一翼を担うものであったはずである。

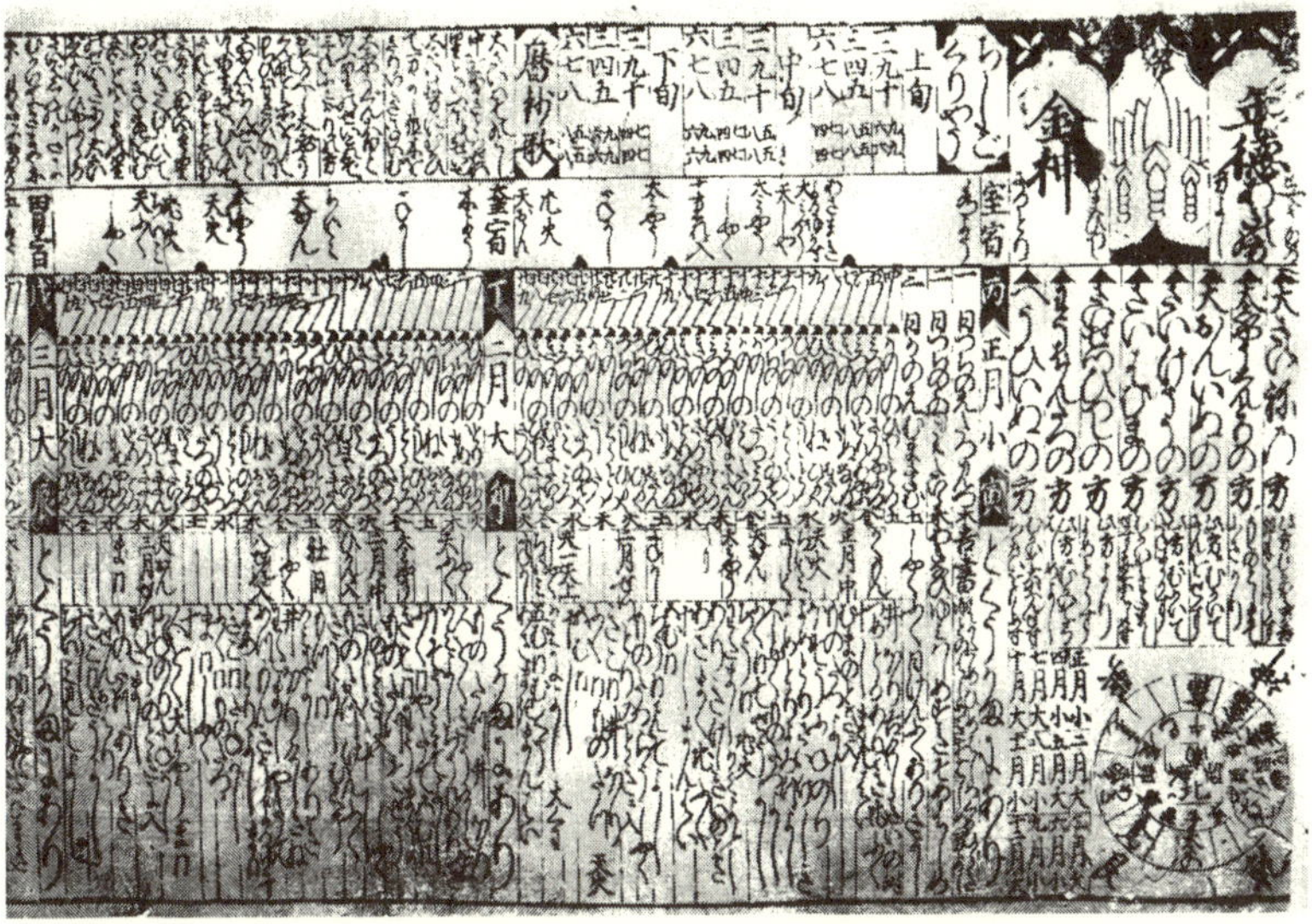

図２　天和4年（1684）の『大経師暦』（部分）

2　暦の印刷製本

経師の仕事に暦の発行があるのは、元禄三年（一六九〇）刊『人倫訓蒙図彙《じんりんきんもうずい》』に図入りで紹介されていることなどからよく知られている。暦の発行は、江戸では暦問屋が担っていたが、京都・大坂においては大経師と、大経師に比べて少部数ながら院経師が受けもっていた。大経師とは経師の長をいい、禁裏の仕事を行い、院経師は院の仕事を務めていた。

　暦は月末の掛け金の取り立てや衣更えの日など、日々の生活になくてはならないものであったので、安定して高い需要があった。ただし、その性格上、正月に需要が集中し、それ以外の時期は売れない。前もって大量の暦を作っておく必要があるが、その製作期間は短かった。『京都御役所向大概覚書』[5]の六巻には、暦の作成について京都の機関が関わる部分が箇条書きにされており、「幸徳井宮内大輔は、陰陽助ニて暦を考、毎年霜月ニ暦献上いたし勘文其外御用之承候、暦之料紙は悉大経師役ニて拵遣候」とあって、十一月ごろ来年の暦の原稿ができあがることがわかる。京・

大坂二都の暦をすべて発行する大経師・院経師の発行量は当然大きかったが、十一月に完成原稿が届けられるのでは、発行まではわずか一、二か月しかないことになる。一気に大量に作るため、高い生産能力が必要な出版物であった。

さらに、図2に示したように、暦の文字は大変細かいため、彫刻には一定以上の技術が要求されたと推測される。しかも暦の板木は一年毎に作られるものであるため蔵版の必要がないから、杉などできる限り安価な材が用いられていた可能性がある。もし質の劣る材質の板木に彫刻した場合、字の細かさから、一枚の板木で印刷可能な枚数は四~五〇〇枚以下であろう。そうであれば、大量の印刷のためには短期間に高い技術でより多くの板木を用意せねばならない。加えて、暦の装訂は糊で料紙を貼り継ぐ折本装であるから、製本にも技術が必要であった。以上を考えると、暦の発行には高度な生産能力と技能が求められた。経師は毎年これに応えられる能力を持っていたのである。

3　糊装と綿装

版本のカタログである享保十四年（一七二九）刊『新撰書籍目録』には、「諸宗折経類」という項目が立項され、多くの経典の名が列記されている（図3）。ここでいう「折経」は折本装の経典のことで、出版物の一ジャンルをなしていたとわかる。なお、折本とは糊を使って料紙を横に長く貼り継ぎ、蛇腹に折って表紙を付けた装訂で、現在でも経典に多く見られる。近世期には書道の手本などにする法帖にも用いられた装訂である（図4）。摺経は、調度品用や読経用などそのほとんどが読書のために使われた本ではなかったが、需要の高さを考えれば近世期を通じて最も多く流通した版本のひとつであった。

経師が手がけた折経や和讃類の特徴は、糊装《こそう》であるということである。糊装とは巻子装や折本装のように料紙を糊で貼り合わせる装訂をいい、これにたいして袋綴装のように糸で綴る装訂は綿装という。糊装と綿装では装訂の

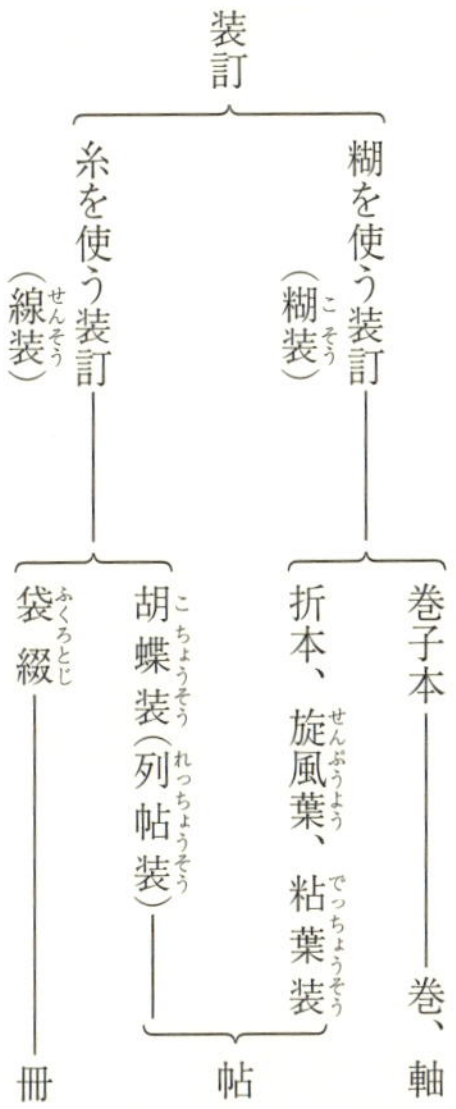

図5　装訂の系統
（廣庭基介・長友千代治著『日本書誌学を学ぶ人のために』より転載）

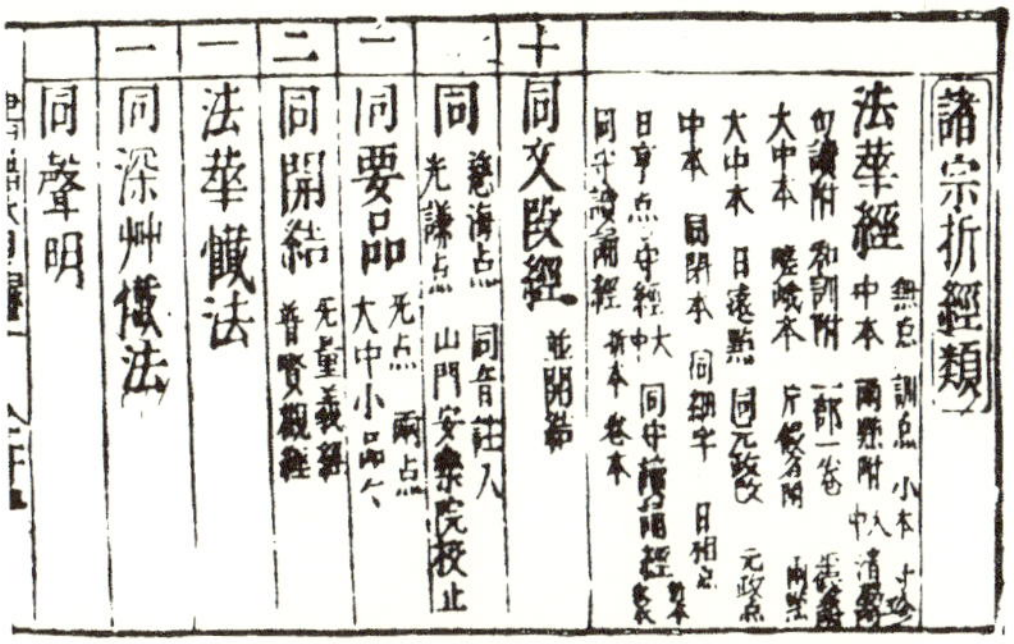

図3　『新撰書籍目録』4巻　享保14年（1729）刊

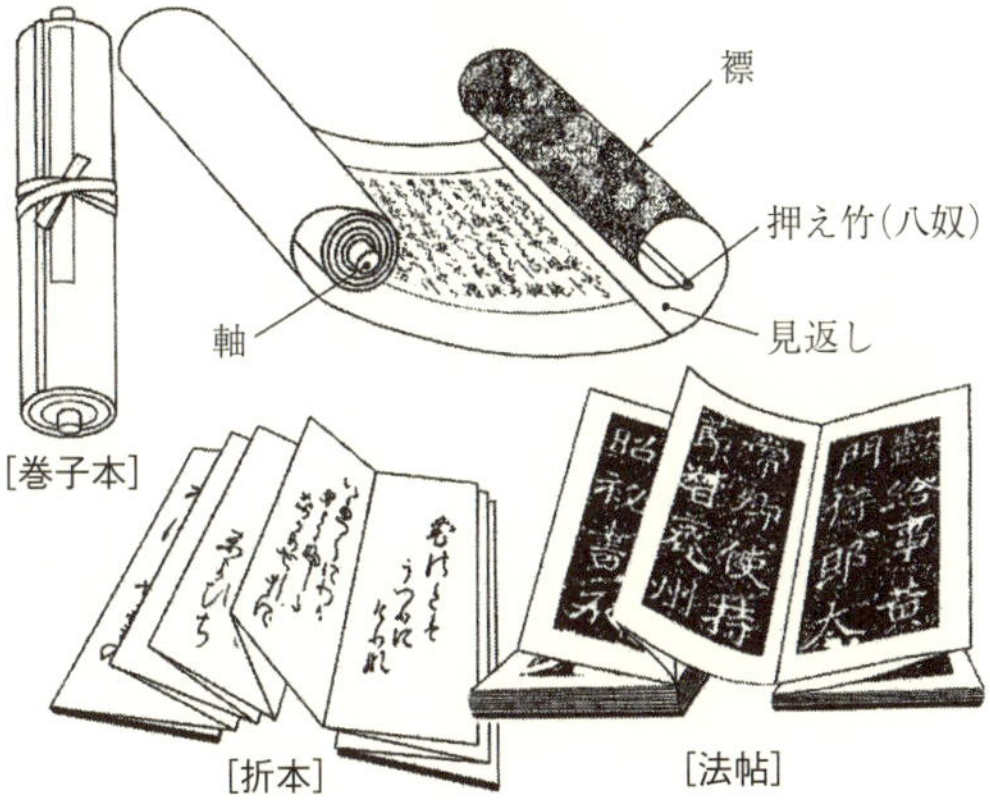

図4　巻子・折本・法帖

系統が異なる（図5）。

江戸初期に誕生した本屋は、多くの装訂の中から線装の一種である袋綴装を採用した。この装訂は簡単かつ美しく本に仕上がる所にメリットがある。図6の下段では、普通の女性たちが行灯のまわりでおしゃべりをしながら綴じている。上段では子供が表紙掛けをしている。つまり、袋綴装の場合、印刷や紙の裁断には熟練を要するが、それ以外は誰にでもできる作業であった。これは本屋にとって大変な利点であろう。袋綴装は、商業的な視点から最良の装訂法であった。

これにたいして、糊装の本はどうであろうか。本屋から出版された版本で、糊を用いて製本された

図6　『的中地本問屋』享和2年（1802）刊

本は少ない。ないわけではないが、おしなべて画帖や法帖で絵を大きくとって見せる必要がある場合などに限られる。したがって、本屋と経師の明確な区別は付けにくいものの、取り扱う出版物が袋綴装か糊装かの違いで、おおよその住み分けがなされていたと判断できる。糊装の本は作製に技術が必要だが、線装のものはそれほどではない。一般の本屋が量産に向き商品としても汎用性の高い装訂を選んだため、近世期の版本のほとんどは袋綴装となった。しかし、経典など一部の仏書は古体を留めることに価値があり、糊を用いた装訂によらなければならなかったから、近世以前から経師がその生産者であり、近世期にも引き続き市場を占有した。後発の本屋は技術的な面からも参入しにくかったと推測されるのである。

　経師が出版を手掛けた折経の印刷方法も独特である。経師と本屋、両者の出版した折本を比較すると、経師屋が発行した折経にはある特徴が見られる。**図7**は、本屋の出版になると思われる折本装の出版物である。下部に小さく「ウノ四」と印刷されている。これは一枚ずつ印刷した料紙を糊でつなぎ合わせるときに順序や表裏を間違えないよう丁付をしているのである。つまり、料紙にまず印刷してから、次に紙をつなぎ合わせている。

一方、**図8**は、刊記から経師が出版したと確認できる折経である。わかりづらいが、三行目の文字の上に白くか

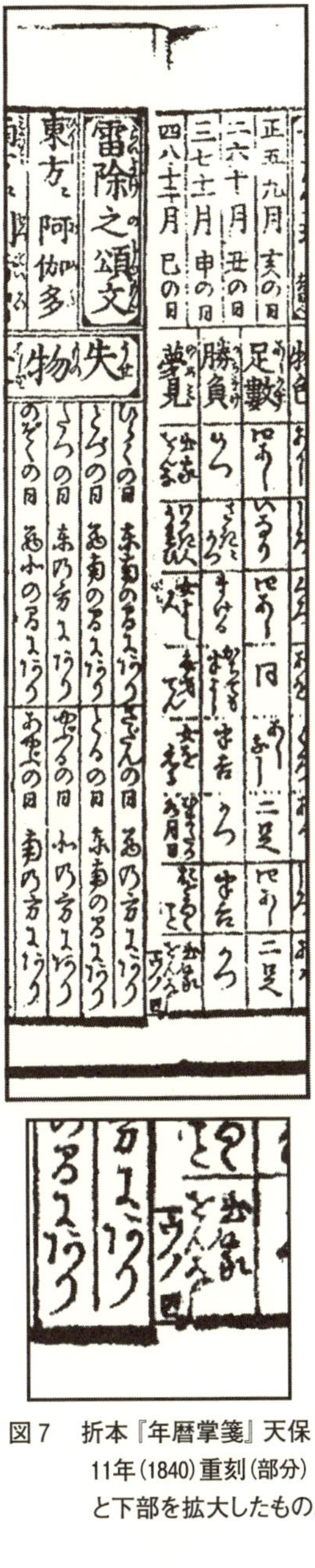

図7　折本『年暦掌箋』天保11年（1840）重刻（部分）と下部を拡大したもの。

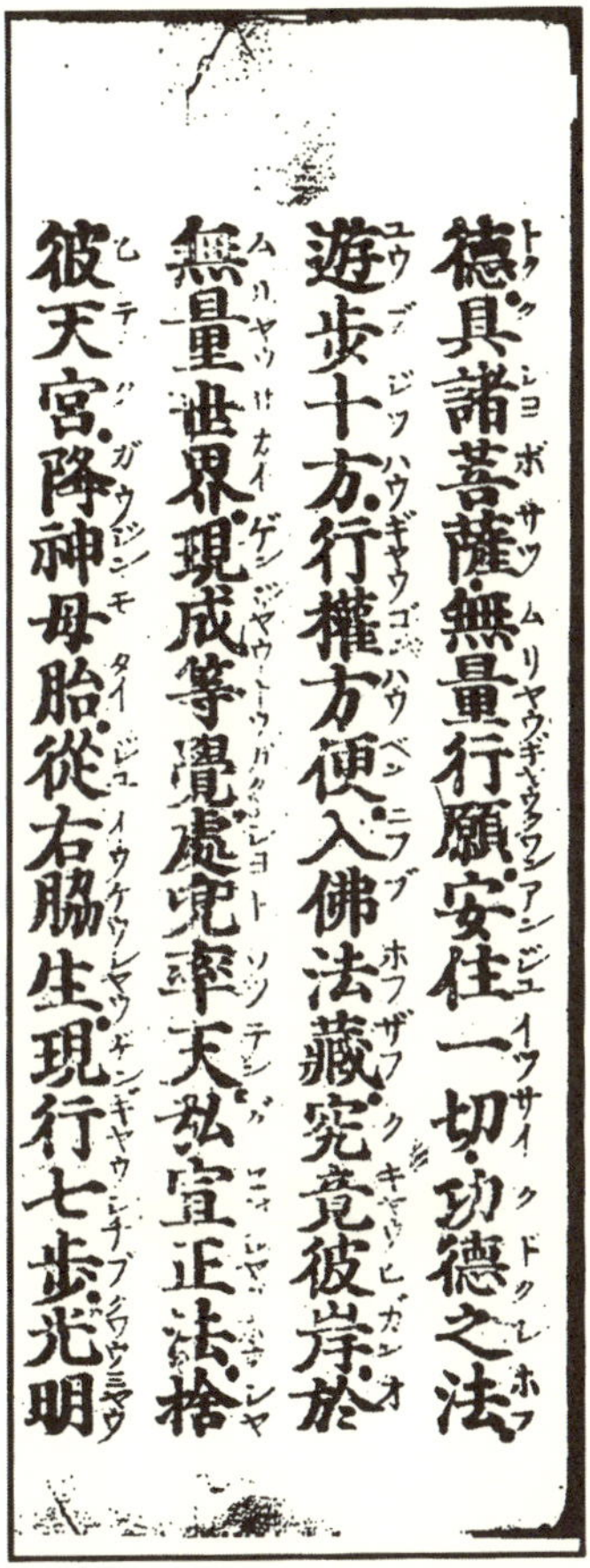

図8　折経『改正三部妙典』万延2年（1861）再版（部分）

3行目の文字の中、やや左側に見える縦の白い線が、料紙の継ぎ目。

すれた線が縦に走っており、その線の左右で文字の色の濃さに違いがある。紙の継ぎ目の上に字が印刷されているためかすれが起きているのである。すなわち、ここでは紙を糊で継いだ後に印刷したとわかる。これは本屋の折本と手順が逆である。この『改正三部妙典』は両面刷りで、本紙の長さが十四メートル以上にもなる。にもかかわらず、料紙のほぼ半分の所で、紙の継ぎ目に両面とも字が印刷されていない箇所がでてくるのみで、他の継ぎ目では少なくとも表か裏のどちらかで字が重なって印刷されている。すなわち、七メートルもの紙をつないでから印刷したことがわかる。

これは平安末期にはじまる「まき摺」と呼ばれる、春日版以来の摺り方であり独特である。(6) 管見のかぎり経師の手になると確定できる折経は、ほとんどの場合このまき摺を用いて印刷しており、経師はこのような独特の技術を用いていたと推定される。

貞亨元年（一六八四）刊『雍州府志《おうしゅうふし》』(7) 十巻には「表具師の巻物は用いるに耐えず、経師屋の表具はまた宜しからず」とあることから、元々は経師は巻物を、表具屋は掛幅の表具を得意としていたことが察せられる。(8) 暦の発行における経師という職人集団や、「経師屋」という屋号の本屋は多く存在するが、「表具屋」を屋号に持つ本屋は今のところごくわずかしか見出せていないことから、両者は元来別の職業で、江戸時代に仕事や名称が混同するようになったものと思われる。

以上のことから、経師には独特の技術があり、また高い生産能力を有し、暦や経典類など糊を用いる装訂の本の需要に応えていた。京都の出版界は本屋だけで構成されていたわけではない。少なくともその生産量を考えれば、奈良時代にルーツを持ち、中世には注文に応じて本を仕立てていた彼ら経師も重要な位置を占めていたのだった。長い伝統として、書物は読むだけにあるのではなく、奉納を目的としたものや、調度品として置いておくだけで信仰の世界と結びつくことができるものもあり、それは近世期も変わらなかった。仏書の歴史の長さ、姿の多様さ故に、経師は京都の出版界にあって、厳然と存在感を保ち続けたのである。彼らの発行する本は研究の俎上に載せられることは稀であっても、当時にあっては極めて広範に普及し、多くの人々の信仰を支えていた。

二　玄智校訂本の元株

1　『浄土三部経』板株の区別

仏書中最も多く作られたであろう経典類の中でも、『般若経』や『金光明最勝王経』などに並んで、最も発行部数が多かったもののひとつが『浄土三部経』（以下、『三部経』と表記する）である。この経典は『無量寿経』・『観無量寿経』・『阿弥陀経』の三部からなり、浄土真宗だけでなく、浄土宗と時宗においても根本経典であった。個々の僧侶が折に触れて読経で用いるため一寺院でも複数必要な上に、真宗の門徒も自家の仏壇に備えるためたとえ読まなくとも必須の経典であったから、その需要は仏書の中でも突出して高いものとなった。したがって、江戸初期より、無数の板株が作られることになり、出版トラブルも後を絶たなかった。その板株の多くを握っていたのが経師である。

京都の本屋仲間の訴訟記録を多く含む京都書林行事上組の記録『済帳標目』(9)には、経典の出版に絡んで経師が多く登場する。中でも『三部経』に関する記事は最も多い。一例として、経師が関わったと判断できる『三部経』の訴訟記事の一例として、『済帳標目』の宝暦九年（一七五九）の記事の一部を掲げる。

一　三部経壱部一巻五行点付之経、経師伊兵衛より持参被致、右之経此度無点句読付、五行ニ新板致度被申出

候所、経師宇兵衛所持之経ニ差構申ニ付、吟味之上相成不申旨、申渡候一件
一　三部経片カナ付　丁字屋九郎右衛門方、経師屋方ニ指構有之ニ付、写本戻し申候事
一　両点大形三部経　経師宇兵衛方写本出候、指構有之ニ付、写本戻し申候事

いくつもの『三部経』板株を巡って多くの訴訟が行われていたことがわかる。特徴的なのは、これらの板株が、「壱部一巻五行点付」、「片カナ付」、「両点大形」といった、巻数や行数、ルビの有無といった様式で区別されていたことである。この他にも、享保から嘉永年間に至るまで、『三部経』だけで夥しい数の訴訟が行われ、そのほとんどに経師が関わっているが、やはり「五行点付」・「両面大形」・「小形」・「六行」・「五行」・「清濁付中形」・「間形」・「中形」・「中形両面摺」など様式を表す語が目に付く。無数に存在した『三部経』板株は、近世の出版制度においては、そのほとんどが本文の系統など内容ではなく様式で分けられていた。

2　若霖校訂本の絶版

西本願寺の御蔵版本としての『三部経』は江戸後期の文化年間まで存在せず、経の文字やその唱読音について、統一した『三部経』は発行されていなかった。しかしながら、同経が御蔵版となるまでに、若霖《じゃくりん》と玄智というふたりの西本願寺学僧による『三部経』の校刻本が出されている。このうち、玄智校訂のものが、文化八年（一八一一）、五十年に一度である宗祖の大恩忌を記念して西本願寺御蔵版本となり、現在まで『校点浄土三部経』として本願寺派で正式に使用されている。この玄智校訂『三部経』の板株に、知恩院の蔵版する株が関係している可能性がある。以下にそれを述べたい。

まず、若霖校訂本についてであるが、享保十二年（一七二七）、西本願寺学林能化の若霖が校訂し刊行したという。若霖校訂本と覚しき株について、明和八年（一七七一）、京都の本屋仲間が仲間内に向けて刊行した『禁書目録』の「絶板之部」に、「三部経桃渓師改点」が載せられている。「絶板」（絶版）は、現在は出版社が再び発行しないことを言うが、近世期には板木を壊し、二度と出版を許さない重い処罰のことをいう。桃渓《とうけい》は若霖の号であるから、若霖校訂本は明和八年までに何らかの理由で絶版処分になっていたことが知られる。確かに同本は伝本稀で、筆者も実見したことはない。

ではなぜ絶版となったのか。その原因として考えられる事件が、享保十四年（一七二九）年の『済帳標目』に記されている。

一　三部経改点　素人物、六条六左衛門と申者、板行御願申ニ付、行事方へ六左衛門より見せ申様ニ被為仰付候。経師平兵衛清濁付構申故、板行願相止メ被申様、申渡候

すなわち、「改点」つまり読み方を改めた『三部経』を、京都六条の六左衛門という者が奉行所へ出版の申請をした。六条とは、東西の本願寺の寺内町をいうことが多い。奉行所は書林仲間の行事へ原稿を見せるように申し付け、吟味したところ、経師屋平兵衛の清濁付の『三部経』板株に差し構えた。よって、このときは出版が許可されなかったという。ところが、この三年後、六左右衛門は自らの『三部経』を勝手に出版してしまった。同じく『済帳標目』には、以下のようにある。

一　享保十七子年、西六条西中筋太鼓番屋角、巴屋六左衛門方より、清濁三部経売出シ候処、右三部経、寺町三条上ル町経師屋平兵衛方ニ元板所持被在候故、吟味仕候処、西本願寺御蔵板之由ニて、則御役所へ御願相済売買致候段申、取敢不申候ニ付、閏五月十一日平兵衛より奉願御吟味之上、右板行西本願寺へ御取上ニ相成、以来右三部経売買仕間敷旨、六左衛門へ証文被仰付候御事

西六条、すなわち西本願寺寺内町の巴屋《ともえや》六左衛門が、清濁付『三部経』を発売し、やはり経師屋平兵衛が元版を所持していたため、問題となった。この巴屋六左衛門とは、三年前に『三部経』の出版申請をした六条六左衛門であろう。「六条」は寺内町を指していると考えられる。調べると、これは西本願寺の蔵版として奉行所への申請は済ませたものであると六左衛門は主張し、行事の言うことを取り合わない。しかし、行事としては出版を許可できないとしている。これは三年前に出版申請が止められているからであろう。経師屋平兵衛からさらなる取り調べの請願があり、吟味の結果、板木は西本願寺が取り上げて、六左衛門はこれ以後売買しない旨を約束させられている。なお、西本願寺の「御蔵板」とあるが、明和年間に刊行された『真宗法要』にはじまる、免物としての「御蔵板」という意識はこの時点ではまだないから、単に「御」を付けて尊敬を示したにすぎない。六左衛門の処分は、板木を壊すといったことはしていないものの、今後売買できないのであれば事実上の絶版処分であろう。

こうして、享保十四年と十七年の記事に拠れば、六左衛門の『三部経』は出版停止となった。この六左衛門『三部経』が、享保十二年校訂の若霖校訂本であった可能性が指摘できると思う。もしそうだとすれば、同本が絶版になった原因は、多くの『三部経』板株がすでにあるにもかかわらず、西本願寺蔵版ということでそれらを無視し、正規の手続きを踏まず寺内町の六左衛門に任せて発売してしまったことが原因であった。

なお、あくまで推測であるが、六左衛門の出版に故障を申し立てた経師屋平兵衛の所持していた板株は、知恩院のものである可能性がある。経師屋平兵衛については、第二部で扱った『真宗法要開版始末』[10]の宝暦十一年（一七六一）の本屋の口上書部分に登場している。

一　御蔵板之義、西本願寺ニ限り他宗本山ニハ無之様被仰立候得共、惣而本山ニ悉ク蔵板有之儀ニ而者無御座候得共、既ニ浄土宗本山知恩院ニ三部経所持御座候処、正本を以、右三部経御校正被成、則清濁付と申御写本経師屋平兵衛と申者方江御下ケ被下候。（傍線筆者）

傍線部に拠れば、知恩院が『三部経』を校正して新しく開版する際、校合して清濁を付した原稿を、経師屋平兵衛へ渡して出版を任せている。これは平兵衛が知恩院が新しく開版したものと同じ書型・同じ様式の『三部経』板株を持っていたための配慮であろう。『真宗法要』開版の時と同じで、先版を持つ者の権利を守ったのである。

この知恩院が開版した『三部経』は、元禄年間、知恩院が数点の聖教を校訂して新規に刊行した中のひとつ、学僧義山が校訂した義山版《ぎさんばん》『三部経』を指すと思われる。義山版とは、元禄十年（一六九七）、東山天皇より法然に円光大師という大師号が贈られたことを記念して、義山ら浄土宗を代表する学僧が多くの聖典を校訂して出版した版本の中の一群である。義山が校訂した浄土宗典籍としては、他にも『三経一論』・『論註』・『安楽集』などがある。「義山の校訂本は、音読訓読の便が図られ、その読み方も統一され、会通できるように出版されている」[11]。したがって、若霖校訂本の様式が、義山版の元になり、同じ様式を持った経師屋平兵衛のそれと同じであった可能性がある。であるからこそ、経師屋平兵衛は若霖校訂本と覚しき六左衛門の『三部経』の出版を告発したのではないだろうか。

ただし、直接的には関わった経師の名前が同一であるに過ぎないため、今は可能性の指摘に留めたい。

3　板株の選定

若霖校訂本が絶版となり、西本願寺独自の『三部経』の読み方を示す版本は未刊のままとなった。そこで、安永元年（一七七二）、西本願寺の経典の読み方などを正す役目を持つ御堂衆で、真宗屈指の碩学である慶証寺玄智が、本山の命を受けて『三部経』を校訂し、刊行することになった。この玄智については第二部第二章で詳述したが、『三部経』以外にも『御伝鈔』をはじめ多くの聖教の校訂をし、読みを正している。

玄智自身も、自らの著書『浄土真宗教典志』（三巻本）の中で、「三部経」四巻は現在通行のものが「凡十数本」あると述べており、その板株の多さは把握していたと考えられる。すでに第二部で見たように、玄智は当時の出版業界にも非常に詳しかった。新規に『三部経』を開版するのは難しい状況であったことは十分わかっていたはずである。よって玄智は、まず大きさや行数、読み方などの形式で細かく区分された無数の『三部経』板株の中から、本山版にふさわしい本文や様式を持つ『三部経』株を選定し、その板株を所持する者と交渉したと思われる。

『三部経』板株の選定に関して、玄智が『三部経』の諸本の中から見るべき数本を選んで評価したものに『字音《じおん》考《こう》』（安永二年〈一七七三〉刊）がある。今、堀祐彰《ほりゆうしょう》の分析(12)によれば、玄智は町版には相違が多いとし、それを校訂するに際して、貞享元年（一六八四）の東本願寺の檀林トップである講師恵空が校訂した本、元禄四年（一六九一）の浄土宗知恩院の学僧義山が校訂した義山版、享保十二年（一七二七）の西本願寺学林能化の若霖校訂の若霖校訂本、宝暦元年（一七五一）の浄土宗の音韻学を太宰春台に学んだ碩学文雄《もんのう》が著した辞書に入っている本文の四書を挙げている。辞書である文雄本を除く三書のうち、玄智が最も高い評価を与えたのは義山版であった。「重正文字真俗四声点発用翻倒法。清濁賖促剖判瞭然。可謂善本矣雖爾以今観之未免有小疵也」と、正しい文字を重ね、中国の四声点を示して古い読み方をもわかるようにし、清濁も非常にはっきりと分けてある。少しの誤りはあるものの、善本であるとした。義山版は刊行された元禄年間当時から評価の高かった筆耕《ひっこう》岡村《おかむら》元春《げんしゅん》が板下を書いており、文字も明瞭であった。

本山依用の『三部経』を開版するにあたっては、文字が端正で明瞭、読むのに適した大きさと字配り、清濁が施された株を選ぶ必要があり、義山版は有力な候補であったはずである。

4　義山版株の取得

結論を先に言うならば、西本願寺教団が長く依用するにふさわしい『三部経』として玄智が選んだのは、知恩院が蔵版していた、義山版の板株であった可能性が高い。義山版の板株の流れを示すものとして、『興復記一件』[13]がある。同資料は、すでに小林准士が分析した[14]論難書『興復記』に関する出版の顛末を記録したものである一方、それ以外の出版関係の文書も綴じられており、嘉永六年（一八五三）、西本願寺役人の藤田大学に依頼されて本屋が本山御蔵版の『三部経』株の来歴を報告したものも含まれる。左にその一部を挙げる。

覚

一　花頂山知恩院御蔵板三部経大本・中本、古板・新板共、四部出来御座候事。右元株者、八幡屋四郎兵衛与申経師屋所持来候処、知恩院蔵板ニ相成御座候事。

尚又、此度中形訓点付新板出来仕候事。

一　御殿御蔵板三部経、慶証寺清濁付四巻、
右、元来者、明和八年卯正月廿二日西御役所ニ而願済。
安永元辰四月出来ニ付、弐部上ケ本仕候事。
卯正月十四日、本屋行事方江吟味料差出し申候事。

願主
丁子屋庄兵衛
本屋行事
井上右兵衛
大和屋善七

右之通、丁子屋庄兵衛方ニ扣御座候事。

①右三部経出来之比者、八幡屋四郎兵衛方ニ知恩院蔵板ニ相成候三部経義山清濁ニ而、大本・中本共所持罷在候ニ付、②留板として半分通、八幡屋四郎兵衛方江相渡し、板賃一部ニ付九匁ッヽ、相渡し申候事。③其余者慶証寺所持ニ而、丁子屋庄兵衛・八幡屋四郎兵衛両人支配いたし、売弘来候事。右文化八未年閏二月御蔵板ニ相成申候事。夫ニ付、仲ケ間行事江御届ケ、左之通り。（以下略。傍線筆者）

傍線部①により、玄智校訂本が出版された安永元年（一七七二）四月ごろの話として、玄智校訂本の元株は八幡《はちまん》屋《や》四郎兵衛という経師屋が持っており、その株は知恩院蔵版となった義山が清濁を付したものであったという。つまり、義山版である。義山版には大本と中本の二種があったという。

玄智は八幡屋の持つ株から、自らの校訂本を開版した。そして傍線部②で、新しく開版された玄智校訂本の板木

のうち、半分を留板として八幡屋に渡し、印刷の際に玄智側が八幡屋側に一部につき九匁の板賃（板木使用料）を支払うようになった。つまり、玄智校訂本は元々は知恩院の義山版で、玄智はその板株から新しく株を作って開版したのである。

義山版の板株から類似の本を新規に開版するのは自由であるため、義山版の板木はそのままにして、同じ様式の玄智校訂本の板木を新しく別に作ったと思われる。できあがった板木の半分を八幡屋へ渡すことで、元株を所持している八幡屋の利益と権利を確保している。③では、残り半分の板木は、玄智が住職を務める慶証寺の所持である旨が述べられている。

さらに、同じく『興復記一件』中、本屋らが藤田大学に提出した口上書には、以下のような部分がある。

一　御蔵板三部経大本、慶証寺清濁付

右者、出来之節花頂山江留板差出、本一部ニ付九匁ツヽ納申候。今ニ御摺立之節者、相納メ申候事。右三部経、元来慶証寺御蔵板ニ相成申候事。右之通相心得居申候。若又相違之義等御座候ハヽ、御他余御調之上、被仰付可下候。

嘉永六年　　　　　　　　永田　調兵衛（印）

丑正月　　　　　　　　丁子屋庄兵衛（印）

御蔵板懸り

藤田大学様

慶証寺玄智が清濁を付けた『三部経』が開版された当時、華頂山知恩院へ留板を差し出し、『三部経』一部につき九匁を納めていたとある。先の傍線部①と合わせると、おそらく八幡屋を通じて、知恩院に板賃として九匁を慶証寺が支払っていたのだろう。あるいは、この九匁は知恩院と義山版を管理する八幡屋双方に入ったのかも知れない。いずれにせよ、やはり玄智の『三部経』の元株は知恩院が蔵版し八幡屋が管理する義山版であると思われる。

義山版の端正な文字は岡村春元によって書かれていると推定されているが、前掲の堀論文に拠れば、玄智校訂本（『大谷校点浄土三部経』）は、「義山本の字体と同一のものが多いことが判明している。さらに、詳細に見ていくと、字体だけでなく書体まで同じ、ということも言うことが出来るようである」という。これは、義山版を元に作られた故に、そのような結果となったと思われる。

なお、右の史料で、本屋らはさらに「今ニ御摺立之節者、相納メ申候事」と、同本が西本願寺の御蔵版となった現在も九匁を知恩院に納めていると述べている。だとすれば、西本願寺御蔵版本の板木の管理としては不行き届きであろう。本屋らは、もし相違があればまた調べると申し添えているため、実際はこの時点で知恩院に板賃が支払われていなかったかも知れない。そうであっても、そもそも御蔵版になった文化八年から四〇年以上経ているにもかかわらず、知恩院に関係する板木ということすら本山は把握していないのだった。

三　町版から御蔵版へ

先に挙げた傍線部③では、玄智校訂本のその後も書かれている。すなわち、残る半分の板木は慶証寺すなわち玄智の所持となったが、これを西本願寺寺内町の本屋丁子屋庄兵衛と八幡屋が支配して、「売弘来候事」、すなわち民間で売っていたという。同書は安永元年（一七七二）に開版され文化八年（一八一一）に西本願寺御蔵版となるま

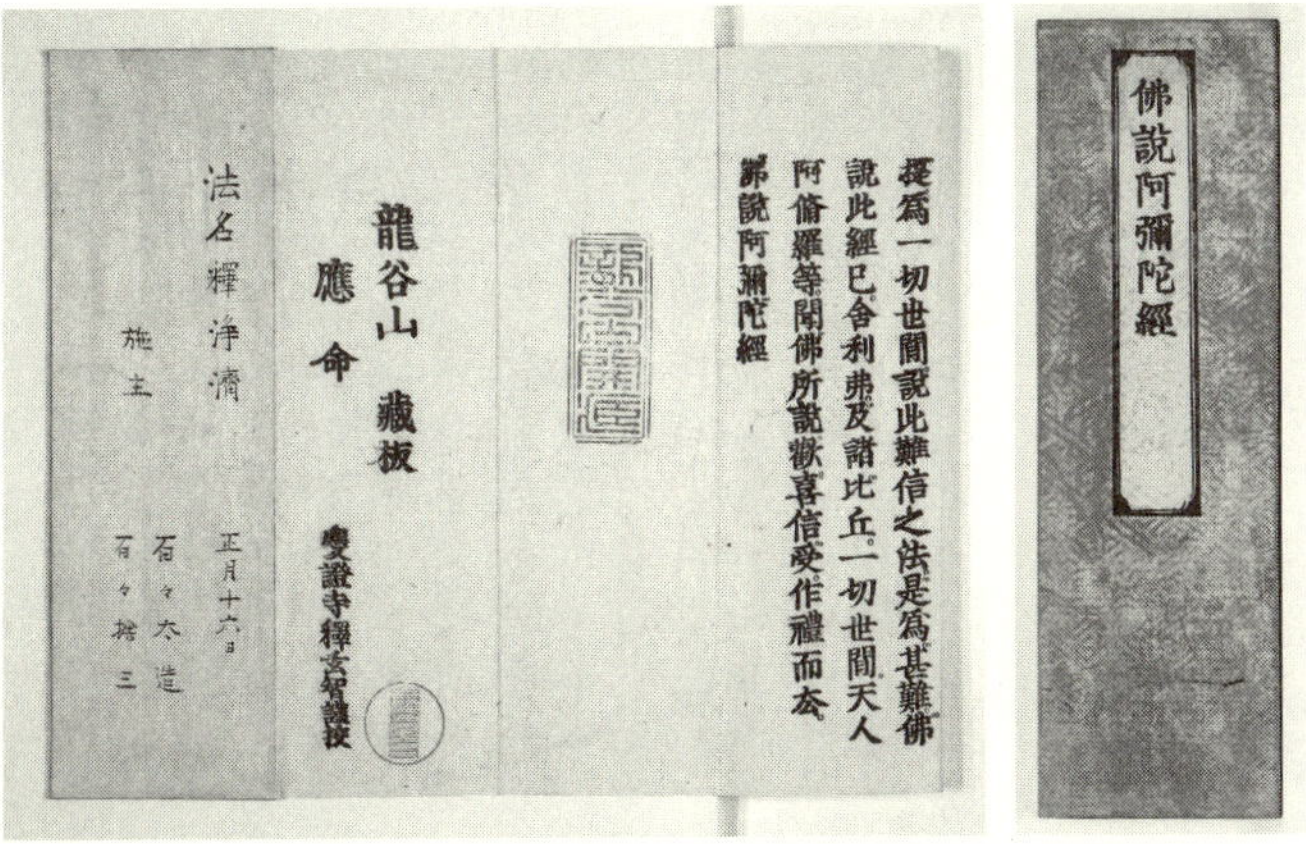

図9　玄智校訂御蔵版『仏説阿弥陀経』

浄済なる人物のための施本。「龍谷開蔵」の朱印も見える。

で、町版として売られていたとわかる。

玄智が『御伝鈔』を御蔵版として校訂・新刻した際の記録である『御伝鈔蔵板一件記録』[15]にも、「公儀へ願候事、是迄三部経、礼賛等、蔵板之節は、本屋取次ニ而、無造作ニ相済候得共」という記述があり、本山の蔵版を申請するときは直接公儀へ出願するのだが、本屋を支配人として手続きを代行させる、本山を介しない通常の手続きで『三部経』を開版したと述べている。当初より西本願寺御蔵版とせず、町版として流布させる意図があったのだろう。

本山がこのとき同書を御蔵版としなかった理由は、同時期には興正寺のごとく独立を志向した末寺や東本願寺と競合する場合以外、聖教蔵版に消極的であった態度が関係するだろう。加えて『三部経』は、他宗も依用するため真宗固有の聖教ではないこともあると思われる。また、読み方を正すという玄智の意図が強く働いており、一種の指南書であって、町版として流布させる方が普及にはよいという面も関係するかも知れない。

さて、文化八年、宗祖の大遠忌（五五〇回忌）が行われた。これを記念して、東本願寺は西本願寺御蔵版『真宗法要』と同内容の聖教叢書『真宗仮名聖教』十三冊を文化十一年に発行した。『真宗法要』以来の大規模な御蔵版である。一方、西本願寺は、当時近世期最大の宗教騒乱とされる三業惑乱が終結した直後で、事実上本山側の敗北とされたために低迷を極めており、新規に聖教集を編纂し開版する余力はなかった。

そのような中で、同年玄智校訂本が御蔵版となる（図9）。おそらくは新規に御蔵版を作れないため、既存の板株を接収してその代替としようとしたと考えられる。真宗固有の聖教でもなく、自らが板木を作製したものでもなかったが、これは晩年不遇であった玄智の名誉の回復も意図されていたかも知れない[16]（歩弥紡「近世の本願寺その日その日」『本願寺史料研究所報』五一号、本願寺史料研究所、二〇一六年七月）。文化八年（一八一〇）閏二月十一日、玄智が住職を務めた慶証寺から同書の板木の献上を受けた際の記録が長御殿の記録「諸事被仰出申渡留」[17]に残されている。

閏二月十一日条

堂達

慶証寺江

一　三部経

右者先住玄智骨折候義、且此度板木差上候志共、神妙被思召候、依而左之通永代被下置候者也。

右の文言は、板木の献上と引き替えに本山から『三部経』を下付されたとも読むこともできるが、おそらくは『三部経』の板木を「永代被下置」たものと思われる。すなわち、西本願寺は先の住職玄智の功績、今回の板木の献上を「神妙被思召」て、差しだされた板木（一部か全部かは不明）を慶証寺へ下げ渡したのである。こうすれば、西本願寺御蔵版として玄智校訂本が増刷されるたび、慶証寺には板賃が入ることとなり、玄智への労いとしては大きなものとなる。

だが、御蔵版であるからには、板木を末寺と分け持つことは考えられるだろうか。しかし実際に、御蔵版本となった後も慶証寺に板賃が入っていた記録がある。右に挙げるのは、御蔵版支配人の永田調兵衛が控えとして所持していたと覚しき『〔御留版幷町版〕賃銀上納控』(18)である。同記録は、三業惑乱で疲弊していた西本願寺が、特に財政状況が悪化していた文化十四年(一八一七)から文政五年(一八二二)まで、一部の聖教について本屋から板賃の一部を上納させていた際の記録である。文政十年二月の部分を挙げる。

丑七月廿九日
一　三部経　　五十部
正ミ六拾目　上納
　通用
　六拾目、代四拾八匁
　　　　慶証寺分

御蔵版『三部経』五〇部の板賃として、銀六〇目(匁)があり、それを本山に上納している。これは通用銀で四八匁で、「慶証寺分」つまり慶証寺の板賃であるという。玄智が住職を務めた慶証寺に御蔵版『三部経』の製本時に板賃が入っていた可能性がある。同史料には『嘆徳文』をはじめ『真宗法彙』に収められ、天明の大火で焼け残った聖教類の名も見える。やはり慶証寺への板賃が記載されているので、これらも文化十一年に御蔵版となったのだろう。

天保十一年（一八四〇）に門末に出された御蔵版本を列挙した達書の中には『三部経』の流布への言及がある。[19]すなわち、「毎部巻首ニ致居御印、書林へ取扱致仰付候事」とあって、御蔵版となった後も本屋から売らせていた。読みを付したものであり、日常的に用いるため入手には手軽さが必要であったこともあろうが、あるいは慶証寺に板株が残っていたことと関係するのかも知れない。

宗祖の大遠忌を迎え、勢いに乗る東本願寺が『真宗仮名聖教』を開版する中、疲弊し新しい聖教開版事業を行えなかった西本願寺が、慶証寺から板木を上納させ御蔵版とすることで表向きを繕い、その裏では慶証寺に配慮して、今までどおり板賃が同寺へ入るようにしていたものと思われるのである。ただし、ほとんど本文に変化はないが、板木は再刻されているという。[20]板木を作る資金は少なくなかったはずで、この点は不審である。

第二節　本山と『正信偈和讃』町版

一　本山による弘通と町版

1　近世までの弘通

中世の本願寺では、中興の祖蓮如のころから「正信偈」に「三帖和讃」を合わせた四帖一部『正信偈和讃』を用いた勤行が行われるようになっていた。この『正信偈和讃』は、文明五年（一四七三）に開版されたことはすでに述べた（**図10**）。近世に入ると、『正信偈和讃』は日常の勤行に用いる書として門徒が自らの家に備えるまでに定着した。この勤行本も、やはり『御文』同様、歴代の宗主が発行するのが慣例であった。江戸時代に入ると、まず寛永十九年に良如の証判本が開版される。それ以降も、歴代の宗主によって開版・弘通された。

2　多様で豊富な町版

『正信偈和讃』の町版（**図11**）については、西本願寺としては、『真宗法要開版始末』[21]宝暦十一年（一七六一）三月七日付の文書控えには、「正信偈幷二三帖之和讃は、元来当本山蔵板ニ而御座候処、書林共ニ而重板致し、手広売買仕候。然共、当本山より差構不申、許置候事ニ而御座候」と、「重板」と罵ってはいるものの、西本願寺は町版が普及していることを半ば公認していた。『御文』同様、本山版のみでは莫大な需要には量的に応えられなかったためであろう。加えて、唱読が習慣化している聖教であるのに、本山のものは幕末ごろまで節やルビが付いておらず大変不便であった。このような事情を受けて、早い時期に町版が多く出されることとなる。

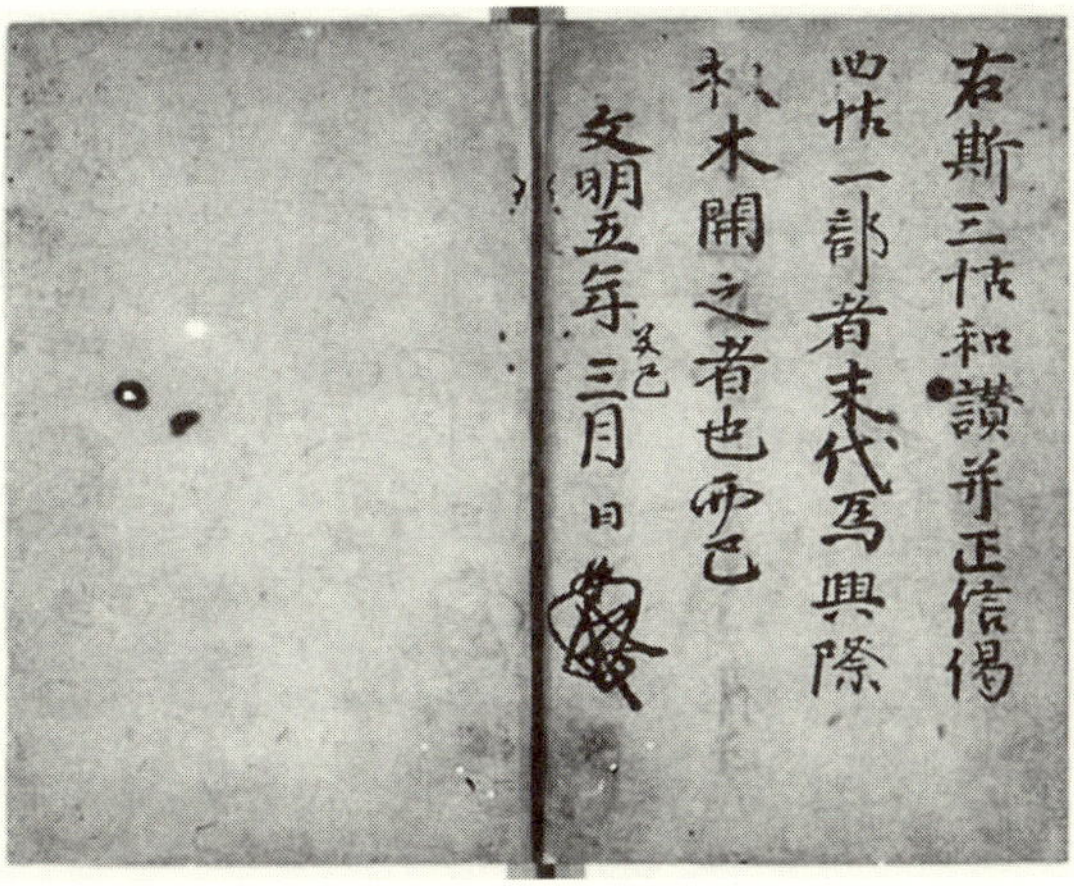

図10　文明和讃

真宗聖教開版の最も早い例。ルビなどはついていない。

堀祐彰の論文「西本願寺御蔵版の出版について」[22]に就けば、寛永年間にはすでに町版があり、初めは唱読の際に読み方を示す記述のない無節譜本であったが、後には**図11**のように有節譜本にかわっていった。勤行で用いるためのものの他に、読誦の稽古に用いられるより学習しやすいよう配慮された稽古本があるが、町版ではどちらも多種多様に展開し、平仮名交じりや総平仮名文といったものもある。文明版の模刻本やその覆刻本も出され、さらにそれらの異版までもが出されていた。料紙を糊で

図11　町版『正信偈和讃』

幕末の町版。読み方、声の出し方などが一目でわかる。

貼り合わせた粘葉装が本来の姿だが、時代が下ると糸綴じのものも出てくる。Ａ５判ほどの定番サイズよりも小型のものも出されており、その多彩さに需要の高さを知ることができる。末寺や門徒としては、自らの理解力や用途に応じたものを求めることができた。

『真宗法要開版始末』の宝暦十一年八月の項には、「和讃・正信偈板行之儀、西本願寺斗之儀ニ者無之候。（中略）古来より経師屋方ニ数十板所持罷有候処、何れか先板後板之差別無之候」とあるので、その多くはやはり経師方が所持していたとわかる。『正信偈和讃』は近世期の版本によく見られる袋綴装は少ない。古くは粘葉装で、江戸時代には糸綴本（綴葉装の本で、さらに背を布で覆う包背装《ほうはいそう》にしている例が多い）もあるが、いずれにせよ技術のほとんどいらない袋綴装が少ないため、本屋は参入しにくかったと推測される。折本装や巻子装の『浄土三部経』と同様である。

玄智の『浄土真宗教典志』（三巻本）第一巻『正信偈』の項には、「有《フシ》章《ツキ》・無章《フシナシ》凡数十本。又小本附国読《カナツキ》・無国読《カナナシ》亦有数十本」(23)とあって、町版の数の多さと共に、それが節や読み仮名の有無で分けられていたことが知られる。先に触れた『浄土三部経』と同様、その様式ごとに板株が成立していた。

二　本山による町版の取得

1　『仮名正信偈』弘通の失敗

文政九年（一八二六）、本山は『正信偈和讃』を刷新した。近世期、本山から弘通される同書には送り仮名も節も付けられていなかったが、文政九年十二月、時の宗主広如によって開版された粘葉装の片仮名ルビ付き『正信偈和讃』四帖は片仮名でルビが振ってあり通読に便利である。寛永年間の良如宗主以来の慣例を破る大きな変化であった。

当時は三業惑乱や興正寺との本末争いの処理や、本堂・阿弥陀堂の修復工事などで西本願寺財政は危機的状況に陥っていた。三業惑乱の影響も依然として残っており、教団運営は予断を許さない状況にあった。したがって、この時期の片仮名ルビ付き『正信偈和讃』の開版は、より門末に受け入れられるよう工夫したものと推測される。ただし、たとえ片仮名でルビを付けたとしても、本山の権威が失墜した中での弘通は相当に困難であったとみられ、思うように冥加金が集まらず、西本願寺は多額の製本代金の未払いに追い込まれている。その際の記録が、『仮名正信偈一件記録』(24)である。製本を請け負った鈴木肥後なる人物が西本願寺に提出した口上書三通から成っている。右に掲げるのは、その中の一通で、文政九年五月二十二日付の口上書である。

乍恐奉願口上書

一　私伝来之仮名正信偈①文板木御献上仕候ニ付御改板被遊、諸国御門末江御弘通ニ相成候ニ付、御調進所之仰付難有奉存候。然処、昨年五月ニ京地、勢州、美濃、近江御弘通之御達書相付、京地壱万、勢州一万、美濃

三万斗御本御入用ニ付手当可仕旨、則御講内より被仰付候ニ付、早速取懸候。七月迄ニ凡五万余之御本仕立、則勢州へ一万斗御下シニ相成、慈眼寺様御使僧御下り被遊候而御弘通ニ相成、盆前御上京罷候処、右御板木之内落字御座候ニ付、此儘ニ而ハ難参趣被仰聞候。尚又、私より相納候直段之義も壱分五歩宛之御定ニ御座候得共、御直切被遊、壱分弐歩ニ而相納候様被仰付、手元大ニ違候得共、無是非壱分二歩ニ直下ケ仕候。然ル上ハ、御校合御直シ御改被遊、盆後より大坂表其外へも御弘通ニ相成候様旁々被仰聞候故、相待居候処、段々御延引ニ而、当三月五日ニ御校合御板木、浄光寺様より御上ケ被遊候。然ル処、今以御弘通ニも相成不申候、是迄仕入御座候御本左之通御座候。

相納壱部一下之

一　銀三拾貫目六百六拾分　御わ讃　弐万五千五百五十部

酉七月廿五日

内金　五拾両也　此三千弐万廿五部　請取

酉八月十二日

又金　三拾両也　此壱千九百三十五部　請取

酉十一月四日

又金　五両也　此三百廿五部　請取

酉十二月廿五日

又銀　壱千分也　請取

戌三月二日

又金　三両也　此百九十弐部　　請取
又　九貫九百九十四部　　酉九月前御払無御座候ニ付、
　　　　　　　　　　　　御和讃ニ而下ル。
〆拾六貫六百七拾壱部　　八千二百七十分請取。
差引残
　拾三貫九百八拾五分
外ニ　　　　　　　　　　御和讃仕入御座候分
　三拾弐貫六百拾六分　　二万七千百八十冊有之候。

③右之通相成申候。御下ケ金之儀、段々相願候得共無其儀、私手元昨年より之事ニ付、大ニ差支、諸道具着類迄も不残藤屋伝兵衛方へ質物ニ差入、其外家屋敷ハ勿論、所持之板木株迄も不残差入ハ借材ニ相成御座候。其外銀方へ御和讃預ケ置候にも御座候処、是以段々之延引ニ付、御出訴ニ相成御座候。色々之事共ニ而、大ニ難渋仕居候。（以下略）　　　　（傍線筆者）

まず、傍線部①で、『仮名正信偈』の上梓に際して、文政八年（一八二五）五月に京都一万部、伊勢一万部、美濃三万部を仕立てるよう和讃講を通じて本山より依頼された鈴木肥後は、二か月後の七月までに五万部を調えたという。伊勢や美濃はいずれも門徒の多い地域とはいえ、それでもたった三箇所に弘通するために五万部もの驚異的な数が用意されていた。さらに驚くのは、これだけの発注量に応えられるだけの生産能力を鈴木肥後が持っていたことである。鈴木は、文政九年に遷化した本如宗主の葬列に関する二色刷りの版画を売り出しているのみで、[25]他の出版物は見つからない。本屋とは認められず経師と推定されるが、組織立てられた生産体制を持っていたことがうかがわれる。

しかし、傍線部②では、脱字が見つかり本山からの弘通が中止された上、製本代金も一冊一匁五分のところを一匁二分にされてしまい、鈴木としては大変な計算違いとなってしまった。しかも、脱字の修正に応じたにもかかわらず「今以御弘通ニも相成不申」と歎いている。本山の使僧による弘通が行われなければ、冥加金が集められず代金を回収できないのである。

傍線部③では、鈴木の借財は膨らみ、家具や屋敷どころか、板木や製本した『和讃』も質物として他預かりとなった。同資料の別の口上書の中から、鈴木の借財は五六貫八三〇匁九分に達した。文政九年六月十六日付文書控では、諸国を巡って冥加金をとりまとめる使僧や勘定方にたいして「元来御長袖故、ケ様之義も御座可有旨奉存」と、世間知らずで金銭の扱いに疎い者を難ずる「御長袖」という呼称を用いて怒りを露わにしている。弘通がうまくいっていないことのしわ寄せが鈴木に来ているのである。免物の弘通の成否が本山の権威にかかっていたこと、およびそれが本山の財政に直結していたことをよく表している。

2　本山による町版株の取得

さて、先に挙げた鈴木肥後の口上書の冒頭に、「私伝来之仮名正信偈文板木御献上仕候ニ付御改板被遊、諸国御門末江御弘通ニ相成」とある。『正信偈和讃』は、『教行信証』の行巻の巻末にある偈頌「正信念仏偈」（「正信偈」）と、親鸞撰「浄土和讃」・「高僧和讃」・「正像末和讃」の三部の和讃（三帖和讃という）を合わせたものであるが、鈴木はそのうち「正信偈」に仮名でルビを振った様式の本の板株を持っていたようである。その板木を西本願寺に献上し、同寺はそれを改訂して諸国の門末へ弘通した、というのである。『正信偈版木一件記録』には他にも、文政九年六月十六日付の口上書に以下のようにある。

（前略）元来右板木之儀ハ、東本願寺様へ差上候御引合も有之候旨を長尾様へ申上候故、右之段長御殿江御伺有之候て、当御殿江差上候様被仰聞、其代リ永代御調進方之儀は、私江被仰付候趣被仰候ニ付、則御献上仕（以下略）

鈴木の板木は東本願寺からも引き合いがあったという。だが、西本願寺に納める代わりに同書の永代調進（製本し納めること）を請け負うという条件で、鈴木は板木を献上したのだった。つまり、西本願寺は鈴木から仮名書きのルビのある様式の『正信偈』板株を手に入れ、この板株でもって片仮名ルビ付きの『正信偈和讃』を弘通したと推定できる。

文政期まで、本山版が節やルビの無い本文のみのものを弘通する一方で、片仮名ルビ付きの『正信偈和讃』の町版は元禄年間以前より流布していた(26)。よって、西本願寺が本文の板株を持っていたとしても、「片仮名」のルビが付してある様式のものは開版できなかった。鈴木の板木献上をもって初めて片仮名付きの『正信偈』が弘通できたのである。すなわち、本山が伝統的に、大量に弘通してきた『正信偈和讃』であるが、町版との折り合いなくしてはより良いものを開版することができなかったと推定される。町版の購入などは本来なら避けたいことなのかも知れないが、広如の代、もともと寛政十一年（一七九九）、大坂長円寺崇興によって開版されていた『七祖聖教』を文政九年（一八二六）に御蔵版とするなど、他にも既存の寺院が開版した板株を収集している。これに加え、町版の株をも購入することとしたのである。三業惑乱から立ち直ろうとし、教団として再編成を目指すに当たって、柔軟な対応が採られたものと思われる。

この後も、『正信偈和讃』は天保九年（一八三八）十一月に小型本となり、ますます簡便になった。さらに続いて嘉永元年（一八四八）三月にも大型本で開版されるが、この本をもってようやく節譜付の御蔵版が西本願寺の正式となる。この嘉永版は昭和の改譜まで用いられた(27)。

京都書林仲間の記録『済帳標目(28)』の天保八年正月から九月の項には、天保九年の小本『正信偈和讃』を弘通する際に、本屋仲間にたいして「西本願寺様ニて、正信偈小型章付御開板ニ付、仲間差支有無御尋ニ付、本願寺様へ懸合御返答申上候事」とあり、西本願寺から確認があったことが知られる。初めての小型章付本開版につき、町版株について配慮する必要を認識していたのであろう。嘉永版についての京都書林仲間に記録はないが、節譜の付した町版は元禄のころより数種出ているため、こうした様式変更は、先行する町版の許可を得ながらの弘通となったと考えられる。

以上、見てきたように、勤行本の出版に関しては、京都の出版界には経典類の出版を中心に経師という一大勢力があり、様式で細かく分かれた板株の多くを所持して活発な出版活動を行っていた。西本願寺依用の『浄土三部経』においても、慶証寺玄智は彼らの持つ多様な板株の中から知恩院蔵版の義山版を選択し、これを支配している経師を通して義山版株から新規の板株を作った上で、校訂して読みを付した。この本は若霖校訂本同様に町版として流布させたが、文化年間に西本願寺御蔵版となった。ただし、板木は慶証寺に置かれ、慶証寺は板賃を受け取っていた可能性がある。

『浄土三部経』と同じく勤行本である『正信偈和讃』は、門徒も読誦するものであったため、やはり様式ごとに数多の町版板株が作られていた。西本願寺は同書を弘通するにあたり、初めは読みや節の記号を記さないものを開版してきたが、江戸後期の宗主広如の代に転機を迎える。片仮名のルビ付きのものを開版したが、それは町版の板木を献上させて初めて可能となったものであった。中世以来、同書の開版を繰り返し、本文の板株としては所持していた西本願寺であったが、ルビを振るという様式を付け加えることだけであっても、町版への配慮を必要としたことが指摘できよう。

近世期、出版はあくまで板株に基づいて行われた。本山と言えどそれを越えた権限は持ち得なかったのである。

註

（1）『定置印板摺写論疏等直品條々事』（水原堯榮『高野板之研究』森江書店、一九三二年）。

（2）彌吉光長『未刊史料による日本出版文化史』（書誌書目シリーズ26、ゆまに書房、一九八八年）六〇頁。

（3）宗政五十緒・若林正治編『近世京都出版資料』（日本古書通信社、一九六五年十一月初版、一九七六年十二月二版）二〇四頁。

（4）柏崎順子「江戸初期出版界と伊勢」（『人文・自然研究』六号、一橋大学大学教育研究開発センター、二〇一二年三月）。

（5）『京都御役所向大概覚書』岩生成一監修『京都御役所向覚書大概』上下（清文堂出版、一九七三年）収載。ただし漢文の部分は開いた。

（6）大内田貞郎「木版印刷本について―東洋古印刷の技法とわが国の事情―」（『ビブリア』九一、一九八八年）。

（7）『雍州府志』宗政五十緒校訂『近世京都案内』（岩波文庫、二〇〇二年）収載。

（8）遠藤元男『日本の職人』（『日本職人史の研究』Ⅲ、雄山閣、一九八五年初版）第九章「近世職人史話」。

（9）『済帳標目』彌吉光長編『未刊史料による日本出版文化』（書誌書目シリーズ26、ゆまに書房、一九八八年）。収載

（10）『真宗法要開版始末』上下巻二冊、龍谷大学大宮図書館所蔵（請求記号 022-181-2）。
（11）堀祐彰「本願寺蔵版『浄土三部経』について」（『龍谷教学』第五一号、龍谷教学会議、二〇一六年七月）。
（12）同前論文。
（13）『興復記一件』龍谷大学大宮図書館所蔵（請求記号 022-135-1）。
（14）小林准士「三業惑乱と京都本屋仲間―『興復記』出版の波紋―」（『書物・出版と社会変容』九号、二〇一〇年九月）。
（15）『御伝鈔蔵板一件記録』龍谷大学大宮図書館所蔵（請求記号 022/257/1）。
（16）歩弥紡「近世の本願寺その日その日」（『本願寺史料研究所報』五一号、本願寺史料研所、二〇一六年七月）。
（17）「諸事被仰出申渡留」本願寺史料研究所所蔵。
（18）『〔御留版幷町版〕賃銀上納控』龍谷大学大宮図書館所蔵（請求記号 022-180-1）。
（19）「御本尊御名号類幷御蔵板物之儀被仰出達書」龍谷大学大宮図書館所蔵（請求記号 022-262-1）、同史料は本願寺史料研究所編『本願寺史』第二巻（浄土真宗本願寺派宗務所、一九六八年）にも収載。
（20）佐々木求巳『真宗典籍刊行史稿』（伝久寺、一九七三年）七三五頁。
（21）前掲書（10）。
（22）堀祐彰「西本願寺御蔵版の出版について」（『浄土真宗総合研究』十号、教学伝道研究センター、二〇一六年九月）。
（23）『浄土真宗教典志』（三巻本）（妻木直良編『真宗全書』続十三巻〈目録部〉、藏經書院、一九一六年）収載。
（24）『仮名正信偈一件記録』龍谷大学所蔵（請求記号 022-259-1）。
（25）本願寺史料研究所編『本願寺史』第二巻（浄土真宗本願寺派宗務所、一九六八年）八四頁。
（26）前掲書（21）。
（27）本願寺史料研究所編『増補改訂本願寺史』第二巻（本願寺出版社、二〇一〇年）二四五頁。
（28）前掲書（9）。

第三章　公家鑑を巡る争い

江戸後期から明治初期にかけて、一見教団の活動とは無縁の書物の開版を西本願寺自身が手がけたことがあった。公家や寺院の名鑑である公家鑑《くげかがみ》である。聖教でもなく、免物としての弘通は行っていないため、御蔵版には入らない。それにもかかわらず、西本願寺は苦心して公家鑑を蔵版し、近世後期から幕末まで逐次刊行している。なぜ仏教とは無縁の本を刊行したのか。またどのような方法で蔵版し、刊行し続けたのか。公家鑑の蔵版・流布の経緯と背景を探りたい。

第一節　掲載順序を巡って

一　公家鑑の掲載順序

1　公家鑑

公家鑑は、公家や寺院の名称を列挙し、その由緒などを記した明鑑である。よく似たものに武鑑《ぶかん》がある。武鑑にたいしては、すでに藤實久美子《ふじざねくみこ》の詳細な研究が備わる。(1)武鑑は武士の名鑑で、おのおのの家格や現在の役職、禄高、家紋、菩提寺など、詳細な情報が入っており、しかも逐次刊行され、常に最新の情報が載せられた。そうした情報の入手に制約のあった江戸時代にあっては貴重な刊行物であったと言えよう。

一方の公家鑑は、朝廷や門跡寺院、公家や地下について詳述した名鑑で、最新の情報を載せるべく武鑑同様逐次刊行され、その都度細かな改訂が行われた。その伝本は多く、東京大学に保存されている森鷗外の収集や栗田文庫として残されている近世史家栗田元次などはまとまった量がある。今日では『近世朝廷人名要覧』[2]や『近世公家名鑑編年集成』[3]が刊行され、容易に利用可能となった。『近世朝廷人名要覧』収載の平井誠二の論文「公家鑑に関する基礎的考察」は、公家鑑の成立や変遷、その種類などの整理などを行っている。

公家鑑はその特異な性質上、近世期を通じて恒常的な需要があり、版元にとって長く安定した利益を生む出版物であった。しかし、その反面、天皇や公家の系図類、実際の刊行にあたっては最新の情報を仕入れねばならないため、大店で、信用と格式を備えた本屋がこれを担っていた。その代表が京都・江戸の老舗の中でも指折りの書林、出雲寺文治郎《いずもじぶんじろう》である。出雲寺は、江戸初期より創業し出雲寺和泉掾《いずみのじょう》と名乗った。初代時元《ときもと》は、京都の公家や文人と交流し、江戸では『本朝通鑑《ほんちょうつがん》』編纂所である林家の国史館に出入りしたり、将軍の文庫である紅葉山文庫の運営にも携わった。元文年間以降、京都本店から江戸出店が独立して以降、京都本店は出雲寺文治郎と称した。

さて、先に掲げた平井論文では、近世期に数種の公家鑑が開版された中で、『雲上明鑑《うんじょうめいかん》』と『雲上明覧大全《うんじょうめいらんだいぜん》』の二種の公家鑑において、その出版の裏に東西本願寺の争いがあることを指摘している。平井に拠れば、その争いを背景にして、『雲上明鑑』の板株は、出雲寺文治郎から連城堂という者に移り、やがて東本願寺「闡教館《せんきょうかん》」に移った。つまり、町版として行われていた公家鑑を、連城堂を挟み東本願寺が入手したという。これに対抗して西本願寺が関係すると思われる「光徳府」は、文政九年（一八二六）、『万代《ばんだい》雲上明鑑』を刊行した。しかし、すでに『雲上明鑑』の板株を所持していた「東本願寺が、同じ書名の『雲上明鑑』を刊行した西本願寺光徳府にクレームを付け、単年度で刊行中止に追い込」んだと、先に掲げた平井論文では推察されている。つまり、西本願寺が出したと覚しき『万代雲上明鑑』という『雲上明鑑』とほぼ同名の公家鑑は、東本願寺が持つ板株の重版あるいは類版にあたるとして、逐次刊行できずに単発の発行で終わったという。しかし西本願寺はあきらめず、「その後十二年の雌伏期間を経て、満を持して刊行したのが『雲上明覧大全』であろう」としている。

しかし、出雲寺ほどの大店が、代表的な公家鑑の板株を手離すのは、余程の事情がなくてはならない。また、西本願寺の『万代雲上明鑑』が重版または類版になったならば、同寺がさらに『雲上明賢大全』を刊行できた理由は明らかにしなければならない。以下ではこうした細かな点を明らかにしたい。

2　校訂者の変更要求

『雲上明鑑』は、その整った体裁や情報量、安定した刊行をもって公家鑑の代表と言える書物であるが、右に述べたように、江戸後期、これに東西本願寺が介入することとなった。その背景には近世の身分社会がある。武鑑も公家鑑も、格式の高い順に掲載されるのが鉄則である。東西の本願寺はどちらも一貫して「准門跡」の項に掲出されており、寺格としては同等であった。ところが、その時々で掲載順序が前後することがあった。無論、読者は先に掲載されている方を格上と見なす。よって、東西の本願寺は相手より先に掲載されることを望んだ。詳しくは次節で論じるが、おおむねこうしたことが公家鑑介入の直接の動機であった。以下に、西本願寺の具体的な介入の様子を見ていきたい。

『雲上明鑑』は貞享年間に開版され、ほぼ毎年刊行された。宝暦八年（一七五八）に官人で故実家の速水《はやみ》常房《つねふさ》が校訂者となってからは全面的に改訂され、題号も『万世雲上明鑑』（以下『万世』と称す）となり、冊数も一冊から

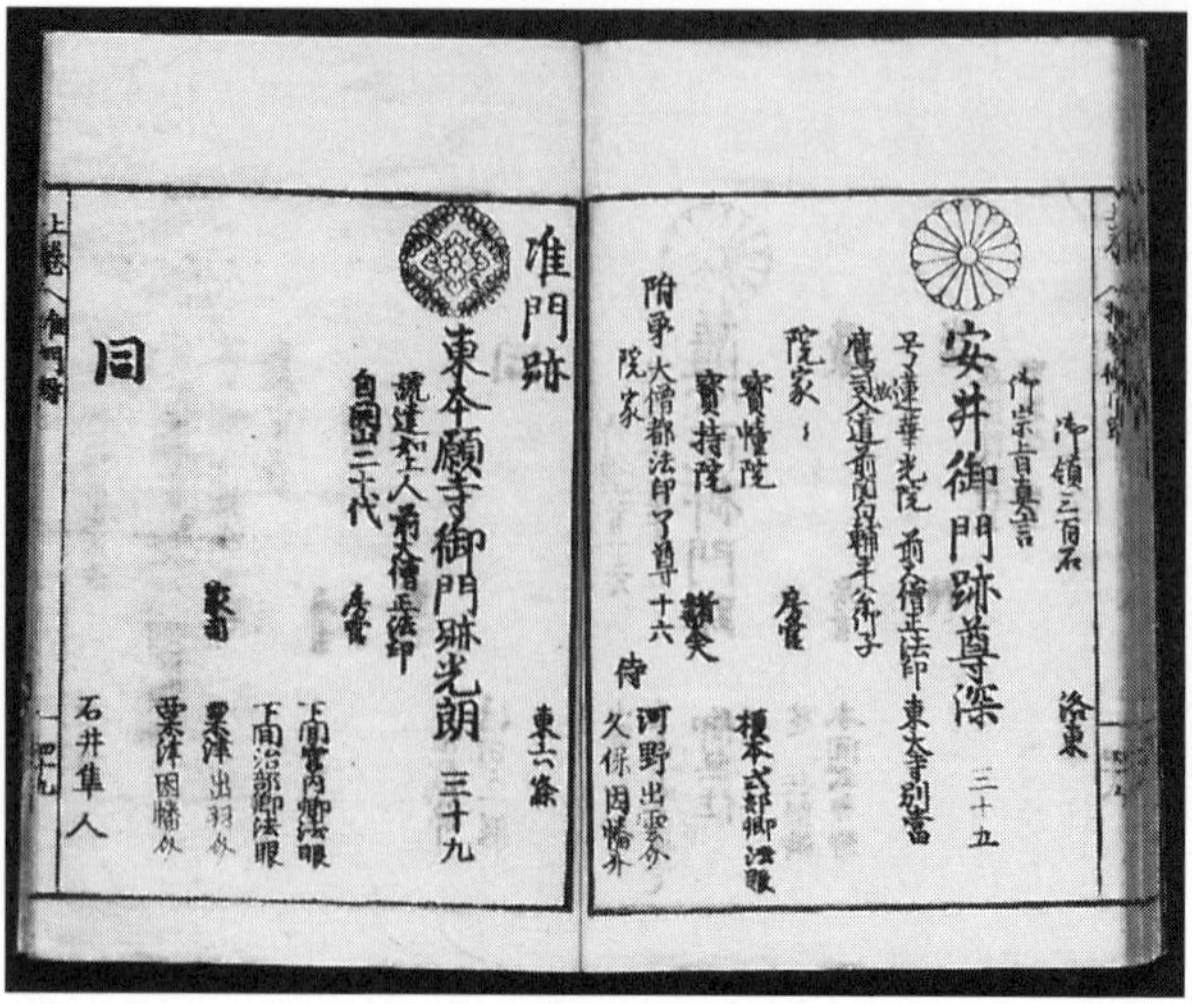

図1　文化15年版『万世雲上明鑑』
准門跡の項の筆頭は東本願寺。西本願寺はその後に掲載されている。

二冊となった。以後この体裁は守られて、板株が連城堂や東本願寺に移ってからも慶応年間まで逐次改正刊行された。[4] **図1**は、文化十五年（一八一八）の『万世』下巻である。「准門跡」の項目の筆頭に東本願寺が掲出されている。

さて、西本願寺が公家鑑に直接介入するのは文政年間からである。当時の『万世』校訂者は速水常忠であった。常忠は常房の孫常純の養子である。寛政三年（一七九一）生まれ、文政十二年（一八二九）没、やはり有職故実に精通していた。詳細は以下に述べるが、**図1**に見えるように、常忠は東本願寺を西本願寺より先に掲載することを常としていた。常忠の校訂に不満を持った西本願寺は、校訂者の変更を出雲寺にたびたび要求するようになる。次に掲げるのは、文政七年（一八二四）五月の記録で、出雲寺が行事らとともに『万世』に関して、奉行所に提出した口上書を西本願寺が控えたものと思われる。[5]

就御尋口上書

一　私共被召出、出雲寺文治郎所持雲上明鑑ニ東西本願寺様御順、寛政年中より之在来を、昨年来相違之儀共仕立候趣、東本願寺様より御糺之儀被仰立候ニ付、右之始末可申上旨、御尋御座候。

此儀、雲上明鑑板行者、①先年より私板元ニ御座候得共、前々より校合者勧修寺様御内速水右兵衛尉殿被致候儀ニて、東西本願寺様御順前後仕候義、毎々有之、寛政二戊年より東本願寺様は准御門跡之最初ニ出シ、次ニ西本願寺様書載有之候儀ニ御座候。然ル処、②去未年九月、右兵衛尉実父吉田様御家来、山田阿波介殿被申聞候、右校合之儀被譲受候ニ付、此度校合候節より西本願寺様を准門跡方之最初ニ仕、西之字を除、本願寺御門跡と書記シ、其次ニ東本願寺御門跡与書載候様被申候ニ付、私方ニ而校合不仕、校合者差図次第之儀ニ付、右之通相改候儀ニ御座候処、③東本願寺様より御尋ニ付、右之趣申上候ニ付、別御掛ケ合御座候処、右校合者阿波介殿より右兵衛尉殿江被譲戻、去冬右兵衛尉殿より在来通仕立相改候様差図有之候ニ付、在来通ニ相改候処、④猶又当春ニ至り、西本願寺様より私方江、貞享之比より西之方最初ニ認有之儀ニ而、一旦相改候処又候東方を最初ニ差出候儀共不相済旨、厳敷御役人中被申聞候ニ付、右校合者右兵衛尉殿より差図有之候趣申上候得共、何分聞受無御座候。西本願寺様江御呼出シ有之、其外私宅へも度々御家来中被相越、御断申上方茂無御座候ニ付、又候西本願寺様を最初ニ書出シ、右兵衛尉殿より者東本願寺様を在来通り初発ニ書出ス様被申聞候儀ニ付、無拠席末をも取除ケ、西本願寺様を最初ニ書出シ候儀ニ御座候。然ル処、三拾年来余之仕来を相改候儀者如何之旨、承御察当奉、恐入候。⑤右者全心得違之儀ニ御座候間、早々在来通東本願寺様を最初ニ書顕シ、其外も在来通相改候様可仕、以後本屋行事より茂不□之儀無之様心□可申候間、是迄不行届始末御赦免被成下、右之趣御聞済被成下候ハ、、難有仕合可奉存候。以上。

文政七申
五月三日

本屋仲間之内

出雲寺文治郎　印

幼少ニ付手代
太助　印

年寄　幸右衛門　印

本屋行事

風月正（マヽ）左右衛門　印

小川孫兵衛　印

（傍線筆者）

まず傍線部①によると、往古より『万世』を刊行してきたが、改訂については公家である勧修寺家の家臣速水右兵衛こと速水常忠に任せており、順序を決めているのは公家の家臣である速水であると断っている。その上で、『万世』では准門跡の項において、東西本願寺の掲載順序が前後することは「毎々有之」ことで、寛政二年より東本願寺を西本願寺の先に出すようになったとある。

続く傍線部②によると、去年の文政六年九月、速水は実父である山田阿波介こと山田《やまだ》以文《もちふみ》に改訂の役を譲り、山田は西本願寺を先に掲出するように改めた。また、「西本願寺」の「西」の字を削って「本願寺」と表記した。つまり、東本願寺より優位になるよう改変したのである。山田以文は宝暦十一年（一七六一）生まれ、天保六年（一八三五）没、吉田神社神官山田在則の息子で、同社の禰宜、国学者でもある。彼もまた有職故実に精通していた。

ところが傍線部③では、掲出順の変更について東本願寺から照会があり、おそらく元に戻すよう求められたのであろう、改訂の役は再び速水常忠に戻され、東本願寺が先になったとある。

傍線部④によると、今年、文政七年の春になって、今度は西本願寺が詰問してきたという。西本願寺は、『万世』の宝暦以前の版である『雲上明鑑』が貞享三年（一六八六）に開版されて以来、寛政年間まで自らが先に掲載されていたことを持ち出し、厳しく出雲寺を責めた。貞享三年刊行の公家鑑は未見であるが、たしかに寛政年間以前の公家鑑は西本願寺を先に載せる場合が多い。ただし『万世』においてはすでに宝永五年（一七〇八）より東本願寺を先に出している。出雲寺は、一度は改訂して西本願寺を先にした後に、再び東本願寺を先にしたことや、改訂のことは速水常忠に任せてあることを申し立てたが、聞き入れられなかった。そればかりか西本願寺へ呼び出されたり、自宅へも同寺の役人がたびたび押しかけてくるのに耐えかね、またまた西本願寺を先に改めた。

最後に傍線部⑤では、奉行所から呼び出され、寛政年間以来三十余年に渡って東本願寺が先であったのにどうしたことかと糺された出雲寺は、奉行所に謝罪し、今までどおり東本願寺を先に掲載することにしたとある。実際、『万世』は明和ごろから天明年間まで西本願寺を先にしていたが、寛政年間に入ると一貫して東本願寺を先に載せている。西本願寺が先に掲載されているのは寛政年間以降は文政七年版のみであるから[6]、この時の奉行所との交渉をもって、東本願寺が先に掲出されることが決定的になったのであろう。

右の資料の中で、西本願寺は、『雲上明鑑』の校訂者の速水常房を、その任から外そうとして働きかけていたように思える。速水常忠については、東本願寺の史料『上檀間日記』に次のような記録がある。次に掲げるのは、『上檀間日記』文政八年三月、新門跡実如の僧正法印勅許の際の記述である[7]。

一　僧正幷法印今日
勅許被　仰出候旨、勧修寺殿使者雑掌速水右兵衛大尉参上、麻上下着用
松之間江通候先例ニ候得共、当時仮リ之間狭ニ付、仮牡丹之間江通シ、表用人横田内記出会、右兵衛尉申述
候口上之趣、左之通
春暖之節両御門主様益々御安泰被成御座目出度ウ被存マスル、今般新門主様僧正法印之儀被仰出立候処、只
今　勅許ニ付右衛門督使を以御達被申マスルとの旨也（以下略）

速水は「勧修寺殿使者雑掌」であり、東本願寺に赴いて次の宗主への叙位を告げに来ている。同史料を見るに、公家の勧修寺はこの他にも東本願寺に朝廷からの連絡をもたらす役を担っているので、伝奏《てんそう》だったと判断される。すなわち、速水は伝奏勧修寺の雑掌《ざつしょう》として東本願寺へ朝廷からの叙位を伝える者であり、なおかつ有職故実に精通する者であった。東本願寺に結びつき、有職故実に秀でた速水が校訂者であるかぎり、東本願寺より上位の掲載を望む西本願寺の要求が通ることはない。よって、校訂者を変更するよう西本願寺が要請したと推測できる。東本願寺を先に掲出する校訂者を排除しようと試みたものの、果たせなかったのではないだろうか。

3　節用集への介入

大坂本屋仲間記録には、西本願寺による校訂者改変の問題に決着が付いた約一年後の文政八年（一八二五）六月、『雲上明鑑』に絡んで、西本願寺が『都会節用百家通《とかいせつようひゃっかつう》』という節用集に介入した記録が残されている。事件に関してはすでに佐藤貴裕の指摘しているところではあり、(8) 概略のみを紹介したい。

節用集とは、多くの言葉を整理し、読み方や意味を付した書物で、近世期寺子屋などで教科書として利用されたため非常に普及した本であった。節用集と公家鑑の関係については、すでに佐藤貴裕が整理しているが、(9)公家鑑もしばしば節用集の一部に利用されたから、掲載順序を気にする西本願寺の目に留まったものと思われる。本屋仲間記録のうち、『差定帳』五番(10)には、節用集『都会節用百家通』に関する記録の中に、『雲上明鑑』の名が見える。

都会節用百家通

一　文政八酉年六月五日、都会節用百家通再板、首書御公家鑑之内、両本願寺様御順烈《ママ》之義ニ付、当二月西本願寺様御役人中より、此度改正之雲上明鑑之通相改候様被仰付、種々御断申上候所、外々より決而差支之儀無之段、慥成書付被下候故、無拠相改候趣、（以下略）

（マ、記号筆者）

再版本節用集『都会節用百家通』に首書として収載されている公家鑑に関して、東西の本願寺の順序を改正刊行された『雲上明鑑』のとおりに彫り直すように、西本願寺の役人が要求してきたとある。改正刊行された『雲上明鑑』とは、例外的に西本願寺が先に掲載された文政七年版をさすのだろう。難色を示した『都会節用百家通』の版元らに、西本願寺は決してトラブルにならないことを保証する「慥成書付」を渡した。これにより、仕方なく版元らは彫り直して刊行したという。

ところが、このことは東本願寺の知るところとなって、東本願寺の大坂別院である難波御堂が版元らを相手取って出訴する意向を伝えてきた。事態は紛糾したようであるが、結局は奉行所から「本願寺懸り之事悉皆相除キ、摩滅補ひ入木致候節、麁相ニ而彫過チ候趣ニ而、口上書相改差出可申様」(11)に沙汰があった。すなわち『都会節用百家通』に入れられていた東西の本願寺関係の記述をすべて取り除き、表向きには板木が摩滅したので入木《いれき》（主に記述の訂正のために、板木の一部を彫り取って、別の木を埋め込むこと）をした際に彫り間違ったという旨の口上書を提出するよう、奉行所から「御内聞ニ而」沙汰があった。よって、これに従って処理された。無論、この処置は東西の本願寺に配慮したものであろう。全国に多数の末寺、門徒を持つ東西の本願寺が、特に門徒の多い大都市大坂で対立すれば、大きなトラブルになりかねない。版元の不注意ということにすれば、訴訟にならないで済み、発端となった西本願寺の名前が取り沙汰されることはない。この件はここで落着した。

なお、本屋仲間は公式団体であり、その記録は公的な性質を持つことを考えれば、奉行所からの「御内聞」の連絡をわざわざ記録していることに、大坂本屋仲間の東西本願寺への警戒心が見てとれる。両寺のトラブルに巻き込まれないよう、こうした指示をしたのが奉行所であることを明記しているようである。

二　東本願寺側の勝利

1　東本願寺末寺の板株取得

上記のように、その掲載順を巡って東西本願寺が介入しようとした『万世』であったが、その板株は、文政八年（一八二五）ころ、それまでの版元であった出雲寺から、突如として連城堂と称する者に移った。老舗の大店本屋が代表的な公家鑑の板株を手放すには、相当の事情があったと考えられる。

その事情を伝えていると思われる史料を左に掲げる。(12) 西本願寺が奉行所に提出した文書の草稿と思われる。断片的にしか残されていない史料であるため年記は不明ながら、出雲寺が『万世』の板木を「譲渡」した旨が見られるので、『万世』の版元が替わる文政八年以降と思われる。

（前略）①前頭之通文化二丑年ニ当本山先ニ出し、翌寅年断書差出し候儀ニ御座候ニ付、其旨を以及掛合候処、於公儀御差構無之旨、文治郎江被仰渡候由ニ而、未申両年、御当方御上首ニ改正の通相極、数部差出し申候。然ル処、②売弘之儀勝手ニ付、致休板度旨申出候得共、其儀者難承届、右体ニ致置候而者列次今以不相分様ニ相聞候段、一流門末より歎出候ニ付、早々売弘可致旨、掛合中ニ、③当六月、別紙之通、東六条閑昌寺与申者江、金千両ニ板木譲渡候旨承り、存外ノ事ニ御座候。右板木、万一売払候ハヽ、御当方江出候様、文治郎者不及申、手代共、且又町内年寄江も達置候処、乍致承知右約定被致相違、此度外方江売渡候段、別紙書面写之通ニ御座候。右ニ付、御当方御趣意難相立、文治郎江精々及掛合候得共、行届不申、勿論此度売払為取替証札之趣も別紙之写之通、不筋之義故、理解難申付甚以不審之事共ニ御座候。右等之趣ニ付、④当本山門末共追々伝聞いたし彼是申出、人機騒々敷。寺法難取鎮、甚以御迷惑之儀ニ御座候。依之、⑤何卒文治郎被召出、右板木如元之同人手元江引戻し、御当方御趣意相立候様、被仰付被下度、御門主厚御頼被仰入候。以上。

（傍線筆者）

傍線部①は、文化二年版『万世』には西本願寺を先に掲載する旨を、翌年奉行所に断ったところ差し構えなかったので、奉行所より版元の出雲寺へその旨伝えられたと述べる。「未申両年」つまり文化八年と九年には文化二年のとおり西本願寺を先にして、実際に数部印刷したようである。[13] 自らを上位に掲載したい西本願寺が、奉行所を通して執拗に『万世』出版に働きかけていたと思われる。

傍線部②によると、販売はもちろん版元である出雲寺の裁量であったので、出雲寺は休版したいと申し出てきた。大寺院の強引なアプローチを前に、版元であり続けるために採り得る最後の手段であろう。これにたいし西本願寺は、そうなってしまっては東西の本願寺の順序が不明のままになってしまうと門末が訴えている旨を述べて聞き入れなかった。

休版も困難となった出雲寺は、ついに板株を手放した。傍線部③で、出雲寺は『万世』の板株を東本願寺内町にある東本願寺末寺の閑昌寺へ千両で売却したことが報告されている。西本願寺と出雲寺の間には、「万一売払候ハ丶、御当方江」差し出すようにとの約束があり、出雲寺の手代たち、町年寄にまで承引させたことであるのに、出雲寺は東本願寺方に売ったのであった。当時の代表的な公家鑑とはいえ千両とは法外であり疑問が残るが、とにかくここで板株は移って、東本願寺末寺が蔵版者となった。これにより『万世』の蔵版者連城堂は閑昌寺自身か、その関係者と推測できよう。もし本当に板株の代金が千両だとしたら、末寺がそれだけの資金を用立てられた裏には、本山である東本願寺も関係していた可能性がある。

傍線部④には、公家鑑の掲出順をめぐる西本願寺の交渉が不首尾であったことを伝聞した門末からの看過しがたい突き上げがあり、難渋していることが述べられている。これ故、傍線部⑤で西本願寺は、板木を元に戻すべく出雲寺をもう一度呼び出すように宗主が要請していると、奉行所へ訴えている。しかしながら、板株の売却は合法であり、しかも売却先が東本願寺末寺では、これ以上の働きかけは不可能であったろう。

2　単年刊行の類書

校訂者を交代させようと試みたり、節用集収載の公家鑑に介入しようしたりした西本願寺の試みは、いずれも不如意に終わった。ついには『万世』の板株まで東本願寺末寺に渡ってしまい、もはやこれ以上の対抗策はないように思われる。しかし、実は文政九年（一八二六）ごろ、西本願寺は大胆な行動に出ている。

冒頭でも触れたが、『万世』には、『万代雲上明鑑』二冊（外題は『〔増補新撰〕万代雲上明鑑』。〔　〕内は角書き。

以下『万代』と称する）という極めて似通った別版の公家鑑が存在する。刊年記載はないものの、文政九年の序が添えられており、最新の情報を載せるのを旨とする公家鑑の性質上、同年頃の刊行と判断できる。『万世』と同じく小本二冊であり、序題にも「新刊雲上明鑑」とあって紛らわしいが、『万世』とは別版である。「香菓園」なる者を蔵版者とし、売り弘め（板株を持っておらず、販売元として流通を担う本屋のこと）は京都書林河南四郎右衛門であった。

『万代』は『万世』と、書名のみならず体裁・内容とも酷似するが、東西本願寺の掲載順序が違っている。連城堂が刊行した『万世』（図2）とは反対に、西本願寺を先にし、しかも「西本願寺」という表記を「本願寺」としている。明らかに、西本願寺寄りの書き方である（図3）。

香菓園とは何者であろうか。『万代』が『万世』の板株を侵した重版であるならば、連城堂がこれを看過するはずはない。また、『万代』は公家等の系図を含むが、家系や先祖のことに関する本の新刊を禁じた享保七年（一七二二）の出版取締令以降、これらの本の新規株立ては困難であった。しかし、残存する本屋仲間記録には重版などの訴訟記事はない。したがって、『万代』はこの時、合法的に、しかし新規に株が作られたと考えるのが妥当である。『万代』が『万世』と別版であるならば、版元の香菓園はこれだけの公家鑑が開版できるような、系図類や公家鑑の板株を所持している者と考えられる。

香菓園が何者かはいまだ不明だが、『万代』開版を行った者は次の文書から類推できる。天保八年（一八三七）に京都書林仲間に、竹原屋《たけはらや》好兵衛という地誌や絵図を扱っていた本屋が京都書林仲間行事に提出した口上書である。(14)

口上書

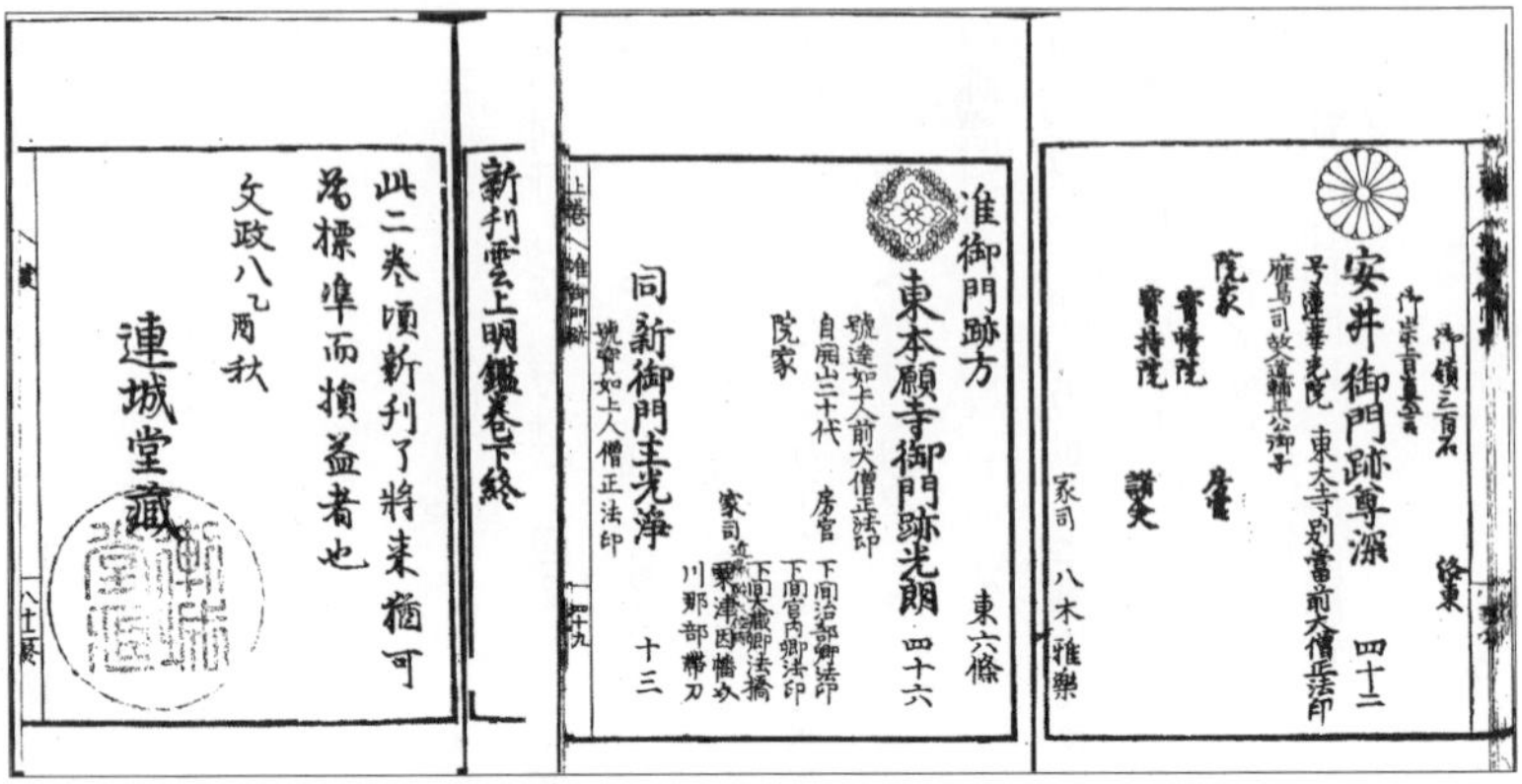

図2　『万世雲上明鑑』上巻　准門跡の項の冒頭と刊記

左の刊記で、丸形の朱印は「連城堂蔵」。この後、速水の跋と売り弘めと覚しき本屋名が続く。

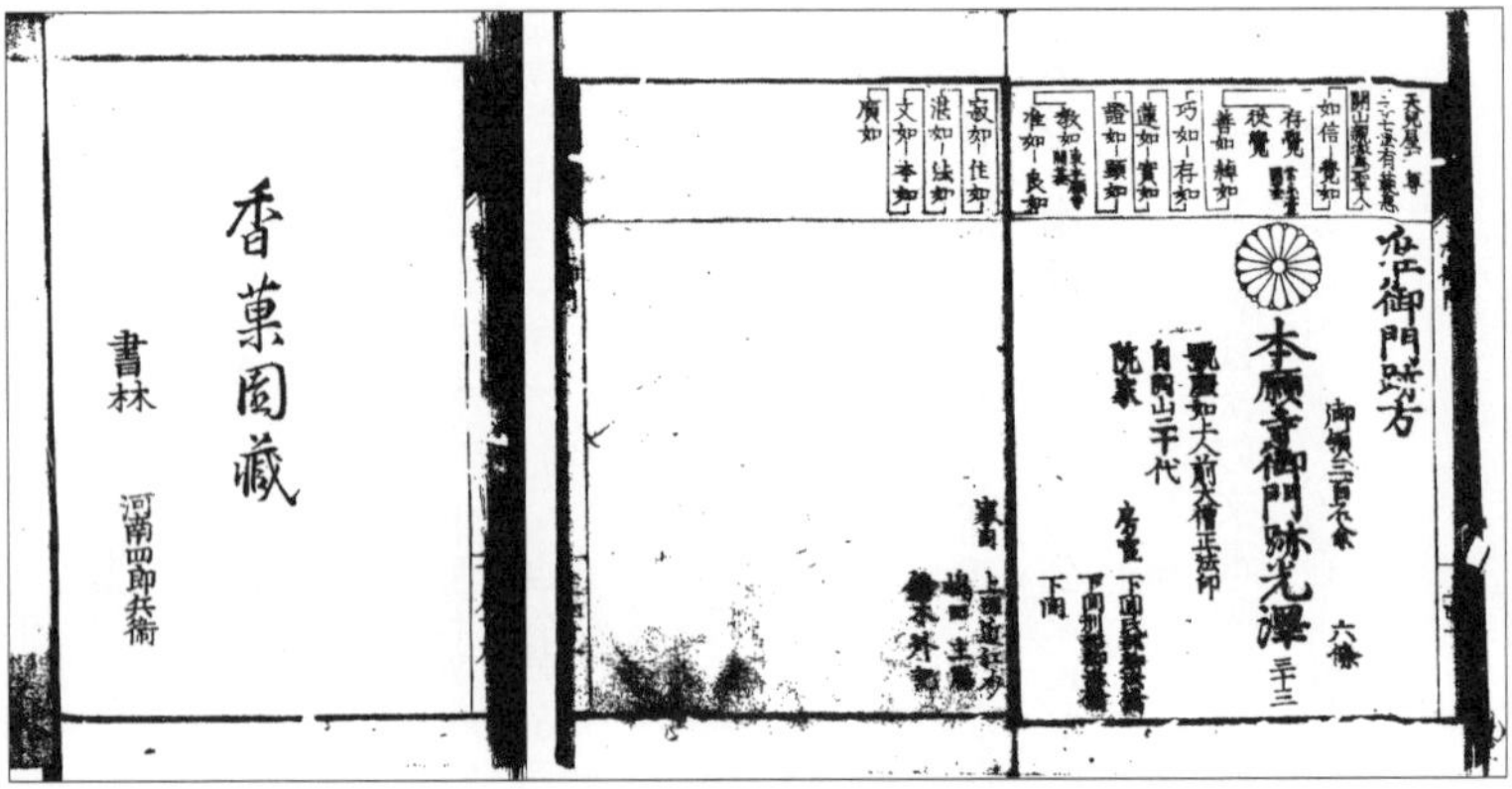

図3　『万代雲上明鑑』上巻　准門跡の項の冒頭と刊記

頭注には歴代の宗主を掲げるが、西本願寺は親鸞から、東本願寺は教如からとなっている。

一　諸家知譜拙記　　　　　丸株
但、右者天保三年辰八月御支配之儀御届相済御座候。
一　公家御役画　　　　　丸株
一　雲上要覧　　　　　丸株
一　官職知要　　　　　丸株
各四株、幷板木、去ル文政九年戌正月、出雲寺文治郎殿より二条御殿へ御買上ケニ相成候処、其後六条御殿御学林江御譲ニ相成有之由。然ル所、今般六条御殿より私へ御支配被仰付候ニ付、各之段御届申上候間、宜敷御承知被成置下候。已上。
天保八年酉八月
御支配
竹原屋好兵衛印
三組行事中

「六条御殿御学林」とは西本願寺学林のことである。天保八年の記録ながら、文政九年正月に一枚摺の公家鑑である『雲上要覧』をはじめ、『諸家知譜拙記』など、公家の系図や役職に関する本の板株が、二条の町奉行所を介して出雲寺から西本願寺学林に渡っているという。これだけの板株があれば、新しい公家鑑を開版可能である。『万代』には、歴代天皇の系図や公家の官職の次第など、『万世』にない情報がある。それが口上書に見える『諸家知譜拙記』や『官職知要』の内容と類似していること、文政九年（一八二六）というタイミングで、これだけの株を、出雲寺から西本願寺学林が入手したことを考えれば、『万代』はこの時の板株で開版されたものと見て間違いない。西本願寺がこの時に購入した板株に基づく正統な開版であるから、『万世』の重版にはならなかったと推測できる。

『万世』の板木の購入者が東本願寺末寺の閑昌寺であったことを考えれば、香菓園はやはり西本願寺の関係者であろう。『万代』売弘の河南四郎右衛門も、西本願寺学林に関係の深い本屋であることを加えると[15]、その可能性は一層高くなる。『万世』の版株が東本願寺関係者と覚しき連城堂に渡ってしまうと、西本願寺はもはや掲載順序の変更を要求できる余地はない。これ以上の処置を講じるとすれば、『万世』によく似た公家鑑を開版するしか方策はなかった。その結果が、『万代』の開版であったと推測される。

ただし、『万代』には逐次刊行された形跡がない。この理由は不明だが、もし香菓園が西本願寺の関係であるならば、西本願寺の財政状況が原因である可能性は指摘できる。文政期の西本願寺の財政状況は深刻で、文政末年には借財は六〇万両に上っていた。財政危機からの一応の脱出が達成されたのは、天保元年（一八三〇）に始まる財政改革が満期になる、天保六年以降であった。『万世』や『都会節用百家通』の掲載順序を巡って争っていた文政七～八年ごろ、西本願寺は危機的な財政状況であったのである。にもかかわらず版元への働きかけが失敗に終わっても、諦めることなく文政九年正月には公家の系図などさまざまな板株を出雲寺より購入し、新しく『万代』を刊行したのだった。それだけでも相当な無理であろうから、逐次刊行には耐えられなかったかも知れない。

第二節　新しい公家鑑および地誌の刊行

一　公家鑑の新規開版

1　開版の動機

文政年間、掲載順序を巡る東西本願寺の熾烈な争いは、版元出雲寺が板株を手放すほどであった。特に西本願寺は、深刻な財政状況にもかかわらず、さまざまな方策を巡らし、ついには新しい公家鑑の開版まで果たしている。そこには強い動機があったはずである。それに関係すると思われる記録が、『豊後国諸記』(16)にある。同国の真宗の資料をまとめたもので、文政七年五月の記録として門末からの要望書を載せている。差出人の総代は豊後の僧侶となっているものの、他にも四〇人をこえる諸国の僧が名を連ねているので、これは全国から本山に送られた要望であったのだろう。

乍恐奉願口上覚

一　近年東派末寺共於諸国身分本山ハ嫡子惣領家之旨従本山被申聞候哉、祖師聖人以来相続之様申触し、何之弁へも無之俗門徒共我慢ニ倣り御本廟軽蔑仕候故大ニ機立候得共、御法義之上より差押へ罷在候（中略）（東本願寺は）全教如上人開基成事明白ニ御座候、然ニ近年来雲上明鑑之上前後ニ相成、其儘ニ従御本山被成置候儀ハ僧分ハ大度之思召と奉在罷在候へ共、俗人ハ被怨惑《ママ》ものも有之歎敷在罷在候へ共、時節をいて見合罷在候所、（また東本願寺と西本願寺の掲載順序が何度も前後するので）若や又候前後ニも相成候而ハと甚以不

安ニ奉存候。（以下略）　　（（　）内筆者）

右に拠れば、訴えの内容は以下のとおり。近年、東派（真宗大谷派）の門末たちが、彼らの本山である東本願寺から、東派は宗祖親鸞の正統であると言われている向きがあり、当方を侮辱するようなことがある。我慢してはいるが、西本願寺は親鸞を開祖としているのにたいして、東本願寺は江戸時代初期に開かれた寺であることは明白である。ところが最近、最も普及している公家鑑である『万世』で、東西の本願寺の掲載順序で東本願寺が西本願寺より前に掲出されることがあり、俗人はこれに惑わされていて嘆かわしい、このまま順序が一定しないのは大変心許ない、というものである。

口上書を提出した門末たちには東本願寺より格下であるのは耐えがたいことであったようだ。引用箇所以降では、本山が掲載順序についてしかるべき対応をとらないのであれば、要望を出した者のそれぞれの国元で代表を出して公儀へ願い出ると述べている。これを見る限り、『万世』における掲出順問題は、本山の面目丸つぶれになり兼ねない極めて切迫した事態となっていた。前出の文政七年に出雲寺が奉行所へ提出した文書でも、西本願寺の「門末共追々伝聞いたし、彼是申出、人機騒々寺法難取鎮」いと、西本願寺も対応しかねており、「甚以御迷惑」と述べている。

2　諸株の購入による開版

結局東本願寺側の『万世』はその後も逐次刊行されたが、『万代』は単年刊行に終わった。これでは、右のような状況を打開したことにはならない。門末を納得させるべく、財政改革が一応の成功を収める天保年間半ば、西本願寺は本格的な公家鑑の開版および逐年刊行を目指した。それが『雲上明覧大全』二冊（以下、『明覧大全』と称す）

である。

新しい公家鑑の開版準備と思われる板株の買い入れを、西本願寺はすでに『万代』刊行の翌年文政十年から始めている。たとえば、寺内町に住む本屋、丁子屋庄兵衛からは『諸家大系図』の株を買い入れた。次に掲げるのは、その際の売り渡し証文の控えである。(17)

売上一札之事

一　諸家大系図　丸焼株
　　但シ三十巻之　四軒之
　　　　　　　　壱軒前

右之焼株御所望ニ付、代金四拾五両ニ永代売渡取引相済申候処、実正也。然ル上者、此株ヲ以御彫刻被成候共、違乱申者毛頭無之候。万一故障申者有之候ハヽ、何方迄茂罷出、急度其明メ可申候。為後日之売上一札、依而如件。

文政十年
亥十二月　丁子屋庄兵衛

六条御殿
　御役人様

『諸家大系図』の焼株全体を四つに分けた「四軒前」のうち、四分の一にあたる「一軒前」を購入している。同年、同じく丁子屋からは寛文五年（一六六五）に出された京都の地誌『京雀《きょうすずめ》』の株全体を三つに分けた「三軒前」のうち、三分の二の「二軒前」を代金五〇両で購入している。

天保三年（一八三二）には竹原屋から『京雀』の株のうち、残る一軒前を代金二〇両で買い入れた[18]。その代金は、文政九年以降に丸株（分割していない、丸ごとの板株）で手に入れた『諸家知譜拙記』の板賃と相殺するとしている。左に掲げるのは、その際竹原屋が西本願寺に提出した覚である[19]。

別紙覚
一　金弐拾両也
此代銀壱貫弐百八拾匁也。

但し、知譜拙記年分百部ツ、売捌と見□。

七ケ年利足
銀八百六拾匁一分六厘八朱
元利〆弐貫四拾匁壱歩ト六厘。

知譜拙記板賃　此部枚七百十部余也。

壱部ニ付三匁定。

右諸家知譜拙記板賃を以引去り可申旨、奉畏候。尤、精々相働売捌可申、多分売捌候得者、右之年限も短く、且本部数も減らし去算《サン》用、早々ニ相済申候。但、右等之算用者、奉差上置候通ヒ表ニ精密ニ相記し、年々勘定可仕候。猶又、右銀高相済申候以後者、板賃無滞摺立候、度々急度上納可仕候。為後証別紙一札、依而如件。

天保三年
辰七月

書林　竹原屋好兵衛　印

六条御殿
御掛り御役人中様

『京雀』の板株代金二〇両を直接支払わず、出雲寺より買い取って自らの蔵版とした『諸家知譜拙記』の支配を竹原屋に任せ、本来なら受け取るべき板賃を『京雀』の代金に宛てるとしている。すなわち、一部に付き三匁ずつ板賃として竹原屋が西本願寺に納めるべきところを、『京雀』の板木代金として竹原屋が自らのものにすることで相殺するとしているのである。これならば財政難の中でも大金を用立てずに板株を取得できる。

このような経緯をもって、天保八年（一八三七）、西本願寺は竹原屋好兵衛を支配人とし『明覧大全』を刊行した。編者は、読本作者として知られた池田東籬の息子の池田東園《とうえん》。東籬は実用書や地誌も多く手がけており、数々の京都の案内記を竹原屋好兵衛から刊行している。(20)おそらく東園は父東籬の縁故で、校訂者となったと思われる。蔵版者として刊記に名を挙げるのは、西本願寺の「光徳府」としている。以下に掲げるのは、『明覧大全』開版に際して竹原屋が本屋仲間に提出した届けの写しである。(21)

竹原屋好兵衛より支配届之写

覚

一　本朝帝王録
一　本朝紹運録
一　同　続録
一　諸家知譜拙記
一　雲上要覧
一　公家御役画
一　官職知要
一　内裏図
一　京すゝめ
一十四巻　諸家大系図
一三巻　諸家大系図
一　諸家伝
以上、十二点之板行
六条御殿御蔵板ニ被為在候処、為弘通、御仲間へ目録御差出置ニ相成候。爾来各等之重板類板等出来不致候様、御心添御頼ニ御座候。尤、各板行御仲間ニ是迄在来之品にて致度、且故障之儀決て無御座候。
一　雲上明覧
一　雲上明覧大全

各者、於御仲間御願相済候板行ニ御座候得共、前文之品目株式を以、御彫刻御蔵板被為在候故、是又為弘通書加□各等之趣、御届申候間、宜御承ち置可被下候。以上。

天保八年酉七月

御支配
竹原屋好兵衛　印（竹原屋好兵衛印）

書林
三組
御行事中

竹原屋が『本朝紹運録』や『諸家知譜拙記』など、「六条御殿」こと西本願寺がこれまでに入手した板株の支配を任せられた旨が述べられている。右の文書の後半には、『雲上明覧』と『明覧大全』に関して「前文之品目株式を以、御彫刻御蔵板被為在候」と見え、『本朝紹運録』などの株をもって、これら二書を開版するとしている。確かに、『明覧大全』の序には「雲上明覧大全二巻刻成ル。此ノ書ヤ帝王紹運録、大系図ノ諸書ヲ集メ、其煩ヲ芟リテ之ヲ約ス」とある。ここから、西本願寺が文政九年から聖教とは無関係の板株を集めていた目的が、『雲上明覧』と『明覧大全』を開版することであったことが判明する。なお、『明覧大全』と共に開版されたと思しき『雲上明覧』畳物《たたみもの》（一枚の料紙、あるいは複数の料紙を貼り合わせて大判一枚とし、折り畳んで前後に表紙を付けたもの）の公家鑑のことである。

『明覧大全』の凡例には、以下のようにある。

図4　『雲上明覧大全』准門跡の項の目次と西本願寺の部分

准門跡の筆頭に西本願寺を掲げ、その由緒の古さを詳細に述べている。

一　往年雲上明鑑といえる書、書林より出て世に流布せしも、故ありてそは埋れたり。適々同し題号の書あつて間見聞すといへとも列次正しからさる処あり。故に今、公卿要覧、雲上要覧、公卿御家役画などの古書を原とし、猶数書を集めて校訂し、新に上梓して雲上明覧大全と号也。

ここで言う『雲上明鑑』は、「書林より出て世に流布せし」とあるので、文政七年までの出雲寺版『万世』を指すと考えられる。それが今は「故ありて」、すなわち出雲寺が板株を手離したので過去のものとなってしまった。たまたま「同し題号の書」を見たところ、列次が間違っている箇所があった。よって、ここに『明覧大全』を開版すると述べている。「同し題号の書」は、東本願寺末寺が板木を買い取って刊行した連城堂版『万世』を指すことは疑いない。つまり、『明覧大全』開版の動機は連城堂の掲載の順序の間違いを正すためであると断っている。当該書は幕末まで毎年刊行された。**図4**は准門跡の項の目次を示しているが、やはり西本願寺が東本願寺より先に掲載されている。しかも、西本願寺を「本願寺」としている。

3　西本願寺による公家鑑の普及

『明覧大全』は『万世』同様よく整理された版面を持つが、流通の面でもよくできていた本であった。西本願寺には御用書林として永田調兵衛ら寺内町の本屋がいたが、公家鑑刊行の蔵版支配を任されたのは彼らではなく、小草紙が主力商品の三条通麩屋町に店を構える竹原屋好兵衛であった。小草紙は気軽な創作読み物で、毎年大量に出されては消費される書物群であり、物の本の頂点たる聖教に比べれば極めて格の低い書物である。よって、竹原屋は、本来ならば本山たる西本願寺の蔵版書を扱うにはふさわしくない本屋である。

しかし、竹原屋は三条通麩屋町に店を構えていた。この場所は三条通沿いで、比較的三条大橋に近い。三条大橋は東海道五十三次の終着点であり、京都観光の起点である。なおかつ、この通は京都のメインストリートであった。竹原屋はここで全国から集まってくる観光客相手に小草紙や京絵図、京都の地誌（ガイドブック）の販売を行っていた。『明覧大全』は小本二冊という文庫本サイズの手軽な大きさで、気軽に持ち歩けるよう配慮された書型である。竹原屋が『明覧大全』を販売すれば、観光客がこれを購入し、これから始める京都見物の参考にしたり、土産として故郷へ持って帰る。よって、不特定多数に西本願寺が東本願寺より優位であると知らしめることができるの

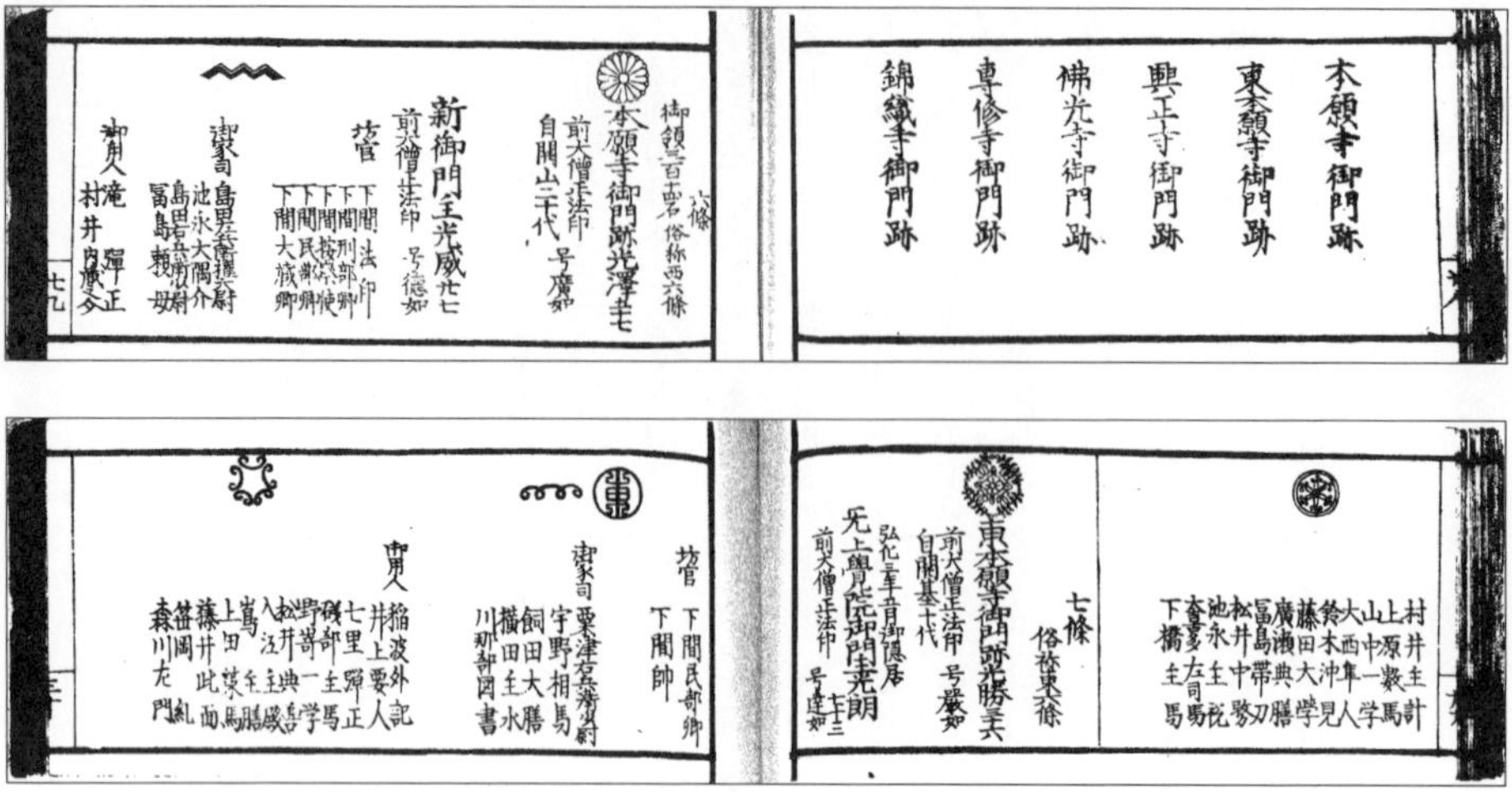

図5　嘉永5年版『袖中雲上便覧』東西本願寺の項

だ。

　文政年間より継続して公家鑑開版に必要な板株を収集してきた西本願寺が、それらを支配させる本屋として寺内町に拠点を持つ本屋ではなく竹原屋を選んだのは、公家鑑において同寺の優位をより多くの人々に示すための戦略であったのかも知れない。たしかに『明覧大全』は好評を博し、慶応四年（一八六八）すなわち明治元年まで安定して逐年刊行された。

4　公家鑑の応酬

　幕末になると西本願寺はさらに『明覧大全』をよりコンパクトにした『袖中雲上便覧』横小本一冊や『雲上便覧大全』横小本二冊を刊行した。横小本とは、小本と同じ大きさの横本のこと。また横本とは書型の一種で横長の本のことである。通常の本よりも扱いやすいため地誌に採用されることが多い。版面もより洗練されており、ガイドブックとしても、土産物としてもよくできた本であった（**図5**）。

　一方、東本願寺も『万世』を東本願寺闡教館の蔵版として刊行した。加えて、文久三年（一八六三）、『京羽《みやこのは》津《つ》根《ね》』八巻八

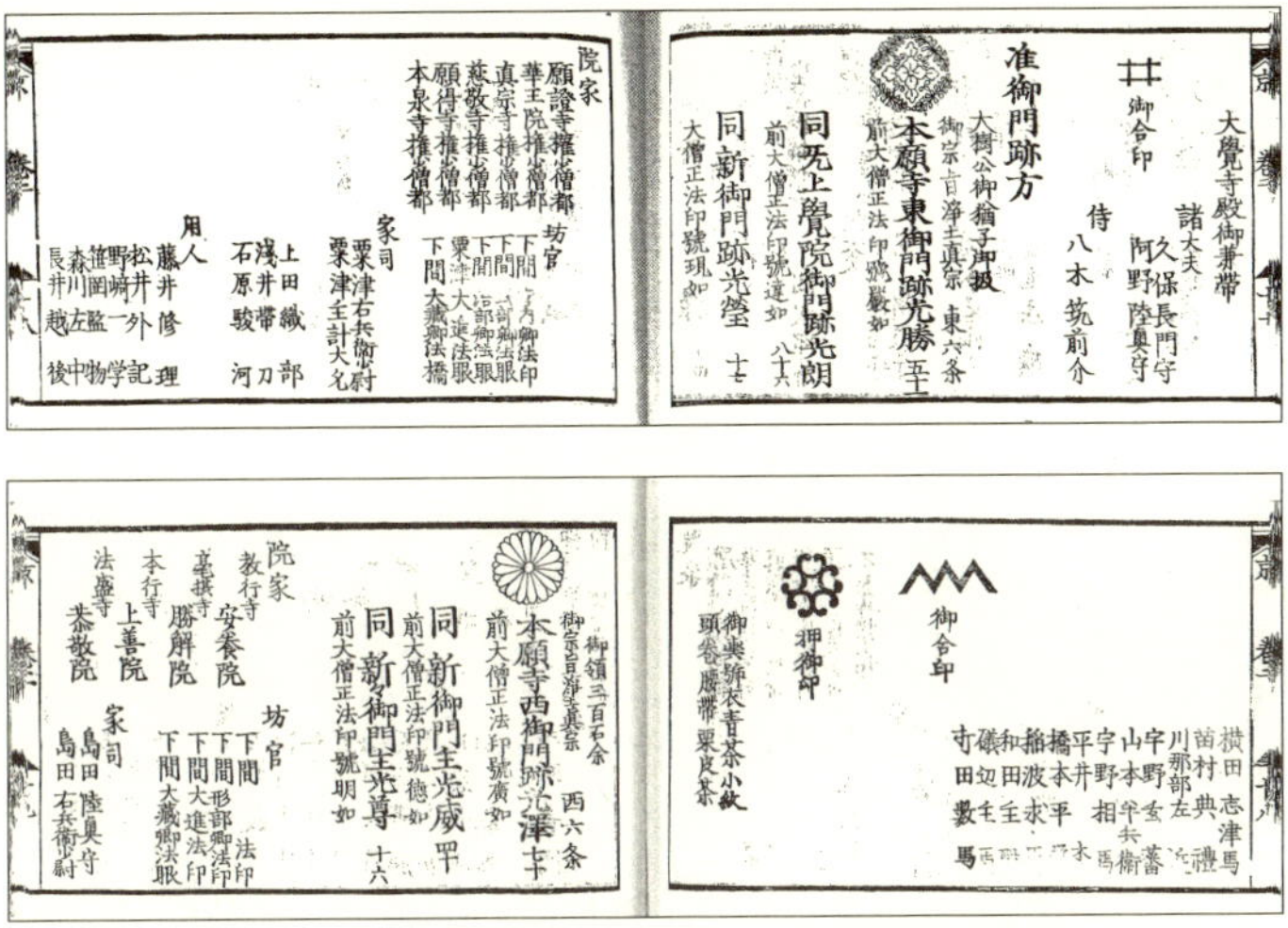

図6　慶応元年版『都仁志喜』東西本願寺の項

冊を刊行し、さらには年の元治元年（一八六四）には『都仁《みやこのに》志喜《しき》』二巻一冊を刊行した。いずれも東本願寺を「本願寺東御門跡」とし、西本願寺は「本願寺西御門跡」として名目上対等に扱っているものの、やはり東本願寺を先に掲出しており、西本願寺に対抗している（**図6**）。ただし、元治元年版の『都仁志喜』刊記に拠れば、蔵版者は東本願寺ではなく「末顕舎」とある。だが、「末顕舎」の住所は「東洞院上珠数屋町上ル」とあって東本願寺寺内町であり、「末顕舎」の肩書きが「御蔵版所」とあるため、東本願寺蔵版書の支配をしていると推定される。よって同書は東本願寺が深く関わった刊行と見てよいと思う。

なお、東本願寺の闡教館および西本願寺の光徳府は、今なお実態のつかめない機関である。特に西本願寺では、教学の発達が地方で行われるようになった天保年間から激動の幕末期まで、中央に安定的に公家や寺社の名鑑を編集できる部署があったとは考えにくい。あるいは読者に威儀を正した印象を与えるためにこうした記載をしただけであって、実際は存在しない可能性もある。

幕末、宮廷に使えていた勢多章甫《せたのりみ》は随筆『思の儘の記《おもいのままのき》』の中で、「雲上明鑑といふ書は、元は本願寺より其寺格の賤しからざるを、諸国の信徒に知らしむる為に彫刻したる物にて、堂上家来の手にて訂正せしものなれば、尤信憑するにたら(22)」ないとはいえ、当世においては「必用の書の如くなれり。不思議の事といふべし」と述べている。『雲上明鑑』がよく普及していたことをうかがわせると同時に、東西の本願寺の争いという文脈上で『雲上明鑑』が語られていることに注意したい。

二　地誌、京絵図類への影響

1　地誌や京絵図の表現

竹原屋はまた、三条通の小草紙屋らしく京絵図（京都の地図）や案内記を多く刊行していた。観光の助けとして、携帯に便利な小型横本の案内記や名所を列挙した一枚摺《いちまいずり》が喜ばれたから、よく売れたと推測される。もちろんこれらは、何よりの京土産ともなった。

右のような刊行物は一見とるに足らない案内記であったはずだが、西本願寺にとっては問題があった。それは、やはり東西本願寺の掲載順序であった。これらには多くの場合、観光に便利なよう、京都観光の玄関口である三条大橋に近いものから紹介されていた。三条大橋は京都の北東に位置する。京都の南西にある西本願寺は、南東にある東本願寺より三条大橋から遠かった。よって、京絵図や案内記において西本願寺は東本願寺よりも後に載せられることになってしまう。これでは観光客は東本願寺を訪れ、西本願寺にまでは足を運ばなくなる。

しかも、地誌と公家鑑は違うものであるはずが、「東本願寺」の次に「西本願寺」と記載されていれば格下に見られてしまう可能性があったらしい。左に掲げた**図7**は、『明覧大全』が刊行される四年前の天保二年（一八三一）、

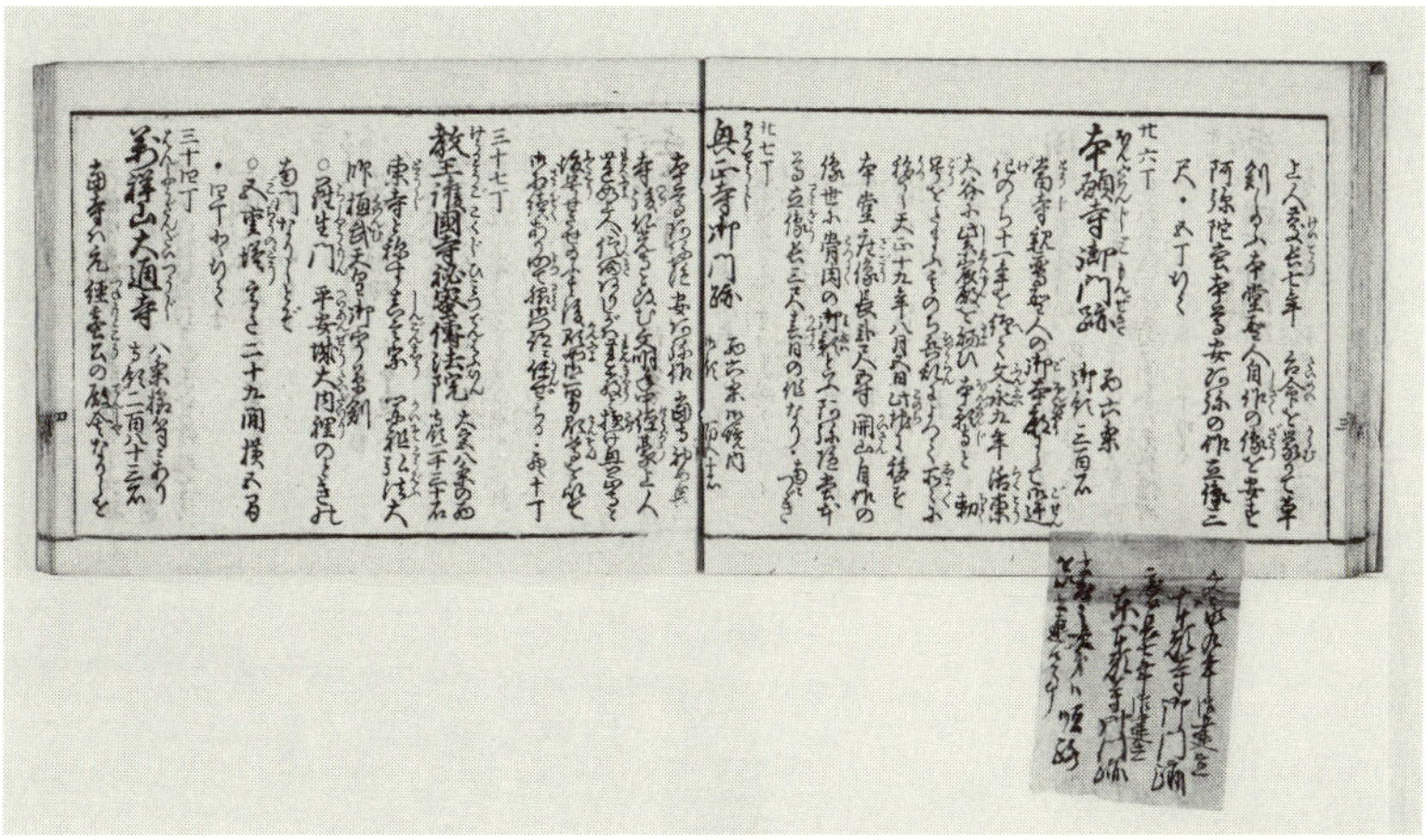

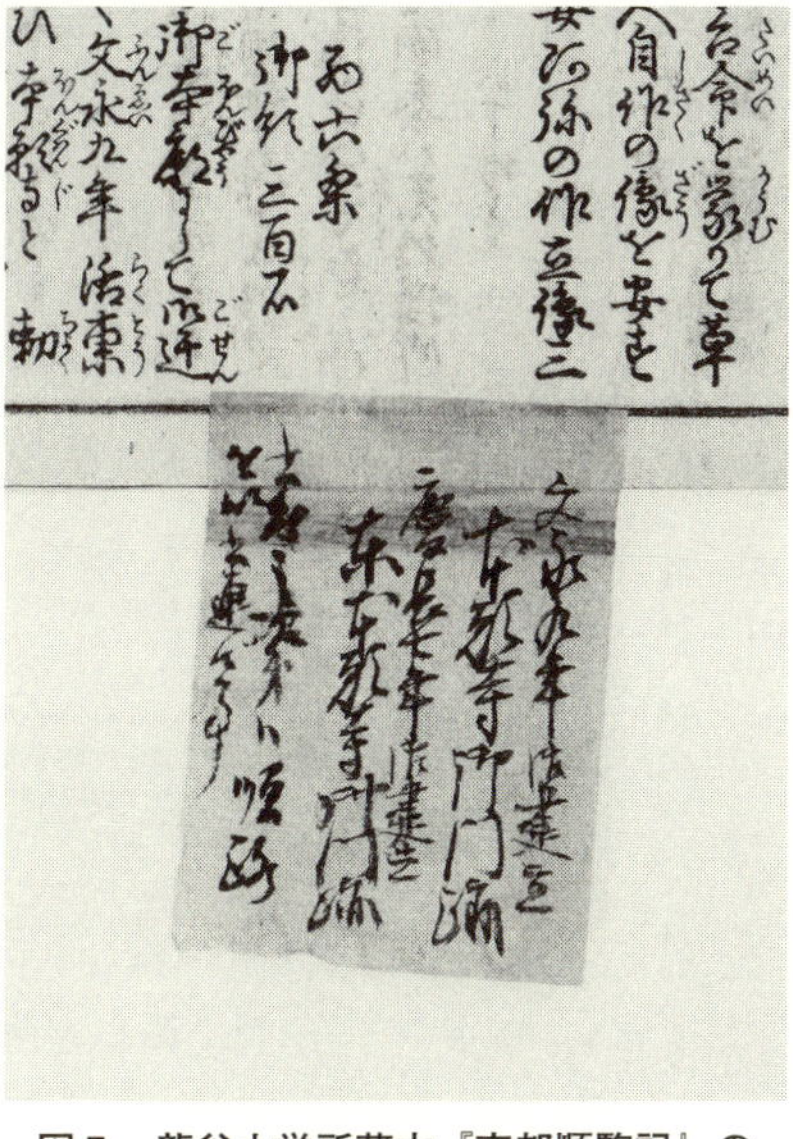

図7　龍谷大学所蔵本『京都順覧記』の西本願寺の項と付箋

竹原屋好兵衛が出した案内記『京都順覧記』（池田東籬編）で、西本願寺学林が元になった龍谷大学に所蔵されている一本である。同書はやはり三条大橋に近い順に名所を列挙しているため、東本願寺が西本願寺より先に掲出されていた。**図7**付箋部分にあるとおり、西本願寺の項「本願寺御門跡」の下に付箋が施されており、「文永九年御建立、本願寺御門跡、慶長七年御建立、東本願寺御門跡。書順の次第ハ、順路を以書連候事」とある。すなわち、西本願寺は文永九年の建立で、東本願寺の造営は江戸時代に入ってからの慶長年間であると断った後、三条大橋からの観光の「順路」に従って名前が挙げられているのであると述べている。この本が元々西本願寺あるいは学林の蔵書であるかは残念ながら不明であるものの、少なくともこの本の持ち主だった者には、こうしたことに留意し、わざわざ付箋を貼って西本願寺の優位を示そうという意志が看取される。

竹原屋が版元である京絵図や案内記には、右のような意識が非常に強く反映されている。地誌の掲載順序だけは三条大橋からの距離で決まるため変更し難かったようであるが、竹原屋が出したものすべてが西本願寺を「本願寺」として、その記述も同寺の由緒が東本願寺より古いことを述べている。より簡便な畳物の公家鑑においても同

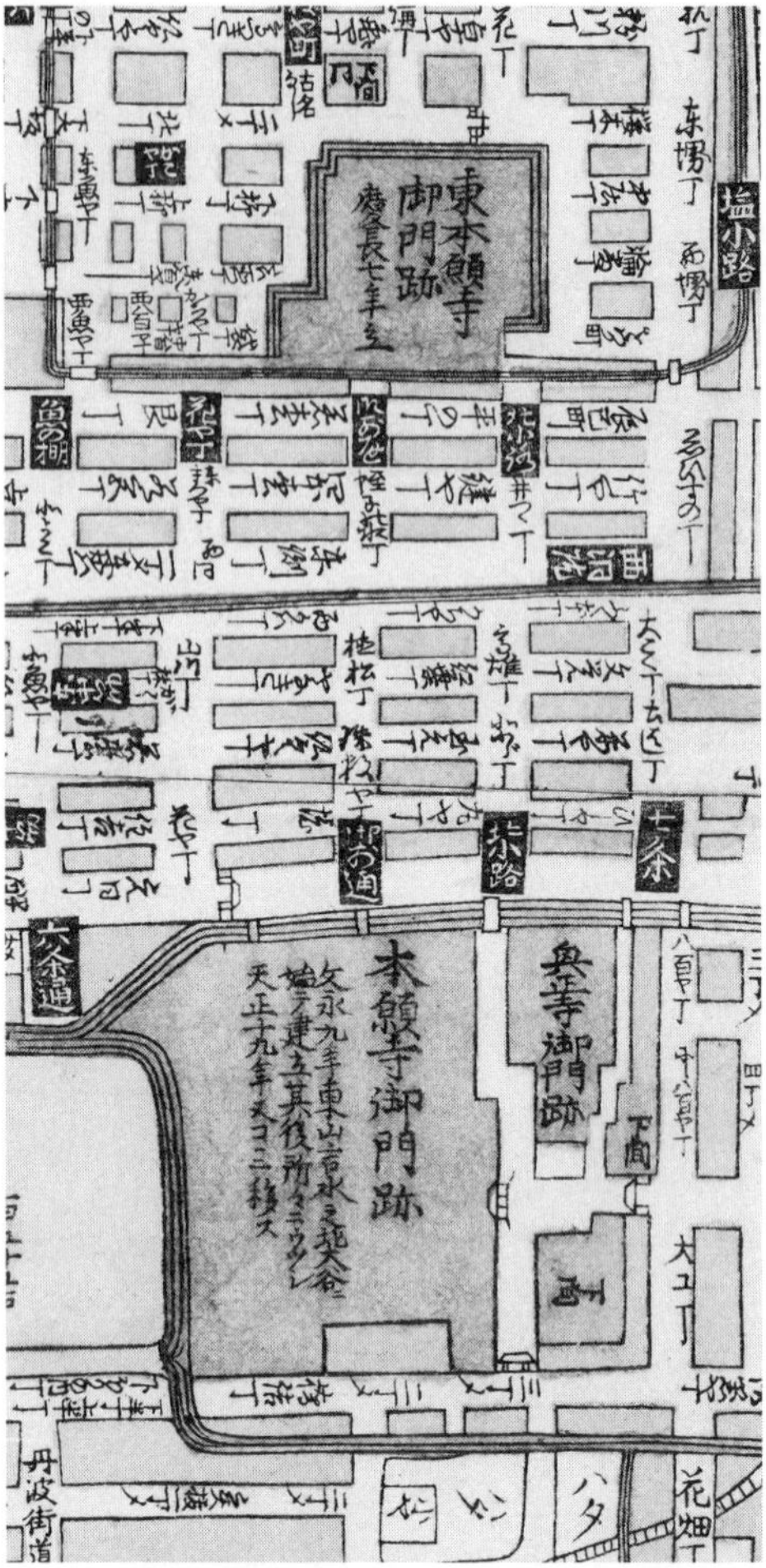

図 8　『改正京町絵図細見大成』の東西本願寺の部分

同図は幕末の京絵図として代表的なもの。実際より西本願寺の敷地が広く描かれ、その広さは東本願寺を圧倒している。

様で、西本願寺を東本願寺より優位としている。

一例を挙げると、江戸後期の京絵図として代表的なものに、竹原屋が開版した天保二年（一八三一）刊『改正京町絵図細見大成』一鋪がある。版本のうち、一枚ものの京都の地図としては最大で、多くの場合多色刷りである。この地図は『雲上明覧大全』と同じく、西本願寺は「本願寺」、東本願寺は「東本願寺」と表記されており（**図8**）、さらには西本願寺の方には「文永九年東山吉水之北大谷ニ始テ建立其後所々ニウツシ天正十九年又コ、ニ移ス」とその由来の古いことを示しているのにたいし、東本願寺には「慶長七年立」とだけある。敷地の大きさも、実際は同じであるにもかかわらず、西本願寺側を大きく見せている。また、東西本願寺がそれぞれ管轄する宗祖親鸞の廟堂を、西本願寺のものは「大谷」、東本願寺の方は「東大谷」としている。

2　西本願寺の圧力

京都の本屋仲間記録にも、公家鑑や地誌の表記を巡って西本願寺が常に警戒していたことがうかがわれる。たとえば『済帳標目』[23]の天保八年（一八三七）九月から翌九年九月までの項には、『京町小名鑑《きょうまちしょうめいかん》』（天保九年刊）という地誌と覚しき書物に関して、「西本願寺之処、西之字無之ニ付、御役所より御尋ニ付、近来西ノ字除キ候例之見合本持参ニて、御願申上候て、相済之事」とある。

また、文久元年（一八六一）七月、奉行所より本屋仲間へ『明覧大全』『万世』『雲上便覧大全』株について照会があった。仲間中は、『明覧大全』『雲上便覧大全』は西、『万世』は東の御蔵版で、仲間中には「取斗出来不申趣」、また、この三書のほかは仲間中には類版はないことなどを報告している。また別の口上書では、『明覧大全』は竹原屋が製本売捌きを行い毎年改正するもので、私たち仲間は関わらないと述べている。[24]

このように、本屋仲間記録には公家鑑、地誌や京絵図類に関して西本願寺からの圧力や、東西本願寺の順位争いに配慮した記事が幕末まで散見され、同寺への対応に苦慮したことが知られる。

一連の争いの中で、『雲上便覧大全』のごとく洗練された公家鑑を始めさまざまな地誌や京絵図類を、三条通の小草紙屋竹原屋に本を売りさばかせた西本願寺は、東本願寺よりも巧みであったと言えよう。幕末期、京都を訪れる人の数は増加し続けた。竹原屋の京絵図や地誌、一枚摺の公家鑑等を通じて多くの人々が京都を観光し、また故郷に帰ればこれらを家族友人と見ながら土産話をして楽しんだのだろうが、そこには西本願寺が見せようとした京都の姿が取り混ぜられていたのであった。

以上、公家鑑やその周辺の書物における東西本願寺の順位争いについて整理した。東西本願寺の争いは、自らが帰属する教団が優位であることを望む門末の強い要望に由来するものであるため、両本山にとって不可避であったと思われる。

幕末期、京都への人の往来が激増したことはよく知られている。その中で、公家鑑や地誌類は京都の本屋にとって格好の商品であり、営業上重要だったはずであるが、こうしたものに深く介入したのが両本山であった。教団間での軋轢が、本来は無関係であるはずの当時の出版界に決して小さくない影響を及ぼしていると言えよう。

註

（1）たとえば藤實久美子『江戸の武家名鑑』（歴史文化ライブラリー257、吉川弘文館、二〇〇八年）など。

（2）朝幕研究会編『人文叢書1』学習院大学人文学科研究所、二〇〇五年。

（3）深井雅海・藤實久美子編『近世公家名鑑編年集成』全二十六冊、柊風舎、二〇〇九年。
（4）『万世雲上明鑑』の記載情報、刊行年に関しては『国史大事典』の「雲上明鑑」の項に拠った（項目執筆者・武部敏夫）。
（5）『雲上明鑑御尋ニ付口上書』仮綴写本一冊、本願寺史料研究所所蔵。
（6）『雲上明鑑』、『万世』の東西本願寺の掲載順序については、前掲書（3）および筆者が閲覧したものから分析（筆者が閲覧した版は、宝暦八年〜十三年まで、明和六、七年、天明元年・五年・八年、寛政四年・七年・八年、十年〜十二年、享和二年、文化元年・三年・四年・八年〜十四年、文政元年〜十三年、天保元年・二年・五年・六年・八年、安政四年、文久二年）。なお、文化二年刊行の『万世雲上明鑑』は現在確認できていない。
（7）『上檀間日記』（宗学院編集部編『東本願寺史料』第一巻、名著出版、一九七三年）三五三〜三五四頁。ただし、漢字を通行のものに改めた。
（8）佐藤貴裕「近世節用集版権問題通覧―文政・天保年間―」（『岐阜大学教育学部研究報告人文学科』第四六巻第一号、一九九七年）。
（9）佐藤貴裕「近世節用集版権問題通覧」五編（いずれも『岐阜大学教育学部研究報告、人文学科』収載。「元禄・元文」編、第四四巻第一号、一九九五年、「安永・寛政」編、第四五巻第一号、一九九六年、「享和・文化」編、第四五巻第二号、一九九七年、「文政・天保」編、第四六巻第一号、一九九七年、「嘉永・明治」編、第四七巻第一号、一九九八年）。
（10）『差定帳』五番、大阪府立中之島図書館編『大坂本屋仲間記録』第八巻（清文堂出版、一九八一年）収載。ただし、合字は開き、踊り字は通行のものに改めた。
（11）同前書『差定帳』三番の七月二十七日の記事より。ただし、合字は開き、踊り字は通行のものに改めた。
（12）『雲上明鑑出版ノ事　京三条堺町西江入出雲寺文治郎』仮綴写本一冊、本願寺史料研究所所蔵。

(13) ただし、筆者が調査した文化八年版、九年版『万世雲上明鑑』はいずれも東本願寺が先になっており、実際に出版されたものは西本願寺の意向どおりにはならなかったと推測できる。
(14)「雲上明覧大全新彫ニ付書林行事引合手続書」『小本御和讃一件・真宗法要開版手続』(龍谷大学大宮図書館所蔵、請求記号 022/222/1) 収載文書。
(15) 河南四郎右衛門は明和二年開版の西本願寺の聖教叢書『真宗法要』にも関わりが深い。また、この時期には永田調兵衛と共に学林関係の著作刊行を一手に請け負っていた、西本願寺と関係の強い本屋である。
(16)『豊後国諸記』『本願寺史料集成　豊後国諸記』(上巻、同朋舎出版、一九九四年) 収載。
(17)『興復記一件』収載文書、龍谷大学大宮図書館所蔵 (請求記号 022-135-1)。当該書は、江戸後期の論難書『興復記』の出版に関する文書以外にも、西本願寺が本屋仲間と交渉を行った際の多くの文書を収録する。
(18) 同前史料には、天保三年七月に、池田左馬大秃を証人として『京雀』「三軒前之一軒前」を購入する旨の証文の写しがある。
(19) 前掲史料(17)。
(20) たとえば天保二年 (一八三一) 刊『京都順覧記』、同年刊『京都町絵図』、天保十年刊『袖中都名所記』など。
(21) 前掲史料(14)。
(22)『思の儘の記』日本随筆大成編輯部『日本随筆大成』第一期、十三巻 (新装版、吉川弘文館、一九九三年) 収載。
(23)『済帳標目』彌吉光長編『未刊史料による日本出版文化』(書誌書目シリーズ26、ゆまに書房、一九八八年) 収載。
(24) 同前書。

おわりに

本屋仲間記録の目録を見るに、西本願寺に関するものが他の寺院に比して圧倒的に多かったことが知られる。同寺の京都出版界への影響力が想像される。

同寺が、秘密裏に京都書林仲間から情報を得ていることを見れば、一部では越権行為が行われていた可能性はある。しかし、実際に出版に介入する場合、たとえ近世期屈指の大教団である西本願寺教団であっても、当時の出版制度の原則を越えることは難しかった。宗論書や学問書などを町版で刊行する場合、直接的にその出版に介入することはできず、本屋の自立的出版は一応は守られていたのである。それでも、必要に迫られれば本山として何らかの情報統制を行わねばならないため、三業惑乱後には教団内部の著作へ統制をかけている。

寺内町の御用書林の永田調兵衛には、出版に関するトラブルを解決させたり、交渉をさせるなど柔軟な対応を行わせており、教団にとっては一定の重要性を持っていた。永田調兵衛は京都の老舗であったが、天明年間ごろ、寺内町に越してきた本屋であった。江戸中後期、多くの物の本屋が岐路に立たされる中で、寺内町での経営はそれ以前からの大きな変化を迫られるものではなかった。寺内町で永田は参拝者向けの本を取り揃えていたと考えられ、書林講を作って町内の書籍流通をも掌握したことにより経営の安定を得た上、老舗の格式も保たれた。ただし、興正寺との『真宗法彙』出版問題に直接関与しながら、何ら処分もないことなどから、本山として御用書林の忠誠を期待することは少なかったと言えよう。永田も専ら自らの利益を追求し、知恩院など他の寺院の御用も務めるなど、本山と本屋はお互いに外的な存在であった。こうしたことは、近世初期に開版資本が本屋に移って以降、教団と出版界がそれぞれ自律的存在であることを示していよう。その上で、一定の協働関係を築いているのである。

次に、町版と本山の御蔵版本のうち、主に勤行本を考察し、町版と本山版の関係性について探った。『浄土三部経』の出版においては、複数の宗派が用いる経典であり、かつ近世には一般信徒にも普及した書物であるが故に莫大な需要があった。多くの町版が成立していたが、それらは書型や行数、訓点の有無といった様式ごとに成立していた。だが、糊装という、技術が必要な装訂であったこと、また近世以前より連綿と版行が続けられてきたことから、その板株は経師という、本屋とは系統の異なる職人によって掌握されていた。京都の出版界は本屋だけで構成されていたわけではなく、少なくとも量的には彼ら経師が大きな一角を担っていたのである。長い伝統として、書物は読むためだけにあるのではなく、奉納を目的としたものや、調度品として置いておくだけで信仰の世界と結ばれるものがある。そういった書物が連綿と生産され続けていたのが近世であった。仏書の歴史の長さ、姿の多様さ故に、経師は京都の出版界にあって、厳然と存在感を保ち続けたのである。

さて、西本願寺の読み方を付した『三部経』としては、若霖校訂本、玄智校訂本、御蔵板本が確認できるが、いずれも経師に関係した板株を用いて開版されている。特に玄智校訂本は知恩院の義山版の元になった板株を用いており、当時それを所持していた経師との相版で開版したこと、文化八年に御蔵版として板木が本山に献上されて以降も、玄智が住職を務めた慶証寺には板賃が入り続けていた可能性を示した。なお、若霖校訂本、玄智校訂本は町版として流通していたようで、御蔵版本となってからも町版に近い弘通であった。

一方、『正信偈和讃』にも夥しい数の町版があり、門末の細かいニーズによく応えていた。本山も中世より版本での弘通を行っており、その意味では板株を持っていたと言えるものの、あまりに様式ごとに板株が細分化されていたために、片仮名でルビを付けるだけでも民間から片仮名ルビ付きの板株を献上させる必要があった。本山版に比して圧倒的に発達し細分化した町版との折り合いなくしては、本山は片仮名でルビを施すといった細かな様式の変更さえ困難であった。それは、近世の教団と当時の出版文化がいかに補完し合っていたかの証左でもある。教団は、教学の伸展のみならず、門末の信仰の面でも、町版によく支えられていた。

ただし、あらゆる仏書が売れたであろう近世前期に比べれば、第二部で触れた御蔵版本と合わせ、教団が生む書物需要の恩恵を受ける出版業者は限定的になっている。経師は常に経典を出版して安定していたと思われるが、御蔵版本や宗論書の管理は御用書林をはじめとした一握りの本屋が任っている。近世前期の爆発的な仏書需要が収束に向かう中、寺内町に移り、東西本願寺教団のニーズを着実に我が物とした永田や丁子屋は近世を乗り切った。

一方で、公家鑑における東西本願寺の掲載順序に関しての争いの元が門末にあることを指摘し、門末の突き上げがついに本山をして公家鑑の定期刊行にまで至らしめている点を明らかにした。公家鑑という、仏書とはおよそ無関係の書物で自らが所属する教団の地位を確認し、門末が本山を動かしている。情報管理という面で、本山が対応せざるを得なかった例のひとつであるが、それが仏書ではない外部の書物に絡んで起こっている点と、序列を強く意識する江戸時代の価値観を強く反映している故に起こされた事件であったことは注目に値しよう。それは地誌や地図にも反映され、影響は一般の観光客にも及んだし、幕末の京都出版界へも圧力となったと想像される。幕末に至っても、教団の出版問題が出版界へ波及していたのである。

終　章　文化史研究の可能性

第一節　総　括

本書で紹介できたのは、今日伝存する大量の仏書のごくわずかな事例であり、近世期を通じて作られた仏書の総量を考えれば多少の問題提起をしたに過ぎない。それでも近世期の仏書についていくつかの成果を得た。ここでは、これまで本書で明らかにしてきた事柄について要旨を述べ、総括としたい。

まず**第一部第一章**では、仏教伝来以来、仏教寺院がよく書物を収集していたことを述べた。しかし、一方で自らの資による開版では限界があったことも指摘した。具体的には、記録上最古の印刷物とされている「百万塔陀羅尼」の時代から江戸時代に至るまでの版本仏書の変遷を追い、印刷事業は開版資金が莫大で、五山の高僧であっても勧進を前提とする開版活動しか行えず、多種多様な本を大量に作り出すことは不可能であった。それは、近世期の出版文化による町版仏書の出現によって初めて可能となる。開版資金の負担が仏教から離れ、本屋という、需要に応じて書物を生産、流通させる商人へ移ることが、仏教各派にとっても近世出版文化にとっても画期となるという見方を示した。

ことに、西本願寺教団では、近世初期に宗主が開版した古活字版『浄土文類聚鈔』や寺内版といった教団内部での印刷事業は忘却・放棄され、町版への転換が積極的に行われた。西本願寺にとって古活字版は一種の宝物であって、必ずしも使用のために作られてはいなかった。教団を変える力を持っていたのは金銭で購える、木版印刷による町版であった。

聖教の数は多くても、近世まで一部の勤行本を除いて開版の例がなかった浄土真宗の書物事情は、近世出版制度の影響を全面的に受けることとなった。この宗派の出版物との関わりを考察することは、近世の出版文化の諸相を見ることでもあると思う。

第二章では、近世期の出版文化が町版の仏書需要と共に発展していく中で、町版仏書が需要しだいで大きく変化し、広範囲に流通するようになった、その変化について概略を述べた。仏書も商品のひとつとなった結果、通俗化するなど多様化したのだった。

その一例として、門末教化のための説教が盛んに行われたことを背景として生まれた勧化本を採り上げた。勧化本は説教および説教の史料やそれに付随した本であるが、こうした本が教団の情報流通を円滑にし、教団内に共通の認識を獲得させた例として、『興御書』の享受について紹介し、偽書であっても盛んな注釈書や勧化本の開版により、聖教であることが教団の共通認識になっていったことを述べた。

一方で、それまで書物とは無縁であった門徒なども勤行本を家に備え、知りたい情報を主体的に獲得することも可能となった。本山の高僧らのあずかり知らぬところで、意外な聖教の注釈書が刊行されて人気を博した例として『御文』の近世的な側面に注目した。

『御文』は門末に最も親しまれた勤行本のひとつであったが、本山が下付する免物だけでは需要を賄いきれず、夥しい偽版が横行するほどに、門末に浸透していた。しかしながら、中央の学僧などによる『御文』研究は振るわず、江戸中期まで注釈書が世に行われることはほとんどなかった。こうした中、門末が『御文』に関する知識を欲した結果、江戸中後期には町版の注釈書が作られ、学僧らの強い批判にもかかわらず、本屋らは需要を見込んで一気に売り捌いた。これを契機として、江戸後期からは名だたる学僧らがこれを注釈するようになった。

すなわち、教団下層部は上層部からの情報をただ享受していただけでなく、主体的に要求する場合があったこと、その要求に本山が応える必要性を感じなくとも、町版が行ってしまうこと、そしてそれ故に本山の学僧の注釈が始まることを示し、門末の要求が町版によって中央に影響することを明らかにした。大量の勤行本、高僧の学術書、通俗的な勧化本はそれぞれ個別的に存在しているのではなく、お互いに影響を与え合っている。

さらに、真宗佛光寺派の僧南溟の勧化本の和歌に注目し、勧化本が文学や絵本など他のジャンルとも関係することを示し、出版文化を背景に、豊かな仏教享受をもたらしたことを述べた。

総じて、仏書が町版として普及することにより、教団にあっては上層から下層までの通路が広かれ、また文化的にも、仏教と文学などジャンルを越えて影響し合うようになる。町版仏書による知識の流れは、一方通行ではなく広範な循環構造も取り得ていた。

第二部では、一見本屋を中心とした出版文化から独立したように見える、西本願寺独自の聖教出版である「御蔵版」に注目した。

まず**第一章**では、独自の教学確立を目指した学林の充実は、町版への批判を惹起し、江戸中後期の明和年間、正しい聖教を示すべく本山をして新しい聖教叢書『真宗法要』を開版せしめた。ただし、近世の出版制度においては重版と見なされたため、開版への道のりは困難であった。五年の月日を費やして交渉した結果、実質的には先に聖教の板株を所持していた本屋に留板を渡すという形になったが、表向きは奉行所が本屋に代わって留板を預かるということで落着した。近世中後期にあっては、大教団といえどすでに確立された板株を侵害することは不可能であった。

明和二年（一七六五）に開版された『真宗法要』は、本の格として最高位である聖教という内容、大本という書型、権威的な編集と版面を具備していた。中世以来の本寺権の復活を目指したものともとれるが、近世的身分社会においてできるかぎりそれに沿う姿が選択されており、板株の原則に則って開版されているということも合わせれば、これも近世仏書のひとつであると言えよう。格付けによって秩序が保たれる近世の社会においては、格の高さ、権威こそが統治の根本となる。教団内で異安心事件が深刻化していた当時にあって、本山こそ聖教を掌握する唯一の存在であることが誇示されている。『真宗法要』開版は学問新興に資するところ大であったが、同時に、近世的身分社会を前提とした、書物を通じた本山の教団統治なのであった。

続く**第二章**では、『真宗法要』以後、一七〇〇年代後半にはさらにいくつかの聖教が御蔵版となったが、その経緯や理由について明らかにした。西本願寺による『真宗法要』開版により聖教蔵版が本山たる証として認識された結果、独立を目指す末寺を刺激することになってしまった。すなわち、独立志向の強い末寺興正寺にとって、聖教開版は達成すべき目標となった。本屋らは、真宗聖教の板株のいくつかを売却しようとしたが、これを購入しようとする興正寺の行動を阻止するため、西本願寺はそれらの板株を購入し御蔵版とした。この時期の西本願寺の御蔵版の充実は、必ずしも学問の発展や本山の権威化を希求したものではなく、こうした末寺の行動を防ぐ結果として形成された側面が大きい。あくまで末寺の蔵版を阻止する目的であったから、本文の校訂などは二の次とされている。

ただし、聖教のひとつ祖師伝『御伝鈔』は校訂されている。校訂は真宗屈指の宗史家で碩学の僧玄智が行った。玄智は他にもいくつかの聖教を校訂し、新しい真名聖教集『真宗法彙』をも開版するに至った。しかし、この本の板株は後に興正寺の宗主に近い学僧の手に渡り、興正寺はこれを仮名聖教集に作り替えて再版、しかも西本願寺寺内の本屋によって印刷製本されてしまう。こうして、興正寺は仮名聖教集という点では『真宗法要』と同じ聖教集の『〔和語〕真宗法彙』開版を達成し、玄智は本山の怒りを買うこととなった。

第三章では、一八〇〇年代に入り、東西本願寺の御蔵版本の開版争いが激化したこと、また、おそらく採算性の問題から門末に受け入れられるものでなければならないこと、が圧力となって、本来の近世的な書物の格を逸脱した御蔵版本の開版が連続したことを述べた。

まず東本願寺教団で好評の本であれば、西本願寺はたとえ聖教ではない参考書であっても似た本を開版したことを紹介した。次に、東本願寺も自らの檀林である学寮の隆盛を背景に、『真宗法要』と同内容の『真宗仮名聖教』を開版した。しかし、大本の『真宗法要』とは大きく異なり、これは半紙本であった。さらに、三業惑乱以後、本山や宗主の権威を再構築する際に、御蔵版本を宗主の権威において下付するものと位置づけているにもかかわらず、門末のニーズに沿うために、頂点であることを示すため格の表現であった従来の本の姿を崩して、より簡便な形に変えているものがあることを述べた。

この他、安芸の学僧悟澄の私版であった小型の『教行信証』が普及していることに目を付けた西本願寺は、偽版として摘発後すぐに御蔵版本として小型本を作製した。このことを皮切りに、同寺は『真宗法要』の小型化を計画したり、『六要鈔』を中本で開版したりした。これらは東本願寺との激しい競合で生まれたものであり、同時に地方の私塾で学ぶ事が多くなった学僧のニーズに応えたものであった。

やがて、近代になると御蔵版本を本屋が出版するようになる。この際、御蔵版本は銅版印刷技術によってさらにコンパクトになり、郵送で購入者へと届けられるようにもなった。身分社会を前提とした近世の木版による出版制度が崩壊したことにより、格付けから解き放たれた聖教は縮刷の一途をたどっていった。『真宗仮名聖教』や悟澄本にはじまる、時代の要請ともいえるこれらの縮刷版は、近世後期から近代へと、知のあり方が連続している可能性を示している。

今日も御蔵版本は宗内では尊崇されている。しかし、一口に御蔵版本といっても、個々に成立事情があるのだった。これら御蔵版本の変遷は、その時々の教団の事情を強く表していることはもちろん、教団の大きさ、全国的に末寺や門徒がいることを考えれば、近世の文化や社会の様相も映しているかも知れない。

第三部では、西本願寺と町版および出版業者との関係を取り上げている。

第一章では、まず本屋仲間記録のうち、同寺関係の量が突出して大きいことを挙げ、京都本屋仲間にとって西本願寺は最も配慮すべき相手であったことを示した。しかしながら、日々伸展する教学において、学説の発表やその批判書の出版は本屋の領分であり、そこへの直接介入は不可能であったことを確認した。ただし江戸後期における教団内部への出版統制はかなり厳しいものであった。

こうした西本願寺に直接関わった寺内町の本屋たちは、一方で本山への奉仕を行うものの、極めて自律的に行動していた。御用書林といえど彼らはあくまでその時々の自らの利益や所持している板株に従って行動しており、本山も彼らを外的存在とし、忠誠を求めてはいない。

第二章では、町版の多い勤行本の御蔵版について取り扱った。まず真宗依用の経典『浄土三部経』であるが、近世期非常に普及した書物であったため、その板株は書型や行数、ルビの有無など様式によって細かく分かたれ、夥しい数の板株が存在した。しかもそれらはしばしば糊付や印刷に技術が必要な装訂であったため、一般の本屋は介入しにくく、その多くは職人である経師が所持していた。つまり、『三部経』や『正信偈和讃』など装訂が巻子装や折本装、綴葉装の背を布で包んだ包背装にしたてたものなど、袋綴装以外を採ることが多い勤行本では、門徒の日々の宗教生活に深く関わる書物であるにもかかわらず、西本願寺はおろか、一般の本屋の支配も及ばないかたちで多くの町版が刊行されていたのである。

このような状況の中で、慶証寺玄智が校訂した『三部経』が御蔵版本となるが、これは知恩院蔵版の義山版の株を元に開版されたものであった。無数にある町版『三部経』の板株の中からひとつを選んで購入するにあたって、西本願寺が用いるにふさわしい読みを施すためには、よく整備された義山版がふさわしかったと想像される。ただし、享保年間の若霖校訂本から文化年間以降の御蔵版本に至るまで町版として売られており、本山の免物としての弘通ではなかった。御蔵版となってからも、慶証寺に板木が置かれていて、板賃が同寺へ払われていた形跡がある。弘通も通常の免物とは異なり、より簡便な本屋取次であった。

『正信偈和讃』も『三部経』同様、町版が夥しい数に上った勤行本である。ただし、こちらは真宗固有の聖教で、かつ門徒も唱和するものであった。本山版は幕末期まで音読用のルビや節付けが無かったため、町版にはその不便を補う本があふれていた。幕末になり本山が片仮名でルビを付けたものを弘通する際には、町版から株を献上させている。本山が弘通する免物であっても、先行する町版をさしおいて自由に形式を変更することは不可能であった。

第三章では、真宗仏書とは全く無縁の公家鑑を執拗に蔵版し逐次刊行しようとした例を挙げている。これは門末の要望に突き動かされて行った出版である。公家鑑が近世的な序列を示す書物であったため、東本願寺より優位に格付けされることを望んだ門末からの強い突き上げがあり、東本願寺との対立を招くこととなった。文政年間、公家鑑の刊行を行ってきた書林出雲寺文治郎や大坂の節用集の版元らを挟んで、両者は熾烈な争いを繰り広げた。東本願寺の勝利で終わるものの、西本願寺は諦めることなく、公家鑑開版に必要な株を集めて独自の公家鑑を逐次刊行した。東本願寺も公家鑑を刊行し続け、両者の応酬が続いた。影響は公家鑑だけに留まらず、幕末の地誌類にまで及んだ。

たとえ本山と言えど、門末の強い意向を避けては通れず、結果公家鑑という伝統ある町版が大寺院に蔵版され刊行されるようになったことを明らかにした。同じ宗の違う派である東西本願寺は京都にあって隣接しており、その序列が上であることが教団維持にとってどれほど切実であったかの証左である。一方で、一連の公家鑑や地誌刊行は、近世後期から幕末に至っても、西本願寺の圧力が本屋仲間に及んでいたことを示している。

以上見てきたように、中世から近世に入ると、自律的に活動する本屋が生み出す町版仏書が伸展し、近世中後期にはそれに対抗する形での西本願寺の出版、すなわち御蔵版が出現した。しかし、これをきっかけとして、同寺は他寺院と聖教蔵版の応酬を繰り広げたのだった。さらには、勧行本や仏書以外の本に関して門末の突き上げにも対処しなければならなかった。当時の教団や社会の状況からの影響を強く受けながら、おおむね近世の出版制度に則り、またそれ故に多様で時にダイナミックに展開した。これらはよく知られた聖教や雑多な勧化本など、内容としてはありふれた本ばかりだが、その背景には当時の教団が置かれた社会との関係が強く出ていることがわかる。

第二節　文化史としての仏書

一　仏書版本の発達と近世社会

出版資本金が本屋の負担となって以降、町版を中心とする出版文化を利用して、西本願寺教団は大いに発展した。仏書が商品となったからこそ、中世にはなかった庶民向けの読み物のようなものまで幅広く出版されたのである。仏書とジャンルや格の異なる本がお互いに影響し合い、より豊かなものとなっている。社会と書物は密接であり、そのような中で仏書は発展し、信仰のみならず民衆の娯楽や学びにまで深く浸透したのだった。(1) 文字が読めない人でも勧化本に基づく説教を聴く機会はある。仏書の普及に伴い、広範な読者共同体が形成された。人々が多くの情報に繰り返し触れる機会が作られ、教団全体に共通の認識や教養が育まれている。

ただし、近世期の出版文化において発達したゆえに、仏書は近世社会の影響を強く受けることとなった。近世社会という、目に見える形で逐一格を持たせる社会の中で、教団が接するさまざまな仏書にも一定の格付けができた。すなわち、教団の頂点たる本山は、本の格として頂点に位置する聖教を校訂したり編纂して弘通する。中層部に檀林の高僧から一般の学僧までを想定するならば、彼らは教育者であり、また教学研究を行う学者であるから、学問書を刊行したり、あるいはそれを享受した。下層部の主たる構成員は末寺の僧侶や一般門徒であろうが、末寺は民衆教化のために勧化本を盛んに利用した。門徒らは、自家の仏壇に勤行本を備え、僧侶の説教を信仰としてはもちろん、娯楽や学びの場としても享受した。勧化本に収載される話柄は彼ら聴衆によって取捨選択されていたとも言えよう。時には僧侶以外が作者となることさえあり、人々の読み物としても大いに刊行された。学問書と重なることが少なくないが、やはり純然たる学問書よりは地位が低い傾向がある。

もちろん、『真宗法要典拠』のように本山が学問書を発行することもあったし、学僧らが勧化本を出すことも多かったので、厳密な区分ではない。また上層部・中層部・下層部と言ってもそれぞれに広い幅があり、その境目も時代によって一定でないものと思う。

幕末ごろには御蔵版にも身分的絶対性の切り崩しが見られ、明治に入ると、文庫に納め何世代も受け継ぐ本というよりは個人を的にした商品という方向へとその変化が加速している。これもまた、社会の影響を受けていると考えられる。

これまで寺院の出版への影響は、江戸初期までに留まると考えられてきた。しかし、上記のような状況を考えれば、少なくとも西本願寺教団を見るかぎり、近世期全体を通じて仏書隆盛の時代だったと言えよう。しかもそれらの仏書は社会と密接であった。

二　課題と展望

1　個々の問題について

さて、上記のような成果を踏まえ、仏書をテーマにした書物研究がより有効なものとなるための課題や、今後の展望を示したい。ここではまず、個々の章についての課題と展望を述べ、次に全体のそれへと進める。

図1
『法華私記縁起』
（龍谷大学蔵）

図2
『法華私記縁起』
（京都大学蔵）

図3
『法華私記縁起』
（早稲田大学蔵）

図4
『法華玄義序』
（国立国会図書館蔵）

第一部　新しい仏書

第一章　出版資本と仏教

仏教がその伝来以来、常に書物を必要としていたこと、近世期に入って各教団が新体制へと再編されていく中で、大量の書物需要を生み、仏教から開版資本が分離し本屋が誕生したことで、市場が生まれ、自律的な出版、すなわち町版が発達したことを示した。しかし、紙幅が限られているために、その過程の説明があまりにも粗雑なものとなってしまった。今後は近世期の出版文化を見据えた、近世以前の仏書についてのより綿密な考察が必要であろう。仏書は全時代に豊富に存在するので、その量の多さゆえに現在では敬遠される向きもあるが、たとえば表紙の有無や装訂が糊装か糸綴じかなど書誌学的な着眼点を得れば、書物研究に関する最も豊かな資料群ということになる。道のりは極めて長いと言わざるを得ないが、中世から近世、近世から近代、現代への本のあり様が鮮明に浮かび上がってくるはずである。

中世の寺院版から近世の町版仏書への過渡期の本の例として古活字版『浄土文類聚鈔』について採り上げたが、同書が印刷された近世前期、奈良時代から蓄積されてきた書物は宝物、文化財として扱われるようになった。同書もいわば宗主が下付する宝物であり、普及を目的としない仏書であった。近代まで忘却されており、少なくとも現代までは何ら影響を残さなかったが、それ故に同書は意義深い。他宗でも同時期多くの古活字版が出されているが、それらは後世に影響を与えたものも多く、宗派ごとの違いがある可能性を示しているからである。

一例を挙げると、日蓮宗の古活字版『法華《ほっけ》私《し》記《き》縁起《えんぎ》』折本一帖は、文禄四年（一五九四）に本国寺から百部印刷されたことが知られるが、龍谷大学、京都大学、早稲田大学、国立国会図書館の四本（**図1、2、3、4**）を見るに、すべて表紙に手書きで「法華《ほっけ》玄義《げんぎ》序《じょ》」と書かれている。これらは全て筆跡が一致する。内題が「法華私記縁起」であるのに、わざわざ同じ筆跡で外題に「法華玄義序」と手書きしていることからも、同じ人物、おそらくは**図5**にあるように同書を寄進した本国寺一輪房日保《いちりんぼうにっぽ》の手であると思われる。そして、いずれも送り仮名や訓点が書き込まれており、奉納品や貴重な下付物としては扱われず、実用に供されたことが知られる。私的に作られほとんど流布しなかった古活字版『浄土文類聚鈔』とは全く違っており、近世初期において日蓮宗と浄土真宗では自ら行った出版物、あるいは出版への認識について、相当の違いがあることが想定される。

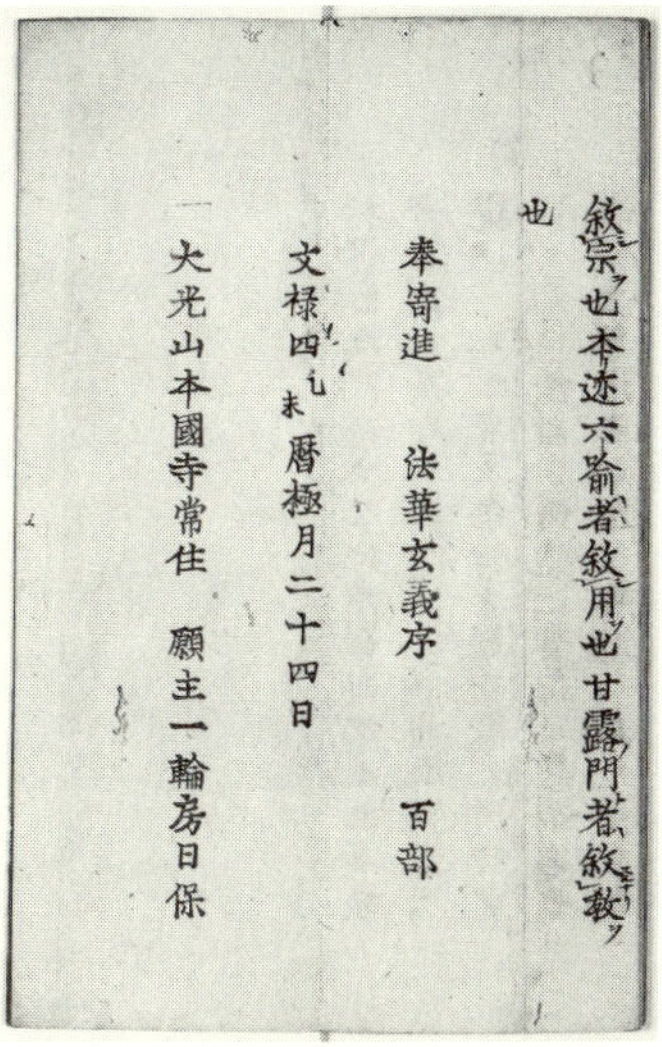
敘宗也本迹六喩者敘用也甘露門者敘教也

奉寄進　法華玄義序　百部

文禄四乙未暦極月二十四日

一大光山本國寺常住　願主一輪房日保

図5　『法華私記縁起』の刊記

本国寺の日保が百部制作したことが知られる。

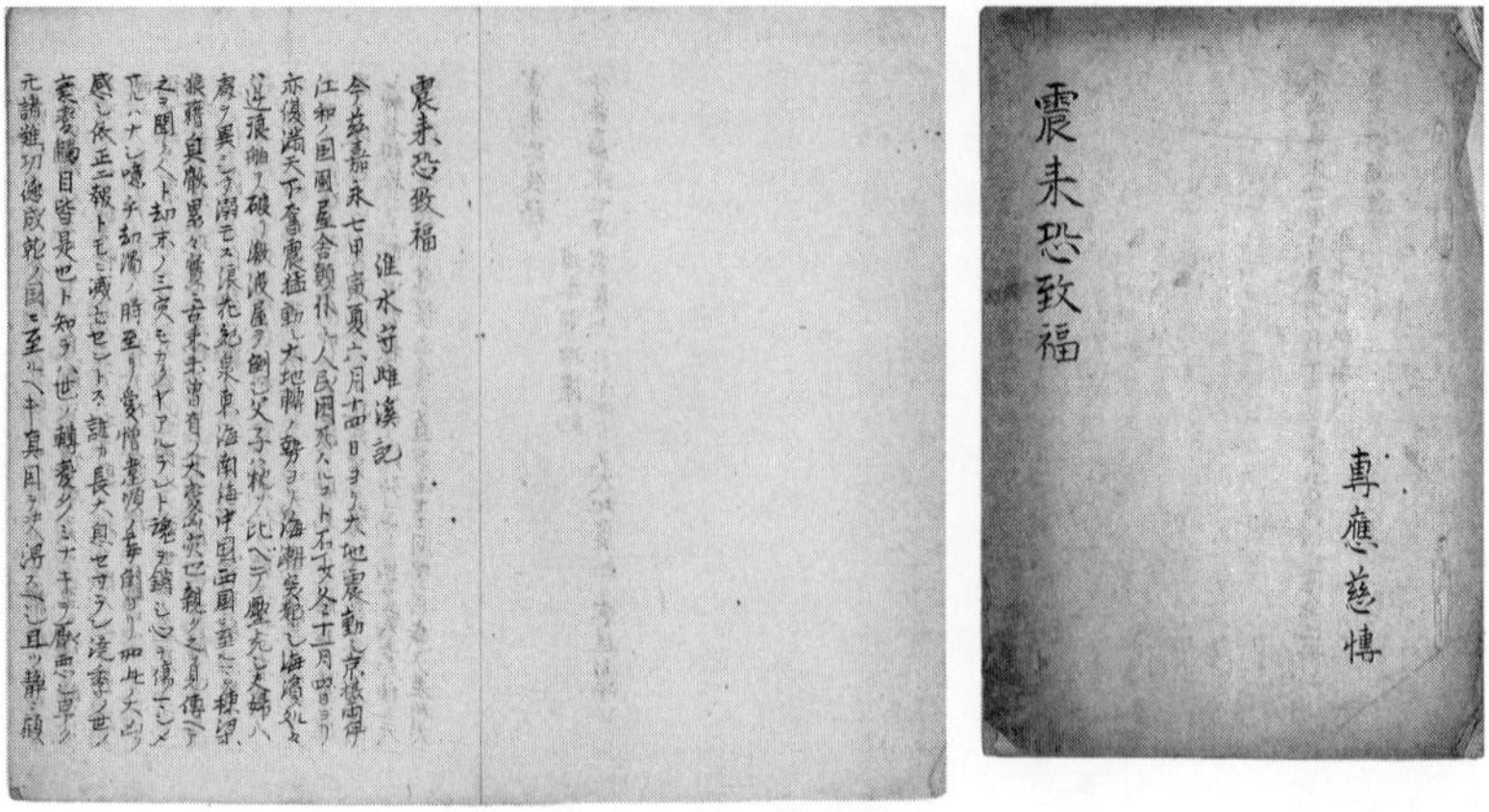

図6　『震来恐致福』

嘉永7年6月15日に、現在の三重県を中心に発生した大地震を題材とした写本の勧化本。当時の生々しい記録を伝えている。

各宗各派ごとに古活字版を実用のものとしたかどうかを整理し、町版への依存がどれほど積極的に行われたのかを考察するべきであろう。そうすることで、各宗各派の採った教学研究や教化の違いが明確となり、さらなる研究に繋がると予想できる。

第二章　新しい仏書の展開

浄土真宗の版本に関する研究は、浄土真宗内で多くの蓄積がある。先の古活字版『浄土文類聚鈔』と同様、本の姿と向き合う視点に不満の感じられるものが散見される一方で、書誌学や出版文化を踏まえた労作も多い。すでに宮崎圓遵や禿氏祐祥、佐々木求巳らの優れた業績[2]をはじめ、多くの論文がある。とくに佐々木求巳編『真宗典籍刊行史稿』は、真宗関係の仏書の版本について、文明五年（一四七三）より慶応四年（一八六七）まで刊年ごとに列挙し、簡便な書誌を付けている。こうした研究が備わっていることからも、とくに真宗関係の書物では、書誌学的な研究を行いやすい環境であると言える。仏書こそ全時代に豊富に存在する書物である。こうした成果を今後さらに発展させたり、より積極的に利用するべきである。

勧化本の研究も、それが日本中で行われた説教から生まれたもの、すなわち多くの人が通い、作り上げた知の通路であることを踏まえれば、再評価しなければならない書物群であろう。変化に富んでいる実態に比して、研究例はまだまだ少ない。

さらに問題なのは、勧化本は本屋の手になる版本の他に、少なからず写本が存在していることである。それらは本屋が注文を受けて作成したものや、説教を行う僧侶が個人的に作製したものである。一例として挙げれば、京都専應寺所蔵『震来恐致福』仮綴写本一冊も、個人が作製した勧化本である（図6）。嘉永年間に起こった地震を勧化唱導に織り込んだもので、自身も、また聴衆も実際に体験した事件を巧みに説教に採り入れている。こうした本は当時の実情を知るこの上ない資料であるが、本書では全く扱わなかった。南溟の文事についても、後水尾院と佛光寺の関係が深いことから、彼が佛光寺派であることをより考慮した考察が必要と思う。

『御文』の出版についても、諸本の抜本的な書誌調査が必要であるが、本書では行えなかった。大量に流布した偽版についてもやはり調査できておらず、問題として残されたままになった。さらに、本書で採り上げた『御文章之定』には、弘通の形態などに言及した箇所や、取次の者、製作の者、紙を調達する者などについて金銭のやりとりに問題があったことなどがうかがわれる。書誌調査、偽版の実態や弘通の具体的な過程の解明など課題が山積しており、このように『御文』研究はまだ入口にさえ立っていない。

全体として、勤行本や高僧の学術書、勧化本などは孤立して存在しているのではなく、ニーズ次第でお互いに影響し合っている。これら仏書は人々のニーズの合わせ時代の移り変わりと共に変化しており、決して一様なものばかりではない（もちろん、折本装の経典など一貫してほとんど変化しないものがあるという事実も重要である）。この関係性の解明や時代ごとの変化を明らかにすることは、仏教研究と言うよりも出版学や書物研究に大きく寄与すると思われる。これらはこれからの課題である。多くの研究成果が俟たれる。

第二部　聖教の板株を巡って――西本願寺御蔵版――

第一章　本山による聖教開版の機運、第二章　寺院間の聖教蔵版争い

西本願寺の御蔵版について、かなりの整理が行えたと思う。明和二年（一七六五）刊『真宗法要』に始まる西本願寺の御蔵版は、少なくとも一八〇〇年代に入るまでは、江戸時代という時代の影響を極めて強く受けている。こうした実態をさらに鮮明にすべく、板賃の妥当性や下付の方法を突き詰めていくべきである。

また、『御伝鈔』にせよ『真宗法彙』にせよ、玄智は聖教を校訂すべき対象にしているが、これにたいして本山は、書物の頂点である聖教はとにかく本山が管理すべきであると考えている。末寺の聖教蔵版を阻止するためである。両者は聖教の蔵版という目的は同じだが、聖教に向けられる認識には違いが見られるのである。こうした認識のズレが、聖教の板株を巡って争いが繰り返されていた中で、あえて新規に作られた聖教集である『真宗法彙』に関する出版トラブルを招いた可能性もある。よって、今後こうした聖教、すなわち最も格の高い書物への認識について、考察が進むことが望ましい。玄智の興正寺大麟との交流や、彼自身の教学との関わりを踏まえた教学上からの研究も不可欠であろう。

また、東本願寺はもちろん、佛光寺など真宗他派にも御蔵版はある。当然ながら、これらの解明も避けて通れない。さらには、一連の日蓮宗関係書籍を手がけた村上勘兵衛の活動や、元禄年間に開版された義山版に代表される知恩院版との違いを探ることは、極めて重要な課題と言える。本書で明らかになったことを考えれば、西本願寺をはじめとする真宗各派の行った御蔵版は、近世期、京都の出版界を特徴付ける要素であるばかりでなく、仏教と近

世の出版文化の諸相を探り、近世の仏教、あるいは近世の文化史を問う糸口になると考えるからである。

第三章　縮刷版の流行

御蔵版の嚆矢『真宗法要』には、教団の頂点である本山こそ本として最高の格を持つ聖教の管理者であるとの認識が強かった。しかし、それ以降は聖教ではなく学問書が御蔵版となったり、本の格付けとしては草双紙などと同等の小型本の御蔵版の流行が見られた。特に悟澄本は、本山によって偽版とされたものの、書物に付与される物の本としての社会的な位置付けを振り捨て、利便性を採った例であり、主体的に新しい本を生み出したと言えよう。これは一種の文化的契機を示している可能性がある。今後はこうした変化が他にも起こっていないか、書物全体の傾向にも目を配りつつ、さらなる調査が必要である。加えて、御蔵版本が明治期に町版となる過程や動機の解明も行わねばならない。

近世後期に始まる縮刷版の重視、近代に入ってのさらなる流行は、仏書以外にも見られる。漢籍の四書五経が師匠無しでも学べると謳う『経典余師』の中に中本がある事例の分析などは(3)、その好例であろう。こうした事例を集め、幕末から明治にかけて、社会に何が起こっていたのかを書物から探ることは、成果の大きいことと予測する。また、御蔵版本は本山の免物であるにもかかわらず、『浄土三部経』などについては「本屋取次」という流布形態を採っている。下付の具体的な方法や手続きはほとんど明らかにできなかった。また、受け取った側はそれをどのように使用あるいは保存していったのかについても考察不足であった。さらなる書誌調査や、各種史料にあたることが必要である。

なお、書誌調査の際には、書物の使用感や修理の有無などに十分留意しなければならない。仏書は最も多く作られ、最もよく残っている書物であるから、実際に身近に置いておくことは簡単である。特に、近世後期に発達した真宗の私塾は多くの写本を含んだ蔵書を持つが、こうした写本は個人のノートという意味合いが強く当時から多く作られたため、伝来する量も多い。まず調査についての共通認識や形成や一定の方法論が必要となろう。近年では寺院の蔵書に注目した研究も増えており、見通しは以前よりも明るいものとなっているものの、いまだその存在さえ十分に認知されているとは言い難い。

第三部　出版制度と教団

第一章　本山と本屋

西本願寺教団は多くの本の供給を町版に依存していた上、自らも大規模な蔵版活動を行ったために、京都の出版界にも強く意識される存在であったことは間違いない。個々の事例を見ると、問題が起こっても基本的には当時の出版制度の範疇において処理されている。しかし、厳密には寺内町の本屋が情報提供をしたり、『教行信証』の寛文版を御抱版にして、板株の将来の売り主を規定したり、財政難に際して『真宗法要』の板賃を本屋らに上納させたこともあった。内々で本屋仲間から情報を得る場合も見られ、当時の出版制度を守りつつも、同寺の圧力は相当のものであった。こうしたことは他に例があるのだろうか。本屋同士、あるいは本屋と素人、寺院など、さまざまな出版トラブルとの比較が必要である。そうすることで、新たな京都の出版界の特色も見えてくるだろう。

また一方で、今回本屋の自律性が鮮明であったが、本屋はあくまで自らの利益を重視し、所持する板株によって規定されるとの筆者の推定は、他の教団の御用書林では認められる性質なのか、より詳しい検討が必要である。本書では御蔵版支配人としての永田調兵衛について考察したが、他宗の同様の立場にあった書林、たとえば日蓮宗蔵板支配人村上平楽寺勘兵衛との比較などは、全く不十分であった。

加えて、『真宗法要』や『真宗法要典拠』、『浄土三部経』など、御蔵版本を御用書林が弘通を助ける場合が少なくなかった。また、聖教ではない公家鑑の支配は小草紙屋の竹原屋好兵衛が行っている。免物を末寺が申請した際は、上寺を取次として本山に申請し、下付されるというのが一般的な弘通であるが、金銭的にも労力としても末寺の大きな負担となる上、迅速に本を届けることができない。反対に、本屋はより簡素な手続きで、素早く本を届けることができる。本山による書物の頒布と、本屋のそれとは性格が全く異なることになる。その差は、本屋らが流通網を拡大させた江戸後期から、鉄道が導入された明治初期には顕著なものとなったはずである。こうした場合、必要であれば本山は本屋の流通力をより積極的に利用しようとしたことが考えられる。明治初期に御蔵版本の版権が一気に本屋に下げられていることと関係すると思われるが、未解明のままで終わってしまった。

第二章　町版の多い勤行本

『正信念仏偈和讃』や『浄土三部経』について、多くの板株が成立しており、その多くが経師の所持であったことを明らかにした。とはいえ、やはり経師は職人であり、かつその出版物も画一的な内容である場合が多いため、諸々の人文学研究の俎上に上りにくい。だが、その出版量の多さ、人々の日々の信仰を支えたという点では軽視すべきではない。古くからの職人たちが出版界に大きな存在感を持つのはおそらく京都が第一と考えられるので、京都の出版文化の特色を探る上でも有益である。

加えて、書物のものとしての在り方が、出版活動の棲み分けをもたらすことがありうる点は、今後は十分に留意されるべきものと思う。日々の読誦用や仏壇に具える調度品という本の用途が書型や装訂方法を決定し、それらの特殊性が経師による板株独占状態をもたらした。

また、経師と覚しき鈴木肥後の口上書には、弘通のために仕立てた『正信偈』が五万部であるとされている。門徒の家に一部ずつというよりも、個人個人がそれぞれに所持することを前提としているかのような数である。

裏付けも必要であろうが、近世の宗教文化史として、また近世の書物文化として極めて興味深い。

第三章　公家鑑を巡る争い

公家鑑をめぐる東西本願寺の熾烈な争いの直接的な原因は、末寺の僧侶や門徒の帰属意識にある。強い門末の要求が直接のきっかけとなって本山を動かし、本山による公家鑑の刊行に至ったと考えてよい。下が上を突き上げる現象が起きているのである。注目すべきは、門末が東西本願寺の寺格の高さに関して、公家鑑のような一般に流布する名鑑で確認し、それを根拠として対抗意識を燃やしている点である。

公家鑑について、本書では東西本願寺の掲載順序のみを問題としたが、両者に関する記載はより露骨になっていく傾向がある。たとえば、西本願寺が嘉永五年（一八五二）に出版したという『雲上便覧大全』では、西本願寺の項は「本願寺御門跡」とあり、「西」の文字がない。「開山」は「親鸞聖人」とし、そのはじまりを親鸞の出家前の姓藤原氏の祖である天児屋《あまつこや》根命《ねのみこと》から説き起こしている。一方東本願寺の項には「東本願寺御門跡」とあり、「親鸞聖人十一世顕如門主一男」である「教如大僧正」を「開基」としている。また西本願寺の『雲上明覧大全』や『雲上便覧大全』、東本願寺の『都仁志喜』などは、開版当初は刊記に寺院の名を入れていない。しかし、やがて「西本願寺光徳府」などものものしく自らの蔵版を主張するようになっていく。さらに、地誌や京絵図などにも自らの優位を盛り込んだことを見れば、こうした意識はしだいに顕在化し、警戒すべき範囲も広くなっていったと理解するべきである。この時期にこうした意識が強固になっていく理由を探る必要がある。

こうしたより詳細で露骨な書き様は、他の本、たとえば勧化本にも見られるのかといった考察は、本書では扱えなかった。そこには、門末の、より高い教養を望み、学んだ知識を社会や信仰に照らし合わせる主体性があるのかも知れない。

2 全体としての課題

全体の課題としては、まず第一に、本書は仏書のうち版本を扱っているため、版本同様莫大に作られた近世写本について触れなかった。写本の仏書は、たとえば聖教の写本ひとつとっても、公家の筆を思わせる流麗な筆致で書写し、整った装訂を持つ古典籍から、門徒自らが、意外なほど巧みな文字で書写してしっかりした装訂を施しているもの、逆に拙い字で書写して反故紙や不要となった版本の表紙などを合わせて作った本もある。中でも多いのが近世後期の講義録で、所化が自ら書写したものばかりでなく、本屋が代筆したものもまた多い(4)。これらはその分類方法さえ確立されぬまま、現在でも全くの未整理であることが少なくない。今後はこれらにたいしても考察する必要がある。

第二に、本書では主に版本の仏書を取り扱ったが、その書誌学的な特徴として現在も不明な点が多々ある。たとえば、真宗の町版聖教や御蔵版本、『御文』などには、通常の近世の版本が穴を四つ開けて糸で綴じる四つ目綴じのところを、わざわざ五つ目綴じにしているものが多い。『御文』に関しては、分厚い楮紙を用いることが多くどうしても本が分厚くなりがちであることと関係すると思われる。加えてたびたび拝読されるため、耐久性が必要となるから綴じ穴が多くなると一応は推測される。しかし、他の聖教類、御蔵版本のほとんど、およびいくつかの町版が五つ目綴じであるのは、おそらく真宗聖教の古写本の姿を模していると思われる。御蔵版本の多くが朱色の表紙を持ち、近世初期の高尚な典籍に用いられた丹表紙を模しているのと同様に、そこには版本と言えど、ふさわしい姿を持つべきであるという意識がある。しかしながら、他宗の仏書や仏書以外のジャンルに五つ目綴じの例がどれほどあるかなども含めて、こうした版本の姿に込められた意識についてはいまだ整理できていない。

第三に、近世出版文化との関わりにおいて、他宗他派との比較が必須である。本書は西本願寺教団に着目しており、それ以外の教団にはごく一部に触れたに過ぎないという批判は免れない。特に、東本願寺教団や佛光寺教団は、同じ浄土真宗で京都に本山を持つことから西本願寺および京都の出版文化と多くの関連があるはずであるが、西本願寺の活動に付随したもののうち、ごく一部を紹介したにすぎない。実際には、東本願寺はもちろん、佛光寺にも出版に関する積極性が見られ、近世後期の佛光寺派の僧で、最高の学頭職に就いた信暁の代表作である『山海里《さんかいり》』〈全十二編三十六巻、文政八年〈一八二五〉～安政五年〈一八五八〉刊〉の開版を助け[5]、御蔵版ともしている。さらに佛光寺は天保十四年（一八四三）、寛文版を底本とする『教行信証』を中本で弘通しているが、他本をもって校合しており、訓点もよく、「江戸時代開版の御本書中、最良の本」と目される[6]。同寺は同年、中本の『文類聚鈔・愚禿鈔・二門偈』をも弘通している[7]。

他宗との比較としては、すでに日蓮宗に関しては京都書林村上勘兵衛の活動を中心に、日蓮宗書籍の出版を考察した冠賢一の『近世日蓮宗出版史研究』（平楽寺書店、一九八三年）がある。また、第二部第一章の『真宗法要』開版の際や、第三部第二章の『浄土三部経』の項で触れたが、浄土宗知恩院にも御蔵版が存在している。これらは幕末にも再版されており、よく認知され、一定の需要があったようである。免物として本山から末寺へ下付された『真宗法要』に比して、浄土宗のものは町版として流通していたようであるが、こうした違いがどこからくるものか、詳しく見る必要がある。なお、浄土教関連としては藤堂祐範の『浄土教版の研究』(大東出版、一九三〇年)もある。今後、こうした他宗や他派の出版物利用をテーマとする研究が伸展すれば、西本願寺の活動も一層明確な位置づけを得るであろう。

なお、今回多数の西本願寺関係の文書を利用した。中でも出版に関する史料は多岐にわたる。本来ならば、このうちいくつかでも翻字したものを本書に付すべきであったが、紙幅の関係で叶わなかった。これについては稿を改めたい。

3 全体の展望

上記のごとく、本書には欠陥が多く、課題が山積している。結局、近世の仏書について、いまだその全体像は謎のままである。そうであるとしても、近世の仏書を考える上で、あるいは近世の出版文化において、西本願寺教団の出版活動に関する考察が極めて示唆に富むものであることは、一定程度示せたと思う。それは、次に掲げる中世の事例を見ても理解できるかもしれない。

室町時代、本願寺内部で印刷物の利用が見られる。天正八年(一五八〇)成立の本願寺蓮如の子実悟が記した『実悟記』には、嵯峨版の『阿弥陀経』を本願寺が購入し、読み方も含めてそのまま読経で用いていたことが記されている。すなわち、

本堂ノ阿弥陀経ハ、嵯峨本トテ弥陀経ノスリ本候。漢音ヲツケタル本ニテ候。

とある。嵯峨版とは、南北朝時代に中国から渡来した専門の職人によって、当時絶大な権力を持っていた臨済僧の保護下で印刷された出版物である。当時の中国では、印刷文化隆盛の時代であったので、専門の印刷業者が存在した。

これは真宗における、最初の外部の出版物利用と言える。和田恭幸は、この時期に、「浄土真宗とは全く関係の無い刊者の版経が、本山である本願寺に採用され、その振り仮名が一宗依用の「音」を決定づけた」ことは、「天正八年の時点に於て、出版が潜在的に内包する力、則ち全く縁もゆかりもない人や集団に、ある種の決定的影響力を及ぼした、そのたしかなる消息である」としている(8)。

当時の教団は、天台宗の零細な末寺から戦国大名を戦慄させた大教団へと変貌を遂げている過渡期にあたる。拡大していく教団には、統一された経典の読み方が必要とされた。本来ならば本願寺独自の読みを示した経典を自ら開版すべきかも知れない。しかし、少なくともこの時の同寺にとって重要であったのは、独自の読みを自ら模索することなどではなく、ただ統一した読みを持つことであったのだろう。そのために、外部で作られた、大量に複製できる版本というメディアを利用したのだった。

さて、近世初期、准如宗主は発行部数に限界のある古活字版で聖教を開版するが忘却され、教団の資力で開版したと思われる寺内版もすぐに放棄された。教団の、特に教学の発達においては全く町版に依存することとなった。勤行本についても、本山からの下付される書物より、(たとえ偽版であっても)町版の方が入手しやすく使い勝手も良い場合が少なくなかった。聖教を頂点とする書物の身分的な秩序を本山の教団統治として利用した西本願寺教団は、近世後期にはその秩序から逸脱を始め、やがて明治期になると本山からの大本の形での弘通という形から離れる。門末が聖教を必要とする時は、銅版印刷や薄様摺などで極力縮刷したものを本屋から郵送で注文する形が主流となる。

こうして見ると、中世から近代に至るまで、本願寺教団は必要な出版メディアを外部からであっても全くためらわず利用してきたことがわかる。近世期には、出版文化を特徴付ける町版に強く依存したために、近世という社会と無関係ではいられなくなったのだった。一見強引とさえ見えるほどの主体性を発揮した同教団の出版は、実は非常に強く当時の社会の制度や門末の動向によって規定されていると言えよう。

以上、西本願寺教団の出版物利用からは、近世期特有の仏書の大きな飛躍・展開・変容が見られた。各宗各派との比較が今後の課題であろうが、上記のようであれば、近世の仏書は近世の社会と密接である。近世期こそ、仏教が出版物（時には写本も）を用いてその情報伝達能力を最大限に発揮した初めての時代であり、それ故に今日残されている仏書は、当時の人々が共有した信仰や教養、願望などが込められた文化史的資料であると見通せるのではないか。今後、従来の仏書および近世仏教にたいする消極的な見方が少しでも否定され、新しい研究が喚起されることを期待したい。

近世期の仏書の世界は豊かであり、書物を通じて作られたネットワークを考察すれば、仏教教団における知のあり方や教団組織の実態・動態、さらには当時の社会そのものについて、新たな知見が得られるだろう。近世の仏書の実態に迫ることは、大げさに言えば、近世とは何かを問うことである。まずはより多くの調査や研究報告、意見交換が俟たれるところである。

註

（1）和田恭幸「江戸時代の庶民文学と仏教」（『教化研究』一四七号、真宗大谷派教学研究所、二〇一〇年）。

（2）たとえば宮崎圓遵には『真宗書誌学の研究』（『宮崎圓遵著作集』第六巻、思文閣出版、一九八八年）、佐々木求巳には『真宗典籍刊行史稿』本編・補遺二冊（伝久寺、一九八八年）の他、禿氏祐洋の『真宗聖教刊行年表』（『真宗全書』続十三巻収載、蔵経書院、一九一六年）など。
（3）鈴木俊幸『江戸の読書熱：自学する読者と書籍流通』（平凡社選書二二七）平凡社、二〇〇七年。
（4）和田恭幸「丁字屋西村の写本目録」（『龍谷大学論集』四九六号、龍谷大学、二〇〇七年一月）。
（5）臆吹覚「大行事信暁『山海里』の書誌学的研究―近世後期京都における真宗末寺の出版―」（『仏教文学』第四二号、二〇一七年四月）。
（6）前掲註（2）の『真宗典籍刊行史稿』七九八頁。
（7）前掲註（2）の『真宗典籍刊行史稿』七六九頁。
（8）和田恭幸「近世初期刊本小考」（富士昭雄編『江戸文学と出版メディア―近世前期小説を中心に―』笠間書院、二〇〇一年）。

図版一覧

序　論

口絵1　龍谷大学大宮図書館の地下書庫。

口絵2　『大般若波羅密多経』第一七八巻（龍谷大学大宮図書館所蔵、請求記号024.3/50/1、禿氏文庫）

口絵3　善悪双六極楽道中図絵（龍谷大学大宮図書館所蔵、請求記号769.7/1-w/1）

第一部第一章

図1　『大般若経』巻第三二九（龍谷大学大宮図書館所蔵、請求記号024.3/43/1、禿氏文庫。写真は同館発行の図録『禿氏文庫本と真宗関係版本』〈二〇〇五年〉より転載）。

図2　『京雀』寺町通の項（横山重監修『京雀』〈『近世文学資料類従』古板地誌編四〉勉誠社、一九七九年）

図3　『浄土文類聚鈔』（龍谷大学大宮図書館所蔵、請求記号021/178/1）

図4　前掲書の刊記。

図5　粘葉装と綴葉装（列帖装）（挿画・杉本直子）（橋口侯之介著『和本入門―千年生きる書物の世界』〈平凡社、二〇〇五年〉より転載）

図6　『浄土文類聚鈔・愚禿鈔・入出二門偈頌』（龍谷大学大宮図書館所蔵、請求記号111/204-W/1）

第一部第二章

図1　『三国七高僧伝図会』（酒田市立光丘文庫所蔵、国文学研究資料館マイクロフィルム、請求記号26-505-2）

図2　『正信偈訓読図会』（架蔵本）

図3　同前書

図4　『興御書述讃』（龍谷大学大宮図書館所蔵、請求記号125/184-W/2）

図5　『興御書嚥滞録』（龍谷大学大宮図書館所蔵、請求記号125/187-W/2、写字台文庫）

図6　『興御書絵鈔』（龍谷大学大宮図書館所蔵、請求記号125/33-W）

図7　証如証判『御文章』（龍谷大学大宮図書館所蔵、請求記号021/216/1、龍谷蔵）。同様の加工は実如の写本『御文』にも確認された。したがって、下付される

前の段階で、このような加工がされた可能性もある。

図8 木活字版『帖外御文』（浄照坊所蔵。画像は国文学研究資料館マイクロフィルム『御文章』請求記号シ4-74-2）

図9 『御文章来意鈔』（鹿野図書館所蔵、岩崎文庫。画像は国文学研究資料館マイクロフィルム、請求記号シ376-1-3）

図10 『功徳大宝海』（龍谷大学大宮図書館所、請求記号105.5/268-W/3）

図11 『絵本鏡百首』（龍谷大学大宮図書館所蔵、請求記号721.8/16-W/2）

第二部第一章

図1 『真宗法要開版始末』二冊（龍谷大学大宮図書館所蔵、請求記号022/181/2）

図2 『真宗法要』（龍谷大学大宮図書館所蔵、請求記号104/88-W/31）

図3 同前書より「一念多念証文」の版面。

第二部第二章

図1 町版の明暦版『教行信証』（龍谷大学大宮図書館所蔵、請求記号111.1/9-W/4）

図2 御蔵版『教行信証』（龍谷大学大宮図書館所蔵、請求記号111/19-W/4）

図3 再刻本『教行信証』（龍谷大学大宮図書館所蔵、請求記号111/3-W/4）

図4 玄智版『真宗法彙』（龍谷大学大宮図書館所蔵、請求記号111/70-W）

図5 『〔大谷〕真宗法彙』（龍谷大学大宮図書館所蔵、請求記号103/31-W）

図6 『〔和語〕真宗法彙』（龍谷大学大宮図書館所蔵、請求記号103/30-W）

図7 題簽四種のうち、『真宗法彙』の題簽は右からそれぞれ玄智版『真宗法彙』（龍谷大学大宮図書館所蔵、請求記号103/32-W）、図6、『〔和語〕真宗法彙』（龍谷大学大宮図書館所蔵、請求記号103/52-W）のもの、『真宗法要』のものは架蔵本のものを載せた。

第二部第三章

図1 『真宗法要典拠』（龍谷大学大宮図書館所蔵、請求記号102.2/8-W/8）

図2 『真宗仮名聖教関典録』（龍谷大学大宮図書館所蔵、請求記号101/4-W/3）

図3 「懇志上納御改革」（天保二年刊、一枚摺）（龍谷大学大宮図書館所蔵、024.1/42-W/46、新写字台文庫）

図4 『真宗仮名聖教』（龍谷大学大宮図書館所蔵、請求記号103/13-W/13）

図5 安芸本『教行信証』（龍谷大学大宮図書館所蔵、請求記号022/19/2）

図6 中本御蔵版『教行信証』（龍谷大学大宮図書館所蔵、請求記号111.1/1―W/2）

図7 『教行信証六要鈔会本』（龍谷大学大宮図書館所蔵、請求記号123.1/71-W/10）

図8 中本『六要鈔』（架蔵本）

図9 板木（法藏館所蔵）。

図10 中本『真宗法要』（架蔵本）

図11 『興御書講義』（龍谷大学大宮図書館所蔵、請求記号125/185-W）

第三部第一章

図1 『いろは歌絵抄』（架蔵本）

図2 『都名所図会』（画像は野間光辰編『新修京都叢書』第六巻「都名所図会」〈臨川書店、一九六七年〉より転載）

図3 『拾遺都名所図会』（同前書七巻）

第三部第二章

図1 『東北院職人歌合』（国文学研究資料館所蔵、請求記号タ2-251）より。

図2 『大経師暦』（画像は渡辺敏夫著『日本の暦』〈雄山閣、一九七六年〉より転載）

図3 『新撰書籍目録』四巻（慶應義塾大学附属研究所斯道文庫編『江戸時代書林出版書籍目録集成』（三）〈井上書房、一九六三年〉収載）

図4 巻子・折本・法帖の図（挿画・杉本直子）（橋口侯之介著『和本入門―千年生きる書物の世界』〈平凡社、二〇〇五年〉より転載）

図5 装訂の系統（廣庭基介・長友千代治著『日本書誌学を学ぶ人のために』〈世界思想社、一九九九年第二版〉

より転載）

図6『的中地本問屋』（中村正明編・解説『草双紙・草双紙評判記』〈『草双紙研究資料叢書』第八巻〉クレス出版、二〇〇六年）

図7『年暦掌箋』（架蔵本）

図8『改正三部妙典』（架蔵本）

図9『仏説阿弥陀経』（専宗寺所蔵、龍谷大学寄託本、請求記号 78/18/1）

図10 文明版『三帖和讃』（龍谷大学大宮図書館所蔵、請求記号 022/173/3）

図11『正信偈和讃』（架蔵本）

第三部第三章

図1『万世雲上明鑑』（国文学研究資料館所蔵、請求記号 49/249/1~2）

図2『万世雲上明鑑』（京都府立京都学・歴彩館所蔵、請求記号 2885・2886、請求記号 MY-1202-14。画像は深井雅海・藤實久美子編『近世公家名鑑編年集成』二四巻〈柊風舎、二〇〇九年〉より転載。

図3『万代雲上明鑑』上巻（龍谷大学大宮図書館所蔵、請求記号 488.1/11-W/2。画像は同前書『近世公家名鑑編年集成』二五巻より転載）。

図4『雲上明覧大全』（京都府立京都学・歴彩館所蔵、請求記号 2905・2906。画像は前掲図2の『近世公家名鑑編年集成』一六巻より転載）。

図5『袖中雲上便覧』（宮内庁書陵部蔵。画像は前掲図2の『近世公家名鑑編年集成』二四巻より転載）。

図6『都仁志喜』（国文学研究資料館所蔵、三井文庫旧蔵資料、請求記号 Y1202-029。画像は前掲図2の『近世公家名鑑編年集成』二四巻より転載）。

図7『京都順覧記』（龍谷大学大宮図書館所蔵、請求記号 491.41/40-W/2）

図8『改正京町絵図細見大成』（龍谷大学大宮図書館所蔵、請求記号 491.41/65-W）

終　章

図1『法華私記縁起』（龍谷大学大宮図書館、請求記号 021/411/1）

図2『法華私記縁起』（京都大学附属図書館、請求記号 1-24/ ホ /01貴）

図3 『法華私記縁起』（早稲田大学図書館、請求記号 ハ5 2941）
図4 『法華玄義序』（国立国会図書館、請求記号 WA7-244）
図5 前掲図1。
図6 『震来恐致福』（専應寺所蔵）

初出一覧

序章

新稿。ただし、博士論文の序章、および原題「仏書出版の展開と意義」（若尾政希編『書物・メディアと社会』〈島薗進他編『シリーズ　日本人と宗教』第五巻〉、春秋社、二〇一五年）、および、原題「経典・仏書出版と教団」（横田冬彦編『出版と流通』〈鈴木俊幸他編『シリーズ　本の文化史』第四巻〉平凡社、二〇一六年）を増補集成した。

第一部　新しい仏書

第一章　印刷から出版へ――中世の寺院版から近世出版文化へ――

新稿。ただし、原題「仏書出版の展開と意義」（若尾政希編『書物・メディアと社会』〈島薗進他編『シリーズ　日本人と宗教』第五巻〉、春秋社、二〇一五年）、および、原題「経典・仏書出版と教団」（横田冬彦編『出版と流通』〈鈴木俊幸他編『シリーズ　本の文化史』第四巻〉平凡社、二〇一六年）を修正したものを含む。

第二章　新しい仏書の展開

原題「近世期の『御文』および『帖外御文』の姿と出版」（『国文学論叢』第六一号、大取一馬教授退職記念号、龍谷大学国文学会、二〇一六年二月）、および、原題「南溟勧化本の和歌」（日下幸男編『中世近世和歌文藝論集』龍谷叢書一五、思文閣出版、二〇〇八年）を加筆修正した。

第二部　聖教の板株を巡って

第一章　聖教叢書『真宗法要』開版

原題「御蔵版『真宗法要』について」（『国文學論叢』第五二輯、龍谷大学国文学会、二〇〇八年二月）を加筆修正して用いた。

第二章　寺院間の聖教蔵版争い

原題「『真宗法要』開版以後の御蔵版の状況」（『国文學論叢』第五五輯、龍谷大学国文学会、二〇一〇年二月）、および、原題「『真宗法彙』の出版経緯と聖教蔵板の意義」（『国文學論叢』第六二輯、龍谷大学国文学会、二〇一七年二月）、および、原題「興正寺の聖教出版活動」（『書物・出版と社会変容』第一三号、書物・出版と社会変容研究会、二〇一二年一〇月）を加筆訂正した。

また、原題「『御伝鈔蔵板一件記録』翻刻と解題」（『書物・出版と社会変容』第一〇号、書物・出版と社会変容研究会、二〇一一年一〇月）、および、原題「『真宗法彙及夏中勧論消息開版一件』解題と翻刻」（『古典文藝論叢』第四号、文藝談話会、二〇一二年）による翻刻・解説を用いた。

第三章　縮刷版の流行

新稿、および、原題「西本願寺御蔵版の小本化」（『書物・出版と社会変容』第七号、書物・出版と社会変容研究会、二〇〇九年一〇月）を修正して用いた。

第三部　出版制度と教団

第一章　本山と本屋

原題「西本願寺の寺内書林」(『古典文藝論叢』第一号、文藝談話会、二〇〇九年)、および、原題「永田調兵衛と西本願寺御蔵版」(楠元六男編『江戸文学からの架橋―茶・書・美術・仏教―』竹林舎、二〇〇九年)、および、原題「稲荷祭と寺内町本屋」(『朱』第五八号、伏見稲荷大社社務所、二〇一五年二月)を修正して用いた。

第二章　町版の多い勤行本

新稿。ただし、原題「近世期京都における経師屋の出版活動」(『汲古』第五六輯、古典研究会、汲古書院、二〇〇九年)、および、博士論文の第一章「西本願寺御蔵版」の一部を修正したものを含む。

第三章　公家鑑を巡る争い

原題「近世後期における公家鑑の出版」(『近世文藝』第九四号、近世文学会、二〇一一年)を加筆・修正。

終章

新稿。

あとがき

よく聞かれることだが、筆者はお寺の人ではない。信徒ですらない。しかし、縁あって宗門大学である龍谷大学へ進学し、どうにか卒業できた。さらには、大学院にまで進むことができた。

同大学は浄土真宗本願寺派本山西本願寺の檀林（学林）に始まる、三七〇年の歴史を持つ大学である。その図書館は、質量共に日本屈指の蔵書を誇り、しかもそれは近代的な価値観に基づいて収拾されたものではなく、学林創設の寛永十六年（一六三九）以来の蔵書を引き継いでいるところが大きい。

大学院に進学した時には、恥ずかしながら、全くその価値を知らずにいた。落ちこぼれだった私は、大学院では周囲についていくために人一倍の努力が必要であるにもかかわらず、学費のために奨学金に加えて多くのアルバイトをせざるを得なかった。そこで、できるだけ移動時間の少ないものをと考えて、大学図書館で働いたのだった。そこでの業務が、文学部専門の図書館である大宮図書館が所蔵する古典籍の簡単な書誌調査だった。

龍谷大宮図書館は、今でこそ近代的な吹き抜け構造の瀟洒な姿をしているが、私が修士課程のころはまだ建て替え前で、昭和十一年（一九三六）以来の古びた建物であった。夏に行われる虫払いのための燻煙では、建物が古すぎて毒ガス（当時、燻煙ガスはこう呼ばれていた）を追い出す設備が十分ではないらしく、書庫からは数日たっても薬品のにおいがしたものだった。そこから古典籍を取ってきて書誌調査を行うのだが、作業する部屋も相当に古びていた。「遡及室」と呼ばれていたが、建て付けが悪くなりぶかぶかする木製の大きな扉の中には、大きな事務机が無理にいくつも詰め込まれており息苦しかった。その上全ての調度品が年代物で、日中でも沈み込んだように暗い部屋であった。

この部屋の、時間が止まっているような感覚が良かったのだと思う。書庫とこの遡及室は、常に前のめりで焦るばかりの私が落ち着ける場所であった。天井の高い暗い部屋の中で、ひとつの蔵書印を調べるのに数時間かかったりしてバイト代をもらうことがためらわれることもあったが、未知との遭遇がとても楽しかった。書物に共感し、親しみが湧いていった。

残念ながら、沢山の蔵書は一部の貴重書を除き、その圧倒的な蔵書量に比べ、それを閲覧に来る院生や学生はとても少ない。しかし、今はただ保管されているだけの本でも、現在では再現が不可能なほどの精緻な修理の跡があり、大切にされてきたとわかる本がある一方で、嘘を治すという薬の広告が載せられている、いかにも怪しげな本もあった。また、冒頭には生真面目な文字でびっしりと書き込みがされているが、巻末に至ると新品同様で読まれた気配の無い、持ち主が校訂作業を三日坊主にしてしまったのか、はたまた最初だけ朱を入れて勉強家の蔵書を装った本であるのか、想像をかき立てられる本や、日本で作られながら中国産の竹紙を用いた本など、一冊として同じ物はないのだった。

こうした一冊一冊の本の特徴は、それぞれに「個性がある」、という言葉で済ますには軽すぎる主張があった。しかし、「歴史がある」では言い過ぎに思える。ただ、それぞれの時代をそれぞれに生きた人の生活、思いの気配がするという点で、本にはそれぞれに「背景がある」ことは確信している。そして、生活や思いが膨大に積み重なったものが歴史だろう。この拙著が、日本中あるいは世界中に眠っている、様々な背景を持つ本と、現在を生きる人々との橋渡しを、わずかでも果たせればとても嬉しい。

さて、本書は西本願寺教団の出版活動について論じた博士論文が背骨となって全体を支えている。ただし、私の大学院での専攻は近世文学、中でも本居宣長関連で、修士号は宣長の出版事業に関するものであった。そこから紆余曲折を経て研究対象を仏書に移し、博士論文を執筆するに至るまでには、多くの方のご助力があった。この場を借りてお礼を申し上げたい。

まず、この本の脱稿寸前にご逝去された指導教授、美山靖先生に心よりお礼申し上げるとともに、ご冥福をお祈りしたい。先生には学部の時と修士課程の途中までをご指導頂いた。当時、院生は圧倒的に男性が多かった中で、女性でも、女性だからこそ研究を続けるようにと仰ってくださった。博士課程でご指導頂いた日下幸男先生にも、家族の介護や自身の出産など個人的な事情でご迷惑をかけっぱなしであった。ここにお礼と共に、心よりお詫び申し上げたい。常に大学院生の学習環境を考えておられる和田恭幸先生のご配慮にも、一方ならず助けられた。篤く感謝申し上げたい。先生のお心遣いなくしては、研究を続けられなかった。

博士課程に進学した際、仏書の研究をするつもりはほとんどなかったが、図書館で変わった本や出版資料に出会うとそれをレポートにしたり小さな論文にしていた。そんなものを真面目に読んでくれる人はいないと思っていたのに、常に面白がってくださり、また熱心にご教示くださったのが、当時龍谷大学大宮客員教授だった藤本孝一先生であった。藤本先生は元文化庁美術学芸課主任文化財調査官で、国宝を指定する任にあった方だが、一貫して丁寧にご指導くださった。出会ってから現在まで、先生は常に嫌な顔ひとつせず、たとえば幕末の折本経典の糊跡について伺っても、マニアックな話だったかも知れないのに、何時間でもお話しくださったものである。他にも時間を割いて資料の閲覧にご同道くださるなど、幾重にもお世話になった。ここに篤くお礼を申し上げます。

また、中世文学がご専門でありながら、近世文学専攻の私に発表の場をいくつもご用意下さった大取一馬先生にも、一方ならず感謝申し上げたい。とくに先生は、分野を横断し、かつ気軽に参加できる研究会を作る機会を私たち若手にくださった。博士課程在籍中に私は結婚したが、その仲人も奥様の文子様と務めてくださった。様々にお心遣いくださった塩谷菊美先生、前田雅之先生の両先生にもお礼を申し上げる。お忙しい中、いつも長期的な視野に立ち、どんな時も叱咤激励くださった。先生方から学んだのは研究のことだけではない。

さらに、結婚後、長男が生まれた際、実家から遠い京都で子育てをしなければならず、研究者として行き詰まってしまった。この時に救ってもらったのが日本学術振興会の特別研究員制度である。出産で研究を中断した人のためのＲＰＤと、通常のＰＤを併願した。出願にあたり、お世話をしてくださった東北大学の曽根原理先生をはじめ、受け入れ先になってくださった一橋大学社会学部若尾政希先生と社会学部事務室の方々、また若尾先生が主催されている書物・出版と社会変容研究会に参加されている方々の暖かいお心遣いに心より感謝申し上げたい。現在次男を抱えていることもあり、研究に関してはつい悲観的になりがちだが、書物の研究を活発に行っている場があり、子育てから復帰すればそこにまた行けるという気持ちにずいぶん救われている。

さらに、出版に際し編集をご担当くださった上山靖子氏、そして法藏館編集部にお礼申し上げる。出産のため執筆を中断したことをはじめ、多くのご迷惑をかけてしまったが、大変親切にご対応くださった。日本最古の本屋のひとつで、しかも今日まで仏書を取り扱いながらも、清新で活発な出版活動を行っている法藏館より拙著を刊行できることは、身に余る幸運である。

この他にも折に触れて助けてくださったり、声を掛けてくださった多くの方々がいる。右往左往して道の定まらない私に向き合ってくださる人に恵まれたのだった。こうした人とのご縁でどうにか今日まで研究を続けることができている。

そして最後に、研究活動を続けることに理解を示し、この本の脱稿まで支えてくれた夫に、心より感謝したい。さらには保育園に入れず幼稚園に通う六歳になる長男、どうにか小規模認可保育園に入れてもらえた二歳の次男にもお礼を言いたい。研究と育児の両立が困難なことは確かだが、夫の理解と努力に前向きになれたし、子供らに大きな力をもらったからこそ今日がある。

二〇一八年一月

万波　寿子

本書は、日本学術振興会特別研究員奨励費「近世期における仏教教団の出版物利用の実態解明と分析——書物研究の一環として」（課題番号 15J02368）による研究成果の一部である。また、二〇一七年度日本学術振興会科研費のうち研究公開促進費（課題番号 17HP5088）の助成を受け刊行するものである。

さ行――

索　引

＊書名索引において、「鈔」と「抄」に関しては、同義異字と
　見なして「鈔」に統一した場合がある。
＊〔　〕は角書きを示す。

書名索引

あ行――

か行――

万波　寿子（まんなみ　ひさこ）

1977年、広島県生まれ。

2007年、龍谷大学大学院 文学研究科博士課程単位取得。

2010年、博士（文学）。

現在、龍谷大学非常勤講師・日本学術振興会特別研究員（PD）。

本書収載論文の他、主要な論文に「宣長版本における版権の流れ」（『鈴屋学会報』21号、2005年）、「僧純編『妙好人伝』と大根屋改革」（『仏教文学』第34号、2010年）など。

近世仏書の文化史
——西本願寺教団の出版メディア——

二〇一八年二月二八日　初版第一刷発行

著　者　万　波　寿　子
発行者　西　村　明　高
発行所　株式会社　法　藏　館
京都市下京区正面通烏丸東入
郵便番号　六〇〇-八一五三
電話　〇七五-三四三-〇〇三〇（編集）
〇七五-三四三-五六五六（営業）

印刷・製本　中村印刷株式会社

ISBN 978-4-8318-6238-9 C3091

近世出版の板木研究　金子貴昭著　七、五〇〇円

近世宗教世界における普遍と特殊　真宗信仰を素材として　引野亨輔著　二、八〇〇円

近世勧進の研究　京都の民間宗教者　村上紀夫著　八、〇〇〇円

日本仏教の近世　大桑　斉著　一、八〇〇円

日韓交流と高麗版大蔵経　馬場久幸著　八、五〇〇円

日本仏教版画史論考　内田啓一著　一〇、〇〇〇円

近代西本願寺を支えた在家信者　評伝　松田甚左衛門　中西直樹著　一、九〇〇円

法　藏　館　　価格税別

た行——

な行——

は行——

ま行——

や行——

ら行・わ行——

人名・出版元等索引

あ行――

か行――

さ行——

た行——

な行——

は行——

ま行——

や行——

ら行——

書誌関連事項索引

あ行——

か行——

さ行——

た行・な行——

は行——

ま行——

や行・ら行——